翻　訳　地　帯

新しい人文学の
批評パラダイムにむけて

エミリー・アプター

秋草俊一郎・今井亮一・坪野圭介・山辺弦 訳

慶應義塾大学出版会

THE TRANSLATION ZONE by Emily Apter

Japanese translation published by arrangement with Princeton University Press
through The English Agency (Japan) Ltd.

目次

第二部　翻訳不可能性のポリティクス

第三部　言語戦争

第四部　翻訳のテクノロジー

翻訳をめぐる二十の命題

- 翻訳可能なものはなにもない。
- グローバル翻訳こそ、比較文学の別名である。
- 人文主義者《ヒューマニスト》の翻訳知《トランスラティオ》は、批評的世俗主義である。
- 翻訳地帯は戦争地帯である。
- 米軍の軍事戦略の想定に反して、アラビア語は翻訳可能である。
- 翻訳は手職《プティ・メチエ》であり、翻訳者は文学的プロレタリアートである。
- 混合言語は、グローバル英語の絶対支配に異を唱える。
- 翻訳は、母語に対するエディプス的攻撃である。
- 翻訳は、母語のトラウマ的喪失である。
- 翻訳は、複言語的かつポストメディア的表現主義である。
- 翻訳はバベルであって、普遍的に理解不可能な普遍言語である。

・翻訳は、惑星と怪物の言語である。
・翻訳は、テクノロジーである。
・翻訳調は、グローバルマーケットにおける包括言語である。
・翻訳は、技術《テクネ》の普遍言語である。
・翻訳は、フィードバックループである。
・翻訳は、自然をデータに転置することができる。
・翻訳は、言語と遺伝子を結ぶインターフェースである。
・翻訳は、システム－サブジェクトである。
・すべては翻訳可能である。

イントロダクション

イントロダクション

9・11の悲劇の余波をうけて、政治的な観点からも、腕利きの訳者がすぐにでも要ることがだれの目にも明らかになり、国家の安全を保障する機関は、傍受した情報や文書を解読する語学に長けた専門家を確保しようと躍起になった。翻訳とグローバル外交の関係が、かくも密になったことはなかったように見える。アメリカの単一言語主義《モノリンガリズム》は情報共有、文化・宗教の枠をこえた相互理解、多国籍協同の必要性が再認識されたこともあって批判を集め、翻訳は大きな政治的、文化的意義をもつイシューとして最前線におどりでたのだった。もはや、翻訳を国際関係、ビジネス、教育、文化のたんなる道具と見なすことはできない。翻訳は戦争と平和の重要事として、特筆されるようになったのだ。

これが、『翻訳地帯――新しい人文学の批評パラダイムにむけて』が編まれた政治的状況である。本書の狙いは、伝統的に、原作に対する語学的・逐語的忠実さの観点から論じられてきた翻訳研究を再考することにある。そのためにとった広い理論上の枠組みによって浮かびあがるのが、戦争で誤訳がはたした役割や、正典《カノン》形成や文学研究をめぐる言語戦争や文学戦争があたえた影響、非標準語を使った文学的実験の重要性、技術リテラシーの時代における「研究の翻訳知《トランスラティオ・ストゥディ》」としての人文主義《ヒューマニズム》の伝統といったトピックである。

研究を進めていくうちに、一種、矛盾したプロセスが進行していると意識せざるをえなかった。というのも、英語、マンダリン、スワヒリ語、スペイン語、アラビア語、フランス語といったグローバルな有力言語が、言語的多様性を削減しつつも、多言語をもちいた芸術の新しい形をも同時に生みだしているからである。たとえば、テクノクラシーのリンガ・フランカとしてのグローバル・イングリッシュの覇権を嘆いてももはや陳腐でしかない。他方、ほかのグローバル言語が、世界文化の生産のパワーバランスをどう変化させているのかについてはあまり注目されていない。たとえば、中国語はいまやインターネットリテラシーにおけるメジャー言語になり、かつてないほど英語に肉薄している。本書の基調をなす前提とは、メディア、リテラシー、文学市場、インターネットを介した情報交換、文学性を指すコードといった種々の領域で、言語戦争が（大小を問わず）、翻訳のポリティクスをかたちづくるというものだ。それによって翻訳研究の裾野も拡大しつつあるが、その一方には、現実世界の実際の問題——戦時下の諜報活動、国家公認文化内部におけるマイノリティ言語の闘争、「ほかの英語《アザー・イングリッシイズ》」をめぐる論争など——があり、もう一方には、より抽象的な思考——ピジンやクレオールの文学作品への流用、著名な前衛文学における多言語実験、メディア間翻訳など——がある。

翻訳研究がつねに直面せざるをえない問題とは、翻訳研究が、文化的記憶を永らえさせるのか、それを抹消していくのか、どちらの目的により適うのかということだ。ヴァルター・ベンヤミンによるよく知られた議論によれば、すぐれた翻訳とは、起点言語の死と目標言語への将来的な転送のあいだに引かれた線を飛びこえて、原作の「死後の生」を可能にするものだ。この死／生の難問《アポリア》は、翻訳研究における言説をまっぷたつにしてしまう。翻訳は、貴重なテクストを普及・保存するために欠かせない存在とされながら、言語絶滅の執行人とも見なされているのだ。というのも、経済力が強い言語と、人口規模の大きな言語が支配する世界においては特に、翻訳のせいでマイナー言語は衰退に追いやられてしまうからだ——たとえ、それが「小さな」文学の文化財へのアクセスを促進し、マイナーな伝統文化を代表する少数の作家たちに広く人目に触れる機会を保障するとしてもだ。ここにあるのは、危機に瀕した言語と文学の生態系をめぐるマルサス主義的考察である。デイヴィッド・クリスタルの『消滅する言語——人類の知的遺産をいかに守るか』（二〇〇〇）や、アンドルー・ドルビーの『危機に瀕した言語——言語的多様性の喪失と私たちの未来への脅威』（二〇〇二）のような著作に書かれているのは、生息地の環境が悪化すれば動植物の生存率が不安定になるようなことが、危機に瀕した言語にもおこるということだ。たとえばカリフォルニアにかぎっても、かつて話されていた九十八のネイティヴアメリカンの言語のうち、どれひとつとして生きのびられそうにない。ドルビーによれば、状況は次のようなものだ。

九十八言語のうち、四十五以上の言語が、流暢に話せる話者がまったく残っておらず、十七言語がひとりから五人しかいない。残りの三十六言語は、高齢者の話者しかいない。いま、カリフォルニアのインディアンの言語のうち、ひとつとして、日常生活のコミュニケーションに使われているものはない(1)。

ドルビーとクリスタルの研究がしめすのは、どれほど翻訳が民族の記憶を保存し、文化的記憶喪失を緩和する役に立つとしても、生きた言語の生命力を断ち切ってしまう無数の天敵のひとつでもあるということだ。

ドルビーとクリスタルの知識と関心は専門である言語人類学にまずもって向けられていて、二人が代表するのは、翻訳研究の中でもエコロジカル／環境主義的なアプローチである。喫緊の課題として、二人がおこなっている「フィールドワーク」の対象になるのは、危機に瀕した言語種と言語ポリティクスだ(方言の公認化を求める動き、歴史的に前衛文学が標準語の用法を転覆してきたこと、デジタルリテラシー時代における文学の輪郭の溶解といった話題など)。翻訳研究はつねに、「合　致《アダエクアテイオ》」という問題にかかわってきた。つまり、原作の文学作品に対して、意味・文体レベルでどこまで不実かということである。すなわち注視されているのは文学よりも言語であって、それこそが言語的侵食や絶滅の結果なんの意味が失われ、なんの意味をえたのかを決めるのだ。

翻訳研究を、言語エコロジーの方向に推進することには、かなりのためらいを感じざるをえない。たとえ、この新しい方向性が、比較文学と地域研究のあいだのインターディシプリンな研究に豊かな可能性をもたらすとしてもだ。私の不安は、翻訳研究が言語エコロジーに過度に依拠することで、言語遺産を絶対視するようになり、学芸員然とした保全活動に終始してしまうのではないかということだ。言語的地方色の無数の装飾的要素のように、口蓋音、借用語や慣用表現がエキゾチックなものにされてしまう。言語的な文化本質主義が手に負えないほど強まるのではないか。方言が自然に変化してできたヴァリエーションが、かっちりした文法の標準言語モデルにあてはめられてしまう。私が個人的に関心をよせているのは、文芸や、理論にかんする問題にしぼった言語ポリティクスの批評モデルである。それは他方では、言語学的唯名論（あるいは、ある言語名が、言語テリトリーにおいて実際に使われている文法に結びつけられるときに、現に示しているものと言ってもよい）の研究に新たな息を吹きこむ。

言語戦争も、翻訳地帯《トランスレーション・ゾーン》のコンセプトをささえる中心的なテーマである。「地帯《ゾーン》」という言葉を、理論の柱にすえることで意図していたのは、広範な知的トポグラフィをイメージすることだった。それは、ひとつの国の所有におさまるものでもなければ、ポストナショナリズムに通じるとりとめのない状態でもない、「トランスレーション transLation」と「トランスネーション transNation」のレ（L）とネ（N）を結ぶ批評的営みのゾーンなのだ。トランスレイショナル・トランスナショナリズム（この言葉を私は、小さな国家や、マイノリティ言語コミュニティにおける翻訳の役割を強調するためにつかう）への乗りつぎ港の役割を「トランス trans」という共通の接頭語ははたすが、同時にそれは、文化における行間休止《カエスーラ》への荷揚げ地点――trans-ation――にもなり、そこでは伝達《トランスミッション》失敗のしるしが刻まれている。

ギヨーム・アポリネールによる有名な詩「地帯《ゾーン》」（一九一二）が描きだしたのは、ボヘミアンや移民、マイノリティが集住するパリ周縁部と重ねあわされる、心理上・地理上の領域である。しかし、このゾーンというアイデアが、散漫な地形区分と化して久しい。なぜなら、都市と田舎、中心と周縁、産業革命以前と以後、資本主義以前と以後をへだてる区別が溶解してしまったためだ。建築家レム・コールハースは「ゾーン」という言葉を、あとで変更がきくスペースのキャパシティの限界を示すため、設計上とりあえずいれておくものを指す用語として用いた。(2) 翻訳地帯《トランスレーション・ゾーン》というアイデアは、ソーシャルエンジニアリングの用語を用いて考えると、管理下におかれた言語保護地域、多目的の立入制限区域、アパルトヘイトの隔離地域、防疫線《コルドン・サニテール》などにも重なってくる。本書で、複数のセクションにわたって、言語をしわけ、それ自体の中に閉じこめ、翻訳不可能なものにしておくために使われてきた意味的ゾーニング理論（とくにウィラード・クワインの理論がそうだが）を扱ったが、たいていの場合、私の考えでは、このゾーンは「翻訳-中 in-translation」である場所を指しめすものだ。つまり、ひとつの独立した言語や単一のコミュニケーションメディアに属さないものだ。こういった用語との関連で広く意味をとった場合、翻訳地帯がカバーする範囲は、ディアスポラ的言語コミュニティ、印刷・メディア公共空間、統治機関・言語政策立案機関、交戦圏、比較文学の過去と未来に深くかかわる批評理論におよぶ。翻訳地帯が明らかにするのは、政治、詩学、論理、サイバネティクス、言語学、遺伝学、メディア、環境を認識する上での空隙である。そこでの移動は、超常的な憑依現象と情報伝達テクノロジーの両方の特徴を帯びる。

愛の行為として、不和の行為としての翻訳は、世界や歴史における主体の位置づけをあらためるための手段になる。それは自己認識を、自分自身にとって異質なものにする手段である。それは、国家空間やお決まりの日常生活といった、所与のドメスティックな環境のここちよいゾーンから、市民を拉致して国籍を剝奪する方法である。それは、他言語に熟達すれば、ナショナルかつインディヴィジュアルなナルシシズムに気もちよく一喝できるという自明の理である。翻訳の失敗が画定するのは、主観と主観のあいだの境界だが、他方でそれは、「意識の盲点」に焦点をあてもする——そこで人の思考は、等価性という不毛地帯に足を踏み入れたり、特定の言語や国家に属さない観念を核にして結晶化したりする。翻訳は、主体の再編と政治変革をもたらす手段としても重要である。

仕事で翻訳はめったにせず、自分に才能があると思ったことすらまずないが、翻訳は私が思考する上で欠かせない行為であることはまちがいない。あるトピックについて、あまりに抽象的かつ比喩的に考えすぎてしまわないようにと、しらふにもどしてくれる中和剤の役割をはたしてくれる。この本を書き終えたいま、翻訳実践への敬意をあらたにしつつ、翻訳研究を切りひらいてきた先駆者たちに謝意をしめさねばならない。その多くがすぐれた翻訳者でもある。ジョージ・スタイナー、アンドレ・ルフェーブル、アントワーヌ・ベルマン、グレゴリー・ラバサ、ローレンス・ヴェヌティ、ジル・レヴィン、マイケル・ハイム、アンリ・メショニック、スーザン・ソンタグ、リチャード・ハワード、リチャード・シーバース。同様に重要なのが、ジャック・デリダ、ポール・ド・マン、バーバラ・ジョンソン、フィリップ・ルイス、サミュエル・ウェーバー、ガヤトリ・C・スピヴァクの研究であり、以上すべてが、ヴァルター・ベンヤミンの突出した「翻訳者の使命」についての論考に敬意を表している。この論文は、もともとはボードレールの『パリ風景』の序文として、次のようなドイツ語タイトルで一九二三年に出版された――「ドイツ語翻訳および翻訳者の使命についての序文――ヴァルター・ベンヤミン著 Deutsche Übertragung mit einem Vorwort über die Aufgabe des Übersetzers, von Walter Benjamin」。私は、「翻訳者の使命」と「複製技術時代の芸術作品」をつなげて読んでやることで、テクストの「死後の生」を遺伝的な解釈であとづけようとしている。ベンヤミンは生涯にわたって言語や翻訳をテーマにした散文(そのうちいくつかは、死後やっと出版された)を別個に執筆したが、それらを直観のもとにひとまとまりのものとして読んでみようともした。「言語一般および人間の言語について」(一九一六)、「言語と論理学」(一九二〇―一九二一)、「言語社会学の問題」(一九三四)、「翻訳――賛否両論」(一九三五か一九三六)がそうである。これらの散文を、「翻訳者の使命」と一緒に読んでやると、現代の議論と響きあう理論上の問題群が浮かびあがる。つまり、記号論理学やデジタルリテラシーとしての言語、「聖なる言語」のポリティクス、ユニバーサル・コード言語としての技術《テクネ》、ありとあらゆる用途で、仲介テクノロジーとして機能する翻訳といったものだ――

高次の言語は(神の言語を除き)どれも他のすべての言語の翻訳とみなすことができる、と認識したときに、この翻訳の概念はその十全たる意味を獲得する。先に諸言語の関係について、それは相異なる密度をもったさまざまな媒質の関係であると述べたが、この関係によって、諸言語間での相互の翻訳可能性が与えられている。翻訳とは、変換の連続体を通してある言語を他の言語へと移行させることを謂う。抽象的な合同領域や相似領域などではなく、変換の連続体こそを、翻訳は踏破するのだ(3)。

この「言語一般および人間の言語について」からの一節で、ベンヤミンは翻訳理論における重大なシフトをひきおこしている。つまりは「原作への忠実さ」モデル(「合致《アダエクアティオ》」、通約性、同型性、類似性、同一という理念を維持する)から、すべてが翻訳可能かつ、「翻訳 - 中 in-translation」という恒久的な状態におかれているというトランスコーディングモデルへのシフトだ。ベンヤミンの翻訳のクロノタイプは〈いま《イエッツトツアイト》〉であって、それは論文「歴史の概念について」(一九四〇)で、ベンヤミンが革命的な歴史性が生まれるとしたまさにその時なのである。

翻訳研究の分野にベンヤミンが与えた指針は、理論的に図抜けて豊かでありながら、謎めいたものでもあった。加えて、ベンヤミンが案出した、文献学と批評理論のあいだをとりもつコネクションは、刺激的だが、いまだ理論化の目をみていない。ベンヤミンが立つのは、翻訳理論史における重要な交点だ――文献学と批評理論が、エーリッヒ・アウエルバッハとフランクフルト学派が、史的唯物論と精神病理神学が交わる地点だ。文献学者とフランクフルト学派の批評家に顕著な、マスカルチャーへの生理的な反発は見うけられないものの、ベンヤミンが案出した歴史美学は、近代技術が文体の類型論と標準化にいかに影響をおよぼしたか測るものだった。ベンヤミンの工業デザインをめぐる文体論（ある翻訳的な形状が、鉄・鋼・ガラスのまがうことなき文献学を構成し、製品から文化への翻訳を意味づける）は、レオ・シュピッツァーの文献学における信条である「言語学と文学史」や、西洋のミメーシスの表象的構造として比喩形象《フィギューラ》があるというアウエルバッハによる理解と、相いれないわけではない。文献学とフランクフルト学派のマルクス主義が連合することを予見していたベンヤミンの翻訳理論は、比較文学の未来の軌跡を描くうえで避けてとおれないものであって、本書の背骨をなす、人文主義《ヒューマニズム》から言語テクノロジーにいたる道すじを切りひらいてくれた[4]。

第一部、「人文主義《ヒューマニズム》を翻訳する」では、戦後ディシプリンとして定着するにいたった比較文学の起源が、一九三三年にレオ・シュピッツァーがイスタンブールでおこなったセミナーにあるという議論を展開した。そこでまたとりあつかったのは、イスタンブールに、アウエルバッハが十一年にわたって滞在したという事実である（アウエルバッハはシュピッツァーの後任としてやってきたのだ）。私の推測によれば、「初期ナショナリズム」下におかれた西洋文明が将来どう生き残っていくのか、言語的（自己）植民地化が書き言葉および民衆におよぼす効果といった、アウエルバッハがとりくんだテーマの多くは、「帝政ローマ――第三帝国ドイツ――アタチュルクの言語改革後のトルコ」という（アウエルバッハが感じた）相似関係から出てきたのだ。

アウエルバッハの『ミメーシス』新版に故エドワード・サイードが書きおろした序文に着目することで、私はシュピッツァーの人文主義の流れをたどっている――それは、（新生気論的な本質としての）人間《ヒューマン》を、人文学《ヒューマニティーズ》に恢復させることに捧げられた。言語同士の近さと翻訳実践にあまりに依存した文献学を、個体発生の倫理とグローバル翻訳知《トランスラテイオ》の言葉でいかにとり戻すかを考える上で、サイード的人文主義《ヒューマニズム》を出発点にすることは理にかなっている。人文主義がヨーロッパ普遍主義をふくんでいるのではないかという問題はあるが、人文主義はサイードの思想に根をおろし、共通世界文化の実現をあきらめない批評的世俗主義というその信念の一部になっている。

　本書がすすむにつれ、対立する二つの原則――「翻訳可能なものはなにもない」と「すべては翻訳可能である」――が、翻訳理論の二つの極としてたびたび姿を見せるようになる。バーバラ・ジョンソンの見立てでは、「翻訳の障害になるのは、翻訳が人にかいまみせる「純粋言語」そのものなのだ」。[5] 障害が存在するにもかかわらず、事実、翻訳はなされるのであり、そのことで、私はアラン・バディウの比較詩学を検討することになった。翻訳は災害だが、それにもかかわらず観念《イデア》の独特な比較研究を可能にするというバディウの観点は、ひとつの興味深いパラダイムを提供している。それは、文献学的な言葉の使われ方が共有されてきたという歴史ではなく、無制限かつ単純化不能のポイエーシスの境界線に由来するものだ。さまざまな時代と文化からの翻訳を許容することで、バディウによる観念の哲学は、比較における高度なデモクラシーを実現している。

　翻訳不可能性という用語は、特定の国と特定の種類の文章を利する国際出版産業の副作用を記述しうるものでもある。相互に関係する諸問題を考察した――一国の文学がいかに取引されるか、出版のポリティクス（英語話者や、標準語で出版活動をおこなう出版社を有利にする）、翻訳むきの散文や芸術系諸ジャンルに手厚くなる、文学的価値観の国際化がもたらす影響。作品が可視化されるプロセスについて考える上で、私が検討したのは、受容とリーダビリティのイデオロギー、貧困にあえぐ国で作品を流通させることにつきまとう物理的困難、世界規模でなされた検閲がもたらす影響（ラシュディ事件の余波も）といった事柄である。

　第一部であつかった言語戦争は、加工品的文化の影響と、グローバル英語の拡散への対応について検討している点では、第二部とも重なってくる。私が精査したのは、方言《パトワ》・俗語・隠語・クレオール・ピジンなどで書く作家をめぐる特異な事態である。というのも、こうした作家は、文体やレトリックが広範な読者層のアクセスをさえぎってしまうにもかかわらず、その言葉の使い方が訳者をひどく悩ませるにもかかわらず、口語や方言の文学での使用を、私的コミュニケーションシステムの暴露、言語文化のエキゾチズム化だとして、ネイティヴスピーカーから裏切りだと非難される危険を冒しているにもかかわらず、国際的な認知をえているのである。英語使用が主流になった結果、国際協同路線の正典《カノン》が野暮ったいものとなり、翻訳が退潮していくことは、避けられないように見えるが、目覚ましい抵抗活動もおきている――小説『分裂病者と諸言語』(一九七四)で、ルイス・ウルフソンは自分の母語の英語を攻撃しているし、アーヴィン・ウェルシュはエディンバラの労働者階層の俗語英語を作中に書き写すことで、英国支配階層に唾をはきかけているし(『トレインスポッティング』)、マルティニックのフランコフォン作家、ラファエル・コンフィアンの「CNNクレオール」のような例もある。こうした作家の作品が証明しているのは、ときに支配言語の権力が、揺らぎ、覆されるのが、深刻なハンディキャップを負った人々の、思いもよらない想像力によるということだ。それはまた、個々の独立した言語の境界とはなんなのかという真剣に検討すべき問題も喚起する――その問題は、オリジナルやら、目標言語やら、ネイティヴやら、「外国語《フォーリン》」やらといった言葉で語られるよりは、複言語主義と、統合して標準語をつくろうという動きがぶつかりあう境界戦争としての言葉によって語られる方が、はるかに正確なものになる。「バルカン・バベル」の章で、私は「翻訳地帯」に「軍事地帯」という定義をあたえている。それは、敵意と歓待の法が、意味の移送と条約が支配する地帯だ。

翻訳テクノロジーに割かれた最終第四部は、プログラミングコードと機械翻訳が人文学の未来にいかなる影響を及ぼすのか、見極めようとしている。ここで私がとりあげたのは、翻訳研究(より一般的には人文学)が、いかに技術リテラシーとメディア理論をとりこむのか、あるいはとりこまないのかという問題である。どうやら、デジタル技術が挑戦しているのは、どこまでが翻訳なのかという境界線である。つまり、それを「芸術作品の原作と複製」というディスコースから引きずりだして、(言語的、遺伝的に見て)技術的に複製可能かどうかという領域に取りこもうとしているらしい。デジタルコードを媒介することで、(少なくとも理論上は)すべては翻訳可能になるのなら、翻訳が体現するのはひとつの「システム性」や「システムへの意志」であって、それは、フィリップ・ラクー゠ラバルトとジャン゠リュック・ナンシーによって、ヘルダーリン゠シェリング゠ヘーゲルに帰された「ドイツ観念論最古の体系計画《システム・プログラム》」までさかのぼるのだ。具体的には「理想知としての世界知という理念」として、「より包括的な物理学」として、緊急性と欲望の「プログラム的な」配列として、「人文学の最後の仕事であり最後の責務」として、このポスト・カント的システムへの意志が描いているのは、複製技術時代におけるフォルマリズムの復活と、翻訳が認識論の上でもつ遠大な射程である。(6)

レオ・シュピッツァーがいだいた「言語学と文学史」を奉じる文献学上の信条《クレド》は、戦後、比較文学のディシプリンを確立するうえで不可欠だった。のみならず、比較文学研究における新たな挑戦を触発しつづけている。「手段としての翻訳」は古学と文化の復旧をつうじて、ルネサンスを生みだした。その輝かしい過去からとり戻された翻訳は、ナチス・ドイツの手から逃れて亡命したヨーロッパ人が創設したカリキュラムの、教育上のかなめになったのである。この翻訳の再評価のおかげで、十九世紀および二十世紀初頭において翻訳者がはたした役割の、長年にわたる過小評価が是正されるようになった（当時は、訳者名がしばしば訳書から削られていた）。この文学におけるプロレタリアート――三文文士、下請け編集者と同じ階級――に属する下層身分の翻訳者は、金銭的にしばしば搾取され、はじめからたまたま有名だった場合をのぞいて、匿名をもって遇された。学問上の下位区分たる翻訳研究も、同じような低い地位に甘んじていることがたびたびである。この階級間不平等の歴史をくつがえそうというのが、本プロジェクトの目標のひとつだ。

新しい比較文学は、翻訳労働と翻訳理論の評価の見なおしを中心にすえ、求心力を強めつつも真の意味で惑星的な批評へと広がる――その過程である言語から別の言語へとテクストを移しかえてやることに置かれていた力点を、言語がクレオール化するプロセス、メジャー・「マイナー」両言語の広大な領域における詩人・作家の複数言語創作実践、世界各地のマージナルな集団による新言語の振興といったものをめぐる批評へと拡張させていく。(7) 新しい比較文学が私にけしかけるのは、文献学が、グローバリゼーションと、グアンタナモ湾と、戦争と平和と、インターネットと「ネットリッシュ」と、世界中で話されている「ほかの英語」と、そして（言うまでもなく）クローニングとコンピュータシミュレーションの「言語」と結びつく研究領域を想像することだ。野心的にも、文学・社会分析への権限を付与するものとしてイメージされた翻訳は、パラメータの数値をいじって言語そのものを文化的・政治的に変えながら、過去や未来のコミュニケーションテクノロジーと人文学が交渉する方法の名前になる。翻訳による学びに軸足をすえた新しい比較文学は、自分のネイティヴ文献学からかけ離れた言語を学ぶようにも主張することで、日常の外交精神を刷新する——たとえそれが、御しがたい他性、翻訳に隷属しないものとの遭遇を強いるとしても。

注

（1）Andrew Dalby, *Language in Danger: The Loss of Linguistic Diversity and the Threat to Our Future* (New York: Columbia University Press, 2003), p. 239.

（2）Rem Koolhaus, *Content* (London: Taschen, 2004), p. 90.

（3）Walter Benjamin, "On Language as Such," trans. Edmund Jephcott, in *Walter Benjamin: Selected Writings*, vol. 1, 1913-1926, ed. Michael Jennings (Cambridge Mass.: Harvard University Press, 1996), pp. 69-70.〔ヴァルター・ベンヤミン「言語一般および人間の言語について」浅井健二郎訳『ベンヤミン・コレクション1　近代の意味』浅井健二郎編訳、久保哲司訳、ちくま学芸文庫、一九九五年、二六頁。〕

（4）ルネサンス人文主義の要として、翻訳は東西の知的交流の媒体にまで人文主義をおしあげ、古代文化とその研究の蓄積を保存し、広める役割をはたした。ギリシア・ローマ研究者が立場上、翻訳を重視したおかげもあって、十九世紀から二十世紀初頭に顕著になった訳者の労力にたいする無視は総じて是正されることになった。この期間、訳者名は、訳者自身がたまたま著者として有名でもないかぎり、表紙から削られてしまった。比較文学が戦後アカデミックなディシプリンになるさいに、翻訳は理論家にとって訓練のひとつになった（ガヤトリ・C・スピヴァクとバーバラ・ジョンソンが、ジャック・デリダの著作を翻訳したケースがそうである）。

（5）Barbara Johnson, *Mother Tongues: Sexuality, Trials, Motherhood, Translation* (Cambridge, MA: Harvard University Press, 2003), p. 60.

（6）Philippe Lacoue-Labarthe and Jean-Luc Nancy, *The Literary Absolute: The Theory of Literature in German Romanticism*, trans. Philip Barnard and Cheryl Lester (Albany: SUNY Press, 1988), pp. 27-33.

（7）以下の文献を参照のこと。Wai Chee Dimock, "Literature for the Planet," *PMLA* 116 Jan. 2001: 173-88. Gayatri Chakravorty Spivak, *Death of a Discipline* (New York: Columbia University Press, 2003).〔G・C・スピヴァク『ある学問の死——惑星思考の比較文学へ』上村忠男・鈴木聡訳、みすず書房、二〇〇四年。〕

第一章　9・11後の翻訳――戦争技法を誤訳する

9・11の衝撃が冷めやらぬなか、アラビア語通訳が払底していることがわかると、米国で翻訳が議論の的になった。突如白日のもとにさらされたのは、単独行動主義《ユニラテラリズム》と自国文化中心の対外政策の元凶である単一言語使用《モノリンガリズム》に、世界が激怒しているという事実だった。単一言語使用の慢心が、国務省や諜報機関の翻訳能力への国民の信頼とともに霧消しても、多国籍軍の英語中心主義が生んだ精神的、政治的危険性が満足に検討されることはついぞなかった。誤訳の「テロ」はいまだ病理を特定できていないばかりか、機械翻訳に切り替えていく処置をとっても、恐怖を鎮める役にはほとんど立たない。イラク戦争開戦前の二〇〇二年十月二日、ＭＳＮＢＣはこう報じていた。

> 米軍がイラクを近日中に急襲した場合でも、捕虜の尋問から化学兵器の隠匿場所の特定まで、全局面で有用な電子翻訳機の助けをあてにできます。「手を上げろ」のような命令をアラビア語会話やクルド語会話に変換してくれるだけではなく、一刻を争う諜報活動にあっても、世界一難しい言語からの迅速な翻訳が可能だと軍当局者は期待をよせています。(1)

国防高等研究計画局《DARPA》が開発した「野外／戦場《フィールド》」使用目的の携行機械翻訳装置への依存は、ボスニア戦争では顕著に見られた傾向だった。広く使われたプログラムには、お気楽にも「外交官」なる名称がつけられていたものもあった。しかし、使用の結果あてにできないとわかり、ひどい場合には致命的な欠陥さえあった。誤訳の代償は死だ。戦争という劇場にあっては、マシンエラーはたやすく「同士討ち《フレンドリー・ファイア》」、あるいは標的の撃ちもらしによる死を招いてしまう。

本書の脱稿時期は、米国のイラク侵攻・占領と重なっており、日々のニュースと自分の関心事が結びついていることを無視できなかった。主要なソースから「翻訳と戦争」の現在進行形の記録《ログ》を切り抜き、収集することにした。目を惹いた例をいくつかあげておく（定期的に自動更新されるディスクのフォーマットでだせれば本当はよかったのだけど）。

二〇〇三年七月二十五日／『ニューヨーク・タイムズ』／ニール・マクファーカー／バクダッド、イラク、七月二十四日／今夜、テレビ画面にウダイ・フセインとクサイ・フセインの写真が映しだされると、繁華街にある「ゼインの床屋」では議論が噴出した。居合わせた男の半数はかつての圧政者の死にわきたったが、ほかの者たちの主張では、独裁者の息子二人は襲撃された場所にはおらず、画像は捏造だとした。

二〇〇三年十一月十一日／『アジア・タイムズ』／言語や文化に対する理解力という点で、今日の米国が進めているのは、大国による作戦としては史上最低の水準の極秘任務だろう。

二〇〇三年十一月二十二日／『ニューヨーク・タイムズ』B9面／ジュディス・ミラー「戦争課報活動をめぐる言葉の戦い」／エドワード・N・ルトワック（変わり者の国防分析官、戦略国際問題研究所勤務）はこう断言する――「工作員になるには詩人にならねばならない［…］。ウルドゥー語を六ヶ月間で習得できなくてはならない」。著しい語学力不足のせいで、アメリカ人課報部員の多くは「コーヒー一杯注文できない」。

二〇〇三年十月七日／『ニューヨーク・タイムズ』／グアンタナモ収容所で、誤訳によるサボタージュの恐怖。米国の通訳にサボタージュ疑惑。憲兵隊捜査官はアラビア語通訳がかかわった取り調べ記録を再調査している。潜入工作の恐れがある。「なかでも恐ろしいのは、アルカーイダの息がかかった関連ネットワークに筒抜けになっていることだ」――こう、ある空軍上級士官は述べている。

二〇〇三年十月八日／『ニューヨーク・タイムズ』／イラクで路上爆弾が爆発、兵士三名、通訳一名が死亡した。

www.thetalentshow.org/archives/000767では「9・11のテロ攻撃前後のインテリジェンス・コミュニティの活動に関する米国議会両院合同調査」報告書（二〇〇三年十一月発行）の七〇―七二ページが引用され、以下の解説が続く。／所見。9・11以前、インテリジェンス・コミュニティは、大量の対テロ外国語情報を収集していたが、それを翻訳するという難題にあたるだけの余裕がなかった。インテリジェンス・コミュニティの各機関がおかれていたのは、翻訳待ち資料の山、語学の専門家や語学の資格をもった職員の不足、テロ関連最重要言語におけるレディネスが三〇パーセントしかないという事態だった。国家安全保障局（NSA）の言語上級顧問が米国議会両院合同調査委員会にした説明によれば、対テロ作戦言語に従事しているNSA言語局職員の言語レディネス指数は、現在三〇パーセントほどだという［…］。CIA語学学校の校長の証言によれば、CIAが必要とする語学の水準を考えると、CIAの作戦本部は、世界規模の対テロ戦争への用意ができていないにもかかわらず、慣例通りの人員補充と、情報収集指令をつづけている。校長は、同機関において、語学能力向上のためのしかるべき戦略はないとも付け加えた。

……金曜日、当局者と人権保護運動団体が発表したところによれば、これまで軍営語学学校で通訳の訓練をうけた兵員九名が、対テロ戦争の語学専門家不足にもかかわらず、ゲイだという理由で除隊されているという。ウェイン・シャンクス中佐（陸軍訓練教則司令部のスポークスマン）によれば、九名はカリフォルニア州モンテレーの軍営国防語学学校を、今年の課程中に除隊になった。九名のうち六名がアラビア語通訳として、二名が朝鮮語通訳として、一名が中国語通訳として訓練をうけていた。スティーヴ・ラルズ（軍人のための法律擁護ネットワーク）によれば、どの隊員も軍歴は非の打ちどころがなく、従事中の重要任務の継続を希望していたが、性的指向を理由に解雇された。

二〇〇三年十二月十四日／『ニューヨーク・タイムズ』／リック・ブラッグ著『私も一兵士です――ジェシカ・リンチの物語』(2)のデイヴィッド・リプスキーによる書評／軍功がまずもってリンチに帰せられるものではないとしたら、その物語に魅力はあるのかと疑問符をつける評者もいる。（ブラッグは書いていないが、最初とりちがえがあったのは単純な理由からだ。のちのニュース報道によれば、イラク軍の無線会話を傍受した軍は、リンチの所属する部隊の金髪の兵士が実際に果敢に闘ってやられたのを盗聴した。あとから、兵士はドナルド・ウォルターズ軍曹だと判明した。通訳はアラビア語代名詞の「彼」と「彼女」をとりちがえ、リンチだと思ったのだ。）

二〇〇四年五月七日／イラク南部のホワイトハウス収容所に収監中のイラク・バアス党将校が死亡した件について、ブライアン・ロスが報じている（「拘禁中の死――イラク囚人キャンプで、海兵隊予備兵は取り調べをうける」ABCNEWS.com）／弁護士たちの主張では、海兵隊のうちだれもアラビア語を話すことができず、収容所にはひとりの通訳も割り当てられなかった。

個々の事例からわかるのは、イラク戦争とその戦後処理で、無翻訳・誤訳・証拠の視覚情報の「翻訳」の信憑性が、話題の中心を占めていたということだ。捕虜の身におちたジェシカ・リンチが英雄的な抵抗をしたという「神話」は、政府とメディアによって大々的に喧伝されることで骨の髄まで利用されつくした観があるが、ひとつの翻訳ミスをかき消してしまう懸念があった。折しも、軍のホモフォビア的方針のせいで、ＣＩＡが手持ちのもっとも貴重な情報源――対テロ作戦に従事していた正規の通訳たち――を放逐したときだった。幾度となく、ブッシュの取り巻き連中の喧嘩腰の単独行動主義《ユニラテラリズム》は、自らが擁護するモノリンガルじみた主戦論のはけ口を求めてきた。たとえば、イラクでの政府機関共同活動の輪から締めだしをくっているのではないですかというドイツ人記者の質問に応じて、ドナルド・ラムズフェルドは、こう発言している――「知らんと言っただろう。意味がわからんか。英語がわからないのか?」ラムズフェルドの英語限定の応対は、イラクにいる通訳たち――撃ちごろの人間ターゲットとして前線で身をさらしている人々――にアメリカが頼りきっていることを公然と無視する言語的傲慢の症状を示していた。[3] グアンタナモ湾の通訳は別種のターゲットになった。通訳たちは米軍の目には重要容疑者と映り、かなりの数がアルカーイダのスパイの嫌疑をかけられた。メディア戦争の前線ではイメージの「翻訳」が、議論の俎上にのぼることも増えた。フセインの息子二名の遺体と目される画像は、米軍勝利の「証」として広く流布したが、加工画像や偽画像なのではないかという疑惑をイラクの街に呼び、人々はジョヴァンニ・モレッリのように(事実記録の保証としては頼りない)死体の耳や顎鬚を眺めまわすことになった。サダム・フセインがメディカルチェックを受ける悪名高い映像は、独裁者を捕縛した言葉を超えた証拠として全世界で放送されたが、政府が望んだようなメッセージを伝えたわけではなかった。代わりに、映像編集がされているのではないかという疑惑をかきたてたのだ。美術史家のジョン・ミルナーによれば、普仏戦争に応じて急遽(メソニエ、ドガ、ルノワールなどによって)制作された絵画、印刷物、木版画、デッサンには「リアリズム・ルポルタージュ・事実・捏造・プロパガンダが、明確な境界なく連続して存在していた」[4]。言語に劣らず、誤訳されやすい画像は、出来事の信用できない記録のままだ。

私の考える誤訳とは、戦争技法上の歴とした事項だ――戦略および戦術に不可欠かつ、死体画像の解読法と不可分であり、軍需品《マテリエル》であって、つまり広義にはインテリジェンスのハードウェアとソフトウェアを指している。誤訳は国交断絶の別名であり、パラノイアじみた誤読の別名である。カール・フォン・クラウゼヴィッツによるいまだ実用に供する定義「戦争とは他の手段をもってする政治の継続にほかならない」[5]をなぞって、私は「戦争とは他の手段をもってする誤訳や食い違いの極端な継続にほかならない」と言ってみたい。別の言い方をすれば、戦争とは無翻訳性や、翻訳失敗状態が、暴力の極限に達したものだ。

いわゆる「テロとの戦争」、およびその遂行において翻訳がもつ影響力が増していることについては、まだ理論化を待っている状態だ。しかし「兵器としての翻訳」の役割を考える批評家なら、多くの戦争理論の先達に倣って、クラウゼヴィッツの古典、一八三二年の『戦争論』（戦争技法の入門書にしてバイブル！）に拠るのは間違いのないところだろう。オスカー・フォン・ノイマン、アナトール・ラポポート、ミシェル・フーコー、ジル・ドゥルーズ、ポール・ヴィリリオ、マヌエル・デランダは、みなクラウゼヴィッツを経由している――たとえ逆説的に用いているとしても。たとえばラポポートは、ネオリアリストのクラウゼヴィッツ主義者がゲーム理論の無機質な道徳勘定を戦争に適用するのを批判している。またフーコーは、クラウゼヴィッツの有名な公式を逆さにして「政治とは他の手段によって継続された戦争である[6]」と主張している（一九七六年のコレージュ・ド・フランス講義の主要テーマで、『社会は防衛しなければならない』という題で刊行された）。クラウゼヴィッツの理論の中でも私がとりわけ興味をひかれるのは、戦争技法を公式化する方法だ。近代化の進行度に応じて、システマティックに形成されるネットワークやクローズドサーキットとして、戦争技法を規定するその方法だ。

『戦争論』の第二部で、クラウゼヴィッツは中世の包囲戦における共同作戦まで戦争技法をさかのぼる。戦闘行為が次第にシステマティックかつ自省的になるにつれ、規則や原則を明確に成文化する求めが生じた。当初、物理的要素が勝っていた。数の優位、「作戦基地」の概念（軍隊の位置を縦の辺、食糧と連絡中継地を結んだものを横の辺としたときの斜辺上に設営された）、「内線」の考案などである。フォン・クラウゼヴィッツはこういった項目に、勇気、敵意、妬み、寛容さ、誇り、謙虚さ、獰猛さ、やさしさのような感情面をも加えたうえでさらに検討する。このような軍事儀礼の諸要素は、戦略・戦術規則との結びつきをへて、十八世紀の戦争技法を生みだした。すなわち、美的調和を第一に、隊形・教練・命令をエレガントかつ完璧に実行することに重きをおいたものだ。フランス革命のさなかも戦争は、この理想にのっとって遂行されたが、決定的な違いがあった。新階級である愛国兵士たちが、普遍的な信念の名の下に敵軍と戦ったのだ。「フランスのため」に戦うという熱狂につけこむかたちで、ナポレオンは兵力の浪費を惜しまなかった。敵軍をだしぬくというよりは殲滅するよう大軍を用兵し、旧態依然としたヨーロッパに「政治の統一通貨とは力であり、力は物理的な破壊をひきおこす能力に宿る[7]」ことを教えた。多数の見るところでは、文明国同士の戦争の基本原則をナポレオンが破棄したことで、大きな認識上のシフトが生まれ、クラウゼヴィッツによる理論化を呼んだ。つまり、十八世紀の戦闘に典型的だった、別個に標準として受け入れられていた規範から、総合芸術《ゲザムトクンストヴェルク》としての戦争に至る道のりだ——そこでは士気、洞察、愛国目的といった信念が十全に活用されていた。プロイセンが民兵を考案したのも、クラウゼヴィッツがナポレオンによる実践を戦争哲学に「翻訳」したから生まれたものであって、一八一五年のプロイセンのナポレオンへの大勝利と、普仏戦争の勝利を陰から支えたことはまずまちがいない。

近代戦を定義しつくし、チェスやバレエの振りつけといった十八世紀的な見立てに異を唱えんという熱意に駆られていたクラウゼヴィッツとそのネオリアリスト的追従者たちは、十九世紀の外交術にアンシャン・レジームの形式主義が生き残っていることを見くびっていたようだ。冗漫な戦争分析の手法に、外交も歴史的に引きずられてきた。それは戦争を精神力の発露と見なすカントの立場にあまりに依存したものと、ネオリアリストたちには映ったのだ。この「ソフト」なモデルを、最適な戦力、費用便益動機、軍事テクノロジーの最大化に着目する「ハード」な合理的選択モデルと比較するといかにも分が悪い。ハードvsソフトの対立を超えようとして、社会学者のフィリップ・スミスは、戦争とは社会儀式と文化パロールだというデュルケーム的理論を提示した[8]。外交言語を「社会的事実」として扱うことで、スミスは「同意・不同意を形成する間主観的根拠」を文化において位置づけ、外交辞令、プロパガンダ、メディア報道の文化的基盤を考察した[9]。「出来事の一般的な理解の一般的な理解」に頼るのではなく、戦争を招く文化的誤訳の儀式を「合理性の祝祭、近代性の祝典、民主主義の典礼」と解した。愛国主義や排外主義を煽る詭弁、その類のものは、スミスにとっては、「市民宗教」の文化の一部であり、標準的な仮説で説明できるものだ。参戦が国家の権益にかならずしも適うとは限らない場合でさえ、文化としては「合理的」なものである。戦争を引き起こす文化政治学を、合理的選択アプローチで論じるスミスが、旧態依然とした外交史に議論を引き戻すのは奇妙に思われる。しかも、そこには戦争の前提条件を準備する言語の役割（もっと言えば、誤訳の役割）を額面通りにとるという更新料さえかかるのだ。

私の考えでは、スミスが提示しているのは（あまりに還元主義的だとして片づけられた）精神分析をかたにした、外交の記号論的人類学とでも言うべきものなのだ。外交に精神分析のような面があるとすれば、それはより納得がいくものになる——なぜかと言えば、国家が個々の人間と同じように（共通の動機や欲望に駆られて）振るまうからというよりは、外交とは兵器化した言語と不発に終わった合図の「別の方法による」表現だからなのだ。戦争が力の言語だとして、それを解く鍵が外交にあるなら、史上失敗した外交の症例を解剖するうえで、衝動的発話行為に精神分析的・合理的選択理論でアプローチすることは役に立つだろう。

このコンテクストでは、最近のイラクにおける大量破壊兵器の発見失敗、トニー・ブレアがもちだし、ジョージ・ブッシュが侵略の口実にした「文書《ドシエ》」にたいして後からもちあがった疑義は、著名な先行例である普仏戦争を勃発させたビスマルクの捏造にも比せられるものだろう。ゆえに『デイリー・テレグラフ』は、労働党議員ピーター・タプセルによる意見――「トニー・ブレアのイラク調査報告書は、ビスマルクの「エムス電報」改竄以来、最悪の捏造だ[10]」を報じたのだ。これは、ワールド・ソーシャリスト・ウェブサイトが報じた、ジョージ・ブッシュとドイツ首相ゲルハルト・シュレーダーの会談の様子とも合致する。そこでも同じアナロジーが使われていた（シュレーダーの通訳官がブッシュのひざにペンをうっかり落としたとき、ブッシュは「大量破壊兵器」による攻撃だ、というジョークで場をなごませたというが、その際に使われたアナロジーだ[11]）。

報道でまたあがってきていることもあるので、エムス事件の詳細をおさらいしておこう。一八七〇年六月、スペインとプロイセンは、ホーエンツォレルン゠ジグマリンゲン・レオポルト公をスペイン王位につけようという計画をあたためていた。一八六八年の革命の余波で、イザベラ二世の退位後、空位になっていたのだ。プロイセンから見て、レオポルトはよい人選だった。プロイセン国王ヴィルヘルム一世の血縁でもあるレオポルトは、ヨーロッパの帝国列強に加わるよう、ドイツ王室の支配力を強めてくれるだろう。カトリックという点でも、ミュラ家・ボアルネ家とも結びつきがあり、理屈上ではフランスも受けいれるはずだった。しかし、フランスの見方は違った。ホーエンツォレルンからの立候補はフランス国家の体面をひどく傷つけるものであり、ヨーロッパのパワーバランスを崩そうとする無法なたくらみだ――そうフランスは不当性を訴え、ヴィルヘルムに戦禍を招くようなまねをやめるよう主張した。皇帝ヴィルヘルム一世は戦争を望んでいなかった。コブレンツそばの温泉地エムスで休暇中の皇帝は、フランス大使ヴァンサン・ベネデッティと会見し、親類レオポルトのスペイン王座への意思とりさげという決断は、自分の是認にも適う旨を告げた。本来なら、話はそこで終わるはずだった。しかし、フランスはさらなる補償を求めた。愛国主義者ド・グラモン公に煽動された人々は、プロイセン王はベネデッティに再度面会し、スペイン王位継承問題にけっして介入しないという保証と謝意を示すべきという主張をしたのだ。会見を求め、ベネデッティはエルムの庭園でヴィルヘルムをつけまわしていたようだ。この無礼に立腹した王はベネデッティに会うのを拒んだ。しかし、枢密顧問官のハインリヒ・アベケンの仲介をとおして、ヴィルヘルム王はけっしてレオポルトの立候補の撤回にかかわる意図がないと伝えた。アベケンは首相オットー・フォン・ビスマルク公にこの公式見解を伝え、エムス電報として知られるようになった。ヴィルヘルムとアベケンによる文章は以下のものだ。

私は最後には多少きびしく彼を退けた。そのような義務をいつまでも負う必要はないし、またそれはできるようなことではないからである［…］。

［陛下はある閣僚の上奏を容れ、］前述の無理な要求を考え、ベネデッティ公をこれ以上引見しないこととし、公に侍従をとおして次のことを言わせました。すなわち、陛下はいま侯爵からの書面により、ベネデッティがパリからすでに得ている知らせを確認したので、これ以上大使になにも言うことはない、と。(12)

電報を受けとったとき、ビスマルクはプロイセン軍参謀総長ヘルムート・フォン・モルトケと会食中だった。二人の話題は、兵員の高齢化、有能な指揮官の不足、悲惨な結果に終わったメキシコ出兵、アフリカでの資源の輸送などといった諸事情によって弱体化したフランス軍の現状についてだった。フランスが計画していた軍制改革の先手をうつ意味でも、ビスマルクとフォン・モルトケはフランス相手に事を構える機が熟したと見た。好戦的な反応をまちがいなく引き出せるようにと、ビスマルクはエムス電報を「編集」し、何ヶ所か文章をより気にさわるように書きかえた。ビスマルクの手を経たものが以下になる――「国王陛下は大使に引見することを断り、勤務中の侍従をとおして、陛下は大使にこれ以上何も伝えることはない、と伝えさせた」。反応はまさにビスマルクの予期したとおりのものだった――というのも、本人は電報が「ガリアの雄牛にとって赤布」になるだろう、と書き記していたからだ。よく検分したところで変更はたいしたものではないようにも映るかもしれないが、その含みは重大だった。ビスマルクにとってそれは、たんなる王の会見の中止ではなく、これ以上の交渉の打ち切りを意味していたからだ。間髪入れず、ビスマルクは電報を欧州の主たる大使館とドイツの新聞社に送りつけた。言うまでもなく、電報の逸話が示すのは、近代戦において、情報伝達が決定的に重要なものになったということだ（米国が第一次世界大戦に参戦する決定的な要因になったと一般に見なされている「ツィンマーマン覚書」は、一番有名な例だろう）。エムス電報にかんするかぎり、明らかに、被害はその「メディアに一直線」につづく道のせいだった。もとは外交儀礼にのっとってフランス語で送られた（と信じるが）ビスマルクの声明のドイツ語訳の全文は、『北ドイツ総合新聞』の号外として、当日夜にはベルリンで無料配布された。パリの出版社から、その独語訳の仏語版がでたとき、反応はまさにヒステリーと言っていいものだった。ビスマルクが「編集」した文書が、フランスのプライドを傷つけたことは間違いないが、それだけでなく、ドイツ語版のフランス語訳が「侍従adjudant」という語を誤訳したせいでもあった。普仏戦争全体が、このたった一語にかかっていたと言っても過言ではないだろう。ドイツ語の adjudant ―― Adjutant は、「副官 aide de camp」を指す。電報を独語から仏訳した新聞は、どれもこの言葉をそのままフランス語版に用いていた。運悪く、仏語の adjudant は「曹長」か、上級曹長を指している。侮辱の度がはなはだしくなったのは、ヴィルヘルムが仏大使に敬意を示さなかったせいだ。つまり、爵位をもつ副官のラドズィヴィルではなく、低い階級の使者をやって自分のメッセージを伝えさせたように思われたのだ。このように、格式を重んじる、外交上の慎み深さは、奸智にたけたビスマルクの介添えもあって、外交儀礼の言語道断の不履行へと「翻訳」されたのだった。ちょうどこのとき、パリでは平和主義の政党が優勢だったにもかかわらず、エムス電報はプロイセン人がナポレオン三世を真っ向から挑発したものととらえられ、あちこちから「戦争だ！　ビスマルクを打倒せよ！　ラインに進軍せよ！」という声が聞こえてきた。編集前と編集後の電報の比較がおこなわれ、フランスがきわめて重要な譲歩を引き出していたことが確認されても、一度ついた戦争へのはずみは止めることはできなかった。ガンベッタ、アラゴ、ジュール・ファーブルとともに、戦争反対の論陣を張ったティエールは、痛切にもこう訴えた――「喧嘩の実質的な原因がなくなったにもかかわらず、たかが形式の問題のためにおびただしい血を流すことに決めたと、全ヨーロッパに告げるつもりなのか？」応じて、中道と右派は声高に戦争賛成を唱えた。ギヨー・モンペイルーはこう反駁した――「プロイセンはイェナでフランス軍が勝ったことを忘れてしまったのだ。思い出させてやらねばならない」。他方、エミール・オリヴィエは、あとから弁解不可能な、不用意な発言をした――戦争の責任を「軽い気もち」で引き受けるだろう、と。首相は慌ててこう言いなおした――「重苦しい悔恨の念に沈む心ではなく、自信に満ちた心でと言いたかったのです(13)」。

両国が、大英帝国への挑戦権をかけ、大陸一の大国にのしあがろうと画策しあっていたという大きな図式のもとでは、戦争勃発は誤訳次第だったということをエムス電報事件は示している。まさにこの場合、誤訳とは一語を訳さなかったことのようだ。その語は、語学業界では「にせの友達《フォザミ》」とよく呼ばれるものであり（共通の言葉や語源が、まちがった同義語をつくってしまうことを指す）、国家を危機の瀬戸際まで追いやってしまった。曹長に対応するドイツ語（Feldwebel）がなにか調べていれば、フランスはビスマルクの陥穽に落ちるのを避けられたのではないかという人もいる。エムス電報を戦争の直接の原因ではなく、兆候にすぎないと見なす歴史家の説をとるにしても、出来事全体が普仏両国の「真実」からの対話が不可能なことを示している。一九六八年五月革命の支持者たちに、ジャック・ラカンはあっさり言いきった――「対話というものはなく、対話というものは欺瞞《デュプリ》です」。自分のもっと有名な発言――「性的関係は存在しない(14)」――を先取りするかたちで、ラカンが訴えたのは無関係の政治学であり、そこではトラウマ的な断絶をぐるっと囲むようにしてモノローグがびっしり並べられているのだ。

こうも言うことができるだろう――外交言語の欺瞞《デュプリ》を曝けだしたエムス電報は、世紀末文化をそっくり生みだしたプロイセン人たちに対して芽生えてきたフランスのパラノイアを満たすものだった。自己欺瞞や背信によって、自国批判が阻害された恐れもある。こうした態度を、ゾラは『壊滅』において、拒絶反応として描きだした――兵卒ヴァイスがなぜドイツが強敵と思われるか説明すると、上官にとがめられる場面でのことだ――「徴兵制度は、国家の軍備を軌道に乗せた。プロイセン軍は教育され、訓練されている。［…］この軍隊は諜報活動、高い士気をもち、［…］総司令官は［…］戦術を刷新したに違いないのだ」。プロイセン軍の脅威についてヴァイスが明晰な観察を述べると、隊の士気をくじいたことをまず叱責され、同僚の軍人（アルジェリア遠征からの古参の志願兵）の疑惑の視線を浴びる——

　君は何というくだらないことをほざいているんだ！　まったく馬鹿げている。そんなことを言って何になるのだ！　それに何の意味もないことだ［…］。敗ける、フランスが敗けるだと！　あのプロイセンの豚野郎が俺たちを敗かすんだと！[15]

敗北後、妄想コンプレックスは悪化の一途をたどった。一八九五年、友人の耳鼻科医ヴィルヘルム・フリースにあてた論文で、フロイトはこう記している——「大国家は自分が戦争で打ち負かされるという考えを受け入れることができない。それ故、それは打ち負かされなかった、勝利は無効である。それは集団パラノイアの例を示し、裏切り妄想を考え出す」[16]。エムス電報からドレフュスに罪をきせた悪名高い「明細書《ボルドロ》」まで、外交上の欺瞞《デュプリ》を文化的パラノイアに結びつける一本の線が引けるだろう。外交儀礼の誤訳が予兆しているのは、国家間の根治不能の無翻訳性であり、パラノイアの投影を誘発する悲劇的拒絶反応《プロカージュ》であり、士気をめぐるゼロサムゲームの損得勘定である（一方がなんであれ益を授かれば、他方は被害を受ける）。

　フォン・クラウゼヴィッツ男爵は、戦争技法におけるゼロサムゲームの中核的な理論家だった。核抑止力のゲーム理論家たちが戦後、『戦争論』を論拠としたのは偶然ではない。クラウゼヴィッツの原則は、非戦状態が例外であるような「恒常戦争」という時代の感覚があって、真価を発揮したと言えるだろう。戦争の新しい劇場で、外交と国家の欲望に対する精神分析的読解は、的外れに見えるかもしれない。しかし、フロイトもよく知っていたように、超リアリスト・合理主義的観点から戦争を正統的に説明したのでは、見えなくなるものがある。そこで、国家の精神性における、破滅主義的誘因と、外交上の「ブラックホール」作用を批判的に理解しなくてはならない。晩年の文章である「戦争はなぜに」で、フロイトはクラウゼヴィッツ風「戦争についての論」からフロイト風「戦争はなぜに」に、パラダイムを大きくシフトさせた。「について《フォム》」から「なぜ《ヴァルム》」、このシフトがつまるところ引き起こしたのは、倫理的中立を標榜する戦争の哲学から、抑圧の「解除反応」の失敗例として戦争を精神分析の対象にすることへの流れだった（前者は、ナポレオン的な遂行から、戦略と戦術の形而上学への展開にもとづいたものだった）。「戦争はなぜに」で、フロイトはアインシュタインに、

　なぜ私たちは戦争に対してこれほどにも憤慨するのでしょうか。あなたも私も、その他、多くの人々もそうですが、なぜ私たちは人生の数ある辛い窮境の何かほかのひとつのように、戦争を耐え忍ばないのでしょうか。そもそも戦争というものは自然の道理に適い、生物学的にも歴とした基礎を持ち、実際面ではほとんど避けられそうにありません。

という疑問を発しているが、クラウゼヴィッツの立場に真っ向から対立するもののようだ。つまり、戦争とは政治の論理的延長であって、体制に組みこまれてしまっているという立場に抵抗している。[17]「戦争はなぜに」という問いを提示することで、フロイトが疑問を投げかけたのは、知性がもたらす秩序に盲目的にしがみつく態度だった。そのせいで本能は抑圧され、生を志向する自己保存の性的欲動は無視され、死の本能の破滅的強迫観念は誤認されてしまう。結果論から言えば、戦争の「理性／理由」へのフロイトの精神分析的関心は、外交の専門家の尽力や「よい」翻訳の実践によって実現されるはずだった、ユートピア的政治学を生まなかった。誤訳を大前提として受けいれつつ、フロイトが道を開いたのは不和《メザンタント》をめぐるプラグマティスト的政治学だった。これはジャック・ランシエールが言うところの合理的な不同意モデルか、『征服されざる世界』でジョナサン・シェルが「市民‐不協同」と呼んでいるものにあたる。かくも無翻訳性という難題《アポリア》は戦争技法の再考に欠かせない。[18]

　抽象的に見えようとも、暗号としての戦争というアイデア——一定の規則や法律によって「翻訳可能」なものという——は、有象無象のものなどではない。なぜなら、9・11後の新聞をつぶさに読むことでたしかめられるように、戦争の理論と現場におけるその帰結のあいだにはっきり線を引くことなどできないからだ。対テロ戦争

の「敵」は、時がたつにつれ作戦基地を拡散させていき、インターネットと電子外交の闘技場《アリーナ》に戦闘地帯《バトル・ゾーン》は移るがゆえ、そのような戦争は翻訳戦争と定義されるようになる。その公式戦略は、諜報活動を翻訳する能力によって決定され、その公認目標は、次第に誤訳に曝されるようになり、グレート・ゲームとしてのその外交上の欺瞞《デュプリ》は、グローバル絶滅の予兆、あるいはグローバル平和の希望にとって、かつてないほど重要な意味をもつだろう。

注

（1）MSNBC (October 7, 2002) www.aaai.org/AI Topics.

（2）〔訳注〕リック・ブラッグ『私は英雄じゃない――ジェシカ・リンチのイラク戦争』中谷和男訳、阪急コミュニケーションズ、二〇〇四年。

（3）Peter Spiegel, *The Financial Times* (October 7, 2013).

（4）John Milner, *Art, War, and Revolution in France 1870-1871: Myth, Reportage and Reality* (New Haven: Yale University Press, 2000), p. xi.

（5）Carl von Clausewitz, *On War* [*Vom Kriege* 1832], trans. Col. J. J. Graham (London: Penguin, 1982), p. 119.〔クラウゼヴィッツ『戦争論 上』清水多吉訳、中公文庫、二〇〇一年、六三頁。〕

（6）Michel Foucault, "*Society Must Be Defended*": *Lectures at the Collège de France 1975-1976*, trans. David Maccey (New York: Picador, 2003), p. 48.〔ミシェル・フーコー『社会は防衛しなければならない――コレージュ・ド・フランス講義 一九七五―七六年度』石田英敬・小野正嗣訳、筑摩書房、二〇〇七年、一九頁。〕

（7）〔Anatol Rapoport, "Introduction," Carl von Clausewitz, *On War* [*Vom Kriege* 1832], trans. Col. J. J. Graham (London: Penguin, 1982), p. 21.〕

（8）Philip Smith, "Codes and Conflict: Toward a Theory of War as Ritual," in *Theory and Society* 20: 1991, p. 107.

（9）Ibid., p. 109.

（10）*The Daily Telegraph*, Frank Johnson, "Notebook," 10/25/2003 telegraph.co.uk

（11）Peter Schwarz, "Schröder, Bush and the 'Agenda 2010'" Oct. 8, 2003.ws.ws.org

（12）Michael Duffy, 2002-2003. http://firstworldwar.com/source/emstelegram.html〔エムス電報の訳文はエーリッヒ・アイク『ビスマルク伝 6』加納邦光訳、ぺりかん社、一九九八年、一六二―一六三頁をもとに作成した。〕

(13) 本章のエムス事件についての説明は、多数のインターネット・ソースに加えて、以下の資料に拠っている。Michael Howard, *The Franco-Prussian War* (New York: Collier, 1961)、James F. McMillan, *Profiles in Power: Napoleon III* (London, 1991).

(14) 最初の引用は、フランソワーズ・ジルーがラカンの発言を一語一句書き写したもののようだが、『レキスプレス』誌に掲載された記事「他者が神だったとき」が初出である。ラカンの有名な箴言「性的関係は存在しない」は、Seminar XX "Encore" (Paris: Seuil), 1975, p. 14が初出である。両者ともElisabeth Roudinesco, *Jacques Lacan* (Paris, Fayard), 1993, p. 439〔エリザベト・ルディネスコ『ジャック・ラカン伝』藤野邦夫訳、河出書房新社、二〇〇一年、三六四頁〕より引用した。

(15) Emile Zola, *La Débâcle*, trans. Elinor Dorday (Oxford: Oxford University Press, 2000), p. 19-20.〔エミール・ゾラ『壊滅——ルーゴン＝マッカール叢書・第19巻』小田光雄訳、論創社、二〇〇五年、一九—二一頁より一部改変を施して引用。〕

(16) 「防衛の病理学的モード」について論じているのは、一八九五年のフリースへの手紙からの抜粋である。そこで、フロイトは明らかに普仏戦争に言及している。*The Standard Edition of the Complete Psychological Works of Sigmund Freud*, vol. 1, trans. James Strachey (London: The Hogarth Press, 1966), p. 207.〔ジェフリー・ムセイエフ・マッソン編『フロイト　フリースへの手紙——1887-1904』河田晃訳、誠信書房、二〇〇一年、一〇七頁。〕

(17) *The Standard Edition of the Complete Psychological Works of Sigmund Freud*, vol. 22, pp. 213-14.〔ジークムント・フロイト「戦争はなぜに」高田珠樹訳『フロイト全集　第20巻　1929—32年——ある錯覚の未来／文化の中の居心地悪さ』岩波書店、二〇一一年、二七〇頁。〕

(18) 以下の文献を参照のこと。Jacques Rancière, *La mésentente. politique et philosophie* (Paris: Galilée, 1995)〔ジャック・ランシエール『不和あるいは了解なき了解——政治の哲学は可能か』松葉祥一・大森秀臣・藤江成夫訳、インスクリプト、二〇〇五年〕、およびJonathan Schell, *The Unconquerable World: Power, Nonviolence, and the Will of the People* (New York: Metropolitan Books, 2003).

第一部　人文主義《ヒューマニズム》を翻訳する

第二章　人文主義《ヒューマニズム》における人間《ヒューマン》

一九四八年に、文芸批評家レオ・シュピッツァーは名高い論文「言語学と文学史」を発表した。もともとプリンストン大学の現代言語文学部で講演した際には「人文主義《ヒューマニズム》のなかで考える」と題されていたこの論文は、現在急成長を遂げている比較文学の分野でも、人文科学一般においても根本をなすテクストとなり、教育課程上も不可欠なものとなった。シュピッツァーからポール・ド・マンにいたるまで、語源《エティモン》に基づく方法論は、戦後の人文主義者の遺産・構造主義記号論・インターテクスチュアリティの周囲で議論を巻き起こしてきた。この方法論が脱構築のレトリカルな実践を特徴づけ、政治的には、言語の人種的・国家的な要請を実体化した。より正確にいうと、文献学的な遺産・世襲財産・文学文化の起源群にまつわる言語戦争を実体化したのである。フランス語の根《ラシーヌ》という語が（言葉の語幹《ルーツ》と国民文化の土台《ルーツ》の周囲に累積され連想を重ね合わせながら）ジル・ドゥルーズを駆り立て、カウンターナショナリスト・遊牧民的「リゾーム」・反ルーツが発明されたのかもしれないという事実も、文献学思考の歴史的価値を証したてるばかりだ。以下では特に、シュピッツァーの文献学概念のなかでも、私が「人種的語源」と呼んでいるものの役割を考察する。その語源こそが、文献学から哲学まで、さらには哲学から言語の遺伝学まで、人文主義における人間の地位の推移を測定するものなのだという仮説を検証したい。

現代批評理論において主体のカテゴリーが使い古されてくると、「人間」というカテゴリーが新たに重要になる。その理由は第一に、人間というカテゴリーは、ゲノムプロジェクトの下座に置かれた議論や、クローニング・生殖技術・生物工学のブレイクスルーにつきまとう倫理的ジレンマを取り扱うものだからだ。第二に、一般的カテゴリーとしての人間は人道主義《ヒューマニタリアニズム》と居心地悪くもセットにされてしまい、いかに問題含みであろうと、トーマス・キーナンが指摘した通りの役割を果たすからだ――すなわち人間は、「地理的な分割や政治的な腑分けに先立つもの、定義からして境界線を引くことのできないものの名前として(1)」機能する。そして第三に、人間は主体の代替物をあらわしているからだ。一九六八年以前も以後も、それは批評的言説にそれなりにかたく結びついてきた。ハイデガーの「存在の問い」においてバツ印が刻まれた存在論の主体。あるいはジャック・デリダの差異のレトリックにおける主体。言語として語られ、修辞において欲望される、ラカン的主体。社会・言語の神話のなかで解読される「作者の死」の主体。権力と知の体系内部で制度的に形式化したフーコー的主体。機能していない共同体モデルの内部に位置づけられるか、「法」に迎え入れられた倫理的主体。監視・文化的再生産・商品フェティシズムに映し出される主体。マイノリティの権利要請と彼らのアイデンティティによって増殖する主体。歴史のトラウマと抑圧された記憶によって想起されない主体。起源喪失の不安と目的論の締め出しとのあいだの仲立ちをおこなう、ポスト歴史的主体。

こうしたすべてを経たのちに、人間なるものが招き入れられる。非常事態の方策として人間は、いかに理想主義的であろうとも、新ロマン主義やポストモダンの装いのもとに再主体化することなく、ほかならぬ人生そのものを俎上にのせることを請け負うのだ。したがって人間というカテゴリーは、「人文主義の死」という決まり文句が唱えられるようになった時代に、人文主義が内部から活気づく条件を再考する手段となる。さらにこのカテゴリーは、人種が戦後人文主義を構成するものの不安定なカテゴリーとして、歴史上いかに機能してきたかを強調しなおす方法にもなる。たとえばそれは、ジャン＝ポール・サルトルの「実存主義はヒューマニズムである」が、同時期の論文「ユダヤ人」の爆弾にさらなる火種を添える要因を担った。あるいは、フランツ・ファノンがマルクス主義的解放の人文主義を通しておこなったレイシズム告発のなかにもそれはこだましている。そして、シュピッツァーから今日にいたるまでの文献学的人文主義のパラダイムを複雑化させてもいる。シュピッツァーの仕事は、一見したところでは人間なるものを議論するための出発点にはふさわしくないだろう。しかし仔細に見ていくと、彼の仕事は、いかに戦後人文主義が――人間を経由して――人文主義の重要な規範形成へと向かう道を切り抜けてきたかという実例を示しているとわかる。いうなれば、シュピッツァーが文学理論に対して果たした役割は、ハイデガーやサルトルが哲学に果たした役割と等しいのだ。

いわゆるユダヤ系エリート《ジュイフ・デタ》であるオーストリア人として、第一次大戦中に軍の検閲官を務めたシュピッツァーは、ヨーロッパ文明の純粋な擁護者だった。堅苦しいヨーロッパ普遍主義者であり、民族的連携や人種ポリティクスにほとんど与することのない文化世俗主義者である。[2]ところが人種のせいで否応なく、ドイツとオーストリアで足場を築いていたナチズムに巻き込まれることになった。[3]一九三三年、シュピッツァーはイスタンブールへ移住し、ラテン語学文学部を創設する。一九三六年になって、エーリヒ・アウエルバッハが加わることになる学部だ。二人がイスタンブールで過ごした時期は重ならなかったようだが、アウエルバッハはシュピッツァーが負っていた大学での職務をそのまま引き継いでいる。しかしながら、二人のあいだには重大な違いが存在した。シュピッツァーはトルコ文化に関わることに対してアウエルバッハよりもオープンであり、一九三四年には「トルコ語を学ぶ」と題した文章を論集『存在《ヴァルルク》』に寄せている。この論文は、言語コスモポリタニズムのモデル（非西洋言語を学んだ実例）であると同時に、ヨーロッパ言語の語源が覇権を握っていることを支持する議論でもある（シュピッツァーはトルコ語の情緒性と行きすぎた精神性に異を唱え、トルコ語をねじ曲げてロマンス諸語に準拠させる矯正治療を勧めている）。

「トルコ語を学ぶ」が言語普遍主義を提唱してしまったゆえに超国家《トランスナショナル》文献学の可能性を十分に発揮させられなかったにしても、「言語学と文学史」と同じ年に書かれた別の論文は、人種の観点から普遍主義の陥穽を整理してみせている。「理性《レイシオ》∨人種《レース》」と題されたこの論文は、のちの歴史意味論研究の一部となった。シュピッツァーは、トマス主義の伝統における理性 ratio や合理 reason から、イタリア語の人種 razza やドイツ語の人種 rasse への不吉な変化を辿ってみせた。後者の二つはいずれも異なる経路を通りつつ、生物学的種が先立つ人間のヴィジョンのなかで、理法《ロゴス》が埋もれてしまったことを意味している。階層構造と生成文法の推測能力にとってきわめて重要な、語源のルーツあるいは根《ラシーヌ》の気高い伝統は、文献学的デモンストレーションのまさにそのプロセスのなかで徐々に退廃していき、野獣のような非人道的行為《インヒューマニティー》という実態へ堕落する――すなわち、ヒトラー主義動物園《ティーアガルテン》の展示である。

「理性∨人種」と「言語学と文学史」を併読してみると、この二つの論文は、言語へのナチ人種理論の適用から文献学を救い出そうとする試みなのだと思える。シュピッツァーが自ら「私の語源」と呼ぶものへの信仰を語るとき、読み手が感じるのは、それこそが彼にとってもっとも価値のあるものなのだ、ということである。シュピッツァー的な語源は、人文主義者《ヒューマニスト》による人文主義のＤＮＡとして、普遍的な「理性」の種子としてその姿を現す。「言語学と文学史」における語源は、「精神的語根」として文学作品の世界を支え、神聖なる意志をひとつにしておくための結合組織として機能しているのだが、それだけではない。文化的蛮行に抗う戦争での最終兵器としても作動するのだ。[4]

　しかしながら詳しく検討してみると、シュピッツァーの語源は、こともあろうに自らがつくり出した落とし穴に嵌まっていっているようにも見える――レイシズムに対する心理言語学の驚くべき洞察を軽々と示しつつも、人種的加害をなぞってしまう落とし穴である。文献学の明確な要請に従って、人種差別主義的な根《ラシーヌ》に近寄るまいという保守主義を打破しようとして、自ら人種差別主義者の胞子に感染してしまうのだ。こうした視点から眺めてみるために、いま一度「言語学と文学史」に戻ろう。シュピッツァーにとって、語源はきわめて特別な性質をもっている。その性質は、この論文のなかに垣間見える、オーストリア人としての自己形成に関する自伝的要素から探り出せるだろう。フランス語がもつ官能性に対するこの批評家の心酔は、ドイツ流の教授法（音法則と文法史を淡々と扱う）によって失われてしまう。シュピッツァーはこう記している――「言葉が夜も休まず変わることはわかるとしても、その原因となると、さっぱり合点がいかない［…］。現象の動きを止めて、そのものずばりをじっくり見据えたりすることは、ご法度であった[5]」。この文献学の擬人化は、単に文体の工夫というわけではない。それは尊敬する師マイヤー・リュプケさえも回避できなかった「無意味な勤勉さ」の毒牙から言語学の生命を救いだし、現象学的経験（「方法とは、経験のこと」）を救いだし、そして彼とアウエルバッハが「現実《リアリティ》」と呼んだものを救いだすことを象徴しているのである。シュピッツァーにとって、言語学を文学史と結

びつける賭けは、実証主義による略奪から「人間性《マン》」をとり戻す試みにほかならない。(6)

> 人文主義の生命は、人文学者が、不可知論的態度を打ち捨て、人間性を取り戻してこそ、ラブレーの描いた人文主義精神と宗教心あふれる王が語る「sapience n'entre point un âme malivole; et science sans conscience n'est que ruine de l'âme.〔あしき魂に、知恵が入ることはない。良心なき知恵は、魂の破滅にほかならない〕」〔…〕にみるような信仰を分かち合ってこそ、はじめてよみがえるといえるのではなかろうか。(7)

同様に、人文主義者の生気論に力を注いだアウエルバッハは、糸口《アンザッツプンクト》を編み出した。

> いわば対象へのアタックを可能にする手がかりを見出す必要がある、という方法原理である。〔…〕現象圏を選びださなくてはならない。そしてそれらの現象の解釈は、糸口の領域よりはるかに広範な領域を秩序づけ、その広範な領域をも含めて解釈するほどの光力をもたなければならない。(8)

言語学の生命の端緒となるこの微小な点《パンクタム》が、「標準化した世界における存在」から解き放たれ、「リアリティ」を得るための原動力の引き金をひく——それ自体が、地上の人文主義者個人を構成しているリアリティだ。同じく、シュピッツァーはリアリティと言語のあいだにある「生きた」つながりを規定するために、語源的な「ひらめき《クリック》」と「手がかり《クルー》」を組織化する。まったく異なる構成をもった語源の謎が、一緒に持ち出されることで相互に解決していくさまを延々と実演するシュピッツァーは、一六五八年に書かれたノルマン語の「気まぐれ équilibourdie」との相互関連から、「とんち問答 conundrum ＋途方に暮れるような状況 quandary ＝ナンセンスで変てこな話 calembredaine」という等式が成りたつ様子を示してみせる。シュピッツァーが注目するのは、歴史的演繹法で関係性の欠落を埋められるということではなく、équilibourdie という語が「ひょっこり顔を出した」ことだ。「ひょっこり」という性質の発見こそがここでの鍵である。なぜなら偶然に隣りあったものが関係し合うものへと変容すること（無意味さが、意味の豊かさへ変容していくこと）は、人文主義者にとって語源こそが、文明・国家的精神・国民作家の心理を一手にあつかう神の言葉であることを示唆しているからだ。

文献学の「人種化」あるいは文献学的レイシズムの問題は、この言語の謎の数々を説明するにあたってほとんど無関係に思える。しかし、すぐに次の不穏な例が出てくるのである。

ここで思い合わされるのは、ある寝台車の接客係の話である。夜が明けて乗客の一人が預けておいた履き物を催促すると、黒と茶の靴が片方ずつ返ってきた。客からの苦情に応えて接客係は、妙ですなあ、もう一人のお客さんも同じことをおっしゃってましたよ、と答えたという。言語に、この話を引き移せば、靴をふぞろいにしたのが言語そのもので、昔は一足であった言葉を、揃え直さねばならなくなった乗客が言語学者だということになろう。(9)

この逸話はいくつものレベルで興味深い。まず、シュピッツァーが注釈をつけた点——言語は語源的つながりをごちゃまぜにしたり歪めたりする一方、言語学者は「ロマンス諸語をさかのぼると合体して俗ラテン語になる」様子を示すのだという点——はきっぱりと明快であり、話の輪郭を補う必要もほとんどない。さらに、この話は日常経験から引き出されるアレゴリーを不吉にも思い起こさせる。この話は、フロイト式の夢やジョーク、あるいはポール・ド・マンがレトリカルな差異主義《ディファレンシャリズム》を強調するために利用するアーチー・バンカー(10)の「どうでもいいだろう?」《ワッツ・ザ・ディファレンス》という台詞と似たようなものだ。しかし、夢のアレゴリーであれ読みのアレゴリーであれ、寝台車の接客係と言語の混淆性のアナロジーが伝えているのはなんなのか? シュピッツァーはただ言語学者の優位を確認するために、主人／奴隷との相同関係を利用しているのか? それとも、契約従業員として擬人化された言語が、言語学者／主人への復讐の機会をうかがっているということが言いたいのか?

ボードビルの笑い話——正確にいうとブラック・ミンストレル・ショー——のような雰囲気は、こうした読みとは逆方向に働く。この話の「ユーモア」は、「妙」なことに不揃いの靴がもう一セット車内で見つかったことの意味が、頭の鈍い接客係には理解できないのだという読み手の認識にもとづいている。ジャック・デリダは『絵画における真理』の議論のなかでハイデガーを非難したが、それは農夫の靴を描いたヴァン・ゴッホの絵画に対するハイデガーの解釈から、その靴が揃いのペアでないことが見落とされていたからだ。それと同様、シュピッツァーは「ペアであること」の見落としという事例から鋭い洞察を引き出している。しかし、この物語が依拠している黒人差別文化に対するシュピッツァー自身の見落としについてはどうだろうか？　以下のような説明があるのが普通だが――

一八六八年から一九六八までの百年間に、アフリカン・アメリカンの旅客鉄道従業員がアメリカ的風景の伝統となった。このポーターたちは、アップルパイや野球と同様どこにでもあるものとして受容されていたのだが、単にたまたまニグロのアメリカ人男女が鉄道で働いていたというわけではない［…］。ジョージ・プルマンが接客係を雇おうという段になった［…］一八六八年、論理的にもっとも引き込みやすかったのが、解放されたばかりの奴隷たちの出来合いの労働力だったのだ［…］。そうして、寝台車の切符代と引き換えに、きわめて平均的な人物でさえも、特権階級の南部紳士のようなうやうやしい態度で給仕を受け、ちやほやされるようになったのである。(11)

シュピッツァーはこのたとえ話を出す際、ほとんど不可解にも、歴史社会的文脈について述べることを怠っている。「言語学」を早々に切り上げて、自らの理論モデルの半分をなす「文学史」の方へと急に舵を切る。同じように歴史に対する無頓着な姿勢から、フリードリヒ・グンドルフが残した「方法とは、経験のこと」という言葉について論じる際にも、シュピッツァーはこう書いてしまう――「世の老大家と呼ばれる方々には、ご自身の研究方法の原点にある体験談や〈学〉における（ヒトラーではないが）『わが闘争』を、ぜひ、開陳していただきたいものだと考えている」(12)。シュピッツァーが『わが闘争』を批評家の信条をあらわす手本に選んだことは――趣味の悪さゆえの誤りか、判断のまずさゆえの誤りか、それともその両方なのか――現代の読者にとってはどうにも信じがたいが、心をざわつかせることに、そうした態度が彼の解釈実践に一貫していないのである。シュピッツァーは分析対象の人種的・政治的な含意に対する感覚がしばしば鈍かったという結論を導きだせるのはむろんのこと、これらの修辞に関わるエピソードは、人文主義者の文献学のうちに人種への無意識が鱗のごとく積みあがっていることも明らかにしている。心理的語源学と人種差別的心理が境目をもたずに、同じ解釈学の円環のまわりで互いを追いかけまわしているのだ。

　この直感は、シュピッツァーのルイ＝フェルディナン・セリーヌの扱いからも裏づけられる。シュピッツァーはこの作家を、バルザック、フロベール、ゴーティエ、ユゴー、ユイスマンス、シャルル＝ルイ・フィリップへと受け継がれてきた、ラブレーから連なる血統の末裔に位置づけている。フィリップの小説『ビュビュ・ド・モンパルナス』では、「なもんだから」という表現が、「擬似客観化の動機づけ」の兆候全体を理解する鍵となる。それ自体が、いかがわしい連中の因果律のヴィジョンから派生した兆候である――「大衆に重くのしかかりはじめた、宿命論［…］一つの歴史現象を「今ここに」ある具象として説明する立場」。「ヒモや娼婦たちの生きる［…］最下層」からシュピッツァーが丹念に拾い集めるのは、一芸術家の「精神的語根」、あるいは、のちに彼が「心理カルテ」と呼んだものだ[13]。シュピッツァーが夢中になっているのは、くずを金に変えるような方法である。彼の解釈は、バフチンの解釈を補完する――すなわち、「ラブレーとその世界」を、市場の言語や乱暴な言葉を言語活性化の貨幣に変えるカーニバレスクな美学の源泉とみなす解釈である。シュピッツァーによれば、ラブレーは言語の怪物から見事な文献学をつくりだしている――「ラブレーは私たちの面前で、つるみ、子どもを殖《ふや》してゆくような気味の悪い幻想世界の生き物を描出するために、新しい語族を案出しているのだ[14]」。

　シュピッツァーにとってセリーヌは、二十世紀のラブレーとして重要なのだ。セリーヌが「ユダヤ人に対する悪態だけを素材にして本を一冊」構築していると述べながらも、シュピッツァーはその散文の霊感にあふれた、ラブレーとみまがうばかりの効果を強調する[15]。シュピッツァーが引用している問題作『虫けらどもをひねりつぶせ』こそ、奇しくもセリーヌの激烈な反ユダヤ主義の書であり、今日でも決まって全集から除外されている。同じくらいひどい箇所が多々あるなかでも、シュピッツァーが引用する文章はとりわけ攻撃的だ。

「社会的《ゾチアール》！」に考える。歯に衣着せねば、こういうこと。「ユダヤ人の！　ユダヤ人の為の！　ユダヤ人による、ユダヤ人の下で考えること！」まさにそれさ！　ベタ一面、破茶滅茶な言葉のむだづかい、社会・人道・科学的・妄言《ぼうげん》ブンブン鳴る駄弁、ユダヤ人的専制至上的命令的宇宙版的シッチャカメッチャカ、これがみんな、うその皮張りで、息も切れそなガラクタ山の珍糞漢、アーリア人にオカマ掘られた連中がいただくオリエンタル・ソース、述語の細切れグタグタと煮込んだ果ての腐《く》たれシチュー、んでなくて何だろう。「精気削がれの白人さん」へのおべんちゃら屁チューだ。酔いどれド助平の、触るもばばっちい白人さん、やりたい放題よがりまくりの精液をしぶき散しの知らぬ顔、腹も弾《はじ》けてくたばるまでの大啖《ぐら》い、たあこのことだ。(16)

シュピッツァーの口語的な英訳は、もとのフランス語の言いまわしのはちゃめちゃな衝撃度をよく伝えている。最初の行に出てくるゾチアール sozial は英語でも同じ語のまま残されているが、これは東ヨーロッパのユダヤ系移民によるイディッシュの語系変化を経た発音を書き取ったものだ。cを z に置きかえることで表現される視覚方言は、国際的にはユダヤ調《カイクスピーク》、フランスの文脈においてはユーピン語と呼ばれていた。レオン・ドーデやエドゥアール・ドリュモンといった反ドレフュス派評論家が世紀転換期に流行させた反ユダヤ文学のヨーロッパの読者にとっては、お馴染みの表現だった。セリーヌのレイシスト的書記素に染みだしている言語ポリティクスに、シュピッツァーはあえて言及していない。「オリエンタル・ソース」や「述語の細切れグタグタと煮込んだ果ての腐《く》たれシチュー」といった、人種と料理を用いたラブレー風の比喩的語法も見ようとしない。ヘイトスピーチの歴史的モードを指して、ディナ・アル＝カーシムが「文学の暴言」と呼んだものについての議論も、はっきりと無視している。シュピッツァーはこうつづける。

この引用では、言葉の創造行為自体に、（セリーヌの頭韻付きの用語を借用すれば）「*vrombissant verbiage*〔妄言ブンブン」」たるところがあり、宇宙的ニュアンスよりも、終末論的ニュアンスのほうが勝っていることがわかる。セリーヌの言語世界は、騒音と騒語一枚張りの世界であり、むやみに空ぶかしをする何十基ものエンジン音さながら、現代の末世に生きる孤独な人間の恐れと怒りを、言葉の響音《どよめき》によってかき消しているようなところがある。(17)

モダニスト音声機械として称賛されるセリーヌの散文から、そのレイシストの棘がほぼ抜きとられている。シュピッツァーの熱狂《アンラジェ》の解釈は驚くべきものだ——歴史から孤立した人間が、見違えるほどに普遍化し、彼の憎しみの対象である彷徨えるユダヤ人と比較しうる人物となり、今では新しい人文主義の相続人にまで成長したという。ごく普通の人間《エヴリマン》という見方が忘却させるのは、歴史的文脈において、その伝染性のある言葉に事実上死刑宣告としての力をこめていた語り手の存在だ。文中のあからさまな反ユダヤ主義や、歴史的状況に対する一切のコメントを排除して、文体の問題に没頭することで、シュピッツァーは寝台車の接客係の例と同様、文学史の現実政治《レアルポリティーク》を実にさりげなく最小化している。彼はこう書いている——「これが、「夜の果てへの旅」でなくて何であろう。しかも、それは、ラブレーのように女司祭バクブックの神託を求めて歩く旅ではなく、カオスへ、思想表現としての言葉の滅亡へと向かう旅なのである」(18)。

それでもなお、シュピッツァーの抑圧された人種的語源に対する、もっと寄り添った読解は可能である——「思想表現としての言葉の滅亡」の強調を、文献学的大虐殺、理性の死の婉曲表現なのだと解釈する場合だ。この解釈は、前述した「理性＞人種」の論文によって説得力を増す。この論文からわかるのは、シュピッツァーにとってのセリーヌが、語源の豊かさを担っている人物であり、かつ文献学の悪夢を運んでくる人物でもあることだ。セリーヌの口汚い言葉は、人種《レース》の語源——理性《レイシオ》の真の姿——がロゴスの領域から抜け出て、「魂の剝奪《ガイストフェアラッセン》であり堕落しきった人種差別主義(19)」の手中に落ちる完璧な例を示している。シュピッツァーは以下のように記す。

> 中世の人間にとって、このratioという語の包括性はきわめて豊かだった。知性をもってすれば、物事の本

性を神の心の内にある実存以前の概念へ、内容物《コンテント》を思考の容れ物《コンテナー》へと、移動させられるのだ。それは、ratioという語を信じる者に蓄えられた真実である――この語には「語源」が、「真実」が含まれているように思えた。種《スピーシーズ》という用語もまた、「種」から「例・形式・理想」までの範囲をカバーしていたという事実から考えると、おそらくratioの「理想」・「型」とも、歩み寄ることが可能になるはずだ。(20)

合理reasonとレイシズムracismが、共通の語源をもつ「種species」を通して歩み寄ってしまう。これが道徳の虚無への扉を開ける元凶なのだ。そのことによって、ドイツ語の人種《ラッセ》を「普遍的なratio」との結びつきから分断し、そうして「人間園」(21)の飼育場に人文主義を位置づけたペーター・スローターダイクにも先駆けることになる。

二〇〇〇年七月、このドイツ人哲学者は「『人間園』の規則――ハイデッガーの『ヒューマニズム書簡』に対する返書」と題する講演をおこない、ドイツおよびフランスの論壇に激しい議論を引き起こした。スローターダイクはhumanitas《ユマニタス》の短い歴史をひとつの文学ネットワークとして素描する――自分が属する知識人集団の再生産に従事する、文献学者のカーストによって作動するネットワークだ。それが近代国家イデオロギーを普及させるための教育上のプラットフォームへ発展していくのである。文学のこうした国家的機能の出る幕はもはやなくなっていて、われわれ自身の時代にはポスト文学・ポスト人文主義者の状況へと道を譲ることになる。その状況下で文学は、「政治的・文化的結びつきの産物である現代のメガ社会にわずかしか影響を与えられない」。スローターダイクによると、このポスト人文主義者の規則における例外が一時的に生じたのは一九四五年、ナチス協力に手を染めた疑いを晴らそうとするハイデガーが、フランス人の弟子ジャン・ボフレからの質問に答えたときだ。ボフレは問うた――「どのようにすれば、「ヒューマニズム（人間主義）」という言葉に再び意味を取り戻せるのか？」ハイデガーの答えが疑問を投げかけたのは、人文主義者の思想における人間の重要性である。その重要性ゆえに、人間であるとはなにを意味するのかという形而上学的解釈が過大評価されてしまい、さらに悪いことに、人間の名のもとに蛮行がなされているというのだ。ハイデガーは、人間が「存在」を管理するという関係性を提起する。中心から引き抜き、脇へと配置することで、人間を「存在の」番人、より好意的にいうならば、隣人の立場に位置づける。理性《レイシオ》によって過剰な負担を抱え、獣性との闘争に縛られた「思考する動物」として、人間が還元主義的に定義づけられることはもはやない。ハイデガー流の人間は存在論に従う。生気論者の神話や形而上学的妥協に頼ることなく、思考が自ら考えるという点で、動物とは決定的に異なる状態として定義される。スローターダイクにとって、結果として生じる人間中心主義における禁欲は、ハイデガーによる現代人文主義の拒絶をさらに過激化させる端緒となるのだ。人間を「影響下の動物」――すなわち、血なまぐさい見世物の魅力を超越し、自らを学究的に飼いならされた静止位置におく生き物――として想像するのではなく、スローターダイクは、生物としての人間がテクノロジー（彼は「人間技術」と呼んでいる）によって改造され、種の遺伝的改良に身を捧げる姿を思い描いている。いや、それだけでは終わらない。スローターダイクにとっての未来の人間は、うっかりとではあれ、ニーチェ流の「超」種を獲得するための擬似優生学戦略の採用を正当化してしまっているように見える。歴史上重い意味を帯びてきた言葉を用いることで――調馬、品種改良、出生前選択主義、性格「プラン化」、人格管理――スローターダイクは自ら、ユルゲン・ハーバーマスなど反対者からファシズムの誇りを受ける契機を差し出している。(22) 人間のテーマパークという、スローターダイクの遺伝子的に屈折した共同体のヴィジョンは、ハーバーマスにとっては支配民族の飼育場にほかならない。

スローターダイクは明らかに、不真面目な態度でわざとスキャンダルに耐えている――気味が悪いほど抑制されつつもはっきり視認できる、ナチ優生学の亡霊と、ゲノムプロジェクトのブレイクスルーに立ち込める遺伝子工学による超‐人種のホログラムとの類似性を剝き出しにしながら。だが私の目的にとって、彼の議論で何より興味深いのは、文献学的人文主義の伝統を、人間の遺伝モデルに関連づける手つきである。それによって、シュピッツァーによる言語生命の生物‐有機主義的ヴィジョンとの架空の対話がはじまる。明確にそう述べることはなかったが、シュピッツァーは間違いなく、セリーヌの侮蔑的な反ユダヤ表現が言語の生物‐人種的・遺伝的性格を詳らかにする過程に魅了されていたからだ。

シュピッツァーは、動物・下層階級の人々・非白人・ユダヤ人に付随するレイシスト生物学主義にとって、人種 rasse という語が寄生体《パラサイト》と宿主《ホスト》の二重の機能を果たす様子を分析している。その分析は、否認や自己同一化の精神分析的パラダイムと相性がよい。セリーヌはフランス純文学の祖国の土にユダヤ語源を解き放つ——自らが軽蔑するものに深く心を向ける言語の汚染者、大言壮語の実践者なのだ。ディナ・アル＝カーシムによると、「自分が強く非難すべき法律を構築せずにおけない話し方である」(23)。あるレベルにおいては、『虫けらどもをひねりつぶせ』の暴言はこの論理にまさしく則っており、「差別主義者による中傷禁止法」を補強している。たとえば、語り手が対話する相手の一人はこう言う——「なんという反ユダヤ主義なんだ、きみは！　ひどいもんだ！　そりゃ偏見だよ」。同時にそれは、何度も何度も典型的な反ユダヤの紋切り型（ユダヤ人が世界金融を操っている、ユダヤ人がハリウッドからフランス出版界まで文化産業を牛耳っている、ユダヤ人は社会主義を陰謀のアリバイに使っている、などなど）を繰り返すための準備にもなっている(24)。自ら喜んで憎むもの——父の掟としてのユダヤ人、喜びの主としてのユダヤ人——を取りこむことで語り手は、ダニエル・シボニーが「憎しみの欲望」と特徴づけたコンプレックスを実演している。本質主義の、思慮に欠ける国粋主義的なやり方で、レイシストは「フランス人を買う」のと同じように「レイシストを欲望する」(25)。ユダヤ人juif《ジュイフ》という語はセリーヌにとって民族的ないし宗教的な呼称ではなく、むしろ恐怖の所在をあらわす呪文なのだと論じるドミニク・ド・ルーを引用しながら、シボニーが提起しているのは、作品内に用いられるjuifは「愛ゆえの憎しみ」をあらわす位置指標として機能しており、レイシズムにとってだけでなく、現代人の病理にとっても重要であるということだ(26)。

セリーヌの反ユダヤ的な書きぶりに典型的に見られる言語の流血を突き止めるため、シボニーは人種的情動《レイチアル》l'affect 'ratial'（セリーヌが用いたsozialやユダヤ人口調《ジュー・スピーク》を思い出させる）という表現を用いることによって、主体の奥深くであらかじめ揺らめいている抑圧を、人種的《レイシャル》情動がいかに刺激するかを示している。よくある論法だが、ユダヤ人に対する憎しみはこうして、自身のうちにある抑圧（とりわけ去勢不安）を憎むモードとなる。『虫けらどもをひねりつぶせ』の冒頭で、語り手はあるユダヤ人のライバルに踊り子を奪われ、激しい報復措置に出る——「楽しみのさいちゅうに、そこでストップだ……［お前は］私の金玉を引っこ抜いたんだ……出そこねたゲップってのがどんなものか、これから見せてやる！　［…］反ユダヤ主義ってのはどんなものか見せてやろう！」(27)

シボニーにとって、セリーヌが用いる「汚ならしいユダヤ人」、「汚ならしい黒人《ネーグル》」といった差別主義的な話しぶりは、「象徴界の袋小路、濃縮された情動が宿る場所であり、象徴秩序には他に行き場所がない」。『虫けらどもをひねりつぶせ』を「侮辱に縁取られた詩学、言葉による嘔吐のまばゆい形式」と説明するシボニーは、セリーヌが用いる罵詈雑言、しゃぶりつき、噛みつき、唾を吐き出すこと、その他もろもろを、食道での情動の阻止現象《ブロッキング》という観点から読み解いている(28)。幼児が癇癪を起こすときの兆候であり、口唇期・肛門期に起こる阻止現象としての子どもじみた暴言が、セリーヌの「肛門前衛主義」の輪郭をつくっているのだ。シボニーによると、セリーヌ流レトリックのひねくれた記号作用のうちに捉えられるエディプス的反ユダヤ主義は、憤怒の記号として作用して、たとえ無益でも属性的な意義素の分裂を取り消そうとし、今度はその意義素を母性的・ユダヤ的という型にはめようとする——「発話《スピーチ》の領域が裂けて、開く」。示差的目的語（ユダヤ的意義素）に張りつき模倣することで、セリーヌのヘイトスピーチは言語をぼろぼろに引き裂き、宙を舞う壊れた語源的語幹をあとに残していくのである。この煮え切らない運動はシボニーによって、ブルームの煮えきらない性格と結びつけられる——ジョイスが描いたユダヤ人であり、不確かさ・「知識の穴」・理性のアキレス腱を体現する人物だ(29)。

ここにおいて、シュピッツァーが理性 ratio の文献学的解剖調査でとらえた彷徨する「z」をともないながら（世界経済を裏で操るユダヤ人がアリバイとして「社会的に考える《ゾチアール・デンケン》 Sozial Denken」(30)ことへのセリーヌの酷評に接近しつつ）、理性とレイシズムのあいだの移行が再び表面化してくる。「z」は ratio の動物形もしくは獣欲的な水準を示し、人種的語源が非人道主義《インヒユーマニズム》へとたやすく転向してしまう地点、悪い遺伝子へと変異してしまう地点を指す。セリーヌの伝記作家として著名なアンリ・ゴダールによると、セリーヌは医学部生のあいだ、「パスツールの細菌学だけでなく、がん細胞の増殖やメンデルの遺伝学にも魅了されていた(31)」。ゴダールは、明白な証拠となるものを押さえている。すなわち、遺伝子説がセリーヌの文献学的反ユダヤ主義を支えているという事実である。人種的語源（ユダヤ的意義素）は、国家の身体に潜む秘密諜報員かがん細胞のように働き、偏執性ポリティクスを補強し、突然変異種族の進化のごとくほとばしり、伝染病の敵意ある言語へと花開く(32)。ここには、セリーヌの医学論文「イグナーツ・フィリップ・ゼンメルヴァイスの生涯と業績」が関わっている。パスツールに先駆けた存在である、この十九世紀ハンガリーの医師は、産科学の滅菌手法を編み出したものの、正当な評価を受けることなく死んだ英雄だった。ある患者から髄膜炎をうつされたのち、精神療養施設で亡くなっている。彼の断末魔の苦しみを、セリーヌは以下のように書き記す――「彼は絶え間なくうわ言をいいながら、いつ果てるともない追憶の中にのめり込んでいった。その間、破壊された頭の中は生命のない管々しい言葉で虚ろになっていくようであった」[33]。その描写は、病気が体内に入り込み、言語に染み渡っていく様子を示している。このモデルにしたがって、ユダヤの抗体が血液中を駆け巡り、セリーヌのきわめて不快な個人言語を産出させるのだ。

レイシズムの遺伝学問題（遺伝性転移の古い理論から取りだされ、病理学的人文主義の領域に組み込まれた問題）は、あとになって考えると、フランスのレイシズムの歴史における「セリーヌの場合」の特別な重要性を保証するものかもしれない。これは、セリーヌが単に裁判にかけられるというような話でもなければ、喜んで憎む「他」者や、「他者化」した自己の一側面との同一化についての単なる精神分析的症例でもない。そうではなく、文献学人文主義の儀礼的な神性の剝奪であり、分子的語源による人間の管理の無化なのである。

シュピッツァーが引用したセリーヌの『虫けらどもをひねりつぶせ』の文章をいま一度眺めてみれば、人間なるものの賭け金はいっそうはっきりしてくる。「社会的に考える《ゾチアール・デンケン》」ことに対する攻撃が標的にしたのは、ユダヤ人のなかのマルクス主義の伝統、とりわけ科学的社会主義・民族的人文主義・社会福祉の人道主義的ヴィジョンといった考え方だ。シモーヌ・ヴェイユ、ハンナ・アーレント、トロツキー、アドルノ、ホルクハイマーはいずれも、ユダヤ人の顔をした社会主義に対するセリーヌの非難によってメスを入れられるだろう。ロシア革命の元凶と名指された「ユダヤ人思考《ジューイッシュシンク》」は、西洋では好ましからぬ「アジアチック」な移民の波を解き放つ要因として描写されている。語り手は想像のなかで、ダンケルクからコート・ダジュールまで、東洋出身の修道僧・ハンセン病患者・薬の売人、さらにはウクライナ・テルアビブ・アメリカ合衆国出身の下層民が人間の波をなし、もともとの住人を粉々に砕いていくところを思い描く。『メア・クルパ』で辛辣な病的言語による攻撃をソヴィエトの社会実験に向けたように、社会主義的人文主義《ソーシャリスト・ヒューマニズム》へのセリーヌの糾弾は、人間の野蛮化に対する見境ない暴言につながるものである。実現不能な人文主義の抽象的理想を称賛するユダヤ人の「理論」は、セリーヌにしてみれば、個人を犠牲にすることで成り立っているものなのだ。

「シュピッツァーとセリーヌ」という組み合わせが示唆しているのは、文献学の伝統の中心で埋もれている人種についての問題だけではない。「文献学の人種化」が、人文主義における人間（あるいは言語のゲノム）というより大きな問題へと変質していることも示しているのである。「人文学者とは、人間精神に賦与された人間精神探求能力を信じる人種のことである[34]」という言明や、「徹頭徹尾、人間にかかわり、互いに入り組みからみ合う人事の綾を扱う[35]」ものだという文献学の定義とともに、シュピッツァーはなんの気なく、遺伝学と関連した文献学の未来を予言してしまう。シュピッツァーが文献学を人間精神の実存的かつ神経科学的な自己解読と関連づけていることは、今日打ち立てられつつある、生物的進化と言語多様化とのつながりを予期させる。たとえばルカ・キャヴァリ＝スフォルツァのすぐれた研究「遺伝子・人種・言語」では、「語族」と「遺伝系統樹」の進化の同期性が検証されている。そこではどうやら、あたかも両者が共通のDNAらせん構造から枝分かれしているかのように、遺伝子の構成要素と言語の構成要素を挿入し合うことが想像されているようなのだ[36]。

シュピッツァーの研究生活初期においては、人文主義についての陳腐な言葉こそが時代の潮流だったことを考えると、彼の文献学から人間の遺伝学を推量するのは自明な解釈ではないのかもしれない。ハンス・ウルリヒ・グンブレヒトは、シュピッツァーの人間なるものへの壮大な主張を芝居がかったクリシェだと見ている。槍玉に挙がるのは以下のフレーズだ――「私のモットーはこうです。自分はまず人間であり、そのうえではじめて学者なのです」。マールブルグの同僚カール・フォスラーに宛てた一九二三年の手紙に使われたこの表現が、シュピッツァーの「取るに足らない自己表明」、「ありふれた表現への情熱」、「気恥ずかしい自己成型《セルフ・ファッショニング》」の証拠だというのだ[37]。しかし、人文学実践を生き生きとしたものにすべく再考するという、シュピッツァーの生涯にわたる取り組みを考慮に入れて彼のモットーを読みなおすならば、それは瑣末なことではなく重要なことに思えてくる。「死人状態」のアカデミック人文主義に対する認識の鋭さを文脈に含めれば、このモットーは深い意義をもつのである。

シュピッツァーのもっとも有名な論文「言語学と文学史」が、悲観的な調子で書かれていたことを思い出そう。

そこには、現代の「文学研究の死」への悲嘆を不気味なほど予見するかたちで、人文主義の窮状が描かれていた。振り返って考えると、この論文は、「廃墟のなかの大学」現象としてビル・レディングズが説明してみせた状況(レディングズの死後、同名の本が出版された)のひとつの参照点になっている。シュピッツァーは、当時の反ユダヤ主義に起因する精読の喪失と文学的解釈の失墜とを嘆く——

テキストに没入するには人間が浅薄すぎて、便覧にあるような陳腐な文句で満足するような文学教授に限って、ラシーヌやヴィクトル・ユゴーのテキストの美的価値を教えるなんて教育の分限を超えています、などとおっしゃるものだが、皮肉なことに、ご本人のいうことは当たっている。[38]

一方、レディングズは一九九〇年代初頭に、「高度資本主義にとって文化はもはや問題にならない[39]」ことをニヒリスティックに是認している。人文主義が存在意義《レゾン・デートル》を失い、その利益や知的目的を擁護する能力を失ったことを感じとっているのだ。それらは大学エリートの壁の内側で贅沢品として許されながらも、公共圏においてはやせ衰えてしまった。さらに悪いことに、人文主義の倫理が猿まねをするようになったのは、法律と金融に則った資本主義のロジックだった。犠牲者の権利・補償・損害賠償——いずれも、卓越性《エクセレンス》と呼ばれる浮遊霊のような価値基準に縛りつけられている。

シュピッツァーとレディングズはともに、新たな命を吹き込まれた人文主義プロジェクトを課題の一部とする。二人とも、倫理相対主義の時代における文化価値の問題にきわめて強い関心を抱いている。さらに両者は、比喩的語法としての文献学実践にとりわけ重きを置く。シュピッツァーは、脱構築の発見的方法を予見させる換喩的関係性の理論を重視している。一方レディングズは、「いかに思想が別の思想群に隣接しているかを解明すること」を目指す——おそらくは、シュピッツァーの語源単位の神学体系を拒絶しつつ、換喩的な接触に依拠する、「隣り合うこと《ビサイデッド・ネス》」の理論というべきものだろう。片方は先見的に、もう片方は回顧的に、二人は同じ危機状況を診断しているのだ。その危機は、言語学的な「個人」に対する構造主義の猛攻撃と関わっている。ドゥニ・オリエは次のように忠告する——

構造主義者がはっきりした嗜好を示してみせたのは、いかなる個人的な参照からも切り離して研究されうるテクストに対してだ。たとえば大衆文学やマスカルチャーの産物といったものだが、それらは神話同様、レオ・シュピッツァーが「こうした精神的語源をもったテクスト」と呼んだものに根差してはいない［…］。ひとたびあるテクストの文学性が、「個人化」の使命によって定義づけられなくなり、「精神的語源」といった類のものに重点が置かれなくなると、機能主義が文学作品そのものにまで拡張し、解体作業が推し進められることになるだろう。(40)

オリエは、シュピッツァーの「精神的語源」という理想を、構造主義の核にある反人文主義を刺激するものとして読むように促す。この解釈に加えて、私が議論したいのは以下のことだ——セリーヌの猛烈な反ユダヤ主義レトリックに埋め込まれ、シュピッツァーによって文献学的人文主義のヴィジョンへと変容させられた、文献学の遺伝学的未来像は、人文主義と、文芸批評内で今なお議論しつづけられている人間なるものとの緊張関係を明るみに出す。それは、末期の脱構築にとり憑き、かつ今日人文主義のより広い学問領域名のもとで人間を定義づけようと試みる際にも、私たちにとり憑いているはずの緊張関係だ。例として、ポール・ド・マンが亡くなる直前におこなった、ニール・ヘルツおよびM・H・アブラムスとの議論を見てみよう。翻訳とは原作の死後の歴史的生なのだという、ヴァルター・ベンヤミンが出発点にした考えを受けて、ド・マンは議論を起こす——ベンヤミンの詩学概念が、「自分の言語と呼ばれる言語」(41)からの彷徨 errance あるいは疎外によって生じる距離の尺度になるというのだ。「ずらしをうけるこの言語の動き、遍歴、死後の生命でしかない生命の幻想、ベンヤミンが歴史と呼ぶのはまさにこうしたものなのです」と、ド・マンは述べている。

そうしたものであるかぎり、歴史は人間的なものではありません。歴史は厳密に言語の秩序に関連しているからです。同じ理由で、それは自然のものでもありません。また、人間に関するどのような認識も、知識も、純粋に言語的な複合体である歴史から導き出すことはできないという意味では、歴史は現象的なものではありません。(42)

アブラムスは、シュピッツァー流の臆見《ドクサ》でもって切り返し、ド・マンの「言語のもつ根本的に反-人間的性格」という主張に異を唱える——

> 言語は非人間的なものではなく、まったく人間によって生みだされたものであるという点で、世界中の他の何よりも人間的なものであると言ったとしたらどうでしょう。また統語法、文彩、その他すべての言語の作用も［…］同様に人間的であると言ったとしたらどうでしょう。(43)

ド・マンは如才なく、人文主義の言語理論から（哲学の中心的問題としての）「人間」の問題へと議論の焦点をずらし、次のように主張する——

> 哲学は言語の性質に関するこの困難から生じるのであり、その困難はそれ自体……その困難は人間的なものの定義に関する困難さであり、あるいは人間的なものそれ自体の内部にある困難さであるのです。私はそこからの逃げ道はないと考えています。(44)

ド・マンが発言を省略した部分に、アブラムスの反論に答えなかった箇所に、いまだ解決されることなく引きずっている、文献学的人文主義と哲学的人間とのあいだの衝突が存在する。シュピッツァーの論文「言語学と文学史」へとさかのぼる衝突だ。人文主義をあらためて攻めたてる問題だが、私たちが慣れ親しんだ形式をとってはいない（人文主義の普遍的価値をめぐる合意の喪失、ポスト構造主義的主体の非人格化、世俗マス・カルチャーにおける倫理的相対主義の危機）。それよりも、文献学版ゲノムプロジェクトや言語遺伝子の幽霊的脅威に掻きたてられる不安のかたちをとって、この問題は姿をあらわす。幽霊的文学機械が暗示するのは、スローターダイクの「人間技術化した理想の人間」と同じように、語源から構成されたプログラム可能な言語技術であり、デジタルリテラシーに通じた管理型文献学遺伝形質だ。こうした「知能機械時代のリテラシー」という考え方の衝撃は、想像しがたくはあれども、人文主義に携わる学者たちが対処しなければならないはずの重要な問いをいくつも誘発する。文献学的人文主義のなかの人間という、蘇ったシュピッツァーのアイデアは、人文学教育に遺伝学を含めるように定義しなおされるのだろうか？　あるいは、ラブレーやシャルル＝ルイ・フィリップやセリーヌに見られる、リトレが「言葉の病理」と呼んだものへのシュピッツァーの執着は、文献学の退廃の兆候——理性《レイシオ》が野蛮な人種《ラッセ》あるいは種の存在の次元へと末期的堕落を果たす予感——だったのだろうか？　たしかに言えるのは、二つの別個の問題が、シュピッツァーの遺産から浮かびあがるということだ。第一に、人種《レース》は理性《レイシオ》の文献学的理想を妨害しつづけ、人間なるものの技術（そして、そのような未来に人間が話すことになる無-人種的な言語）にさりげなく宿る優生学アジェンダを浮き彫りにするだろう。第二に（現状では遥か未来についての覚書だが）、言語を生きたものにする最小単位である語源は、デジタル言語時代において、人文主義の歴史との決定的に重要なつながりを取り戻すことになるだろう。

注

（1）Thomas Keenan, Introduction to "Humanism without Borders: A Dossier on the Human, Humanitarianism, and Human Rights," eds. Emily Apter and Thomas Keenan in *Alphabet City* (Fall 2000), p. 41.

（2）シュピッツァーは陰鬱そうに、かつ皮肉抜きに、軍の検閲官としての仕事が、言語学についての決定的な見返りをあたえてくれたと語っている。新語（彼が「さしあたっての語《ノンス・ワード》」と呼んだもの）が標準語に加わるのがいかに困難であるかを検証した論文「言語の刷新の個別要因」（一九五六）では、「言語の刷新」の先例を見つけだした。たとえば、イーストマン・コダック社によって導入された「コダック」という言葉を、第一次大戦中にシュピッツァーが手紙を検閲したイタリア人捕虜たちの、巧妙かつ遠回しな発明のなかに発見している。シュピッツァーは、囚人たちがいかに「飢え」という言葉をレトリカルに覆い隠す表現（検閲を逃れつつ、家族に至急食料を送ってほしいと合図するための表現）を思いついたか、長大な説明をおこなう。不幸にも読解の名手に手紙を監視されることになってしまった囚人たちの悲しい状況について、シュピッツァーはいっさい言及していない。彼は囚人たちの手紙を神意による幸運と受けとめ、自らの文献学理論の初期バージョンを試す機会として利用し、それが一九一九年の飢えを指す語の研究へと結実した（*Die Umschreibungen des Begriffes "Hunger"*）。

（3）ハンス・ウルリヒ・グンブレヒトは、シュピッツァーのドイツへの帰属化について、魅力的な説明をおこなっている。一九三三年、マールブルク大学の職を解かれた直後、シュピッツァーが国家社会主義学生同盟のリーダーから非難を受けた際の、失望と懐疑に満ちた反応が描写されている。以下の文献を参照。Hans Ulrich Gumbrecht, *Vom Leben und Sterben der grossen Romanisten: Karl Vossler, Ernst Robert Curtius, Leo Spitzer, Erich Auerbach, Werner Krauss* (München: Carl Hanser Verlag, 2002).

（4）Leo Spitzer, "Linguistics and Literary History," in *Leo Spitzer, Representative Essays* (Stanford: Stanford University Press, 1988), p. 16.〔レオ・シュピッツァー『言語学と文学史――文体論事始』塩田勉訳、国際文献印刷社、二〇一二年、一六頁。〕

（5）Ibid., p. 5.〔同書、三頁。〕

（6）シュピッツァーはこう記している――「両分野とも、人文科学であることを忘れ、特定の時代の特定の人間に注目することはおろか、「人間」という主題すら見失っていたのだ」。Ibid., p. 6.〔同書、四頁。〕

（7）Ibid., p. 33.〔同書、三一頁より一部改変を施して引用。〕

（8）Erich Auerbach, "Philology and *Weltliteratur*," trans. Maire and Edward Said, *The Centennial Review*, vol. 13, no. 1 (Winter 1969), pp. 14 and 3, respectively.〔エーリヒ・アウエルバッハ「世界文学の文献学」岡部仁訳『世界文学の文献学』高木昌史・岡部仁・松田治訳、みすず書房、一九九八年、四一四頁。〕

（9）Spitzer, "Linguistics and Literary History," pp. 11-12.〔シュピッツァー『言語学と文学史』一一頁。〕

（10）〔訳注〕テレビドラマ『オール・イン・ザ・ファミリー』に登場する白人至上主義者の役名。

（11）www.wimall.com/pullportermu/

（12）Spitzer, "Linguistics and Literary History," p. 4.〔シュピッツァー『言語学と文学史』二頁。〕

（13）Ibid., pp. 16-18.〔同書、一三―一八頁。〕

（14）Ibid., p. 19.〔同書、二一頁。〕

（15）Ibid., p. 30〔同書、二七頁。〕

（16）Ibid., p. 30.〔同書、二七―二八頁。〕

（17）Ibid.〔同書、二八頁。〕
（18）Ibid.〔同書、二八頁。〕
（19）Leo Spitzer, "Ratio > Race" in *Essays in Historical Semantics* (New York: S. F. Vanni, 1948), p. 152.
（20）Ibid.
（21）Peter Sloterdijk, "Règles pour le parc humain, Réponse à la lettre sur l'humanisme," translated from the German by Christiane Haack, *Le Monde des Débats* no. 7 (October 1999), p. 156.〔ペーター・スローターダイク『「人間園」の規則——ハイデッガーの『ヒューマニズム書簡』に対する返書』仲正昌樹編訳、御茶の水書房、二〇〇〇年、七四頁。〕
（22）Ibid., pp. 1-8.
（23）Dina Al-Kassim, *On Pain of Speech: Fantasies of the First Order and the Literary Rant*, unpublished book manuscript, p. 14.
（24）Louis-Ferdiand Céline, *Bagatelles pour un massacre* (Paris: Les Editions Denoël, 1937), p. 72.〔L＝F・セリーヌ『セリーヌの作品　第十巻　虫けらどもをひねりつぶせ』片山正樹訳、国書刊行会、二〇〇三年、八一頁。〕
（25）Daniel Sibony, *La haine du désir* (Paris: Christian Bourgeois, éditeur, 1978), p. 28.
（26）レイシズムが病理と精神障害のどちらに分類されるかは、古くからの問いである。「精神病あるいは単なる別の規範としての敵対感情」と題された『ニューヨーク・タイムズ』（二〇〇〇年七月十五日）の記事では、アトランタ・ブレーブスの投手ジョン・ロッカーが精神鑑定を受けることになった際に再燃した議論を、エミリー・イーキンが取り上げている。『スポーツ・イラストレイテッド』に、黒人・同性愛者・外国人に対するロッカーのレイシスト的発言が引用されたために起きた騒動だった。
（27）Céline, *Bagatelles*, p. 41.〔セリーヌ『虫けらどもをひねりつぶせ』四五頁。〕
（28）Sibony, *La haine du désir*, p. 45.
（29）Ibid., pp. 58-59.
（30）Céline, *Bagatelles*, p. 76.〔セリーヌ『虫けらどもをひねりつぶせ』八八頁。〕
（31）Henri Godard, *Céline scandal* (Paris: Gallimard, 1994), p. 107.
（32）言葉の伝染の問題に関する分析、特にそれが「伝染する行為としてのホモセクシャルな宣言の感覚」にたちあらわれる場合のさらなる分析は、以下を参照。Judith Butler, *Excitable Speech: A Politics of the Performative* (New York: Routledge, 1997), pp. 114-15.
（33）Louis-Ferdinand Céline, *Mea Culpa and the Life and Work of Semmelweis*, trans. Robert Allerton Parker (Boston: Little, Brown and Company, 1937), p. 173.〔L＝F・セリーヌ「ゼンメルヴァイスの生涯と業績（一八一六―一八六五）」池部雅英訳『セリーヌの作品　第十二巻［評論］苦境…他』礒野秀和・池部雅英・浅井喬男訳、国書刊行会、一九八二年、三三四頁。〕
（34）Spitzer, "Linguistics and Literary History," p. 33.〔シュピッツァー『言語学と文学史』三一頁より一部改変を施して引用。〕

（35）Ibid., p. 31.〔同書、三〇頁。〕

（36）Luca Cavalli-Sforza, *Gènes, peuples & langues* (Paris: Editions Edile Jacob, 1996).〔ルイジ・ルカ・キャヴァリ＝スフォルツア『文化インフォマティックス——遺伝子・人種・言語』赤木昭夫訳、産業図書、二〇〇一年。〕

（37）Hans Ulrich Gumbrecht, "Leo Spitzer's Style," unpublished manuscript.

（38）Spitzer, "Linguistics and Literary History," p. 3.〔シュピッツァー『言語学と文学史』三六頁。〕

（39）Bill Readings, *The University in Ruins* (Cambridge, Mass.: Harvard University Press, 1997), p. 105.

（40）Denis Hollier, "The Pure and the Impure: Literature after Silence," in *Literary Debate: Texts and Contexts* (New York: The New Press, 1999), p. 13.

（41）Paul de Man, "Conclusions: Walter Benjamin's 'The Task of the Translator,'" in *The Resistance to Theory* (Minneapolis: University of Minnesota Press, 1986), p. 92.〔ポール・ド・マン「結論：ヴァルター・ベンヤミンの「翻訳者の使命」」『理論への抵抗』大河内昌・富山太佳夫訳、国文社、一八六—一八七頁。〕

（42）Ibid., p. 92.〔同書、一八七頁。〕

（43）Ibid., p. 99.〔同書、二〇〇頁。〕

（44）Ibid., p. 101.〔同書、二〇四頁。〕

第三章　グローバル翻訳知《トランスラテイオ》――比較文学の「発明」、イスタンブール、一九三三年

いかな言語も国家のものである以前に人間のものである。トルコ語、フランス語、ドイツ語はまずもって人間性に属し、しかるにトルコ、フランス、ドイツ人民のものとなった。
――レオ・シュピッツァー「トルコ語を学ぶ」（一九三四）

文学正典《カノン》をグローバル化せよという近年の奔流は、人文学全体における国民文学の「比較《コンプ》‐文学《リット》‐化《ゼーション》」と多くの点で見ることができるだろう。戦後、研究機関の制度のせいで、ヨーロッパがうまい汁を吸う一方で、非西欧文学が冷や飯を食っていたとしても、原則、比較文学はそもそものはじまりからグローバルなものである。すでに多くの論者が指摘しているように、比較文学の創始者たち――レオ・シュピッツァー、エーリヒ・アウエルバッハ――は、ナショナリズムへの疑念をともに抱えつつ、戦禍にまみれたヨーロッパから亡命者・移民となって流出した。文化の世俗化の推進と同期して提唱された、ゲーテの理念「世界文学《ヴエルトリテラトウーア》」は、ディシプリンの前提となって生きながらえ、今日、フランコ・モレッティの論文「世界文学への試論」にその残響をひびかせている。モレッティが主張しているのは、反ナショナリズムこそ、「遠読」に一か八かのりだすための唯一の理由だということだ。

重要なのは、世界文学研究を正当化するには、これ以外に方法はないということだ（比較文学科の存在理由も）――苦労の種であり、各国文学（とりわけ地域文学）への永遠の知的挑戦であるのだが。もし比較文学がこうじゃないなら、それは無だ。(1)

比較文学を研究するもので、モレッティの傾倒する反ナショナリズムに賛意を示さないものはいないだろう。分野を超え、ディシプリンの外で研究することに慣れたものにとって、国別の言語・文学科がいかに臆見《ドクサ》にまみれているかは、ますますもって当然になりつつあり、他方、批評の潮流・諸派が、国民文学の延長だという事実は、多少なりとも自省的にそれらを併用し、批判するものにとって一層明白になっている。文化的反本質主義の時代にあってさえ、国民性《ナショナルキャラクター》は理論や手法につきまとっているのだ。英文学部は、実践批評からニューヒストリシズムまでプラグマティズムの伝統と軌を一にしている。受容と言説理論は、独文学に根づいている。脱構築が他所に流出してしまった後でさえ、仏文学は脱構築と切っても切れない。スラヴ文学がいまだに理論の看板にしているのは、フォルマリズムと対話理論だ。フレドリック・ジェイムソンの「第三世界のアレゴリー」は、第三世界文学を格づけする原産地統制呼称《アペラシオン・コントロレ》となっていつまでも消えない……などなど。特定の国や、唯一無二のナショナル・アイデンティティを欠く比較文学研究は、必然的に国家によって規定されないディシプリンの場に向かい、トランスナショナルな交流と流通に牛耳られた経済がますますグローバル化していくなかで、世界文学《ヴェルトリテラトゥーア》の落とし穴を首尾よく回避するほうに有り金投じるのだ。しかし今までそうだったように、エドワード・サイードがうちたてた方針のもと正典《カノン》を「世界化」するのに多弁を費やせども、いかに課題を達成すべきかはますますもって合意をえられにくくなっている。モレッティはこう述べる。

結局、私たちをとりまく文学がいまや惑星的システムであることは疑いようもない。問題は、なにをすべきかでは実はない——いかにすべきかだ。世界文学を研究しているって、なんのこっちゃ？　どうやってやるっていうんだ？　私は一七九〇年から一九三〇年のあいだの西欧の文学を研究しているが、英国やフランスを一歩出たとたん山師も同然だ。世界文学だって？(2)

この、「いかに問うべきか」への応答として、十全なパラダイムとまではいかないにしても、いくつかの枠組みがあらわれた――「グローバル文学」（フレドリック・ジェイムソンとマサオ・ミヨシが先鞭をつけた）、「コスモポリタニズム」（ブルース・ロビンズとティモシー・ブレナンの認可をえて）、「世界文学」（デイヴィッド・ダムロッシュとフランコ・モレッティによってリヴァイヴァルされた）、「文学的トランスナショナリズム」（ガヤトリ・C・スピヴァクの著作に多くを負って）、比較ポストコロニアル、ディアスポラ研究（エドワード・サイード、ホミ・バーバ、フランソワーズ・リオネット、レイ・チョウらが消えない足跡を残した）といったものである。こうしたカテゴリーは、非西洋圏の伝統文化を正面から扱うことを請けおいこそすれ、方法論はほとんどさずけてくれない。必要な方法論とは、根本的に異なる言語と文学のあいだで、いかに信用に足る比較をおこなうかという現実的な問題を解決するためのものだ。ふたたびモレッティを見ると、この問題をずばりと言いきっている――「つまり、世界文学は対象ではなく、問題なのだ。しかも、新しい批評の方法を要請する問題なのだ。その方法は、もっとテクストを読むだけでは、だれにも見つけることができない[3]」。モレッティは方法を出しているのだろうか？ イエスでもあり、ノーだ。モレッティは、「遠読」という有望なアイデアを、新しい認識論の基礎として導入している（ベネディクト・アンダーソンによる遠隔地ナショナリズム、電子ナショナリズムの概念をどことなく思わせる）。しかしこれは、ミクロとマクロの文学ユニットが、ちゃんとした仕分け装置もないまま、グローバルシステムによって洗い流されてしまう、二進法の都市に嵌まりこむリスクを秘めたアイデアだ。モレッティは言う。

> そこでは距離こそが知識をえる条件なのだ。それさえあれば、テクストよりずっと小さく、ずっと大きい単位に焦点を合わせることができるようになる。技巧、テーマ、文彩――あるいはジャンルやシステムについて。そしてもし、ずっと小さなものとずっと大きなもののあいだで、テクスト自体が消えてしまうことがあるとしても、そう、だれかが「テクストなんかなくてもよい」と言うのがもっともな場合もあるだろう[4]。

この記述における遠読は、昔からある（近年の比較文学ではなじみ深い）文彩・テーマ・ジャンルの重要視とさほど変わることがなさそうに見えるが、公正に見るのなら、モレッティが転向をけしかけているのは、なにかもっとラディカルなものなのだろう。モレッティは、「読まれざる傑作」というマーガレット・コーエンの悲観的な見通しに触れたうえで、自分が知悉する専門分野ですら「カノン化されたごく一部」しかあつかっていないことを率直に認めている。そのうえで、精読を放棄する異端の批評理論を擁護し、節操なく二次資料を典拠にして、「綜合の一日」を達成せんと知的エネルギーを注ぎこんでいる。世界システム理論の提唱者イマニュエル・ウォーラーステインを範とする、モレッティのよりどころは「綜合のひらめき」である——その洞察から生まれた代物が、グローバル国際市場のたえず変容するパラダイムだったわけだ。いくつかの事例を持ち出して、モレッティが力説するのは、社会学の皮をかぶったフォルマリズムである——つまり、「形式は、ある特定の社会的関係性の縮図」だ。これは、ブラジル小説が外国債を負っているという、ホベルト・シュワルツによる文学様式の解釈にはじまり、洋の東西における「解釈の多様性[5]」という凝り固まった表現を持ちだす、ヘンリー・ジャオによる「不安な語り手」というコンセプト、英国の干渉をうけた語りの形式という、アト・クウェイソンによるジャンル（ナイジェリアのポストリアリズム）の用法にまで及ぶ。

　プロット・キャラクター・声・ジャンルに、グローバル文学という重荷を担う単位として、今までとは異なる重要性を割り当てようとするモレッティの試みが、推奨可能になるまでには課題が山積みだ。それは、世界システム理論の延長線上の領域をあつかうモレッティによる政治色を帯びたフォルマリズムも同じことであって、グローバル象徴資本の競技場が不公平なことを雑にしかとらえていない。ペリー・アンダーソンほかの『ニュー・レフト・レヴュー』の寄稿者に似て、モレッティの「マクロ」アプローチは、ジェイムソンの『弁証法的批評の冒険——マルクス主義と形式』に負うところが明らかだ。しかし、そのアプローチは、すでに「ハイ・セオリー」が、国際的に流通することで、「遠読」のひとつのかたちとしてある程度は機能していることを無視してもいる。さらに「遠読」は語学よりも物語《ナラティヴ》に重きをおくが、この点こそが最終的には（これは私の予測だが）モレッティの世界文学《ヴェルトリテラトゥーア》復活の泣き所になるのではないか。

　モレッティが未解決のままにした問題（テクストへの近さを維持しつつ、遠さを犠牲にもしない、ばりばりのグローバリズムの必要性）は、文学史上、レオ・シュピッツァーがかつて直面したものだ。シュピッツァーは、一九三三年にイスタンブールで、文献学のカリキュラムを設立するようにトルコ政府に要請されたのだ。シュピッツァーが唱導したこと（普遍的なヨーロッパ中心主義）をふりかえるだけではなく、シュピッツァーが実践したこと（多言語遭遇によって不協和音を意図的につくりだすこと）を注視すれば、グローバルな射程とテクストの近さを両立する比較主義の実例が見つかるだろう。

今となっては、アウエルバッハによる『ミメーシス』の鬱っぽいあとがきに言及するのが、比較文学研究史における常套手段になった感がある。そこで、アウエルバッハは一九三五年から四五年のトルコ亡命時代——自著の執筆環境についてこう述べている。

それになお、この研究が第二次大戦中にイスタンブールで執筆されたという事情がつけ加わる。イスタンブールには、ヨーロッパ研究のための完備した図書館は一つとしてない。国際的な交流は杜絶していた。その結果筆者は、ほとんどすべての雑誌、大半の新しい研究書、それどころか時には自分の扱うテキストの信頼しうる批判版の参照すらも断念せざるを得なかった。そういうわけで、当然参照すべき文献に目を通していなかったり、新しい研究によって否定、あるいは修正されたような見解を筆者が主張している、ということもあるかもしれない、というより、大いにありうることである［…］。それはそれとして、この書物の成立は、どうやら、大規模な専門図書館が存在しないという、ほかならぬその事情に負うているらしいのである。かりに、これほどおびただしい対象について書かれた一切の文献を参照しようとしたならば、筆者はおそらく執筆にとりかかることはできなかったであろう。[6]

エドワード・サイードがこの一節を引用していることもまた、同じく有名だ。そこでサイードはこのあとがきを、たんにヨーロッパ中心主義批評の内臓に巣食うオリエンタリスト虫批判の礎石にするのみならず、専有ブランドである亡命人文主義の土台にもしているのだ。「この著作の成立はオリエントという非西洋世界への亡命と故郷喪失という事実に負っているということである[7]」と、サイードは『世界・テキスト・批評家』で書いた。多くの論者が言うように、アウエルバッハはサイードにとって転機《ポワン・ド・ルペール》になった。一九六九年にアウエルバッハの独創的なエッセイ「世界文学の文献学」を（マリアム・サイードと共同で）訳すことでスタートしたサイードのキャリアは、一九九九年には米国現代語学文学協会《MLA》の会誌『PMLA』で会長コラム「人文主義《ヒューマニズム》？」を書くにいたった——そこでサイードは、アウエルバッハを、第二次世界大戦後の「新」言語の「爆発」のせいで「神話化」されたと非難したのだった。しかし、批判的な口吻にあっても、サイードはアウエルバッハの企てへの評価を、その人文主義のヴィジョンに免じて撤回する——「いかな場合でも、アウエルバッハの結論としてあったのは、われわれにとって人文主義は避けてとおれない問題だという信念だった」(8)。

比較文学者のアーミル・マフティは論文「イスタンブールのアウエルバッハ——エドワード・サイード、世俗批判、マイノリティ文化の疑問」で、ポストコロニアル時代の比較文学をマイノリティの経験に立脚させることを通じて、それを再考する出発点としてアウエルバッハ主義者サイードを用いている。マフティによれば、サイードはアウエルバッハの亡命状況を「「国家・家《ホーム》・コミュニティ・所持品」といった既成概念への疑問」を惹起するものと見なした。そこでマフティが提案するのは、家なきことのポリティクスから、無国籍のポリティクスへのシフトである。そこには以下のようなことがすべて含意されている——人間の尊厳の喪失・権利の剝奪・民族《エスニック》アイデンティティから、「マイノリティ」という無名のカテゴリーへの格下げ（マフティはここで、ハンナ・アーレント『全体主義の起原』の「ユダヤ人は規範となるマイノリティだ」という分析を借用している(9)）。

サイードが、不可侵の前提として世俗性に固執していることは、エリート主義にも映りかねず、ゆえに逆説的なものともとられかねない——万が一、その著作において、マイノリティ・亡命者としての立場を押し出していることを見落とし、サイードが繰りかえし喚起するトルコ亡命時のアウエルバッハの心去りがたい身の上を忘れるようなことがあればの話だが。この意味で、サイードを読まねばならなくなるのは、サイードが亡命を「特権」としてではなく、「近代的な生活を支配する巨大制度」への恒久的な批判として語るときなのである。サイードの世俗批評が執拗に指摘するのはそのジレンマや恐怖だが、それにもまして、近代性

の中でマイノリティの存在がはらんだ倫理的可能性なのである。(10)

アウエルバッハはハイ・ヒューマニスト（フーコー的反人文主義《アンチヒューマニズム》との永久戦闘に閉じこもる「トーリー党的傾向」）の象徴的人物だという、アフヤズ・アフメドに反駁して、マフティが力説するのは、アウエルバッハの「綜合的」批評実践と、サイード的オリエンタリズムの全体論的性格のあいだの相似である。サイードが創造した「アウエルバッハ」に、マフティが見いだすのは、共存の倫理学であり、高邁な理想としての世界文学《ヴェルトリテラトゥーア》である。それは、世界性というものがいかに脆いかを認めたうえで、ヨーロッパ諸言語・文学のフロアにひしめく「その他」の言語の亡霊による脅しをはねつけるものだ。

　しかし、亡命の創設神話が改訂を迫られるとして、グローバル比較主義のこの倫理的パラダイムになにが起こるのか？　状況が変わるのか？　アウエルバッハが当地に到着したとき、すでにシュピッツァーがイスタンブールに数年間滞在していたという事実を考慮すれば、アウエルバッハのメランコリックなあとがきと、孤立した知識人という自画像の見方が変わるのか？　初期の比較文学年鑑における、文学史のイスタンブールの章には記述があまりない。一九三〇年代における、イスタンブール大学の亡命者教員とトルコ人ティーチングアシスタントとのあいだに知的コラボレーションがおこなわれたという証言も乏しい。トルコに移植されたヨーロッパ文献学教育になにが起こったのか、満足のいく説明はまったくないのだ。(11) 私が指摘しておきたいのは、今日の「比較文学《コンプ・リット》」を「世界化された」マイノリティ比較主義として再定義するうえで、シュピッツァーがイスタンブールに活気にあふれた文献学機関を設立し、トルコ語の学習をつづけていたという事実が重大な意味をもつのではないかということだ。加えて、私が言いたいのは、文学研究がグローバル化していくなかで、初期比較文学はつねに、そしてすでにグローバル化されていたにもかかわらず、よりによってそれがどのようになされたのかを忘れてしまっているということだ。アウエルバッハ以前に、シュピッツァーはイスタンブールで、亡命の人文学《ヒューマニティーズ》の物語を語っているだけでなく、トランスナショナル人文主義《ヒューマニズム》、あるいはグローバル翻訳知《トランスラティオ》の種子をはらんだ世界的言語交流の物語を語っている。ポストコロニアル研究内部におけるヨーロッパの学術伝統の地位はいまだ審議中であるがゆえ、このトランスナショナル人文主義は、未来のグローバル文化市場においてヨーロッパ思想がいかな地位におさまるのかについてのひとつの批評的実践としてとることもできるだろう。言いかえれば、解釈実践におけるデフォルトがヨーロッパモデルになっていることにたいする異議申し立てである。だがサイードが確言しているように、西洋対非西洋の対立を生んだことが文献学的人文主義の遺産ではないし、そうであったこともない。遺産は、かつてそうであり、依然そうであるように、知の輸出入の記録であって、原産地ラベルはとうに剝がれてしまっているのだ。一九六六年の時点で、ルネ・エチアンブルはこの遺産をはっきりと意識したうえで、将来の人口統計にあわせた比較文学の再編を要請していた。

十億あるいは二十億の中国人たちは、列強の中に混って第一強国たろうとしており、回教徒は、数千万の人口を誇り、独立の意志を固めて、その宗教的帝国主義を再び確立していることであろう。(すでにそれは確立しているともいえる)インドでは、数億の人々が、あるいはタミル語を、あるいはヒンヅー語を、あるいはベンガリー語を、あるいはマラト語を話していることであろう。アメリカでは、数千万のインディアンが、完全な人権をもった人間に復帰する権利を要求していることであろう。少くとも一億二千万の人口を擁する日本は、現在の米ソ二大帝国のことを口にしなくなり、米ソは、これらの新しい野心にたいして、ともに対抗するために同盟しているかもしれない。巨大なブラジル、スペイン系アメリカは、おそらくヤンキーの植民地政策から解放されており、アフリカの黒人たちは、黒人たることを称揚していることだろう。しかるに、われわれフランスはというと、もっぱら中国、アラブ圏を無視することを条件に、近代文学のアグレガシオン(大学教授資格試験)を創設しようとしている。[12]

比較文学ポリティクスを見通すエチアンブルの慧眼は、二〇五〇年の比較文学ディシプリンの改革にまで及ぶ。エチアンブルの念頭にあるテーマは——

「スペイン・アンダルシア地方におけるユダヤ教・キリスト教・回教の接触」
「明治文学における西洋文学の影響」
「啓蒙の世紀における自由思想の形成に果たした日本発見の役割」
「南アフリカ・南アメリカの発見以来の民族主義思想の変遷」[13]
「植民地国における二ヵ国語使用と、文学におけるその影響」

などなどであって、トランスナショナル、ポストコロニアル文学研究で今日おこなわれている研究と深くかみ合うものだ。もし、二〇〇五年にも通じるような、一九六〇年代用の「未来のグローバル比較」をエチアンブルがつくりえたとすれば、一九三〇年代にレオ・シュピッツァーがすでに教育的実践にうつしていたものをエチエンブルは継いでいたのだ。ゆえに、イスタンブールのシュピッツァーのセミナーの物語と、それがもたらしたグローバル翻訳知のモデルは、今日の比較文学を考えるうえで欠かすことができない。

レオ・シュピッツァーは、巻頭論文のタイトルをとって『言語学と文学史』という題で、一九六七年に出版された一群の文体論の論文で、米国ではよく知られている。学識の幅広さと、アカデミズムで何世代にもわたる比較文学者たちの師の役目を果たしたという点で、シュピッツァーに唯一比肩する存在はアウエルバッハだろう。ポール・ド・マンは「ドイツ生まれの傑出した一群のロマンス文学研究者たち」[14]として、フーゴー・フリードリヒ、カール・フォスラー、エルンスト・ロベルト・クルツィウス、アウエルバッハと並べて、シュピッツァーに正当な評価をあたえている。『レオ・シュピッツァー――論文選集』の序文で、ホプキンス大学におけるシュピッツァーの教え子、ジョン・フレッチェロは、シュピッツァーをアメリカにおける比較文学創設の第一級の功労者としている。[15] シュピッツァーが好んだのは、ひとりの著者についての著作を書くことよりも、解釈学の実演であった。シュピッツァーの全著作は、無秩序であり、非体系的である。それらを結びつけているのは、まずもって、経験知への一貫した関心と、スペイン黄金時代、イタリア・ルネサンス、フランス啓蒙主義、デカダン派から選びぬいた作家（セルバンテス、ゴンゴラ、ロペ・デ・ベガ、ダンテ、ディドロ、ボードレール、シャルル＝ルイ・

フィリップ）への専心である。

第二次世界大戦に先立つナチス時代、シュピッツァーにとって体制の反ユダヤ化はまったく寝耳に水とでも言うべき事態だった。ヴィクトール・クレンペラーもそうだが、シュピッツァーは、第一次世界大戦の戦功が抜群だったため、自分は政治的迫害から免れるだろうと思っていたのだ（イタリア人捕虜の手紙を検閲した経験が、冗長法と「飢えを指す語」についての初期の論文のもとになった）[16]。戦時中ドレスデンにとどまったクレンペラー（ナチによるドイツ語の乱用を記録した「文献学者のノート」をよすがにして自殺寸前の絶望から脱し、生き残ろうとしていた）と違い、シュピッツァーは一九三三年にイスタンブールへ脱出した。一九三三年五月二日、教育省はエルンスト・ロベルト・クルツィウスがケルン大学の代替教員を務めることを認定した。同年七月、ナチ学生連盟の指導者による報告書が学長に提出され、シュピッツァーはほかのユダヤ人教員ともども弾劾された[17]。この不吉な前兆もあり、マンチェスター大学とイスタンブール大学から招きをうけたこともあって、まもなく辞職した。トルコにむけ出航したとき、一団の中には妻、子供たち、ティーチングアシスタントのローズマリー・ブルカルトがいた。ブルカルトとシュピッツァーはイスタンブールで親密な関係だった[18]。記録によれば、ブルカルトは自身才能ある文献学者だった。残された写真から判断すると、髪を短く刈りそろえた、絵に描いたような「モダンウーマン」であり、スポーツ、芸術、音楽にも熱心だった。ブルカルトは、放逐されたシュピッツァーにつきまとっただろうメランコリーを和らげてくれた。エッセイ「トルコ語を学ぶ」で、シュピッツァーが晩年になって外国語を学ぶ感覚を、愛についての言葉を使って表現しているのも、ブルカルトと無関係ではないだろう。

一九三三年のシュピッツァーの状況は、当時ポストを追われた何百人というユダヤ人学者にも通じるものだ。大多数がパレスチナに移住する一方で、ナチスの手がおよばなかった欧州各国の首都に居場所をえたものもいる（ロンドンにいた、美術史家フリッツ・ザクスル、ニコラウス・ペヴスナー、ゲルトルード・ビング、オットー・ペヒトのように）。すくなからぬものがラテンアメリカに上陸した（とくにブラジル、ペルー、メキシコ）。米国は渡航先候補のひとつだったが、渡米したものの多くは、概してアメリカのアカデミズムの反ユダヤ主義のせいで、帰化先で満足な雇用機会をえられなかった（アインシュタイン、パウル・オスカル・クリステラー、パノフスキーのように飛びぬけて有名な学者は例外)。近年のドキュメンタリー映画『スワスチカからジム・クロウまで』が見事に描いているように、しばしば手を差し伸べたのは、南部の黒人大学だった。ユダヤ人亡命者が教育した黒人学者の世代が生まれ、のちに迫害されたマイノリティとして歴史感覚を共有することになった。幸運に恵まれたものは少数だった。そのうちのひとりだったシュピッツァーは、仕事のオファーを難なく確保し、イスタンブール大学文学部における最初のラテン語学文学教授、さらには外国語学部学部長として一九三三年から三六年までの三年間をすごした。アウエルバッハが一九三六年十二月頭に到着する直前、シュピッツァーは米国に発ったため、時期は重ならないものの、シュピッツァーによる招聘のおかげでアウエルバッハは着任できたのであり、アウエルバッハが『ミメーシス』のあとがきで述べて、広く信じられているようなヨーロッパからの孤立はなかったことになる。二〇年代、三〇年代の当地の知的コミュニティを精査してみれば、未開の地での孤独というアウエルバッハのひがみっぽい描写は、本当のところイスタンブールでの実際の生活環境・研究環境を多少なりとも歪曲したイメージだったろう。[19]

イスタンブール大学の名誉教授として名高く、一九三三年のシュピッツァーのセミナーのメンバーだった八十六歳のスュヘイラ・バイラフにインタビューをしたところ、当時の家族のような雰囲気についてよく知ることができた。[20] トルコ人学生——ネステルン・ディルヴァナ、ミナー・ウルガン、サバハッティン・エユブオール、サフィナズ・ドルマン——は、ハインツ・アンシュトック、エヴァ・ブック、ヘルベルト・ディックマンとリーゼロッテ・ディックマン、トラウゴット・フヒス、ハンス・マルシャン、ロベルト・アンヘッガー、エルンスト・エンゲルブルク、クルト・ラクール、アンドレアス・ティーツェ、カール・ヴァイナーといった亡命者との議論の輪に加わった。ティーチングセッションが頻繁にひらかれたシュピッツァーのアパートには、膨大な個人蔵書とリファレンス資料がそろえられていた。(シュピッツァーと『ローランの歌』についての論文を仕上げた)若いスュヘイラ・バイラフが、シュピッツァーが数年間とりくんでいた語源の謎を解いたことがあった。シュピッツァーは、彼女の直感が正しいことを、書棚に並んだ書籍にあたって即座に確認した。以来、バイラフはすぐれた文献学者として正式に認められ、結果としてシュピッツァーの学部にいならぶ教員のひとりとしてむかえられた。

バイラフは大学で学び、アカデミックキャリアを積むようになったトルコ女性の最初の世代に属する。シュピッツァーのセミナーは、近寄りがたいようでいて、多数の女性学者を一人前にした。ローズマリー・ブルカルトはロマンス語文献学教授として精力的かつ建設的だった。ドイツ生まれ、中国育ち、英国修道女に教育された翻訳家エヴァ・ブックは、その多言語にわたる生育環境を、トルコ語でのヨーロッパ文学アンソロジーの編集に役立てた。ベルギーで教育をうけた人文学者アズラ・アハトは、ギリシア神話事典を編纂し、著名な翻訳家になった。そしてバイラフは、言語学的な観点から文芸批評を執筆し、文献学と構造記号論のあいだに橋を架けた。それだけならず、トルコ作家の輪の中心となる役目をはたし、バルトやフーコーのような知識人をも訪問した。

シュピッツァーのセミナーがつちかった東西交流と翻訳へのとりくみは、バイラフとその仲間たちによって優に一九七〇年代・八〇年代までつづけられていた。対照的に、アウエルバッハとその学生はドイツ出身であり、ヨーロッパ語学・文学に専心し、亡命がもたらした世界文学ヴィジョンの拡張可能性にそれほど関心がなかったようだ（ヴァルター・クランツ、ヘルベルト・ディックマンがその典型）。アメリカでハリー・レヴィンにはじめて会ったとき、アウエルバッハは、ダンテをトルコ語に訳すさいに適当に選んだ仏訳版から訳したとして、トルコ人同僚たちの学識のなさをくさしている[21]。アウエルバッハがかかえていた知的鬱屈の、より根深い原因は、政治からくるものだった。アウエルバッハが痛烈に批判したのは、トルコの芽吹きつつあるナショナリズムの風土だった。アウエルバッハは、それをヨーロッパ文化と縁組させようとする奇妙なこころみに強い違和感を抱いていたのだ。一九三七年のヴァルター・ベンヤミンあての書簡で、アウエルバッハが拒絶しているのは、「熱狂的な、反伝統ナショナリズム」であって、それは大統領アタチュルクによる「一方ではヨーロッパの民主主義への、他方ではムハンマドの流れをくむ古きよき汎イスラム主義のスルタン経済への抵抗」からくるものだった。アウエルバッハが推測するところ（9・11のあとは見慣れたものになった議論だ）、イスタンブールでトルコ政府が前々からの計画の歯車として亡命者たちを使ったのは、帝国主義的ヘゲモニーから自らを解放するためだった。いわばヨーロッパの科学技術のノウハウを、ヨーロッパを捨てるために身につけていたのだ。

［…］現存するムハンマドの文化遺産の全否定、トルコの根本的アイデンティティとの奇妙な関係の確立、ヨーロッパ流の科学技術の近代化。これらはみな、憎むべき、だが敬ってもいるヨーロッパに、ヨーロッパ自身の武器で勝利するためなのだ。ゆえに、ヨーロッパで教育を受けた移民を教師にしたがる。外国のプロパガンダにおびやかされずに学べるからだ。結果、なにが起こるかと言えば、極端なナショナリズムと、歴史的に培われた国民性《ナショナルキャラクター》の破壊の同時進行である。[22]

新生トルコのナショナリズム、その抑圧的な文化の力はたしかに、十一年間におよぶアウエルバッハの滞在中に顕著だったものだ。しかし、大げさでなく、以下のように論じてみてもいいのではないか——トルコ語ポリティクスと、ヨーロッパの文献学人文主義とが束の間交差することで、（少なくとも初期の）グローバルなディシプリンとしての比較文学の発明をうながす状況がつくりだされた、と。イスタンブールでおこった正面衝突が人をひきつけるのは、それが、欧州の最新の教育をとりいれることで、近代トルコのアイデンティティをしゃにむに獲得しようとした新国家のイデオロギーと、ナショナリズムの蹂躙に抗して西洋人文主義の理念を護持しようとしたヨーロッパ文化のイデオロギーのあいだのぶつかり合いだったからだ。

「孤独なヨーロッパ学者」というアウエルバッハの自画像は、一九三六年の到着時点で、イスタンブール（およびアンカラ）で発達をとげていたかなり大きな、政治的・芸術的・職業的ヨーロッパ人コミュニティをくわしく調査するほど、疑問に思われてくる。[23] 比較神話学者ジョルジュ・デュメジルが、イスタンブールで一九二五年から三一年まで働いたのは、アタチュルクに招聘されて、一九二八年に施行されたアルファベット化の準備を手伝ったからだった。レフ・トロツキーは一九三一年から三三年まで、難を避けて当地に逗留した。トルコ労働者シンジゲートの設立を助けたドイツ社会主義者であり、政治亡命者のゲルハルト・ケスラーも同様だった。ロマニストという点では、シュピッツァーの先達としてトラウゴット・フヒスがいた。フヒスは、イスタンブールのロバーツ・カレッジで教鞭をとっており、イスタンブール大学（当時「移民大学《エミグレ・ウニベルシュテート》」として知られていた）でのシュピッツァーの人事を後押しした。[24] 到着後まもなくシュピッツァーは、ドイツ語話者の学者と芸術家の一団にむかえられた。そこには次のような人物がいた。高名な心の哲学者ハンス・ライヒェンバッハ（一九三三年から三八年までイスタンブール大学で教えた）。フリッツ・ノイマルク（経済学・法律学、イスタンブール大学）。ゲオルク・ローデ（一九三五年、アンカラに拠点をかまえた古典的文献学者で、アラビア語文学が世界文学にあたえた影響を研究し、「世界文学翻訳叢書」にとりかかった）。ヴォルフラム・エーベルハルト（アンカラ大学、中国語中国文学）。一九三五年から三七年まで滞在したパウル・ヒンデミットは、カール・エーベルトと共同してアンカラ州立芸術学校を設立し、一九三六年にはベラ・バルトークを招聘した。ヒンデミットは先進的建築家と都市計画者も招き、その中にはブルーノ・タウトや（一九三六年から三八年までイスタンブール工科大学で教えた）、フランスの都市計画者アンリ・プロストも含まれていた。(25) あとから来たグループにふくまれる人物で、同じくらい重要だったのが（その多くが戦時中スパイ活動に従事していた点を考えても）、英国の歴史家ロナルド・サイム卿（ローマとアナトリアの専門家、一九四二年から四五年まで、イスタンブール大学の古典文献学教授を務めた）、古典考古学者ジョージ・ビーン（一九四四年からイスタンブール大学で教鞭をとり、当地で『エーゲ海のトルコ』、『トルコの南岸』を著した）、ビザンティウム・十字軍研究の権威、歴史家スティーヴン・ランシマン卿といった面々だ。(26) 一九五九年に出版された、西洋の修辞法や詩法の起源が東方にあることを示したランシマンの論文は、イスラムの文化的影響力が抑圧されているというサイードの『オリエンタリズム』の議論を先取りするものだった。(27) このような、英国人著名学者の存在に加えて、アメリカ作家ジェイムズ・ボールドウィン、構造言語学者エミール・バンヴェニスト、A・J・グレマスも、一九五〇年代のイスタンブールで活動していた。フレドリック・ジェイムソンの回想によれば、グレマス、ミシェル・ド・セルトー、ルイ・マランが主張したのは、一九五〇年代イスタンブールで三名の滞在が重なり、「記号学を発明した」ということだった。こういった一連の学者と批評家の世代は、無数の層《クーシュ》となって、ディアスポラ・移民・流行文化をひきつけ、神聖ローマ帝国からオスマン帝国へとつづく、世界史上まれにみる強国の首府たる都市の歴史に寄与したのだ。

「文化の交差点」としてのイスタンブールの伝統に、すでにユダヤ人・ドイツ人居留地が建設されていたという事情もあいまって（パレスチナへ向かうユダヤ移民にとって、一時下車の停車駅の役割をはたす場合もあった）、当地の大学のポストは、三〇年代初頭にはヨーロッパ出身の亡命者の垂涎の的になっていた[28]。ドレスデン工科大学を追われて一年後の一九三六年七月、経済的に困窮しきったヴィクトール・クレンペラーが書いた日記は、イスタンブール大学のポストが羨望のまなざしを浴びていたことを伝えている。クレンペラーは「シュピッツァーのイスタンブールのポストが、結局アウエルバッハにわたった」と記したあと、フランス語がたいして流暢でもないくせに、ベネディクト・クローチェに根まわしして、アウエルバッハがポストを確保したという話を、憤りまじりにぶちまけている。

今朝、「ヴォスライル」からの推薦書とともにクローチェの友人で、反ファシスト、フローレンスから来た小柄な図書館員シオーネの訪問を受けた。ドイツで講師をやりたいようだが、こっちがポストを失ったことを知らなかった。私は彼にイェナのゲルザーをすすめた。彼がイタリアでこっちを助けてくれる余裕があるかどうか、たしかめてみるそうだ。シオーネが話してくれたのは、どうやってアウエルバッハがイスタンブールのポストをえたかということだった。アウエルバッハはまずフローレンスに一年いた。そしてクローチェは、アウエルバッハについての意見書を提出した［…］。いま、アウエルバッハはジュネーヴでフランス語に磨きをかけている。シュピッツァーがイタリアで言っていた話では、職を手にいれられるのは、フランス語会話がうまいものだけということだ！　もし、二、三ヶ月ジュネーヴに行くことができれば、自分だってまた「フランス語会話がうま」くなるのに[29]。

実際、イスタンブールは垂涎の的だった。というのも、オーストリア人、ドイツ人亡命者の多数にとって、そこはヨーロッパだったからだ。一九三五年八月十二日、アウエルバッハがイスタンブールに職をえたと知って、友人の物理学者ハリー・デンバーは、クレンペラーへの手紙にこう書いている――「ここはなるほど最果てにある――向こうにアジアが見える――しかしヨーロッパの中である[30]」。

イスタンブールに亡命者が流入したことで、雇用の創出が喫緊の課題となった。ドイツ・オーストリアで解雇されたナチズムの犠牲者がなぜ集まったかといえば、若いトルコ共和国（一九二三―一九三〇）の悲願が、学界内部の「改革」による西洋化の達成だったという、事情につけこんだからだが、そのために元々いた学者がしばしば犠牲になった。多くの場合、トルコ人が職をひとつ失うことが、ドイツ人が職をひとつえることだったという事実は、歴史の皮肉以外のなにものでもない。概して、人文主義を形成するうえで、解雇は両者にとって決定的な意味があった。後から見て気にかかるのは、トルコに亡命してきた大学教授が、トルコ政府が裏から糸をひいて自分たちの境遇を操っていることに気がついていたのかということだ。たとえば、一九三二年、スイスの教育学者アルベルト・マルヒェが、「ダーリュルフュヌーン［イスタンブール大学の前身］」の現状についての報告書を執筆するよう任命されていたことを、亡命者たちは知っていたのだろうか？　この報告書は、一九三三年のトルコ人教員の大量解雇の口実として使われた[31]。マルヒェの報告書は冷酷にも、論文不足、外国語教育の不足、科学指導の不徹底を理由にして、大学の総点検を勧めるものだった。改革のアジェンダとして、マルヒェが構想していたのは「ベルリン、ライプツィヒ、パリ、シカゴ」から教授連を呼びよせたコスモポリタン大学だった。マルヒェの主張によれば、このコスモポリタンな文化が、ひとつの学派が主流になるのをふせぐ唯一の歯止めとして働くのだという。グローバルな人材確保の指令をうけたマルヒェは、ドイツ人、ドイツ語話者の教授たちにオファーをだして、快諾を受けた[32]。マルヒェが密接な関係にあったのが、ドイツ人学者の海外派遣の任を負う組織――「海外在住ドイツ学者相互扶助会《ノートゲマインシャフト・ドイチャー・ヴィッセンシャフトラー・イン・アウスラント》」であって、つまりはマルヒェこそがシュピッツァーをイスタンブールに招聘する後押しをしたのだ。当初、シュピッツァーに課された義務は、意気をくじくようなものだった――「数千人の学生を相手に四ヶ国語での授業を調整する任にあった」、「授業は（通訳を通して）フランス語でおこなわれ、ティーチングスタッフとの意思疎通はほかの複数の言語を用いた[33]」。

　すでに述べたように、シュピッツァーとアウエルバッハは、比較文学のディシプリン前史に、重なりあいつつも別々の道を切り開いてきた。両者とも文献学、翻訳、西洋人文主義に深いかかわりをもちながら、前者が採用したのは言語学的コスモポリタニズムであり、後者が傾注したのはナラティヴのリアリズムの詩学だった。シュピッツァーは近代的な人文学という学問分野をトルコに作らせ、（呼びたければ）ポストコロニアル人文主義の先駆者になった。アウエルバッハはトルコに抵抗した。イスタンブールに十年滞在したが、[34]トルコ語はまったく上達しなかったようで、『ミメーシス』や教科書『ロマンス語学・文学散歩』に周囲をとりまく「異国」が滲みでた跡はほとんどない（後者は「トルコの学生たちに、学問の起源と意味をよりよく理解せしめるような一般的骨組みを供する目的で、一九四三年、イスタンブールで書かれた[35]」）。ヘルベルト・ディックマンが、どうして純ヨーロッパ的型にはまった啓蒙主義の専門家になったか、察するのはたやすいだろう（ディックマンは、この時期のアウエルバッハが育てた、ドイツ人学生のスターのひとり。ハリー・レヴィンと『比較文学における論集』（一九六一）を執筆するなど、のちに文学研究者としてめざましいキャリアを築くにいたった）。彼らは（イスタンブール大で一九三八年から五八年まで働いたあと、UCLAにトルコ学部を創ったロベルト・アンヘッガーやアンドレアス・ティーツェとはちがって）トルコの専門家にならず、文学部の非トルコ人学生と教員は、スタンダードなヨーロッパのカリキュラムに従いがちだった。たしかに、アウエルバッハは同世代の欧州の文献学者（フォスラー、クルツィウス、シュピッツァー）による、文化の範疇の拡大を支持していた。他方でアウエルバッハは、ヨーロッパ文化圏の境界を排外的なまま維持できるか懸念してもいた。それが「もうひとつのもっと包括的な統一性[36]」（昨今の風潮に合わせて言えばグローバル比較主義にあたるだろう統一性）に併呑されないか気にしていたのだ。

　アウエルバッハの『ロマンス語学・文学散歩』が提供するロマンス学のシラバスが、キリスト教について論じた章をひとつ追加した以外には、トルコ人読者にほとんど斟酌していないからといって驚くには価わない。ところがこの著作を丹念に読むとわかってくるのが、ローマ字化と、ローマ帝国による言語的植民地化がヨーロッパ諸語の歴史にあたえた長期にわたる影響がとりあげられているのは、どうもトルコ語がローマ字化される様子をアウエルバッハが目撃したせいらしいということだ。[37]この大規模な綴り字《リテラシー》運動を、アウエルバッハは歓迎し、ペシミズムの極致から身を投じた（アウエルバッハが見るところ、その運動は、広いコンテクストでは、グローバルな規模での文化の標準化だった――「凡庸さのインターナショナルとエスペラント文化[38]」）。しかし、このリテラシーの問題は、一九五八年に発表された傑作『中世の言語と読者――ラテン語から民衆語へ』では重大なテーマとなった。そこでアウエルバッハがしめすのは、いかに保守的な言語使用が、読者大衆の形成を助けたか、翻って西洋文化の遺産を保全してきたかということだ（書き言葉としてのラテン語文法が堅固なのは、共和政ローマ後期に綴りと文法の標準化が試みられたおかげである）。近代トルコ語の標準化が、アウエルバッハの『中世の言語と読者』の直接の発想のもとになったのかは不明なものの、「帝国の翻訳知《トランスラティオ・インペリイ》」である、トルコによる自己植民地化政策には、ローマ帝国との無視できない類似点があると見なしてもいいだろう。(39)

シュピッツァーの「トルコ語を学ぶ」が発表された、芸術・文学・政治雑誌の『存在《ヴァルルク》』誌は、生まれたてのトルコ共和国が着手した、一九二八年の言語政策の直接の所産と見ることもできる。この改革がトルコの政治・文化にあたえた影響は、いかに強調してもしすぎることがない。オスマントルコで書き言葉として用いられていたアラビア文字を廃止し、表音文字であるローマ字にもとづいた近代トルコ文字を急速に導入することで、アタチュルクは旧世代の知識人層を巧妙にも文盲にし、次世代が歴史文書や法律文書、オスマン帝国の伝統文学にアクセスできない状況をうまくつくりだした。(40)イスタンブールに着いてほどないアウエルバッハがベンヤミンに書き送っているのは、ごく近過去の伝統文学がすでに「幻のような、幽霊のような」ものになっていて、ショックをうけたということだ。アウエルバッハの観察では「前世紀のアラビア語、ペルシア語はもちろん、トルコ語のテクストでさえ、理解できるものがめったに」おらず、「翻訳不可能性」（「無理解 unverständlich」）と「誤解 missverständnissen」が、二つ一組の流行りものだとしている。(41)シュピッツァーの記事「トルコ語を学ぶ」は、大学教授から教育省大臣まで幅広いトルコの知識人が寄稿した「言語論争」という題目のもとに掲載されたがゆえ、この政治主導の文語改革のまっただなかにあったのだ。

シュピッツァーとアウエルバッハは、イスタンブール大学発行の雑誌（アウエルバッハが編集した『イスタンブール大学文学部論集』*Publications de la faculté des lettres de l'Université d'Istanbul*）に、学生の論文にまじって、重要な論文を発表していた。一九三七年の論集は、シュピッツァーのロマンス学のセミナーによる論文を収録しており、そのコスモポリタン的射程を証しだてるものになっている。

Azra Ahat, "Üslup ilminde yeni bir usul"

Eva Buck, "Die Fabel in 'Pointed Roofs' von Dorothy Richardson"
Rosemarie Burkhart, "Truchement"
Herbert Dieckmann, "Diderots Naturempfinden und Lebensgefühl"
Traugott Fuchs, "La première poésie de Rimbaud"
Hans Marchand, "Indefinite Pronoun 'one'"
Sabahattin Eyüboğlu, "Türk Halk Bilmeceleri"
Leo Spitzer, "Bemerkungen zu Dantes 'Vita Nuova'"
Süheyla Sabri, "Un passage de 'Barlaan y Josaiat'"
Erich Auerbach, "Über die ernste Nachahmung des Alltäglichen"[42]

この目次を、本当の意味でグローバル化した比較文学の実験的パラダイムとして、テクストのなかに地球をまるごと持ちこむ批評的実践のあかしとして読みたくなってくる。ワーキングペーパーの総括《コーダ》にすぎなくとも、これが垣間見せてくれるのは、いかにヨーロッパ人文主義の「アタチュルク流」が（つまり、トルコの近代化という至上命題《アジェンダ》にあわせて）、ドイツベースの文献学をグローバル・ディシプリンに変容させる上で鍵となる役目をはたしたかということである。そして後者は、比較文学として戦後米国の人文学部で制度として根づいていく[43]。トルコ人の若手研究者がセミナーの出版に奔走したことは、この点できわめて重要だ。シュピッツァーの方法論と言語芸術をあつかった論文を著したアズラ・アハトは、古典ギリシア・ラテン文学の翻訳にキャリアをささげることで、生まれたてのトルコ共和国に近代的な図書館を創るという国家プロジェクトのために尽くした。図書館が一端を担った共同ミッションとは、トルコを「ギリシア化」し、それによって世俗的ナショナリズムを涵養しうる非イスラム・反オスマントルコの文化基盤をうちたてるという国家的運動と協調することだった。「ブルークルーズ」（トルコ沿岸のギリシア・ローマ文明の名所をめぐるボートの旅）から、大学システムにおける古典文献学への政府出資まで、多岐にわたる取り組みは、「新生ギリシア」としてのトルコ神話と結びつけられた。文化的威信を高め、ナショナル・アイデンティティを確立するための古典文化の収奪は、帝政ローマからありふれた手法だった。しかし、とりわけアタチュルクの政策という文脈では、新たな含みがあった。発生初期の比較文学にナショナリズムとの関係を修復させ（亡命世代は、ナチによる超ナショナリスト的文化闘争《クルトゥーア・カンプフ》への対抗としての反ナショナリストに傾きがちだった）、文献学的人文主義に、バルカン諸国および黒海に面する諸国と小アジアで長年にわたっておこなわれてきた「ギリシアを標榜するもの」をめぐる論争に目を開かせた。(44)

古典文献学とナショナリズムとのあいだの複雑な関係が、アハトとその同僚の仕事が伝えるシュピッツァーのセミナーにあらわれていたとしよう。その場合、非ヨーロッパ語・文化にもちこまれたとき、文学研究における文献学カリキュラムがどうなるかを調べる実験室の役割をも、セミナーは果たしたことになる。『存在』誌の編集人にして、言語論争に情熱をかたむけた、シュピッツァーの助手サバハッティン・エユブオールは、トルコ語口語で書かれた民話、物語、詩の分析にシュピッツァーの方法を適用して、この最前線で目ざましい働きをした。エユブオールの言語形態論・一般形態論への偏愛は、スュヘイラ・バイラフの形態論への偏愛同様、フォルマリズムへと古典的文献学をよろめかせた。(45) バンヴェニストとグレマス（構造主義言語学者ロマン・ヤコブソンを紹介した）の到着で、文献学的人文主義から記号論と構造主義へと、文学史と文学理論がそれぞれ更新され、イスタンブールの重要性は高まった。

もちろんイスタンブールのシュピッツァーのセミナーが、グローバル比較主義の到来をしめす唯一の事例だったわけではない。その概念は、文化そのものの概念が誕生したときからあり、あまねく広がっていた――アカデミズムの外側と国際交流の内側で、雑誌に執筆し、政治を主導した前衛作家や知識人が数世代にわたって存在していたことを考えてみればなおのことである。それにもかかわらず、シュピッツァーのセミナーは、戦後設立された比較文学部のための青写真をつくったという点において、同時代性をそなえたグローバル翻訳知の実例になったようだ。私が述べたいのは、自らがディシプリンとして形をとった街の痕跡を、比較文学《コンプリット》が今日までひきずっているのではないかということだ。そこでは東西文化の境界がぼやけ、植民地の歴史が積もり積もって、土着文化の輪郭があいまいになっている。亡命中の世界文学《ヴェルトリテラトゥーア》の船首像としてアウエルバッハを選んだ時点で、明らかにエドワード・サイードはイスタンブールという場所の重要性に気づいていた。ポール・ボヴェが説得力のあるかたちで主張しているのは、アウエルバッハが「批判的人文主義」をサイードに遺したということだ。その「先進的な世俗主義の潜在能力」を、サイードはキャリアのほとんどをつぎこんで達成しようとした。[46]ここで言っておきたいのは、サイードがイスタンブールでのシュピッツァーの物語により親しんでいたとしても、「世俗的人文主義」という自分のブランドの先駆者は、なおさらアウエルバッハのままにしただろうということだ。

どうもシュピッツァーを、トランスナショナル人文主義という言葉に先がけた人物《アヴァン・ラ・レットル》としてむりやりよみがえらせているように映るかもしれない。しかし、そう読むことでえられるものは大きい。比較文学の精神が文献学の遺産を継いでいると主張することは、人文学の象徴資本を独占するにも等しいからだ。文献学は、ルネサンス人文主義の華々しい伝統を近代学問にもちこみ、いわば語源という遺伝物質《ゲノム》をマッピングしてきた。そのことで、文献学は、長い歴史をかけて制度としての文学研究とナショナル・ポリティクスを涵養してきたと言える。ベルナール・セルキリーニは、以下のような観察を記している。

> 十九世紀の夜明けとともに、秩序・自然・進化といった極度に多様な現象すべてが収斂していき、テクスト実践と研究にかかわるひとまとまりの記号論ができるように見えた。文献学とは、この「まとまり」を示す、もっとも重要な表現だ。その歴史こそ、「テクスト性」に内在するわれらの哲学の歴史なのである。[47]

マイケル・ホルクイストによれば、文献学、より広く言語の学問とは、「「自治をいかに制度化するか」というカント的パラドクスを解決[48]」するものだったという。新設されたベルリン大学（もちろん、それ自体がテンプレートとなって、アメリカのアカデミズムに持ちこまれた）で、その作業に携わったのは、ヴィルヘルム・フォン・フンボルト、ヨハン・フィヒテ、フリードリヒ・シュライアマハー、フリードリヒ・シェリングといった面々だった。

ドイツ文献学に体現されていた世俗的人文主義というカント的理念は、ドイツ・ナショナリズムの最悪のかたちによって、とりかえしがつかないほど毀損されてしまったと主張する、アンドレアス・ヒュイッセンのような批評家もいるだろう。しかし、文献学の歴史にはすぐれた反証がある。第二次世界大戦中、ヴィクトール・クレンペラーが気をしっかりもつことができたのは、その「文献学者のノート」——ナチ用語が日常生活に与えたダメージの詳細なクロニクル——に没頭したおかげだった（「わたし自身に向けて発信されたＳＯＳ信号」や「呪文」[49]と、クレンペラー自身愛着をこめて呼んでいる）。クレンペラーは、第三帝国の言語を lingua terrii imperii （あるいは縮めてＬＴＩ）というラテン語表現で呼んでいた[50]。クレンペラーは、ローマ帝国の遺産である「帝国の翻訳知《トランスラテイオ・インペリイ》」を持ちだして、第三帝国の「帝国の言語《リングア・インペリイ》」と再結合するクレンペラーの狙いは、ナチとローマの言語帝国主義をアナロジーで結ぶだけでなく、征服下の翻訳に顕著な、原文の意味の軽視を浮かびあがらせることだった。この文脈においては、クレンペラーは同僚の文献学者フーゴー・フリードリヒと立場を同じくするように映る。フリードリヒがよりどころにしたのは「思考の内容とは囚人のようなもの quasi captivos sensus であり、翻訳者はそれを征服者の特権 iure victoris をもって自身の言葉に移しかえるものなのだ」というヒエロニムスの主張である。フリードリヒはこう結論する——「これぞ、ラテン文化・言語の帝国主義がもっとも過酷なかたちで表明されたものだ。それは、外国語を異質なるなにものかとして蔑む。しかし他方で、その外国の意味を占有し、訳者自身の言語で支配しようとするのだ[51]」。クレンペラーにとって、ナチのディスコースは言語による支配の比較対照モデルとなるものだった。クレンペラーは「懲罰出動 Strafexpedition」——当初は、家族ぐるみのつきあいをしていた元友人の話の中にでてきたもので、国家社会主義者特有のことばづかいと認識された最初の言葉——という言葉を検討して、こう記した。

> およそわたしが考えるかぎりのひどい思いあがりと、自分とは違う人間の生き方に対する軽蔑が、この懲罰出動という言葉の中に集約されている。それは極めて植民地風な響きのする言葉であり、わたしは包囲された黒人の村をまのあたりに見、河馬の皮で作った鞭の音を聞く思いがした[52]。

クレンペラーがナチの言語に見いだすのは、フリードリヒがローマ帝国の翻訳の特徴としたものに似た、暴力的な意味の略奪のパターンだ。もちろん、ナチのケースでは原文の言語と目標言語が同一だという違いはある。同一言語内《イントラリングアル》、あるいはドイツ語からドイツ語への翻訳（ヤコブソンはこれを指して「言い換え」、あるいは「言語記号を同一言語の別の記号によって解釈する」と呼んだ[53]）は、茶番をおおい隠してしまった。そこにあったのは、クレンペラーが「言語の飲み水のなかに混じった毒」と呼んだものだ。この表現でクレンペラーは、一般市民がナチに検閲された言葉をなにげなく使ってしまうことを指した。たとえばクレンペラーの同僚の場合、はっきりとわかる悪意がなくとも、以下のような言葉を使うはめに陥った――「異種の artfremd」「ドイツの血の deutschblütig」「低級人種の niederrassig」「人種的恥辱 Rassenschande」といった語彙だ。なかには同じ意味を伝える代用品があって、たとえば「人間性 Humanität」という言葉の代わりに（ユダヤ的リベラリズムの臭みがあるという理由で）、より「男らしい」用語である Menschlichkeit が用いられ、語源のドイツ語化プログラムと同時進行で、「外国」の語要素を排除していった。クレンペラーはナチによる言語の機能化についても記しており、「自動式のおもちゃのねじをまく」や「一枚の織物の縦糸を織機にかける」を意味する aufziehen のような動詞が新たに特権化されるようになったという。滑稽かつ陳腐な自動ロボット化された行為を思わせる、こういった動詞がなにを模倣しているのかと言えば、内容も生気もないナチ話法のレトリックや、軍隊のグースステップマーチである。それから、潜在的・精神的メッセージを発するような絵文字が蔓延するようになる。クレンペラーによれば、ナチ突撃隊の「ＳＳ」の文字は、「注意。高圧電流[54]」を意味する共通記号のヴィジュアルを拝借してつくった絵文字なのだという。

　ナチ思考の強力な予防薬として、文献学を用いる試みは、戦時中のシュピッツァーとアウエルバッハの文献学的実践の背後にあったポリティクスと密接なかかわりがある（これと補完関係にあるのが、戦争目的での文献学の使用だ――つまり、Ｉ・Ａ・リチャーズやレオ・マルクスのような文献学の訓練をうけた文芸評論家の、暗号解読者としての徴用である）。それは、非の打ち所がないほど高潔な血統をもった「抵抗《レジスタンス》」の文献学であり、おそらくは「文献学を名のるもの」をめぐる闘いが、現代のカノンと文化闘争の文脈でつづく理由のひとつになっているのだろう。チャールズ・バーンハイマー編『多文化主義時代の比較文学』（一九九五）は、この観点からはライオネル・グロスマン、ミハイ・スパリオス『職業を築く――米国における比較文学史の自伝的展望』（一九九四）とのなわばり争いとして読めるだろう。前者の論集では、寄稿している研究者は、ポストコロニアル理論を、比較文学のポリグロット的な、国際的な伝統文化によって論理的に導かれたものとしてとらえる傾向がある。対して後者では、ポストコロニアル・ターンこそが（それを十全に認識しえたとすれば）、比較文学が圧倒的にヨーロッパに根ざしていることを、控えめなかたちで政治問題化したという位置づけになる[55]。こうしたごく近年の文献学をめぐる利権闘争は、クレンペラーやそのほかの面々とくらべれば、アカデミックかつ視野狭窄ぎみかもしれない。しかしそれでも、少なからぬ重要な問題と関係していることはたしかだ。それは、文学研究の方法論が暗にふくんでいる文化的前提、英語中心の尺度の「異」言語文学を超えた世界文学《ワールド・リット》再考、ヨーロッパ人文主義が文化のグローバル市場で牽引力をもちつづけるかといった諸問題である。

「ヨーロッパ是か非か」の戦場で、サイードの人文主義はいまだ大きな火種になっている。サイードは『文化と帝国主義』で、「対位法的読解」という概念を導入した（「物語られる宗主国の歴史のみならず、支配される他者の歴史――支配的ディスクールがそれに対して［またそれとともに］働きかける歴史――の双方を同時に意識するということ」に力点を置く[56]）。それとともに、転機になった著作『オリエンタリズム』（一九七八）は、「犠牲者研究」と反《アンチ》人文主義を促進する一方で、テクストをただの社会学的実例におとしめ、美的価値に目をふさいでいるとして批判されている。しかし、比較文学者のハーバート・リンデンバーガーが注意を喚起するように、一九八〇年代前半アウエルバッハの『ミメーシス』が、ヨーロッパ中心主義という理由で左翼から非難をあびるなか、幅広い文化の古典、世界文学《ヴェルト・リット》をあつかったモデルワークだとして救いの手をさし伸べたのはほかならぬエドワード・サイードだった。そしてそのことで、（少なくともリンデンバーガーの考えでは）サイードはアウエルバッハの衣鉢を継ぐことになった[57]。

サイード的人文主義は、ヨーロッパをヨーロッパの外から見るものだ（ディペッシュ・チャクラバーティの用語を借りればヨーロッパを「地方化する」[58]）。同時に厳しく批判したのは、凝り固まった、画一的な見たてで、イスラムのような伝統文化について語るという慣行だ。サイードは『知識人とは何か』で、以下のように論じている。

今日、アメリカやイギリスの大学関係者がイスラム世界を扱うときに、「イスラム」なるものについて、十把ひとからげに、また、わたしのみるところ無責任きわまりないかたちで語っているのは、まぎれもない事実である——ひと口にイスラム世界といっても、そこには十億の人間が暮らし、何十と異なる社会のなかで、アラビア語やトルコ語やイラン語をふくむおよそ半ダースの言語が使用され、面積でいうと地球の約三分の一以上を占める。どうやら、英米人は、「イスラム」という一語を使うことで、イスラムを単一の対象にすりかえているように思われる。[59]

超言語的遠近法主義をアプリオリに採用する、サイードの人文主義が依拠するのは、この「知識人」のヴィジョンであって、言語と文化を切り離して見ることを拒むものだ。この「知識人」が、知識と自由を求めるうえで根拠となるのは、バベルの人口学への意識である。[60] サイードの人文主義のラディカルな面は（体制を攪乱したり、家《ホーム》と呼ばれる、輪郭のはっきりした、慣れ親しんだ環境との一体化を拒絶するような）、こう言ってよければ、文献学的世界教会主義にさほど重きを置くわけではない（それは、たやすく言語的多文化主義になりさがってしまう）。むしろ、それが発揮されるのは、文化同士を比べることで生まれる衝撃の大きさへの執心である。

もし、アウエルバッハを起点《アンザッツプンクト》（さらに言えば、「亡命」の偶像——イスタンブール逗留中、アウエルバッハがすばらしいコスモポリタン仲間にめぐまれていたという記録が残っているがゆえ）にする代わりに、シュピッツァーからサイード的人文主義がはじまったとして、サイードはそれをシュピッツァーのエルンスト・ロベルト・クルツィウス批判から探りだしただろう（クルツィウスこそ、シュピッツァーがイスタンブールに追いだされたあとのポストをさらっていった学者だ）。つまりは、シュピッツァーによる「軽い」文献学の実践、その「硬さ」「無味乾燥さ」「禁欲主義」「時代がかったやり口」をぬぎすてた文献学である。[61] サイードの回想記『遠い場所の記憶』が、文化的な重荷をぬぎすてた、グローバルに拡張した文献学の例になっているのは、それがシェイクスピアとシャーリー・テンプルを、カントとワンダーウーマンを一緒くたにしているからである。語りは語彙集を動員し、そこではアメリカ製品のラベルが、アラビア語や英語圏の表現に接ぎ木されている。同じ一枚のページで、ピンポンやディンキートイズが英国話法（ＢＢＣやグリニッジ標準時）や現地のブランドネーム（「チャブラウィチ・オーデコロン」）と争うような、ことばが変則的に響く効果がある。[62] サイードはこう語る。

わたしたちが身につけ、交換し合っていた小物のように、わたしたちの集団的な言語や思考を支配していたのはわずかな一握りのかなり凡庸な体系であり、それが依拠しているのはコミックや映画や連載小説や広告や本質的に低俗な民間信仰などだった。[63]

こう語るサイードはあたかも、人文主義を土着文化の高度保護区域にして、グローバル資本と商標識別能力《トレードマークリテラシー》の手の及ばぬものにしてしまおうという誘惑をふりはらうかのようだ。ポピュラー文化用語の新造コインがヨーロッパ美学の統一通貨とまじりあうさまをおもしろがるサイードだが、その感覚がシュピッツァーの記念碑的論文「アメリカの広告を大衆芸術として説明する」（一九四九）に通じるものがあるのは、驚くことではないだろう。その論文の分析にしたがえば、今日のサンキスト・オレンジジュースのロゴは、中世における紋章と同じものになる。

そう、このシュピッツァー的血統を考えてみたとき、サイードにとって「トランスナショナル時代のシュピッツァー」を体現するのはだれだろう？　『遠い場所の記憶』で登場する、家族ぐるみの友人シャルル・マリクこそ、サイードとの政治的立ち位置の違いにもかかわらず、まさにうってつけと言うべき人物だ。一九四〇年代のパレスチナにおけるアラブ側スポークスマン、レバノンの前国連大使であるマリクは、ベイルート・アメリカン大学の哲学教授、フライブルク大学でハイデガーに師事し、ハーヴァード大学でホワイトヘッドに学んだ。[64]「北レバノンの村の強いなまりがあり、そこにヨーロッパ人の使う英語の仰々しい響きが、彼の豊富な（わたしには身のすくむような）教育体験の名残りとして混入していた」というマリクは、サイードにとっては中東のシュピッツァーのような人物になる。英語、アラビア語、ドイツ語、ギリシア語、フランス語に堪能で、カント、フィヒテ、ラッセル、プロティノス、イエス・キリスト、グロムイコ、ダラス、トリグヴィー・リー、ロックフェラー、アイゼンハワーまで話題も多岐にわたる(65)。

サイード自身はと言えば、その言語能力、さらには音楽、政治、文芸批評にわたる知的関心と業績もあいまって、匹敵する世俗的人文主義者と呼ぶにふさわしい。ひとりの「自己読者」として、サイードは人文主義の翻訳的《トランスレイショナル》トランスナショナリズムに心を配っていた。それこそが、私見では、サイードの数々の著作のなかで一等重大な意味が付与された亡命よりも、人文主義の未来にとっては究極的には重要な必要条件だと言える。「パレスチナ‐アラブ‐キリスト教徒‐アメリカ人」というハイフンでつながれたアイデンティティを、状況に応じた名前の変身ぶりを読みとけば、サイードはまず第一に自己翻訳者だったと言える。英国びいきのアラブ人のあかしとして、カイロでは「エドワード」。父の文房具店では「エドワードさま」か「エドワード・ワーディ」。マウント・ヘルモン・スクールではアメリカナイズされた「エド・サイード」(回想記の中で、そのセカンドネームをファーストネームと韻を踏ませてみるといい)。「エド・サイード」は、そのあとつづくスピーチのためにとりあえず入れておくものになった。たとえば、こんな具合だ――「エドは言った(said《サイード》)……なにを?」こんな具合で、エドが言うことにされるのは、名前をめぐってわきあがる雑多な連想であふれかっている――その名はいまやそれ自体、国家を超えて流通するシニフィアンになって、グローバル比較主義・倫理的軍事活動・亡命人文主義・対位法的読解実践を指しているのだ。しかし、名前を深読みすれば、定義の難しさを、アイデンティティに転嫁してしまうことになり、トランスナショナル人文主義の定義という問題をはぐらかしてしまうことになる。それによって、トランスナショナル人文主義が文化のためになにをいかに選ぶのか――言いかえればテクストのごたまぜからいかに排除し、精選して文献学の事例をつくりだすのかという難問から逃げてしまっている。問題を公平に見るためには、言語を超えた連携にいたるため文献学が果たすべき役割をさらに考え抜かねばならない。同時に、原作による抵抗にも敬意を払わねばならない。

再度、イスタンブールの文芸誌の目次をじっくりながめてみてわかるのは、翻訳知のパラダイムが、トランスナショナル人文主義の内部における多言語主義の重要性を強調していることだ。トルコ語、ドイツ語、フランス語が並置され、断り書きなしに無翻訳の方針がとられていることがわかる。シュピッツァー自身の数々の寄稿が、ここではその例となっている。それぞれの論文で、未翻訳の言語が不協和音を奏でているのだ。フランス語、ドイツ語、ヘブライ語、ハンガリー語、ラテン語、ギリシア語、イタリア語、英語、プロヴァンス語、スペイン語、ポルトガル語、カタルーニャ語、ルーマニア語、ゴート語、アングロ‐サクソン語、サンスクリット語、リトアニア語、教会スラヴ語、アルバニア語、近代ギリシア語（いまやトルコ語もそうだと言えるはずだ）を駆使する文芸評論家だったシュピッツァーには、選択肢が豊富だった。もちろん、ヨーロッパの学識豊かな文学者が、文章の一部を翻訳なしの裸の状態のままにしておくのはよくあることだった。しかし、シュピッツァーにとって無翻訳は神聖な方法論だった。そのことを述べたものとして、論文「言語学と文学史」（一九四八）の※印の一節がもっとも有名である。

※筆者のテキストには、外国語（または諸外国語）の原文が、たびたび引用されている。英語を母語とする読者には、読みづらいかもしれない。しかしながら、筆者の意図が詩人たちの言葉や（言い回し）を真に受けるところにあり、筆者の文体論上の結論の説得力や厳密性が、原文テキストの微細な言語的細部に全面的に依拠している以上、翻訳をもってこれに替えることは不可能だったのである。（文芸評論の読者の言語能力はシュピッツァーほどのものとは限らない以上、この著作の編者は翻訳を添えることにした。）[66]

最後の括弧内の編者のコメントは、文字どおり的外れなものだ。英語読者によかれと思っての配慮で、読みやすさは増すだろうが、単一言語話者の独善をかき乱してやろうというシュピッツァーのあからさまな狙いは骨抜きになってしまう。シュピッツァーがこの注を挿入したのは、ただ読者に原文を参照するよう諭すためだけでなく、言語的奇妙さと対峙させたいがゆえだ。原文の奇妙さを「輝かせる」点において、シュピッツァーはベンヤミンによる理想的な翻訳者にも似てくる。その訳者にとっての理想とは、聖書の「行間翻訳[67]」的言いかえであり、ほとんど翻訳が存在しない地点まで原作と隣接したものだ。

シュピッツァーの無翻訳の実践は、翻訳それ自体に反対するものではなく、むしろ言語習得を、翻訳知研究《トランスラティオ・ストゥディイ》の定言命法にしようという気味がある。外国語のもつ底知れぬ異質さ（言語それ自体への同化をこえたなにかの兆しとしての異質さ）は、シュピッツァーの多言語主義を駆りたてるものであり、いくぶん変則的ではあるが、ベンヤミン、アドルノ、ポール・ド・マンとシュピッツァーを結ぶものだ。アドルノによるパラフレーズ――「ベンヤミンの言うところでは、その著者が、言語という身体に一片の［外国語という］銀の肋骨を埋め込むかのように」――は、異質さという概念が批評理論にとっていかに重要かを示すものだ。この「肋骨」は、ヘッベルの「創造への裂け目」をもあらわしている。アドルノが記すところによれば、つまり、それが「際立つ」さい、「言語においては受難」であって、「現実においてもそうである」[68]。アドルノによる表現は、ポール・ド・マンによる翻訳の概念を意識したものだ――その「オリジナルの苦痛 die Wehen des eigenen」――われわれ自身に属すると考えられているものの苦痛によって、ド・マンが言っているのは「底なしの深みと呼ぶもの」であり、「根源的に破壊的なるもの」であって、「言語そのもの」である[69]。キャリアのまさにしめくくりとしておこなった「翻訳者の使命」についての講演のあと、質問にこたえたド・マンは、ベンヤミンの「歴史的パトスの言語、メシア的なものの言語、亡命のパトス等々」が興味深いのは、それが「実際には決して人間的ではない言語的出来事を記述している」という点にあると主張した[70]。さらに、ド・マンはベンヤミンの「原作の苦痛」を、「彼がきわめて特殊な用い方をしているイメージや文彩やパトスや劇の言語へ分断してしまうよりもむしろ、言語学の非人間的な、非人間化された言語によるほうが最もよく分析される」「構造的な欠陥」[71]と結びつけている。ド・マンはベンヤミンの神聖な言語（純粋言語）に残留した人文主義を乾かして、それを技術的な問題――「純粋に言語的なもの」に変えてしまう。言語的異質さはそれ自体価値があるというシュピッツァーの人文主義者的信念と、言語的非人文主義《インヒューマニズム》をめぐるド・マンの理論はかけはなれているようだが、二人は言語のもつ異質さへの愛を分かちあっている。

　個々の言語はそれぞれ完全なものであるという、シュピッツァーが抱いていた敬意は揺るぎなく、一九六〇年の死の四ヶ月前におこなわれたレクチャー「方法の発達」の結論にもにじんでいる。重婚を避けて結婚と離婚を繰り返すかのように、ひとつの言語を集中的に学習することを繰り返すという信条だったシュピッツァーは、ひとつひとつの言語、そしてあらゆる言語に対して、研究者がそれに取り組んでいるあいだは、無条件の愛を注がねばならないものだとしている。

> 文献学はある特定の言語で書かれた作品への愛である。もし批評を説得的にするため、全言語の作品に自分の方法が適用できると批評家が言わなくてはならないのなら、少なくともその詩を議論する瞬間ぐらいは、批評家はその言語を、その詩を、世界のほかのなににもまして、愛さねばならないのだ。［強調は原文］(72)

シュピッツァーは古典語、ドイツ語、ロマンス語ほどにはトルコ語に情熱を傾けたように見えないかもしれない。しかしそれでもシュピッツァーはトルコ語を愛に値する言語のひとつとして対等にあつかっている。そしてエッセイ「トルコ語を学ぶ」からうかがえるのは、一般に思われているよりもはるかにその言語に愛を捧げていたという事実だ。キャリア半ばの言語学者がトルコ語を学ぼうとする努力を、シュピッツァーは「老人がスキーを習おうとすること」にたとえている。この比喩が意味するのは一方で「中年の危機《デモン・ド・ミディ》」であり、他方で危うい密通《リエゾン》が生む胸の高鳴るスリルである。トルコ学が専門ではなく、言語の理解が初歩の域だったにもかかわらず、勇敢な文献学者は頑固にも kaçgöç（「ヴェール」「男が家にはいったとき、女たちが逃げること」「男から逃げ隠れする必要性」を意味する）のような言葉を分析していく。シュピッツァーは『日常の出来事《オラアン・イシレル》』というトルコ語小説におけるその言葉の用法に着目すると、ローマの謝肉祭用の仮面との類似性を指摘し、バルカン諸語での「笑いごとじゃない」という表現と結びつくものとしている。

表むきこそ文献学だが、シュピッツァーの解説は、一皮むけば典型的な虜囚物語に似ている。つまり、ヨーロッパの紳士がイスラムの抑圧の枷から女性を救いだす物語だ。シュピッツァーの結論（トルコ人の精神は、論理よりも感情に傾きがちだ）は、よくあるヨーロッパ中心主義の繰り言の餌食になってしまった。しかし、シュピッツァーのトルコ語への「愛」は明白だ。それだけでなく、古く、敬すべき伝統を備えた言語に「劣っている」点を著者が認めようとも、その「愛」は疑いようがない。さらに、トルコ語の用心・警戒の表現にヨーロッパ語で充当するものはないか無益にも探しているエッセイの第二部でさえ、「愛」は目に見えるのである。第三部では、トルコ語は名づけて「象徴的聴覚」「心理音声学」という、ほかにない性質に恵まれた言語になる。この「現実と音声の類似」という絶妙な対応関係のおかげで、トルコ語は現実のムードをうまく表現できるのだが、他方でそれは、ドイツ語の気分 Stimmung や英語の雰囲気 atmosphere に非西洋で対応するものであって、それをテーマにシュピッツァーはまるまる一冊の本を書いた。かつてトルコ語の「エモーショナリズム」を却下したことには口をつぐみ、エッセイの第三部で、シュピッツァーはトルコ語がもつ抽象化と現実の射程を唯一無二のものとして称揚している。シュピッツァーは多言を弄さないものの、この読解は、印欧諸語の方が抽象化の頻度が高いためすぐれているという通念に挑むものだ。

　東西という狭量な二分法の無視、トルコ語の学習（非ロマンス語を愛することを学んだとさえ言える）、セミナーを開設し、研究と批評の中心にヨーロッパ諸語とならんでトルコ語を据えたこと——これらを通して、シュピッツァーは「研究の翻訳知《トランスラティオ・ストゥディ》」の世界的パラダイムと、過去と現在双方の「帝国の翻訳知《トランスラティオ・インペリイ》」の歴史を、強い紐帯で結んだのだ。中世におけるラテン語化、一九二〇年代アタチュルク統治下におけるローマ字化、ナチズム下での「第三帝国の言語」の制度化の奇妙な相似は、ヨーロッパ出身の亡命学者に言語帝国主義がかかえた政治的複雑性への意識を呼び覚まし、研究に痕跡を残した。それは、亡命学者たちが、ラテン語文化の粋の残滓の保存を、自らの教育上のミッションとさだめたときでさえ、そうだった。シュピッツァーは、文化的無意識の秘密を解きあかすべく、世界の文法を精査した。ジェフリー・ハートマンの言葉で言えば、「その記号のアイデンティティを破壊する危険をおかしてでも、言葉の精神的な語源までさかのぼれるようなソースと意図」を突きとめようとした。その実践を通じて、シュピッツァーのセミナーがもたらしたのは、モレッティによるナラティヴ・ベースの「遠読」のパラダイムの向こうをはるような、言語中心の「世界システム理論」だ。[73]「遠読」が、（国民的叙事詩、ジャンルの「惑星的」法則のような）文化比較の桁外れに大きいカテゴリーを特権化するのなら、文献学が提供するその繊細なカウンターパートは、世界観つきの精読だ——それは、世界《ワールド》の歴史としての言葉《ワード》の歴史であり、ディアスポラに花開いた文体論と韻律学だ。デイヴィッド・ダムロッシュによれば、アウエルバッハがテクストの自律性の倫理をうちたてた場所で（「自由に生きることを許された」テクストは、秩序と合理性を見いだした）、シュピッツァーは原作《オリジナル》言語のために似通った倫理をつくった——原作が翻訳に屈しないかわりに、失敗と衝突の危険をおかしても、テクストは互いに自由に惹かれあって結びつこうとする(74)。シュピッツァーが定めたグローバル翻訳知の実践が象《かたど》るのは、翻訳不可能な感情のギャップ、御しにくい記号的差異の結節点、暴力的な文化転移・逆転移のエピソード、予期せぬ情事だ。顧みて、イスタンブールでのシュピッツァーの比較文学の発明は、文献学をトランスナショナル人文主義の日常精神として今日認めうるなにかへと変貌させたのだ。

注

（1）Franco Moretti, "Conjectures on World Literature," *New Left Review* (Jan.-Feb. 2000): 68.〔フランコ・モレッティ「世界文学への試論」秋草俊一郎訳『遠読——〈世界文学システム〉への挑戦』秋草俊一郎・今井亮一・落合一樹・高橋知之訳、みすず書房、二〇一六年、八二頁。〕

（2）Ibid., p. 54.〔同書、六八頁。〕

（3）Ibid., p. 55.〔同書、六九頁。〕

（4）Ibid., p. 57.〔同書、七二—七三頁。〕

（5）Ibid., pp. 60-64.〔同書、六八—八八頁。〕

（6）Erich Auerbach, *Mimesis: The Representation of Reality in Western Literature*, trans. Willard R. Trask (Princeton: Princeton University Press, 1953), p. 557.〔エーリッヒ・アウエルバッハ『ミメーシス——ヨーロッパ文学における現実描写　下』篠田一士・川村二郎訳、ちくま学芸文庫、一九九四年、四八二—四八三頁。〕

（7）Edward Said, *The World, the Text and the Critic* (Cambridge, Mass.: Harvard University Press), p. 8.〔訳注〕エドワード・W・サイード『世界・テキスト・批評家』山形和美訳、法政大学出版局、一九九五年、一二頁。

（8）Edward Said, "Humanism?" in *MLA Newsletter*, Fall 1999, p. 4.

（9）Aamir Mufti, “Auerbach in Istanbul: Edward Said, Secular Criticism, and the Question of Minority Culture,” *Critical Inquiry* 25 (Autumn 1998): p. 103.

（10）Ibid., p. 107.

（11）イスタンブールでの、シュピッツァーとアウエルバッハのキャリアの簡潔な説明は以下の文献を参照のこと。Geoffrey Green, *Literary Criticism and the Structures of History: Erich Auerbach and Leo Spitzer* (Lincoln and London: University of Nebraska Press, 1982). グリーンの主張では、イスタンブールはシュピッツァーにとって困難な環境ではなかった。いわく、それでシュピッツァーは「「内部の型」に集中した。神の摂理に信仰をおくものの「ずうずうしい自信」で、聖霊によって賦活されたものとして周囲を眺めていたのだ——不足はあったにせよ」。Ibid., p. 105. トーマス・R・ハートの「言語としての文学——アウエルバッハ、シュピッツァー、ヤコブソン」は、アウエルバッハの著作全体に、イスタンブールとトルコ語が影響を及ぼしたと信じる立場から書かれた数少ない論文の一編だ。Thomas R. Hart, “Literature as Language: Auerbach, Spitzer, Jakobson,” *Literary History and the Challenge of Philology: The Legacy of Erich Auerbach*, ed. Seth Lerer (Stanford: Stanford University Press, 1996, pp. 227-30.

（12）René Etiemble, *The Crisis of Comparative Literature*, trans. Georges Joyaux and Herbert Weisinger (East Lansing: Michigan State University Press, 1966), p. 56.〔エチアンブル「比較文学の危機——比較は理ならず」芳賀徹・岩崎力・倉智恒夫訳『比較文化研究』四号、一九六三年、一三四頁。〕

（13）Ibid., p. 57.〔同誌、一三五頁。〕

（14）Paul de Man, *Blindness and Insight: Essays in the Rhetoric of Contemporary Criticism* (Minneapolis: University of Minnesota Press, 1971), p. 171.〔ポール・ド・マン『盲目と洞察——現代批評の修辞学における試論』宮崎裕助・木内久美子訳、月曜社、二〇一二年、二九九頁。〕近年の刊行物のいくつかは、第二次世界大戦前・戦中のロマンス文献学の伝統にたいする新たな関心を証だてるものだ。以下の文献を参照のこと。Hans Ulrich Gumbrecht, *Vom Leben und Sterben der grossen Romanisten: Karl Vossler, Ernst Robert Curtius, Leo Spitzer, Erich Auerbach, Werner Krauss* (München: Carl Hanser Verlag, 2002). Peter Jehle, *Werner Krauss und die Romanistik im NS-Staat* (Hamburg: Argument Verlag, 1996).「戦闘的人文主義者」かつ啓蒙主義学者として、一九四五年に共産党に入党して東独に亡命し、ライプツィヒのロマンス語研究所の所長になったヴェルナー・クラウスのキャリアの再検討が時宜を得たものであることを主張したイェーレの著作にたいする評として、以下の文献を参照のこと。Darko Suvin, “Auerbach's Assistant,” *New Left Review* 15 (May-June 2002): 157-64.

（15）John Freccero, “Foreward” to *Leo Spitzer: Representative Essays* (Stanford: Stanford University Press, 1988), pp. xvi-xvii.

（16）以下の文献を参照のこと。Leo Spitzer, *Die Umschreibungen des Begriffes “Hunger” im Italienischen* (Germany: Verlag von Max Niemeyer, 1921).

（17）シュピッツァーの退職したポストを奪うなど、クルツィウスの出世第一のご都合主義的な行動は、ナチスの官僚主義に迎合した証拠のようにとれる。この議論は、人類市民としてのヨーロッパ人というクルツィウスのヴィジョンにもあてはまる。アール・ジェフリー・リチャーズは、一連の疑問を発することで、こういった懸念を表明した。一九四八年の傑作『ヨーロッパ文学とラテン中世』で描写された、クルツィウスの超自然的ヨーロッパのヴィジョンは、ヒムラーのイデオロギー「ヨーロッパ要塞」、あるいはローマ的「新しい中世」に基づいた「新しいゲルマニア」というナチのヴィジョンに寄与する危険な城塞ではなかったか？　理想とするヨーロッパ人文主義は歴史条件に左右されないと考えるほど、クルツィウスは政治的には無知蒙昧だったのではないか？　あるいはクルツィウスは、第三帝国で何事もなく活動をつづけたり、ほかの学者の追放から利益をえていたドイツのロマンス学者たちすべての、たんなるスケープゴートだったのでは？　国民性《ナショナルキャラクター》理論を、一貫して、言い方によっては勇敢に否認していたせいで、クルツィウスは不当にも誤読されたのでは？　以下の文献を参照のこと。Earl Jeffrey Richards, "La Conscience européenne chez Curtius et chez ses détracteurs," in *Ernst Robert Curtius et l'idée d'Europe* eds. Jeanne Bem and André Guyaux (Paris: Editions Champion, 1995), pp. 260-61.

(18) シュピッツァーは一九三四年にハーヴァードからオファーをえていたが、ローズマリー・ブルカルトが米国ヴィザをとれなかったため、トルコにもう二年滞在することになった。

(19) イスタンブール大学図書館の資料不足をくりかえしぐちるアウエルバッハだが、一九四四年ごろには、ロマンス語学・文学のセミナーの出版物の編集をこなし、その中にはシェイクスピア、ペギー、シェリー、マーロウ、リルケについての文献を駆使した論文がふくまれている。

(20) このインタビューは、二〇〇一年夏に、イスタンブールのアジア側の郊外にあるスュヘイラ・バイラフの自宅でフランス語でおこなわれた。

(21) Harry Levin, "Two *Romanisten* in America: Spitzer and Auerbach," in *Grounds for Comparison* (Cambridge, Mass.: Harvard University Press, 1972), pp. 112-13.〔ハリー・レヴィン「アメリカにおける二人のロマニスト――シュピッツァーとアウェルバッハ」中矢一義訳『亡命の現代史　知識人の大移動3（人文科学者・芸術家）』中矢一義・松谷彊・利光功・藤本隆志訳、みすず書房、一九七三年、八頁。〕同論文でレヴィンは、イスタンブールに「十分な設備がな」いことに対して、シュピッツァーとアウエルバッハが対照的な反応をしたとしている。レヴィンは、前者の造語論《ヴォルトビルドゥングスレーレ》、語形成アプローチを「十分な学問的設備にささえられて成立する型の学問」であり、後者を「厳密に文体論的であるよりはむしろ社会学・歴史学的」アプローチで「十分な設備がなくとも成立しうる型の学問」だとしている。Ibid., p. 118.〔同書、一五―一六頁。〕

(22) 以下の文献の引用より。Karlheinz Barck, "Walter Benjamin and Erich Auerbach: Fragments of a Correspondence," *Diacritics* (Fall-Winter 1992), p. 82.

(23) ハンス・ウルリヒ・グンブレヒトによれば、アウエルバッハは、亡命前の研究生活からすでに知的メランコリーをかかえており、それが頂点に達したのがイスタンブール期だったという。グンブレヒトは次のように請け負っている――「ヨーロッパ文化への情熱的かつ、それでいて距離をとったアウエルバッハの見方は、イスタンブールでの亡命生活中に、あるいは一九四七年に米国移住したあとにすら見ることができる。ナチス体制が強いた国外生活の経験は、アウエルバッハに、最終段階に入った文化として、西洋文化に対する醒めた、ときにメランコリックな視点を与えることになった」。以下の文献を参照のこと。Hans Ulrich Gumbrecht, "'Pathos of the Earthly Progress': Erich Auerbach's Everydays," in *Literary History and the Challenge of Philology: The Legacy of Erich Auerbach*, ed. Seth Lerer (Stanford: Stanford University Press, 1996), p. 31.

(24) Anne Dietrich, *Deutschsein in Istanbul* (Opladen: Leske and Budrich), 1998.

(25) ほかの注記すべき訪問者として、ジェミル・ビルセル、エルンスト・ロイター、ルドルフ・ニッセン、アレクサンダー・リュストウ、ヴィルヘルム・レプケ、ヘルムート・リッターがいた。

(26) ここの情報元としては、*Cogito, sayi*: 23 (2000) および、Horst Widmann, *Exil und Bildungshilfe: Die deutschsprachige akademische Emigration in die Türkei nach 1933* (Bern: Herbert Lang and Frankfurt/M: Peter Lang, 1973) の付録を参照のこと。

(27) Sir Steven Runciman, "Muslim Influences on the Development of European Civilization," in *Şarkiyat Mecmuasi* [*Oriental Magazine*] 3 (1959): 1-12. ランシマンは以下のように論じている。「中世フランスのロマンス『フロワールとブランシュフルール』は、東方の物語である。他方、全ヨーロッパでもっとも有名かつ、愛すべきロマンスである『オーカッサンとニコレット』は、一皮むけばイスラム起源である。この主人公の名前は、本当は「オル「ク」アシム」であって、ヒロインはチュニスのイスラムの王女だと考えられる。中世ヨーロッパの韻文に見られる脚韻の用法は、アラビアのモデルに触発されたもののようだ。[…]一連の短編が『千夜一夜物語《アラビアン・ナイト》』としてヨーロッパに知られるようになるはるか以前に、イスラムのロマンスや詩はヨーロッパ文学にしるしを残していた。」Ibid., p. 22.

(28) トルコが中立を保ったにもかかわらず、ナチスも依然としてこの街に強い影響力を維持していた。つまり、かつて掌握した「ドイツ植民地」の銀行・管理構造を引き継いでいた。当地にはヒトラー・ユーゲントの支部があり、ドイツ語の報道機関はプロパガンダを流布し、ナチス化のプログラムがイスタンブールのドイツ語学校ではおこなわれていた。ふたつのドイツ語話者コミュニティのあいだ（海を隔てていたとはいえ、近かった）に緊張がはりつめていたことは言うまでもない。この説明は、（シュピッツァーと講師として働いた）リーゼロッテ・ディックマンの残した記録に部分的にもとづいている。以下の文献を参照のこと。Anne Dietrich, *Deutschsein in Istanbul*, chapter 4. 近代トルコのナショナリズムが、ナチス社会主義と化すのではという、アウエルバッハの恐怖に、ディックマンも共感を示している。

(29) Victor Klemperer, *I Will Bear Witness: A Diary of the Nazi Years*, vol.1 (1933-41), trans. Martin Chalmers (New York: Modern Library, 1999), pp. 175 and 178.〔短縮版からの邦訳：ヴィクトール・クレンペラー『私は証言する――ナチ時代の日記［１９３３－１９４５年］』小

川－フンケ里美・宮崎登訳、大月書店、一九九九年には、この部分は含まれていない。〕

（30）ハリー・デンバーからヴィクトール・クレンペラーに。Victor Klemperer, *The Language of the Third Reich: LTI—lingua Tertii Imperii A Philologist's Notebook*, trans. Martin Brady (London: Athlone Press, 2000), p. 159.〔ヴィクトール・クレムペラー『第三帝国の言語〈ＬＴＩ〉――ある言語学者のノート』羽田洋・赤井慧爾・藤平浩之・中村元保訳、法政大学出版局、一九七四年、二二八頁。〕

（31）マルヒェが改革に果たした役割については、以下を参照のこと。Widmann, *Exil und Bildungshilfe*, pp. 45-48.

（32）Ibid., pp. 45-48.

（33）ジェフリー・グリーンの主張は、『ジョン・ホプキンズ・マガジン』一九五二年四月号に掲載されたシュピッツァーのインタビューにもとづいている。以下の文献を参照のこと。Green, *Literary Criticism and the Structures of History: Erich Auerbach and Leo Spitzer*, p. 105.

（34）奇妙なのは、ボヴェの批評が、イスタンブールがアウエルバッハの作品に与えたインパクトにほとんど触れていないことだ。これはボヴェが、アウエルバッハの「文化的・政治的ルーツ」についての無関心を批判していること、「ジンテーゼ的な内部－からの－歴史」を記述するアウエルバッハのプロジェクト」が自身の学術的・文化的コンテクストに多くを負っているという議論をしていることを考えればなおさらだ。ボヴェが巧みに再評価した、ワイマール共和国とドイツ・モダニズムがアウエルバッハの思想に与えた影響と、トルコ語のアルファベット化が、文語と大衆についてのアウエルバッハの分析に及ぼした影響についての議論は、きわめて相性がいいだろう。Paul Bové, *Intellectuals in Power: A Genealogy of Critical Humanism* (New York: Columbia University Press, 1986), p. 79.

（35）Erich Auerbach, *Introduction to Romance Languages and Literatures*, trans. from French by Guy Daniels (New York: Capricorn Books, 1961).〔エーリヒ・アウエルバッハ『ロマンス語学・文学散歩』谷口伊兵衛訳、而立書房、二〇〇七年、七頁。〕スュヘイラ・バイラフによるトルコ語版は一九四四年に出版された。

（36）Erich Auerbach, *Literatursprache und Publikum in der lateinischen Spätantike und im Mittelalter* (Bern: Franke Verlag, 1958). *Literary Language and Its Public in Late Latin Antiquity and in the Middle Ages*, trans. Ralph Mannheim (Princeton: Princeton University Press, 1965).〔エーリヒ・アウエルバッハ『中世の言語と読者――ラテン語から民衆語へ』小竹澄栄訳、八坂書房、二〇〇六年、一二頁。〕『ミメーシス』のあとがきと同じような陰鬱な口調で、根深いペシミズムにとらわれたアウエルバッハが言明しているのは、西洋文明が近代のグローバル文化に飲みこまれてしまうのではないかという根源的な恐怖である。

ヨーロッパの心情はその現存の限界にまで近づいている。ヨーロッパ独自の、ヨーロッパに限った歴史は完璧であるように見える。その統一性は準備が終り、もうひとつのもっと包括的な統一性に影響を及ぼしながら早くも滅びかかっているように見える。その歴史的統一性の生きた存続と生きた意識にかんがみてなおその統一性を把握するという試みに着手しなくてはならない時が来たように、私には思われたし、今もそう考えている。

（37）トーマス・ハートの推測では、アラビア文字の廃止が誘因となったこの伝統の切断は、「西洋における古典学の衰退が呼びおこした損失をアウエルバッハに思いおこさせただろう」。自分の議論を支持するものとして、ハートが引用するのは、一九三六年十二月にイスタンブールに到着後まもなくアウエルバッハがベンヤミンに書き送った手紙である。

ここでは、どこまでも合理化された国家の建設という試みのなかで、あらゆる伝統がつぎつぎに投げ捨てられている。その国家とは、ヨーロッパ的かつ極端にトルコ愛国的なものなのだ。全体のプロセスは非現実的な、この世のものと思えぬスピードで進行している。すでに前世紀に書かれたアラビア語、ペルシア語、トルコ語のテクストでさえ、理解できるものがめったにおらず、言語は近代化され、純トルコ的にしつらえられ、いまやローマ字で書かれている。

Hart, "Literature as Language," pp. 230-31.

（38）以下の文献の引用より。Barck, "Walter Benjamin and Erich Auerbach," p. 82. ロバート・スタインによる、該当のフレーズのより正確な翻訳は以下になる。

ますます確信するようになったのは、現在の世界の状況は、偽物の摂理以外のなにものでもないということで、そのせいで「凡庸さのインターナショナルとエスペラント文化」につづく血なまぐさい迂回路を抜けさせられることになるだろう。このことはすでにドイツとイタリアで、とりわけそのおぞましい「血と土のプロパガンダ《ブルーボプロパガンダ》 Bluebopropaganda」の紛い物の中で予期してはいたが、ここにきてはじめてそれが確信に変わった。

ロバート・スタインによる以下の未出版の論文より。Robert Stein, "After Culture: Erich Auerbach and Walter Benjamin in Correspondence" (2004).

（39）『中世の言語と読者』で、アウエルバッハが論じているのは、文語としてのラテン語の安定性が、帝国における読書大衆の形成にとって重要だったということだ。帝国の衰亡後、書き言葉としてのラテン語は法律と宗教の言語として残ったが、その理由は「他には文章語が存在しなかったからである。しかも等しい統一性と等しい保守主義と少々異なった選択方法を備えながら、とうに公的生活におけるさまざまな部門の専門語もしくは特殊語として使われていたからである」。Auerbach, *Literary Language and Its Public in Late Latin Antiquity and in the Middle Ages*, p. 252.〔アウエルバッハ『中世の言語と読者』二六三頁。〕

（40）ドイツに住む近代トルコ人作家の作品に、いかに国家間言語喪失・獲得・恢復のテーマが頻出するのかについての興味深い議論として、エミネ・セヴギ・オズダマルの『母の言葉』のアザデ・セイハンによる分析を参照のこと。Azade Seyhan, *Writing Outside the Nation* (Princeton: Princeton University Press, 2001), pp. 118-19.

（41）論文「文化のあと」で、ロバート・M・スタインは一九三六年十二月十二日付のアウエルバッハからベンヤミンあての書簡を翻訳して引用している。この論文は、アウエルバッハの文献学とフランクフルト学派の批評理論のあいだの結びつきが、一般に思われているよりも強いと推測することの、重要な論拠になっている。スタインの推測によれば、一九二〇年代、ベルリン州立図書館でアウエルバッハが働き、ベンヤミンがそこで『ドイツ悲劇』の論文を書いていたとき、二人は出会っていた。スタインの考えでは、アウエルバッハが『ミメーシス』で、スペイン黄金時代とドイツ・バロック悲劇のリアリズムの章を省略したのは、それがベンヤミンの論文の主題だったことの影響だという。

(42) 論文タイトルの翻訳は以下のとおり。アズラ・アハト「文体研究の新手法」(シュピッツァーの言語芸術についての研究)、エヴァ・ブック「ドロシー・リチャードソン『とがった屋根』における色彩」、ローズマリー・ブルカルト「媒介者」、ヘルベルト・ディックマン「ディドロの自然感受と生感覚」、トラウゴット・フヒス「ランボーの初期詩篇」、ハンス・マルシャン「不定代名詞one」、サバハッティン・エユブオール「トルコの匿名性の問題」、レオ・シュピッツァー「ダンテ『新生』についての所見」、スュヘイラ・サブリ「『バルラームとヨサファト』からの一節」、エーリヒ・アウエルバッハ「日常性の真剣な模倣について」。

(43) 比較文学《コンプ・リット》が戦後、ディシプリンとして米国に根づいたとき、ヨーロッパの伝統が主流となり、その生涯のトルコの章は削除されてしまった。アメリカのアカデミシャンの興味を惹いたのは、ヨーロッパの学識だった。カール・ランダウアーが考察「アウエルバッハの成しとげたこと、およびアメリカの学術界、あるいはニュー・ヘイヴンはいかに『ミメーシス』のアイデアを盗んだか」で記しているように、「一九四〇年代のイスタンブールで『ミメーシス』の著者によってなされたヴィルトゥーゾ的パフォーマンスは、一九五〇年代のアメリカの聴衆を完全にとりこにした」。

しかし、数いる亡命学者のうち、その図抜けた学識と、文化全般にわたる精通が、移住後の文化の宝となったのは、なにもアウエルバッハだけではなかった。ゆえに、カントーロヴィチ、パノフスキー、カッシーラー、イェーガー、シュピッツァー、クリステラー、アウエルバッハの著書の評は、混然一体となっているように思える。それは、これらの学者の特徴である百科事典的な知識の幅だけでなく、文化・歴史学に、ある種の「深み」を持ちこんだという感覚であって、そこからアメリカ人は学びえたのだ。つまり、そのような模範を求めていたアメリカの学術界に、卓抜な学者としてのみならず、ヨーロッパの「深み」の翻訳者として、『ミメーシス』の著者は自身の名前を刻みこんだのだ。

Carl Landauer, "Auerbach's Performance and the American Academy, or How New Haven Stole the Idea of *Mimesis*," *Literary History and the Challenge of Philology*, p. 180.

(44) トルコによるギリシア文化の収奪は、背景にあった同地域におけるギリシア人マイノリティの歴史に対するものとして考えなくてはならない。歴史的・宗教的・民族的緊張の説明としては、ニール・アッシャーソンの以下の明晰な著作を参照のこと。Neal Ascherson, *Black Sea: The Birthplace of Civilization and Barbarism* (London: Vintage, 1996), p. 177. それによれば、大英帝国の支援をうけたギリシアは、野蛮な帝国事業の一環として、西アナトリアを侵略していた。自身エーゲ海の「強国」となって、オスマントルコ帝国の廃墟から大ギリシアを建設することを狙っていたのだ。しかし、侵略は一九二二年のドゥムルプナルの戦いにおけるギリシア軍の敗北で単純に終わったわけではなかった。悲惨な潰走と虐殺はギリシア軍だけでなく、アナトリア半島のギリシア人口の大部分を海に追いやることになった。一九二三年のローザンヌ条約で、新トルコの国境地域はムスタファ・ケマル・アタチュルクのリーダーシップのもとにおかれることになった。この統一カリフによる統治領は、まとまりのない、多民族・多宗教の帝国だったが、いまや白色矮星のように収縮爆発すると、イスラム教とトルコ語によるコンパクトかつ同質性の高い国家に変貌していった。同時に、ギリシアとトルコは少数民族の交換に同意した。約五十万人のイスラム教徒（その多くが宗教以外の点ではギリシア人だった）がギリシアから強制退去させられ、百万人を超えるキリスト教徒（なかには文化的にはトルコ人もいた）がトルコから放逐された。キリスト教徒の大部分はポントス人であり、修道院や農場、役場や銀行、学校を捨て、港まで運びおろすことができた荷物をもって逃れた。

（45）この情報は、著者によるスュヘイラ・バイラフへのインタビューにもとづく。

（46）Paul Bové, *Intellectuals in Power*, p. xiii.

（47）Bernard Cerquiglini, *In Praise of the Variant: A Critical History of Philology*, trans. Betsy Wing (Baltimore: Johns Hopkins University Press, 1999), p. xiv.

（48）Michael Holquist, *Association of Departments of Foreign Languages Bulletin*, vol. 33, no. 2 (Winter 2002), p. 18.

（49）Klemperer, *The Language of the Third Reich*, p. 159.〔クレムペラー『第三帝国の言語』一二一―一二三頁。〕

（50）クレンペラーのLTIの扱いにはほとんど、ナチがことばにかけた呪いを撃退する言語トーテムのようなところがある。死後出版された本書で、クレンペラーはこう書いていた。

　最初のうちはパロディーの遊びとして、その後すぐに記憶のための一時的な方便として、すなわち一種のハンカチーフの結び目として、その後間もなく、そしてあの悲惨な時代を通じて終始変わらずに、正当防衛として、わたし自身に向けて発信されたSOS信号として、わたしの日記の中にLTIという記号が書きつけられている。これはかなりの学識を示す記号である。第三帝国はときどき響きの豊かな外国風の表現を好んで用いたものだ［…］。Ibid., p. 9.〔同書、一二頁。〕

（51）Hugo Friedrich, "On the Art of Translation," trans. Rainer Schulte and John Biguenet, in *Theories of Translation: An Anthology of Essays from Dryden to Derrida*, eds. Rainer Schulte and John Biguenet (Chicago: University of Chicago Press, 1992), pp. 12-13.

（52）Klemperer, *The Language of the Third Reich*, p. 43.〔クレムペラー『第三帝国の言語』六一頁。〕

（53）Roman Jakobson, "On Linguistic Aspects of Translation," in *Theories of Translation: An Anthology of Essays from Dryden to Derrida*, eds. Rainer Schulte and John Biguenet (Chicago: University of Chicago Press, 1992), p. 145.〔ロマン・ヤコブソン「翻訳の言語学的側面について」『ヤコブソン・セレクション』桑野隆・朝妻恵里子編訳、平凡社ライブラリー、二〇一五年、二四七頁。〕

（54）クレンペラーはこう書いている。

ナチのＳＳ文字が生まれるずっと前には、この記号は変電所の小屋の壁に赤い色で書かれていて、その下に「注意。高圧電流」という注意書きがしてあった。ここではこの尖ったＳの文字は明らかに稲妻の様式化された形であった。稲妻はエネルギーの貯蔵と素早さの点でナチに非常に好まれたシンボルであった。だから、ＳＳの文字はまた稲妻の直接の具体像であり、絵画的表現なのであろう。その際、線が二重になっているということは力が倍加されたことを意味するのだろう。なぜなら少年隊の黒い旗の上にはただひとつしか、ぎざぎざの稲妻がついていない、いわばＳＳ文字の半分がついているにすぎないからである。　Klemperer, *The Language of the Third Reich*, pp. 68-69.〔クレムペラー『第三帝国の言語〈ＬＴＩ〉』九九頁。〕

（55）ポストコロニアル理論の台頭によって誘発された、比較文学内部のディシプリンの枠組みの背景について、よりくわしい説明は、以下の拙論を参照してほしい。Emily Apter, "Comparative Exile: Competing Margins in the History of Comparative Literature," in Charles Bernheimer, *Comparative Literature in the Age of Multiculturalism* (Baltimore and London: The Johns Hopkins University Press, 1995), pp. 86-96.

（56）Edward Said, *Culture and Imperialism* (New York: Alfred A. Knopf, 1993), p. 51.〔エドワード・W・サイード『文化と帝国主義　1』大橋洋一訳、みすず書房、一九九八年、一一一頁。〕

（57）Herbert Lindenberger, "On the Reception of *Mimesis*," in *Literary History and the Challenge of Philology*, ed. Seth Lerer (Stanford: Stanford University Press, 1996), p. 209. この論考に気づかせてくれたハワード・ブロックに感謝する。

（58）Dipesh Chakrabarty, *Provincializing Europe: Postcolonial Thought and Historical Difference* (Princeton: Princeton University Press, 1999).

（59）Edward Said, *Representations of the Intellectual* (New York: Vintage Books, 1994), p. 31.〔エドワード・W・サイード『知識人とは何か』大橋洋一訳、平凡社ライブラリー、一九九八年、六五―六六頁。〕

（60）サイードの「知識人の生活は、その根底において、知識と自由にかかわっている」という発言を参照のこと。Ibid., p. 54.〔同書、一〇三頁。〕

（61）Leo Spitzer, *American Journal of Philology* 70 (s.d.), 425-26. 以下の文献に引用された。Hans Ulrich Gumbrecht, "'Zeitlosigkeit, die durchscheint in der Zeit': Über E. R. Curtius' unhistoricsches Verhältnis zur Geschichte," in *Ernst Robert Curtius: Werk, Wirkung, Zukunftperspektiven*, eds. Walter Berschin and Arnold Rothe, (Heidelberg: Carl Winter-Universitätsverlag, 1989), pp. 233-34.

（62）Edward Said, *Out of Place: A Memoir* (New York: Vintage Books, 1999) p. 205.〔エドワード・W・サイード『遠い場所の記憶――自伝』中野真紀子訳、みすず書房、二〇〇一年、二三五頁。〕

（63）Ibid., p. 205.〔同書、二三六頁。〕

（64）Ibid., p. 264.〔同書、三〇五頁。〕

（65）Ibid., p. 266.〔同書、三〇六―三〇七頁。〕

（66）Spitzer, "Linguistics and Literary History," p. 35.〔レオ・シュピッツァー「言語学と文学史」『言語学と文学史――文体論事始』塩田

勉訳、国際文献印刷社、二〇一二年、五〇―五一頁。括弧内は秋草が加えた。〕

(67) Walter Benjamin, "The Task of the Translator," in *Illuminations*, trans. Willard Trask (New York: Schocken Books, 1969), p. 71.〔ヴァルター・ベンヤミン「翻訳者の使命」内村博信訳『ベンヤミン・コレクション2　エッセイの思想』浅井健二郎編訳、三宅晶子・久保哲司・内村博信・西村龍一訳、ちくま学芸文庫、一九九六年、四一一頁。〕

(68) Theodor Adorno, "Words from Abroad," in *Notes to Literature* II, pp. 187-88.〔テオドール・W・アドルノ「異国の言葉」恒川隆男訳『アドルノ　文学ノート　1』三光長治・恒川隆男・前田良三・池田信雄・杉橋陽一訳、みすず書房、二〇〇九年、二七〇頁より改変を施して引用。〕

(69) Paul de Man, "Conclusions: Walter Benjamin's 'The Task of the Translator,'" in *The Resistance to Theory* (Minneapolis: University of Minnesota Press, 1986), pp. 84-85.〔ポール・ド・マン『理論への抵抗』大河内昌・富山太佳夫訳、国文社、一九九二年、一七二頁。〕

(70) Ibid., p. 96.〔同書、一九四頁。〕

(71) Ibid., p. 96.〔同書、一九五頁。〕

(72) Spitzer, *Leo Spitzer: Representative Essays*, p. 448.

(73) Geoffrey Hartman, *The Fate of Reading* (Chicago: Chicago University Press, 1975), p. 121. 亡命者のコスモポリタニズムからおこった文化と、今日のグローバル化された文学研究内部で定義される文化とのあいだのコントラストをめぐる議論として、ハートマンによる以下の書籍も参照のこと。Geoffrey Hartman, *The Fateful Question of Culture* (New York: Columbia University Press, 1997).

(74) David Damrosch, "Auerbach in Exile," *Comparative Literature*, vol. 47, no. 2. (Spring 1995), p. 109.

第四章　サイードの人文主義《ヒューマニズム》

レオ・シュピッツァーとエーリヒ・アウエルバッハの人文主義《ヒューマニズム》は、前の二つの章で示唆しておいたとおり、その相関物を二十世紀後半に見いだした。エドワード・サイードが錬成《エラボレート》した、世界《ヴェルト》人文主義とでも呼ぶべきものがそれだ。サイードの人文主義を論点とすることで、私は次のようなことを問いたい——それはなんなのか、なぜそれはサイードの知の軌跡にあれほど不可欠なものだったのか、そして人文主義的解釈は、オリエンタリズム批評によってどれほど複雑なものになったのか。よく知られているとおり、ドイツ生まれの文献学者エーリヒ・アウエルバッハは、サイードの全著作をつうじて参照点でありつづけた。サイードにとってアウエルバッハは、亡命状態の世俗批評を体現し、文化が標準化された時代において文学の世俗性を擁護し、そして、キリスト教の存在論を現世的なリアリズム表象に溶け込ませて描いたダンテを研究する人物であった。二〇〇三年の英訳版アウエルバッハ『ミメーシス』に寄せられたサイードの序文を見ることで、人文主義の規範と解釈学の実践になぜサイードがあれほど固執したのか、検討したい。『オリエンタリズム』において人文学《ヒューマニズム》と帝国の相互協定が明らかにされた。しかし、帝国主義との妥協を切り抜けてきた人文学もある。つまり解放の人文学、共存の倫理、世界文化の形式史における個体発生という比喩を用いた枠組み、普遍言語ないし聖なる言語への入口としての翻訳《トランスラティオ》知の理想である。こうした言語は、古代アラビア語つまりコーランのように、音価そのものが天国を示すまぎれもない証拠とされる言語的一神論と、等しいとはいわないまでも酷似している。『ミメーシス』序文でのサイードの神聖言語の読みが示唆するのは——明白な言い方ではないにせよ——人文主義は「神の問題」をあつかう上で不可欠な方法を提供してくれるということであり、そのおかげでサイードは、キリスト教とイスラム教いずれの伝統をも迂回して進むことができたのだ。無論これは、サイードが成した世俗批評の定義にも重大な影響をあたえる。サイードの人文主義が、多くの重要な理論的変化の生じる場所としてあらわれるのだ。すなわち、世俗的翻訳知《トランスラティオ》（その基礎は文献学的生気論に置かれている）が世俗批評と融合し、そして世俗批評は文化の神聖な統一性という理想を、それを支える神学から引き離すのである。

エドワード・サイードは当初から人文主義の衣鉢を継ぐ熟達した文芸批評家であり、ジョナサン・アラックが引用する一九九三年のインタビューにもあるとおり、たとえその作家がオリエンタリストにして／あるいは帝国主義者であろうとも、関心は「大作家」に向けられていた[1]。人文主義は、強制なき文化共存というサイードのヴィジョンにとっても、ゲーテの世界文学《ヴェルトリテラトゥーア》に寄せられたサイードの賛辞（一九六九年にサイードが翻訳した、アウエルバッハのエッセイ「文献学と世界文学《ヴェルトリテラトゥーア》」へさかのぼる）にとっても、不可欠なものだった。ポール・ボヴェが編集した論集『エドワード・サイードと批評の仕事——権力に対して真実を語る』の裏表紙には、サイードの仕事において人文主義と政治が分かちがたいものであったことを強調する言葉が載っている。

> 恐らく合衆国の誰にもましてサイードこそ、パレスチナ・イスラム・中東をどう考えてどう表象しなければならないかをめぐり、合衆国メディアとアメリカ知識人を変えた人物なのだ。そして何より重要なのは、この変化は政治行動の結果ではなく、説得力ある人文主義がもたらしたものなのだ[2]。

サイードが忠誠を捧げているのは、多様な文化を綜合する人文主義のアプローチであり（ゲーテの「共通世界会議」と同じ路線だ）、また翻訳知研究《トランスラティオ・ストゥディイ》の文献学的信条であり、そして人間個人に価値を置くことをゆるす文学の可能性だ。こうした忠誠ゆえにサイードの仕事は、彼の政治面・理論面での取り組みが、保守的な批評の側の敵愾心を掻きたてたときでさえ、人文主義の主流から外れないでいられたのだ。サイードが解放の人文主義につき従っていたことは、個人の自由・普遍的人権・反帝国主義・経済依存からの脱却・公民権被剝奪者の自己決定といったものの価値を信奉している点で、フランツ・ファノンの姿勢と大いに共通している。死後出版された『人文学と批評の使命』(二〇〇三)の中でサイードは、精読の実践における「受容」と「抵抗」を称揚することで、人文学の内でも文献学の特権性を拡大してみせている[3]。

『オリエンタリズム』の中で人文学がじかに槍玉にあげられることはほとんどない。しかし、文献学におけるヨーロッパ中心主義を支えるものとして、またオリエンタリズムの修辞や原型を供給するものとして、人文学とオリエンタリズムが共犯関係にあることは明らかである。ダンテの『神曲』をめぐるサイードの評価が、この点を示す顕著な例だ。そこで注目されているのは、九つの圏谷から成る地獄の第八圏谷におけるダンテと「マホメット」(ムハンマド)の出会いだ。ムハンマドは好色・貪欲・非洗礼・自殺・瀆神の罪を犯した者よりも下に位置すると、サイードは示している。ムハンマドよりも悪行の絶対目盛で下にいるのは、ユダやブルータスやカッシウスだけだ。顎から肛門まで真っ二つに引き裂かれ、内臓や糞便を露出させているムハンマドは、分裂禍根をもたらした罪で罰せられている。さらにイスラム教は、アナクロニスティックで不当な位置におかれ、敵視されている。キリスト教以後のムスリムたちに対する異端の罪が、キリスト以前の先覚者たちに対しても同様に見いだされているのだ。サイードも書くとおり、コーランはイエスを預言者のひとりだと認めているのに、ダンテはこの重要な事実を認識できていない。サイードは次のように断言する。

イスラムとその特定の諸表象が西洋の地理的・歴史的理解、ことに倫理的理解の産物であることは不可避的であるが、ダンテがイスラムを詩的に把握するさい[に見せるもの]もまた、こうした図式的かつ宇宙論的とさえいえる見方の然らしめるところである。オリエント[…]に関する経験的データは、そこではほとんど重要ではない[…]。詩人としてのダンテの力量によって、オリエントに対するこうしたパースペクティヴは強化される。その表象性は強められることこそあれ、弱められることは決してない。ムハンマド、サラディン、アヴェロエス、アヴィケンナは、ヴィジョンに満ちた宇宙論のなかに固定される。——固定され、配置され、つめ込まれ、閉じ込められ、彼らが登場人物として、舞台上で演ずる「機能」とパターン以外は、ほとんど一切が無視されるのである。[4]

サイードによるダンテ解釈は、より大きな議論への道筋を用意した。つまり、オリエンタリズムにおけるオリエントとは、文献学によって近代的嗜好の装いをまとった「世俗化されたキリスト教的超自然信仰」だとする議論だ。[5] この系列の批評こそ、五十周年記念の新版アウエルバッハ『ミメーシス』に寄せられたサイードの序文に私が見いだせると期待し、しかし見つからなかったものなのだ。

サイードの『ミメーシス』への序文は、アウエルバッハの人文主義をめぐる心揺るがす解説であり、この代表作において主体性ないし「個性」が危機にさらされている感覚を見事にとらえている。サイードがアウエルバッハのなにに特に惹かれるのかといえば、ひとつはヴィーコの影響を受けた歴史観、つまりは綜合・全体論に関する能力、もうひとつは宇宙観、つまり内的流動性＝内側から湧き出る力の感覚であり、それらが偉大なる文学作品に活力を賦与するのだ。ヴァルター・ベンヤミンと同じくサイードは、アウエルバッハの解釈学的文献学が興味深い理由を、人文主義と唯物論的神学が隣接する地点を浮き彫りにしている点に求める。サイードは、アウエルバッハの文献学の「他の文化と言語の微小な細部への非常な注意深さ」[6]が、キリスト教の比喩形象《フィギューラ》に投入される「真理《ヴエリタス》の精神的な活力」[7]を支えていると記す。一方のベンヤミンは、アウエルバッハの文学的唯物主義に論点を絞り、難解な詩（たとえばマラルメ）の事実性や制作術とそれを関連づける。ベンヤミンにとって美的サインをつくりだす技能価値は、商品というフェティッシュに隠された労働価値とパラレルである。[8] ベンヤミンは第二帝政のパリに関する一九三八年のアドルノへの手紙の中で、次のように書いている。

> 文献学《フィロロギー》は、テクストの細目にあたりながら進んでゆく検証過程であり、この過程が読者を魔術的にテクストへ呪縛する［…］。閉じられた事実性という外見が、文献学的研究にはつきものであり、研究者を呪縛しているが、その外見は対象が歴史的なパースペクティヴにおいて構成される度合に応じて、消失する。この構

成の基準線は、ぼくたち自身の歴史的な経験へ収斂する。このとき対象はモナドの構造をとる。モナドにおいて、テクストを鑑賞するときには神話的にこわばっていたいっさいのものが、生き生きとしてくる。(9)

テクストの細目の呪縛は歴史によって破られ、さらに歴史（あるいは少なくとも個人が同一化した歴史）は、テクストのモナドを文献学の具象化プロトコルからも、神話の硬直した軛《くびき》からも解放する。ふたたび命を取り戻したかに見えるモナドは、フェティッシュの力をふたたび獲得し、唯物的な起源を失わないまま魂を手にいれるのだ。

往々にしてサイードがベンヤミン同様に惹きつけられているのは、アウエルバッハによる文献学の実践が世俗主義の臨界点を、人文主義的歴史主義の内で探すありようのように見える。しかしサイードは『ミメーシス』の時間様式にもまた魅せられていた。つまり『ミメーシス』の（ホメロスからヴァージニア・ウルフにいたる）時代的広がりという長期持続《ロング・デュレ》と、この本がその後も文芸批評において脈々と保ちつづける死後の生だ。アウエルバッハ自身は、『ミメーシス』執筆時にたまたま置かれた境遇を強調しすぎるきらいがあるが（一九五三年の付記に書いている――「『ミメーシス』とは、一九四〇年代初頭に特定の人間が特定の状況において書いていることを、深く意識した本である」(10)）、サイードは『ミメーシス』の長命にこそ、人文主義の価値を認めている。「世紀」の指すものが（ジョヴァンニ・アリギのいう意味で）長くなっているように見えるとすれば、おそらくサイードはそれに合わせて、関連する地理的・超国家的《トランスナショナル》な空間的広がりと連携しつつ、時間持続を長くしようとこころみたのだといえる。この点はサイードの以前の著作『世界・テキスト・批評家』とも呼応しているだろう。ここでサイードがアウエルバッハとシュピッツァーという「圏外的な批評家たち」(11)を評価する所以《ゆえん》は、「二人の文献学的な学問が主として関わるところは読みの行為ではなくて、テキストの存続性の様態を記述することにある」(12)からだ。アウエルバッハとシュピッツァーはルカーチとともに、テクストを「人間の努力の場［…］」、文化的アイデンティティに集約し、結果として時間と空間のあらゆるところに人間の生命を拡散する〈テキスト＝イル〉（テキスタイル＝織物）の豊饒性」(13)としてみせた、「テキスチュアルな関係性の偉大なる直覚者」であるのだ。

『ミメーシス』への序文でサイードがその才能を輝かせるのは、アウエルバッハの代名詞ともいえるテーマ――

「現実表象」――について論じる部分だ。「粗野な現実が言語に変容されて新たな生命が与えられる動き」[14]に対するアウエルバッハの関心が、その根をキリストの謙抑体《セルモ・フミリス》にもっていたとサイードは示す。文学で言えばこうした「低俗体」によって生みだされた表象は、喜劇的で地上的であることを本質とする現実だ（ここでいう「地上的」とは、『ミメーシス』より前のアウエルバッハの研究書『地上世界の詩人ダンテ』*Dante als Dichter der irdischen Welt* にある地上 irdisch と同義。サイードも記しているとおり、英語版は『ダンテ――世俗世界の詩人』*Dante: Poet of the Secular World* とミスリーディングな翻訳になっている）。サイードは次のように述べている。

永遠に地獄に堕ちた罪人たちが、神の審判によっていまある場所に押し込められ、身動きできないままでありながら、棺を押し開け自らの野心が実現することを切望するとき、ダンテの詩文の高まる緊張感がアウエルバッハを魅了する。『地獄編』の「地上の歴史性」は、つねに『天国編』の白い薔薇へと向かっているのだが、こうしてそこから空しさの感覚と崇高の感覚がともににじみ出るのだ［…］。ダンテの宇宙の体系的性質（アクィナスの神権政治的な宇宙論の枠組みにもとづいている）を明らかにしたアウエルバッハは、これに続いて、『神曲』は永遠にして不変なるものに傾倒はしていても、基本的に人間的な現実を表象することの方にもっと成功しているという考え方を示す。この巨大な作品では、「人間の姿が、神の姿をしのいでいる」［…］[15]。

そしてサイードは、アウエルバッハ自身の言葉を最後に引いて次のように結論づける。

アウエルバッハは、根源的に人間主義的《ヒューマニスティック》な論を展開するのにダンテを選びとり、大詩人のカトリック信仰にもとづく存在論を注意深く読み抜いて、その段階はキリスト教叙事詩のリアリズムによって乗り越えられるのだと考えた。このリアリズムは「個体発生的」、つまり「われわれは、人間の内面性と生成を、時間を越えた永劫のうちに経験する」のである[16]。

『ミメーシス』のダンテにあてられた章を雄弁に語るサイードの読みは、受肉とリアリズムの分かちがたい関係に注目している——神的なものをしのぐほどの生命力に満ちたリアリズム。この序文を読みながら私が心動かされた理由は、アウエルバッハの予型論モデルをサイードが復活させているばかりか、アウエルバッハが分析する西洋文学の傑作へサイードが溢れる情熱を向けていることだった。しかし同時に困惑したのは、アウエルバッハのヨーロッパ中心主義に対し、明らかに関心が払われていないと思えた点だ。たとえば『文化と帝国主義』でアウエルバッハについて書かれた部分では、サイードはこの文献学者の非西洋語嫌悪を明示している。アウエルバッハは神聖ローマ帝国の外の文化に学問的に取り組んでみようとは（イスタンブールでの同僚レオ・シュピッツァーやトラウゴット・フヒスとは違って）しなかったというわけだ。前章で書いたとおり、ローマの言語帝国主義と、アウエルバッハがその目で見たトルコの自己植民地化とのあいだには、アナロジーが描かれて然るべきだが、一九四二年から四五年にイスタンブールで書かれた『ミメーシス』には、執筆場所を明かすものがほとんどない。

サイードの序文に私が期待したのは、二十世紀後半のアウエルバッハの人文主義の歩みを、ポストコロニアルとはいわずともポスト『オリエンタリズム』の観点から説明するのなら、そこに『ミメーシス』の起源にあるトルコという環境を盛りこんでくるだろうという点だった。しかし驚いたことに、はっきりと「サイード的」といえるものが、この序文にはどこにもみあたらなかった。署名を隠していたら、あの『オリエンタリズム』の著者の名がそこに書かれていようとは、想像もできなかったと思う。おそらくこのテクストは、自分のやり方で自分の関心を語ってよいという、批評家の自由を信奉しているがゆえに書かれたものであり、伝統的な人文知の形式にサイードがいつも見いだしてきた、純然たる知的快楽の一例なのかもしれない。それともこのアウエルバッハへのオマージュのどこかには、世界《ヴェルト》人文主義の理論の要素が隠されていて、ひとたびその輪郭が描かれれば、『オリエンタリズム』の後の人文主義がいかなるものか、示されるのだろうか。『人文学と批評の使命』での世界《ヴェルト》人文主義は、アウエルバッハよりもシュピッツァーに依拠して、普遍的な「人間《ヒューマン》」の同義語としてあらわれている。サイードは「言語学と文学史」の中のシュピッツァーの断言、「人文学者とは、人間精神に賦与された人間精神探究能力を信じる人種のことである」[17]を引き、その要諦を強調している——「シュピッツァーが、ヨーロッパの精神や西洋の正典だけについて言っているのではないことに注意しよう。彼は端的に人間精神と言っているのだ[18]」。

サイードのすべての著作において人文主義がその中心にあるのは、思索における世俗的基盤を保つ手段なのだとも理解される。アーミル・マフティが分析するのはサイードの世俗批評が、「世俗化された」人文主義——サイード自身によってアウエルバッハという亡命者と関連づけられた人文主義——の外へ展開する、複数の道筋だ。マフティの見立てによればこの「批評的世俗主義」が関連するのは、ひとつはマイノリティ意識（行き場のなさ、無国籍、精神的な故郷喪失[19]）、そしてもうひとつは「ある集団がマイノリティになるということの意味」（《少数派になる》という状況、国民国家的統一体にふくまれつつも無関係ないし場違いという状態）のトラウマ的認識だ[20]。マイノリティどうしの超国家的連帯をめぐるマフティの倫理は、印パ分離後のインド人ムスリムと第二次世界大戦中のユダヤ人難民との比較というベクトルに依拠している。こうした関係の倫理は、「国民国家のメンバーである」という短絡的主張と対置され、世俗主義プロジェクトの一部となって次のようなことを含意する——反帝国主義や経済的・社会的正義という目標の堅持。民主的律法至上主義に対する戦略的脱司法化への参加（民主的律法至上主義においては非常事態となれば、超国家がもろもろの権利を一時停止することができる）。宗教という阿片からの解放。革命的な社会体制と個々の主観の上に構築された群衆《マルチチユード》の超国家的ポリティクス。そして特に重要なものとして、セクトじみた決疑論から発された出動要請には異議申し立てを辞さずとも、集団の論理的厳格主義は遵守しようという批評の理論志向。

マフティはサイードのアウエルバッハ理解を更新し、アイデンティティポリティクスの向こうを張るマイノリティ主観性のモデルとして提示する。ジャクリーン・ローズとの対話のなかで、サイードは次のように話している。

アイデンティティという考えやプロジェクト全体に、それはもう我慢ならなくなってきた。六〇年代の合衆国で大きな関心を生んだこの考えは、現在、アラブ世界やほかの地域のイスラム回帰にも見られ、人は自分が何者であるか、どこの生まれかということに集中すべきだと言っている［…］。そんなことよりも遥かに面白いのは、アイデンティティを超えて、べつの何かに到達しようとすることだ。それは死かもしれない。ふつう置かれているよりも多くの他者と接するよう仕向ける、意識の変化かもしれない。(21)

こうした「アイデンティティを超え」る動きへの関心は、自伝『遠い場所の記憶』の冒頭で反復される。そこでサイードは、「わたしが創作され［…］たありようには、つねに何かしら具合のわるいところがあった」という感覚を記し、「ときにはまた、自分には気骨というものがほぼ完全に欠落して」いると感じたという。(22) そしてこのアイデンティティを超えるという関心は、第二次世界大戦中の人文学者《ヒューマニスト》世代全体の知的傾向を思い出させる。彼らは危機に瀕しているときでさえ、存在論的な「べつの何か」のために、アイデンティティ要求に抗っていたのだった。ロマンス語学者の地位を奪われ、ナチスによって強制退去させられると確信していたヴィクトール・クレンペラーを例に挙げよう。彼が日記で告白しているのは、パレスチナに移住したいという思いではなく、（その言語と文化にみずからのアイデンティティを感じる）ドイツに留まりたいという思いだ。血筋よりも言語によって「国に属している」とクレンペラーは主張する。「言語には知識の全体性が含まれている」。ゲルショム・ショーレムにパレスチナへの移住を強くすすめられていたヴァルター・ベンヤミン同様、クレンペラーもまた移住を拒むという強い信念を抱いていた――「パレスチナの話も近頃よく耳にする。われわれには響いてこない。パレスチナへ行く者は、ひとつのナショナリズムと偏狭さを、別のナショナリズムと偏狭さに取り換えているだけだ(23)」。そして一九四四年の十二月、故郷ドレスデンへ帰る前夜、次のように書いている。

われわれユダヤ人は、いつも何か別のものになりたいと願っているのかもしれない――シオニストであったり、ドイツ人であったり。しかし本当のわれわれとは何なのか？　分からない。そしてこの問いもまた、私が決して答えを出せないものであろう。学者として、私が死を最も恐れるのもこの点だ。私の全ての問いに死は答えを出してくれないだろう。[24]

クレンペラーにとって《ユダヤであること》はまさに「答えを出せない」ことと必然的に等しく、世俗的人文主義への絶えざるコミットメントに縁どられた無国籍状態の謂いであったのだ。

国籍・宗教・文化へのアウエルバッハの態度も複雑だ。このことは、なぜアウエルバッハがサイードにとっての代理人ないし第二の自我《オルターエゴ》のように機能したか、その理由を説明する手立てになってくれる。サイードの皮肉っぽいアウエルバッハ像（「キリスト教の業績を解説する非キリスト教徒[25]」）とサイード自身の難しい状況（キリスト教に根をもつパレスチナ人。それゆえに十把一からげでないイスラム理解を求める）との並行関係に、なにも感じない者はいない。対立する概念を調停し、混合的なみずからの系統をつくりだした批評家として、人文主義の前提そのものがサイードにとって重要だった。彼は次のようにも書く。

キリスト教徒で、トマス・アクィナス哲学の大詩人ダンテ——彼は『ミメーシス』では西洋文学の創始者として登場する——を、熱烈に、そして奇妙なほどに親しげに描き出すアウエルバッハを見ると、どうしても思いを馳せざるを得ないのは、このプロシアのユダヤ人学者がムスリムのトルコという非ヨーロッパに亡命していたこと、そしてそこで、あまりに重く、相互に両立しえないことも多い対立命題の数々を（ほとんど曲芸的に）さばき、しかも対立自体を消してしまうことはせずに、その敵対性を考えればなんとも温和に、命題を並べているように見えることだ。[26]

こうしたコメントからは、サイードが絶えず示していたアウエルバッハへのお馴染みの共感と知的敬意がうかがえる。サイード流の亡命状態にある地上的人文主義と「断固たる世俗主義[27]」のよく知られた先駆者として、サイードはアウエルバッハに特別な場所を確保しておく。サイードは『フロイトと非‐ヨーロッパ人』のなかで、フロイトのモーゼを非排他的・非差別的な宗教の起源を象徴する人物と描いているが、サイードにとってのアウエルバッハはこうしたフロイトに似ている。[28] すなわち、非ユダヤの伝統を拒まない世俗的ユダヤ人であり、地球規模で人類を分析する際に、寓話的予型論を『パワーズ・オブ・テン』の要領で適用できるだろうと鋭く気づいていた人物なのだ。[29]

サイードの序文を二度目に読んだとき、ヨーロッパ中心主義的な人文主義の限界について繰り返し語ることにサイード自身が興味を失っている理由がわかってきた。サイードはアウエルバッハの人文主義を用いて、いくつか新しい人文主義をつくりだそうという難題に取りかかっていたのだ。それは単に、大国の覇権がいやますグローバルな文化産業においても、その本来の美質にもとづいて名著は牽引力を保ちつづけなければならない、という生真面目な信念だけが理由なのではない。むしろより大きな理由としてあったのは、世俗批評を定義づける未来の枠組みを人文主義が提供してくれるという確信である。しかもそれは、アイデンティティ至上主義的な民族の運命や神聖言語の競合といった感覚に、ますます支配されている世界での世俗批評なのだ。

『ミメーシス』への序文で、キリスト教とイスラム教をアナロジカルに調停する人文主義への扉を開くのは、世界文学《ヴェルトリテラトウーア》をめぐるゲーテの人文主義ヴィジョンだ。サイードは次のように書いている。

> 彼［ゲーテ］は一八一〇年代には、イスラム一般、とくにペルシア詩に関心を抱くまでになった。ゲーテが彼の最も親密で美しい恋愛詩、『西東詩集』（一八一九年）を詠んだのはこの時期だった。彼はペルシアの大詩人ハーフィズと「コーラン」の韻文に新たな詩的霊感を見出して、肉体的な愛の感覚をふたたび呼び覚まし、表現できるようになったばかりか［…］、神に絶対の服従をするにあたって、二つの世界、彼自身の世界と、ワイマールからは何百マイルも離れたほとんど別世界ですらあるムスリムの世界と、二つの間で揺れ動く感覚を見出したのだった。[30]

キリスト教徒として、そしてレバノン出身者では初の福音派の聖職者の曾孫として育てられ、と同時にパレスチナとエジプトでムスリム文化に囲まれて成長したサイードであるから、世界宗教のせめぎ合いのなかで世俗主義を確立させたことは間違いない。地上的受肉のドラマに対するアウエルバッハのヴィジョンを引きあいに出すサイードの手つきに、世界宗教が彼にあたえた印象の痕跡を見ることができるだろう。キリスト教の教義から引き出されたアウエルバッハのテーマ群——神の言《ロゴス》の秘在、肉化した〈言葉〉、人間となった神、神学的予型論、「知的・精神的な活力となって、過去と現在、歴史とキリスト教信仰の真理を現実に結びつける」という比喩形象《フィギューラ》の概念、そして「文学表象に対するキリスト教の二千年にわたる影響」の権威ある提示——が積み上がり、人文主義の一神論的構造を私たちに思い出させる。[31] ダンテの地上的天国に関するアウエルバッハの読みを新鮮な衝撃とともに伝える部分のサイードは、歴史主義に見られる月並みな感情移入《アインフュールング》の枠を超え出ている。天国の誘惑にしばしば興味本位で手を伸ばすかのように、サイードは人文主義の内の神なるものを敷衍の理論と同一視する——「旧約聖書の登場人物は、神も含めて、時間、空間、意識の深み、つまり人格へと達するような含みがたっぷりあり、したがって読者もはるかに集中と緊張を迫られる」[32]。この敷衍理論こそが（ここにはスピノザのよく知られた概念——一を多へ、社会的多様性をマルチチュードの強化された単一性へ敷衍できるとする——の遠いこだまも聞こえる）、私たちをサイードの世界《ヴェルト》人文主義へみちびいてくれる[33]。これは『オリエンタリズム』のなかで、世界の複数性を支配する原理として、神学的統一性を「啓蒙された」形で追究していたことや、学識あるオリエンタリストによる「総括的姿勢」のうちに予示されていた人文主義でもある。さらにこれは、サイードの見解によれば、西洋の非オリエンタリストの学者、一九二〇—三〇年代の文献学者に引き継がれたものでもあった。つまりディルタイ、クルツィウス、フォスラー、グンドルフ、ホフマンスタールであり、アウエルバッハ、シュピッツァー、フロイト（そのエジプトとユダヤの文化的習合主義は、『フロイトと非-ヨーロッパ人』で論じられている）であり、そしてサイードが新ヘーゲル主義を信奉して『オリエンタリズム』において論じる「後期ブルジョワ人文主義」だ。それは文化を「全体として」、反実証的・直観的・共感的に理解しようとし、個別的特殊性が世界史的プロセスへと変容することを可能にする」[34]よう行動する人文主義だ。

　時にこの序文のサイードが、早い話が人文主義を——あるいは普遍的人間を——救済すべく、人文主義におけるオリエンタリズムを過小評価しているように見えるとすれば、それはおそらく、人文主義の伝統のなかであまりに多くのものが危険にさらされ、単純すぎる非難をしている場合ではないと考えてのことだろう。『ミメーシス』への新たな序文を記し、後に『人文学と批評の使命』に収められる連続講演を終えた晩年のサイードは、人文主義の未来という問題に挑んでいたに違いない。それは世界システムとして想像され、中世初期から現在にいたるギリシア＝アラブ＝ユダヤ＝キリスト教の文化翻訳を特徴づける、国際的な学識の幅広い交通を考慮に入れたものだ。さらに私の意見を述べよう。サイードが人文主義の将来の姿を力説したのは、グローバル翻訳《トランスラティオ》知の歴史を引き継ぐためばかりではなく、すでに確立されているディスコースや科目の境界を取り払うための知的領野の煽動役として、グローバル翻訳知のこれまでの伝統を頼りにしていたのではないか。アウエルバッハへのサイードの序文で発せられるさまざまな問いに続けて、私たちは次のように主張できるだろう——今こそ人文主義の指令にしたがって、神義論・相対主義・個体発生・反帝国主義の対立しあう意見の仲裁を目指す、批評的世俗主義を定義すべき時なのだ、と。

『オリエンタリズム』での批評的世俗主義は、実はオリエンタリズムも宗教的な営為だったのだと暴露することと同一視できる。ヘルダーにみちびかれたオリエント研究と、文献学の世俗的人文主義とのつながりの歴史をたどることでサイードが記述するのは、ヘルダーの普遍主義への挑戦が引き起こした不幸な副作用の一面だ。たしかにヘルダーの導入したものは世界文化に関する新しい有益な意識であり、これに刺激を受けて啓蒙された文化相対主義が始まり、オリエント文化に対する世俗的モードの探索がうながされはした（たとえば、その結果「ギボンは、ムハンマドを魔術とにせ預言とのあいだを徘徊する悪魔的大悪党としてではなく、ヨーロッパに影響を与えた歴史的人物として扱うことができた」のであり、「よその地域や文化との選択的同一化は、これまで野蛮人の群れとこれに立ち向かう戦闘隊形を組んだ信者の共同体という二極構造の元凶となっていた、頑迷固陋な自我と自己認識とを和らげること」もできたのだ）。しかしこの世俗化傾向は、オリエンタリズム的文献学の内に見られる、サイードが「再構成された宗教的衝動」と呼ぶものをほとんど予防してはくれなかった。[35] このモデルにしたがえば、オリエンタリストは新たな神となる。文化的に具現化・歴史化された研究対象として「オリエント」を創造し、さらにはその過程で、文献学・歴史学・翻訳の「近代的」な試行錯誤と栄光の讃歌《ドクソロジー》にお墨つきをあたえるのだ。

文献学に根深く残る、「神と振る舞う」オリエンタリズムの行使に対抗すべく、サイードと彼に影響を受けた多くの批評家たちは、世俗的人文主義を批評的世俗主義へ敷衍した。もちろん人文主義の歴史を見れば、その伝統を形成・構築してきたものは宗教と世俗文化のあいだの緊張関係——神学・教義・俗信・内的霊性・個人性・理性・敬虔・宗教的究極目的《テロス》・存在論のなかの差異へと多種多様に分裂していった緊張関係——だ。世俗化が少なくとも部分的に生じた源は、教父たちには否認された、古典作家や古典テクストに関する言及だった。翻ってこうした言及は、十四世紀イタリアの人文学者《ヒューマニスト》たちによって、彼らが信奉した古典へのほのめかしを正当化するために使われた。十四世紀前半にペトラルカは、古典主義への非難という中世のスコラ学から受け継がれていた教義を一蹴して人文諸学《ストゥディア・ヒューマニタティス》を創り、古典をイタリア世俗文化全般に浸透させた。やがてロレンツォ・ヴァッラが人文学の圏域を哲学・宗教・法理論へ敷衍した。ダンテは『神曲』において、アウエルバッハが「極度の主体性」と呼ぶものを作りだし、世俗化をさらに進めた。ただし、この人間の主体的意識に置かれた新たな強調は、宗教的趣旨と反目するものではおよそなかった。なぜならダンテの第一の関心は、神聖なる聖書の知識を、ヨーロッパ文学として知られる近代形式のテクスト性へ転置《トランスポーズ》することであったのだから。[36]

宗教と世俗主義の緊張関係は今なお人文主義のうちに錨をおろしていて、人文批評的世俗主義を生みだそうとするつい先頃のこころみにも影響を及ぼしている。世俗主義という語をそれだけで用いると、中東の「原理主義」や神権政治などを（イスラエルの）「民主主義」とは違うものだと区別してやろうという、問題のある含意をもつ。この場合の世俗主義は、覇権をもった民主主義の政治的輸出とあまりに安易に一致してしまう上、今やサミュエル・ハンチントンの「文明の衝突」パラダイムで新たに普及した、オリエンタリズムの旧来の二極図式を再生・再強化する。しかし、むしろ批評的世俗主義は、この手の二極図式を無効にしようとするのだ。そこで用いられる手段は、「自由主義のディシプリンの刷新と、それを引き受ける主体意識との接続」への敬うべき人文的関心を、植民地の歴史や帝国主義やナショナリズム批評といったより大きな文脈の内に据えることだ。[37] たとえばナショナリズムの神権政治的次元を指摘するブルース・ロビンズは、「世俗的」とは「宗教的」の対義語ではなく、「国民国家やナショナリズムを信念体系として」批評することを指すのだと定義している。[38] これと相補的な関係にあるのがスタシス・ガーゴーリスの論で、彼はサイードの著作に見られる「超越《トランセンデス》」に対抗する変形《トランスフォーメーション》のモチーフ」の到達点を、次のようなものとして理解する。

世俗を単に宗教の対義語とすることを越え、宗教から（その実、形而上学そのものから）それに付き物とされがちな政治への不浸透性を奪い去る。かくして我々はサイードの著作を、少々ドラマチックに言えば、超越において抑圧されていた政治性の剝脱として語ることができるであろう。(39)

たしかにサイードの世俗批評は、超越において抑圧されていた政治性を昇華し、かつ宗教組織がかぶっている政治的不偏性という仮面を剝いでいるとも言えそうだ。しかし、あえて次のように述べることもできるだろう──『ミメーシス』序文で見られるサイードの神学的釈義への関心が示しているのは、信仰文化に対する知的関心であったり、いかにして超越の哲学が革命的倫理闘争や主観的自由をかたちづくってきたかという問題に、「宗教的に」取り組もうという意志である、と。たとえば私たちは、「天国」をいかように解釈すればよいのか？ここでの天国とは、言語的有神論が体現する、啓示された真実の言語と定義される。この問いは現在、喫緊の課題となっている。なぜなら天国の誘惑は、西洋がイスラムを弾劾する際にしばしば引きあいに出され、特に自死による殉教の動機として戯画化される際、ターゲットにされているからだ。宗教の政治性、そしてコーランアラビア語の神聖な地位（生のままの神《アン・ディレクト》のみちびきと性格づけられることもある）に付随する特異な複雑性そのものをよりよく理解できるのは、それをキリスト教人文主義における天国の政治的宇宙論と関連づけて、対位法的に読んだ場合だ。後者の具体例こそ、ある注釈者の言葉を借りれば「天国の全事象は、神および神の天使による直接の発話である」(40)という、天国に関するダンテの言語としてあらわれるものなのだ。

もともと一九二九年に刊行され、サイードによってアウエルバッハの最良の著作と見なされたダンテに関する論文《モノグラフ》が、この問題をめぐる出発点となってくれる。『神曲』の精読を通じてアウエルバッハは、いかにしてダンテは天国を言語的に触知可能なものとしたか、その記述をこころみる。アウエルバッハはまず、ダンテが直面した古くからの問題である神義論を取り上げる。つまり、このうえなき不正義が罷り通る地上で実際に生きられた経験と神の審級とを、いかに調停するかという問題だ。アウエルバッハによれば、人々がキリストの物語の内に希望をもつことができるようになったのは、アウグスティヌスの功績である。「人格をもった神」と解す点で、「現実を思弁によって廃止し超越へと逃避するのではなく、現実をとり入れ克服しようとする、本質的にヨーロッパ的な決断[41]」がアウグスティヌスには残っている。アウエルバッハは（ハルナックを引用して）主張する――アウグスティヌスは「ラテン語と後のヨーロッパの諸言語に、キリストの魂と心の説法とを与えることができたのである[42]」。この「心の説法」こそ、ダンテが『地獄篇』と『煉獄篇』で総結集させた言語だ。後の『ミメーシス』での議論を準備するように、キリストの死すべき／死に至らしめられた身体の言語的等価物として、粗野で日常的な抑揚・具体的音価・単調な韻律があらわれているのだとアウエルバッハは示す。ダンテが採用した三韻句法《テルツァ・リーマ》の詩形式（「三」という聖なる数字へのオマージュ）すら、アウエルバッハが「彼岸世界」と呼ぶもの――天上的であり地上的 irdisch、人間中心的であり神に言及する――を構成するために必要不可欠なものとしてあつかわれている。

話が『天国篇』になると、キリスト教の死後の生に人間的性格を留めておくことのいっそうの困難がダンテに降りかかったと、アウエルバッハは記す。主体の破壊と天上の光輝が主体の具体性を剝ぎとる脅威となり、根こそぎの非人格化を引きおこすと考えたのだ。しかしアウエルバッハがいかように論じようとも、実際の『天国篇』の言語は退屈からほど遠い。確かにそこには、至福と満足に関する光り輝く語彙があって、読者の感覚を麻痺させて地上的現実から遠ざけがちではある。しかし私たちがアウエルバッハのダンテ読解を真剣に受け止めるのであれば、真に「現世的」な表現主義をもたらす、天国の幾何学的形而上学のレトリックに気づかねばならない。

天国の魂たちは、外観に普遍的な、人間の眼には捉えがたい変化を蒙っている。つまり、彼らの至福の光輝が彼らを包み隠している。ダンテは彼らを誰とも識別できない。彼らは自分が何者か、自ら語らなくてはならない。しかも彼らの情動は、個人としての所作表現を簡単には利用できない。要するに、個人的情動を伝えるのは、もはや閃きにすぎないのである。行き過ぎた非人格化や一様な反復という危険性も、当然考えられた。そして、ダンテはこの危険性を免れなかった、「天国篇」には前半二篇のような詩的な力はない、という見解が、幾度となく主張されてきた。だが、ダンテの《究極作品 *ultimo lavaro*》に対するこのような批判は、先に述べたロマン派の偏見から生まれたものだ［…］。共通の至福により惹き起こされた輝かしい外観という広大な類似性は、ここでは個人の形姿の維持を排除するものではない。人の姿は、眼には完全に、ないしはほとんど隠されているが、現にそこに在り、自己表明の方法を発見する。(43)

この一節の「輝かしい外観」という言葉が明かすのは、神を言語にあらしめることをめぐる顕現のジレンマに挑むダンテの姿だ。

身体は隠されているものの、『天国篇』の輝かしい見え姿には、かつての地上での生の記憶をあらわす所作がともなっている。それは光のさまざまな様態と動きであり、ダンテは夥《おびただ》しい比喩を用いて描写する――「月天の女性の魂は雪なす額に飾られた真珠のよう、ダンテの周囲に群らがる水星天の魂たちは、澄みきった水中の魚が投げ餌に向かって泳ぎ集まるよう」(44)。アウエルバッハはこうした燦然たる霊的身体のイメージを楽しみながら、これらを「純然たる匿名の霊感」(45)の装飾的な像として解釈しないよう、読者に注意をうながす。これらは特定の意図で書かれたアレゴレーマであると、アウエルバッハは主張する。(46)読者の眼前にあらわれる官能的なイメージの数々は、単に「心を獲得するために、まず眼を捉える餌」(47)として機能するばかりでなく、現実が透けて見える痕跡として（ここで差異が重要になる）、合理的思想を示しているのだ――理想にして絶対の正義としての神。天国で人間の姿をしているのは聖トマスと聖フランチェスコのみだが、肉体的な二人の容姿は光のヴェールに包まれている。神の裁きに苦しむか喜びを得るか、その判断材料となるかつての個性の幻影を残しているのは、彼らの聖礼の言語である。したがって『天国篇』を「正しく」アウエルバッハ的に読むとは、審判《ジャスティシウム》として言語的顕現を読むことをともなう。なぜダンテにとって天国における正義がこれほど重要なのか？　おそらくは、アウエルバッハも述べているとおり、ダンテはそれを手にすることに傾心していたからだろう。よく知られている通り、『神曲』の論点の大半は、聖職者の腐敗（より具体的にいえば、彼の故郷フィレンツェにある教会の、とりわけ悪名高い金銭ずく）からキリスト教の信義を取り戻すことであった。

　正義は天国の傑出した抽象観念としてあらわれている一方、帝国の栄光というヴィジョンとも重なっている。アウエルバッハは天国に見られるダンテの帝国主義ヴィジョンを、ローマの軍隊とキリスト教の美徳の予型論的二重コード《シュールコダージュ》のなかに跡づけている。明快な例と指摘できるのは、『天国篇』第十四歌だろう。ここでは「起《た》ちて撃て」[48]というフレーズが、救世主的帝国願望として語り手に閃く。これはまた第二十七歌での、教会と帝国の神における統合という栄唱《グロリア・パトリ》として描かれる全面的救済を予示している。あるいは、ゴチック体の大文字のMを言葉遊び風に用いる第十八歌の一部も考えてほしい。最初にMの文字は（フランス－ゲルフ－フィレンツェの）百合と似ていると提示され、次に鷲、その翼の動き、直立と下降が形づくるはTERRAM（大地、世界）の最後の一文字、その意味は「帝国Monarchia」だとされる。[49]「今日の考察者の眼には奇妙に映るかもしれない」と断りつつ、アウエルバッハはダンテが導入したものを次のように書く。

> つまり、それは、世界史におけるローマとローマ帝国の特殊な使命という考え方のことなのである。神の摂理は、そもそもの初めから、世界の首都にローマを選定していた。神の摂理は、この世を征服し平和に統治するための献身的な心と英雄の力とを、ローマ人に授けた。この征服と平定の仕事、すでにアイネイアースに告知されていた聖なる使命が、甚だしい犠牲と不屈の闘いの数世紀を経て成就し、人の世がアウグストゥス帝のもとに安らいだとき、時は満ち、救世主が現われた［…］。ローマが神の世界秩序の鏡であらばこそ［…］[50]。

ダンテのアレゴリーはやがて、強欲に突き動かされた教会と支配者層に屈し、地上のローマが恩寵から転落することに焦点を当てる。しかし、いわば天国でつくられたバージョンのローマ帝国が象徴するのは、公正な世界秩序による全人類の統合、「最高天」帝国主義とでも呼ぶべきものだ。天球のこの上位到達は、弁証法の努力を超越する。新たな王を取りもどしたいという千年間の望みさえ、魂を収集しようという意志に取って代わられる——群衆《マルチチユード》の精神を形成し、第十天として広く知られる空間–時間連続体のうちでひとつとなる魂。(51)

一九二〇年代にはダンテの天国が、人文主義再構成の比喩形象《フイギユーラ》としてアウエルバッハに用いられたとすれば、現在ではパレスチナの詩人マフムード・ダルウィーシュの作品にその現代的反響を聞くことができる。一見したところダンテとダルウィーシュが共有する比較の基盤はほとんどないように思えるが、精読を深めれば、ダルウィーシュの詩集『不幸にも、そこは天国であった』にはダンテとの興味深い並行関係が見られる。「コーランの「N」のように」と題された詩では、Nの文字(Nで終わる二押韻形式が用いられているコーランの章に言及している)によって神をアルファベット的に感知可能にしている。ここで思い出されるのは、ダンテが帝国のTERRAMを指示する際に、最後のMの文字をゴチック体で記していたことだ。両詩人の作品とも、天国は政治的ユートピア——公正な世界——の代入項としてあらわれ、表象を超えた聖なる国というより、完成された世俗社会のように見える。サイードが愛し、またしばしば引用するダルウィーシュの「私たちの上で大地は閉じている」における天国は、「最後の空が尽きた後」のどこかにあり、返還された故郷の夢を名指している。

大地は私たちにむかって閉じてきて
私たちを最後の道に押しやり
私たちはばらばらになって通って行く。
大地は私たちを締めつける。
私たちが大地の小麦であれば
死んでもふたたび生き返ることができるだろう。
[…]
最後の辺境が尽きた後、私たちはどこに行けばよいのか?

最後の空が尽きた後、鳥はどこに飛んで行けばよいのか[52]?

ダンテとダルウィーシュの作品にそれぞれ見られるキリスト教とイスラム教の天国は、アウエルバッハの比喩形象に似ている。サイードは第一著作『始まりの現象』で、アウエルバッハが比喩形象の語にたどり着いたのは、ダンテ研究のさなかだったと見ている。出発点《アンザッツプンクト》ないし鍵語として歴史的文脈からじかに飛び出した比喩形象は、人文主義の意味生成のなかで関数のような役割をもち、代入項Xとして機能する。サイードにとってこの記号Xは、認識《エピステーメー》を結晶化させて歴史に入りこませるものとして、最大限の重要性をもっている[53]。サイードはこうした命題《モーテーズ》をめぐり、『始まりの現象』で次のように書いている。

もはやただの言葉でも未知の記号でもなく、それらはアウエルバッハの著作の中で、言語の歴史的織物の中に織り込まれた過去と未来を結合する役を演じる。比較的無名で押し黙っていた用語が、精神の特別の状態を生起させ、時間の存在を強く感じさせたというわけである[54]。

ある用語が「再構成された歴史[55]」の一片となるためには、理想的な翻訳者を探すヴァルター・ベンヤミンの原典のように、その用語もまた死後の生を授与できる解釈者を見つけるという幸運に恵まれなければならない。サイードにとって比喩形象の語が「受肉」したのは(つまりそれらを変え、それらによって変えられる作用の語となったのは)、ひとえにその学問過程のなかでこの用語を発見したのが、アウエルバッハであったからに他ならない[56]。同じことは「オリエンタリズム」という語にもいえるだろう。西洋の文献学のなかで眠りつづけていたこの語は、やがてエドワード・サイードの手でかび臭い本棚から引き出され、批評的認識《エピステーメー》へと、世界文化を反帝国主義的に理解するための礎となる出発点《アンザッツプンクト》へと、電気ショックを受けたかのごとく活性化されたのだ。同じことが「天国」という語にもできるのではないだろうか。非世俗的なユートピアや死への自己犠牲を暗に意味するこの言葉を、可能世界の理論を通じ、未来の人文主義を定義するための出発点《アンザッツプンクト》へ変形させるのだ。今ここの政治に対する宗教の脅威を暴露せんというコミットメントを断念しないためにも、また、超越的に権威づけられた命令を巧みに祈願させることへ断固反対を唱える必要性を忘れないためにも、批評的世俗主義に満ちた人文主義は、みずからの心を「天国のようにすること」[57]への誘惑（ダンテの言葉を借りている）、つまり正義の愛のため「神」に達する誘惑を再考すべきだという忠告に耳を貸してもよいかもしれない。なぜなら神の顕現と審判《ジャスティシウム》との関係を理解することは、確かに古典的なジレンマとも思われるが、今日の政治的命令でもありうるからだ。べつの言い方をすれば、天国をいかに概念化するかをめぐって、それを神聖言語の表現主義として分断された正義だと考えても、あるいはキリスト教の救済に関する帝国主義的レトリックを惑星的ユートピアニズムのレトリックへ変形したものだと考えても、あるいは形而上学と形而下学のあいだにある、現代理論では「可能世界」とか「並行宇宙」といった用語で呼ばれるような空間なのだと考えても、天国は――ユートピア政治学の代名詞的表現として――グローバル人文主義における新しい重要性をもつということだ。エドワード・サイードの遺産は将来の比較文学研究へ、想像すらできない形で展開するのだろう。エーリヒ・アウエルバッハの優れた読み手としてサイードに賛辞を送ることの意味は、アウエルバッハの後継者にサイードを据えるだけには留まらない。サイードが後期産業・新帝国主義の時代にアウエルバッハの「文献学と世界文学《ヴェルトリテラトウーア》」プロジェクトをいっそう磨き上げ、ユダヤ人亡命者の置かれている政治状況をパレスチナ難民にまで広げたことで、その後継者の地位につくのは至極当然のことだ。私が特に検討したいと思っていたのはむしろ、サイードにおけるアウエルバッハ――特にダンテの読み手としてのアウエルバッハ――の受容（そしてしばしば見られる抵抗）が、どのように比較文学、翻訳研究、さらに大きく言えば人文学《ヒューマニティーズ》をめぐる数々の重要な問いやプログラム上の懸念を定義しているか、という点だ。ここではっきりさせようとしてきたのは、サイードの人文主義は、人文主義の「名著」回帰を行動で示すよううながしているということだ。ただし、ヨーロッパと非ヨーロッパの文化のミスリーディングな地図的分割を避けるべく、人文学の地帯《ゾーン》を改めて区画しなければならない。サイードが生涯にわたって手本としてきた人物たち（ヴィーコ、ディルタイ、ヘーゲル、そしてアウエルバッハ）と同じく、サイード自身もまた歴史主義の枠組みにおける文化統合の閃きを熱望していた。しかしアウエルバッハ（あるいはベンヤミン）と同じく、覇を唱えんとする全体主義化解釈におちいることを、用心深く避けつづけた。アウエルバッハは『ミメーシス』について、次のように述べている。

本書に修辞学的な論理構成はない。本書の狙いはひとつの展望を与える事であり、本書をひとつにまとめている実に融通が利く思考や概念は、他から切り離された単独の節の内では、理解もできないし誤りを証明することもできないのである。[58]

多くのアウエルバッハ批判者とは異なり、サイードは『ミメーシス』におけるこの継ぎ目だらけの語りの構造を評価している。その断片的構造、つまるところ突拍子なくあまりに個人的な作品分析にこそ、人間《ヒューマン》の痕跡を見るのだ。サイードは自身の著作において、人文主義《ヒューマニズム》における人間《ヒューマン》を読者に決して忘れさせない。サイードは書いている。

アウエルバッハは、キリスト教者にとっては本質的にキリスト教の教義であるが、しかし同時にあらゆる人間の知的力と意志の決定的要素であるもののところに、わたしたちを連れ戻してくれると思う。[59]

同じことは当然、サイード自身の著作にも言えるだろう。ユートピア政治学を求めて人文主義の伝統を掘り下げていくなかでサイードは、人文主義がヨーロッパ中心主義やオリエンタリズムと関わりをもっているにもかかわらず、信仰文化vs技術的近代の批評的世俗主義という粗雑な二項対立を避けてみせた。そればかりか、「あらゆる人間の知的力と意志」の作用を、神的個体発生の聖なる物語のうちで触知可能にしてみせたのだ。

注

（1）Jonathan Arac, "Criticism between Opposition and Counterpoint," in *Edward Said and the Work of the Critic: Speaking Truth to Power*, ed. Paul A. Bové (Durham, N.C., and London: Duke University Press, 2000), p. 68. アラックは次のインタビューを引用している――"Orientalism and After," in *A Critical Sense: Interviews with Intellectuals*, ed. Peter Osbourne (London: Routledge, 1996), p. 68.

（2）Paul A. Bové, ed., *Edward Said and the Work of the Critic: Speaking Truth to Power*.

（3）Edward W. Said, *Humanism and Democratic Criticism* (New York: Columbia University Press, 2004), p. 61.〔エドワード・W・サイード『人文学と批評の使命――デモクラシーのために』村山敏勝・三宅敦子訳、岩波現代文庫、二〇一三年、八三頁。〕

（4）Edward W. Said, *Orientalism* (New York: Vintage, 1979), pp. 69-70.〔エドワード・W・サイード『オリエンタリズム　上』板垣雄三・杉田英明監修、今沢紀子訳、平凡社ライブラリー、一九九三年、一六一―一六二頁。〕

（5）Ibid., p. 122.〔同書、二八四頁より一部改変を施して引用（アプターも一部改変して「引用」している）。〕

（6）Edward W. Said, "Introduction to the Fiftieth-Anniversary Edition," in *Mimesis: The Representation of Reality in Western Literature*, by Erich Auerbach, trans. Willard R. Task (Princeton, N.J.: Princeton University Press, 2003), p. xv.〔サイード『人文学と批評の使命』一二九頁（同書の第四章「エーリッヒ・アウエルバッハ『ミメーシス』について」は、本論で言われる「『ミメーシス』への序文」に前書きが付されたもの）。〕

（7）Ibid., p. xxi〔サイード『人文学と批評の使命』一四一頁より一部改変を施して引用（アプターも一部改変して「引用」している）。〕

（8）Walter Benjamin, from Review of Renéville's *L'Expérience poétique*, p. 117.

（9）Walter Benjamin, "Exchange with Adorno on Paris of the Second Empire," in *Walter Benjamin: Selected Writings, Vol. 4 (1938-1940)*, trans. Edmund Jephcott et al. (Cambridge, Mass.: Harvard University Press, 2003), p. 108.〔ヘンリー・ローニツ編『ベンヤミン／アドルノ往復書簡　一九二八―一九四〇　下』野村修訳、みすず書房、二〇一三年、一七〇―一七一頁。〕

（10）Auerbach, *Mimesis*, p. 574.〔邦訳版にこの「付記」は所収されていない。〕

（11）Edward W. Said, *The World, the Text, and the Critic* (Cambridge Mass.: Harvard University Press, 1983), p. 166.〔エドワード・W・サイード『世界・テキスト・批評家』山形和美訳、法政大学出版局、一九九五年、二七四頁。〕

（12）Ibid., pp. 148-49.〔同書、二四五頁。〕

（13）Ibid., p. 250.〔同書、四〇六頁。なお次の引用符部分は、引用元にはない表現。〕

（14）Said, "Introduction to the Fiftieth-Anniversary Edition," p. xx. 〔サイード『人文学と批評の使命』一三八―一三九頁。〕
（15）Ibid., p. xxvi. 〔同書、一四九―一五〇頁。〕
（16）Ibid., p. xxvi. 〔同書、一五〇頁より一部改変を施して引用。〕
（17）〔訳注〕レオ・シュピッツァー『言語学と文学史――文体論事始』塩田勉訳、国際文献印刷社、二〇一二年、三一頁より一部改変を施して引用。
（18）Said, *Humanism and Democratic Criticism*, p. 26. 〔サイード『人文学と批評の使命』三三頁。〕
（19）次を参照――Aamir Mufti, "Auerbach in Istanbul: Edward Said, Secular Criticism, and the Question of Minority Culture," *Critical Inquiry* 25 (Autumn 1998): 96, 99, 102, 105.
（20）Aamir Mufti, "Secularism and Minority: Elements of a Critique," *Social Text* 45, vol. 14, no. 4 (Winter 1995): 93.
（21）Edward W. Said, "Edward Said Talks to Jacqueline Rose," in *Edward Said and the Work of the Critic: Speaking Truth to Power*, p. 25.
（22）Edward W. Said, *Out of Place: A Memoir* (New York: Viking, 1999), p. 3. 〔エドワード・W・サイード『遠い場所の記憶――自伝』中野真紀子訳、みすず書房、二〇〇一年、一頁。〕
（23）Victor Klemperer, *I Will Bear Witness: A Diary of the Nazi Years*, vol.1 (1933-1941), trans. Martin Chalmers (New York: Modern Library, 1999), p. 23. 〔短縮版からの邦訳：ヴィクトール・クレンペラー『私は証言する――ナチ時代の日記［１９３３－１９４５年］』小川－フンケ里美・宮崎登訳、大月書店、一九九九年には、この部分は含まれていない。〕
（24）Victor Klemperer, *I Will Bear Witness: A Diary of the Nazi Years*, vol.2 (1942-1945), trans. Martin Chalmers (New York: Modern Library, 2001), p. 382. 〔邦訳：クレンペラー『私は証言する』には、この部分は含まれていない。〕
（25）Said, "Introduction to the Fiftieth-Anniversary Edition," p. xviii. 〔サイード『人文学と批評の使命』一三四頁。〕
（26）Ibid., p. xviii. 〔同書、一三四頁。〕
（27）Ibid., p. xxii. 〔同書、一四二頁より一部改変を施して引用。〕
（28）Edward W. Said, *Freud and the Non-European* (London: Verso, 2003), p. 44. 〔エドワード・W・サイード『フロイトと非－ヨーロッパ人』長原豊訳、平凡社、二〇〇三年、五九―六〇頁。〕
（29）〔訳注〕『パワーズ・オブ・テン』（パイロット版：一九六八、完成版：一九七七）はチャールズとレイのイームズ夫妻によって作られた九分のドキュメンタリー映画の題で、「十の冪乗《べきじょう》」の意味。ピクニックで寝転がる男性を映した1メートル四方の映像から始まり、前半は10秒ごとに10メートル四方、100（＝10の二乗）メートル四方……と遠ざかっていく。後半は同じ要領で逆に、0.1（＝10のマイナス一乗）メートル四方……と接近・拡大されていく。
（30）Said, "Introduction to the Fiftieth-Anniversary Edition," p. xv. 〔サイード『人文学と批評の使命』一二九―一三〇頁。〕

（31）Ibid., pp. xxi-xxii.〔同書、一四一—一四二頁。〕

（32）Ibid., p. xix.〔同書、一三七頁、強調はアプター。〕

（33）スピノザの敷衍理論に関しては次を参照——Michael Hardt, *Gilles Deleuze: An Apprenticeship in Philosophy* (Minneapolis: University of Minnesota Press, 1993), pp. 110-11.〔マイケル・ハート『ドゥルーズの哲学』田代真・井上摂・浅野俊哉・暮沢剛巳訳、法政大学出版局、一九九六年、二二〇—二二三頁。〕

（34）Said, *Orientalism*, pp. 258-59.〔エドワード・W・サイード『オリエンタリズム　下』板垣雄三・杉田英明監修、今沢紀子訳、平凡社ライブラリー、一九九三年、一三六、一三八頁より改変を施して引用（アプターが原典を改変して「引用」している）。〕

（35）Ibid., pp. 120-21.〔サイード『オリエンタリズム　上』二八一—二八二頁。〕

（36）Edward Said, *Beginnings: Intention and Method* (New York: Columbia University Press, 1975), p. 212.〔エドワード・W・サイード『始まりの現象——意図と方法』山形和美・小林昌夫訳、法政大学出版局、一九九二年、二九七頁。〕

（37）Riccardo Fubini, *Humanism and Secularization: From Petrarch to Valla*, trans. Martha King (Durham, N.C.: Duke University Press, 2003), p. 9.

（38）アーミル・マフティが次の論から引用してパラフレーズしている（Aamir Mufti, "Auerbach in Istanbul," p. 96）——Bruce Robbin, "Secularism, Elitism, Progress, and Other Transgressions: On Edward Said's 'Voyage In,'" *Social Text* 40 (Fall 1994): 26.

（39）Stathis Gourgouris, "Transformation, Not Transcendence," in *boundary* 2 vol. 31, no. 2 (Summer 2004): 55-79.

（40）ジョン・D・シンクレラによって引用されたP・H・ウィックスティードの言葉。次の英訳書の第二歌の注を参照——Dante, *Paradiso*, trans. John D. Sinclair (New York: Oxford University Press, 1939), p. 45.

（41）Erich Auerbach, *Dante, Poet of the Secular World*, trans. Ralph Mannheim (Chicago: University of Chicago Press, 1961), p. 17.〔E・アウエルバッハ『世俗詩人ダンテ』小竹澄栄訳、みすず書房、一九九三年、二八頁。〕アウグスティヌスは神と人間とのつながりを擁護しているというアウエルバッハの読みは、議論の余地があるだろう。それは神人同形論をめぐる人文主義的神学論争へさかのぼった場合、顕著となる。十五世紀、アンドレア・ビッリャは聖ベルナルディーノに対して、「創造主と被造物のあいだには無限の隔たりがあり、偏狭に規定された倫理を許さない恩寵の啓蒙の力がある、という純然たるアウグスティヌス的理解」を失っていると批判している（Fubini, *Humanism and Secularization*, p. 68）。

（42）Ibid., p. 17.〔同書、二八頁。〕

（43）Ibid., p. 155.〔同書、二四二—二四三頁より一部改変を施して引用。〕

（44）Ibid., pp. 155-56.〔同書、二四三頁。〕

（45）Ibid., p. 156.〔同書、二四四頁。〕

（46）〔訳注〕「アレゴレーマ allegoreme」は「アレゴレーシス allegoresis」と対置されるポール・ド・マンの用語で、それぞれアレゴリーの「本来的意味」、「字義的意味」を指す。次を参照——ポール・ド・マン『読むことのアレゴリー——ルソー、ニーチェ、リルケ、プルーストにおける比喩的言語』土田知則訳、岩波書店、二〇一二年、九四頁。

(47) Ibid. p. 156.〔同書、二四四頁。なお、これは『天国篇』の一節。〕

(48)〔訳注〕ダンテ『神曲　天国篇』平川祐弘訳、河出文庫、二〇〇九年、一九〇頁。

(49)『天国篇』前掲英訳書二六六―二六七頁の注を参照。

(50) Auerbach, *Dante, Poet of the Secular World*, p. 122.〔アウエルバッハ『世俗詩人ダンテ』一九二―一九三頁。〕

(51)『天国篇』前掲英訳書二六六頁の、ジョン・D・シンクレラの注を参照。

(52) Mahmoud Darwish, *Unfortunately, It Was Paradise*, trans. Munir Akash and Carolyn Forché with Sinan and Amira El-Zein (Berkeley: University of California Press, 2003), p. 9.〔エドワード・W・サイード「パレスチナ人のアイデンティティ——サルマン・ラシュディとの対話（一九八六年）」川田潤訳『収奪のポリティックス——アラブ・パレスチナ論集成 1969-1994』川田潤・伊藤正範・齋藤一・鈴木亮太郎・竹森徹士訳、NTT出版、二〇〇八年、一八二頁より引用。〕

(53) Said, *Beginnings*, p. 68.〔サイード『始まりの現象』九三―九四頁。〕

(54) Ibid., p. 69.〔同書、九四頁。〕

(55) Ibid., p. 69.〔同書、九四頁。〕

(56) Ibid., p. 69.〔同書、九四頁。〕

(57)〔訳注〕ダンテ『神曲　天国篇』三七八頁より一部改変を施して引用。

(58) Auerbach, *Mimesis*, p. 562.〔注10と同じく、邦訳版未収録の「付記」からの引用。〕

(59) Said, "Introduction to the Fiftieth-Anniversary Edition," p. xxii.〔サイード『人文学と批評の使命』一四二頁。〕

第二部　翻訳不可能性のポリティクス

第五章　翻訳可能なものはなにもない

　三十年も前から現在にいたるまで、フランスの哲学者アラン・バディウは（ドゥルーズを下敷きにしつつ）特異性と詩的普遍性という二つの概念を比較詩学のため再検討してきた。こうした原理は理論として成り立たない、と思われがちな時代にである。私自身、多様性・エントロピー・非正統・横断性といったものを犠牲にして、単極的な思考の復活をこころみる立場からは距離をおいている。しかし、安易な関連づけに対するバディウの反駁、そして文化翻訳の限界を見定めるべきという彼の志向に触発され、翻訳研究を「翻訳可能なものはなにもない」という見地から再考しようと思う。バディウにもとづいて翻訳理論を組みあげることは、（人文主義《ヒューマニズム》をめぐる第一部で示した）信念――翻訳地帯は文献学的な関係を基礎として形成される――に対し、私みずからあえて反論を述べてみるに等しい。

　バディウの論集『非美学マニュアル』（一九九八）には、ラビード・ブン・ラビーアとマラルメという二人の詩人の比較にあてられた章がある。そこでバディウが強調しているのは、比較文学の営みをはなはだ心もとないものとする翻訳不可能性という亀裂だ。章の冒頭を飾る一文――「私は比較文学にさして信をおく者ではない」――によって、比較文学研究に対する彼の不信が予告されている。この懐疑主義の所以《ゆえん》は、原テクストの精神を重層的な要因から伝達《トランスミット》しそこねる、翻訳《トランスレーション》上の失敗だ。バディウの見解によれば、翻訳とは惨事のエクリチュール、ある種のブラックホールないし意味の虚無である。しかし翻訳が生みだす障害にもかかわらず、「偉大なる詩」はそれぞれまったくべつのものであるという困難を乗り越え、普遍的重要性を手にするのだとも述べている。あらゆる逆境にありながらもこの詩的特異性は、言語の領土化の法に異議を唱える。この法によって各言語グループは「似たもの同士」の共同体へ隔離されたり（ロマンス諸語や東アジア言語といった具合）、単一言語使用という状態がなんのつながりもないまま並び立ちつづけていたりする。

バディウの文学的普遍主義は、文献学的なつながりや共通する社会歴史的軌跡というより、《理念《イデア》》の近しさ（「思考における近接性《ユヌ・プロキシミテ・ダン・ラ・パンセ》」）にもとづくものとして、それでもやはり比較研究《コンパラティスム・カン・メーム》と呼ぶべきものを定義し、政治哲学における彼の闘志あふれる信条を補完している（存在をめぐるベケットの格言に負った信条だ——「おれには続けられない、続けよう」[1]）。芸術がもつ力は《真理》を明示することで、《出来事》の革命可能性を解き放つことができると主張しているのだ。芸術のもっとも「非美学的」な哲学表現から、期せずして打ち寄せてくる真理としての《真理》。つまるところ、普遍的な価値なり真理なりを生みだすのはテクストの特異性なのだ。この状況では表象不可能なものの形式——虚無ないし空集合——と見なされる特異性は、バディウの政治思想のなかで、集合が基礎づけられる例外や除外と同列に並ぶ。ゲオルク・カントールの集合論にもとづくバディウの数学的存在論によれば、特異性は「出来事性の場所」としての資格をもち、革命的真理を歴史状況へみちびくのだ。美学風にいえば、ある優れた詩を、移ろいゆく詩形式のあらわれとするのが特異性であり、それが個別性や関係の境界を超えるのならば、普遍的真理を伝えてくれる[2]。

この特異普遍主義に関するバディウの言は、ラビード・ブン・ラビーアとマラルメの例に見られるように、比較文学のうちにも興味深く広がっていった。まったく異なる二人の作家——前イスラム時代に古典アラビア語で著した遍歴の人物と、フランス第二帝政期のブルジョワたちのサロンの常連——を比較することにバディウは、同じ伝統文化の作家同士の比較と等しい確信をもっている。実際、根本的な相違や比較不可能性の落差が大きいほど、詩的普遍性の真実味が増すと見なされることも多い。およそ無関係なものを比較することで詩的普遍性を最大限に請け負ってみせると主張せんばかりのバディウのたくらみ《アステュス》は、翻訳理論と比較文学それぞれのしきたりに挑みかかる。伝統的に翻訳理論と比較文学は互いを支持し、言語的・文化的な交流をより活発化すべく議論してきた。等価性・共通点・美学的基準にもとづく合　致《アダエクアティオ》の原則がいきわたった結果、文学研究の現場では専門家集団による優先順位づけ《トリアージ》がおこなわれ、文献学の遺産を共有する言語グループびいきの比較がおこなわれてきた。のちに登場したポストコロニアル比較文学の枠組みでさえ、帝国による言語区分を引き継いでしまい、不用意にもネオコロニアル地政学を延命させている。たとえばカリブ海を見てみよう。ハイチ、マルティニック、グアドループはフランス語圏研究の題目の下におさまり、キューバはスペイン語圏ラテンアメリカ研究のうちに、そしてジャマイカは今なお英語圏の領域に隔離されている。有力国とそのかつての植民地・保護領・隷属国とのあいだの地政学的関係に固執すべき、明白な歴史的・教育的理由もなくはない（たとえばヨーロッパ文学について考えるうえで、植民地との出会いの歴史を消し去りたいとか、ポストコロニアル文学への参入から手を引きたいとか、そんなことを思う者はいないだろう）。しかし、それと同じく説得的な、ポストコロニアル地理学の放棄を求める議論もある。とすればおそらくフランス語圏というのも、もはや単にフランス本国とそのかつての植民地という多国籍関係を意味するのではなく、フランス語ないしフランス語の一種が多くの言語のひとつとして使われている、世界中に広がった数々の言語接触地帯を指すはずだ。

バディウの比較ほど、場所を意識したかくのごとき「翻訳的《トランスレイショナル》トランスナショナリズム」（翻訳研究を再考する足場として、私が依拠している用語）からほど遠いものもないだろう。彼の読みにトランスナショナルな次元があるとすれば、それはついでとして生まれたもの、つまり、《理念》を追いかけるにまかせた結果みちびかれた、意図せざる副作用だ。一方でポスコロの比較文学者は、時空を「超える《トランス》」文学分析といった意味で「トランス」の語をイメージし、宗主国の伝達語を無視してマイノリティの言語を並べる（仮説として次のような翻訳が考えられる——フランス語カナダ方言《ジューアル》からモーリシャスのクレオール語へ、タガログ語からオゴニの語へ、ヒングリッシュからスパングリッシュへ）。しかしバディウは、言語の階級闘争にほとんど注意をはらわない。たとえ翻訳の不完全な伝達（「常にほぼ惨事となる《トウジュール・プレスク・デサストルーズ》」）に依拠するような場合でも、比較文学が政治的契機となる理由は、革命的な《真理》＝《出来事》を予測のつかない解放へみちびくからにほかならない。だからこそ比較文学は重要な「非美学的」実践なのだ（「非美学」という言葉は「独立した存在としての芸術作品がもたらす、厳密に哲学内の作用」[3]を指す）。したがってバディウのラビード・ブン・ラビーアとマラルメの読みによって裏づけられる比較文学は、おそろしく異なった言語のあいだの類似から目を逸らすのではなく、それを見つけだそうとする。バディウ自身は学問として比較文学を論じることに関心などまったくないが、章冒頭の「私は比較文学にさして信を置く者ではない」という挑発的な但し書きは、「にもかかわらず《エ・プルタン》」とトーンをやわらげて先につづき、言語の非同一性を歓迎する比較文学を自分のものだと主張する。「翻訳者の使命」におけるヴァルター・ベンヤミン同様、バディウも翻訳の失敗をアプリオリな条件なのだと受けいれ（字義のみの翻訳とは、原典の本質からもっとも遠い枝葉の劣化コピーでしかない、とベンヤミンは述べている）、さらにベンヤミンと同じくバディウもこの失敗を利点へ変じる。翻訳《トランスレーション》の失敗を、詩的真理の授権メカニズムへ転換《トランスフォーム》するのだ。

　ここで私は、バディウによる場所の倫理学の全面否定に、はじめのうちは困惑していたことを告白しなければならない。だが考察をすすめるうちに、それでもやはり比較研究《コンパラティスム・カン・メーム》という彼のパラダイムは実にすがすがしいものなのだと、翻訳の機能不全というあからさまな事実を前にしつつ、めげずに取り組むひとつの方法なのだと、そう思われた。それに加えて、ラビード・ブン・ラビーアによるアラビアの頌歌（ムアッラカ）とマラルメの象徴主義の傑作（「賽の一振り」）を比較することで得られる、理論的重要性もあった。「われわれはまだムアッラカとマラルメのあいだにある」ともバディウは述べている。[4] アラビアとフランスの膨大なテクストからわざわざこの二作品が選ばれ比較されたのも、決して恣意的な理由によるのでないということが、しだいに示されていく。俎上にのぼるのはデモクラシーと主体化、テロリズム、専制政治、統治の性質、聖なる言語の誘惑、氏族の影響（部族《トリビュ》の「呼び声」）、運命共同体や宗教的共同生活《ヴィタ・コミュニス》の抗いがたき誘惑、科学技術を優先した文明、主観性の霊的「砂漠」ないし空集合、消えた野営地、亡命、離脱の場所——ラビード・ブン・ラビーアとマラルメがともにきわめて強い関心をよせたこうした理念が、言語上は根本的に異なる連関をも射程におさめる普遍主義詩学の到来さえ告げながら、バディウの用語の意味における《出来事》を構成するのだ。

「われわれはまだムアッラカとマラルメのあいだにある」というバディウの主張に触れると、マフムード・ダルウィーシュのムアッラカを検討してみたくなる。一九九五年に刊行された「頌歌集《ムアッラカート》のための韻」だ。ラビード・ブン・ラビーアとマラルメという特異な二点に、亡命と言葉の自律性をめぐるダルウィーシュの内省が三つ目の点を加える。

誰も私を私へ導くことはなかった。導き手は私。
砂漠と海のあいだで、私は私自身の私への導き手。
［…］
私は誰？　そう人々は問うが、答えはない。
私は私の言語、私は頌歌、二つの、十の頌歌。これが私の言語。
私は私の言語。私は言葉の令状——在れ！　わが体よ在れ！
そして私はその音色の具現の身となる。
私が言葉に話しかけたこと、それが私——場所よ在れ、
そこで私の体が砂漠の永遠とつながる場所。
在れ、私が私の言葉となれるように。[5]

ダルウィーシュは砂漠から主観空間を彫り出している。砂漠とはそれ自体、一時的移送や強制的亡命によって定義される果てしない広がりだ——「彼らは国を捨てた。／その場所を運んで国を捨て、時間を運んで国を捨てた」。結末の一節「そしてそこに散文を在らしめよ」でダルウィーシュは、マラルメの「詩の危機」の有名な一節「たとえば私が、花！　と言う」[6]や「書物はといえば」の定言命令「書くことだ——」[7]を響かせているのだろう。宣言とも響くこうしたシンプルな発話は、目の前の惨事——マラルメの定義によれば、ヴィクトル・ユゴーが近代詩を重層的に決定づけたことによる危機——に対して詩的言語の革命をもたらし、普遍的な詩の理念（「純粋観念」）の供給源という地位を散文に与える。[8]ダルウィーシュのムアッラカの最終行「大預言者の勝利をもたらす、神からの散文があるに違いない」は、「書物はといえば」のフィナーレとも並行関係にある——「テクストの下にひそむ旋律ないし歌が、予見的な直観をここからそこへと導きながら、自らの動機《モチーフ》を、目には見えない

巻頭の花形装飾や巻末のカットのように、テクストに宛《あてが》っているのだ」[9]。両詩人とも日常言語に預言や呪文の力を授けている。さらにダルウィーシュのエクリチュールは、ラビード・ブン・ラビーアやマラルメ同様、特異な創造の深淵《アブグルント》としての虚無のうえに組み立てられている。この特異性の形式は、バディウの次の主張のうちに認められる。

> 真理を統べる者は、そのためにあるいはそこから真理が生まれる、離脱の場所を横断しなければならない。宇宙の無関心に究極の復讐を果たす一番の早道として、詩に賭けなければならない［…］。別の言い方をすれば、詩の資源が消えたかに見えるまさにその場所で、危険を承知で詩を敢行しなければならない[10]。

こうして宇宙論的怯懦を脱却し、純創造的表現に近づく手段として詩人があやつる特異な詩形式は、起源が空《から》となった地点から組み立てられる。ラビード・ブン・ラビーアとマラルメにありえぬ対話をさせるバディウは、どうやら二人を同一の語形変化のうちで活用させると心に決めたらしい。そうすることでバディウは二つの虚無を調停し、真理をめぐる二つのモデル――（見棄てられた場所のもつ）内在性にもとづく頌歌の真理と、作者の無名性にもとづくマラルメの詩節の真理――の調和を図るのだ。「無名ないし非人格的［マラルメ］であると同時にこの現世に内在している真理を考えるには、どうすればよいか？」[11]とバディウは問う。その答えは、主体を場所の「存在」に従属させ、さらには世界のなかで／によって放棄された現場に戦闘的な忠誠の信条を掲げ、哲学や芸術を削除することにある。それはブン・ラビーアのテクストに見られる、砂塵が吹きすさぶ砂丘《デューン》のうえにただ一本生えた木であろうと、それともマラルメが芸術の定義に用いた、翼をもち怒りくるう《底知れぬ深み》であろうと、バディウの言葉を引けば、「真理を統べる者の袋小路から引き出されている」[12]のだ。

「共産主義者」たるラビード・ブン・ラビーアとか、「徹頭徹尾ポストコロニアル」なマラルメとか、マラルメ的なダルウィーシュといった尋常ならざる考察は、歴史的・文献学的関係に依拠する比較文学の従来のパラダイムを混乱させうる一方、美学を再活性化する。ピーター・ホルワードによれば、「美学という分野は例外なく、思慮に満ちた自由の行使をこいねがう」[13]。私が知るかぎり、ホルワードの『徹頭徹尾ポストコロニアル——《特異なもの》と《個別なもの》のあいだで書くこと』は今日なお唯一の、バディウからインスピレーションを受けて書かれたポストコロニアル比較文学の試みだ。ホルワードは美学をポストコロニアル理論の中心にふたたび据え（彼が手厳しく「手ぬるい先住民主義」と呼ぶ、ポスコロの執着を追い出しながら）、一九八〇年代や九〇年代初頭へさかのぼる。まだ理論の疲弊が起こっていない時代、植民地をめぐる存在論などエリート主義者が唯物主義的社会理解《フェアシュテーエン》にかけた脅しだと、文化批判の担い手たちが烙印を押すよりも前の時代だ。理論を実践するうえでホルワードは弁明もなしに、英語ならびにフランス語で書く批評家たちが臆面もなく大陸の理論を利用していた時代を再訪する（英語陣営にはエドワード・サイード、ガヤトリ・スピヴァク、ホミ・バーバ、グギ・ワ・ジオンゴ、ポール・ギルロイ、ロバート・ヤングが、フランス語にはフランツ・ファノン、アルベール・メンミ、エドゥアール・グリッサン、アブデルケビール・ハティビ、アブデルワハブ・メデブ、アキーユ・ムベンベ、フランソワーズ・ヴェルジェス、レダ・ベンスマイアがいる）。彼らはフロイト、アドルノ、ラカン、バフチン、ベンヤミン、アルチュセール、フーコー、デリダ、レヴィナス、イリガライ、シクスーの仕事に深く依拠し、批評のパラダイムを発展させたのだった。

ポストコロニアル研究につきまとうポストモダン相対主義をただす方策として、ホルワードはバディウの特異性という概念を支持する。相対主義は複数言語使用を無批判に信奉し、差異の政治学をフェティッシュ化し、「ローカル」なるものをナイーヴに言祝《ことほ》いでいるというわけだ。そしてホルワードは、ドゥルーズの「〈一〉なるものについて言われることがまったく同じ意味で〈多〉なるものにも当てはま[14]」るという言葉を引きながら、「特異なものは、実体を伴うみずからの存在あるいは表現を伝えるためのメディアを創造する[15]」と断言する。特異なポストコロニアル主観性の発明者だという理由から分析対象に選ばれているのは、エドゥアール・グリッサン、チャールズ・ジョンソン、モハメド・ディブ、セベロ・サルドゥイだ。フランス語・英語・スペイン語・カリブ・マグレブ・ラテンアメリカの軌道を象徴するとして彼ら四作家はひとまとめに考察され、ポストコロニアル比較文学のひとつの範となっている。しかしホルワードは彼ら全員に共通する比較の基盤にはあまり注目せず、一人ひとりが独立していかに「存在の一義性」という哲学概念に取り組んだかを検討する。

『徹頭徹尾ポストコロニアル』が生みだすのは、論理学・存在論・倫理学にかたむいた冷たい比較文学だ。この構図のなかでは、グローバル翻訳《トランスラティオ》知と人文主義者の対話とから成る旧来の比較文学ユートピアは道をあけ、代わりにやってくるのは、個別性と関係性の超絶が詩的な特異性と孤独をもたらす、苦行にも似た個体化のモデルだ。ホルワードはモーリス・ブランショを言いかえつつ、次のように述べる。

「書く」とは根こそぎの分離を経験すること、徹頭徹尾ひとりきりとなり、人格を失い、取り返しのつかぬ無時間性（「時間の不在という時間」）のうちで孤立させられることなのだ。彼の示唆を受けたドゥルーズと同様、ブランショはあらゆる「現実の」作家たちを、ひとつの特異な「匿名の囁き《ミュルミュール・アノニーム》」のこだまとして同化する傾向がある。

したがって作家の「本質的孤独」とは、他者のあいだで苦しく孤立することではなく、純粋かつ単調な非固有ないし非相違のうちに沈むことなのだ。それはブランショの小説では概して虚空、砂漠、雪、夜、海といった空間であらわされ、われわれがじきに見る通り、こうした諸空間はモハメド・ディブの後期の小説にふたたび見いだされる。「「私は」と言う力」を捨てたとき、書くことが始まるのだ。(16)

ホルワードのポストコロニアルな世俗性をめぐる考えはじつに超俗的であり、イスラムを構成する「イスラム」（神への服従）と「シャハーダ」（「神のほかに神はなしという信仰告白」）、さらには仏教概念である「シューニャター」（空《くう》）と「ニルヴァーナ」（自己消滅、欲望からの超絶）を接合している。(17) 異言語で書きあらわされていることではっきり見てとれるこうした原理は、意図せずして翻訳不可能性という破局的《カタストロフィック》な事態をも示している。西洋の言葉遣いでは、いまや「イスラムの」という形容詞はテロリズムを含意しているのだ。(18)

比較文学が挑むべきは、翻訳不可能な他なるものの特異性と、それでも《カン・メーム》やはり翻訳する必要とのあいだでバランスをとることだ。なぜなら、もし翻訳の失敗がいともたやすく容認されるのなら、それが万能の方便となって、みずからの単一言語宇宙のうちに偏狭に留まりつづけることが許されてしまう。結果生じるのは、他者を「誤訳」したくありませんなどというニセモノの敬虔さによって裁可をもらう、せせこましい小教区制だ。これは実際には決してどこへも行かないまま、場所を理論化してすべてを翻訳してみせるグローバリズムと表裏一体である。ガヤトリ・スピヴァクが狙い撃ちにするのも、グローバル化の理論が現実の場所をコンピュータ空間よろしく「そこには、だれも暮らしていない」とあつかう手つきだ。「惑星（planet）という言葉を地球（globe）という言葉への重ね書き」として提唱するスピヴァクは、一時的な居住者として「借り受けて」惑星に暮らしている人間という「他なるもの（alterity）」をめぐって、つつましやかな見解を奉じている。[19]

言うなればスピヴァクは、翻訳のポリティクスが定義する根本的他者性にコミットし、しっかりと地に足がついている。それに対してホルワードは、バディウ同様、文学理論を宇宙論としてあらわし、文献学的共通文化がない並行宇宙へ飛び出している。存在の特異性を明確に示そうとするホルワードの奮闘は、宇宙の起源を「無限大の密度をもつ最初のゼロ秒、いわゆる特異点」[20]として説明しようとする量子宇宙論の奮闘とのアナロジーで捉えるべきなのかもしれない。『徹頭徹尾ポストコロニアル』中のサルドゥイにおける「仏教の道」を論じる章でホルワードは、「悟り satori」を引き合いに出す。鈴木大拙の『禅論文集』を引用するホルワードの説明によれば、「悟り」とは「禅における啓蒙［…］一瞬の閃光あるいは爆発のようなもの、「ある種の心的カタストロフィ[21]」」だ。禅仏教のこのうえなき静謐という特徴に反した論争ぶくみの教義として、鈴木の「悟り」は次のような特質をもつとされている――不合理性・直観的洞察・権威性・断定・彼方の感覚・非個人性・高揚・瞬間性。手を変え品を変えあらわれる鈴木の記述を引けば、「悟り」とは無意識への突然のアクセス、「「跳躍」あるいは「断崖からの投身」と呼びうるような、個人的体験の新世界」、「内的メカニズムが終末のカタストロフィの機に熟した際に実現される［…］一点への集中」であり、それは広島の原爆を背景に据えたとき、歴史的次元を帯びる。[22]カタストロフィズムという《理念》にもとづく新たな比較文学体制の第一局となった「悟り」は、ハイデガーの「惑星的な破局《カタストロフィ》」という形で突如として吾々の前に立ち現れる「ものであるところの」零－線」を比較のうちに誘う（一九五五年にエルンスト・ユンガーに宛てて書かれたこのテクストは、もともとは「「線」を越えて」の題で刊行され、「ニヒリズムの惑星的な完了という世界歴史的な瞬間」としての「零子午線」や「零点」というユンガーの言及に応答している)[23]。この惑星的カタストロフィズムの詩学における第三局として読めるのは、ヴァルター・ベンヤミンの短いエッセイ「テイ川の河口での鉄道事故」だろう。一九三二年にラジオ講義としておこなわれたこの予見的な技術小史に導かれて私たちは、いくつかの小惨事(事故)からスタートして大量破壊というゴールに行きつく。

前世紀の過程でなされた地球の目立った変革は、すべて、多かれ少なかれ鉄道と関連している、といってもいいのではなかろうか。ぼくはきみたちに今日、ある鉄道事故の話しをする。しかしぼくはそれを、たんに怖ろしいできごととしてではなく、技術の歴史のひとこま、とりわけ鉄の建造物の歴史のひとこまとしても、語るつもりだ。この話しには、ひとつの橋が出てくる。この橋は落ちる。そのさいに落命した二〇〇人のひとたち、かれらの家族、その他多くのひとびとにとって、たしかにそのことは怖るべきことだった。とはいえぼくはこの不幸なできごとを、もっぱら、人間の偉大な闘争——これまでは人間の勝利の連続であり、そしてその仕事を人間自身がだいなしにするのでなければ、まだ勝利が続くであろう闘争——のなかの、ささいな偶発事件のひとつとして、きみたちにえがいてみせようと思っている[24]。

鈴木とハイデガーとベンヤミンを勢力圏に引きこんだカタストロフィズムは、詩的特異性の新たな形式としての理論化を待つ惑星的比較文学を誕生させる。ニヒリスティックであったり啓蒙的であったりするこの惑星的パラダイムは、《理念》をめぐる終末論的な詩学に限定されるわけでもない。ワイ・チー・ディモック、ガヤトリ・スピヴァク、エドワード・サイードはすでにべつの方向へ惑星的批評をすすめている。彼らが注目するのは差し迫った破壊ではなく、むしろ惑星性を手立てとして、グローバル化の一枚岩的な拡散——すなわち地球《グローブ》の為替化と、類似性や同一性をめぐる正統的慣行の変節——に抵抗することだ。スピヴァクの用法において惑星性が示唆するのは、慣例としてどうしようもなく隔てられていたり、地域研究の分野では遠くに置かれていたりするさまざまな言語と文化の比較に裏づけをあたえてくれる、《理念》の批評的ポリティクスだ。また人文主義に関するサイードの仕事では、敷衍された世俗性の一環として、ゲーテの世界文学《ヴェルトリテラトゥーア》をめぐる反帝国主義的再解釈に焦点が当てられている。スピヴァクもサイードも、バディウの非弁証法的な《真理》という考えをおよそ共有してはいない。けれどもバディウ風に言ってみれば、二人もまた《理念》の共産主義者として、世俗的弁証法という闘志あふれる行動規範を掲げて文化比較の大股開き《ル・グラン・デカール》に挑み、歴史プロセスにおいて認識を変形させる力を追いかけている。かくして比較詩学の未来にむけて惑星的批評がもたらす示唆は、一次元フォルマリズム——一義性、特異性、縮約不可能性、全体論《ホーリズム》、量子宇宙論、《出来事》——にふたたび新たな力点を置く。ただしそれは、翻訳と非翻訳可能性の地上的ポリティクスから離れることはない。

注

（1）〔訳注〕サミュエル・ベケット『名づけえぬもの』安藤元雄訳、白水社、一九九五年、二六三頁より一部改変を施して引用。

（2）バディウの特異普遍性は、ヘーゲル哲学の伝統に取り組む哲学者たちと対照して読まれるとき、より理解できるかもしれない。たとえばジュディス・バトラーによるヘーゲルの普遍性をめぐる読みは、形式主義が示唆する「普遍を文化の規範を超越するものと位置づける」試みに警告を発し、ヘーゲルの普遍は文化規範（「人倫性《ジットリッヒカイト》」つまり習慣）に拘束されていると主張する。バトラーの言葉を引けば、「実際ヘーゲルの普遍の概念が、交雑的《ハイブリッド》な文化や揺れ動く国境という状況において当てはまるのなら、その普遍概念は、文化翻訳という仕事をつうじて練り上げられるものにならなければならない」。この「普遍的」な文化翻訳の新しい形式をバトラーは高い目標として設定するが、それは「言語的、認識的な共通性があらかじめ存在しているという前提とか、あらゆる文化の地平は究極的に融解するという目的論的な想定」にもとづくものではない。むしろガヤトリ・スピヴァクが、「言説のあいだに「暴力的な往還」をおこなっているものであり、それによって共同体のすべての手持ちの言説の鋭い刃先が示されているもの」として提示する「文化的な配置」にもとづくものだ。とすればバトラーにとってこの普遍性の形式とは、翻訳そのものということになる（ただし、言語上の相違を統語で再演することを目指す、行為遂行的なものではある）。ヨーロッパ普遍主義が絶対的真実ならびに共通性の基盤を設定していることへの批判をバトラーはやめず、一方のバディウは、躊躇なくテクストの絶対的な特異性にもとづく普遍主義を提唱しているものの、二人とも通約不可能性が普遍主義をつかさどっていることには同意するだろう。次の文献を参照――Judith Butler, "Restaging the Universal: Hegemony and the Limits of Formalism," in *Contingency, Hegemony, Universality: Contemporary Dialogues on the Left*, eds. Judith Butler, Ernesto Laclau, and Slavoj Žižek (London: Verso, 2000), pp. 20 and 37, respectively.〔ジュディス・バトラー「普遍なるものの再演――形式主義の限界とヘゲモニー」ジュディス・バトラー、エルネスト・ラクラウ、スラヴォイ・ジジェク『偶発性・ヘゲモニー・普遍性――新しい対抗政治への対話』竹村和子・村山敏勝訳、青土社、二〇〇二年、三四―三五、五七―五八頁。〕

（3）Alain Badiou, *Petit manuel d'inesthétique* (Paris: Seuil, 1998). Epigraph.〔本書ではアプター自身の英訳によって引用されているが、同書の英訳としてAlain Badiou, *Handbook of Inaesthetics*, trans. Alberto Toscano (Stanford: Stanford University Press, 2005) があり、本章全体に関して拙訳の作成には同英訳書も適宜参照した。〕

（4）Ibid., p. 85.

（5）Mahmoud Darwish, "A Rhyme for the Odes (Mu'allaqat)" in *Unfortunately, It Was Paradise*, trans. Munir Akash and Carolyn Forché et al. (Berkeley: University of California Press, 2003), p. 91.

（6）Stéphane Mallarmé, *Œuvres complètes* (Paris: Gallimard, 1945), p. 368.〔ステファヌ・マラルメ「詩の危機」松室三郎訳『マラルメ全集Ⅱ　ディヴァガシオン他』松室三郎・菅野昭正・清水徹・阿部良雄・渡辺守章編、筑摩書房、一九八九年、二四二頁。〕

（7）Ibid., p. 370.〔ステファヌ・マラルメ「書物はといえば」松室三郎訳『マラルメ全集Ⅱ』二四六頁。〕

（8）〔訳注〕ヴィクトル・ユゴーについては「詩の危機」の特に断章［六］を、「純粋観念」については同断章［四一］をそれぞれ参照（マラルメ「詩の危機」二三六―二三七、二四一―二四二頁）。

（9）Mallarmé, *Œuvres complètes*, p. 387. English translation, Malcolm Bowie, "Mystery in Literature," in Mary Ann Caws, ed. *Mallarmé in Prose* (New York: New Directions, 2001), p. 51.〔ステファヌ・マラルメ「文芸の中にある神秘」松室三郎訳『マラルメ全集Ⅱ』二八二頁。同論考を「書物はといえば」の一部と見るかどうか編集方針に違いがあり、英訳と邦訳は独立した別の章が当てられている。〕

（10）Badiou, *Petit manuel d'inesthétique*, p. 78.

（11）Ibid., p. 87. 補足はアプター。

（12）Ibid., pp. 88-89.〔「賽の一振り」に関連する拙訳は、『マラルメ全集Ⅰ』ならびに『マラルメ全集Ⅰ　別冊　解題・註解』（筑摩書房、二〇一〇年）の清水徹の翻訳と解説を参照したが、ここではあくまでアプターと（アプターの引く）バディウの論の文脈に合わせている。〕

（13）Peter Hallward, *Absolutely Postcolonial: Writing Between the Singular and the Specific* (Manchester and New York: Manchester University Press, 2001), p. 334.

（14）Ibid., p. 3.〔ジル・ドゥルーズ、フェリックス・ガタリ「10　一七三〇年——強度になること、動物になること、知覚しえぬものになること……」宮林寛・宇野邦一訳『千のプラトー——資本主義と分裂症　中』宇野邦一・小沢秋広・田中敏彦・豊崎光一・宮林寛・守中高明訳、河出文庫、二〇一〇年、一九四頁。アプターはホルワードの著書から英訳を孫引きしている。〕

（15）Ibid., p. 2.

（16）Ibid., pp. 17-18.〔ホルワードの注（アプターによって省略）にしたがい、「時間の不在という時間」と「「私は」と言う力」という表現は次の邦訳書より引用した——モーリス・ブランショ「I　本質的孤独」粟津則雄訳『文学空間』粟津則雄・出口裕弘訳、現代思潮社、一九六二年、二三、一八頁。またホルワードの注によると、引用部冒頭は同邦訳書、二〇頁への言及。ドゥルーズに触れつつ「匿名の囁き」の表現が見られる一文についてはホルワードが注を付していないものの、同邦訳書、一八—一九頁を念頭においたコメントかと推測される（なお、この一文はアプターの引用が不正確だったため修正した）。〕

（17）Ibid., pp. 7 and 9.

（18）Alain Badiou, "Philosophy and the War against Terrorism," in *Infinite Thought: Truth and the Return of Philosophy*, trans. and ed. Oliver Feltham and Justin Clemens (London: Continuum, 2003), p. 149.

（19）Gayatri Chakravorty Spivak, *Death of a Discipline* (New York: Columbia University Press, 2003), p. 72.〔G・C・スピヴァク『ある学問の死——惑星思考の比較文学へ』上村忠男・鈴木聡訳、みすず書房、二〇〇四年、一二三—一二四頁。〕

（20）Dennis Overbye, "What Happened before the Big Bang?" in the *New York Times*, Nov. 11, 2003, p. F6.

（21）Hallward, *Absolutely Postcolonial*, p. 286.

（22）Daisetz Teitaro Suzuki, *Essays in Zen Buddhism: Second Series* (London: Luzac and Company, 1933), p. 42.

（23）Martin Heidegger, "The Question of Being (Letter to Ernst Jünger 'Concerning "The Line"')" (1955), trans. By William Kluback and Jean T. Wilde in *Philosophical and Political Writings: Martin Heidegger*, ed. Manfred Stassen (New York: Continuum, 2003), p. 127 and 139, respectively.〔マルティン・ハイデッガー「有の問へ」『ハイデッガー全集　第9巻　道標　第1部門（一九一〇—七六）』辻村公一、ハルトムート・ブフナー訳、創文社、一九八五年、四九三、五一一頁より一部改変を施して引用。なお「零子午線」と「零点」の語は同書、四八四頁より引用。〕

（24）Walter Benjamin, "The Railway Disaster at the Firth of Tay," in *Walter Benjamin: Selected Writings*, vol. 2, 1927-1934, trans. Rodney Livingstone et al., and ed. Michael Jennings et al. (Cambridge, Mass.: Harvard University Press, 1999), p. 563.〔ヴァルター・ベンヤミン「テイ川の河口での鉄道事故」『ベンヤミン　子どものための文化史』小寺昭次郎・野村修訳、平凡社ライブラリー、二〇〇八年、一五四頁。〕

第六章　「翻訳不可能」なアルジェリア——言語殺しの政治学

ファン・ゴイティソーロの『戦いの後の光景』（一九八二）では、パリの一区画《カルティエ》が移民の落書き犯たちに牛耳られてしまう。カルヴァドス飲みのフランス人男性はこの光景——アラビア語に翻訳されたパリ——を最悪の悪夢ととらえる。ふらふらと行きつけのバーに向かう男は、入口の上に書きなぐられた「奇妙な文字」に出くわす。「唖然となって彼は目を閉じ、ふたたび開いてじっと見た——不可解な文字は、輝く字体で書かれたまま、やはりそこにあった（1）」。店の経営者が代わったのではないか、と想像しつつ、彼は別の店に向かうが、そこでも同様の現象に直面するのみ。愛読する新聞『ユマニテ』や道路標示まで、あらゆるものがアラビア語に変わり果てている。

こんなひどい陰謀を企てたのはいったいどこの腹黒い連中なんだ？　どうしてあらかじめ予告されなかったんだ？　悪霊のしわざめいたこんな混乱を引き起こして、いったい誰が得をするっていうのか？　地方から出てきたドライバーたちは車の窓から顔を出して、いろいろな方向に矢印の出ている道路標示の意味を読みとろうと必死になっていた——少なくとも二か国語並記にしといてくれれば！　مركز بومبيدو اوبرا كليبر ってのはいったいどういう意味なんだ？　耳を聾するクラクションの交錯のさなかで、何人かは車から降り、カフェのテラスに陣取って笑みを浮かべている人たち——アラブ人、アフガン人、あるいはパキスタン人だ——に頭を下げて道を聞いていた。彼らはごく自然を装って、あるいはほとんど勢いこむようにして、文盲の質問に応じては、憐れむように道を教えた。［…］救急車もパトカーも無駄にサイレンを鳴らしていた。何機ものヘリコプターが鉄とスクラップの殺戮の現場の上を飛びまわっていた。波打つ髪をした色黒の少年がひとり、満面の笑みを浮かべて、ガイドとしてのサービスを誇らしげに売りに出していた。最大限の窮地に陥った最高値の買い手にサービスを売るのだった。(2)

ゴイティソーロが用いているのはさかさまの世界というお馴染みのカーニバル的奇想だが、アラブ化されたパリを描くこのスケッチは単なる底辺移民《イミグレ》の笑いを誘う復讐幻想、言語的反目というリリパット国を描く『ガリヴァー旅行記』に留まってはいない。ローマ字で書かれたページの中に外来の文字が噴出し、アラビア語の読めない読者は意味の袋小路にぶちあたる。これは翻訳なのか、あるいは別種のもの、読者がこけにされる冗談なのか？「「翻訳不能なもの」との危険な密会」（移民の異種混淆的な言説内部における標準的言語の異化を指したホミ・バーバの用語をパラフレーズしたもの）において、ゴイティソーロの物語は待ち伏せる他者性——自らを翻訳の中に見いだすという恐るべき予感——を書き留めているのだ。(3)

ゴイティソーロによる言語的恐怖のパロディは、マグレブ系住民が言語的・文化的・政治的要求をおこない、それに対する恐慌が存在した一九八〇年代初頭のパリの風潮から生じている。しかし、悲しくまた皮肉なことに、今やこの小説は、自国での言語的恐怖に囚われたアルジェリア人作家・芸術家の避難所となった現在のパリにこそ、よりよく当てはまるのだろう。彼らの恐怖とはつまり、アラビア語、ベルベル語、フランス語で意見を述べることに対する恐れ、瀆神と背教の誹りに対する恐れ、コーランに基づく言葉を「自由主義的《リベラル》に」解釈する者へイスラム強硬派が一方的に発令する法的見解《ファトワー》に対する恐れ、そして究極的には、死に対する恐れである。一九九三年に自宅のそばで頭を撃ち抜かれる少し前に、ターハル・ジャウートは「沈黙もまた死である」と書いていた。「声をあげれば死ぬ。沈黙を続けても死ぬ。ならば声をあげて死ね」(4)。

一九六〇年代および七〇年代における植民地からの独立に続く期間、アルジェリアはほとんどメディアの関心を引きつけることはなかったが、それでもイスラム主義者、世俗主義者、政府軍のあいだに勃発した一九九〇年代の内戦後と同じほどには、情報が遮断されていたわけではなかった。一九九二年に選挙が無効となって以降というもの、公民権、民族分離論、武装化した非聖職者統治、そして言語殺し（アルジェリアの著名な知識人たちが殺害された「知識人殺し」に関連する、自己検閲という名の文化的自死として定義することができる）が織りなす複雑なパワーポリティクスが、アルジェリアを翻訳不可能性の中に幽閉してきたのであり、西洋のメディア報道の在り方がこの翻訳不可能性を悪化させてきたのだ。例として、一九九七年九月にアルジェの町外れで起きた虐殺を報じる、『ニューヨーク・タイムズ』の典型的な記事を見てほしい。

一九九二年以降何万人もの死者を出したアルジェリア紛争における死傷者数は、多くの場合殺したのが誰であったのかと同じくらい闇に包まれている。
アルジェリアでのイスラム運動の分裂、公式情報の乏しさ、外国人ジャーナリストへのビザ発給を渋る当局、そして関係する軍勢や団体が時に暴力のための暴力を助長してきたことを示す断片的証拠などによって、アルジェリア紛争はもっとも闇に包まれた戦争のひとつとなってしまった［…］。日曜日に発表されたアフメド・ウーヤヒア首相の声明では、事態の悪化を食い止めるために政府がいかなる策を講じるのか、アルジェリアの石油資源を手中にしている影多き寡頭政治と、同じくらい影の多いイスラム運動のあいだに囚われている何百万人ものアルジェリア人に、いかにして希望をもたせるのか、語られることはなかった。[5]

「闇」と「影」とが、認識論的ブラックホールの中で凝固する。『ニューヨーク・タイムズ』の記者は脈々と続く秘密主義の政治文化を強調することにより、この不透明性をただただ増大させるばかりだ。すなわち、「対フランス闘争を率いた革命組織群」によって促進され、「当の革命組織群から生まれ一九六二年以降国を支配してきた現政権の本質的特徴の一つ」として今なお残る政治文化だ。[6] こうした観察に真実が含まれているかどうかにかかわらず、同種の表現はアルジェリア社会を立ち入り禁止区域に位置づけるものである。まったき暴力の時代であった九〇年代を通して、アルジェリアの虐殺に関する新着報道には事実上どれも、責任逃れ的に情報アクセスの壁への言及があった。

　西洋世界によるアルジェリアの描写が報道の暗黒《ブラックアウト》を強調しがちだったとすれば、当のアルジェリアの作家たちはこれに対置される見分けのつかぬ白《ホワイトアウト》を主張してきた。それはつまり、一九九二年以降の検閲状況（アルジェリア版の「ラシュディ効果」）にも影響を受けた、言語的な不確実性という解放後の状況である。レダ・ベンスマイアは『実験的ネイションズ』においてこの初期状況を研究し、文学的マグレブはいまだに発明されていないと論じた。それが存在しているのは、同時にフランス語化《フランシザン》し、アラビア語化《アラビザン》し、英語化《アングリザン》し、口語的かつ書記的、民族的かつ神的、伝統的かつ未来派的であるような、地理言語学上の「仮想」空間においてであるというのだ。[7] こうした状況の直接的原因は、植民地からの独立後、アラビア語かフランス語か地方語かというしばしば不可能な選択を強いられた作家たちが直面したジレンマにある。


　当事者である作家たちのほとんどは、ゴルディアスの結び目を切断するほかなかった。ある者たちは一切書くことを止め、ある者たちはいずれかの言語を選択し、またある者たちは両方の言語を行き来した。だが問題が解決されることはなかった。なかでも内と外との対立は、マグレブ人の意識に取り憑いて離れることはなかった。[8]

移動と言語的転移とが、独特な言語の「ホワイトアウト化」を助長してきたとベンスマイアは論じる。アブデルケビール・ハティビの作品について、消去されたアラビア語が目標言語であるフランス語のなかに残す痕跡としての「転移的暗号」あるいは「モノグラム」を論じるベンスマイアは、デリダ的な「空白性／白さ」の論理をアルジェリアの言語政治学に刻印しているのだ。[9] こうした翻訳状況は「われわれを不変のものへと連れ戻すことなく［…］、あらゆる言語を超越するものを暗示している」[10]。

　アシア・ジェバールの（幾世代もの作家や知識人たちの殺戮に手むけた彼女なりの鎮魂歌である）『アルジェリアの白』においては、翻訳されるべきアルジェリアの著作は残っていない――あるのは「白」、すなわち、自滅的な無気力に苛まれる政体に支配された空白、白い布に包まれた死体なのである。ジェバールの目に映る現代アルジェリアは、書くことの砂漠、あるいは空白の領域だ。「書くことの白、翻訳されざるアルジェリアで？ 今この時、書くことが失われた、苦悩のアルジェリア。今この時、血で書かれた文学、（エクリチュールの血 sang-écriture）をもたないアルジェリアよ、ああ。[11]」

作家たちのこうした「白い死」は、歴史を強奪された死だ。ジェバールが警告を発しているのは、彼女の著作が振り払おうとしている運命、すなわち出版されない数々の本が文化的忘却のゴミ箱へと委ねられてしまう運命に対してである。ジェバールの作品では、かつて存在した作家たち――カテブ・ヤシン、ジャン・セナック、アブデルカーデル・アルーラ、ムールード・マムリ、ターハル・ジャウート――が、今日の検閲された公共圏に影を落とす虚無《ゼロ》として登場する。こうした検閲状況が新しい亡命アルジェリア人ブール[12]の著作を生む一因にもなったと論じることもできよう（その実例が、地下出版《サミズダート》を特集し、若手作家たちの戯曲および物語からの抜粋や、ヨーロッパ系《ピエ・ノワール》としての出自や人権思想と向き合ってきた著名な作家・理論家へのインタビューを掲載した『アルジェリア文学／行動』誌だ）。しかしアルジェリアを文学のない土地とみなすジェバールの視点は、実際に翻訳のグローバルな市場においてアルジェリアの姿が見えにくいという事情に裏打ちされている。私は以下に、アルジェリアが現実においても知覚においても不可視であるという事実を、グローバル翻訳というより広い文脈の中に位置づけてみたい。もちろんアルジェリアは、唯一文学的に排除された国というわけではまったくないのだが、種々さまざまな理由からマーケットでの凄まじい包囲を受けているすべての国々の代表となってくれる。

翻訳マーケットと一部の国民文学の「翻訳不可能性」の問題は、文学のグローバル化《モンディアリザシオン》を考えるより大きな構造と、来るべき「文化産業」に同期している。「文化産業」という用語は、ホルクハイマー＝アドルノの『啓蒙の弁証法』の名高い第四章「文化産業――大衆欺瞞としての啓蒙」から借りたものだ。しかしこの用語を適用するにあたっては、大衆的で通俗的な文化がもたらすおそらくは有害な影響を強調していたホルクハイマー＝アドルノの立場から、文化的グローバル化の状況をより柔軟に探究することへ比重を移さなければならない。その状況というのが、ニッチな市場における外国作家の商品化（各民族集団、移民たち、エリートのコスモポリタンたち、そしてかつて植民地支配を受けた者たちを「多文化的」寄せ集めの枠に括るもの）であるとなれば、なおさらそうだ。アドルノ、ホルクハイマー、そしてフランクフルト学派は、新たな資本の論理がいかに大衆文化の様式に組みこまれているかという、より概括的な批評の焦点を設定していた一方で、資本の複雑な文化的・社会的地勢にまたがる翻訳可能性の問題にはほとんど関心を払わなかった。人はどのようにして、大衆文化の事物――言語的・文化的・社会的コンテクストを越えて翻訳されうるような文化の対象物――を獲得するのかという問いは、いまだに答えを待っている。グローバル化する大衆文化と公共文化の問題が翻訳可能性の視点からあつかわれるとき、文化の商業化とそこに連なるイデオロギーをめぐる、重要な新種の問いが提起される。国を越えて目に飛びこんでくる作品もあり、そうでない作品もあるという事態は、いかにして起きているのだろうか？

これらの問いは、正典《カノン》をグローバル化する工夫がなされる中で、教科上および教育上の緊急性を帯びている。翻訳で手に入るのがなんであるかという制約は、ナショナルな枠組みを越えたカノンの決定を左右するようになった。この制約は、どの作家が価値があるかという選考のプロセスにもう一つの複雑な層を付け加えるものであり、なぜ多数の「世界文学」の専門課程が、同じような非西洋作家のリスト（例としてウォレ・ショインカ、サルマン・ラシュディ、デレク・ウォルコット、タイーブ・サーレフ、ガブリエル・ガルシア゠マルケス、ナディン・ゴーディマー、ナギーブ・マフフーズ、アシア・ジェバール、ベン・オクリ、アルンダティ・ロイなど）を取りあげるのかを部分的に説明するものでもある。もっともわかりやすい説明――「幸運な少数派」に属するこの手の作家たちが選ばれているのは、世界的に評価されている卓越した作家だから――では、なぜ彼らが支配的な地位にあるのかを十分にとらえきれていないことは誰にでもわかる。経済的に苦しんでいる多くの国々での本の流通の難しさは、国を越えた交易に対する乗りこえ難い障壁であり続けている（著名な作家モンゴ・ベティは、カメルーンにおける暗澹たる状況を語った際にこの論点を指摘している）[13]。「グローバル」なものの内部にある専門化されたニッチなマーケットは、時勢と流行をつくりだし（現在人気を得ているインド英語の小説家たちやアイルランドの劇作家たちがその例）、作家たちをいくつかの下位カテゴリーに分類している――たとえば、「国際的」作家（ミラン・クンデラ、フリオ・コルタサル、サミュエル・ベケット、フェルナンド・ペソア、オクタビオ・パス、オルハン・パムク、ダニロ・キシュ)、「ポストコロニアル」作家(エメ・セゼール、アルベール・メンミ、アニタ・デサイ、パトリック・シャモワゾー、マリアマ・バー)、「多文化」/「現地民」/「マイノリティ」作家(トニ・モリスン、テレサ・ハッキョン・チャ、シャーマン・アレクシー、ジェシカ・ハージュドーン、グロリア・アンサルドゥーア、村上春樹、アミタヴ・ゴーシュ、コルム・トビーン)といったように。これらのラベルは、なるほど作家たちを本屋の棚の民族地域研究ゲットーから引きずりだし、世界水準《ワールドクラス》の作家として送りだし光を当てるのに役だつのだとしても、フジツボのように評判にしがみつき、偏狭な紋切り型のアイデンティティをもたらすものでもある。この点、オーストラリアのケースは興味深い。ジョン・キンセラのように実力があり、その界隈では名が通ったオーストラリア詩人が、現地の風景をロボットと超能力者とによる黙示録的な裁きの舞台として用いてすばらしい効果を挙げたとしても、グローバルな正典に含まれる理由とはならないのである。英国やアメリカの文学市場に帰化させられるキンセラの著作は異国風味が足りないのであり、一方濃密で忘れがたい詩節の中にアボリジニの言語を取りこんだライオネル・フォガーティのような詩人は、メインストリームの趣味からすればあまりに異国的であるために境界を越えられないのだ。

国際的ギャラリー、博物館の展示、世界中から選ばれた「スター」アーティストに脚光を当てるビエンナーレといった美術市場のシステムに後押しされて、ますます強まるグローバル文化の運動性は、上記のラベルが廃れたものとなる時代を予見させる。強く地域に根差す作品でさえ、国際メディアによって認知されたやすく消費されうる。またウェブ上での拡散も脱地域化に寄与し、グローバルな枠組みの中でのラベリングや群分けは一貫性のないものとなってしまう。芸術家や作家たち、思想家たちの作品が同時かつ即時に電子サイトに送られ、あるいは短期的にある街に住みながらほかの街で展示をやることに芸術家自身が自覚的な今日、私たちはすでに、場所というものがある種無意味になってしまった状況を見てとることができる。母国語でない言葉で直に作品を産みだすことで(ニューヨークに住み英語で書いているハイチの小説家エドウィージ・ダンティカがその一例だ)、多くの芸術家は行為としての翻訳は回避し、翻訳という問題系を文化や自分自身の表象をめぐるより大きなプロジェクトのなかに組みこんでいる。こうした見取り図において「グローバル」という語は、異なりつつも隣りあって整列する世界の文化の集合体というよりむしろ、ナショナルな枠を超えてあるテーマに参加しやすいような、単一文化的な美学のアジェンダを意味する。

国際的に翻訳可能な単一文化へと向かっていくこの動きを支えているのは、言語的超大国がますます支配を強め、かつて互いに畏敬を抱いていた競争相手（ヨーロッパ諸語）を、国際市場のシェアを求めて仲間同士争う剣闘士《グラディエイター》に変えているという事実である。たとえばフランスの書店では、英語の翻訳あるいは翻訳すらされていない英語の本が、本棚の場所をどんどん占めるようになった。このことが示唆するのは、アカデミーでの各種論争にもかかわらず、フランスが英語の侵略に対抗する戦いに敗北しつつあるということだ。しかしより肯定的にみれば、壁崩壊後におけるヨーロッパ統一の気運に後押しされ、フランス文化内におけるコスモポリタン的態度へ回帰したということでもあり、あるいはアフリカやバルカン諸国、中東での悲劇的な戦争の結果として厚遇や居住権、市民権を求めている非フランス国民の要求に、敏感に反応したということでもある。おそらくもっとも冷笑的に考えるならば、それが含意するのは「ホット」な小説や哲学、理論の市場においてフランスがもはや特別な影響力を保持していないということであり、国内ではこの新奇さの欠如を翻訳によって埋め合わせなければならないのだ。現代アメリカ小説は権勢を振るっている。ラッセル・バンクスの最新作のフランス版は多くの書店の陳列棚に並んでいるし、英国のベストセラーをも凌いでいる（もっとも、アーヴィン・ウェルシュの『トレインスポッティング』に見るエディンバラの下層スラングをフランス語に訳そうとする勇気ある試みに、フランス人のブリットパック小説への関心があらわれてはいるが[14]）。

英語圏と同様、フランスの出版業も新植民地主義的な中心－周縁間の交易ネットワークを維持してきたように思える（現に、新しいヨーロッパにおける世界文化の灯台としての名声を喧伝している[15]）。しかし水平線に姿をあらわしているのは、翻訳を、わけても非西洋言語からの翻訳をきわめて危険な状態に置くような、新帝国主義的な状況だ。この図式において、出版市場が国際著作権法や各種規制、本の流通やマーケティングに則ってグローバルな文学市場を縮小させると、国民国家の枠組みは時代遅れなものとなる。今や国民文学という呼び名が絶滅しかけている時代を心に描くことができるのだ。出版ビジネスにとって、グローバルな間国家的文化のシステムの中に、国家の印のついた作家という伝統を保つなんらかの動機があるとしたら、それは単に国民文学という分類装置が文化的生産物の市場競争力を増加させるからというだけだろう。販売業に一貫性を与えるフランス文学、イギリス文学、アメリカ文学などの区分は、超巨大な超国家的企業の内部における巨大単位として生き残るだろうが、その一方で非西洋的な文化アイデンティティはおまけとしてあつかわれることだろう。もっとも利益を産むと見こまれる「外国文学」が、当然ながら優遇措置を受けることになるはずだ。

このマルサス的図式において、小さな出版社はますます大出版社の支配下に置かれるか、あるいはその視野から外れてしまうだろうし、そうした小出版社に迎え入れられた作家たちは、国際的にわずかな注目しか浴びることはないだろう。出版業はやがて（実際にはすでに生じていることだが）、国籍・階級・教育・人種・ジェンダーごとのゲットーに閉じこめられた読者共同体を戦略的ターゲットとする、階層化され専門化された「ニッチな」マーケティングに従属することになるだろう。躍起になってあらゆる次元で採算を追求する出版ビジネスのせいで、大衆市場と高級文化の区分がすり減っていくにつれ、外国作家あるいは翻訳された作家たちの「ニッチ」は、多文化的寄せ集め――各民族集団、マイノリティ、移民、亡命者《エミグレ》、エリートのコスモポリタンたち、そしてかつての植民地民が無差別に放りこまれる場――へと変質していく。

第三世界の特異性をマーケティングするとしたら、どんなものが売れるのだろう？　普遍主義あるいは俗世離れした宗教思想に訴えかける作家だろうか？　反体制の作家？　異国趣味につけこむ亜大陸の作家、あるいはポストコロニアルなアイデンティティを追求する作家？　アジア性という本質主義的ステレオタイプを強化する環太平洋地域の作家か、西洋の文学的奇想やアヴァンギャルドを取りこんでいる作家か？　伝統に根ざすアフリカ作家、あるいはアフロフューチャリストか？　なにが選ばれるかは明らかに流行と政治の気まぐれに大きく依存しているが、ひとつはっきりしていることは、現在の世界文学市場が変わりやすく予測できないものであるとしても、（国際ペンクラブとユネスコ所属の作家が大多数であるような）いわば「翻訳されている」正典としてはっきりと目に映る作品群は、無名のままに留まっている競争相手たちを蹴散らしてしまうということだ[16]。

したがって私たちの問いは、野心を抱く「外国」作家たちが、意識的あるいは無意識的に自らのテクストに翻訳可能性を組み入れることで、どの程度国際市場向けに作品を書いているか、という問いになろうか。翻訳可能性の概念はそれ自体がとらえどころのないものだが（この点をヴァルター・ベンヤミンは知悉し、なにが作品を翻訳に適したように熟成させるか、および翻訳がもつ神秘的性質、贖いの力、あるいは目標言語を分離し引き離す「異質性」について、独自の評価を下していた）、ほかの作品よりも翻訳される候補としてふさわしい原作というものは明らかに存在する。(17)

英語圏の出版業界における統計では、どのベストセラーリストにも事実上翻訳作品は含まれていないとはいえ、国際ペンクラブは文学市場のシェアのうち翻訳作品が占めるのは二パーセント未満程度だと見積もっている。(18) アメリカでは、マイケル・クライトン、ジョン・グリシャム、ダニエル・スティール、トム・クランシーが、映画タイアップ必至のビッグセラーであり続けている。近年のインド英語小説の流行によって、イギリスとアメリカの編集者たちは先を争って南アジアの才能（必ずしも亜大陸出身というわけではない）を探している。今ではインドは、イギリスとアメリカに続く英語圏第三位の出版業界をもつというのに、スター小説家（しばしば分離独立、「非常事態令」、アイデンティティといったホットな主題が彼らの専門である）が国際的な流通経路で力をもつことができるのは、そもそもヨーロッパや北アメリカの出版社の後ろ盾があった場合に限られるのが一般的だ。(19)

折に触れて、非西洋の人気作家たちは商業化された国際主義の利害におもねっているとして公に批判される。その一例が、スティーヴン・オーウェンが今ではよく知られた論文（「世界詩とはなにか――グローバルな影響の不安」）の中でおこなった主張、すなわち、中国人作家北島《ベイ・ダオ》の詩がしばしば翻訳されるのは、気の利いた（そして常に翻訳可能な）「地域色」を山ほど飾り付けながら、「英米およびフランスのモダニズムの一変種」を提供し、「すわりの良い民族性」を世界の読者に向けて売りこんでいるからだ、という主張だった。(20) ミシェル・イェはオーウェンを「無意味な二分法」を採っていると批判し、レイ・チョウはオーウェンが言外に抱いている中国の伝統的遺産へのノスタルジーを、「東アジア研究の分野に深く染みこんだオリエンタリズム」を長引かせるものとして読んだ。(21) この論戦を総括したアンドルー・F・ジョーンズは、オーウェンが強調しているのは第三世界－第一世界間の出版における新植民地主義的なダイナミクスであり、その事実を批判者たちは看過していると論じた。ジョーンズは次のように問いただす。

世界文学が国際的な取引として思い描かれるものだとしたら、そこに貿易不均衡は存在するのか？　搾取は存在するのか？　特定の国が特定種の製品を供給しているのか？　発展途上国が「第一世界」の先進文学経済へ原材料を供給しているのか？　結局のところ、文学的生産と交易からなる超国家的経済に内在する、一種の従属理論を想定することは可能なのだろうか？(22)

文化資本における生産と交易の従属理論に加えて、ジョーンズは翻訳と外部調達《アウトソース》された請負仕事とのあいだにアナロジーを打ちたてつつ、翻訳されるテクストには労働価値説が適用されるとも考えている。

翻訳者が同国人には判読不可能な沈黙のテクストを訳すとき、彼はそのテクストがターゲットとなる読者層に対してもつ「使用価値」を自らの手で創出している。この「使用価値」はもちろん、テクストが世界文学市場においてもつ「交換価値」の基礎ともなるものだ。つまり翻訳者は、あたかも先進経済の産業労働者が、発展途上国から輸入された原材料を組み合わせて自由市場での販売に向けた製品を作るのと同じように、原テクストを「完成させ」ているのである。(23)

ここから導かれるべき推論は、然るべく「完成された」翻訳は、文学賞を狙う作家たちを焚きつけ手助けするだろう、ということだ。このような視点に立って、国際的な文学賞（その多くが帝国主義の時代の遺物）の文言をいくぶん字義通りに眺めてみると、いろいろなことがわかる。コモンウェルス賞は、太平洋各地域の純正英語《クイーンズ・イングリッシュ》、という確たる概念を温存している。「さまざまな民族的背景をもつ人々による文学的功績」に贈られる、ビフォア・コロンブス・ファウンデーション主催のアメリカン・ブック・アワードでは、最近の受賞作はシャーマン・アレクシー『リザベーション・ブルース』、チットラ・バネルジー・ディヴァカルニー『お見合い結婚』、李昌来《チャンネ・リー》『ネイティヴスピーカー』となっている。賞の名に反して、ここで示唆されている歴史的分岐はネイティヴアメリカン、インド、そして韓国の諸民族の文化的遺産にも全部適用できるものだ。「環太平洋地域における諸国家・諸民族間のよりよい相互理解とさらなる相互協力に寄与する」ことを使命としたキリヤマ・環太平洋ブック賞は、相異なる言語や文化間にも生じる地域的な連帯という幻想を大いに下支えするものだ。ここで志向されているものが領土を単純化する動きだとすれば、「アフリカで出版された日本文学の翻訳作品に」与えられる野間賞のように、地域の限定化がなされているようなほかの賞もある。[24] フランスの地中海賞は、カミュが理想化したような、フランスとアルジェリアとのどうしようもない力の不均衡に翻弄されない地中海地域共通の文化というヴィジョンに遡った結果、植民地時代の香りを漂わせている。これらの賞はどれも暗黙のうちに、各賞が規範として抱える時代遅れの思想と折り合いのいいような類の作品に褒賞を与えるのだ。

ガヤトリ・C・スピヴァクの考えでは、彼女が「ほぐす行為」と呼ぶ技法を展開することによってしか、翻訳者は翻訳‐語りの新植民地主義を取りのぞくことはできない。「ほぐす」というのは分解することであるが、しかし同時に愛情をもって分解するようなレトリック性のことであり、原作とターゲットのあいだの同一構造を探し求める代わりに、テクストの自己舞台化へと入りこむレトリック性のことである。

> 翻訳者の仕事は、原作とその影とのあいだで、この愛情をいかに容易に通過させるかにある。その愛は、ほぐすことを許しはするが、翻訳者という媒介とその聞き手、現実の聞き手も想像上の聞き手も含めて、聞く人の要求をつねに思うように通してくれるとは限らない。非ヨーロッパ女性のテクストの翻訳、その政治学があまりにしばしば抑圧しているのは、この愛情の可能性だ。その理由は、翻訳する者が原作のレトリック性に関わりを持てないか、あるいはそれに十分な注意を払わないからである。[…]言語のレトリック性にたいする意識がなければ、新植民地主義的《ネオコロニアリスト》な非西洋の構築がまたぞろ目を覚ますだろう。[25]

「ほぐされて」はおらず、文学賞優先で、翻訳万歳の世界文学のサクセス・ストーリーの闘技場《アリーナ》では、アルジェリアは遅れをとっている。実際のところ、アルジェリアの翻訳不可能性は、グローバルな市場においてすでに既成事実のごとき様相を呈してしまっているかに思える。アルジェリア作家の作品（フランス語であれアラビア語であれ）のうち、国際的な流通や評価を得ているものはほとんどなく、英訳で読める作品はきわめて少ない。非西洋作家による代表的作品を集めたと自負する著名なアンソロジー、エリザベス・ヤング゠ブルール編『グローバルな文化たち――トランスナショナル短編小説集』にも、アルジェリア作家による作品はただの一つも収録されていない[26]。マグレブ表象に関してより強い倫理意識が働くだろうと予期されるフランスの出版業界にしても、著名なアルジェリア作家といえどもしばしばシリーズものに限定されてしまい、結局は一定期間型どおりに取りあげられた後に外されてしまうだけだ（スイユ社に見限られたナビール・ファレスが例として挙げられる）。シンバッドやマルサのような小さな出版社が時折救助に駆けつけるものの、流通は周縁的なものにとどまる。それに加えて、アルジェリア小説の「古典」がついにどうにか英語へと翻訳された場合も、恩着せがましい枠にはめられることがままある。カテブ・ヤシンの『ネジュマ』のブラジラー社版が好例だ。編集部は西洋の読者が本作に感じるであろう反発心を和らげるため、文化的本質主義の常套句に頼っている。

カテブ・ヤシンが用いる語りの技法は、西洋の読者にとっては時に困惑を引き起こすものだ。読者は最後の手段として、避難所としての比較文学の見識へと逃げこみ、取り憑いて離れない謎を振り払おうとするだろう。『ネジュマ』に関しては、間違いなくフォークナーを引き合いに出す読者もいるはずだ。われわれは、この小説がもつ独自性の説明はほかに求められるべきだと考える。物語のリズムと構築は、もちろんある種の西洋の文学的実験にその一部を負っていることは疑いえないとしても、主としては純粋にアラブ的な「時の中の人間」という観念に由来しているのだ。西洋の思想は直線的持続の中を行き来するが、一方アラブの思想は循環的持続の中に広がっていく。そこではあらゆる転回は回帰であり、瞬間の永遠性の中に未来と過去が混ざり合う。この時制の混乱は――早計な観察者ならば、一人の天才が統合への情熱を注いだ結果と考えるだろうが——アラブ文字に非常に頻繁にみられる特徴、アラブ思想にとって非常に自然な態度としてあるものであり、それゆえにアラビア語の文法そのものにも痕跡をとどめているものなのだ。[27]

明らかに問題の一つは、あらゆるアラブの物事に対して西洋が反動的に政治色を加えてしまうことにある。エドワード・サイードは、自身がナギーブ・マフフーズの「ブローカー」役になろうとした際の困難を振り返ることで、このジレンマに言及している。

ナギーブ・マフフーズが一九八八年にノーベル文学賞を受賞する八年前、私はリベラルで偏見のないことで評判のニューヨークの一般向けの大手出版社から依頼を受け、その出版社が企画中の新シリーズのために翻訳して収録するのにふさわしい第三世界の小説を選んでリストを作ったことがある。私は二、三のマフフーズの作品をそのリストの筆頭に挙げておいた。当時は彼の作品はどれも合衆国では入手できなかった。[…]リストを渡してから数週間後、どの小説が選ばれたか尋ねてみたが、マフフーズの作品を翻訳する予定はないとだけ伝えられた。その理由を尋ねたときに返ってきた言葉は、それ以来私の脳裏に焼き付いている。「問題は」と彼は切り出した。「アラビア語が物議をかもす言葉だということなんです」。
　その言葉の真意はいまだいささか曖昧なのだが、アラビア人とその言語がとにかく評判が良くない——それ故、危険で、いかがわしく、近寄り難い——と言いたげなのはそのときはっきり理解できた。残念なことに、いまでもそれはよくわかる。そもそも世界の主な文学のなかでも、アラビア文学は相変わらず西洋では知名度が低く、読者が少ない。それはかなり特異な理由からであるし、また合衆国で非西洋人に対する嗜好がかつてないほど成熟し、現代のアラビア文学が一段と興味深い転換期を迎えているいまの状況を考えると、実に驚くべき理由からである。[28]

サイードは、その文体論が煩わしく翻訳しづらいと判断されたアラビア語作品が被っている、さらなる不都合を示してみせてもいる。アドニスの『アラブ詩学入門』（アル＝サーキー社）の難解なフォルマリズム、コプト系エジプト人作家であるエドワール・アル＝ハッラートの『サフランの都市』、そしてレバノンのフェミニスト小説家、ハナーン・アル＝シャイフの『砂とミルラの女』が、「頻繁に登場する（そして頻繁に引用される）ナワール・アル＝サアダーウィー」が書く内容本位の散文に歯むかうものとして挙げられる。[29] つまり、フォルマリズムは「主観的地勢」（エメ・セゼールのマルティニックや、バルガス＝ジョサ『緑の家』におけるペルーなど）と同様に、翻訳可能性にとっての障害としてあらわれることになる。

文体上の不透明さはメインストリームの読者を疎外することにもなるだろうが、一方で「難解かどうか」という尺度を信じていれば万全というわけでもない。神秘のオーラというものはしばしば、異国的な戦慄《フリソン》を探し求める読者に対して作品がもつ魅力を増すからだ（十九世紀末《ファン・ド・シエクル》には、テオフィル・ゴーティエ、ピエール・ロティ、イザベル・エベラールといった作家たちが、文章に外国語からの借用語を浴びせ、地域色を与え違和感《デペイズマン》を引き起こすという方策を発見した）。もっと最近の例では、一つの言語内での土地言葉や複数言語にまたがるクレオール（専門辞書もたくさん出ている）の流行がよく知られている。

アルジェリアの翻訳不可能性を論じようとする際には、文体的複雑さや反アラブ的偏見、あるいは各地域の検閲状況などだけではなく、エレーヌ・シクスーの言う「アルジェリアらしさ Algériance」が残した、苦悩に満ちたポスト植民地的遺産にも目をむけなくてはならない。シクスーは、ユダヤ系のフランス引き揚げ者《ピエ・ノワール》で、フェミニズムの理論家かつ女性作家としてフランスで職を得ている。アルジェリア性を定義しようとするシクスーは、自分の幼少期にあたる戦後および独立前のアルジェリアにおいてフランス人、ユダヤ人、ベルベル人、そして労働者階級のアラブ人の間にはびこっていた、階級と民族の悪しき関係性の空気を回顧している。-ance という斬新な語尾が言外に暗示しているのは、一つにはシクスーが（ユダヤ人、アルジェリア人、ハルキ、[30] ブールである場合にはフランス人の、ピエ・ノワールやユダヤ人である場合にはアルジェリア人のふりをする）「パッシング pass*ance*」に挫折したということ。そしてもう一つは、ポスト植民地期アルジェリア——フランスの撤退後、アルジェリア内部における荒々しい党派争いや反フェミニズム、不寛容、ルサンチマン、そして西洋への愛憎に引き裂かれている――における条件とみなした永遠の「流浪 *errance*」、故郷の喪失を、シクスーが受け入れたということだ。シクスーにとっての「アルジェリアらしさ」とは、偏見にまみれ、関係を断たれた世代(「私たちが共にあるのは敵愾心のなか[…]」、私たちをつないだ憎しみは、希望と絶望から作られたものでもあった」)によって運ばれたこの憎悪の種であるだけではなく、彼女が新たに見いだした「アルジェリアの姉妹たち」、すなわち非合法と迫害の烙印のもとに生きた活動家たちからの贈り物として、彼女が新たに見いだした世界的フェミニズムの種を運ぶものでもある。(31) シクスーが問いかけるのは、果たして「アルジェリアらしさ」が、口にすべからざる贖いの約束を漂わせているがためにアルジェリアの翻訳不可能性をいや増す罠に陥ってしまうのか、それとも翻訳不可能なものを活性化し、歴史の精査へと差しむけるのか、という問いだ。

一九九〇年に英語へと翻訳されたアブデルケビール・ハティビの草分け的な作品『二ヶ国語の愛』(一九八三)は、翻訳不可能性を幾重もの忘却として定義しているが、その忘却は、二言語の無意識によって思いがけず誘発されるトラウマ的な記憶の連なり、エロティックな幻想、そして死すべき運命の暗示に結びつけられている。

そしてフランス語――彼にとっての外国語――では、「言葉」をあらわす言葉 mot は、「死」をあらわす言葉 la mort に似ている。ただ一文字が抜けているだけだ。簡潔な語感、単音節、むせび泣きをこらえる恍惚。言語は外国人にとってこそ、より美しく、より恐ろしい、彼がそう信じたのはなぜだろう?

彼が平静を取り戻したのは、アラビア語の「言葉」kalma と、専門家が使うその変形 kalima、そして子供のころ不思議に感じていた、klima など数多の指小字形が一群となってあらわれたときだった[…]。ダイグロシア的な kal(i)ma が、薄れて消えてしまった mot とは異なり、ふたたびあらわれてくる。二つの言葉は今、彼の中で互いに見つめ合い、それに続いてやって来るのは、すぐさまあらわれてくる記憶の数々や、言葉の断片や、擬‐音語や、フレーズを束ねた花輪へと今や変わり果ててしまい、死に、つまり解読不能なものに結び付けられているものたち。話すとなると、彼は途方もない弱さに引きずり倒され、自分の知る二つの言語のうちどちらかで一番よく使われている言葉すらも忘れてしまう健忘症に疲れ果ててしまうのだ。[32]

ハティビがあつかっているのは、健忘症によってしか鎮められない言語的恐怖の発作だ。「死に、つまり解読不可能なものに結びつけられている」「フレーズを束ねた花輪」が、二ヶ国語話者にとって唯一平穏への希望である、忘却と消耗の墓石を飾る。

言語の崩壊を記録する際に心のなかの歴史を強調するハティビに対し、自らの言語的相続物を「戦争と地獄の形式」として語るラシッド・ブージェドラは、アルジェリア戦争という「本物の」歴史を喚起している。

アルジェリア人としての私は、フランス語を選びはしなかった。フランス語が私を選んだ、あるいはこう言ってよければ、血と涙の幾世紀を通じて、永きにわたる植民地の夜という苦痛に満ちた歴史を通じて、フランス語が私の中に居座ったのだ。[33]

ブージェドラのように、母国語はアラビア語およびベルベル語だが、文学的言語ではフランス語を選びがちな作家たちにとっては、書く行為の中に渦巻く翻訳的暴力というものが存在している。作家の意識は戦争の舞台に似通ったものとなり、そこでは言葉が、裏切りや不法占拠、スパイ行為や意味の解きほぐし、あるいは「対象とそのイメージとの怒れる媒介者」としての役割を演じることに対して、罪を問われるのだ。[34] 最悪の場合言葉は、フランス語は「あまりに多弁で」、一方のアラビア語は「過剰」であるという理由から、文学的容器からこぼれ落ちた翻訳不可能な残余をめぐる大激戦に加わることになる。アラビア語にはライオンをあらわす言葉が六百あり、男性と女性をあらわす語がそれぞれ九十九ある。このやりきれない「過多」はどこへも行き着くことなく、残余として選びとられた発話に重くのしかかる。発話に「熱情に満ち」爆発しそうな力を蓄積させ、「存在の家」（ハイデガーは言語をこのように特徴づけた）の壁を激しく殴りつけるのだ。[35] 家の壁が崩れ、（買売市場という）新たなバベルや支離滅裂《シャラビア》さに取ってかわられるとき、言語は新たな互恵主義を獲得する。[36] しかし、ブージェドラが言語的交換という幸福な世界秩序の到来を予告していると勘違いしてはならない。グローバル文化に対してはシニカルな一斉爆撃を浴びせているからだ。ブージェドラは、アラビア語が死んだ言語だと公言することで西洋からの褒賞を得たような、文学賞目当ての「奉公人的マグレブ人《マグレバン・ド・セルヴィス》」に山ほど軽蔑の言葉を連ねる。ブージェドラ曰く、これら点数稼ぎのフランス語圏のスターたちは、世界文化におけるアラビア語を神聖で生きた言語として取り戻そうとする若いアルジェリア人たちの反西洋原理主義《アンテグリスム》に油を注ぎ、ブージェドラのようにフランス語で精力的に書き続けてきたアルジェリア人作家たちの大義を「貶めて」きたのだ。この場合、商業主義の脅威とアラブ中心主義的不寛容の脅威とが一体となって、フランス語で書くアルジェリア人作家たちの命運に死の覆いをかけている。

まったく異なる政治的立場からではあるが、アシア・ジェバールも同様にフランス語で書くアルジェリア人作家にとってのフランス語を、悩ましく複雑な苦痛を伝えるものと考えている。それはフランス語が、ただ単にかつての植民地主義の力に結びつけられているからというだけではなく、アルジェリアが非宗教的な領域を失ってしまった標識と化したからだ。ジェバールの小説『フランス語の消滅』は、フランス語を話すアルジェリアが過去のものとなったという凱歌などでは決してない。独立後まもなくの子供時代に話されていたアラビア語の言い伝えや言いまわしの回想へと、そして同時に、アルジェリア人作家・芸術家がフランス語作品によって文化的シーンを彩っていた時代の回顧へと、郷愁を差しむけているのだ。フランス語の遺産が二つの顔をもつことはこの上なくはっきりと見てとれる。フランス語が革命の熱に火をつけたと示されるのは、一九六〇年にアッラワという若者が、カスバに平穏が戻ったというラジオアナウンサーのまことしやかなフランス語での宣言を耳にして、運動へと駆りたてられる場面である。しかし運命の皮肉により、一九九三年の世代にとってのフランス語は、イスラム主義と政府の汚職に対する抗議の言語として回帰してくる。ジェバールの小説で「フランス語話者」という言葉は、男女を問わずアルジェリアの専門家や知識人を指すものとして使われている。

彼らは混乱の中に国を棄て、一四九二年以降スペインのムーア人やユダヤ人がグラナダを離れたように、フランスやケベックへと逃げだすしかなかった［…］。当時カトリック両王のスペインから（異端審問の強力な助けを借りて）アラビア語が消滅したように、今や突如としてあの土地からフランス語が消滅しかけているというのか？(37)

主要登場人物の一人であり、フランスに亡命した女優マリーズは、いなくなった元恋人ベルカンヌを悼んでいる。彼はフランス語で書くアルジェリア人詩人で、行方不明になっているが、ある時突然マリーズは、ベルカンヌがフランス語で書くことを選んでいたという単純な事実が、彼の破滅の原因となったかもしれないと思い至るのである。

シクスーの言う絶えざる流浪の中にある「アルジェリアらしさ」、ハティビの転移的二言語使用、ブージェドラの殴りつける宿命論、そしてジェバールの言語喪失の哀歌の間に存在する空隙のどこかに、自らの声を言語的恐怖に支配させはしなかったターハル・ジャウートの墓がある。ジャウートの最後の小説『夜警』は、文学賞や第三世界の作家たち、そして世界文学市場内でのアルジェリアの特異な状況に対するアレゴリーとして読むことができる。独立後の時代、特殊な織機の発明家が、アッラーのみが発明することを許されていると信じるイスラム主義者たちの疑惑と、同国人の軽蔑とを集める。小説は、ひとたびその装置がドイツで国際的な賞を受賞してしまったとき、彼の運命がどう反転するかを語る。「発明」のシンボリズムを文学的創造にも拡大するならば、この物語はムスリムの怒りを背負いこむリスクを犯すアルジェリア人作家たちへの警告として読める。西洋側からのお墨付きを得た後で、日和見主義的な政府により世界水準の国民的作家として占有された時ですら、こうした作家たちは自国における検閲の、そして最悪の場合には暗殺の標的となる危険に晒され続けることだろう。

ターハル・ジャウートの死は、翻訳可能になることがもつ危険性を証言するものとしてある。しかし同時にそれは西洋に対して、翻訳不可能性の砦の背後にアルジェリアを囲いこむ共犯者となることを禁じる悲劇でもある。反体制作家たちが巻きこまれている戦争のような状況を、ピラニアのように利用し尽そうと常に待ち構えている出版産業の疑問視すべき利害意識や、そしてまた、文学賞を受けた数多くの外国語小説を悩ませる、翻訳調の均質化され商業化された風味づけは、確かに存在している。それでもなお、アルジェリアおよび似たような状況下に置かれている多くの国々を、文学の国際的公共圏の内部で暗黒に埋もれ、あるいは見分けのつかぬ白に紛れることのないようにし続ける努力がなされなければならないのだ。

注

（1）Juan Goytisolo, *Landscapes after the Battle*, trans. Helen Lane (New York: Seaver Books, 1987), pp. 4-5.〔ファン・ゴイティソーロ『戦いの後の光景』旦敬介訳、みすず書房、一九九六年、九頁。〕

（2）Ibid., p. 7.〔同書、一一―一二頁より一部改変を施して引用。アプターはアラビア語の部分を載せていない。〕

（3）Homi K. Bhabha, "How Newness Enters the World," in *The Location of Culture* (New York: Routledge, 1994), p. 227.〔ホミ・K・バーバ「新しさはいかに世界に登場するか」本橋哲也訳『文化の場所――ポストコロニアリズムの位相』本橋哲也・正木恒夫・外岡尚美・阪元留美訳、法政大学出版局、二〇〇五年、三七八頁。〕

（4）Tahar Djaout, as cited in *The Economist*, Jan. 27, 1996, p. 79.

（5）Roger Cohen, *New York Times*, Sept. 24, 1997, p. A3.

（6）Ibid.

（7）Réda Bensmaïa, *Experimental Nations: Or, the Invention of the Maghreb* (Princeton: Princeton University Press, 2003), pp. 8, 15, and 17.

（8）Ibid., p. 103.

（9）Ibid., p. 114.

（10）Ibid., pp. 113-114. 強調は原著者。

（11）Assia Djebar, *Le blanc de l'Algérie* (Paris: Albin Michel, 1995), pp. 274 and 275.

（12）〔訳注〕北アフリカからの移民の子孫で、ヨーロッパで生まれた人々を指す。「アラブ人の」をあらわすarabeの逆綴りの変形型。

（13）Mongo Beti, in discussion session during a conference on "The Chosen Tongue" organized by Maryse Condé and Pierre Force at Columbia University's *Maison Française*, April 7-8, 2000.

（14）アラビア語から翻訳される小説や批評がフランスで増えていることは明白である。おそらくその原因は、国境地域におけるマグレブ文化の存在感がもつ重要性にフランスが徐々に目覚めはじめたこと、そしてアクト・シュッドのような小さな出版社《メゾン・デディシオン》が、出版業界内のフランス語中心主義的な狭量さとアラビア語恐怖という慣習を是正しようとしている、控えめながらも先見の明ある努力に帰せられる。

(15) フランスの大手出版社の多くは、第三世界への国際流通網を維持している。たとえばラルマッタン社は、すべて旧植民地地域をターゲットとした「エディシオン・カリベエンヌ」、エディシオン・クレ、エディシオン・セマンス・アフリケーヌへの流通経路をもっている。スイユ社も、とりわけナビール・ファレスやターハル・ジャウートなどの作家を世に送りだした権威ある「コレクシオン・メディテラネ」において第三世界分野への投資をおこなってきた。ガリマール社のオリエンタル・スタディースは同社が強みとしているラインナップの一つだ。アティエ社はカメルーン、コートジボワール、ザイールに代理店をもち、プレザンス・アフリケーヌおよびヌーヴェル・エディシオン・アフリケーヌへの主要な流通主としての役割を果たしている。アシェット社はセネガル出版流通センターへの支援を通じてセネガルとの重要なつながりを保持している。こうした出版産業における新植民地主義は両刃の剣であり、出版と流通のネットワークが脆弱な旧植民地においてそれらを拡大する一方で、文化的従属構造を残存させている。

(16) 二〇〇五年四月ニューヨークで開催されたペンズ・ワールド・ヴォイスィズ・フェスティバルの目玉は、正当にも高い知名度を誇る以下の作家たちだった。サルマン・ラシュディ、ポール・オースター、ウォレ・ショインカ、アンドレイ・マキーヌ、ヌルディン・ファラー、アシア・ジェバール、リオネル・トルイヨ、ナンシー・ヒューストン、エレナ・ポニアトウスカ、ブレイトン・ブレイテンバック、グギ・ワ・ジオンゴ、カロリン・エムケ、ツィツィ・ダンガレムバ、アーザル・ナフィーシー、アントニオ・タブッキ、北島、マイケル・オンダーチェ、ピーター・ケアリー、ヌリア・アマト、ドゥルス・グリューンバイン、アントワーヌ・オドゥアール、ヴィクトル・エロフェーエフ、ハニフ・クレイシ。ここまで有名どころではなくても、世界中からほかにも多くの作家が参加していたわけだが、どのようにしてある作家が「世界の声」の一つとして聖別されることになるのかについては、常に疑問の余地が残るものだ。

(17) Walter Benjamin, "The Task of the Translator," in *Illuminations*, trans. Harry Zohn (New York: Schocken Books, 1969), p. 70.〔ヴァルター・ベンヤミン「翻訳者の使命」内村博信訳『ベンヤミン・コレクション2 エッセイの思想』浅井健二郎編訳、三宅晶子・久保哲司・内村博信・西村龍一訳、ちくま学芸文庫、一九九六年、三八七―四一一頁。〕

(18) 一九九三年から二〇〇〇年までのアメリカ合衆国内における文学作品の翻訳は、国内の翻訳市場のおよそ三七パーセントを占めている。この数字は世界の多くの国々における文学作品翻訳の市場シェアと比較して中程度のものだ。一九九三年から二〇〇〇年において、文学作品翻訳の市場シェアが着実に全翻訳市場の半分以上を占めているのは、インド（五九パーセント）、デンマーク（五五パーセント）、オランダ（五三パーセント）、フランス（五五パーセント）、ドイツ（五三パーセント）、チェコ（六一パーセント）、ロシア（六三パーセント）といった国々である。

（19）Maya Jaggi, "Stars Are in the West," *Guardian Weekly* Aug. 28, 1997, p. 28.

（20）Stephen Owen, "What Is World Poetry: The Anxiety of Global Influence," *The New Republic* (Nov. 19, 1990), pp. 28-32.

（21）As cited by Andrew F. Jones, "Chinese Literature in the 'World' Literary Economy," *Modern Chinese Literature*, vol. 8, nos. 1-2 (Spring/Fall 1994): 171.

（22）Ibid., p. 181.

（23）Ibid., p. 182.

（24）〔訳注〕アプターの原文では"the Noma Award"となっている語をここでは「野間賞」と訳したが、本文中括弧内の引用部の説明に一致するような賞の存在、および引用部の典拠は確認できていない。同名を冠した文学賞として、アフリカ諸国で出版された学術書・児童書・文芸作品を対象に贈られる「野間アフリカ出版賞」、および日本文学作品の国外への翻訳紹介に対して贈られる「野間文芸翻訳賞」が存在しており、これら二賞の内容をアプターが混同している可能性がある。

（25）Gayatri Chakravorty Spivak, "The Politics of Translation," in *Destabilizing Theory*, eds. Michèle Barrett and Anne Phillips (London: Polity Press, 1982), p. 179.〔ガヤトリ・チャクラヴォーティ・スピヴァック「翻訳の政治学」鵜飼哲・本橋哲也・崎山政毅訳『現代思想』一九九六年七月号、二四（八）、三〇頁。〕

（26）Elisabeth Young-Bruehl, *Global Cultures: A Transnational Short Fiction Reader* (Hanover: University Press of New England, 1994).

（27）Preface by the editors, Kateb Yacine, *Nedjma*, trans. Richard Howard (New York: George Braziller, Inc., 1961), pp. 6-9. 強調は原著者。

（28）Edward Said, "Embargoed Literature," in *Between Languages and Cultures: Translation and Cross-Cultural Texts*, Anuradha Dingwaney and Carol Maier, eds. (Pittsburgh: University of Pittsburgh Press,) p. 97.〔エドワード・W・サイード「未解禁の文学」竹森徹士訳『収奪のポリティックス――アラブ・パレスチナ論集成 1969-1994』川田潤・伊藤正範・齋藤一・鈴木亮太郎・竹森徹士訳、NTT出版、二〇〇八年、五一一頁。〕

（29）Ibid., p. 101.〔同書、五一五―五一六頁。〕

（30）〔訳注〕独立戦争で、フランス側に協力して戦った現地のアルジェリア人兵士、およびその家族を指す。

（31）Hélène Cixous, "My Algeriance, in Other Words to Depart Not to Arrive from Algeria," lecture delivered at a conference at Cornell University, "Algeria In and Out of France," organized by Anne-Emannuelle Berger, October 1996. この講演には、同じタイトルで *Tri-Quarterly* 100 (Fall 1997): 259-79 に掲載された版がある。シクスーによるアルジェリアについてのほかの著作は、"The Names of Oran," in *Algeria in Others' Languages*, ed. Anne-Emannuelle Berger (Ithaca: Cornell University Press, 2002), pp. 184-94. および *Portrait of Jacques Derrida as a Young Jewish Saint*, trans. Beverly Bie Brahic (New York: Columbia University Press, 2004) を参照のこと。

（32）Abdelkebir Khatibi, *Love in Two Languages*, trans. Richard Howard (Minneapolis: University of Minnesota Press, 1990), p 4.

（33）Rachid Boudjedra, "Les mots et la langue," extracts from letters 1 and 2 of his *Lettres algériennes* (Paris: Denoël, 1995), in *Algérie Littérature / Action* 5 (November 1996), p. 97. 英訳はアプターによる。

（34）Ibid., p. 95.

（35）Ibid., p. 96.

（36）Ibid., pp. 95-97.

（37）Assia Djebar, *La Disparition de la langue française* (Paris: Albin Michel, 2003), p. 271. 英訳はアプターによる。

第七章　複言語《プルリリンガル》ドグマ——縛りのある翻訳

トマス・ヴィンターベア監督によるデンマーク映画『セレブレーション』は、観て惨憺たる気持ちになる映画ランキングの上位に君臨する。『ブッデンブローク家の人びと』のようでもあり、回復記憶症候群のちゃちな再演をやってみたようでもあるその物語は、あらすじとしては大したものでない。軸となるのは父親の誕生日祝賀会《セレブレーション》での、父から性的虐待を受けていたという息子の告白だ。立派な屋敷には家父長と祝いの盃を交わすべく、友人や親戚があちこちから集まっている。料理人やメイドはもちろん、道を外れた息子や娘たちまで例外なくそこに集い、つとめて神妙な態度を崩さぬよう命じられている。一方でカメラは、祭宴の支度を撮るにあたって奇妙なことをしている——傾いたり、回ったり、光と影のけばを引いたり、まるで洗濯乾燥機に入れられたように目を回し、観客に吐き気をもよおさせるのだ。このような乱れたカメラワークと強烈なライトの使用は、物語に不可欠ともいえる。ストーリーが動き出すきっかけは、くせ毛の寵児がシャンパングラスをナイフでコンコンとたたき、スピーチのため立ちあがる場面だ。彼は二つのテクストからひとつをパーティの客たちに選ばせる。こうして偶然が支配するゲームが設定され、もう一方の紙が選ばれていたらそうなっていたかもしれない映画を、想像する余地が残される。招待客らがテクストを選ぶと、意地悪くも満足気な表情が息子の顔をよぎる。「いい選択ですね」とへつらいながら、落ちつきはらって語りはじめる。うわべは子供向けのような語り口ながら、その内容は親から受けたソドミー、妹の自殺、共犯者としての母といった物語だ。ここでカメラがとらえているのは、シネマ・ヴェリテと家庭内機能不全プロットとの出会いばかりではない（そう述べる批評家もいるだろうが）。

より重要なのは、美学的ドグマの実践だ。「純潔の誓い」を立てた、「ドグマ95」の追随者たちは、現実に似せるための種々の技術を排し、ジャンルやスタイルを禁じ、作家性《オトゥールシップ》の表示をも許さない。

> 加えて、私は監督として個人的な嗜好を慎むとここに誓う！　もはや私は芸術家でない。全体よりも瞬間こそが重要だと考えるゆえ、「作品」を創作することは慎むのだと誓う。わが至上の目標は、登場人物と舞台設定から無理にでも真実をあらわにすることである。目標達成のために使える手段をすべて用い、趣味の良さや美的配慮の犠牲はいとわないことを誓う。
>
> 　かくしてここに「純潔の誓い」を立てる。
>
> 場所／日付
>
> 署名(1)

今のところまだ、この映画ドグマと近年の翻訳理論との関係は明快でないかもしれない。しかし、文化相対主義に直面した結果、ルール重視のシステムや手順に頼っている点で両者は共通しているのだと、私は示したい。ドグマへの帰依は、ゆるゆるの翻訳モデル——アイデンティティの容易な伝達、文化の転移・雑種性・混合《メティサージュ》といった行きあたりばったりの概念——を戦闘的フォルマリズムへ交換することを意味する。言語世界の最高主権を獲得したドグマは、文学ライセンスの法や制限を好き放題に発布し、つまりは規則に縛られた主体をつくりだす。「ドグマ」とは言語本質主義のべつの名だ。母語における下部構造の上部構造的あらわれなのだ。

　言語本質主義をめぐる用語群は、まちがいなくヴィルヘルム・フォン・フンボルトによって設定されたものである。フォン・フンボルトの自然言語《ナトゥーアシュプラーヘ》への信念——自然と観念をむすぶものとしての、そしてヒトを人間たらしめる手段としての言語への信念——が、言葉と国民文化に関する言語学的モデルを前進させた。『人間の言語構造の相違性と、人類の精神的展開に及ぼすその影響について』のなかで、彼は次のように主張している。(2)

どんな言語でも、その言語の属する民族の周囲に円周《クライス》を画いているものであって、人は他の言語の円周の圏内に移り住まない以上、自己の円周の中から脱け出すことはできない。それ故、外国語の習得とは、今まで持ち続けてきた世界の見方の内部に、新しい一つの立場を獲得することになると言ってもよかろうが、しかしこれにも、実際は一定の限度がある。というのは、どんな言語でも、その言語を語っている民族——民族は人類の一部でしかない——が持っている概念組織、および、表象の仕方を含んでいるからである。そして、外国語を習得する場合、程度の差こそあれ、人は自己の世界の見方、すなわち、自分自身の言語によって得られる世界の眺望《シュプラッハアンジヒト》を、学んだ外国語の中に投げ込んでしまうものであるから、その成果が純粋に、また十分に理解されるということはないのである。(3)

二十世紀になると分析哲学者のウィラード・ヴァン・オーマン・クワインが、個々別々の言語世界という文化主義を解体することになった。だが、言語を越境できる可能性については、『ことばと対象』で次のように述べられる類推の構造学という自分の理論にもとづき、似たような懐疑論の側に立っていた。

物理的対象を指示する、あるいは指示することを意図している語のうちには、分子よりもはるかに類推が役に立たない場合がある。たとえば、光学においては、周知のとおり、波動と粒子の比喩が混用されており、物理学者がなにについて語っているかを理解するためには、ほとんど完全に文脈に頼らなければならない。つまり、光子および観察された光の現象の双方について語るさまざまな文をいつ使うべきか、を知らなければならない。そのような文は、片持ち梁構造のようなものであって、近い端での身近な対象についてそれらの文の語る事柄に固定され、遠い端での目に見えない対象を支えているのである。説明は、奇妙なほど持ちつ持たれつである。つまり、光子は現象を説明するために措定され、その現象とそれを扱う理論が、今度は、光子を口にするときに物理学者の意図していることを説明してくれるのである。(4)

「片持ち梁」が理論と指示対象との「持ちつ持たれつ」な関係を示しているが、翻訳できるという可能性にクワインが最接近するのもここだ。「片持ち梁」は言語の壁から、理論的抽象物の拡張空間へ突き出すものを示している。それはポキリと折れて意味することをやめる寸前にある、指示対象から一番遠いところにある言語だ。「片持ち梁」はひとつの言語のうちであれば、言及する範囲を広げることもできるが、べつの言語へ通じる道を支えられるほど丈夫ではない。クワインが「言語間同義性」と呼ぶものの範囲を定義すると、「片持ち梁」は翻訳まで届かない、意味論上の拡張幅を示すことになる。「ニュートリノには質量がない」とか「エントロピーの法則」とか「光速不変の法則」といった言説は、それが置かれている言語に完全に頼らなければならない。要は移動しないのだ。言語が言及論理の防疫線で縁どられることで、クワインの翻訳地帯《トランスレーション・ゾーン》は私たちを「地帯《ゾーン》」のギリシア語の意味——「帯《ベルト》」、言語の「帯」を締めること——へ引きもどす。厳密きわまりなく科学的に等しい言語のあいだにさえ非同一性があるのだとクワインは主張し、ヴィトゲンシュタインの格言「文を理解するということは、言語を理解することにほかならない」を信仰箇条として引いている。[5] ドグマ理論家としてクワインは分析哲学の用語で、フォン・フンボルトの次のテーゼをアップデートしているのだ——「どの言語にも、それぞれ特有の世界の見方《ヴェルトアンジヒト》が潜んでいることになる[6]」。

翻訳不可能性の砦に幽閉され、クワイン的な言語使用者は言語本質主義の圧迫に捕えられる。こうした状況下でただひとつの頼みの綱は、「制度の穴をついてやる《ゲーム・ザ・システム》」とこころみることだろう。ルールにもとづく性格をこれ幸いと受けいれ、ドグマを「愛し」、論理的形式主義への熱中をモノマネし、さらには翻訳を、ひとつの一義的な言語世界内における記号交換の遊びへ縮減する。[7] これは文学史に順次あらわれた、エキセントリックな文学者たちが好んだ駒さばきのようにも見える。有名どころではジャン＝ピエール・ブリッセ、レーモン・ルーセル、ユージーン・ジョラス、ルイス・ウルフソン、ジョルジュ・ペレック、そしてペレック同様にウリポのメンバーだったレーモン・クノー、ハリー・マシューズ、ジャック・ルーボー、ポール・フーネルがいる。彼らに共通しているのは、よろこんで言語を言語遊戯《シュプラッハシュピール》（ゲームのルール）としてあつかおうとする意志だ。言語学《フィロロジー》でアルゴリズムを書き、文学的なロジシエル（フランス語でプログラミングやソフトウェアを意味する用語）をつくりだし、自動生成する人工言語のなかで自然言語の閉回路機構を再現するのだ。

ジェイムズ・ジョイスを手助けした編集者であり、パリを拠点とした前衛文芸学術誌『トランジション』の創刊者であるユージーン・ジョラスだが、閉鎖的な言語世界群をめぐる卓越したドグマ理論家としての側面は、不当にも認められてこなかった。ジョラスがポリグロットな詩——「大西洋語《アトランテイカ》」や「星辰語《アストラリンガ》」の詩——を書くようになったのは、母語を「バベル化」することで、言語と言語のあいだに立ちはだかる翻訳不可能性の壁をよじ登ろうとしたことのあらわれだ。ドゥルーズお気に入りの「言語分裂病者《スキゾ》」であるルイス・ウルフソン同様、ジョラスは遺伝子組み換え言語学《フィロロジー》と考えられるような実践を通じ、言語の制限にしたがうと同時にそれと戦ったのだ。

フランスとドイツの両系統につらなる両親のもと、アメリカで生まれたジョラスは、幼いころロレーヌで育った。母親が話したのは「若いころ過ごしたラインラントの言葉と、アメリカ風の言いまわしが織りこまれたロレーヌとアルザスの土地言葉とが、独特に混ざりあったもの」だった。また、ジョラスがやがてコミットした「イデオロギーとは無関係の地方主義」は、彼の回顧録の編者たちによれば、多言語環境だったアルザスに単一言語の文化を押しつけてきたドイツへの嫌悪に端を発する。第一次世界大戦中、ドイツ軍に徴兵されるのを忌避してアメリカへ渡って入隊、南部に配備され、その地で幅広いアメリカ方言や、ある階級ならではの表現の数々に親しんだ。

それらは冒瀆の言葉、粗野な言葉、好色な言葉、神秘の言葉、具体的な言葉だった。それまで聞いたことのないたくさんの言葉遣いがあり、生き生きとした音声の新奇さが集まって私の視野を広げた。駐屯地ではバラックで生活をともにし、文学的装飾のない挑発的なアメリカ風の言い方を仲間たちが使っているのを私は聞いた。飯場、蒸気機関、建築現場用宿舎、売春宿、修理工場、製鋼所に関する語彙を私は聞いた。農場家屋や山小屋をめぐる用語集を私は聞いた。おんな男、同性愛、ホモ、かわいい坊や、ポン引きの言葉を私は聞いた。セールスマン、新聞記者、写真家、鉄道職員、トラック運転手、酒場の主人、郵便局員、刑事、一般労働者が話すのを私は聞いた。それぞれ南西部、深南部、ペンシルベニアの工業都市、東部に生まれた兵士たちがしゃべる言葉のあいだの様々な陰影に、私は耳を傾けた(8)。

あるグループ特有の言語にさらされるというこの体験により、ジョラスはアメリカ移民英語の理論家となった。「詩人たちのメッセージ」という、W・H・オーデン、ウィリアム・カーロス・ウィリアムズ、ボリス・パステルナークも刊行したシリーズがある。その一冊『大洪水からの言葉』（シュルレアリスティックなカバーの絵はイヴ・タンギーによる）の巻頭言のなかでジョラスは、アメリカ英語に本来そなわっている「人種間言語学《フィロロジー》」と、彼が「大西洋語《アトランティカ》」と名づけたバベルの未来言語とをつないでみせている。

> アメリカ合衆国で新しい言語が発展している。名前はまだない。散文と韻文いずれの書き手にも使われたことがないが、その存在は厳然たる現実であり、特に郊外の町の中心で顕著である。H・L・メンケンの『アメリカ英語』*American Language*とも異なり、むしろそれを強化・拡張したものである。それは表現の超西洋的《スーパーオクシデンタル》な形式で、ポリグロットな広がりをもつ。アメリカ全土で数百万人が話している。未来の言語の萌芽だ。
>
> 　私はそれを「大西洋語《アトランティカ》」、あるいは「坩堝《るつぼ》の言語」と呼ぶ。アメリカ合衆国で進行中の、人種間統合の成果だ(9)。

複言語《プルリリンガル》ドグマを提示するにあたり、ジョラスは移民の詩学を前景化している。『大洪水からの言葉』では、産業近代化の黎明期に、移民が工場都市に到着するさまが記録されている。これがとらえているのは、工場が立ちならぶ都市景観の憂鬱、住み慣れた土地を離れた労働者の孤独、移民労働力の混合発声《ポリヴォーカリズム》だ。

私たちの時代の大移動はまだ終わっていない　La grande migration is not yet over in our time

ここ坩堝の工場街で私は異邦人たちを見る
孤独の暗き時間が戻ってくる
そして吹雪が死に至るまで泣いたのを　私は覚えている
タイプライターが鳴り響く新聞社の屋根の上
それはずっと昔のこと　まだ私も移民したての少年だった
私はアメリカ人で友だちはみんな余所者だった
彼らの瞳は　煙をたてる工場を悲しげに見ていた

電気機械の時刻の　汚れた夜明けに
機械の世界の人々はみな気の毒なやつらだった
金属製のオウムらが暗黒時代の頌歌をわめいた
地方紙編集机の上を　苦心惨憺　植字器いっぱいの活字が踊った

ライノタイプ組み師たちは植字室から哀歌を叫んだ

そして異国の労働者たちによるストライキは戦闘だった

私たちはみな一緒に人種の坩堝の中にいたのだ
私たちは増劾肯子の荒々しい坩堝の中
どこまで行っても目が眩む

Here in the milltown crucible je regarde les étrangers
Die dunklen stunden der einsamkeit kommen zurück
And I remember a blizzard wept itself to death

On the roof of the typewriter-clattering city-room
C'était il y a si longtemps I was still an immigrant lad

Ero americáno and all my friends were the aliens
Dont les yeux regardaient tristement les usines fumantes

Dans les aubes sales de las horas electro-mécanicas
Tutto il mundo de las macinas era disgraziato
Metallic parrots chattered odes to a dark age
Travailing stickfuls danced on the city editor's desk

The mergenthalers roared a dirge from the composing room

And the strike of the alien laborers was a battle

Nous étions tous ensemble dans le creuset des races
We were in the wild melting pot of the fekterjas
Nous étions dans un vertige à perte de vue

諸々の言語はひとつとなり　悲しき詠唱となって漂った
The languages floated together into a sad chant

＊　＊　＊
……………………………………………

私たちはいつも　長い移米の旅路の途上
We are always amerigrating on a long journey

光ゆらめく世界《ユニヴァース》にあって　米大陸が招いている
The columbian land of the shimmering universe beckons

ヨーロッパの宿痾のうちで　私は厳しい現実を考えた
In the malady of Europe I thought of the hard reality

巨大で境界線のない　兄弟たちの宇宙《コスモス》を考えた
I thought of the huge and borderless cosmos of brothers

幼い頃からずっとそれを抱えている(10)
That I always carried with me from childhood days

ジョラスの多言語詩は、ナショナルな場所に下ろされた錨をあげる。America という言葉は、国家《ネーション》を指す静的な標識であることをやめ、代わりに「移米 amerigrating」という動的な動名詞風の言葉、言語的移動の表現となる。ラルフ・エリスンはデトロイトの町に対し、「搾取する《デトロイト》」の語を使って同じようなことをしていた〈おそらく「exploit 搾取する」と地名を合わせた表現〉。未完の小説『ジューンティーンス』（一九九九）から引こう。

そしてあいつらは、どう感じているのだろうか？　テントの篝火に照らされて、私をグッドリッチ・ヒュー・カドイヤーと呼び、それから逃げていった私の母をいまだに搾取《デトロイト》しながら、組み立てライン上の神話スペクタクルのなかで黒い金を次々とガラクタやインチキ品に変えてしまう、あいつらは？［…］オーケー、たしかに奴らは戦争に行って戦える。だが斃れた者たちはすぐに起き上がり、ニガー誌学《ニゴノグラフィ》を打ち壊すだろう。すると旧いイメージに合わせて自らを創りあげた亡霊たちには、なぜ自分たちが存在するのか、自分たちは何者なのか、わからなくなるだろう。そして叫びをあげる黒いバベルと白い詐欺国家が到来するのだ！　はてさて、はたして、私たちは何者なのだ？　ダディ、いったい影の狭間の死せる場所のどこに、母なる母性溢るる慈母はどこに――移ろいつづける動人《ムーヴァー》は？　積み重なる世界に隠された数多の場所のどこに？[11]

自動車主導の企業城下町における工場生活を喚起するこの一節は、ジョラスの初期の詩、移民労働者の苦難を思い出させる。ただし、ジョラスが言語の刷新のため、移民たちの発話の融合を大いに重視しているのに対し、エリスンはユートピア的理想にくみすることはなく、ブラックパワー（黒いバベル）の黒人口語英語《エボニクス》を抵抗のイディオムとして展開している。

　地方的抑揚をつけられたアメリカ口語の流用によってジョラスは、当時の傑出した作家たちのグループ――ガートルード・スタイン、ジェイムズ・ジョイス、エズラ・パウンド、T・S・エリオット、ミナ・ロイ、ラングストン・ヒューズ、ゾラ・ニール・ハーストンなど――の一員と数えられる。優れた研究書『モダニズムの地方語――人種、言語、二十世紀文学』のなかでマイケル・ノースは、大西洋両岸におけるモダニズムの詩的実践における、「人種的仮面舞踏」と呼ぶものの影響力を検討している。エリオットとパウンドが交わした書簡にノースが見いだしたのは、黒人方言とアンクル・リーマスの言葉からとられたコードネームが、じつに居心地悪く使われているという事態だ。ノースはこれを、アメリカ性という言語的汚点への錯綜した同一化《コンプレックス・アイデンティフィケーション》という観点で解釈する。エリオットが、そして一定程度まではパウンドも、その文学的名声から消そうとしていた汚点だ。ノースの主張によれば、純正英語協会が公式の用法の決定権を掌握していたまさにその時代、ハイモダニズムの秘密の第二の自我《オルター・エゴ》として地方語が使われていたのだ。ノースの見るところ、エリオットの「闘技士スウィーニー」（もともとのタイトルは「喜劇的な吟遊詩歌集《ミンストレルシー》の断片」）やパウンドの「ピサ詩篇」（米語、アイルランド語、カタルーニャ語、アフリカ系アメリカ語、「ジャパネリカン」の話法パターンの集合体）といった詩における黒人話法への言及は、両作家による標準語の転覆の痕跡だ。黒人英語を筆頭とする混成発話は、言語刷新の希望となる。ただし、こうした刷新の可能性は、人種差別的パロディや美学的様式化の層の下に埋もれている。ヒューズとハーストンというハーレムルネサンスの作家たちでさえ、ごく口語的な黒人英語を使うか否か、衝突していた。二人の共作ながら未完に終わった方言劇『ラバの骨』は、この問題にこそつまずいたのかもしれず、後の作品でハーストンが「店先でのおしゃべり」を放棄したきっかけでもあるのだろう[12]。

どうやらジョラスは、同時代の作家たち以上に、アメリカ英語内部でアヴァンギャルド美学を研ぎ澄まし、理解できるか否かの瀬戸際まで切りこむことに関心をもっていたようだ。移民英語は、彼が計画した「言葉の革命」へのマスターキーとなった。『トランジション』十六・十七合併号（一九二九）に載った「言葉の革命マニフェスト」と呼ばれる宣言に、ジョラスは次のようにそのドグマを記している。

われらはここに宣言する。

一、英語革命は既成事実である。
二、夢想世界を探究する想像力は自治独立し、何にも縛られない。
三、純粋詩とは抒情的絶対であり、われらの内部にのみ在るアプリオリな現実を探究する。
四、物語とは単なる逸話ではなく、現実を変形したものの投影である。
五、以上のような構想は、律動的な「言葉の幻覚」を通じてのみ、その表現が達成される。
六、文学的創造者は、教科書や辞書によって課された言葉の第一の内実を分解する権利を有する。
七、文学的創造者は、自身の手で形成した言葉を用い、既存の文法や統語の規則を黙殺する権利を有する。
八、「言葉の連禱」は、独立した単位として認められる。
九、われらは社会科学の観念が普及することに関心をもつ者ではない。ただし、現在のイデオロギーから創造的要素を解放してくれる場合、その限りでない。
十、時間とは打破すべき暴君である。
十一、作家は表現する。意思疎通するのではない。
十二、単純な読者は死すべし。

統語革命への呼びかけは、自由態にある語《パローレ・イン・リベルタ》の教義にまちがいなく依拠している。イタリアの未来派（フィリッポ・トンマーゾ・マリネッティ、カルロ・カッラ）によって発布され、大陸のほかの地域でもダダイスト（トリスタン・ツァラ、リヒャルト・ヒュルゼンベック、フーゴ・バル）や最初期のシュルレアリスト（ギヨーム・アポリネール、ブレーズ・サンドラール）によって、あるいはエズラ・パウンドからミナ・ロイにいたるサバルタン的発話の虜となった作家たちによって、とりあげられた教義だ。特にミナ・ロイの『アングロ系雑種と薔薇』（一九二三―二五）は、その言語ポリティクスにおいてジョラスの初期の詩に近かった。出エジプトを再演するその詩は、モーセの代わりとしてドイツ語・マジャール語・聖書ヘブライ語・「ビジネス英語」に通じる中欧《ミッテルオイローパ》のユダヤ系移民「イスラエルの王」を据える。アウトサイダーというその身分は、英国内に暮らす亡命者と英国外の被植民者に対する大英帝国の姿勢によって、さらに強化されている。詩のタイトルにある「薔薇」とは、「ほかの英語《アザー・イングリッシイズ》」を指しているのだ。

その花弁は
舌で飾られ
教育委員会の
監視下にある
きっと揃って歌うことは決してない――
ある花弁が
歌うはhフラット
またある花弁は
hシャープ　「大天使たちが
歌うはH」

そこを支配するは極端なまでの
調和の欠如〔dis'armony〕
イギリスH国歌〔Hanthem〕のその中で⒀

ロイが焦点を合わせるのは、純正英語《クイーンズ・イングリッシュ》にあたえる階級と文化の衝撃だ。一方、ほかの前衛作家たちがむしろ関心をもっていたのは、都市におけるコスモポリタニズムの音響的モダニズムをくっきりと描き出すべく、複言語主義《プルリリンガリズム》を用いることだった。アポリネールは視覚詩「大洋の手紙」（一九一四）など、いくつもの図形詩《カリグラム》を書いているが、そこでは音と意味の渦の形で、バベルが目に見えるように図案化されている。原初の叫びのごとく発せられたこうした音は、バベル＝エッフェル塔の核心部から螺旋を描いて放たれる。外周部の単語は「創造する créer」の命令形――cré, cré, cré――で構成され、自転車のスポークかヒトデの足のように円から突き出ているのは世界の言語だ。スペイン語・フランス語・イタリア語の断片でそれらの足はできている。ダダの音響詩（ツァラの「提督は借家を探す」やヒュルゼンベックの『幻想的な祈り』より「シャラベン――シャラバイ――シャラメツォマイ」など）を予告するように、アポリネールは言語と街の雑音を統合したのだ。

ジョラスもまた都市という空間を、言語的・音響的な「結婚」を実験するかっこうの理論空間としてあつかっていた。顕著なのは題名も日付もない次のテクストだ。

私たちはマンハッタンの　合唱のような声を聴いた
あらゆる言語が次々に　互いのなかへ溶けていった
すべての言語が結婚を祝していた
コリュバースのような名の　言葉たちの乱舞が見えた
言葉の嵐は街の上に　カティタータスを響かせた
古きルーンの語が　フランス語の音節と契りを交わす

アングロサクソンの音は　イディッシュの語と関係をもち
オランダ語の母音は　スペイン語の動詞と抱擁をかわし
あるフランドルの単語は　イタリア語の名詞へ逃げ
ヘルズキッチンの語彙集は　ポルトガル語のなかへ溶け
ホワイトチャペルのコックニーは　ブロードウェイのイカサマ言葉とひとつになり
ルクセンブルクのある方言は　ルイジアナフランス語と融合し
パリ特有の暗語は　リアルトの俗語とつるんだ
ありとあらゆる世界の詩形《ヴェア》が　優しく互いに流れこむ——
奇跡のような　まじないの音楽のなかで[14]

このテクストからは、ジョラスの手順の発展もうかがえる。以前の詩では一行ごとに言語を変えていたが、のちの詩ではある一行のうちに、異国の要素をちりばめるようになったのだ。後期のジョラスは英語・スウェーデン語・オランダ語・デンマーク語・イタリア語・スペイン語・ポルトガル語・ポーランド語・チェコ語・ロシア語の要素を一緒くたにした複合語の用語集までつくりだしていた。未公刊原稿のなかの「超西洋《スーパーオクシデント》のための語彙」というリストには、次のようなかばん語の組み立てが載っている——skyv verheven（英－蘭：空高く）で「崇高な」、dieufome（仏－葡）＝「神餓 godhunger」[15]。さかのぼればフーゴ・バルの音響詩《クラングゲディヒテ》、予告するは五〇・六〇年代のアレン・ギンズバーグやジョン・ケージの音の実験、接近するはホルヘ・ルイス・ボルヘスのバベルの言語（よく知られた短編「バベルの図書館」の記述によれば、「古典アラビア語の語尾変化を有する、グアラニー語のサモイエド＝リトアニア方言[16]」）。こうしてジョラスは語彙的混淆や寓話小説化のすみずみにまで力を振るっている。ジェイムズ・ロフリン編のアンソロジー『ニュー・ディレクションズ』に寄せた詩「バベル　一九四〇」は、ジョラスが「衝突する語彙」とともにどこまで向かおうとしていたか、見せてくれる。

Clasta allagrona sil boala alamata
Cloa drim lister agrastoo
Cling aratoor
Es knistert es klappert es klirrt
On tonne on mugit on meugle
Toutes les ballades sont mortes
And we wonder in our deepest dream
Will the vocabularies never cease clashing
Werden die Woerterbücher immer streiten
Will the bickerwords ever grow silent
In the elegy of a great love

〔最初三行は文意不明。以下のアプターの議論ならびに脚注（17）を参照。〕

ぱりぱりと　かたかたと　ちゃりんと　鳴る
轟く　唸る　喚く
すべてのバラッドは死んだ
そして私たちは果てしなく深い夢のなかで問う
語彙たちが衝突をやめることは決してないのか
辞書たちはずっと争いをつづけるのか
喧嘩言葉が沈黙へ向かうことはあるか
大いなる愛の哀歌のなかで[17]

ジョラスの複言語的個人言語《プルリリンガル・イディオレクト》は、時にハチャメチャとぎりぎり隣り合わせだ。たとえば『シルヴァローグ』は、ルイス・キャロルによって移調されたワーズワースとも読める。牧歌風ふざけ唄ともいえるだろう。

楽し輝く茎渦巻きなか　正午後したたりたらり　音もなく
大きくなる。ローニー　僕　松の短剣きりたたく。きらきらデクは
運よくやわらか。樫は串刺し　切り人たちの料理官ナイフの下じきだ。
シィーシューうね立ち焦がす　炎の前の　灰場の雰囲気。
蜂の大ブン　黄葉のあいだを飛ぶんぶん。[18]

本当の意味で威風堂々と複言語メソッドを実行できたのは、おそらくジェイムズ・ジョイスだけだった。アング

ロアイリッシュの日常的な話法のリズムから、遠く離れ過ぎなかったのがその要因だ。意味がぼんやりしているときでさえ、意味論的な了解度は確保されている。ユージーン・ジョラスは言語を、国家からも地域からも切り離し、天国とも地獄ともつかない多言語の辺土に投げこんでしまった。より厳密な国際的《インターナショナル》モダニスト、単一言語という牢からの破獄により近づいていたのかもしれないが、ジョラスのドグマは詩としてどこにもたどりつけないという、もっと大きなリスクをかかえていた。「バベル——未開拓の地を過ぎて」といった詩が成功した作品のひとつであったのも、決して驚くことではない。戦いの傷痕残るヨーロッパの戦争地帯が、ジョラスが展開させる言語戦争の文脈を定めているのだから——

あらゆる言語が口論している
あらゆる言語が病にある
あらゆる言語が哀れんでいる
コスモポリスの野蛮な夜な夜な
ラジオはジャングル音を鳴り響かせる
ラジオ受信機は騒ぎ立てる
文法の風景は白カビに覆われ
見よ　動詞が嵐を咆哮している
それは動詞にぶつかる動詞
統語にぶつかる統語だ[19]

All the words are brawling
All the words are sick
Todas las palabras tienen pena
In the savage nights of the cosmopolis
The radios blast janglesounds
Les postes de T.S.F. sont déchainés
The landscapes of grammar are covered with mildew
Zie zeitworte brausen sturm
It is verb against verb
It is syntax against syntax

ジョラスは言葉を、バベルの「千年の呪い」（ヨーロッパのバルカン化した領域における、分離主義的で病んだ言語使用）から解き放ちたいと望み、だからこそ「星辰の《アストラル》」詩学を、「垂直インテグラリズム《ヴァーティグラリズム》」という自身の哲学にもとづいて組み立てようとした。まさにこの哲学をタイトルとするエッセイのなかでジョラスは、

「垂直語《ヴァーティカル・ランゲージ》こそが真の国際語《インターナショナル・ランゲージ》だ」と書いている。垂直インテグラリズムは「翼をもった言の葉」に信を置き、「宇宙的恐怖」に対する黙示録的懸念をやわらげる。[20] 崩れたバベルの塔をもとに戻す手立てとして人種間の友愛をとなえ、重力を征服した近代航空学の奇跡を褒めたたえるジョラスは、さらに大きな希望を垂直インテグラリズムにかける。

垂直線は、複数主義の宇宙という星辰精神《アストロ・メンタル》ヴィジョンを目指していた。ほかにもいくつか世界があって、惑星に住む存在がいて、宇宙論的な起源があるのだと、私は信じていた。[21]

おそらくはアドルノが『ロサンゼルス・タイムズ』の星占いコラムで近代生活におけるオカルトの徴候だと診断していた、「非合理な要素」と「擬似合理性」の融合をジョラスも確認していたのだろう。[22] ジョラスが描いてみせるのは、人工言語の空間にいどむ探検家、『惑星群と天使たち』でいえばバベルの岸辺と大西洋縁岸《アトランティック・リップ》を渉り、星辰語《アストラリンガ》の惑星へたどりつく旅人だ。[23] 初期の詩で日常語アメリカの裏路地をあさっていた移民もここでは姿を消し、代わりに宇宙遊牧民《スペース・ノマド》が登場する。彼らは小惑星や彗星を避け、宇宙の新しい次元を発見し、星辰の言葉で会話を交わす――「われわれの言葉は跳び転んで、新しい言葉、新しい言葉の次元にいたる［…］。調べと慰めの言語で、われわれは惑星間の存在と話す」。[24] あるいは『星辰都市《アストロポリス》の離脱』という作品ではサイエンスフィクションの言語について実験し、異星人語法《エイリアンスピーク》の形式を開発しようとしている。登場人物たちの役柄も幅広く、キャンプファイアーを囲んでサガをとなえる「半根半人」の「存在たち」から、星辰都市の聖堂に「不可解な表意文字」を刻みつける「女男」の諸種族までいる。[25] 星辰の言語は、解読可能性の乙種合格とでもいうべきジョラスの私的エスペラント「大西洋語《アトランテイカ》」とは異なり、マヤやエジプトの象形文字《ヒエログリフ》に似ている――翻訳を超えている、バベルを超えているのだ。それはまさに普遍的な発話という理想を体現してはいるが、未来的なファンタジーを通じて理解されるのが関の山なのだ。

地球外言語世界をつくろうという偏執狂的な傾倒を見ると、ジョラスをルイス・ウルフソンの重要な先達と分類できるかもしれない。同じく謎の多いアメリカ人作家だ（噂によれば、現在はプエルトリコで隠遁している）。ウルフソンは『分裂病と諸言語、あるいは精神病的音声（分裂病言語学生の手記）』（一九七〇）において、ドイツ語・ヘブライ語・ロシア語・英語の音を転写した同音フランス語を生みだした。ウルフソンが母語を失脚させた方法は、単に代わりの言語学《フィロロジー》を開発したというだけではない。むしろさらに辛辣に、みずから選んだ言語領域の占有をもくろみ、母語《ムッターシュプラーヘ》に対して戦略的軍事行動を仕掛けたのだ。こんな常軌を逸した綴り方のままでは小説の出版はありえないと、編集者であり精神分析学者のJ＝B・ポンタリスに説得されたが、ウルフソンは自分のテクストがどんな風に見え、どんな風に聞こえてほしいか、補遺のなかに断片を残した。本文よりもまさにこの補遺において、眩暈を引きおこす複言語主義が、母なる言語の身体に襲いかかっている。エディプス的な攻撃という作品の物語内容を、形式レベルで再現しているのだ。

『分裂病と諸言語』が惹起するテクスト的な好奇心は、ジョルジュ・ペレックの *La Disparition*（英訳は *A Void*）のそれとかなり似ている。一年先にフランスで出版されたこちらの作品は、原典も英訳も、アルファベットのeを排除すると定めたドグマを遵守してみせている（邦訳は『煙滅』の題でイ段を排除している）。『分裂病と諸言語』の主人公の「学生」――言語作成者にして言語学習者――は母語を忘れようとするなかで、傷痕残る翻訳地帯の戦場にある。この作品は精神衰弱を、臨床的に不安定なフレーズ――内的地口となったり、音声上の異常をともなったりして上手くいかない発話――という形で描き出す。たとえば、作家の自己描写を見てみよう。

・精神的に病んだ学生　L'étudiant malade mentalement
・痴呆症の特有言語の学生　L'étudiant d'idiomes dement
・ブン裂ビョウの若モノ　le jeune Öme schizofrène

ジャック・ラカンがパラノイアに関する論文の補遺として刊行した、「スキゾグラフィー」をめぐる最初の症例研究や、レーモン・クノー（代表作は『地下鉄のザジ』や『文体練習』）に率いられた六〇年代の言語ゲームグループであるウリポの実験、あるいはペレックの『煙滅』（トリストラム・シャンディ風に「カナブン」が出てくるもの、「♪金蔵《かなぐら》建てた、蔵建てた」とは歌われなかった」という章題まである）(26)といったものに造詣の深い者であれば、ウルフソンのことを一種の言語殺人病気質《サイコ》として読んでみたい誘惑に駆られるかもしれない。しかし、とりわけ興味深いのは、そのドグマの使われ方だ。意味の単一言語秩序を、さらにはその延長として、社会秩序の安定のための言語的な重しを、実に反逆的に「殺す」べく、ドグマが使われている。

ウルフソンの「おしゃべり《バビル》の塔」の反ヘゲモニーが依拠するのはルール重視のテクニックであり、これがテクストを多義性の連続へとみちびく。それは矢継ぎ早の作戦行動として遂行される——

d は t へ
p は b へ

Where? は Woher? となる。Tree は Tere とも Dere とも読める。Milk（むろん「母乳」）は翻訳の道を引きずられ、音声上の歪曲を受ける。デンマーク語の maelk からドイツ語の Milch からポーランド語の mleko からロシア語の moloko へ。英語の milk のなかの i は、フランス語の é へ向かう。音と音との隔たりは、舌面と口蓋の距離に比される。Milch のやわらかな ch の音は、強度においてポーランド語の e や o と反対にあり、逆にいえばロシア語の o や a の方向に引かれている。テクストでのちに ch は売春婦の名の省略形としてもどってくる。それは call-girl からとられ、順に kó:l ghe:l とか ghe(r)l とか、イディッシュ語とスコットランド語の発音のあいだで横滑りでもしているように転写される。こうしたさまざまな音の円環は、おそらく母乳から精液まで、液体の循環を表現しているのだろう。

唇をグッと突き出したりキッと横に引くという肉体的な打擲のなか、舌は口腔内を泳ぎまわるエロティックな生き物と化す。こうして言語《ラング》の物質性や媒体としての言語一般を強調することは、摂食障害とも関わっている。

語り手がやたら缶詰を食べ過ぎること、また、英語のラベルがあるため缶詰を見ないようにしていることは、英語系言語を転覆させねばならないという強迫的な願望を映しだしている。語り手が奇妙な愛着を感じている英語の言葉 vegetable oil は、強いロシア語訛りの発音を記録するため vèdjtebel oïl と綴り字が変えられる。その亜種 vegetable shortening のほうは歪曲が難しいと判明するが、それでも chortni(gn) と綴ることで、この学生は shshshortening という「怪物」を大きな喜びとともに発見する。おかげで彼は「忌まわしい英語の語彙」の「手足をもぐ」ことも、それを「無効にする」こともできるのだ。ch の音を引き抜き、残りをヘブライ語 chèmnn（油脂）と、またべつのラードやお涙頂戴の甘さをあらわすドイツ語 Schmalz（chmalts）のなかに沈みこませる。schmal から chétif から short へという辛い変異は、オリジナルの最後の断片が壊れ、配りなおされるまで続く。ドゥルーズによればウルフソンのルールとは、「同一の意味と同一の音を保ち続けるためにあらゆる言語が無秩序に結合して」いるということであり、そこでは「病因となるもの」ないし空虚が、「変換すべき語と変換されたさまざまな単語とのあいだに［…］残存したままなのである」(27)。ウルフソンにとってこれは饐《す》えた坩堝であり、移住者の母音と「異国の」響きをもつ移民たちの音が、オーソドックスなフランス語やアメリカ英語の領域のそこらじゅうで爆発している。ドゥルーズのような哲学者の目にウルフソンが叶えられた希望、真にリゾーム的な統語者だとうつった理由もわかる。ウルフソンによって基本的な品詞が言語の領域を自由にただようことが可能になったのだと、語根《ルート》が回転草《タンブルウィード》へ変形し、焼き尽くしたり組み合わせたりの言語ゲームを恐れず、好きな場所にノマドよろしく野営できるようになったのだと、そうドゥルーズには見えたにちがいない。その見解にしたがえば、ウルフソンの音声分解は、翻訳を至上の暴力行為へ変化させる。多言語《マルチリンガル》のマグマは、なにかひとつの目標言語にみずからを選別することはせず、母語に対抗するべく――母語の調和した基盤を「骨抜き」にするため――あらゆる言語を再結集する。つまり翻訳が言語的武器を動員する目的は、英語を儀礼的に殺すためなのだ。やがてそれは、親殺しの願望だと判明する。『分裂病と諸言語』の父親は、世界中が「イングリッシュ・オンリー」になることを支持して疑わないのだから――「「時間の無駄だ」と父親は息子に言った。「英語さえあれば世界中どこにでも行ける。どんな場所でも英語は理解してもらえる(28)」」。

ウルフソンとその化身ジョルジュ・ペレックは、科学的で非人間的なテクニック——「手順《ル・プロセデ》」——を使うことで、形式自由な語形変化や音の流れの本能《リビドー》的な驚きを見せつけるという、一筋縄ではいかぬ言語酷使芸術家と分類されてきた。だが『煙滅』のあとがきでペレックは、こうした言語実践を単なるひとり遊びのゲームだと片づけている。

> 多くのことが関連するが、まずは偶然の要素を挙げておこう。なんと、ある賭けがすべての発端だったのだ。こんな枷をはめても、ろくな結果が得られるはずはなかろう、と仲間から煽られたのである［…］。
> そうやって、ノベルのようなものが、段々と、だが判然と現れた。タネが分からぬままだと下手くそな文だと思われるだけなので、無駄骨と裏腹のルールでなされた創作であった。だが、不格好なノベルではあったが、〈作家〉はすぐさま満足を覚えたのだった。(29)

言語の深層構造の鉄格子に挑むペレックのゲームは、たしかに単なるゲームだったのかもしれない。だが彼のテクストが明らかにするのは、こうしたゲーム名人芸《シュピールマイスタリング》がいともたやすく現実政治《リアルポリティーク》のテロリズムと手をとり合う、という点だ。ウルフソンの砕けた心理学ジャーゴンが、母語とアイデンティティに死に至る深刻な衝撃を与えているとすれば、ペレックの『煙滅』が深いところで共鳴しているのは、六〇年代のフランス左派《ゴーシスム》の革命衝動だ——レジス・ドゥブレのゲリラ闘争への参加、ダニエル・コーン＝ベンディットの六八年五月に向けてのお膳立て、ド・ゴールの「フランスのアルジェリア」という形容矛盾へ向けたベン・ベラの命がけの挑戦。こう見ると、ペレックの小説が地雷原のように危険がひそむパリの風景で幕を開けるのも、偶然と思えない。八〇年代のテロのうねり、九〇年代にジャン＝マリー・ル・ペン支持者によって起こされた北アフリカでの人種差別攻撃、そして9・11以降のグローバルな恐怖の風潮は、一九七〇年の時点ですでに予示されていたのだ。

> やがて、マグレブやサブサハラ生まれの者、ユダヤの若者らが襲われだす。ドランセー、セヴラン、サン・

ポール、ムードン、サン・トゥーアンでは徒党を組んでの暴行《ポグロム》まで報告された。下層の軍卒までもふざけ半分で惨殺された。公安のとある幹部はならず者の刀剣——細かくはなんぞと問われれば、トルコの蛮刀ヤタガンである——で刺され、助からぬと覚悟を固めたのか、歩道をゆく僧へ懺悔を求めた。ところが、その僧まで唾をかけられたのだった(30)。

衒学的で辞書のような注記（「細かくはなんぞと問われれば、トルコの蛮刀ヤタガンである」）は、ネット規制のデバイス同様、言語ドグマと社会的暴力の始動装置《デクリック》とのあいだには奥深いつながりがあるのだと、私たちに思い出させてくれる。『煙滅』では、新造されたポストコロニアル秩序の不協和音を鳴らしたてる革命が、数字に縛られて翻訳される。ウルフソンが社会への脅迫をはじき出すのに、化学式や言語学的なカロリー計算を使っていたところ（だからこそ言語‐社会体に拒食症を示させたのだ）、ペレックは「つみあげうた」の要領で世界のリーダーをカウントダウンしていく。

> そのうえ、その五月は焼けつくような暑さとなった。バスが突然燃え上がった。炎天下を歩くと、半数は倒れた〔practically 60% of our population go down with sunburn〕。［…］
> やがて胡乱者《うろんもの》がぞくぞくと現れ出た。ある者はフランク王を、別の者はスルタン、ハーンを名乗った。ロムルスを名乗る者、ブルータス、ムスタファ・ケマル、ゾルゲを名乗る者も現れた。またある者は弟のグラックスを、別の者はクンクタトル、ダントン、エベール、ド・ゴール、トルーマンを名乗った。アドルノ、フランコ、カロルス・マーグヌス、ルーズベルト、オトン王（すぐさまハプスブルクを名乗る者が現れて、王権は無効であると宣言する）、タメルラン（この男は誰の助けも受けず、活動家の女をたくさん殺めた）などもどこからともなくやってくる。あまたの毛沢東とマルクスが現れた（ガモが三、カールが五、ゼッポが六、ハーポが七《なな》）。〔a Frankish king, a hospodar, a maharajah, 3 Romuli, 8 Alarics, 6 Atatürks, 8 Mata-Haris, a Caius Gracchus, a Fabius Maximus Rullianus, a Danton, a Saint-Just, a Pompidou, a Johnson (Lyndon B.), a lot of Adolfs, a trio of Mussolinis, 5 Caroli

Magni, a Washington, an Othon in opposition to a Hapsburg and a Timur Ling, who, for his own part, got rid of 18 Pasionarias, 20 Maos and 28 Marxists (1 Chicist, 3 Karlists, 6 Grouchists and 18 Harpists).[31]〕

『煙滅』と対になる「リポグラム」のテクストである『帰還《きせん》せし女々《めめ》』*Les Revenentes* は（タイトルからして、前者で追放されていた e の幽霊的帰還を口寄せしている）、言語ドグマと反権威主義のかりそめの結合をさらに遠くまで進めている。英訳はイアン・モンク Ian Monk により、*The Exeter Text: Jewels, Secrets, Sex* とされているが、e 限定という規定に敬意を払う彼は、自らを翻訳者 translator ではなく変形人《へんけいにん》 renderer と称し、自分の名前のスペルもイー・エン・メンキ E.N. Menk と綴る。表向きそのドグマは非政治的に見え、ルールに次ぐルールで規定されている。

一、単語 and は n と綴ってよしとする。
二、アルファベット y は、子音的に使われる場合（たとえば yes）はよしとする。二重音字のうちの一字の場合（they など）もよしとする。ただし、一字で母音となっている場合に限り（たとえば gypsy）、不可とする。
三、テクストが進むにつれ、さまざまな歪曲が少しずつ許容されていくだろう。ここにそのリストを書き出すことはできない。[32]
〔拙訳ではイ・エ段のみを用い、撥音「ん」と促音「っ」はよしとした。なお、外来語の読みは通例から適宜改変した。〕

見かけ上は形式主義的な実践にすぎないが、テクストの厳格な母音制限システムは、政治的ルサンチマンを埋めこんだイディオムをつくりだしている。英訳でこの休眠状態にある爆発性を伝えるのは、アンソニー・バージェスが『時計じかけのオレンジ』で発明した言語――糞便趣味的なシャレや暴力的でサブカルチャー的な当てこすりをふくむ、冒瀆的な高教会派のコックニーや古英語の俗語――との顕著な類似だ。

レネ、ベーベー陣営に面々引き入れて、ししり。

「メーメティ！　テレーゼ免ぜ！　命令聞け！　手、引け！」

「ベーベー決して手引《ひ》けん！　ベーベー、致命的面々、意地で警衛せり」

敵、下手連《げてれん》に兵戦《へいせん》。ぴしっ決めしベーベー、レネ連一尽《いちじん》に。にしてレネ兵営に逃げ、して、意にしてへん女々《めめ》連《れん》せっせ逃げ［…］。

レネ罵《り》し。「チビ！　メエメエ屎便《しべん》！　キチ地味《じみ》けんけ！　キ字印《じいん》死ね！　ヘビ女々《めめ》！　畜生《ちきせい》ビッチ、縊死しちめえ！〔Wretch! [...] Sheep's excrement! Leper's feces! Geese crèpe! Serpents' engenderment! The hempen serf the desert ferret breeds!〕」[33]

『煙滅』と同じように『帰遷《きせん》せし女々《めめ》』も、明らかにフランスの植民地戦争に関する言及を、暗号のようにひそませている。フランスが誇る、第二次世界大戦の偉大なる英雄ルクレール将軍 General Leclerc が、むしろ輝かしくない歴史的役割を演じるべく、アルジェリアの「汚い戦争」の主人公として浮上するのだ。次の引用では、中東全体に広がる砂漠 desert での軍事作戦をめぐる言及が、ことごとく逃亡 desertion や当然の報い just deserts と掛け言葉になっている。

レネ逃げて〔deserts〕、土耳古帽《フエジ》下手連十《げてれんじい》に七人賃入《しちにんちんい》りし。山《ジエベリ》・磧原《せきげん》〔deserts〕・波状砂丘《エリゲ》に切れし位置にて、卉原《きげん》に風凄々《しせいせい》行き来し、衛士《えいし》居ん卉々《きき》消えし。下手連、道逸し、非益《ひえき》に撃《げき》し、備品滅《めつ》し、剣に力入《りきい》れん。驪《り》馬《め》瀬死、四肢へべれけ、して死に逝《い》きし。[34]

ベルベル人反乱軍（敵べーべー）の強力なよりどころである、砂漠（磧原《せきげん》）。欲得ずくの傭兵たち（下手連）の、背信。これら二つが組み合わさり、軍事上のカオスへいたる。ルクレール（レキレーリ）にとって唯一の緩衝材は、世界中から集まった「糶《せ》り人《にん》たち deelers」という無法者の一群だ。

焦《じ》れしレキレーリ、レネ二期目に切り、して見定《けんてい》——鋭気頻々《ひんぴん》メーメティ・ベン・ベレキ、否定せんべき時機一体《いってえ》？　仏蘭西《ヒエレンチ》威厳、敵に毀貶《きへん》せれんでいい至善《しぜん》時期、一体《いってえ》？　智慧古《チエケイ》、瑞典《シエーデン》、英吉利《イギリー》、聖路易《セレイビ》、英倫《イレイン》、独逸《ジエーメン》、希臘《ギリシエ》にいし面々、仏蘭西《ヒエレンチ》に敬意見せし。仏蘭西《ヒエレンチ》威厳、地に平寧《へいねい》維持。糶《せ》り人《にん》任意に来てり。
　にしてレキレーリ、気にせん面々、忌みし。徹底的に審理。
「メーメティ免職《めんしき》？　山々《ジエベリ》〔jebels〕で敵に兵戦し、切れ切れに？　にして、決して平静にしていれん。ベーベー人、知れん時期に入《い》り来《き》ていし蛇に似て、一尽できん。磧原民《せきげんみん》、警衛していし。永遠陰秘《いんび》、引きしめし。見て見ていて、転じて被見！　して、欺計《ぎけい》にて制し、至善。命令！　ベン・ベレキ忌避せし弁、手に入れい！[35]」

「ジェベリ jebel」という語（おそらくアラビア語の djebel を転写したもので、フランス語原文のまま。「山」を意味し、ベルベル人反乱軍がフランスに対して特に激しく活動していた、カビリア地方を含意している）は、盗まれた「宝石《ジエリー》」との地口をふくんでいる。それは僧侶の一団や聖職者の乱痴気騒ぎにからむ強盗と関わり、物語構造に必要不可欠なものだ。また思うに、フランス人がアルジェリアのことを植民領土の「戴冠用宝石《クラウン・ジユエル》」として常日ごろ言及する口ぶり、さらには、戦争遂行のなかで djebels をついぞ攻略できなかったことも、ここに示唆されているのだろう。そしてベン・ベレキ Ben Berek という名は、ベン・バルカ Ben Barka の名を思い出させる。一九六五年にパリで暗殺された、モロッコの君主制に反対する抵抗運動の指導者だ。こうしたほのめかしから明確な政治的「メッセージ」を抽出するすべはないけれども、ほのめかしは政治的無意識のうちに染みこんで北アフリカの歴史的反乱を記念し、フランス語の表面で植民風特殊表現が、テロリストの爆弾のように爆発するさまをデモンストレーションしているのだ。

ノーバート・ウィーナーは「サイバネティックス的な頭をもつある言語学者」を引きあいにだし、「会話は話し手と聴き手が共同して混乱の諸力に対抗するゲームだ[36]」と主張している。すると見方によっては、私たちがジョラス、ウルフソン、ペレックを――三人ともドグマ理論家の地位にあるということを超えて――ひとつに括ることができるのは、彼らがこうした「混乱の諸力」をもてあそぶ言語ゲームに一心に興じていたからだ、となるのかもしれない。それはまるで、言語の深層構造がもつ体系性と張りあうことで、退化の引き金に指をかけたかったかのようだ。その退化の向かう先とは、あらゆる言語に内在し、ひとの心を乱す翻訳不可能性である。ジョラス、ウルフソン、ペレックは、時系列でいえば、ジャン＝ピエール・ブリッセとウリポに挟まれていると言える。譫妄的言語学という領域のパイオニアであるブリッセは、元軍人であったが、一八七八年に「最難関の問題に解を与える、論理的文法ないし新たな数学的分析の定理」を著し、同音的類似性の法則にもとづく意味論を記そうとした。ブリッセはフランス語を、独立した第一の言語――翻訳不可能で自己言及的、普遍的で自己複製的な言語――としてあつかった。神のごとくふるまうことが嫌いでなかったブリッセは、こうした言語世界を、規則で縛ることで創造した。脱構築された造語《ヴォルトビルドウング》は、創世を生みだす。つまり言葉は小さな奇跡のようにあつかわれ、たまさかの反復によって、同じ数字が繰りかえし出るサイコロのように、先祖返りのごとく時をさかのぼるのだ。このランダムな反復にみちびかれる音声の分解とリミックスのルールを、ブリッセは念入りにつくりあげた[37]。そうして、たとえば次のような、内的地口に満ちた言語の波を、ブリッセは編み出した。

これが捕えられたろくでなしども（*les salauds pris*）だ――そのものらは汚い水にはまって（dans *la sale eau pris*）、競売の部屋（*la salle aux prix*）の中にいる。prisとは、喉を掻き切って処刑せねばならぬ囚人たち（prisonniers）のことであった。prisの日――それはまた賞金（prix）の日でもあったのだが――までのあいだ、人々はそのものらを部屋（*salle*）、汚い水（*eau sale*）の中に閉じ込め、そこでそのものらに汚物（*saloperies*）を投げつけた。そこで人々はそのものらをあざけってろくでなしども（*salauds*）と呼んだ。prisにはなにがしかの値打（du prix）があった。人々はそのものらを貪り食い、誰かを誑かそうとprisの肉片（du pris）になにがしかの価（du prix）をつけて売り出した——それはdu prixなり。それはduperie（詐術）なり、と賢者は応じた、価（du prix）など受け入れてはならぬ、おお、人間よ、それは詐術《デュプリ》なり、と。[38]

この一節を分析したフーコーが述べているように、類似は差異を強化している。動詞prendre（捕える）と屈折形pris（捕えられた／はまって）が使われることで、似た音をもつ音素どうしの意味上の等価性が引きだされるわけではなく（priという、「囚人」・「賞金」・「価」・「詐欺師の術」にある要素）、どんな言語でも核心部にかかえている、翻訳不可能性の隔たりがあらわになるのである。

ブリッセのトチ狂った世界は、サイバネティクスの時代、ウリポの一群に指揮されて戻ってきた。計算機科学がフランス文化に浸透しつつあった一九六〇年代、ウリポは数学や計算機に依拠する文学のための「研究所」を設立した（現在のハイパーテキストやコードワークを何年も前に予告していたのだ）。このラボは、一九七〇年代にはすでにUSFALといったプロジェクトを支援していた。「文学的アルゴリズムのための形式システム」を略したこのプロジェクトは、プログラミング言語から「借入翻訳」して文学フォルマリズムを作ったり[39]、「セル韻律学」などと呼ばれる種々のゲームを開発したりした。後者のモデルとなったのはジョン・ホートン・コンウェイの「ライフゲーム」で、これ自体がまたジョン・フォン・ノイマンとスタニスワフ・ウラムが確立した、セルの代謝とロボット知能の法則にインスパイアされたものだった[40]。サイバネティクスが生命体を、言語のように解読できるメッセージだと定義したのとまさに同じように、ウリポのドグマ理論家たちは言語と文学形式《フォーム》の組み換えDNAをめぐって実験したのだ。それはまるで、遺伝子コードと言語は同じ次元にあるという、ロマン・ヤコブソンの省察への回答のようだ[41]。ウロボロスの輪を描くように身体と言語は同一のシステムだと考えられ、閉ざされた世界に幽閉される。縛られてのみ、それは翻訳できるのだ。

注

（1）Lars von Trier and Thomas Vinterberg, "The Vow of Chastity," Dogme 95, http://www.dogme95.dk/

（2）〔訳注〕本章注3で示した邦訳書より、同注6記載のドイツ語原典の訳題を引いた。同邦訳書によれば、この著作はヴィルヘルム・フォン・フンボルトの遺稿『ジャワ島におけるカヴィ語について』の「序説」を、アレクサンダー・フォン・フンボルトが監督する形で弟子のブッシュマンが編集し、一八三六年、新たな標題で刊行されたのを始まりとする。ただし、その際にも「序説」をほぼすべて収録したものと大幅に省略されたものの二種類が作成されるなど、版ごとの異同にかなり大きな幅がある。注3記載の英訳書は、基本的には省略されたものを底本としつつ、章立てなどに相当の改変が施されている。参照した邦訳書は注6記載の、プロイセン科学アカデミーが遺稿をより網羅的に編纂した一九〇七年版を底本としつつ、同英訳書を含むさまざまな版との異同が詳細に記されている。

（3）Wilhelm von Humboldt, *Linguistic Variability and Intellectual Development* (Miami Linguistics Series No. 9), trans. George C. Buck and Frithjof A. Raven (Coral Gables, Florida: University of Miami Press, 1971), pp. 39-40.〔ヴィルヘルム・フォン・フンボルト『言語と精神――カヴィ語研究序説』亀山健吉訳、法政大学出版局、一九八四年、九五頁より訳注を省略して引用。〕

（4）Willard Van Orman Quine, *Word and Object* (Cambridge, Mass.: The MIT Press, 1960), p. 15.〔W・V・O・クワイン『ことばと対象』大出晁・宮館恵訳、勁草書房、一九八四年、二四―二五頁。〕

（5）Ibid., pp. 76-77.〔同書、一二〇頁。〕

（6）Wilhelm von Humboldt, "Über die Verschiedenheit des menschlichen Sprachbaues und ihren Einfluss auf die geistige Entwicklung des Menschengeschlechts," in *Wilhelm von Humboldt Werke*, vol. 7 (Berlin: Behr, 1907), p. 60.〔フォン・フンボルト『言語と精神』九五頁より一部改変を施して引用。〕

（7）「翻訳」と題されたセクションでウリポの作家たちは書いている――「ここで我々が行おうとするのは、同一言語内でのテクストの翻訳だ」。*Atlas de littérature potentielle* (Paris: Gallimard, 1981), p. 143.

（8）Eugene Jolas, *Man from Babel* (New Haven: Yale University Press, 1998), p. 35.

（9）Eugene Jolas, *Words from the Deluge* (New York: Gotham Book Mart, 1941), n.p.

（10）Ibid.〔訳文では目安として、波罫線はフランス語、ゴシック体はドイツ語、傍点はイタリア語、傍線はスペイン語、それ以外は英語からの訳をそれぞれ示すが、混合していたり破格だったりする箇所もある（たとえば七行目 americáno は、イタリア語であればアクセントが不要）。ミシン罫線は次のとおり――十行目 macinas は「機械」と訳したが、仏独伊西英羅いずれのスペルとも異なる。十三行目 mergenthalers はライノタイプの発明者オットマー・マーゲンターラーを普通名詞化したもの。十六行目 fekterjas は恐らくジョラスによる意味の定まらない造語。〕

（11）Ralph Ellison, *Juneteenth* (New York: Random House, 1999), p. 259.〔桐山大介訳。引用箇所は小説全体のさまざまなイメージが、死に瀕した「私」の意識のなかで言語遊戯的に混じり合いながら回想されている場面。なお『ジューンティーンス』は決定版のテクストがない作品とはいえ、アプターの引用はあまりに不正確なので修正した。〕

（12）Michael North, *The Dialect of Modernism: Race, Language, and Twentieth-Century Literature* (New York: Oxford University Press, 1994).

（13）Mina Loy, "English Rose," in *The Last Lunar Baedeker* (Highlands: The Jargon Society, 1982), p. 130.

（14）「時報 Reporters」の標題で分類されたユージーン・ジョラスの原稿から（Box 16 Folder 304）。以降、原稿からの引用は Jolas Papers と記す。〔波罫線を引いた三行目の原文はフランス語。五行目のカティタータス catitatas は cantata（カンタータ）や canticle（カンティクム、聖歌）、もしかしたらさらにスペイン語の catita（サザナミインコの一種）などを合わせた造語か。〕

（15）Box 12 Folder 247. Eugene Jolas, "Vocabulary for Superoccident," Jolas Papers.

（16）Jorge Luis Borges, "The Library of Babel," in *Labyrinths: Selected Stories and Other Writings*, trans. by J.E.I. (New York: New Directions Publishing Corporation, 1962), p. 54.〔ホルヘ・ルイス・ボルヘス「バベルの図書館」『伝奇集』鼓直訳、岩波文庫、一九九三年、一〇八頁。〕

（17）Eugene Jolas, *Man from Babel*, p. 192.〔訳文では目安として、波罫線はフランス語、ゴシック体はドイツ語をそれぞれ示す。この詩を全文引用しているクラウス・H・キーファーの論文によれば、引用部の最初三行はジョラスの創造した「大西洋語」であり、少なくとも現時点では「「理解できない」「バベル的な」詩行」とのこと（Klaus H. Kiefer, "Krieg der Wörter? Eugene Jolas' Babel-Dichtung" in *Das Gedichtete behauptet sein Recht: Festschrift für Walter Gebhard zum 65. Geburtstag* (Frankfurt: Peter Lang, 2001), pp. 147-163）。ちなみに断片的な推測としては、一行目 allagrona はスウェーデン語 alla gröna（濃い緑）を基にした造語、二行目 lister はデンマーク語 lista（忍び寄る）の現在形、三行目 cling はそのまま英語で「くっつく」の意だろうか。なお十行目の ever をキーファーは never としている。〕

（18）Eugene Jolas, "Silvalogue," in "Multilingual Poems," n.d., Jolas Papers.

（19）Eugene Jolas, "Babel: Across Frontiers," Jolas Papers. Book Room and Manuscript Library.〔訳文では目安として、波罫線はフランス語、太字はドイツ語、一重傍線はスペイン語、二重傍線はオランダ語、それ以外は英語からの訳をそれぞれ示すが、破格だったり混合していたりする箇所もある。〕

（20）Eugene Jolas, "Vertigralism," in *Vertical: A Yearbook for Romantic-Mystic Ascensions* (New York: Gotham Bookmart Press, 1941), p. 156.

（21）Ibid., p. 157.

（22）Theodor W. Adorno, *The Stars Down to Earth and Other Essays on the Irrational in Culture* (London: Routledge, 1994), p. 34.

(23) Eugene Jolas, *Planets and Angels* (Mount Vernon, Iowa: English Club of Cornell College, 1940), p. 171.
(24) Ibid., p. 206.
(25) Eugene Jolas, *Secession in Astropolis* (Paris: The Black Sun Press, 1929), p. 206.
(26) 〔訳注〕アプターはここで *A Void* の第四章のタイトルを引いているが、拙訳では『煙滅』の第六章の題を引いた。この「モルグ街の殺人」めいた混乱を解き、「盗まれた手紙」の行方を追いかけるためには、『煙滅』所収の塩塚秀一郎「訳者あとがき」を参照。
(27) Gilles Deleuze, "Louis Wolfson, ou le procédé," in *Critique et Clinique* (Paris: Éditions de minuit, 1993), pp. 19-22.〔ジル・ドゥルーズ「ルイス・ウルフソン、あるいは手法」守中高明訳『批評と臨床』守中高明・谷昌親訳、河出文庫、二〇一〇年、二九、三一頁。なお、先にウルフソン『分裂病と諸言語』から箇条書きでとられていた「作家の自己描写」の引用部と、「おしゃべり《バビル》の塔」という表現も同邦訳から引いた。〕
(28) Louis Wolfson, *Le Schizo et les langues* (Paris: Gallimard, 1970), p. 37.
(29) Georges Perec, *A Void*, trans. Gilbert Adair (London: Harvill, 1994), p. 281-82. 以降、英訳版のみ頁数を記す。本注に関してフランス語原典は次のとおり。Georges Perec, *La Disparition* (Paris: Éditions Denoël, 1969), p. 310.〔ジョルジュ・ペレック『煙滅』塩塚秀一郎訳、水声社、二〇一〇年、三二八頁。蛇足ながら、この箇所も「ルール」に従っている。〕
(30) Ibid., pp. vii-viii.〔同書、一一—一二頁よりルールに従った加筆を施して引用。〕
(31) Ibid., pp. ix-x.〔同書、一三頁。〕
(32) Georges Perec, *The Exeter Text: Jewels, Secrets, Sex* in *Three by Perec*, trans. Ian Monk (London: Harvill Press, 1996), p. 55. 以降、英訳版のみ頁数を記す。フランス語原典は次の通り。Georges Perec, *Les Revenentes* (Éditions Julliard, 1972).
(33) Ibid., p. 65.
(34) Ibid., p. 64.
(35) Ibid., pp. 66-67.
(36) Norbert Wiener, *The Human Use of Human Beings: Cybernetics and Society* (Garden City, N.Y.: Doubleday and Company, 1954), p. 92. ここでウィーナーは、言語学者オットー・イェスペルセンに言及している。〔ノーバート・ウィーナー『人間機械論——人間の人間的な利用　第二版』鎮目恭夫・池原止戈夫訳、みすず書房、一九七九年、九四頁。〕
(37) ジャン＝ピエール・ブリッセの技巧に関する以上の記述は、ブリッセの『神の学、あるいは創造』に寄せたミシェル・フーコーの文章にもとづいている。Michel Foucault, "Le cycle des grenouilles"（もともとは『新フランス評論《ラ・ヌーヴェル・ルヴュ・フランセーズ》』の一九六二年六月号・一一四巻に掲載）を参照。次に再掲されている——*Michel Foucault: Dits et Écrits I (1954-1975)* (Paris: Gallimard, 1994), p. 252.〔ミシェル・フーコー「カエルたちの叙事詩」鈴木雅雄訳『ミシェル・フーコー思考集成Ⅰ　狂気／精神分析／精神医学』蓮實重彦・渡辺守章

監修、筑摩書房、一九九八年、二六二—二六四頁。〕

（38）ジャン＝ピエール・ブリッセ『論理的文法』（一八七八）の再刊時に寄せた、一九七〇年のミシェル・フーコーの文章より。"Sept propos sur le septième ange" in *Michel Foucault: Dits et Écrits I (1954-1975)* (Paris: Gallimard, 1994), p. 886.〔ミシェル・フーコー「第七天使をめぐる七言」豊崎光一・清水正訳『フーコー・コレクション3　言説・表象』小林康夫・石田英敬・松浦寿輝編、ちくま学芸文庫、二〇〇六年、二八二頁。〕

（39）Paul Braffort, "Formalismes pour l'analyse et la synthèse de textes littéraires," in *Atlas de littérature potentielle* (Paris: Gallimard, 1981), pp. 127 and 109.

（40）Jacques Bens, Claude Berge, Paul Braffort, "La Littérature récurrente," in *Atlas de littérature potentielle*, pp. 86-87.

（41）Roman Jakobson, "Linguistics in Relation to Other Sciences," in *On Language*, eds. Linda R. Waugh and Monique Monveille-Burston (Cambridge, Mass.: Harvard University Press, 1990), p. 476. ヤコブソンは、クリックとワトソンの（当時としては）画期的だったＤＮＡコード解読の報告や、「核アルファベットを発見した学者」であるフランソワ・ジャコブ、さらにはジョージ・ビードルとムリエル・ビードルの『生命のことば——遺伝子科学への招待』（一九六六）といった著書に言及し、「遺伝情報 information génétique の体系と言語情報 information verbale の体系とのあいだの異常なほどの類似」と述べている。〔ロマーン・ヤーコブソン「言語の科学と他の諸科学との関係」長嶋善郎訳『ロマーン・ヤーコブソン選集Ⅱ　言語と言語科学』服部四郎編、早田輝洋・長嶋善郎・米重文樹訳、大修館書店、一九七八年、一九五頁より一部改変を施して引用。なおこの邦訳はフランス語版を底本とするためか、ワトソンの名前は見られない。〕

第三部　言語戦争

第八章　バルカン・バベル――翻訳地帯、軍事地帯

言語間の戦争は人間同士の戦争に劣らず命運を左右する
――イスマイル・カダレ『三つのアーチの橋』

政治学の一部門として、独自の論点と戦略的関心を有する言語政治学は、言語的紛争地帯、またの名を「翻訳地帯」と軍事区域とが重ね合わされているかのような空間に、自らの戦いの場を定める。「翻訳地帯」という表現は、（ライプニッツ、フォン・フンボルト、ハーバーマス流のユートピアである）理想的なコミュニケーション閾を獲得した話者共同体を区分する語でもありうるだろう。しかし戦争が問題となるときは、この用語を翻訳の飛行禁止空域として、すなわち個別の言語を区切る線が曖昧で論争的であったり、厳しい監視をともなう作戦行動によって言語的分離主義が強要されたり、あるいは故障により不発に終わった意味論的ミサイルが引きあげられ処理されたりするような境界争いの地域として定義する方が、より理に適っている。国境警備と軍事作戦の用語によって説明される、戦時下における翻訳地帯という枠組みの適用範囲は、バルカン諸国のみならず、単一言語国家が自らの内部にある言語的境界線を取り締まるやり方や、グローバル翻訳の経済学における機械労働力としてのコンピュータに対する反乱にも及ぶかもしれない。下は電子辞書市場に始まり、上は全世界的に規範化されたテクノロジーリテラシーの襲来や、脆弱な競争相手から容赦なく搾りとる取引仲介コンピュータの業界語の隆盛にいたるまで、情報化時代の言語戦争ははっきりと好戦的なレトリックとともに形を成しつつある。近年のインターネットサイト（Yahoo、Buy.com、eBay）への攻撃に関する報告には、弾道学――「襲撃《アサルト》」、「集中砲火《バレージ》」、「防備《フォーティフィケーション》」、「包囲攻撃《シージ》」、「爆撃《ボンバードメント》」――と治安悪化の用語が用いられているのが常だ。こうした文脈にお

いて、「言語間の戦争は人間同士の戦争に劣らず命運を左右する」という上に引用した主張は実に予言的であり、確かに現在においては、「トロイの木馬」戦争もコンピュータを使った暴力と防御の戦略があるからこそ起こるものなのだ。

アルバニアの作家イスマイル・カダレの小説『三つのアーチの橋』（一九七六―七八）の中でこの言葉を口にするのは、ビザンティウムへの外交訪問から帰って来たヨーロッパ人僧侶で、その話し相手こそ小説の主要人物の一人、いがみ合うバルカンとオスマントルコ双方の領地にまたがる橋の建設条件を折衝している通訳だ。一三七七年を舞台としながらも、カダレの小説はごく最近のバルカンの紛争を、具体的にはコソボ北部のイバル川に架かるミトロヴィツァ橋が、「橋を守る会」を名乗るセルビア人、アルバニア軍、ＮＡＴＯの平和維持軍が包囲するところとなり、分断と永久離脱の問題を最大の関心事と化してしまった事態を、不気味に予見している。『砕かれた四月』（一九七八）において山岳地方の長年にわたる反目を激しく描きだすカダレの筆致も、同様に先見的なものだ。チトーのユーゴスラビア消滅とソ連の覇権瓦解は、東西の再編成という予測のつかない政治問題をもたらし、現代マフィアの抗争に姿を借りた昔ながらの民族的・宗教的・文化的不和を再燃させたのである。「バルカニズム」という用語は、マリア・トドロヴァがその著書『バルカンを想像する』で、サイード流オリエンタリズムを意識した対概念として活用したものだ。[1] もっともなことにトドロヴァやほかのバルカニズム研究者たちは、「バルカン」という語を民族浄化や流血の事態と同義のもの、永遠の地下世界《アンダーグラウンド》や雑種的地方主義、「半ば先進国であり半ば植民地化された」ヨーロッパ、「西洋の不完全な自己像」と同義のものとする、地域的ステレオタイプ化に警鐘を鳴らしている。[2] それでもなお、南東欧の代表的な文学作品は、国境地帯での紛争と御しがたい言語共存というテーマにはっきり焦点を合わせている。私は「バルカン」という語を、非標準語あるいは世界の周縁的言語が、権威ある大言語の調停を受けない策略戦の只中に置かれた時に、記号論的または社会的に生起する事象を指すものとしてあつかうが、そのヒントはこれらの作品から得たものなのだ。

『三つのアーチの橋』は言語戦争というものが、政治的合併の不均衡や、血で血を洗う争い、国境のトラウマといったより大きな図の中にどうはめこまれるのかを追っていく。バルカンの片言《バルカン・バブル》――記号論的伝達が失敗した状態——は、バルカン・バベルと異種同形の一致を成す。それは、ヨーロッパといわゆる東との間にある橋渡しできない深淵を渡れるようにとの意図を込め、横倒しになり哀れな橋となったバベルの塔だ。橋の建設をめぐる張りつめた折衝にあたって、多言語使用は交渉の席でその重要性を露わにし、外交的・文化的な権謀術数というそもそもが命がけのゲームの賭け金をつりあげる。たとえば、言語的優位を主張するという策略は最重要なものであり、そのことはある没落したアルバニアの伯爵に雇われたプロの通訳である語り手が、「異国人〔トルコ人〕」の話し方を貶める（「キッツキの通訳をする方がましです(3)」）ことで侮蔑を連ねる場面にも見てとれる。

> 新参者どもの話す言葉はそりゃもうこのうえなくひどいものでした。あんな片言をこの耳で聞いたことはございません。やっとのことで私にはその音が解きほぐれてきました。連中は数字がラテン語で、動詞は大体がギリシア語かスラヴ語だなと気づいたんですが、一方で物の名前にはアルバニア語を用い、ところどころにドイツ語の単語が。形容詞は使っていませんでした(4)。

外国人たちの口から繰りだされるこの混乱した音は、英語では破格の表記に移されている。

> コン道ァ駄目、ノン〔non〕管理ネ、メチャクチャ全然。水なら元々スベスベ、道ァノン〔non〕、ツーロ〔routen〕にゃ作業要る、オリたちァ嘘無ェ、指示有ル、オリらすぐカネ、クレる、モラう。水違う、船はゆうがあ〔graciosus〕に動ってく、がトツゼン〔vdrug〕大勢溺レ、さよーなら、ナンテコッタ〔sto dhjavolos〕。ヤマホドソーギ〔Funebrum〕、へ、へ、道あかん、道スゲーリッパ〔sehr guten〕けどイイ〔gut〕修理要る(5)。

英訳は元の言葉（スラヴ＝ドイツのピジン）の不純さを暗示するものであり、その破格の文法や、粗悪な道と水のしっぺ返し、そして溺れた者への暗号めいた言及が予言しているのは、橋の建設をめぐる争いと、やがて暴力的報復の連鎖が起こり、挙句には一人の男が生きながらにして壁の中に閉じこめられてしまうという事態なのである。

格言にあるとおり、「言語とは軍隊に保護された方言」なのだとすれば、この小説は支配的言語を保護している防衛軍が戦略的優位性を失いはじめ、多言語による個人言語を用いながらもどの地域語を標準化の土台とするかまだ決めていないような複数言語話者の侵略の力に侵されてしまうようになった時、一体なにが起こるのかを精査したものとして読むことができるかもしれない。ここではとりわけ、アルバニア語がわれこそは「第一言語」の地位を占めると主張していることが上述の状況と関連しているが、この主張は今日でさえも熱狂的地域愛の政治学において繰り返されるものなのだ。「私が彼に告げたのは」と語り手は言う、「われわれがイリュリア人の末裔であり、ローマ人はわれわれの国をアルバヌム〔Arbanum, Albanum〕あるいはレグヌム・アルバニアエ〔アルバニア王国〕と呼んでいるということです(6)」。アルバニア人は古代ギリシア人と並んで、「太古の昔から」地域に根差し、「新参者」〔スラヴ人〕を苦しめてきた伝統を有する、バルカン半島における最古の民族であることを聞き手に教えた後、語り手はアルバニア語が「ギリシア語より古いとは言わずとも同じ時代の言語であり、そして、僧侶たちの言うところによれば、このことはギリシア語がわれわれの言語から借用した言葉によって証しだてられている」というお馴染みの議論を持ちだす。それから語り手はさらに、「単なる言葉というのではありません、神や英雄たちの名前なのですよ」と付け加えるのだ(7)。こうした言語的遺産も今や、オスマンの言語による脅威に晒されている(「われわれの言語であるギリシア語とアルバニア語の両方に、黒い雲のように影を落としている(8)」)。語り手は-lukという接尾辞が、まるで「恐ろしい金槌の一撃」のように起源の言語を粉々にし、「その危機を誰も理解していない」といって嘆く。こうした所見が語られる文脈においてこそ、同情した対話相手が、言語間の戦争と人間同士の戦争をめぐる件《くだん》の発言をおこなうのだ。

カダレの小説は、「名前になにが含まれているのか(9)」というあの有名な問いを投げかけている。「バルカン」という語に関しては、いつの間にか臨戦状態へと向かいはじめる事、というのがその答えだ。語り手が当惑している通り、トルコ語からやってきたこの用語は、伯爵がトルコ人たちに街道の一角を売り払った後、事実上気づかれないままにアルバニア人たちの語彙に入りこんでいく。

半島の国々と全民族を貪り食うのを容易にせんとばかりに、それらをひとつの名のもとに覆わんとするオスマントルコ人の欲望にも増して、われわれがその新しい名を進んで受け入れようとしていることの方に私は驚きました。これは良からぬしるしだと常に思ってきましたが、今はそれよりもっと悪いことだと確信しています。[10]

「バルカン」という名前そのものの中に争いの種を蒔く行為は、かつてドイツ人が自らの名前を選んだ歴史を繰り返すものだ。老女アイクナによって語り手に伝えられた伝承によれば、最後の十字軍である泥にまみれたチュートン騎士団は、

Jermans、すなわちうわごと〔jerm〕のように話す者たち、という名で迎えられたといいます。しかし、今ではいたる所で使われているというのですから、どうやら多くの者はこの名を気に入った様子。老人たちの話では、この者たちはとうとう自らの国を指してJermani、つまり人々がうわごとをまくしたてる所、あるいはうわごとの地という意味の名で呼びはじめたということです。[11]

このように民族的・地域的名づけの中にバベルの物語が埋めこまれている事実は、アルバニアの侵略者によって配置された――奇策トロイの木馬さながらの――秘密兵器として働く。商用のための翻訳事業という装いのもと国境を密かに越えて来たトルコ語は、細菌戦のような動き――抑制することができず、それでいて一度大気中にまき散らされると言語的カオスを広めてしまう――を見せる。多言語のざわめきが――ヨーロッパの象徴的な泣き所であり、血の犠牲の物理的現場である――橋のところで巻き起こり、混乱を拡大し物語の方向を失わせる。アルバニア民が伝承と事実、始まりと終わりを区別する力を失っている間にも、「オスマントルコの大軍」はその領地への進撃を続け、「大トカゲの尻尾」よろしく母語を打ちすえるあの「恐るべき「luk」」に「壮麗なる言

語」を屈服させる。[12] ここでは、カダレの政治的志向を中立的に読んでしまうことに対して警戒しなければならない。一九九〇年からパリに住んでいる反体制派の亡命者であるカダレは、親ヨーロッパ・反トルコ・反イスラムの立場を公言していることで知られており、「独裁制の解剖」について論じた政治的パンフレットにもその証拠が残っている。そこでカダレは嘲笑的に、「オスマントルコの君主たちという重荷」に言及し、一方では「母なる大陸ヨーロッパとの連合を早めることになる、[アルバニアの]歴史の大修正」を予言しているのである。[13]

カダレが公然と、トルコ語の痕跡と文化的影響を未来のアルバニアから取りのぞこうと働きかけている以上、ここでまた繰り返されているオリエンタリズムを排除すべく努めるならば、確かに彼のテクストは言語ポリティクスのお手本としては問題含みのものとなってしまう。だが同時に東洋への批判においてこそ、これらのテクストは自らが診断する状態の徴候としてうまく機能してもいる。すなわちそれは、強烈な言語的モザイクと境界争いの領域で、ある個別の言語を保持することを取り巻く猛烈な不安によって定義される、バルカン・バベル状態だ。バルカン諸国に固有のものではないが、この不安を悪化させるのは以下のような諸要素だ。東洋–西洋間の翻訳不可能性という障壁。(セルビア語とクロアチア語の場合のように)政府の法令により別種のものと宣言された同一の言語。[14] (次の駅に着くたびに言語の変移が起こるような)それぞれ異なる言語集団が物理的に近接していること。不統一を排除しようとする国家主義的な言語政策の歴史的失敗。そして標準語の基準には届かないような雑種的地方語の激増。バルカン半島では、ひとつの言語、あるいはひとつの言葉でさえ、それを擁護することは生死をわける問題となるかもしれないし、多くの作家たちは地域における党派争いのみならず、「バルカン化」という用語によってもたらされた広く適用可能な徴候学をも理解するための鍵として、こうした問題系に関心を注いでいる。

セルビアのノーベル賞作家で、『三つのアーチの橋』の続編執筆に契機とまではいかずとも霊感を与えた『ドリナの橋』(一九四五)の作者イヴォ・アンドリッチは、バルカン化というのが深刻な地域的機能不全の同義語となった責任は言語にある、という事実に大きな焦点を合わせている。ボスニアを舞台とする『ドリナの橋』は、セルビア正教徒とイスラム改宗派との間にくすぶる緊張を数世紀にわたって再現する。破滅的な意味を持つある橋の建設に憤怒を掻きたてられた船乗りたちが、日中建設されたものを夜間に壊し、『三つのアーチの橋』と同じように、罰として仲間一人の命を奪われる。十九世紀末から内戦の勃発へと小説が展開するにつれて、血の貢物の政治学は占領の政治学へと滑らかに発展し、地方市民軍が軍隊の役割を、軍隊が市民軍の役割を果たすことになる。カダレの小説と同じように、暴力は交渉のための翻訳に際して噴出してくる。スーフィーの乞食僧と思しきトルコ側の老人が、恐れることもなくふらふらとセルビア側のキャンプに入りこみ、「トルコ語の知識がとぼし」い通訳を通して尋問を受ける。わざとお粗末な仕事ぶりを発揮する通訳は、「老いた狂信者の首にとって最も不利なように言葉をひんま」げ、それらの言葉に「政治と不穏な意図のにおいがする」ようにする。[15]それによって老人は処刑を言いわたされ、言語戦争における報復のエンジンが始動する。トルコ兵たちが仕返しの機会を見いだすのは、彼らが偶然僻地の森林地帯で、通常「戸を閉めた部屋」[16]の内部でのみ歌われる古いセルビアのバラッドを力の限りに歌う水車屋の声を聞いたときだ。ある娘《おとめ》が戦場で旗を持つのを願うその恋人、という内容の歌がとりわけトルコ人たちの怒りを買うが、それというのも「娘」や「旗」にあたる言葉が自分たちの言語から転覆的に掠めとられたものだと確信しているからだ。語り手はこう説明する。

セルビアでここ何世紀か戦われてきた二つの宗教のあいだの戦い――その実、宗教の仮面の裏にかくれての土地、権力、それぞれの人生観、世界観をめぐって戦われた大がかりな奇妙な戦いで、両敵手は女や馬や武器ばかりでなく、歌までも奪いあっていた。たくさんの歌が大事な分捕品のように一方から他方へ移っていったものである。[17]

アンドリッチとカダレの小説世界にあって、(語の借用から敵国の歌の占有までを含む)言語的越境はパラノイアと死を呼ぶ敵対心の引き金となる。どちらの側も相手の言語の中に盗みとられた自らの遺産を聞きとる。言葉は不法滞在者よろしく追跡され、軍隊によるパトロールを受け、境界の侵犯は死をもって処罰される。

カダレの小説においてバルカン諸国は、市民社会がマヌエル・デランダの言う「知能機械」に駆動されている状態のミクロコスモスと化す。その中に限っては、スマート爆弾やロボットによる人間意志の霊媒といったデランダのヴィジョンは、バルカンの文脈の中で個々のエージェントから独立した演習によって進展する大昔からの言語テクノロジーに取ってかわられる。[18]この視点から、『三つのアーチの橋』における特定の場面群を考えてみよう。東洋と西洋、キリスト教世界とイスラムが全速力で戦いへと進んでいくにつれ、身振りによる言語行為《スピーチ・アクト》または儀礼的呪詛である「神罰宣言 commination」（語源は comminari で、処罰や報復によって脅迫すること）が戦争機械を始動させる。以前はトルコ人がヨーロッパに向けて仕掛けていたこの神罰宣言は、古文書の手引きから選びとられた厳格な約束事と安全対策に従って打ちたてられており、機械工学によく似ている。神罰宣言は先制攻撃としての力があり、バルカンの土地において呪いが持つ深刻な恐怖を具現化するものだ。呪いは名誉というコードを作動させ、名の誉れを買い戻すために血の支払い金を取りたて、未来の世代にいまだ報復されざる戦争を要請する。この宿命的な遺産がいかにして未来の世代に引きわたされるのか、その証拠が剝きだしになるのは、『三つのアーチの橋』の続編『夢宮殿』においてである。本作で主人公は、自分の姓が呪われた苗字であることを発見するのだが、その理由は先祖の一人が「その土台に男がひとり封じ込められた［…］アルバニア中部に位置する三つのアーチを有する橋」から名をとったからであり、それ以来ずっと、子孫は「殺人の痕跡」を背負うよう運命づけられたのだった。[19]脅しと処罰の文法、復讐のサイクルと血の犠牲を備えた神罰宣言は、いかに戦争が言語のような構造を持っているかを明らかにしている。

　おそらくカダレのもっとも悲惨な小説である『砕かれた四月』では、この構造主義的ヴィジョンが極端なかたちで例証されている。つまりは、終わりなき戦争という共通言語によって諸部族が地域社会内に縛りつけられている描写だ。思い起こされるのはピエール・クラストルの「戦争の考古学」理論、具体的にはトゥピ・グアラニ族のインディオのケースであり、クラストルの主張によれば彼らは永続的な戦闘状態を続けていたために、一度も国家を構成することがないまま同一の文化的モデルに参画していた。[20]言語的・社会的契約の厳格なルールに従って戦闘をおこなうがゆえに、どちらの側が仕掛ける動きにもゼロ・サム的な両義性が存在する。歓待の法を破る行為は常に儀礼的殺人を引き起こすが、これは休戦期間と葬儀用の十分の一税という通貨に換算されるものであり、負債の支払いは人命によって、すなわち家族中のX人の殺害で贖われる「死の所有」権によって払われる。戦争機械は、地方の規模に縮小されているとはいえ、「軍隊の構造と機能」についての覚え書きの中でバタイユが軍隊文化の行動様式に見られる主要な構造的機能としたものを示している。すなわちそれは、供犠による霊的エコノミー、神秘主義的な協調制度、破壊の自律的動力によって、人が「戦う男たち」という架空存在の身分制に取りこまれてしまう事態を指す。[21]

くりかえし、カダレは戦争を言語として描いている。すなわち、感情を排して、あるいは数学的記数法のような正確さと素っ気なさで勝ち敗けを一覧化し、死の星取り表を平明に数えあげるのだ。この「死んだ」言語は——ジョージ・スタイナーならば非人間主義の「ポスト言語的」状況と呼ぶであろう事態と同じように——言語を軍事目的に向けられた純粋な言語学的テクノロジーとして描写する。こうした描き方は明らかに、カール・フォン・クラウゼヴィッツが暗示したような「もはや「指導的知性の意志」によって導かれてはいない戦闘」、「政治を押し退けるもの、そしてひたすらそれ自身の法則にのみ従う」戦争を連想させるものだ。[22]『三つのアーチの橋』に頻出するような、バルカン・バベルに帰着するほかない戦いの中でオスマントルコの多言語使用とヨーロッパの単一言語使用を相争わせる入り組んだ国境紛争とは違って、『砕かれた四月』はほとんどデジタルな単純さを持つ技術官僚的《テクノクラティック》言語（例としてストロークとゼロ、ヒット&ミス方式、最小誤差など）の周囲にパラダイムを形成している。このパラダイムにおいては、方言も標準語も等しく、知能機械のエスペラント、言語学者ランドルフ・クヮークが「核英語」という用語を与えたものに近いエスペラントへと均《なら》されてしまう。

核英語という名称が指すのは、C・K・オグデンのベーシック英語（BASIC）と同族の言語だ。すなわち、オグデンの言によれば、「計算法のように文化の影響を受けず」にいるような言語である。

それは計算法のように文化の影響を受けず、文学的、美学的、感情的願望を持たない。だからそれは、「国家英語」に比べても、言語的帝国主義の色合いがするのではないか、とか、さらには（英語のネイティヴ話者も使用には訓練を要するわけだから）国際的コミュニケーションにおいてある国々に他国より優位な立場を与えるのではないか、といった危惧からより一層無縁である。(自然言語に関連してはいるが)自然言語ではないので、教育資源としては本来の外国語よりも、むしろ別種の基礎的にして学際的な科目、すなわち数学との競争関係におかれるだろう。同様の理由により、(痛々しいことに外国語や外国語文学について時折起こるように)少数のためのエリート主義的なうわべの学問に資源を無駄遣いしている、と教師側が非難を受けることもありえない。核英語は象牙の塔よりも、公共の利便性と関わりを持つものなのだ。(23)

核英語は民主主義の推進力として自らを政治的に売りこんでいるが、それは多国籍企業の会議室に狙いを定めた民主主義である。実施された場合、それは結局「様式性の制限」、すなわち語彙の多様性が広がっていくのを隙あらば抑えこんだり、慣習的でない文法やピジン的文法を制限したり、意味の偏りを極大化したりすることにつながってしまいそうだ。核英語が推進するのは脱国家化し、テイラー主義化したリテラシーであり、そこでは記号は不発弾となることなく、むしろ数学的正確さで目標に命中する。その論理的帰結を押し進めれば、核英語とは言うまでもなく、言語的多様性と文化的屈折に対する全面戦争の規則にも等しい。人類の言語に対する核攻撃も同然である。だが、言わずもがなの人文主義者《ヒューマニスト》的反駁はあまりにも安直だ。考えてみれば、核英語のアイデアが興味深いのは、「完全に標準化された、普遍的な言語」という昔からの夢想を、知能機械の時代むけにアップデートしているという点ではないだろうか。

核英語の存在意義とは、帝国の政治学とユートピア的な言語哲学(前者は革命と植民の歴史に、後者は二十世紀への転換期の共通言語《リンガ・フランカ》の激増に起源を持つ)が相互に絡み合った糸を極限まで高めることでなくしてなんだろう?革命の遺産に関しては、ルネ・バリバール(『制度としてのフランス語』)、ピエール・クラストル、そしてイエズス会の言語学者ルイ=ジャン・カルヴェが、とりわけ恐怖政治時代について、地方語をあらたに確立された標準フランス語の規則集成と一致させる運動の中で、どのように言語がかたちづくる中隊が地方に割り当てられたかを辿っている。(24)カルヴェはフランスの言語政策が海外県《ウートゥル・メール》に適用された資料の例を示しながら、このフランス語の言語的自己植民がいかにして植民地に拡大し、結果として支配的なフランス文化が「六角形の本土」の外部の領地で強化されたかを明らかにしている。カルヴェはさらに、ロシアにおいて革命前も革命後も同じように、マイノリティへの不寛容さがあったことも吟味している。ソヴィエト政府は「一人の皇帝《ツァーリ》、ひとつの宗教、ひとつの言語」という綱領を、国境や民族のない社会を作る旗印へと化してしまう。この「単一の文化」には、三つの発展段階が想定されていたが、それは最初に「ラスツヴェート」（多様な文化が開花する）、次に「スブリジェーニエ」（それらの文化が接近する）、そして「スリヤーニエ」（ただひとつの世界言語とともに調和のとれた統一が出現する）というものだった。[25]

カルヴェは普遍言語のイデオロギーの勃興と帝国主義との因果関係を事細かに説明するだけでなく、エスペラントの始まりを第一次世界大戦前夜においてヨーロッパで拡大しつつあった分離主義への応答だったと解釈している。十九世紀の「言語の創造者《ロゴテート》」たちによって、自然言語の不完全さを乗りこえるような人工言語の計画が約五百も考案された、とカルヴェは書いている。もっとも広範に普及したものとしては、コスモグロッサ（一八五八）、ユニヴァーサルグロット（一八六八）、ヴォラピュック（一八七九）、ヴェルトシュプラーヘ（一八八三）、エスペラント（一八八七）、ムンドリングエ（一八九〇）、ディル（一九〇二）、シンプロ（一九一一）、そしてエウロペオ（一九一四）などが挙げられる。たとえばヴォラピュックは、二十五の新聞、二百八十三の協会、そしてアカデミーもひとつもっていた。

核英語のアイデアが露呈しているのは、科学的言語へのライプニッツ的計画にそもそも内在する還元的志向であり、そうした計画をエルネスト・ルナンが著書『言語の起源について』（一八五九）において「ねじ曲げられ、曲解された、まがい物で、苦心して構築され、どうにもしっくりいかない」もの、つまりは「イロコイ族よりも野蛮な」ものとして酷評したことはよく知られている。ルナンは、その不当な形式にも増して問題なのは、もっともらしく論理的に見せかけることだと論じる――「事前に計画された言語改革は［…］しばしば慎ましいパトワにも増して非論理的である」[26]。核英語の由来は、一方ではライプニッツに、あるいは革命による言語の標準化や、国家が推進する単一言語政策、そして世紀転換期ヨーロッパにおける共通言語《リンガ・フランカ》運動にある。しかし他方ではその由来を（とりわけアリステア・ペニーコックのように）、プラグマティズム、実証哲学、功利主義といったイングランドの哲学的伝統にまで辿る者もおり、これらの思想は一九三〇年のオグデンによるＢＡＳＩＣ（British American Scientific International Commercial の頭文字）の開発に影響を与えたものなのだ。わずか八百五十語の語彙で構成され、一九四〇年代にウィンストン・チャーチルが改善説的《メリオリスト》な植民地綱領の一部として後押ししたベーシック英語は、テクノロジーによる理性主義と数学的単純さを目指すものだった。ＢＡＳＩＣは言語増殖に対抗する未来の戦争への前例となり、未来における極端に単純化された統一英語とテクノロジーによるグローバルスピークの崇拝化への道を準備したのだ。

もちろん、バルカン・バベルが境界上に発生するのは、人工知能機械の時代においてグローバルスピークが実現可能となるまさにその瞬間なのだと論じることもできるだろう。たとえば日本では、「親の監視をかいくぐる」ティーンエイジャーのピジンの中にバベルが見いだせる。この暗号のような言語が要求するのは、日本風に発音された英単語の転記（「I want you」の代わりに「ウォンチュ」）、製品名と日本語の動詞をミックスする置き換え言葉（「レストランのデニーズに行く」の代わりに「デニる」、「ハーゲンダッツのアイスを買いに行こう」の代わりに「ハゲる」）、そしてさまざまな形式の技術系片言（「double click the mouse」の代わりに「daburu-kurikku mausu」）だ。(27) こうして見ると、英語が射程を延ばすほど、単一言語秩序を蝕みもすれば強化もする「ほかの英語《アザー・イングリッシイズ》」の産物は数を増やしていくかのようだ。

英語は、国際的コミュニケーションにおいていや増す支配力を保持し拡大するために、言語的な分離集団を取り締まったり、言語殺しを支援しあるいは危機に瀕した「無益な」言語種を根絶したり、面倒な地方色や雑種的に混ざった言語を定期的に「浄化」したりすることで、バルカン化を抑制しようとしている。だがこの任務は今や、ハッカーたちが——インターネットのおかげで——コンピュータが自己防衛するための言語とコードに侵入し無力化してしまうという、テクノロジーリテラシーがもたらした近年の副産物のせいで一筋縄ではいかなくなってしまっている。(28) インターネット攻撃の時代においては、未来の戦争の舞台、未来の翻訳地帯は、電子的な縄張りへと移り、致命的な問いは次のようなものとなる。敵が誰なのか、どこにいるのかすらわからないのに、いかにして戦争をおこない、和平を結び、敵を制御できるのか？

注

（1）Maria Todorova, *Imagining the Balkans* (Oxford: Oxford University Press, 1997).
（2）自著についてのマリア・トドロヴァの発言より、二〇〇〇年五月二十五日、カリフォルニア大学ロサンゼルス校。
（3）Ismail Kadare, *The Three-Arched Bridge*, translated by John Hodgson (New York: Vintage International, 1997), p. 18.
（4）Ibid., pp. 10-11.
（5）Ibid., p. 13.
（6）Ibid., p. 69.
（7）Ibid., p. 70.
（8）Ibid., p. 70.
（9）〔訳注〕『ロミオとジュリエット』に出てくる台詞。
（10）Ibid., p. 25.
（11）Ibid., p. 27.
（12）Ibid., p. 183.
（13）Ismail Kadare, *Albanian Spring: The Anatomy of Tyranny*, trans. Emile Capouya (London: Saqi Books, 1994), p. 34.
（14）時にささいな言語的差異に対応する公的認識の欠如が原因で国境戦争が激化することもあれば、時には同じであることの脅威こそが不和の引き金となることもある。ポスト・ボスニア期にセルビア語とクロアチア語を文法的な類似にもかかわらず別々の言語として分けた決定に見られるように、言語分離への政治的動機というものは根拠に乏しいものである。ベルリンの壁が崩れる数十年前の一九六三年にジョージ・スタイナーが書いているように、言語的分離主義は同形性がもっとも大きいところでもっとも激しくなる。「東ドイツの言葉はそれ独自の術語や方言を発展させている」という事態を見据えつつ、スタイナーは次のように結論づけている。「それら〈語〉は響きこそ同じでも、正反対の定義をもっている。一人の若い東ドイツ国民は、政治感情の〈シンタクス〉という点では、ケルンにいるときよりも北京やアルバニアにいるときのほうが、ずっとくつろげるであろう」。George Steiner, *Language and Silence: Essays on Language, Literature and the Inhuman* (New Haven: Yale University Press, 1970, 1998), pp. 348-49.〔ジョージ・スタイナー『言語と沈黙――言語・文学・非人間的なるものについて』由良君美・青柳晃一・岡田愛子・久保正彰・鈴木建

三・高橋康也・戸田基・橋口稔・羽矢謙一・平川祐弘・深田甫訳、せりか書房、二〇〇一年、四六七―四六八頁。〕

（15）Ivo Andríc, *The Bridge on the Drina*, trans. Lovett F. Edwards (Chicago: University of Chicago Press, 1977), p. 86.〔イヴォ・アンドリッチ『ドリナの橋』松谷健二訳、恒文社、一九六六年、一〇四頁。〕

（16）Ibid., p. 87.〔同書、一〇六頁。〕

（17）Ibid., pp. 87-88.〔同書、一〇六頁。〕

（18）Manuel de Landa, *War in the Age of Intelligent Machines* (New York: Swerve Editions, 1991).〔マヌエル・デ・ランダ『機械たちの戦争』杉田敦訳、アスキー出版局、一九九七年。〕

（19）Ismail Kadare, *The Palace of Dreams*, trans. from the French of Jusuf Vrioni by Barbara Bray (New York: Arcade Publishing, 1993), pp. 13-14.〔イスマイル・カダレ『夢宮殿』村上光彦訳、東京創元社、一九九四年、七頁。〕

（20）Pierre Clastres, *Archeology of Violence*, trans. Jeanine Herman (*Recherches d'anthropologie politique*, Seuil 1980) (New York: Semiotext[e], 1994), p. 55.〔ピエール・クラストル『暴力の考古学――未開社会における戦争』毬藻充訳、現代企画室、二〇〇三年、一〇九頁。〕

（21）Georges Bataille, "Structure et fonction de l'armée" (1938), in Denis Hollier, *Le Collège de sociologie* (Paris: Gallimard, 1979), pp. 255-267.〔ジョルジュ・バタイユ「軍隊の構造と機能」兼子正勝訳『聖社会学――パリ「社会学研究会」の行動／言語のドキュマン』ドゥニ・オリエ編、兼子正勝・中沢信一・西谷修訳、工作舎、一九八七年、二四一―二五一頁。〕

（22）Carl von Clausewitz, *On War*, trans. Michael Howard and Peter Paret (Princeton: Princeton University Press, 1976), p. 87.〔カール・フォン・クラウゼヴィッツ『戦争論　上巻』清水多吉訳、中公文庫、二〇〇一年、六三頁より一部改変を施して引用。〕

（23）Randalph Quirk, "International Communication and the Concept of Nuclear English," in *English for International Communication*, ed. C. J. Brumfit (Oxford: Pergamon Institute of English, 1982), p. 19.

（24）Renée Balibar, *L'Institution du français: Essai sur le colinguisme des Carolingiens à la République* (Paris: Presses Universitaires de France, 1985); Pierre Clastres, *Archeology of Violence*.

（25）Louis-Jean Calvet, *Language Wars and Linguistic Politics*, trans. Michel Petheram (Oxford: Oxford University Press, 1998).〔ルイ＝ジャン・カルヴェ『言語戦争と言語政策』砂野幸稔・今井勉・西山教行・佐野直子・中力えり訳、三元社、二〇一〇年、二三三頁より一部改変を施して引用。〕

（26）Ernest Renan, *De l'origine du langage* (Paris: Michel Lévy Frères, 1859), pp. 95-96.

（27）ニコラス・D・クリストフによる『ニューヨーク・タイムズ』の記事、"Stateside Lingo Gives Japan Its Own Valley Girls"（一九九七年十月十九日）。以下に引用する三三頁ではこの現象が詳しく述べられている。

日々グローバリゼーションの力が地位を固める今日では、おそらくカオリ・ハセガワのような十五歳の日本人少女が「チェケラッチョ」という英語の表現を使っても驚くにはあたらないのだろう。

これが英語？

というより、日本の十代が話す英語の一変種だ。チェケラッチョとはCheck it out, Joe《ママ》のなまったかたちで、いくぶんHi there に似た気軽な挨拶なのだ。日本は常に海外の技術とともに海外の言葉を素早く吸収してきたのであり、十九世紀には国の公用語を英語にすべきかどうかという議論すら真剣に存在していた。今月、東京の一般向け英字新聞四紙のうちのひとつである『ジャパン・タイムズ』は、グローバリゼーションの圧力に言及し、現在こそもう一度英語の公用語化を再考する時かもしれないと示唆していた。

もうすでに日本語は中国語、英語、オランダ語、ドイツ語の影響がごた混ぜになっている。だが、昨今の新しい点は、若者たちが英単語を選びだし、それらを操って「コギャル語」として知られる流行りの特殊語を作りあげるやり方にある。「ギャル」は英語のgalという単語に由来し、「コギャル語」とはおおよそ「高校生ギャルの話し方」と訳される。使うのは大体が十代であり、彼らが絆を深め、（親たちなどの）敵対勢力の監視から逃れるための暗号文なのである。

（28）インターネットは、それを定義するのが極めて困難なのと同じ理由により、ほとんど取り締まりが不可能だ。私企業や個人によって「所有」あるいは規制されているわけではない。電話線と数えきれないコンピュータサイトから成っており、サイト群は誰もが匿名のまま渡り歩けるシステムの中で互いにリンクし合っている。こうした環境下では、表現の自由、商業取引、政治活動あるいは単純に情報収集したりコミュニケーションをとったりする楽しみなどが、たった数年前にはほとんど誰もが不可能と思ったであろう盛りあがりを見せている。こうした特質こそ、インターネットを匿名の攻撃に対して無防備なものとしている当の原因だ。［…］それにも増して狡猾なことに、ハッカーたちはどうやら無防備なコンピュータシステムに侵入し、それらのコンピュータを利用して襲撃実行を補助することで、意図せざる味方を攻撃部隊に引きずりこんでいるようだ。
“Hacker Attacks on the Internet,” Editorial, *New York Times*, Feb. 11, 2000, p. A30.

第九章　戦争と話法

メジャーな言語と文学、マイナーな言語と文学を決定するにあたって、可読性《リーダビリティ》という観念の移りかわりはきわめて重要だ。人気を博したハロルド・ブルームの『いかに読むのか、なぜ読むのか』は、教養ある人々に正しいリーディングリストを提供しようという決して堅苦しくない規範的アジェンダにもとづいて、名著《グレート・ブックス》の血統がどれほど可読性という批評的命令に結びついているかを確認している。[1] フランス語の「読める《リジブル》」（教養という保守的な基準を遵守している）という感覚には、可読性をためす排他的な機能が組みこまれる。とりわけ締めつけが強いのは、パスカル・カザノヴァが言うところの「近代性というアングロサクソン・モデル」の領域外や、その反対の主体的なキャラクター造形（「形成《ビルドゥング》」）によるゲルマン的「深度モデル」の領域外で執筆をおこなう作家たちに対してである。[2] ここでカザノヴァは、批評家のもっとも神聖な権能と縁を切ろうとしているように思える。すなわち、審判を下すこと、クオリティを決定することである。「批評家たちは作品をつくらないが、作品の価値をつくり出している」と断言するカザノヴァは、文芸批評業界を束ねる統一運動とまではいかずとも、それでもごく控えめにいって、文学資本をマイナーなものの方へと均等にかたむけることで、惑星的な再分配をおこなおうと要求しているのだ。[3] カザノヴァの『世界文学空間——文学資本と文学革命』は、世界文学地図がいかに西洋寄りの国際審美基準によって規定されてきたかを明らかにしているが、そこでの「小さな文学」の扱いは、「読書戦争」と「言語戦争」が交わるところへの関心の薄さをあらわしてしまっている。[4] 読書戦争（国際的正典《カノン》の構成をめぐる議論、リテラシーと可読性の閾値をめぐる衝突）は、学術界や文芸的公共圏の境界内で生じやすい。対照的に、言語戦争（国家的・民族的な言語の対立状態、あるいは英語のグローバル化を生き延びようとするマイノリティ言語の闘争）は、言語学と社会学の領域へ追いやられてしまいがちである。しかし私が思うに、メジャー‐マイナー／本国‐周縁／グローバル‐ローカル等々の二項化した地図製作《カルトグラフィ》によらない観点から、グローバルな文脈で非‐西洋における表現の定義に着手できるのは、まさしくこの二つの議論のフィールドが出会う場所にほかならないのだ。

ジャッキー・ケイの詩集『オフ・カラー』――とりわけ、そのなかの一編「ウィルス＊＊＊」――は、まさしくこの種の二変数モデルをむりやり複雑化してみせる。そうすることで、スコットランド英語と西インド英語という二つのマイノリティ口語形式の出会いを実証しているのである。読むことと話すことのポリティクスを、この詩は同時に働かせる。発音するか朗読してみなければ、言葉の多くが理解できないからだ。イングランドの文化へゲモニーが歴史的・文化的にそれぞれ異質な局面において生み出した広範な方言に、読者がどこまで親んでいるのか、一行一行がためしているといってよい。「ウィルス＊＊＊」は、マイノリティの方言が標準英語を汚染している様子をあつかうことで、異種の（外来の）胞子によって毒されているという母なる国の被害妄想を表現しようとする――
ウィルス＊＊＊

感謝してないとは言ってない。
わたしは主《あるじ》たちに感謝してる、
いつでもそう、でもうまいこと
ネズミ野郎の主がくたばったら、
いくらも進路はきりかえられる。
でかい男、ちっちゃな女、赤ん坊、
Virus＊＊＊

No that Am saying Am no grateful.
Am aye grateful tae ma hosts,
awratime, and if by ony chance
ma host the rat snuffs it,
A kin a ways switch tack.
Big man, wee wuman, wean:

わたしにはみな同じこと。
誤解しないで、
好みはたいしてうるさくない、
ただ体が元気で
みずみずしけりゃそれでいい。
ひと噛みで入りこみ、
ひと噛みでやつら私のもの、
クビだろうと、アソコだろうと。
なに！　わたしの勝ち負けなんて
だれも知ったことじゃない。
わたしのたくみな変装で
人間の主たちはきまって
ばたばた死んでいく。
まったく！　大忙しだ。
ああ甘美なる神さま。
甘美なる血ぞめの死体。
だれかのむすめ。だれかのママ。[5]

it's awrasame tae me.
Don't get me wrang,
Am no aw that choosy,
as lang as the flesh
is guid and juicy.
One bite and Am in,
one bite and they're mine,
in the neck, the groin.
Whit! Ma success rate
is naebody's bisness.
Wey ma canny disguise
A make sure human hosts
drap like flies.
Bubo! It's all go.
O sweet Christ.
Sweet blood bodies.
Somebody's dochter. Somebody's Maw.

このAm（I'm）とaye（同意や肯定の響きも、苦痛の響きもある）とA（たとえばA kin a ways switch tack に用いられている）が交錯することで、ハイモダニズムの非個人的な語り手「私《アイ》」を、純然たる書き言葉の領域からこの詩に引きずりだし、階級と人種によって屈折した口語によるパフォーマティヴな領分へ投げこんでいる。それは噛みつかれた言語であり、寄生して宿主《ホスト》を噛み殺すことについての詩に、みごとに奉仕する。つづり方に伝染し、二重の意味《ダブルミーニング》を獲得した言葉で満ちているのだ。たとえば、One bite and Am in（ひと噛みで入り込み）は、死ぬ権利としてのAmen（アーメン）を意識下で響かせる。同様に、Am no aw that choosy（好みはたいしてうるさくない）を声に出すとgnaw（かじる）という語が発音され、ガリガリかじるネズミや、死体を食いつぶす虫たちを呼びこむことになる。dochterという語は、英語のdoctor（医者）とドイツ語のTochter（娘）のあいだを行き来し、治療者と病人の境界をぼかしている。医者が娘に病気をうつしているのか。それとも、彼自身が疫病に倒れているのか。こうした曖昧さは、Mawという語へ持ちこされる。Mother（母親）と、Jaw（死の顎）の両方をあらわす語である。

ケイの超言語主義《トランスリンガリズム》は、サム・セルヴォンが『ロンリー・ロンドナーズ』（一九五六）をはじめとする画期的な小説作品に西インド移民英語を導入したことや、リントン・クウェシ・ジョンソンの詩集『イングラン・イズ・ア・ビッチ』に対して、しかるべき敬意を払ったものだ。通常どちらのテクストも腐った英語《ロットン・イングリッシュ》の例として参照されるが、より理論的な言い方をすれば、いかに「ほかの英語《アザー・イングリッシイズ》」によって伝えられる暴力の烙印がマイノリティ文学の批判的パラダイムの根幹を形成しているかを示す好例にもなっている。(6) 植民の歴史がマジョリティ言語に埋めこまれているという事実にかかわらず、こうした言語はときとして、ライバルとなる民族的・言語的集団との言語戦争を回避する手段を与えてくれる。すでに故人となったナイジェリア作家ケン・サロ゠ウィワの作品は、マジョリティの言語がマイクロ‐マイノリティ言語集団の表現の伝達手段へと変わる明らかな例外事象を扱っている。一九八五年の小説『ソザボーイ――腐った英語で書かれた小説《ロットン・イングリッシュ》』では、言語的マイノリティのポリティクスを捉えるために、作家の母語であるオゴニランドのカナ語ではなく、ピジン英語が用いられている。マイケル・ノースによれば、その理由は、「ナイジェリアのメジャー言語（ハウサ‐フラニ語、ヨルバ語、イボ語）を選ぶことは、三百にのぼるほかのエスニック集団を抑圧するに等しいから」だという。(7)『ソザボーイ』の序文でサロ゠ウィワは、ナイジェリアのピジン語と実際的な口語表現を使うと断っている。(8) 一九六九年のペンギン・アフリカン・ライブラリー版に短編「ハイ・ライフ」を収録した編集者の言葉を、サロ゠ウィワは次のように引用する――

この作品は、ヨーロッパの読者にとって事実上理解不能だったであろう本物の「ピジン」語で書かれてはいない。この言語は、ほとんど教育を受けていない小学生の男の子が、発見したての新しい単語と、知りはじめたばかりの新しい世界のなかで意気揚々と話すような言語なのだ。

ダソーン氏はつづけて、作中の文体についても、「言語の制限なきギャンブル」であり、「奇妙な文体の訓練」だと述べている。(9) サロ＝ウィワが、自らの散文に関するダソーン氏の分析に満足したうえで引用しているのかは確かめようがないが、くだけた／腐ったヨーロッパ語話者的《ユーロフォニック》な語法の所有権を悪びれずに断固主張しつづける新しい英語《ニュー・イングリッシュズ》のなかに、自身の文体を分類することを是認しているのは明らかだ。そして、黒人口語英語（エボニクスと呼ばれることもある）が普遍的な資本である基本英語《ベーシック・イングリッシュ》への攻撃とみなされうるのと同じく、その腐った英語は、サロ＝ウィワの晩年の環境保護活動という大きな文脈のなかで解釈されてきた。こうした観点に立つと、この小説の言語的な自己植民地化の扱い――とりわけ主人公が「大きな文法」と呼ぶものに憧れを抱いていること――は、ロイヤル・ダッチ・シェル・グループの野放図な採掘によるオゴニランドの荒廃にナイジェリア軍事政権が共謀しているために生じた、この地域固有の一種の植民地主義あるいは再植民地化とつながっているのかもしれない。(10) サロ＝ウィワは、先頭に立ってオゴニの人々のマイクロ－マイノリティとしての権利を擁護した対価をじゅうぶんに払わされた。見せしめの裁判で死刑を宣告され、一九九五年、アバチャ政権によって処刑されたのだ。(11)

『ソザボーイ』の前身となるテクストであり、サロ＝ウィワがはじめて自身の専売特許であるナイジェリアン・エボニクスを実験した短編「ハイ・ライフ」のなかで、腐った英語はフィリップ・ルイスがいうところの「虐待的な翻訳」に一致する。ルイスが次のように特徴づける翻訳可能性の実験がおこなわれたのである――

言語の根本的な特性としての差異の働きのなかに現出する翻訳可能性［…］リスクが想定される。すなわち、実験に価値を置き、語法を勝手にいじり、言葉自体を生みだすことで原文の多価性・複数性・表情ゆたかな強勢に釣り合わせようとする、強力で強引な翻訳のリスクだ。[12]

『クライング・ゲーム』式の奇想に満ちた語りに駆動される「ハイ・ライフ」では、語り手が家に連れ込んだ売春婦を服装倒錯者の男性であると見抜く場面で、prouding や shaming〔本来、変化しない形容詞・名詞を進行形に変化させている〕といった、情動の状態に遂行標示作用を添えるための造語が導入される。

その女とすぐいちゃつきたかったから、すごく急いで服をぬいだ。けど彼女はずっと自分の服を脱ぐのをいやがってた。灯りがついてるから、恥ずかしいしている〔shaming〕んだなと思った。だから電気を消した。で、ベッドに行くと、彼女は座ったままブラウスを脱いでた。胸がない。あれあれ。こいつはどういう女なんだ？　人工の胸があるだけ。でもともかく、そこまで驚かなかった。女はよくそれを使ってるって聞いてたから。それで、女の腰巻をとりはじめた。そのときには内側がすっかり熱くなってたし、もうがまんできなかったんだけど、それをとるのに時間がかかった。その次に見たのは、その女が短いニッカーをはいてるとこだった。あれあれ。こいつはどういう女なんだ？　そう自問した。で、ニッカーを脱がせようとした。そのあいだずっと、女はなにもしゃべらなかった。すごくすごく静かで、月曜日の教会みたい。で、その女－男は、彼－彼女のものを全部ひろいあつめて、三回おれの顔をびしばしたたいて、逃げてった。[13]

この短編が性別交換のテーマを扱って、超男性主義《ハイパー・マスキュリニティ》のカルトをくじこうとする一方で、『ソザボーイ』は性的曖昧さを文法そのもののなかに内在化することで、その要求をさらに釣りあげている。

それでその夜、おれはアップワイン・バーにいた。さいしょは人も多くなかった。店員にヤシ酒をボトルでたのんだ。店員はわかい女の子だった。かれの尻が、かのじょが歩くたび、ゆれにゆれた。かれの胸は、まさしくJ・J・C、ジョニー・ジャスト・カム〔ナイジェリアのスラングで、新しい状況に慣れていない人、新しい場所に来たばかりの人などを指す〕で、丘みたいに立ってた。かれを見ると、おれの男は小さく小さく立ってきた〔my man begin to stand small small〕。おれはかれに、恥をかかせないでくれとたのんだ。とくに、その夜はパンツをはいてなかったから。おれはヤシ酒を飲みはじめた。店員がおれのテーブルのちかくに座って、かれの目のはしでおれを見た。おれもおれで、かれを目のはしで見た〔Me I dey look am too with the corner of my eye〕。かれの胸がどんなか見たかったのだ。おれが見てると、その子はおれをつかまえた。

「なに見てるの?」というのが、かのじょが聞いたことだ。

「なにも見てない」というのがおれの答え。

「けどなんで目のはしのはしでわたしを見てるの?」かのじょはまた聞いた。

「あんたを目のはしのはしで見てる? なんで目のはしのはしで見なきゃならんのさ?」というのがおれの答え。

「私の胸を見てるのね、このカッコつけ。なら見せてあげる」

おれが目をひからせるより前に、こいつはたまげた、かのじょは服をとって、おれはひょうたんみたいなかのじょの二つの胸を見た。おお神よ。こりゃなんともありがたい。だろ? この子は恥ずかしくないんだな。[14]

ジェンダーをひっくり返した目的格——女性の体の部位を指定する所有代名詞が男性化して「かれの尻がゆれる」「かれの目のはし」となる——を用いることで、サロ゠ウィワは身体を脱個人化したうえで、異なる種が荒々しく結合し、性的刺激を与える部分的客体の領域として想像しているのだ。I dey look am too(おれもかれを見た)、my man begin to stand small(おれの男が小さく[…]立ってきた)といったフレーズや、J・J・C(ジョニー・ジャスト・カム)といった頭文字は、分散しながら生物を擬態するエロティックな意思《アニムス》が、主体と客体の境界を溶解させるさまをはっきりと描きだしている。ジェンダーがごちゃ混ぜになった文法から「かれ-女性」・

「かのじょ－男性」の編集物《コンピレーション》が現れて、「クィア・アフリカ」という恐怖症のイメージがほのめかされる。それは、ナイジェリア社会の「大－男性主義《ビッグ・マニズム》」(15)をとりまく同性愛嫌悪《ホモフォビア》や政治的不安を暴きだすために、戦略的に配置されたものだ。

部族的な専制政治や、アキーユ・ムベンベが呼ぶところの「低俗なるものの平凡さ」を一般的に指す用語であるビッグ－マニズムが、サロ＝ウィワの小説のなかでは、「ビッグ・ブラザー主義」につながっている――具体的にいうと、「戒め《コマンデメント》」という儀礼的秩序である。ムベンベによれば、それは国家的フェティッシュを結集させたシステムであり、そのシステムを通して国家は権力の霊的な訴求範囲を拡張させるのだ。(16)

> むかしむかし、文法は多くなく、だれもが幸せだった。でもいま文法は多くなりだして、ひとは幸せじゃなくなった。文法が多くなり、やっかいごとが多くなった。やっかいごとが多くなり、多くの人が死んでった。
> ［…］ラジオは大きな大きな文法を流しつづけ、大きな話をはなしてる。おれたちは大きな金をもうけつづける。おれの雇い主もおれじしんも。
> ［…］小学六年のテストにうかって、おれは中学に行きたかったが、ママは学費がはらえないと言った。そのできごとはおれをひどく苦しめた。おれは弁護士か医者みたいな大きな男になって、車にのって、大きな大きな英語を話したかったから。(17)

ムベンベが権力と低俗なものの美学（歪曲化した体の部位、性的タブー、排便、姦淫）との関係性を強調する地点に、サロ＝ウィワは「共通訳《ヴルガータ》」――標準英語の品質を落としたもの――を考案し、言語が権力にしたがう様子、「大きな文法」の命令にしたがう様子を示してみせる。同時にそこには、反乱の意図が隠されてもいる。大きな英語と腐った英語との関係は、ナイジェリア政府と貧困にあえぐ市民との関係に等しい。それは、「ほとんど教育を受けていない小学生の男の子」――上昇志向ゆえに兵士になろうとする少年たち――にとって、力への憧れなのである。こうして、『ソザボーイ』は、ポール・ド・マンがニーチェを引用しながら「比喩の動的な〈一群《アーミー》〉(18)」と呼んだものを、文字通りに示しているわけだ。ビアフラ戦争が語られるなかで、軍隊《アーミー》は一種の比喩的なブートキャンプとなり、田舎の少年たちを新たな言語秩序へと徴兵し、物質としての銃・クルマ・大きな家・大きな文法自体へ向けられた「精神的秩序」に適うように彼らの願望をねじ曲げる。大きな文法とは、「戒め」の通貨であり、ひるがえって他者を抑圧し支配する力となるのである。

> 小さく行進して一列にならんだあと、ひとりの大きな男がきておれたちに命令した、ひだり、みぎ、になえ銃、たて銃、さんかいたいけい、きをつけ、やすめ。すごくすごくつよい男だ。かれはたくさん叫んだ。背の高い男。上手な上手な英語をしゃべる。「お前たちは賢くなきゃならん。ちゃんと敬礼しろ。兵士らしく振る舞え。歴戦の兵士らしくな」。ほんといって、かれが言うことぜんぶはわからなかった。でもかれを見てると、おれは銃をもった兵士でいるのがほこらしい。いつの日かおれもあんな兵士になると思う。めがねをして、背が高くて、ブラスバンドみたいな声で上手にしゃべって、いい車といい家でたのしくやって、兵士生活をはじめたての小さな少年たちに命令するんだ。(19)

Udad arms（「立て銃」の意味だが、音声学的には「父さん《ユー・ダッド》」あるいは「パパ《ビッグ・ダディ》」になるという目標を指す言葉としても伝わる）という表現は、Solope arms（銃を傾けよ、担え銃）、qua shun（「気をつけ《アテンション》」の音訳）、ajuwaya（「やすめ《アズ・ユー・ワー》」の音訳）といったほかの表現と混じり合っているが、第一次世界大戦時の軍役で、イングランド人がナイジェリアの兵士たちを訓練するなかで用いた軍事的ピジン語をサロ＝ウィワが流用したものである。この文章のなかで口語的なソザ（兵士《ソルジャー》）語は、「上手な上手な英語」の引用文にぶつけられている。あたかも、植民地での暴力的秩序へ新兵を徴用する際に、これからはピジン語ではなく「上手な上手な英語」という兵器が、軍隊を従わせる棍棒のように用いられることを強調しているようだ。『ソザボーイ』が腐った英語と標準英語のあいだのコードの切り替えをとおして示しているのは、ナイジェリアにおいて「上手な英語」というものが、言語的な貧困にあえぐ底辺層の人々を整列させ、同時に力と富の象徴である植民的話法への欲望に屈服させながら、いかに伝統的に恐怖の兵器として機能してきたかである。

サロ＝ウィワの腐った英語の使用は、ナイジェリアにおける文化の軍事化に対する精神的なモチベーションを測定するものであり、エイモス・チュツオーラが「洗練されていない」英語の言葉づかいで密林《ブッシュ》の暴力を劇的に表現していることと酷似している。[20] 一九五四年に出版された『ブッシュ・オブ・ゴースツ』のなかで、チュツオーラは合成的な比喩表現によって、神と銃とテクノロジーの混合物を生みだしている（「X線作成ゴースト」、「テレビの手をしたゴースト」、発電所の姿をした「稲光を放つ眼の母親」ゴースト）。一方、サロ＝ウィワは腐った英語の逸脱や脱線を結集して、「戦争」を「話法」へ移し替えることを任務とするレトリカルな軍隊をつくりだしているのである。『ソザボーイ』は、話法としての戦争、もしくは戦争の舞台としての話法というパラダイムを私たちにもたらす。たとえば、Hitler（ヒトラー）のような名前がHitla（ヒトラ）となり、その語は終わりの見えない戦争中の敵や殺し屋《ヒットマン》をあらわす、アフリカ化した形式語となる。戦争の精神的な傷を音訳する言語として、腐った英語は、妨害された希望・飢餓・暴力・屈辱・麻痺の強勢記号や心霊的へこみを伝達する手段になるのだ。Tan Papa dere（stand properly there「そこにまっすぐ立て」と訳される）というフレーズは、動けなくする命令であり、植民地独立後《ポストコロニアル》ナイジェリアの植民的パターナリズムと軍隊心理との永続的な結びつきをしるしづけている。あるいは、porsonという語を例にとると、それはperson（人）の代替なのだが、じっさいにはその主体はpoor son（貧しい息子）と音訳され、つまりは、飢えと死の恐怖から戦争へと駆り出された平均的な兵士を意味することになる。もしくはpoor sun（乏しい太陽）と音訳され、息絶えるなりその死体が次の間に合わせの人間へと置き換わっていくような、哀悼なき死の時代における人生の闇を伝えることになるのだ。この本の構成までもが、こうした連関の幽霊的な鎖に加わっている。各章はLomber One, Lomber Twoと数えられていく。Numberにあたるピジン語としてLomberという語はないにもかかわらず、あたかも存在しているかのように響き、この仮装した表現が読者を操って、テレサ・ハッキョン・チャが「幽霊国《ファントム・ネイション》」と呼ぶところの亡霊的な国、幽霊たちの土地を思い描かせるのである。フランス語の「影《ロンブル》」との同音性がこの線の解釈を補強する。小説内の戦争表象のなかで主題として出現する亡霊の姿を、テクスト自体への憑依によって、影の本《シャドウ・ブック》になることによって、あらわしているのだ。戦争の身体的劇場において進むべき方向感覚が失われていると伝えるのは、いまいちど文法の役目となる――

おれたちの少しだけが生きのこった[…]。おれたちは爆弾がなにかしらなかったし、あのひこうきがクソ爆弾でだれをころすのかもわからなかった〔We no know what is bomb or that aeroplane dey shit bomb wey dey kill〕。それでただその朝、おれたちは死をみた。おれたちみんなこんらんした〔We all confuse〕。どうすればいいかわからなかった〔We no know wetin to do〕[21]。

no(ノー)とknowing(知ること)のあいだ、confusing(混乱させる)とconfused(混乱する)のあいだ、waiting(待つこと)とwetting(お漏らしすること。「恐怖で漏らしてしまう」のように使う)のあいだの交錯に、戦争の精神病が生じるのだ。戦争は比喩《フィギュア》的話法のなかで擬人化されている――登場人物のひとりマンマスワクManmuswakの名前は、a man must live or eat by whatever means(男はどんな手を使っても生きるか食べるかすべし。要するに「撃つか撃たれるか」)という表現の短縮形である。負傷した語り手が病院で意識をとり戻すと、彼の魂はこの変幻自在の亡霊にとり憑かれている――

またマンマスワクがいる。ああ、病院でこのマンマスワクを見てどんなにおれの心がえぐられたか、言いあらわせない。こんどのかれはナースで、針でひとを窒息させてる。いったいぜんたいどういうことだ? おれは戦争ほりょなのか? 森のなかでなにがおきたんだ? それに、なんでいつもこのマンマスワクのやろうに会わなきゃならないんだ〔And why must I always see this Manmuswak man〕?[22]

サロ=ウィワの腐った英語話者はじっさい戦争捕虜で、戦意を喪失した人物《フィギュア》だ――震えて、腹をすかせ、病気で、生きているか死んでいるかもさだかでない。じっさい、もはや彼はman(男)というシニフィアンにすぎず、行の一番終わりにいる幽霊的な存在として、this Manmuswak man（このマンマスワクのやろう）にトートロジカルにぶらさがっているのである。

『ソザボーイ』の腐った英語は、超民族的《トランスエスニック》・超言語《トランスリングイスティック》的な国家の文脈のなかの「マイナーなもの」を、幽霊的な個人言語として定義する。それはもはや存在しないイギリス植民地のエリートの亡霊に向けて語られる、植民地主義の模倣としての言語（「大きな文法」）であると同時に、修辞的なアポリアが死者をあらわす形式語として機能する、戦争と話法の合成物でもある。この解釈は、腐った英語とは「国家的な表現に替わりうる媒体であり、石油による富からとり残された人々の翻訳不可能な経験によって腐ったものだ」というマイケル・ノースによる読解を裏づける。[23] ノースにとって腐った英語は、民族的・言語的な分割主義に引き裂かれた土地で、民族越境的《クロス・エスニック》アフリカの「コムニタス」を実現するという見果てぬ夢を提出しているのだ――

> 腐った英語は故郷から離れた人々のあいだで用いられる言語であり、文化や民族的に受け継いできたものについての親密なつながりのない人々に向けて話される。その言語の裡に兄弟姉妹の絆を打ち出すことは、民族的・言語的な境界線によって分割されていない、もうひとつのナイジェリアを打ち出すことだ。そうして、混成化し融合した言語としての腐った英語は、『ソザボーイ』が内容において戦争の恐怖をさらけだしつつも、形式のレベルで内戦を否定し、それに反論することを可能にしている。[24]

ノースの解釈は形式（民族的な結束）と内容（反戦メッセージ）という観点から腐った英語の「微分方程式」を強調するが、私がここで重きを置くのは、腐った英語がいかに文法的不正確さのレトリックの内部で死と幽霊性を描写しているかということだ。正しい文法のささいなミスが、亡霊的なアポリア・二重の意味をもつ言葉・模倣的な効果を表象するメカニズムとなるのである。その意味で腐った英語は、落ち着かず悲しげな短調《マイナーキー》の英語、政治的なトラウマを言語的な哀悼へと「翻訳」する調子はずれの英語だ。それゆえ、サロ゠ウィワの、汚名を着せられ社会的地位を失った英語は、カナ語――地球上でオゴニの話者たちに限定されるマイクロ‐マイノリティの言語——の代役であると同時に、その非文法性が追悼の役割を果たしているとも解釈できるだろう。それは穴とでこぼこだらけの英語である。母語が抹消されてしまった深い窪みと、かつて母語が存在していた隙間に軽率にかぶされた「大きな文法」という建てつけの悪いマンホール蓋。

創意に富んだサロ＝ウィワ独自の腐った英語は、読む者を魅了するマイナーなものの美学を生み出している。その理由はたんに、虐げられ、貧窮化した市民に代わって戦うことが目指されているからではない。「ソザ」である話し手が使うマイノリティの言葉が、世界の読者にアクセスできないカナ語のようなマイクロ－マイノリティ言語の代替物になっているからというだけでもない。それ以上に、腐った英語が、トラウマ化した話法を表現する非標準的英語の形式をつくりだしているからなのだ。不完全な文法が導く失錯行為（失語）は、死者の亡霊の存在をコード化し、語りえない行動のサインとして機能し、過去と未来の歴史的悲劇の輪郭を描きだす——植民地の独立戦争や、内戦や、ナイジェリア政府の石油投資への利権がぎりぎりの生を営むエスニック・マイノリティに牙をむく、最近の環境的・文化的・言語的エコロジー戦争の悲劇である。

トラウマを負ったサバイバルの表現として非標準的言語を同じように用いている例が、戦火にまみれたリベリアの少年兵を描く小説、アマドゥ・クルマの『アラーの神にもいわれはない』（二〇〇〇）に見つかる。サロ＝ウィワの小説と同じく、「ソザ」が腐った言葉のなかでアイデンティティを確立させているのだ——「ぼくはビライマ。ちびニグロ。でもブラックでガキんちょだからじゃないよ。ちがうって！　フランス語話すのがへただから、ちびニグロってこと」[25]。『ソザボーイ』と同様、『アラーの神にもいわれはない』における翻訳は、文学的営為の核心である——

> きっちり説明しとかなくちゃ。ぼくのとんちき話を、ありとあらゆるたぐいのみなさんが読んでくれるはずだからね。このとんちき話は植民者のトゥバブ（「トゥバブ」は「白人」）にだって読まれるだろ。アフリカの野蛮人の土人の黒人にだって読まれるだろ。それからどんな規格《モールド》（「規格」は「種類」）だっておそろいのフランス語圏のみんなにだって読まれるだろ[26]。

マリンケ語、英語、ピジン語、植民地のフランス語、標準的フランス語、衒学的に使われるパリジャンの隠語（語り手はつねに語彙の知識をひけらかそうとする）といった、もろもろの言語となまりのあいだを動きまわるこの小説は、「言葉の不正取引」の訓練なのである。武器やダイヤモンドや禁輪品のように、言葉には価値があり、交換され、それをめぐって争いが起きる。貨幣を蓄積すればするほど、より強い力を行使できる。そして『ソザボーイ』がそうであったように、レイプでも略奪でも遺棄でも国土分割でも虐殺でも文化殺戮でも、その行為をごく頻繁に記述していくほど、話法内部での多言語的な衝突は、同じように思いがけずも爆発的な衝撃力を持つことになるのだ。

サロ＝ウィワの腐った英語とクルマの腐ったフランス語は、言語的リアリズムとしての戦争の平行世界《パラレル・ユニヴァース》を見せてくれる。どちらのテクストも、ジェイムズ・ボールドウィンのエッセイ「黒人英語が言語でないなら、なんだというのか？」を思い起こさせる。[27] 黒人英語《ブラック・イングリッシュ》が人種的・民族的抑圧の「リアリティ」を発話しているのだと論じ、現代アメリカ英語語法におけるジャズやブルースの言語が、黒人英語に埋めこまれた奴隷制度の恥ずべき歴史に多くを負っているのだと主張するボールドウィンは、黒人英語をそれ自体ひとつの言語とみなすことについて説明をかさねている。それは、非文法性の烙印を名誉の記章《バッジ》として身にまとい、白人文法学者による「黒人俗語英語《ブラック・ヴァナキュラー・イングリッシュ》」という分類——さりげなく黒人英語を媒介言語の不完全なものと位置づける用語である——を拒む言語だ。ボールドウィンにならってわれわれも、教養の秩序の源泉として腐った英語を定義できるかもしれない。文学的「卓越性」や可読性の従来の基準と対等にわたり合い、正典入りした文学作品ばかりに割り当てられてきた脱構築的な強度を、同じだけ非標準的言語で書かれた文学にも認めるような学問性である。グローバル文学の地図を描きなおすにあたって、周縁の国家的・民族的・言語的位置に沿ったマイナー文学・マイクロ－マイノリティ文学の座標を示すだけではもはや不十分だろう。課題となるのは、いかに言語戦争と読書戦争が可読性の慣習に革命をもたらし、サルトルの「文学とはなにか？」という有名な問いに答えるための術語を変容させたかを示すことである。

注

（1）Harold Bloom, *How to Read and Why* (New York: Scribner, 2000).

（2）パスカル・カザノヴァのインタビュー。"Ces guerres littéraires insoupçonnées," in *Politis*, March 25, 1999.

（3）ピエール・ルパッペのインタビューで引用されたパスカル・カザノヴァの発言より。"Du Bellay et compagnie," in *Le Monde des Livres*, March 26, 1999.

（4）Pascale Casanova, *La République mondiale des lettres* (Paris: Seuil, 1999).〔パスカル・カザノヴァ『世界文学空間――文学資本と文学革命』岩切正一郎訳、藤原書店、二〇〇二年。〕

（5）Jackie Kay, *Off Colour* (Newcastle on Tyne: Bloodaxe Books, 1998), p. 45.

（6）マイノリティ言語の論理については、以下の文献を参照のこと。Harry Garuba, "Ken Saro-wiwa's *Sozaboy* and the Logic of Minority Discourse," and Adetayo Alabi, "Ken Saro-wiwa and the Politics of Language in African Literature." いずれも以下に所収。Rasheed Na'Allah, ed. *Ogoni's Agonies: Ken Saro-wiwa and the Crisis in Nigeria* (Trenton, N.J.: Africa World Press, 1998).

（7）Michael North, "Ken Saro-wiwa's *Sozaboy*: The Politics of 'Rotten English,'" *Public Culture* 13, no. 1 (Winter 2001), p. 100.

（8）以下の論集に収められた多くのエッセイが、サロ＝ウィワの文法的発明の評価を明らかにしている。*Critical Essays on Ken Saro-wiwa's "Sozaboy: A Novel in Rotten English,"* ed. Charles Nnolim (Port Harcourt, Nigeria: Saros International Publishers, 1992). 特に以下を参照のこと。Augustine C. Okere, "Patterns of Linguistic Deviation in Saro-wiwa's *Sozaboy*," pp. 9–15; Doris Akekue, "Mind-Style in *Sozaboy*: A Functional Approach," pp. 16–29; and Asomwan S. Adagboyin, "The Language of Ken Saro-wiwa's *Sozaboy*," pp. 30–38. さらに、シャンタル・ザビュスが呼ぶところの「試験管の中のピジン」に関する魅力的な議論も参照されたい。Chantal Zabus, *The African Palimpsest: Indigenization of Language in the West African Europhone Novel* (Atlanta, Georgia: Editions Rodopi, 1991), p. 179.

（9）Ken Saro-wiwa, *Sozaboy: A Novel in Rotten English* (Essex: Long Group Limited, 1994), Author's Note.

（10）石油と市民権のポリティクスの観点から『ソザボーイ』の卓越した読解をおこなっている、以下の文献を参照のこと。Andrew Apter, "Death and the King's Henchmen: Ken Saro-wiwa and the Political Ecology of Citizenship in Nigeria," in Rasheed Na'Allah, ed. *Ogoni's Agonies: Ken Saro-wiwa and the Crisis in Nigeria* (Trenton, NJ: Africa World Press, 1998).

（11）サロ＝ウィワの政治活動家としての経歴と著作についての鋭い説明は、以下の文献を参照のこと。Rob Nixon, "Pipe Dreams: Ken

Saro-wiwa, Environmental Justice, and Micro-Minority Rights," *Black Renaissance/Renaissance Noire*, vol. 1, no. 1 (Fall, 1996): 39–55.

（12）Philip Lewis, *The Measure of Translation Effects*, Joseph Graham, ed. *Difference in Translation* (Ithaca: Cornell University Press, 1985), p. 41.

（13）Ken Saro-wiwa, "High Life," in *A Forest of Flowers* (Longman Group Limited: Essex, England, 1995), p. 73.

（14）Ken Saro-wiwa, *Sozaboy*, p. 14.

（15）〔訳注〕同時にマニズムは祖霊崇拝のことも指している。

（16）Achille Mbembe, "The Banality of Power and the Aesthetics of Vulgarity in the Postcolony," trans. Janet Roitman, *Public Culture*, vol. 4, no. 2 (1992): 1-30. 独創性に富むエッセイの別バージョンは、この概念の使用を明瞭化させている章のひとつ「戒め」についてとともに、以下の本に収められている。Achille Mbembe, *On the Postcolony* (Berkeley: University of California Press, 2001).

（17）Ken Saro-wiwa, *Sozaboy*, pp. 3 and 11.

（18）Paul de Man, "Anthropomorphism and Trope in the Lyric," in *The Rhetoric of Romanticism* (New York: Columbia University Press, 1984), p. 242.〔ポール・ド・マン『ロマン主義のレトリック』山形和美・岩坪友子訳、法政大学出版局、一九九八年、三一六頁より一部改変を施して引用。〕

（19）Ken Saro-wiwa, *Sozaboy*, p. 77.

（20）『ブッシュ・オブ・ゴースツ』と『ソザボーイ』には、とりわけ戦争と幽霊を語りによって複雑に交錯させる手法において、著しい類似点がある。チュツオーラのピジン英語はサロ＝ウィワのものほど顕著ではないが、重要な先例として、ノースやムベンベら批評家に正当な評価を受けている。このようなかたちの非標準英語を文学的な利点として認知するのが依然としていかに難しいのかは、ジェフリー・パリンダーによるチュツオーラの小説（グローブ・プレス版）の序文からうかがい知れる。「この作品は、文章のひどい間違いをとり除き、多少のあいまいな部分を明白にし、繰返しの部分もいくらか省略するために、編集の手が加えられている」。Amos Tutuola, *My Life in the Bush of Ghosts* (New York: Grove Press, 1984), p. 15.〔エイモス・チュツオーラ『ブッシュ・オブ・ゴースツ』橋本福夫訳、ちくま文庫、一九九〇年、二二七頁。〕

（21）Saro-wiwa, *Sozaboy*, p. 112.

（22）Ibid., p. 118.

（23）North, "Ken Saro-wiwa's *Sozaboy*," p. 112.

（24）Ibid., pp. 108-109.

（25）Ahmadou Kourouma, *Allah n'est pas obligé* (Paris: Seuil, 2000), p. 9.〔アマドゥ・クルマ『アラーの神にもいわれはない——ある西アフリカ少年兵の物語』真島一郎訳、人文書院、二〇〇三年、五頁。〕

（26）Ibid., pp. 10 and 11.〔同書八頁より一部改変を施して引用。〕

(27) ボールドウィンは、黒人英語がジャズとスウィング（ジャイブ）を通じて国家に「リアリティをちらりと垣間見ること」を許していなければ、白人アメリカ英語は「いま聞こえているような聞こえ方」はしていないだろうと指摘する。ボールドウィンによれば、黒人英語は「まったく知られることのなかった人々や「歴史」に嫌われた人々に［…］、彼らの現在の、やっかいな目に遭い、遭わせもする、ゆるぎない、答えようのない場所」をもたらしてきた。私がここで言っているのは、権利を奪われたナイジェリアのマイノリティたちにとって、腐った英語が同じ役割を果たしているということだ。James Baldwin, "If Black English Isn't a Language, Then Tell Me What Is?" in *The Price of the Ticket: Collected Nonfiction 1948-1985* (New York: St. Martin's/ Marek, 1985), pp. 650 and 651, respectively.

第十章　傷ついた経験の言語

比較文学の新しい形式においては、ポストコロニアル理論がフランクフルト学派の思想に近づき、同様に「腐った」言語は「傷ついた」言語に近づく。[1] テオドール・アドルノの『ミニマ・モラリア』（一九五一）は副題に「傷ついた生活裡の省察《リフレクシオネン・アウス・デム・ベシエーディクテン・レーベン》」とつく著作で、こうした比較文学の支柱として浮上する。たしかにアドルノの生活世界は、ヒトラーによって文化の死がもたらされたと確信した結果バラバラに粉砕されたとはいえ、当然ポストコロニアル批評家のそれとはまったく異なる（そもそもアメリカ大衆文化への嫌悪こそ、アドルノ一派のみに見られる、理論を前進させる起動力だったが、ポスコロ理論家にはほとんど当てはまらない）。しかし、それでもなお私が主張したいのは、両思潮がともに通過してきたマルクス主義とディアスポラ意識の混合は、資本主義が人間にあたえた「傷」を鋭く感じとっているということだ。「傷」とはアドルノの言葉を正確に引けば、「経験というものが消滅したこと Absterben der Erfahrung」、行きすぎた資本主義・労働力の消耗・技術的機能主義の帰結にほかならない。アドルノはこう書く――

> 新しいタイプの人間を正当に評価するためには、彼らが彼らを取り巻く周囲の事物からもっとも隠微な神経の内奥にいたるまで常住不断に蒙っている刺戟を十分念頭に入れておく必要があるだろう。いまでは押し開くように出来ている開き窓というものがなくなり、ぐいと力を入れて引き開けなければならぬガラス窓しかないこと、しずかにきしる取っ手が回転式のつまみに代ったこと、住んでいる家に玄関の間も通りに面した

門口もなく、庭にはりめぐらした塀もないこと、そういったことは、そうした環境に住む人間に対してどんな意味をもっているであろうか？［…］今日経験というものが消滅したことには、いろいろな物が純然たる合目的性の要請の下に作られ、それとの交わりをたんなる操作に限定するような形態を取るにいたったことがすくなからず影響している。操作する者には態度の自由とか物の独立性とかいった余分の要素を認めようとしない性急さがつきものだが、実はそうした余分の要素こそ活動の瞬間に消耗しないであとあとまで残り、経験の核となるものなのである。(2)

この言葉は、かつての事物がもっていた工芸品的性質への、単なるノスタルジーなどではない。二十世紀の終わり、ベネディクト・アンダーソンによって「後期ナショナリズム」と性格づけられたものが後期資本主義とアンサンブルを奏でた時代においては、主体性の傷、あるいは消滅へ向かう人間という概念が、ふたたび階級を語る言葉となるのだ。より具体的にいえば、グローバルに人員削減の対象となり、詰めこまれ追い出され、マイクロマイノリティ化、つまりは国境の内で追放者コミュニティのようにあつかわれる階級だ。私が特に細かく論じていくのは、プロレタリア的スコットランドにおける白人植民地主義である。

けれども、アーヴィン・ウェルシュの小説『トレインスポッティング』と、この小説をグローバルな文学市場に高い知名度で流通させた、ダニー・ボイル監督による映画版の検討へ移る前に、『ミニマ・モラリア』で見られる「傷ついた」ないし「消滅へ向かう」経験というアドルノの概念について、いくらか述べておくのが順序というものだろう。スーザン・バック＝モースの言葉を借りれば、一九三〇年代を通じてアドルノの思想は、マックス・ホルクハイマーの次のような意識から影響を受けていた――「人間が被っている苦痛の現実を認識しなければならないばかりでなく、認識という行為そのものが肉体的性格をもっている(3)」。さらにアドルノの思想は、ヴァルター・ベンヤミンの著作にも深く依拠していた――「彼［ベンヤミン］の思考は、あたかも思考することが、触ることや匂いを嗅ぐことや舐めることにみずから変じていこうと思っているかのように、そんなふうに事物の肉体へと迫っていく(4)」。

言語とは、認識の身体を運び、それに仕える伝達手段だ。ブレヒトの『三文オペラ』をめぐるエッセイでベンヤミンは、セクションをひとつ設け、メッキースの独白に際立っている「訓辞や金言、告白や弁論」から「粗野な思考」と呼ばれるカテゴリーを抽出してみせる。[5] ベンヤミンによれば、大衆によって生みだされた粗野な思考とは、「火のない所に煙は立たず」とか「鉋《かんな》をかければ鉋屑が出る」といった諺によって要約される。[6] こうした言葉の数々は重りとなって、「弁証法的思考の実際的な働きのなかに組み入れられ」る。[7] こうした言葉によってこそ、行為が可能となるためだ。実のところ、「思想というものは、行為においてしかるべき権利を得るためには、粗野でなければならないのだ」。[8] ベンヤミンの見るところ、「粗野な思考」に典型的な、この野卑でプロレタリア的な決まり文句こそが、ブレヒトの諷刺を展開させるエンジンとして機能する。諷刺とは、「同時代の市民の装いを剝ぐ」表現や、「剝き出しの姿で、人間的なものが［…］現われ出る」ところまで、「法概念によってまとわされた飾りひだ」をめぐり返す表現を軸に展開する。[9]

ブレヒトによるルンペン風の言いまわしを手立てに、ベンヤミンは野卑な人間性の音調をみてとった。実に興味深いことにアドルノもまた、ベルリン北部の訛りやロンドンの下町訛り《コックニー》を、主体性の傷を理解する鍵のひとつとして用いている。『ミニマ・モラリア』の「腹ぺこ」と題されたセクション（英訳では Not half hungry という「ひどい空腹」を意味するイギリス風の表現となり、ドイツ語原典の Kohldampf——「蒸しキャベツ」つまり「貧者の食べ物」[10]——に対応する）において、アドルノは労働者の訛りを階級的自己嫌悪のうらみがましい趣味として解釈している。

> 文章語を貶めるために労働者の訛りをもちあげるのは反動的なやり方である。余暇、それに思い上った高慢な気風でさえ、上流階級のことば遣いに自主性やたしなみの趣を与えてきた。もっともそのために、それが行われている社会的な範囲とこのことばは対立を来たすことになった。このことばの指示するところに従わない上流階級の人びとは、逆にそれを命令のために濫用するのだが、そのためにことばの方でも彼らに逆らい、彼らの利益に奉仕することを拒否するのだ。ところで被抑圧階級のことばに影を落しているのは支配体

制そのものであり、不具化していない自主的なことばが恨みがましくなく正々堂々とそれを口にできるほど自由な人びとのすべてに約束している公正さというものを、彼らから奪っているのである。プロレタリアのことばは飢《うえ》の口授したことばである。貧乏人の話っぷりはすき腹を一杯にするためにことばをじっくりかみしめるといった風がある。社会の与えてくれない栄養の糧を言語の客観的精神が与えてくれることを期待しているのだ。だからほおばるもののない口で大口を叩く。そしてこういう形で言語に仕返しをしているのであり、愛することを許されていない言語の肉体に凌辱を加え、無力の強さでもって自分自身に加えられた屈辱を反復するのだ。ベルリン北部の訛りやロンドンの下町訛りに見られる一番の美点は打てば響くような頓智の才であるが、そうした才智の閃きでさえ、絶望せずに絶望的な状況を切り抜けるために当面の敵とともに自分自身を笑いのめし、結局、世の成り行きを是認するような嫌いがある。(11)

そして、実に奇妙な部分がつづく——

文章語にはたしかに階級間の隔たりを成文化したようなところがある。しかしその隔たりは口語に後戻りすることで縮まるものではなく、厳密きわまりない言語表現の客観性を一貫して追求することによってしか解消しない。文語を内面的に止揚した語り口だけが、人間性の発露であるかのように装っている偽りから人間のことばを解放することができるのである。(12)

アドルノは、あるレベルにおいては労働者階級の訛りを、主人の手を嚙んで逆襲しうるルサンチマンの手段として指摘しているようだ。しかし別のレベルでは、あらゆる人間の語り口を「文章語化」するという側に立って戦おうと決意したかに見える——野蛮なものが追放され、歴史的客観性を実現し、もはや不適切な文法というジャンクフードを糧とすることもない。「人間性の発露であるかのように装っている偽りから人間のことばを解放することと」を呼びかける一節は、ベンヤミンが考察していた人間性と響き合っている。それは諷刺によって裸にされた人間性だ――罵倒語と暗澹たる社会的リアリズムに見られる、心をかき乱しつつも麻痺させる言語（いわば肉を削いで骨とされた言語）と化した諷刺によって。こうした言語には、標準的言語の隘路で飢えを満たそうと、「粗野な思考」が待ち伏せしている。

階級と認識を結びつける証書として、傷ついた生を言語学的に解釈すること。これは、一九九三年にアーヴィン・ウェルシュが発表した、底辺の人々を描く作品（小説『トレインスポッティング』）に埋め込まれた政治的美学とじかに関連する。タイトルからしてすでに個人言語《イディオレクト》のようである。なぜならこのスラングの意味は、蒸気機関時代の英国で人気のあった、機関車の型番やそれが目指す到着駅を記録するという娯楽なのだ。ランドルフ・ストーが思い出させてくれるように、トレインスポッターといえばひどいオタクも同然であって、彼らが夢中になっているものといえば――

同胞たちにケージの鶏のような生活をさせること。彼らが愛するのは、規格化された居住空間に食事施設に保育設備。他人のセックスライフに干渉するのも大好き。装飾のつまらない細部に異様なこだわりを見せることもしばしば。遺伝子がオタク的性質をあらわにする幾つかのパターンのひとつ。(13)

見事な転用の例に漏れず、この言葉の用法も「規格化された」コースからはずれ、のらくら過ごしていたりドラッグをやっていたりする、より広い意味での落伍者を指すようになった。鉄道に関する語彙もヘロイン中毒の隠語だ――mainlining（幹線／静脈注射）、tracks（線路／反復注射の痕）、spotting the vein（spot 型番を当てる／vein 血管）、getting a rush（混雑／最初の快感）、hit（点火／一服、売人との密会）、crashing（衝突／麻薬切れ）、getting wrecked（事故／酩酊）。トレインスポッターは、たとえ心優しき放浪者や浮浪者であろうとも、麻薬常用者であればなおさら、底辺の中の最底辺だ。

ダニー・ボイルによる映画版でこうした連想への合図《キュー》となっているのは、四人の麻薬常用者が広場にたむろし、スコットランド人プロレタリアの行きづまりについて思案するシーンだろう。彼らは底辺の中の最底辺、あまりにも底辺であるのが実態で、上ではマスかき野郎ども（イングランド人）の国がふんぞり返り、フランチャイズマップからも完全に抹消された、新手の市民権の国へ追いやられている。映画も小説も、貧困状態・階級的閉所恐怖・薬物中毒・国家的自己否定の汚泥にまみれた、この国内植民地化の緊張を、一種の言語的な弛緩として探る。

ウェルシュも属する現代作家の一群には、イアン・バンクス、ジェイムズ・ケルマン、ダンカン・マクリーンといった面々も含まれる。彼らはトゲのある現代的なイディオムを折り目正しく綴ってみせることで、もはやべつの言語、あるいはひかえめに言っても、擬似翻訳ないし同言語内（英語から英語への）翻訳のように見えることもままある文章を発明し、スコットランド「マイナー文学」の流行をつくりだした。とはいえ、英国小説にはかねてよりずっと、地方色豊かな訛り《アクセント》を用いるフォークロア的な伝統があった。好例といえるのは、ジョージ・エリオットの『アダム・ビード』だ。実に興味深いことに、作品に「アクセントを添える」役まわりで配された、滑稽なスコットランド人がいる。

彼がスコットランド人であるという、利点のある血統のせいだけで、育ちのせいではないように思われる。何故なら、彼の発音はのどびこを振動させる音が人より強いという以外には、言葉はこの近くのローム州の人達と別段大して変ってはいなかった。しかし、庭師はスコットランド人で、丁度フランス人の教師がパリ人であるのと同じである。
「さて、ポイザーさん」彼は、この善良でゆったりした農夫ポイザー氏が話さないうちに云った。「明日あんたは乾し草を運搬しなはらんでしょうなあ。晴雨計は天候の変化にへばりつくもんだと考えとるんです。一日経たんうちにもっと雨が降るちゅう、わしの言葉を信用しなはってよかです。あの少し濃紺になった雲が平線のとこに見えるでしょう――わしの平線ちゅうのは分かるでしょう、陸と空がぶっつかっちょるように見える所ですたい」
「うん、うん、雲は見えるよ」ポイザー氏は云った。「平線があろうと無かろうとだ。マイク・ホールズワースの休閑地の丁度真上のとこだな。それに、あれはひどい休閑地だよ[14]」

スコットランド人の「平線'rizon」がローム州農夫の「休閑地」へ「翻訳」されること（さらには、隣人に向けられた「ひどい休閑地《ファアウル・ファアロウ》」というお粗末な駄洒落となること）が示唆するのは、地方の土地所有者（ポイザー氏とホールズワース氏）のあいだにおける財産争いの方が、ポイザー氏と庭師のあいだに孕まれた階級ないし地域的な緊張関係よりも、重視されているということだ。アクセントの違いは、スコットランド人庭師と英国人雇用主のあいだのコミュニケーションを阻害しないかぎり、土地所有階級と移民労働者のあいだに結ばれる連帯の理想像を確認するものとなる。要するに訛りは政治的に中和され、田園生活を描く風景画に民族誌的な深みをあたえる、地方色添加剤となっている。訛りは、ローム州で働くスコットランド人庭師の地方的意識へ入る玄関を開けてはくれるが、やはりこの意識は、庭師が労働する囲いこまれた区画同様、英国リアリズム文学の伝統にきっちりと縛られたままだ。

対照的に、「新スコトロジスト」と称された作家たちが訛りを使うのは、都市部での地方的意識という心理的窪地へ、じかに読者を置くためだ。概していえば、語り手の世界の見方が語り手の世界の語り方から、つまり、しゃべり言葉の抑揚がつけられた内的独白から透けて見える。ジェイムズ・ケルマンのブッカー賞受賞作『ハウ・レイト・イト・ワズ、ハウ・レイト』（一九九四）における言語は、ホームレスの男が警察に絶命寸前まで殴られて失明するという、度を越した肉体への暴力の指標となっている。ふらふらよろめく男の体軀の運命は、「システム」の蛇行した小道を抜け、あまりにもおぞましい身体の物語となり、法的な補償に関する主体の発話までを、方言の盛り込まれたフラストレーションで包む――「けども彼は、糞ラッキーにまた気狂い豚野郎に記録される障害キチガイ給付なんざもらわず、マジな埋め合わせなんざ笑い話でしかなかった[15]」。

ケルマンが、障害のある浮浪者のその日暮らしのサバイバルに関連する、発話上の言語的な接合《スプライシング》と畸形に特化しているとすれば、ダンカン・マクリーンは外に向けて同じく強い罵詈雑言を浴びせかけるよう、その口から轡《くつわ》を外す。マクリーンの短編集『舌のバケツ』の表紙には、ジャニス・ギャロウェイの言葉が載っている――

「微に入って描かれるふとした残虐性と不条理。肉体的・言語的コミュニケーションとしてまかりとおる愚かさや恐ろしさ［…］。ぱさぱさで、蛆のわいた作品[16]」。マクリーンの長編小説『バンカーマン』（一九九二）は、糞便趣味的《スカトロジカル》な汚らしさにもとづく点で、『トレインスポッティング』に匹敵する。結婚したばかりの学校の「ヨーム員」をめぐるこの物語は、はじめのうちはスコットランド風の異音や罵倒語にあまり汚染されていない散文として始まる。しかし用務員が、「小屋《ボシー》〔スコットランド方言〕」の主人という自分の仕事を恥じていくにつれて、発話に汚いスラングがどんどん混じるようになる。ひとつのターニングポイントとなるのは、「翻訳」の問題をめぐって妻カレンと口論をしている最中のことだ。夫が「マンコ」という言葉を「変人」全般の意味で日常語として（かつ人種差別的に）使うことに、カレンは異議を述べる。

おれのことならわかってんだろカレン、と彼は言った。おれはホントのこと知ってんだよ。べつに黒人じゃなくたって、マンコはいる。バカげたあそこの運動場のヘンタイを見てみろって話だ。ヤツは黒人じゃねえけど、マンコだ。変人だ。皮ふの色なんか関係ねえ。さえねえマンコだ［…］。

カレンは首を振り、まわれ右して道路をゆっくり歩きはじめた。ロブも足並みをそろえた。

だとしても、と彼女は静かに言った。そうだとしても、あなた、変わったわ。そんなこと言うなんて。

そんなことって何だ？

たとえば……人のことマンコって呼んだり。前はそんなことしなかった。

は⁈

そんなことしちゃダメ。よくない。

ずっとマンコの話はしてたさ！

してない。わたしにはしてない。

けど……

わたしのおマンコの話はしてた。セクシーって言ってくれたし、あなたのペニスとわたしのおマンコの話はしてた。それはいいの。大丈夫。言葉をきちんと使ってる。

で？

それで、あなたが嫌いな人のことを、わたしの体の一部で呼ぶなんてダメ！

聞こえやしねえよ。

ロビー！　気にするのはそういう人たちじゃない。わたし。わたしの気持ちを傷つけるの。[17]

ロブの「マンコ」の使い方が、夫婦間の裏切りと等しいものとして提示されている。こうして小説中もっとも忌まわしい場面──妻の不義を想像したロブが復讐のため、バンカーマンにレイプさせる場面──を予告している。

新スコトロジストたちは、より一層の悪名を「マイナー文学」にあたえた、イギリス諸島の白人ポスト植民者の仲間として分類されることもあるだろう。デイヴィッド・ロイドは「マイナー文学」という用語を、英国で活動するアイルランド文化ナショナリストたちが書いた作品に適用する。[18]いささか問題ぶくみながら、この用語を、ジル・ドゥルーズとフェリックス・ガタリのカフカ論から借りてきているわけだ。[19]「マイナー文学とは何か」という影響力ある章においてドゥルーズとガタリは、カフカのドイツ語を「伝達的」な言語のパスティーシュとして分析していた。この場合、貧困化した官僚用語、つまりプロイセン国家によってチェコスロバキアの上に置かれた、空っぽな国家言語だ。二人の読みに従えば、カフカは伝達語という乗り物に、イディッシュ語の音調から土地固有のチェコ語の断片にいたる歓迎されざる荷物を積載し、転覆させたのだ。とはいえ、マルコム・パスリー編／マーク・ハーマン訳による新英訳版カフカからうかがえるのは、ドゥルーズとガタリが特徴づけたものとはかなり異なった質感をもつドイツ語用法だろう。しかし二人の議論は、精神的な鉄のカーテンに対抗するアレゴリーという戦後の「真昼の暗黒」的な解釈から、内在する「動物への変化のなか」にあるカフカを救い出してくれる限りにおいて、今なお有効である。[20]

カフカのドイツ語とアーヴィン・ウェルシュのマイノリティ英語が比較できそうなのは、言語の動物性を見せてくれる点だ。それは訛りの翻字だったり（goatという、スコットランド発音をうつしたgotの「山羊《ゴート》っぽさ」）、生命活動と摂取行為の肉体化された比喩によったりする。ヘロインを打った男根が、薄気味悪い海ヘビのようにのたくる。ひき肉とゲロが胃袋にはりつく。ヤクを打つため麻薬常用者が肉と血管をたたく。言葉は針となって読者を刺し、人であることは死にゆくこと、人と肉や物とは隣りあわせなのだと気づかせる。こうした剝き出しの内在性を、人道的福祉国家のうちで爛《ただ》れる偽善告発戦略の一部と解釈しようがしまいが、ウェルシュと新スコトロジストに共通していると思われるのは、罵詈雑言——攻撃的で骨となるまで削ぎ落とした、爆発寸前の地方的発話——を用いる点だ。

　ウェルシュが用いるスコットランドの土地固有語は、訛りやスラングの移調というよりもサブカルチャー的な言葉づかい《シュプラーヘ》で、少なくともスコットランドの外の英国人《ブリット》や英語話者にとっては、歪んだ言葉の矢玉で傷をあたえてくる標準英語として機能する。批評家の中には、この歪める力を単なる「視覚方言」（口語的発音だと示すため、非標準的なスペルで綴ること）の問題だと片づける者もいるかもしれないが、私としてはウェルシュの綴り字法がふくむものとして、雑穀配合式政治美学、階級をめぐるポストコロニアルな政治学があるのだと述べてみたい。ウェルシュ流の「言文一致」を深読みしすぎれば、新植民地主義のやり方でスコットランド労働者階級の文化をエキゾチシズム化する危険がある、ともっともな懸念を表明する者がいるとしても、私がデイヴィッド・ロイドとともに論じたいのは、その著書『特異な国家——アイルランド作品とポストコロニアルの瞬間』のひとつの章題を引けば「糞のなかの作品」、あるいはウェルシュの言葉を引けば「くだらない連中のたわ言」(21)を聴くこと、こういった事態は、資本主義が経験にあたえた聴覚上の傷口としての「傷ついた生活」に、新たな耳を貸すことを意味するという点だ。

　一見しただけでも、小説『トレインスポッティング』を読みにくくする障害物は、システムに衝撃をあたえている。それほどまで目と耳は分離し、ドゥルーズとガタリが「テンソル」とか苦悩の結節点と呼んだものが優勢を占めている。

　前置詞の不正確な用法、再帰代名詞の濫用、何にでも通用する動詞の使用［…］、副詞をいくつも連続して使うこと、苦痛を礼賛するようなコノテーションの使用、語の内面的な緊張としてのアクセントの重要性、内的な不調和としての子音と母音の配分［…］。(22)

こういったものがテンソルの特徴であり、ドゥルーズとガタリはヴァーゲンバッハにならい、カフカのプラハドイツ語にも見いだされると論じている。この議論に沿えば、ウェルシュによるエディンバラ方言を、ジョイス風の言語遊戯に深く依拠した、テンソル化された言語だと見ることができる。

地口と両義表現の宝庫として強いアイルランド訛りを掘りさげた作家といえば、言うまでもなくジョイスだ。なかでも『フィネガンズ・ウェイク』は、土地固有の表現から言語的幻想を現出している。たとえば――

もこ畚《もっこ》ともっこり重《おも》く、畚凜々《もっこりり》しく大振動《だいしんどう》。（むろん壁《かべ》は勃起立《ぼっきりつ》）どどっててーん！ どもりんどりと梯子《はしご》から転落《てんらく》。しょってーん！ 昇天《しょうてん》だ。がってーん！ 墳墓《ふんぼ》に入《い》れマスタバな、主石室《しゅせきしつ》に入《い》れましたべな、男《おとこ》が陽婚《ようこん》すると隆《りゅう》リュート長《なが》らく憂《うれ》しがるんで。世界充《せかいじゅう》に見《み》せたいものだ。災図《さいず》？ 墓《はか》ってみよう！ マクール、マクール、ほうら汝《なんじ》やって死《し》んじっちまった？ 喪苦曜日《もくようび》の燥朝《そうちょう》ってのに？ 満《み》ちまくーりフィラガンの聖油《せいゆ》つや艶《つや》の通夜《つや》に、むせび泣《な》きしゃくりあげた国《くに》じゅうの夜多者《よたもの》たち、仰天《ぎょうてん》して寝《ね》っくり返《かえ》り、十二重《じゅうにじゅう》に溢《あふ》れだぶれる頌辞《しょうじ》を歌《うた》った。(23)

感傷的になった酔っ払いが死体の勃起を夢想するこの場面に、ジョイスは、好色で不能で死に瀕したアイルランド民族というイメージを埋め込んでいる。これはウェルシュのどこか皮肉な節題、「スコットランドはドラッグという名の精神安定剤を飲む」を予感させる。duodismally（十二重《じゅうにじゅう》に）という語はduodecimal（十二進法／支払勘定の方式）、寂しさの底にあるクリスマスの十二日間（duodecimalには「十二分の一」の意もある）、胃腸の不調（duodenumは「十二指腸」を意味する医学用語）といった言葉を軸にしてくるりと回り、消化不良と国民的メランコリーを心理的につなぐ。「喪苦曜日《もくようび》の燥朝《そうちょう》」や、「災図《さいず》Shize」と「墓《はか》ってshee」の言語遊戯は、それぞれ酩酊や排泄のテーマへ練りあがるとともに、身体機能に圧倒され、あわれにも自分の糞の中でもがく政体のイメージを確認する〔Shize と shee は組み合わさって、ドイツ語の Scheiße（糞《シャイセ》）を響かせる〕。この点でいうと、『トレインスポッティング』の「どろどろの糞とアルコール臭いゲロと濁った小便が混ざったひどい匂いの雨」[24]という一節や、便器に頭を突っ込んだり、洪水みたいな生理のときのタンポンを愚痴ってみたりする登場人物たちの描写は、ジョイス流下衆語の九〇年代版と読むこともできそうだ。ただしウェルシュの言葉は、詩情にとぼしく、もっと日常語に近い。

俺たちは二階席で飲んでいたが、込み合った一階に頭のネジの緩んだ連中がどやどやと入ってくるのが見えた。大声で騒ぎ、まわりのやつらをびびらせながら、肩で風を切って歩いている。

俺はこういう連中が大嫌いだ。ベグビーみたいな連中ってことになるか。こういうやつらは、例えばパキスタン人とか、ホモとか、自分たちと少しでも毛色がちがうと見ると、相手かまわずぶっ飛ばしたがる。この最低の国でも最低の連中だ。この国を植民地にしたイングランドを責める連中は間違ってると俺は思う。俺はイングランド人を憎んではいない。あんなやつら、ただのあほうじゃないか。いいかい、俺たちはそのあほうの集団に植民地にされたんだぜ。俺たちは、立派で、活気があって、健全な国を自分たちの植民者に選ぶことすらできなかった。そうさ、それすらもできなかったんだ。俺たちは、落ち目の国に支配されてる。それがどういう意味か、わかるかい？　俺たちは最低中の最低、世界のクズだってことさ。この世に創られたあらゆるものの中で、一番みじめで、卑しくて、情けなくて、とるに足りないクズなんだ。俺はイングランド人を憎んでなんかいない。やつらはやつらで、勝手にやらせておけばいい。俺が憎んでるのは、スコットランド人さ。[25]

「あほうの慰みものになっている」という表現は、白人植民を政治支配の入れ子として示し〔スコットランド人は、グローバル経済に植民地侵略された英国人《ブリット》に侵略されたスコットランド人に侵略されている〕、さらにこれは、語り手のヘロイン依存と相関関係にある悲惨な隷属状態・精神的依存によって悪化する。イングランド人はぶちゅっと一発くれるひと、バッドマザーの見かけをし、「修道院長」の名で通るヤクのディーラー、ジョニー・スワンだ。

俺も一発やった。針を刺せる静脈を探すのにえらく時間がかかった。俺の静脈〔Ma boys〕は、普通の人とちがって肌の奥深くに埋もれている。ようやく見つかると、俺はじっくり味わいながら流しこんだ。アリの言うとおりだ。いままで最高のオーガズムを思い出して、その感覚を二十倍にしてみても、この快感にはとうていかないっこない。愛しいヘロインの優しい愛撫に、乾いてひび割れそうになっていた全身の骨〔Ma dry, cracking bones〕が鎮まり、とろけてゆく。地球が動いた。そして回りつづけている。[26]

母の主題《マターナル・ライトモチーフ》が、my の発音が ma となることで耳に届き、さらに「ヘロインの優しい愛撫」という一節によって、家母長の胸で眠れと誘われる社会体のイメージがあらわれる。「麻薬《レディー》」に寝かしつけられ、抑圧されたスコットランドはリビドーが枯渇し、自我も消失した前エディプス状態へ退行する。このように国内植民が、麻薬中毒と階級的抑圧のサブカルチャー言語によって表象されているのだ。こうしたプロレタリア語法《プロールスピーク》・ヤクの隠語・ポップカルチャー用語の混合は、ヨーロッパ中に広がる、アメリカ式グローバルカルチャーの新帝国主義へ注意を向けるためにも用いられる。たとえば、シック・ボーイが、二人のアジア系旅行者をからかう場面。

「どうしたんだい？　どこへ行きたいの？」俺は訊いた。しょの調子だよ、シュコットランド人は親切なことで有名なんだ〔Good old-fashioned Scoatrish hoshpitality〕。しょの調子なら女たちもメロメロだろうね、シャイモン。新ボンド、若きショーン・コネリーが言う。いいかいお嬢さん、これこそ新しいボンデージ《ボンド・エイジ》だよ……。「私たち、ロイヤル・マイルを探しているんです」おやおや、古式ゆかしいイギリス風のお上品なアクセントで返事が返ってきたじゃないか。何とまあそそられるパンティ。シンプル・サイモンが言う、ちょっと手で足首をつかんでみてくれないかな……。

これだけの女に囲まれたレント・ボーイは、萎えたコックみたいにふにゃふにゃだ。言うまでもないことか。ときどき、この男は、勃起するのは高い塀の向こうに小便〔pish〕を飛ばすためだと信じてるんじゃないかと思うことがある。(27)

Sh（シャ・シュ・ショ）の音は、不幸なスコットランド性を示している。階級的ルサンチマンの、言葉における痙攣《チック》として――ゴマをすって、冷笑し、悪意を込めて――hoshpitality や pish といった語の内部で、不幸なスコットランド性が暴力的に噴出していると読んでもいいだろう。シック・ボーイの発言にはずっと、不能の恐怖が渦巻いている。スコットランド唯一の真のアクションヒーロー、ジェームズ・ボンドを口の端にかけたときでさえ、少女たちのボンデージをめぐる駄洒落となり、制御不能のきりもみ回転で自滅する。「シンプル・サイモンが言う、ちょっと手で足首をつかんでみてくれないかな」という子どもっぽい囃子唄は〔「シンプル・サイモン」は伝承童謡のひとつ〕、落伍者の落ちぶれた小唄となり、代償としてのレイプファンタジーと化している。自由連想にも似たシック・ボーイの錯誤は、イギリス連合王国とアメリカ合衆国に対するスコットランドの隷属関係を音声言語化したものだ。ジェームズ・ボンド（・エイジ）は、スコットランドの娼婦＝大使の役に仕え、サーモンやシングルモルトウィスキーとならぶ、この国の主要輸出品となっている。挙句の果てには『トレインスポッティング』それ自体も（小説と「イカした四人《ファブ・フォー》」の映画の両方）、搾取を「資本」に組み込んだ、文化製品連続体の一部に位置づけられる。ごく簡単に言えば、「あほうの慰みものになっている」と性格づけられた失業手当《ドール》＋麻薬《ドープ》中毒の社会構成が、言語政治を通じ、世界を舞台とする「あほうを慰みものにする」ものへ変容しているのだ。

「あほうを慰みものにする」ところで政治的には出口がないが、後期資本主義の最終局面の要約にはなる。なんら役に立たない市民たちの身体に問題を引き起こし、あるものといえば止血帯と針とスプーンばかりの、火の気のほとんどない暗い部屋へ投獄する。

気がつくと寒かった。ひどく寒かった。ロウソクはほとんど溶けてなくなってる。部屋を照らしてるのは、テレビだけ。白黒の番組だ……っていっても、もともと白黒テレビなんだからあたりまえか……カラーテレビだったら、カラーの番組なんだろうな……たぶん。

凍えそうだ。だが、動けばよけいに寒くなる。動いたって、部屋を暖めるようなことは何にもできないと、何一つできやしないと、はっきり思い知らされるだけのことなんだ。とにかくこうしてじっとしてれば、俺だって動けるんだ、あそこまで行ってストーブのスイッチを入れることだってできるんだぞって自分を騙せる。ここで大事なのは、できるだけ身動きしないようにすることだ。からだをあそこまで引きずっていってストーブのスイッチを入れるより、このほうがずっと楽だろ。

部屋にもうひとり誰かいる。きっとスパッドだ。暗くてよくわからない。

「スパッド……スパッド……」

返事はない。

「寒くて死にそうだよな」

スパッドは、いや、そいつがスパッドだとしての話だけど、やっぱり何も答えない。死んでるのかな。いや、たぶん生きてるだろう。だってほら、目が開いてる。けど、目が開いてるからってさ、わかりゃしないけどな。(28)

この節「ジャンク・ジレンマ　NO．65」において薬の打ち過ぎは、「死体への変化」状態に囚われた、麻痺した政体の隠喩となる。明滅する白黒テレビの画面は、生命そのもののようにオン／オフボタンを往復し、「天然色《リビングカラー》」の喪失、意志の凍結、そして経験の消滅を示している。

注

（1）Emily Apter, "Comparative Exile: Competing Margins in the History of Comparative Literature," in *Comparative Literature in the Age of Multiculturalism*, ed. Charles Bernheimer (Baltimore: Johns Hopkins University Press, 1995), pp. 86-96.

（2）Theodor Adorno, *Minima Moralia: Reflections on a Damaged Life*, trans. E.F.N. Jephcott (London: Verso, 1974), p. 40.〔テーオドル・W・アドルノ『ミニマ・モラリア――傷ついた生活裡の省察』三光長治訳、法政大学出版局、二〇〇九年、四三―四四頁。〕

（3）Susan Buck-Morss, *The Origin of Negative Dialectics: Theodor W. Adorno, Walter Benjamin, and the Frankfurt Institute* (New York: Macmillan, 1977), p. 83.

（4）同書同頁中に引用。〔テオドール・W・アドルノ「ベンヤミンの特徴を描く」三原弟平訳『プリズメン――文化批判と社会』渡辺祐邦・三原弟平訳、ちくま学芸文庫、一九九六年、三九九頁。前注記載の『否定弁証法の起源』には、刊行されている英訳版『プリズメン』は「不正確」だとして、バック＝モース自身による英訳が「引用」されている。アプターはそのバック＝モース訳を引いている。〕

（5）Walter Benjamin, *Understanding Brecht [Versuche über Brecht]*, trans. Anna Bostock (London: New Left Books, 1973), p. 81.〔ヴァルター・ベンヤミン「ブレヒトの『三文小説』」浅井健二郎訳『ベンヤミン・コレクション2　エッセイの思想』浅井健二郎編訳、三宅晶子・久保哲司・内村博信・西村龍一訳、ちくま学芸文庫、一九九六年、三六三頁。なお、*Versuche über Brecht* 全体は、次の邦訳書が該当する――『ブレヒト　ヴァルター・ベンヤミン著作集9』石黒英男編訳、野村修・川村二郎訳、晶文社、一九七一年。〕

（6）Ibid., p. 81.〔同書、三六五頁。〕

（7）Ibid., p. 81.〔同書、三六四頁。〕

（8）Ibid., p. 81.〔同書、三六四頁。〕

（9）Ibid., p. 83.〔同書、三六九頁。〕

（10）〔訳注〕Kohlが「キャベツ」、Dampfが「蒸気」なので、あえて「直訳」すれば「キャベツ蒸気」。語源的には特に関係なく、「空腹」を意味する二単語が重なって変化した慣用表現。

（11）Adorno, *Minima Moralia*, p. 102.〔アドルノ『ミニマ・モラリア』一四四―一四五頁。〕

（12）Ibid., p. 102.〔同書、一四五頁。〕

（13）Randolph Stow, "Trainspotters' Heaven" in *Times Literary Supplement* no. 5037, Oct. 15, 1999, p. 40.

（14）George Eliot, *Adam Bede* (New York: The Modern Library, 2002), p. 250.〔ジョージ・エリオット『アダム・ビード』阿波保喬訳、開文

社出版、一九七九年、二〇二頁。〕

(15) James Kelman, *How Late It Was, How Late* (New York: Bantam Doubleday Dell Publishing Group, 1994), p. 248.

(16) Duncan McLean, *Buckets of Tongues* (London: Martin Secker and Warburg Limited, 1992).

(17) Duncan McLean, *Bunker Man* (London: Jonathan Cape, 1992), p. 180.

(18) デイヴィッド・ロイドはマイナー文学という概念を、新興国ないし周辺化された国家の文学的伝統を指して用いるきらいがある。そのため、「マスター－マイナー」とか「内地－周縁」といったパラダイムに地方主義的な関心を寄せることになり、結果その関心は、テーマや語り口といったものを重視する。こうしたアプローチを決して除外したいわけではないが、私はテクスト的／言語的レベルの解釈に力点を置くため、「マイナー文学」という用語が標準語と交わす束の間の関係に重点を置く。

(19) David Lloyd, *Nationalism and Minor Literature: James Clarence Mangan and the Emergence of Irish Cultural Nationalism* (Berkeley: University of California Press, 1987).

(20) 〔訳注〕本段落で使われている「伝達的」と「動物への変化のなか」の訳語は、次の邦訳書から引いた――ジル・ドゥルーズ、フェリックス・ガタリ『カフカ――マイナー文学のために』宇波彰・岩田行一訳、一九七八年、四二、五頁。

(21) Irvine Welsh, *Trainspotting* (New York: W. W. Norton and Co., 1993), p. 126. 〔アーヴィン・ウェルシュ『トレインスポッティング』池田真紀子訳、角川文庫、一九九八年、一八七頁。〕

(22) Gilles Deleuze and Félix Guattari, *Kafka: Toward a Minor Literature*, trans. Dana Polan (Minneapolis: University of Minnesota Press, 1986), p. 23. 〔ドゥルーズ、ガタリ『カフカ』四一頁。〕

(23) James Joyce, *Finnegan's Wake* (New York: Penguin Books, 1969, 1939), p. 6. 〔ジェイムズ・ジョイス『フィネガンズ・ウェイク　I』柳瀬尚紀訳、河出文庫、二〇〇四年、二四頁。〕

(24) Welsh, *Trainspotting*, p. 94. 〔ウェルシュ『トレインスポッティング』一四二頁。〕

(25) Ibid., p. 78. 〔同書、一一六―一一七頁より一部改変を施して引用。〕

(26) Ibid., p. 11. 〔同書、二〇頁。〕

(27) Ibid., p. 29. 〔同書、四六頁。〕

(28) Ibid., p. 95. 〔同書、一四四―一四五頁。〕

第十一章　CNNクレオール――商標リテラシーとグローバル言語旅行

移送中《トランジット》の言語として緩やかに定義される翻訳的《トランスレイショナル》言語は、言語的接触地帯の生態系を旅する役割をもつ旅行記のジャンルと密接な関連性を保ってきた。紀行文《トラベローグ》の最良の成果として私たちが知るものは、アメリカを旅したアレクシ・ド・トクヴィル、アルジェリアを旅したテオフィル・ゴーティエ、スペインを旅したワシントン・アーヴィング、モロッコを旅したイーディス・ウォートン、オーストラリアを旅したアーネスティン・ヒル、そしてより近い時代では、現代のピカレスクたるブルース・チャトウィンとV・S・ナイポールだ。しかし現在では、そうした著作はどんどん評判を落とし、流行遅れの書き物と思われている。地域色の記録（風景や遺物の卓抜した描写から、異国の慣習と外国語の響きの素描に至る）が定型とされる旅行記は、その兄弟分である文化人類学の報告書と同じように、新植民地主義的な精神構造を温存するものとして、また地域経済における階級と人種の不公平を強化する娯楽産業の隠れ蓑として、悪評を被ってきた。さらに重要なことは、商業的モノカルチャーがその地政学的縄張りを拡大し、国際メディア市場の混沌の中で国籍や人種意識や伝統が曖昧になるにつれて旅行記が衰退していることだ。人とニュースと金の移動は、物理的にもヴァーチャルにもますます加速し、ホテルチェーンやウェブサイトが提供する宿泊施設は、どんどんパッケージ化され画一化されたものになり、さらには携帯翻訳機が、（初等的であれ）即時的なコミュニケーションを約束してくれる。それゆえに、文化的変容としての旅行概念は摩滅し、輸出と輸入という市場モデルおよび旅行メディアの興業に囚われた世界文化のイメージ、ならびに観光客や従軍記者が暴力の標的となることを大々的に喧伝する、テロリズム報道という近年のマイクロジャンルにとってかわられている。テロ報道へのジャンル変容は、ミシェル・ウエルベックの小説『プラットフォーム』（二〇〇一）にも跡づけることができる。タイでの買春ツアーに参加するフランス人たちが襲われる猟奇的場面を描いたこの小説は、9・11同時多発テロと、バリ島での行楽客虐殺を予言していた。

　のうのうと空調を効かせつつ、単一言語的なセックスと社交の泡沫《うたかた》の中でウエルベックのキャラクターが綴るのは、グローバル資本主義のメディアスピークによって普及したツーリスト小説が、旅行記にとってかわった現状だ。だが、商品演出《プロダクト・プレイスメント》と大衆文化によってもたらされるこうした文化的画一化の様態が、欧米の小説に限られたものだとはとうてい言えない。同様のことはポストコロニアル小説においても、私が「CNNクレオール」と呼ぼうとしているものを装いつつ、生じはじめている。「CNNクレオール」においては、ブランド名が積み重なって新種の言語となり、受容先の言語と交錯する。この意味で、従来的な旅行概念は修正を余儀なくされ、グローバルなメディア拡散の問題、わけても世界中で消費者むけの製品名が地域の言語、個人言語、混淆的あるいはクレオール化した言語の中に紛れこんでいく実態を包含したものとならなくてはならない。このことは、日用品の名前――文献学者レオ・シュピッツァーは「新造語《ノンス・ワード》」と呼んだ――が文学的表現の中に入りこんでいくときなにが起こるかの見極めにも関わってくる。

　シュピッツァーが特に関心を寄せていたのは、企業のロゴとして機能する商標名が、いかに通常ならば言語変化を妨げるような障壁を打ち壊し、普遍的な言語として流通するようになって、ある種の造語を形成するかという点だった。シュピッツァーはこう指摘する。

〔イーストマン商会は〕コダックという新しい言葉を創りだしたわけだが、しかしどんなに論理的あるいは実際的であったとしても taught という言葉を teached に置き換えようなどとは思わなかっただろうし、英語の発音を変えようとも思わなかっただろう！(1)

個人がこんなふうに言語的革新を引き起こす機会など滅多に訪れない、シュピッツァーはそう断言する。

コダックという言葉は、共同体（もちろん世界－共同体のことだ）による承認を受けた個人的な造語革新の、比較的近年の一例をわれわれに与えてくれた。このケースは、商業・産業・科学・技術・社会および政治領域において、われわれの文明内に以前は存在しなかった事物を名指す、何千もの現代語を代表するものとしてある。実際のところ、（新しい事物の多さに対応する）これらの新語の多さは、近現代において驚嘆に値する現象である。世界史上のいかなる時代において（イーストマン・コダックのような）個人が、恣意的に案出された新語を、こんなにも多く、こんなにも広い領域にわたって普及させる力をもったことがあるというのだろうか？　そのようにして全世界に言語的影響を及ぼす力を、過去において個人がもった例は、どれほど稀なことだったのだろうか？[2]

「言語的革新における個人という要因」を論じる論考で引かれたコダックの例は、当然のことながらサンキスト・オレンジジュースのラベルを分析した、より有名なシュピッツァーの著作「アメリカの広告を大衆芸術として説明する」（一九四九）を思い起こさせる。文献学的手法を大衆文化に適用したことで名高いこの論考の中で、ブランド名が象徴するものを掘り起こしつつ、シュピッツァーは早くも、グローバル言語旅行という現象をどうすれば有効に記述できるのかという問題について逡巡していた。

わが国中のドラッグストアで数年前、次のようなテクスト付き図像でサンキストとして知られるオレンジのブランドが広告されていた。明るい陽光に煌めく雪に覆われ、垂直に走る峡谷に切り込まれた高い山脈を抱く白い村落と整然と真直ぐ延びるオレンジの木の列、その上には巨大なオレンジ色の太陽があり、そこに「サンキスト」の文字が刻まれている。[3]

ここへの注釈では、このオレンジジュースの広告が十六、十七世紀の寓意画文学の系譜に位置づけられている。

「サンキスト」の文字が紋章じみた装置となり、人類が侵食する以前のカリフォルニア田園詩風景の中に嵌めこまれ、商品はエデンの園のように「太陽に接吻された《サンキスト》」瑞々しさの濃縮物となる。いかにしてこの商業表現の技芸が「売ることと利潤を得ること」という意識を消去しているかに驚嘆するシュピッツァーは、禁じられた果実の誘惑を「ヒルデスハイム大聖堂の十一世紀の正門における、人間の堕落の光景が表象された浅浮き彫り」に見られる林檎と結びつけて、「現代広告を中世的形式へと」回帰させる説明を繰り返す。[4] 別の光景では、周囲の山脈と同じ高さに描かれ、大きさの尺度を歪められたオレンジが、「キリストの背丈がその使徒よりも高く提示される、中世の絵画と同じ「素朴な」技法」を彷彿とさせる。[5] ここからシュピッツァーは自由連想を広げて、「大将が一般兵士の二倍の背丈をもつニュルンベルクのブリキの兵隊」に言及し、さらには、雄大な大きさのジュース入りグラスの傍に普通のグラスが並べられた光景を、「素朴なもの」への「批判的態度《ミザナビーム》」に応じた「観客の方へ歩み寄る写実主義」として読み解く。[6] 究極的にオレンジは、ビジネス自体の入れ子図として強調されることになる。

> カリフォルニアの山々と同じ高さのかのオレンジジュースのグラスは、実業上の諸利害の相対的な重要性を実業家が主観的に評価していることの明白な証言である。実際、われわれの図像において自然になされている暴力（比率の置き換え、モティーフのシュルレアリスム的使用、諸対象がもつ自然色の変更）を振り返るときわかるのは、とても芸術的なやり方でこの手続きがまさに実業の性質そのものの図解に、究極的には率直な自己批判の精神でもって奉仕していることである、すなわち、実業はみずからを自然と関連づける一方で、自然をみずからの目的に――そしてわれわれの目的に――従属させるのだ。われわれの図像は、生き生きとした自然の魅力すべてを用いて、その商業化された形態を宣伝しているのである。[7]

アメリカのコマーシャリズムに対するテオドール・アドルノとマックス・ホルクハイマーの根深い嫌悪感に共鳴しつつ、シュピッツァーはハイデガーと同じく、言語の科学技術に対する重要な関係――具体的には、戦後期の言語が、物や製品や商品の名前に抱く対象愛（取りこみ）――をしっかりとらえていた。「言語的革新における個人という要因」でシュピッツァーは、商標リテラシーがこのように業務用に強化された場合に生じる潜在的威力を量的に計測している。現代企業によって産み落とされた造語の総数は、「アレクサンダー大王やカエサル、アウグストゥス、ナポレオンなど、あらゆる世界の覇者たち全員」が作りあげた造語の数を遥かに上回っていると言うのだ。(8)

つくられたブランド名を妄想症の発露としてあつかいながらも（「ただ一重に自分たちの商品を、まったく目新しく聞いたこともないようなものに見せたいという経済界の狂信的欲求こそが、元来妄想に苛まれる人々のものとしか思えないような言葉を生みだすように彼らを駆りたてているのだ」）、シュピッツァーは同時に、語源へ注目することでその造られ方を権威づけてもいる。(9)「(omnibus が bus、métropolitain が métro となるように) 性急な文明の早まるテンポにもはや合わない長い言葉が体系的に短縮される」ことを、彼は見てとる。頭文字（ＣＧＴ、ＧＯＰ、ＵＲＳＳなど）を、「ＩＮＲＩのような中世の神聖名《ノミナ・サクラ》」に比してその高貴さを保証する。「(kleenex や lastex のように) 商業的な接尾辞を使った自由な語形成の手法」を論じる際には芸術性を引き合いにだし、「外国語の要素の自在な導入、地口、書かれたテクストの中に導入された口語表現、スペルの曲芸に対する飽くなき追求」への畏敬を露わにする。最終的にシュピッツァーは、「言語の限界を越え」でたものとして、コダックという言葉に最上の栄冠を授けるのである。(10)彼自身が覚えていた狼狽を脇に置けば、シュピッツァーの分析が完璧なサンプルとして示しているのは、文献学者の領分を侵しながらも、ロゴの言語がいかに上手く旅し、語法の中のもっともサブリミナルな内奥へ染みこんでいくかという点である。これこそが、もっとも身軽に旅をする言語なのだ。

もちろん「旅する言語」という考え方は、歴史言語学および文化言語学には当たり前の考え方である。とりわけ、あたかも聖書行商人のような働きをする外来語が、いかにして取引経路および接触地帯を明示し、地上の移住パターンを跡づけるかに関する研究にとっては自明のことだ。しかし、地上ではなくその上空の、メディアやインターネットの通信網を経由して情報や語法が旅をするようなグローバル経済においてはどうなるのだろう？グローバルなイディオムやスラングは、ますます迅速にかつ隅々まで複数の言語コミュニティを刺し貫いており、それよりもっと昔ながらのリテラシーネットワークに依拠していた、伝統的な言語的コスモポリタニズムの運搬手段（新聞や本など）を回避してしまう。そこでの問いはこうなる——メディアスピークがグローバルな侵食を見せている事実は、現在について描こうとする現代文学にいかなる影響を与えるのだろうか？ とりわけ、土着性の政治学が、固有の言語と文化的統一を脅かすとしてグローバリズムに正当な疑いの目をむけてきたポストコロニアルの文脈下においては、どうなるのだろうか？

　小説家・批評家であるマリーズ・コンデは、アンティル諸島での「クレオリテ」運動に関わった時この問題に直面し、ディアスポラ状況にあるきょうだいたちと同じく、島内の文化も真正さを主張しはしなかったと論じた。アンティル諸島自体が長年るつぼであり続け、その混淆物の中に自らの言語的・文化的屈折を投げこんできたハイチやドミニカ共和国からの移民の渡航先であり続けてきたのだ、とコンデは指摘する。その一方では、五十万人ものグアドループやマルティニックの人々がフランスに永住している。

彼らは学校で机を並べるフランス本土〔エグザゴナル〕の子どもたちと同じフランス語を話します。彼らにとって、フランツ・ファノンの言う「Rを呑み込む」アンティール訛りは、ありがたいことに、過去のものとなりました。本はあまり読まないものの、しょっちゅうテレビで日本やアメリカのアニメを見ています。[11]

コンデによれば彼らカリブ移民たちは、祖国に留まった者たちからは一般的に軽蔑の目で見られるのだという。

彼らの独特の訛りや、たどたどしいクレオール語は嘲笑の的になります。彼らの文化は、[…]「真正《オセンティック》」のアンティール文化の規範に合致しないという理由で、拒否され、周縁に追いやられます。[…] 彼らはばかにされ、[…]「ネグロポリタン」や「ネグザゴナル」と呼ばれるのです。[12]

現代カリブ文化が持つ、国家の枠にとらわれない、メディアが横溢する性質を問うような新種の「クレリオテ」

の議論を立ちあげなければならないと強調し、同時にクレオール語とフランス語という時代遅れの対立を超えようとするコンデは、マルティニックの大作家ラファエル・コンフィアンにそうした論点への注意を促している。コンフィアンは、かつて喧しくクレオール語創作を実践していた時代に、フランス語で書くエメ・セゼールを非難したのだった。セゼールに現地語の保護責任を負わせるべきではない、とコンデは論陣を張る。作家が自らの選びとった言語に専心する権利を擁護しつつ、コンデはセゼールによる「セゼール的言語《パロール》」の発明を称賛する（この表現は、言語的帝王切開、すなわち母国語の下腹を切開する行為と読みうる点において両義的だ[13]）。現代のカリブ性を、コンデは新旧の大衆的な表現形式が混ざり合ったもの――グウォカと並ぶラップ、伝統的な夕べの集いの隣に置かれたブルヴァール劇、ボーダー・カルチャー（グロリア・アンサルドゥーア）とともに活用変化される「ルーツ・ポエトリー」（マックス・リッポン、セゼール、デレク・ウォルコット）――とみなしている[14]。興味深いことに、本質主義的な言語ポリティクスへの批判を締めくくるにあたり、コンデは仲間であるフランス語圏クレオールからではなく、英語圏カリブであるガイアナの作家、ウィルソン・ハリスから引用している。「人は夢を見るとき、ひとりで夢見る。人は本を書くとき、やはりひとりである」〔When one dreams, one dreams alone. When one writes a book, one is alone.〕[15]。何語で引用されているかが、引用に含まれるメッセージと同じくらい重要だ。なぜなら、フランス語圏の「クレオリテ」論争がもつ偏狭さから抜けだして、群島を越えて語ろうとするカリブの言説、というより大きな領域に踏みだすことにコンデがこだわっているというその事実自体が、ひとつのコスモポリタンな立場なのであり、国家の枠を超えたレンズをとおして言語ポリティクスを精査するという決意を暗に示したものであるからだ。

　コンデによる言語選択の擁護は、コンフィアン、パトリック・シャモワゾー、ジャン・ベルナベの共著として有名な一九八九年の『クレオール礼賛』がおこなった、より覇権主義的な断定への応答と考えればわかりやすい。このマニフェストは、たしかにクレオールとカリブ性を包括的観点から定義づけるために、両アメリカ大陸からガイアナに及ぶ国家を超越した地政学上の広がり、ならびに諸文化の爆発的融合を強調してはいるものの、実際のところある種の禁止命令を発してもいる。たとえばフランス語の隠語は、クレオールの作家にとっての禁止対象《フェアボーテン》と定められている。

> アンティルの作家によるフランス語の隠語《アルゴ》の使用は、隠語自体がすでに言語内に樹立されたアイデンティティーの一つであることから、我々にはかなり重大な文化的回避のように思われる。隠語を使用するということは、言語の中立領域を離れて、一つの特殊な次元に入ることである。それは一つの世界観と言語観を同時に採用することである。[16]

この点に関するコンフィアンの立場は、『クレオール礼賛』を共作した当時と比べ、一九九〇年代中盤に中編小説集『嵐《ウラガン》の池』およびその続編『石化のサバンナ』を書きはじめた頃には変化を遂げていた。一九九四年のインタビューではこう話している。

> 今年は衝撃的なことがありました。千夜一夜叢書――十フラン本を売りだした叢書――をあつかっているイタリアの編集者が、現代作家の出版を手掛けることにしたのです。ぼくのところに依頼が来たとき、彼らは現在のことについて書くことという契約を盛りこんできました［…］。人生で初めて、テレビ、という言葉を書きましたよ！　この言葉は、コンピュータとかエイズとかとまったく同じで、ぼくの想像力にとっては完全に異質なものでした。ぼくは五〇年代に生まれ、ぼくの宇宙を占めていたのは砂糖プランテーション、煙をあげる蒸留器、ヒンドゥー教の儀式だったのです［…］。ぼくに染みこんでいるのは当時のマルティニック社会です。ぼくにとって現在について書くことはこの上なく難しいことなのです。[17]

創作キャリアの初期段階において、コンフィアンはクレオール語圏の正統的規約に身を捧げていた。クレオール語で書いた小説（『神様のお尻まで』、『捉える日』、『田舎者』、自作翻訳としてフランス語版の『トンボ嬢《マムゼル・リベリュル》』となった『マリソセ』、ジェリー・レタンによってフランス語版『サイコロ総督《ル・グヴェルヌール・デ・デ》』に翻訳された『ヤムイモの根』）は、事実幅広い読者による彼の作品の受容を遮ったのだし、『クレオールとは何か』（一九九一）でのクレオール語は、歴史の貯蔵庫、奴隷制のプランテーション文化における虐待の生きた記録として熱狂的信仰の対象となっていた。したがって、『嵐の池』と『石化のサバンナ』でのCNNクレオールへの移行（後者ではCNNの文字が標題トビラに紋章として飾られており、まるでテレビ画面に浮かぶ紋入り盾に見える）は、大きな比重を占める大転換、劇的なタイムトラベルだったのであり、作家の言語ポリティクスにあたえたインパクトという面から言えば、文学的習慣《ハビトウス》をひとつの国からほかの国へ移植するのと同じくらい、根源的なものだったのだと推測してもよいだろう。

『石化のサバンナ』でコンフィアンは、クレオール語による屈折を受けたフランス語を使用し商業的な口語表現にどっぷり浸かりきることで、距離と時間を崩壊させ、マルティニックのポストプランテーション文化をTVニュースの「今、ここ」の中に位置づけている。[18] さらにコンフィアンは、歴史的現在を不安定なものにするため物語のクロノトポスを利用している。その例が、『嵐の池』において、クレオール文化を偽考古学の発掘対象、ずっと昔に滅んだ文明として標本検査されるものとしている箇所だ。ホモ・マルティニケンシスの顎の骨は、植民者に叩きこまれて染みついた、お決まりの自己否定の文句に合わせてその形態と構造を進化させてきたと考えられている。「フランスは世界一美しい国」、「ニグロは怠けものの人種」、「クレオール語は下品な奴隷のパトワ」。[19] これには意地の悪いオチがついていて、この「奴隷のパトワ」こそまさに、「ジョン・ホプキンス大学とか、カーネギー・メロン大学とかなんでもクソッタレのアメリカの大学から」派遣された西洋の言語学者の関心を惹くものなのだ。[20] かくのごとき歴史の皮肉ゆえに、かつて先祖である植民者たちが破壊せんとしたものを、学者たちは多大な労力を費やして保存する。

コンフィアンは一貫して、ポストコロニアルなモダニティを言語的モダニティとして定義する。『嵐の池』の語り手は、未来の考古学者にとってマルティニックはどのように映るだろうかと、商標名アーカイヴを作成しつつ空想を広げる。使用済みのタンパックスのタンポン、モノプリ〔フランスのスーパーマーケット〕のビニールバッグ、キャメル煙草の空箱、五〇年代映画のジャンヌ・モローの写真が入ったテレフォンカード、おぞましい三面記事《フェ・ディベール》を列挙した『ミニュット』誌のコラム。語り手は後の時代の目を前借りしつつ、こうした廃品の数々を、独自のロゴや意匠を山ほど抱える巨大企業法人群によって支配されていた失われし時代の物証として眺めるのだ。(21)タンパックス（Tampax）やモノプリ（Monoprix）といった新造語は、シュピッツァーが主張していたコダックやサンキストの抗いがたい魅力をあらためて立証しているが、その魅力は語彙上の革新を体現しているからというよりは、フランス文学の文学性に慣れ親しんだ耳にショックを与えることによるものだ。セリーヌ、ボリス・ヴィアン、セルジュ・ゲンスブール以降、フランス文学における節度《ビアンセアンス》という古いコードが、猥褻物や卑語を許容するほどに破壊されてしまったのだとしても、おそらく商標の言語は最後のタブーであり、文学にとって紛れもなく根本的な異種交配となるものの到来を告げているのだ。

　コンフィアンの語り手は、言語学的に腐りやすいこうした素材を高踏文学の顔面に塗りたくることに耽溺する。その例が、トイレでのマスターベーションの儀式をライラックの香りと結びつけつつぼかして描いたプルーストを模倣して、便所の精としてのマルグリット・デュラスにオマージュを捧げる場面だ。

> たしかに、戦に疲れた僕は、自然と生まれて来たラマルティーヌ風の哀歌調をもうやめてしまって、便所のぐるり四方をポスターで飾っているマルグリット・デュラスの文体により近い文体へと切り替えていた。慢性の糞詰まりに苦しみ、時には痔核にも苦しむ僕の常なる習慣は、この愛らしい老淑女の散文に助けられ、そこで驚くべき数時間を過ごすこと、すると、ゆっくりわが小腸内を動くクソを、ポチャンと大きな音をさせて落とすには十分な大笑いがしばしば起きる。水はジャヴェルで消毒され〔javellisée〕、僕の可愛いナノットが儀式よろしく薔薇の花びらの洗浄剤で香りづけしたものだが、そのナノットは母鶏のことが気掛かりなあまり、わが朝の排泄を邪魔して大騒ぎを起こしたのだった。(22)

プルーストの気どりを模倣する（「僕はちょっとプルーストしすぎてる《ジュ・プルースティフィ・アン・プ・トロ》」）この一節のコンフィアンは、マルグリット・デュラスのミニマリスト的散文体からこれ以上ないほどかけ離れている。デュラスは影響というにはほど遠く、嘔吐剤として無作法に道具化されており、その形跡は水洗とともにすべて洗い流される。だがおそらくこういう表現は不公平だろう。コンフィアンはフランスのトイレ洗剤「ジャヴェル水」を動詞として用い、デュラスを排出するだけでなく「ジャヴェルで消毒 javellisée」している、つまり造語創出の作用に従わせているからである。「ジャヴェル水での消毒」は「プルースト化」への解毒剤としてあらわれ、デュラスは商標リテラシーという扉の引手として働いている。このように、取り締まりと封じこめを要する言語上異邦的なものが現前しているしるしとしての商品造語の機能は、コンフィアン初期の作品におけるクレオール語の機能と非常に似たものだ。この意味でCNNクレオールは、通常対立している陣営――グローバル資本の共通言語《リンガ・フランカ》とカリブ諸国の口承文化――を、文学へのアクセスを求める共通の苦闘の中に並置してしまう。万一クレオールの参入は容易だったのではないかと考える人がいたら、シュピッツァーの「言語的革新における個人という要因」を読み返し、彼が非言語の烙印を押されたクレオールを、「文化的な大言語の中」で起こる混淆をあらわす用語「言語混淆《シュプラッハミッシュング》」から区別するのに大変苦慮していることを見直してみるといい。[23]

　CNNクレオールを生みだすにあたり、コンフィアンは単にクレオールをCNNに置き換えているだけではなく、「クレオリテ」の定義である「カリブ、ヨーロッパ、アフリカ、アジア、レヴァントなど諸々の文化要素の集合体」に付け加えられるべきクレオールのかたちとしてCNNをあつかっている。[24]『クレオール礼賛』の注をパラフレーズすれば、クレオール性とは「単にさまざまな文化の束というのではなく［…］生まれつつある一つの文明の具体的表現である」[25]。こうして強調された「生まれつつある」という言葉が、コンフィアン流の現在主義への扉を開く。この現在主義に駆りたてられたコンフィアンが記録していったのは、言語のハイスピードな旅によって、クレオール化したフランス語にもたらされた最新のインパクトだった。多くの作品でコンフィアンは、翻訳可能性の限界に断固反抗するような、一種のポストコロニアル二言語混淆体による実験をおこなっている。クレオール化したフランス語が、最良の場合には翻訳可能性の限界の試金石となるものだとしたら（私がここで念頭に置いているのは、『テキサコ』の英訳においてシャモワゾーの言語を「過剰に翻訳した」と、訳者のローズ＝ミリアム・レジュイとヴァル・ヴィノクロフが悪びれずに告白していることだ）、一九九五年に名高い千夜一夜《ミル・エ・ユヌ・ニュイ》叢書から刊行されたコンフィアンの『石化のサバンナ』は、その限界をはるか彼方まで押し広げている。[26]『石化のサバンナ』では、フランス語圏の内輪ジョークと輸出されたパリ方言のあいだで、ニュースメディアの言語が第三の言語的層《クーシュ》として挿入されている。その結果生みだされるのは、皮肉な同音異義《ドゥーブル・アンタンドル》であり、その例の一つ、「OMOならもっと白く洗います」では、フランスの洗濯洗剤OMOがゲイを連想させるフランス語の「ホモ」の発音（オモ）を音として響かせ、語句全体は非白人系をターゲットにした漂白製品に言及している。テレビショッピング、アメリカ政治、シチュエーションコメディ、そして各種商品への暗示は多数ある。コンフィアンによれば、「ニグロの」島は、

ワクチン教育化《ヴァクシネ・スコラリゼ》およびCD−ROM化《ロミゼ》され、ビル・クリントン、マザー・テレサ、ウーピー・ゴールドバーグ、クラウディア・シファー、ヨルダン国王フセイン一世、ベルナール・タピ、モブツ・セセ・セコ・ワ・ンドンゴ、そしてマドンナなど、メディアの商標である数々の名前たちが、CNNのフィルターを通した世界観というグローバル相対主義を際だたせる。[27]

コンフィアンの手法は身の毛のよだつ惨事にも適用される。ボスニアでのレイプは、凝ったレトリックにより「八つ裂きの姦淫《エカルテルマン・フォルニカトワール》」として婉曲的に言いあらわされている。残虐行為の光景に、タンタンがその童顔を突っこむ――「コンコンチキのバーロー岬みたいにすんごい大騒ぎだったよ、ほんとさ」[28]。マイクロ植民地の価値体系を正反対に転倒させるテレビ番組が、現地の社会学者が「存在論的心筋梗塞《ランファルクテュス・オントロジック》」という診断名で呼ぶものを引き起こしていく[29]。

コンフィアン自身が旗手であった「クレオリテ」の言語運動を諷刺するこの物語に、しっかりとした基盤を与えているのが自己模倣だ。『石化のサバンナ』では、「クレオリテ」を専門とする「フランス本土人《エグザゴナル》の黒人学研究者」、ドイナカ大学《トリフイ・レ・ソワ》（ある英訳者はこれを「クッソトーイ大学《バンブル・ファック》」とした）のジェローム・ガルニエ博士を描く生気のない描写のひとつに、ある種の「ファックス礼賛《エロージュ・デュ・ファックス》」が加えられている。現地の情報提供者《ネイティヴ・インフォーマント》への不毛な質問をしている最中のガルニエ教授を見てみよう。相手は教授に、語学教室的な英語で軽蔑にみちた答えを返している。

「あのう、で、で、できましたら、こうおっしゃってい、頂けませんか、クレオールのそ、想像がが、含意しているのは……」彼は二十回目を繰り返していた。

「なにを言ってるんだ？《ホワット・アー・ユー・セイイング》　イカれてるのか！《ユー・アー・ナッツ》」再利用された雇われ人が答えた――マルティニック商工会議所の語学教室のおかげで覚えた英語で。

　意気消沈したこの本国人は、彼や彼の仲間たちが「黒人文学」あるいは「アフリカ黒人文学」（まるで「ヨーロッパ白人」文学ってのがあるみたいじゃないか、この馬鹿ども！）と呼ぶものの研究から学者としての全キャリアを築きあげてきたにもかかわらず、もはやネグリチュードについて言うべきことはなくなりかけていた。今彼は、まごつくようなクレオリテのマングローブの中を、しばらくのあいだ嗅ぎまわっていたのだった。ニグロたちはこう書いていた、ニグロが自分たちはニグロであると宣言している限り――つまり、彼らがインスピレーションを受ける書物が、上皮も黒、文体も黒、意味論的にも黒（などなど）である限りは、ガルニエ教授は天にも昇る心地だった。けれどこの上なくすばらしいこの場所で、四十になるかならないかの頭のおかしい連中が、自分たちは黒人でもあるし、白人、アメリカインディアン、インド人、中国人、レヴァント人でもあると宣言したとき、物事はそんなにうまくいかなくなった。どうなってるんだ？　まぜこぜの、ちゃんぽんの、ごたまぜのイデオロギーをつくりだすなんて、奴らはどういうつもりだ？[30]

アフロカリビアン言語の黒さへの白人研究者側の強迫観念を撥ねつけるコンフィアンは、人種本質主義と大文字の「他者」という使い古された言説にヨーロッパが注ぐ盲目的熱狂に対して、憂鬱を発散させている。ガルニエが驚いているように、必ずしも「この上なくすばらしい」とは言えないこの場所で、黒さは一体性を失い、めまいがするようなまだら模様の異種混淆性《ハイブリディティ》の奇観に溶けこんでいく。

　異種混淆性理論を厚かましくおどけて模倣しつつも、効果をあげるため茶化している当の言語的パッチワーク自体に依拠してもいるコンフィアンの『石化のサバンナ』は、戦略的な言語超越主義を打ちだし、ポストコロニアルな歴史と多文化的アイデンティティポリティクスとのあいだにある衝突と共謀を露わにしている。母語のギクユ語を優先するために（少なくとも一時的に）英語で書くことを止めると誓ったグギ・ワ・ジオンゴのような言語上の反帝国主義者とは違って、コンフィアンはヨーロッパの言語と非西洋の言語を擦り減るような接触の中に置き、そうすることで標的《ターゲット》となるものと元《ソース》のものをバイアスにそって切りわけ、それらが相互に汚染し合うようにしているのだ。皮肉の効いた異国情緒や、発音不可能な借用語、口頭の翻訳借用、文法性のねじ曲げを利用して大都市の語法をアフリカ化するコンフィアンは、植民者の言語をそれ自体奇妙なものに変えたネグリチュードの詩人たちに始まる伝統から出発し、同時にそれを引き継いでいる。今ではラディカルなものではないこうした「帝国の逆襲」パラダイムだが、現代の言語戦争の方策、フランス語使用とクレオール化をめぐってひっそりと争われている戦争の方策としては、おそらくいまだに過小評価されている。もはや中心と周縁モデルのどちらか一方に固定されないものとしてのＣＮＮクレオールが告げるのは、マイクロ植民地のグローバル化と、「ポストコロニアルなラブレー」と呼びたくなる言語を使った言葉のカーニバルの中に、フランス本土《エグザゴナル》が再定位される現象だ。この意味においてコンフィアンのＣＮＮクレオールは、「低開発の記憶」および「ドゥドゥイズム」という歴史ある詩学によって、言語的地方主義が備える愛郷心を転覆させている。

　コンフィアンが『嵐の池』および『石化のサバンナ』において、巨大ビジネスとワールドニュースの言語の中に覆い隠すことで「クレオリテ」をうまく脱領土化しているとすれば、彼の次の作品が、その小説世界をパリのベルヴィル地区の公営団地におけるアンティル諸島のディアスポラ社会へと移すものであったとしても、理に適っているのだろう。推理小説『ママ・ジョゼファの最後の騒動』（一九九九）でコンフィアンは、カリブ的言説というより広い領域における「ネグザゴナル」の存在を認めよというマリーズ・コンデの要求に、ついに答えを返しているように思える。

　惨殺されたママ・ジョゼファは、ベトナムレストランの裏手にあるパンパンに溢れた二つのゴミ缶のあいだに押しこまれているところを発見され、彼女の体は、同じくその場所に隠されていた盗品のカワサキ・バイクの、分解されたタイヤの骨組みのようにめった切りにされていた。低家賃住宅ＨＬＭの管理人であり、セックスと引き換えにはぐれ者を泊まらせることで知られていたジョゼファの周辺には、有力な容疑者たちが数多くいる。アルジェリア人ハルキの息子で苦労人のモアメド・アセディク、「HIV陽性の糞野郎」ジャン＝ポール・ル・ゴロワ、シラク政権下で働くマリ人不法滞在者《サン・パピエ》のシソコ、上の階に住む「ベト公」ファム・ドン、そして「お喋りのアンティル野郎、おべっか使い、嘘つき、片手間のポン引き、カトリック教徒、とびきりヒップなテクノクラブのDJ、懲りないグラフィティ描き」のティ・マノ。しかし彼らに聞きこみをおこなったドーヴァル警部が、だんだんと真の結論が出ない事件へと巻きこまれていくのは、それがすぐさまパリの危険地域《カルティエ・ショー》における移民文化の場を捜査する行為へと変貌していくからだ。ドーヴァル警部がマルティニックのクレオールなのはもちろん偶然ではない。彼は自らの文化を忘れてしまったかのような、世慣れた新種のアンティル人たちを理解しようと努める。この文化衝突は、黒人同士の連帯に関する言葉遣いを複雑化させることで、物語に辛辣さを添える。黒人の連帯感を掻きたて（「ブラックの連帯をもたせ《フェール・ジュエ・ラ・ソリダリテ・ブラコ》」）ようとして、ドーヴァルを清く正しい俳優シドニー・ポワチエに喩えるティ・マノに対し、ドーヴァルは強い拒絶を返す。「もしお好みならクレオール語で話してもいいぞ」と、彼はティ・マノに告げる。「旦那《ティ・マノ》、おれはクレオール語を忘れちまったよ」と、ティ・マノが答える。「なるほど、よしよし、母語を忘れたってんだな、信じよう」、そうドーヴァルは言う――「だが、昨晩どこにいたのか忘れちまったとは言わないよな、だろ？[31]」

犯罪の解決を追い求める行為は、失われた起源を追い求める物語を巧妙に際だたせている一方で、コンフィアンが現代都市を母体とする言語的「クレオリテ」をここでも探求し続けるために、格好の口実を提供してもいる。ティ・マノは母語を忘れてしまったのかもしれないが、だからといってクレオール化したフランス語の例として彼の話す言葉を利用できないというわけではない。まだなおドーヴァルと協力関係を築こうとして、ティ・マノは彼なりに精一杯、島のコード言語でドーヴァルに話しかける。

彼女の股のあいだに突っこむまで、おれはla doucineってのがなんのことなのか全然わかってなかった。douceur（甘さ）じゃないぜ、警部殿、la doucineだよ！　あんたはクレオールの警部さんだ、おれの言ってることわかるだろ。la doucine ってのは野蛮なのと同時に優しい甘さのことさ、ごった煮の〔migan〕匂いだ、エキゾチックなフルーツ〔prune-mouben〕と細かい雨のな。彼女のアソコの茂みの中で、おれはもういつまでも失くしちまったと思ってた、生まれてから五年間マルティニックで過ごした子どもの頃の思い出を、とつぜん取り戻したんだよ。(32)

Doucine とは、特徴的な曲線を持つアーチの鋳造を記述するための十六世紀の建築用語である。ここでは指示物としての建築がクレオールの寝物語と一体となり、波打つアーチの曲線が、波のようにうねるセクシャルな旋回動作のそれとなる。話し手が教師のように、douceur（ありふれた、通常の快楽）と doucine との微妙な違い――後者は強烈な子供時代の記憶に火をつける深遠な満足感であり、migan（混合）や prune-mouben（エキゾチックなフルーツ）のような、長く忘れられていた心に響くクレオールの単語を呼び戻す――にこだわってみせる点で、この一節は語彙レッスンの雰囲気を漂わせている。

コンフィアンが、登場人物が話すパリ方言の中に直接クレオール語の表現を差し挟むことは稀だが、それでもやはり、テクストの純然たる口語性の中で、「クレオリテ」は移動の効果を生じさせている。『ママ・ジョゼファの最後の騒動』がフランス語でいう口承文学《オラトゥール》に近づくのはこうした点だ。アフリカ研究の分野においてこの用語は、口承の伝統が書かれた文学に与える影響（口伝えの叙事詩や詩行の転写、書き言葉における話し言葉のリズムの再‐創造）を示唆するものだ。そしてさらに広い意味では、植民地の歴史において、いかに読み書き能力《リテラシー》が、文学表現として認められるものはなにかを決める歴史的機能を果たしてきたかをも示唆している。『ママ・ジョゼファの最後の騒動』は、パリ流のからかい《グアイユ》や卑語をともなう装飾句を声の限りに叫び、以前の作品に見てきたように、ブランドやポップカルチャーの有名アイコンに大きく依拠しながら、文学性の境界を試している。マクド（マクドナルドの短縮形）、ビッグマック、チキンマックナゲット、テクノヴィジョンのレーザーポインター、シャネルの5番、ベンソン＆ヘッジズ、チャールズ・ブロンソン、スピルバーグ、ダイアナ妃、ＢＨＶデパート（「プリジュニック・スーパーの先達」）、ベルナール・タピ、マジック・ジョンソン、サルマン・ラシュディ、ジャッキー・ケネディ。これらの言葉はすべて、フランス語テクストのページ上にあらわれるとまるで軋む音のような効果を生みだす。スラングと商品文化とを融合させる目まぐるしい口承性のうちに、コンフィアンはこれら異邦の名をだんだんと自然なものに見せていく。以下の一節を見てみよう。

> おれはロサンゼルスのクリニックへ飛んでって、ＨＩＶ治療っていう最新の流行をおっかけるだろうよ。名前は、ハリウッド・メディカル・ホスピタルっていうんだ。そこで、アッシジの聖フランソワのお仲間じゃなくて、スターが入院してることを祈るぜ。それ以外はなしだ。[33]

ここでは、「ロサンゼルス」「ハリウッド・メディカル・ホスピタル」「スター」といった言葉が、「最新の流行《ル・デルニエ・クリ》」や（貧者を示唆する）「アッシジの聖フランソワ」というフランス語の表現と言語のよどみない流れの中で結合している。英語かぶれな言い方《フラングレ》はしばしば、英語の外来語に重ねられることでメディアスピークの流暢さを増大させており、たとえば「言ったろ、おバカなフランソワ＝デュトルーが、おれたちのウェブサイトをクリックして、おれのネコちゃんにビビっときたって」という箇所では、「クリックし」「ビビっときた」という語がヴァーチャルセックス用語として「ウェブサイト」を補完している。[34]「ボーイング七四七の貨物室に非合法に乗りこんで、一目散に大西洋を渡ることだってできる」という箇所では、「非合法」をあらわすclandestineの短縮形clandoが、移民生活の文化カプセルとしても機能し、飛行機を潜伏場所として潜み、ハイウェイの境界線を飛びこえ、沿岸警備隊のレーダーをかいくぐる密航のイメージを凝縮したかたちで差しだしている。[35]少しの言葉で多くのことを語ろうとするこうした省略の使い方は、簡便な伝達法としての名前の使用法に引き継がれている。たとえば、アルジェリア人のモアメド・アセディクが、代表的人物たちの国際市場においてアラブ人（こちら側にいるのはオマル・シャリーフとサダム・フセイン）が黒人と競い合えない（こちらにはエディ・マーフィとマイケル・ジョーダンがいる）と不満を述べる場面では、マイノリティ間の敵対関係は有名人の名前という暗号によって伝達される。[36]加えてこうした簡便な伝達法は、サルマン・ラシュディとアルジェリア作家カテブ・ヤシンを混同したマリ人の人権活動家シソコをドーヴァルが咎める場面に見られるように、いかに有名人の名前が人種と国籍をどうでもいい事柄へと追いやり、差異を平板化してしまうかをあらわしてもいる。シソコにとっては、十分な知的資本を備えた大御所の名前であればなんでもよく、ラシュディとヤシンは、グローバルな視点からは互いに交換可能な相補物なのだ。憤慨を覚えている警部にとっては、ラシュディ「イコール」ヤシン、オマル・シャリーフ「イコール」マイケル・ジョーダンなどといった、偽の文化的等価性を生みだすこの種の安易な会話こそが、文化的記憶喪失を引き起こしている原因だ。ドーヴァルが尋問するチンピラたちにとっては、これらの名前はその名声の幻想を買う彼らにとって同等の価値をもっているのだから、等号は論理的に正しい。

消費者の欲望によって燃料を注がれ、CNNクレオールのエンジンは（ラップと同様に）最新の製品や意匠を、修辞に変換することによって貪り喰らう。ビル・クリントン大統領のセックススキャンダルでさえも、パトワにおける最新の革新を生みだすネタとなる。

> どうやっても彼女をイかせられなかったよ、警部殿。そんなことじゃあ女《あま》は許しちゃくれないさ！——クリントヌってなんだ、って、そう言ったかい、旦那？—— えっと、こないだミスター・クリントンがCNNでやってくれたセックス教育のおかげで、ようやくシャトネットとのあいだの問題が理解できたんだよ。——だからなんだ、って？ つまりだな、お相手をたぶらかすために芝居してる「ヴァギナ派」を除いては、警部殿、この卑俗なる世界には二つのタイプの女たち、クリトリス派《クリトリエンヌ》とクリントン派《クリントニエンヌ》がいるって、おれはわかったんだってことさ。(37)

「クリントヌ」という新語とともに発される、「クリトリス派 clitoriennes」と「クリントン派 clintoniennes」という下品な言葉遊びは、コンフィアンが『謎かけ《チチム》・言葉遊び《シランダヌ》辞典』に採録したクレオールの謎かけと言葉遊びを思い起こさせる。これらはどちらも、見慣れぬ言葉を取りあげそれらに歪曲と領有を加えるものだ。「病院の二つのベッドに寝てる二人の男、ある国のことを話してる、どの国？ Dé nonm kouché lopital, yo ka palé de an péyi?」

――答えは「イタリアL'Italie」で、これはクレオール語ではlitali またはlit à lit、すなわち「ベッドからベッドへ」となる。コンフィアンが引く別の例は、「同じ家に住む女性は何人？ Konmen fimèl ki ka viv ansanm nan an kay?」――答えは「三人。ドア、鍵そして錠前 Twa: lapot, laklé, séri」。後者の例では、コンフィアンが説明しているとおり、クレオール話者のほとんどがフランス語の名詞の性を無視している事実に対してのからかいが存在している。この言葉遊びは、ドア、鍵、錠前の三つが、卑猥な性的暗示をもっているだけでなく、フランス語文法で女性名詞であると知っている場合にのみ意味を成す(38)。コンフィアンはこうした「私のフランス語」「私のクレオール語」地帯――あれでもこれでもないというまさにその理由から、言語が特に創出力を強める場――を十分に意識している。ある表現が元の指示内容から解き放たれ、それ自体の独立した生命を帯びさせるような、訛ってくっついた早口《スラリー》(slurvian)を、コンフィアンは十全に活用する(その例として、「気にするな《フォーゲット・アバウト・イット》」「勘弁してくれ《ドント・バザー・ミー・ウイズ・ザット》」の代わりに使われるfuggedaboutitがある(39))。「後ろに銃剣、頭に王冠。答えはパイナップル Baton dan deryer, louroun lo latet? Zannannan」というクレオールの謎かけのひとつでは、複数形のzの音がパイナップル(ananas)という言葉と融合してZannannanという語をつくることで、イカした男色の象徴となる(40)。同様の効果は『ママ・ジョゼファの最後の騒動』にも移し替えられており、「アラブ人たちに死を！ Mort aux z'Arabes!」という人種差別主義者の怒声にあるzの書記素は、他者性の表現(vous aut「あなたがた」)から移住して、「Zarab」という外国人嫌悪《ゼノフォビア》の複合語を新たに作りだしているのだ。この混合物のzは、アルジェリア戦争のフランス落下傘部隊が、拷問の合間に口にしていた「フッルァンス万歳、わが将軍！ Vive la Frrance, mon zinral!」という言葉が真似されるにあたり、人種差別的な憎悪の記号としてふたたび顔を覗かせる(41)。

一方はポストコロニアル的で、もう一方は企業的であるという、政治スペクトルの対極に位置していながらも、クレオールの語彙と商標がつくる主格語は、どちらもホスト言語の中に強引に割りこみ、語彙の流れを途切れさせてしまう「異邦の」音素であるという事実がある。レオ・シュピッツァーは、なぜこれらの語輸入が許容されたのかを理解していた。新語が発明される際の「定着要因」をあらわすハンス・シュペルバーの「意味理論《ベドイトウングスレーレ》」の概念を引きながら、新語が定着するのは、それらが文化的必要性を満たすから、あるいはより正確には、新しい言葉しか満たすことのできないような、文化における多重決定された飢えに応えるからだとシュピッツァーは論じた。この飢えの理論に至ったのは、オーストリア軍の検閲官として働いた不吉な日々においてであった。

私が文体論的な造語について、その芸術的・表現的側面と保守的・限定的側面、個人による情動的な造語創造と共同体による受容・矮小化といった現象の全体像を研究することができたのは、特に好適な状況下でのこと、すなわち第一次世界大戦においてイタリア人捕虜の通信を検閲するオーストリアの検閲官だった頃のことだった（拙著『「飢え」という語の研究』（一九一九）を参照されたい）。哀れな捕虜たちは、イタリアにいる親類にむけて自分たちが飢えに苦しんでいると書くことを禁じられていたが、事実を伝え食べ物の小包を受け取るために、ありとあらゆる誤魔化しの言葉の可能性を試みていた。確かに、想像力に乏しい類の捕虜たち（おそらく彼らがもっとも苦しんだ哀れな人々でもあっただろう）は「腹減った《ホ・ファーメ》」という素っ気ない文言を手紙の端にこっそり書いていたが、自らの過酷な運命をより客観視しより文才に恵まれたほかの者たちは、「センスゥーラ《検閲官》婦人」を逃れるための巧妙な文体論的、この場合においては迂言法的な手法を探しだした。もっとも単純な仕掛けは、親類にはわかる（そして検閲官はおそらく知らない）慣用句的な類義語に訴えることであり、その例がla spazzola、つまり「ブラシ」である（原文では「僕らもブラシをかけたほうがいい」とされていた［食事は終わって、食べ物がないという意味だ[42]］）。

シュピッツァーは、自身の言語学的発見をとりまく道徳的状況についての議論を一切避けているが、la spazzolaというのは彼にとって明らかに、人間の生死が懸かった言語の事例であり、「言語創造者たち《ディ・シュプラッハシエープファー》」の一例、すなわち「一個の話者が状況の要請に応え、言語に潜在する素材を掘り起こす」現象の例であった。[43] シュピッツァーにとってイタリアの戦争捕虜による芸術的な語形成は、コダックの実用に供する造語よりも遥かに上位にくるものだった。しかしながら両者はともに、「言葉のおかげで」世界に新たな物事をもたらし、新たな産品を創造する能力を示すものだ。[44] 彼が飢えという言葉に注目したことは、それが戦時下の兵役がもたらした偶然の結果であるにせよ、あるいはコダックやサンキストといった商標造語が日常的語法の中で貪り尽くされている状態への直観であるにせよ、商品に対する欲望が言語の中に内在化される過程を指し示す意義深さを持っている。シュピッツァーが「言葉の世界の非現実性」と呼んだものへのこうした飢えは、どのようにして企業のアイコンが言語の中に商標として刻みこまれるか、どのようにして商品が言語的意識の中に焼きつけられるか、話法に添えられた商標名が、どのようにして大量消費イデオロギーに食われる一種の言語的ファストフードに変わるかを明らかにしている。(45)

商標リテラシーというかたちで摂取される、メディアが売るものへのこうした飢えこそが、担当の犯罪事件を解決しようとするドーヴァル警部が見いだすものだ。そして容疑者たちにとって、警部が進んで彼らの言語を話そうとすることは、本質的に彼らの側への屈服を意味するのである。

あんたは結局おれらの言葉を受け入れちまったよな、警部さん、まったくもって感動的だぜ。あのくそったれインテリのミヌシェットが言うには、公営団地《バンリユー》族の言葉は将来正式なフランス語になるだろう、シラク対ジョスパンも二〇五〇年ともなれば、選挙キャンペーンの冒頭は「よお、みんな！《サリユー、レ・ポート》」で始めるだろうってさ。[…]話を逸らすなよ、おいシソコ、お前らの唯一の取り柄ってか、二〇五〇年だかなんだかの偽フランス人さんたちよ、話題が変わってんだよ。ほんとお前らは言語のパレスチナ人みたいなもん、お前らにとっちゃ、言葉はシオニストの飛行機みたいなもんだ。(46)

公然とシソコを電気椅子送りにしようとしているにもかかわらず（「行って人種差別ＳＯＳ《エスオエス・ラシスム》に電話すりゃいいさ、だが黒人がもう一人の同胞を迫害してるなんて、奴らは絶対信じないだろうがな」）、ドーヴァルは自身が、決して勝利することのできない（中東戦争のように御しがたい）言語戦争の只中にいることを理解する。確固たるものとなったＣＮＮクレオールがパリの公営団地とマルティニックの街路に根を張り巡らせ、あらゆる人々が話す言語のうちに、残りの世界をも取りこんでいくのである。(47)

注

（1）Leo Spitzer, "The Individual Factor in Linguistic Innovations," (1956) in *The Routledge Language and Cultural Theory Reader*, eds. Lucy Burke, Tony Crowley and Alan Girvin (New York: Routledge, 2000), p. 66.
（2）Ibid., p. 66.
（3）Leo Spitzer, "American Advertising Explained as Popular Art," in *Leo Spitzer: Representative Essays*, eds. Alban K. Forcione et al. (Stanford: Stanford University Press, 1988), p. 332.〔レオ・シュピッツァー「アメリカの広告を大衆芸術として説明する」門林岳史訳『SITE ZERO/ZERO SITE No. 1――〈病〉の思想/思想の〈病〉』田中純編、メディア・デザイン研究所、二〇〇七年、三二六頁。〕
（4）Ibid., p. 335.〔同書、三二八、三三一頁より一部改変を施して引用。〕
（5）Ibid.〔同書、三三三頁より一部改変を施して引用。〕
（6）Ibid.〔同書、三三三―三三四頁より一部改変を施して引用。〕
（7）Ibid., p. 339.〔同書、三三五―三三六頁。〕
（8）Spitzer, "The Individual Factor in Linguistic Innovations," p. 66.
（9）Ibid., p. 66.
（10）Ibid., p. 66.
（11）Maryse Condé, "Chercher nos vérités," in *Penser la créolité* (Paris: Editions Karthala, 1995), p. 306.〔マリーズ・コンデ「われわれの真実を求めて」森千香子・三浦信孝訳『越境するクレオール――マリーズ・コンデ講演集』三浦信孝編訳、岩波書店、二〇〇一年、一八二頁より一部改変を施して引用。〕
（12）Ibid., p. 307.〔同書、一八三頁より一部改変を施して引用。〕
（13）〔訳注〕セゼールという名は、帝王切開の語の由来となったカエサルのフランス語読みである。
（14）Ibid., p. 309.〔同書、一八六頁。〕
（15）Ibid., p. 310.〔同書、一八八頁。〕
（16）Jean Bernabé et al., *Éloge de la créolité*, bilingual edition, trans. M.B. Teleb-Hyar (Paris: Gallimard, 1989), p. 126.〔ジャン・ベルナベ、パトリック・シャモワゾー、ラファエル・コンフィアン『クレオール礼賛』恒川邦夫、平凡社、一九九七年、一三七頁、注八七。〕
（17）Raphaël Confiant, "Confiant sur son volcan," *Magazine Littéraire* (November 1994): 77.
（18）ウィルソン・ハリスもまた、近い過去のトラウマ（ガイアナのジョーンズタウンにおける集団自殺）を、長期持続《ロング・デュレ》の歴史という大局の中に位置づけることで、歴史的転位の実験をおこなっている。*Selected Essays of Wilson Harris: The Unfinished Genesis of the Imagination*, ed. Andrew Bundy (London: Routledge, 1999) を参照のこと。

(19) Raphaël Confiant, *Bassin des ouragans* (Turin: Editions Mille et une nuits, 1994), p. 37.

(20) Ibid., p. 42.

(21) Ibid., p. 36.

(22) Ibid., pp. 65-66.

(23) Spitzer, "The Individual Factor in Linguistic Innovations," p. 65. シュピッツァーは次のように書いている。

オーストリア＝ハンガリー帝国で暮らしたことにより、言語混淆を言語変化における基本的な要素とみなすよう条件づけられていた(そしてそれゆえにクレオールと文化的大言語のあいだの相違を見なかった)シューハルトには反するが、師ほどの天分を欠くその弟子フォン・エトマイヤーがかつて私に言った次の言葉は正しかった。「話者は複数の言語を混淆しているのではない、彼は話しているのだ」。ここで意味をもつのは「彼は話している」という箇所に違いないだろう。彼は彼の言語、その連続性が中断されていないと感じる言語を話しているのであり、同時に二つの言葉を話しているわけではない。もし彼が、二ヶ国語が使われる環境に影響されて、もうひとつの言語がもつある種の特徴を受け入れたとしたら、彼は選択しているのだ。

(Ibid., p. 65.)

(24) Jean Bernabé et al., *Éloge de la créolité*, p. 87.〔ベルナベ、シャモワゾー、コンフィアン『クレオール礼賛』三九頁より一部改変を施して引用。〕

(25) Ibid., p. 121.〔同書、一一七頁、注43。〕

(26) Rose-Myriam Réjouis, "Afterword," in Patrick Chamoiseau, *Texaco*, trans. Rose-Myriam Réjouis and Val Vinokurov (New York: Vintage, 1998), p. 393.

(27) Rafaël Confiant, *La Savane des pétrifications* (Turin: Editions Mille et une nuits, 1995), p. 83.

(28) Ibid., p. 9.

(29) Ibid., p. 37.

(30) Ibid., pp. 41-42. Translation by Lucien Taylor, in Lucien Taylor, "Créolité Bites: A Conversation with Patrick Chamoiseau, Rafaël Confiant, and Jean Bernabé," *Transition*, issue 74: 159.

(31) Rafaël Confiant, *La Dernière Java de Mama Josepha* (Turin: Editions Mille et une nuits, 1999), p. 12.

(32) Ibid., p. 72.

(33) Ibid., p. 75.

(34) Ibid., p. 103.
(35) Ibid., p. 13.
(36) Ibid., pp. 17-18.
(37) Ibid., p. 69.
(38) Rafaël Confiant, *Dictionnaire des Titim et Sirandanes* (Martinique: Ibis Rouge Editions, 1998), pp. 40-41.
(39) William Safire, "On Language," *New York Times Magazine*, Sept. 9, 2000, p. 37.
(40) Rafaël Confiant, *Dictionnaire des Titim et Sirandanes*, p. 242.
(41) Rafaël Confiant, *La Dernière Java de Mama Josepha*, p.16.
(42) Leo Spitzer, "The Individual Factor in Linguistic Innovations," p. 71.〔spazzolaという語自体に、親密語として「食欲」をあらわす用法がある。〕
(43) Ibid., p. 71.
(44) Ibid., p. 72.
(45) Ibid., p. 72.
(46) Ibid., p. 84.
(47) Ibid., p. 85.

第十二章　文学史におけるコンデの「クレオリテ」

「クレオール」という言葉は、メディアによる屈折を含んだ混淆的話法を指す用語としてますます活用されている一方で、文学史における一つのパラダイムとしても用語集に登録されつつある。文学史と文学地理学の広範な理論を頼りに、私はいかに「クレオリテ」が文学的進化や文学マーケット、ジャンルの比較といったパラダイムに挑んでいるかを考えてみたい。マリーズ・コンデとイギリス小説との関係に焦点を合わせることで（特にエミリー・ブロンテの『嵐が丘』を書き換えた『移り住む心』（英訳は『風の巻く丘』）を中心にあつかう）私が狙ったのは、フランス文学の系譜を捨ててイギリス文学の系譜（ブロンテだけでなく、ジェーン・オースティン、ジーン・リース、ジェイムズ・ジョイス、ヴァージニア・ウルフを含む）に連なったコンデの決断がなにを意味するかを考えることだ。ジャンル間の翻訳《トランスレーション》と伝達《トランスミッション》を考えるための枠組みを構築し、それによって「クレオリテ」を、（イギリスのコロニアル文学に難なく見てとれるオリエンタリスト的「インペリアルゴシック」に対抗する）「カリビアンゴシック」に結びつけてみたいと思う。『嵐が丘』で重要なテーマとしてあらわれる、亡霊・テレパシー的なコミュニケーション・魂や声の霊的交信などが『風の巻く丘』でもふたたび出現している事実が浮き彫りにするのは、コミュニケーションと読み書き能力《リテラシー》をめぐる問題群であって、それがかつてブロンテにとって重要だったように、いまコンデにとっても重要だということだ。すなわち、「誰の言葉が選ばれるのか」、そして、読み書き能力も教養も乏しい条件下で「いかにして文学は生起するのか」をめぐる問いである。これらの問いは、「クレオリテ」が文学史における伝統的モデルをいかに翻訳するかという考察を前進させつつ、文学的起源《ジェネシス》と系譜《ジェネオロジー》、遺伝学的《ジェネティック》批評についての新たな帰属関係を提示するものだ。

文学史においては、いまだに役だっている無数のモデルが存在し、その多くは重なり合っている。たとえば、ヴィーコに触発されたモデルによる一般向け構造主義。環境《ミリュー》、ジャンル、社会階級を強調したテーヌに啓発されたランソン流の文体史。存在の大いなる連鎖として展開するアーサー・ラヴジョイの思想史や、長い時をかけた国民精神の進化を解釈するために用いられるレオ・シュピッツァーの文献学的《フィロロジカル》円環の適用といった、時代をまたぐ知の歴史における年代記。作家の精神と歴史精神（世界史の全体性についての前－経験的ヴィジョンと、歴史に根差すジャンルの普遍的弁証法とを指す）には一致が見られるという想定に基づいて、ジョルジョ・ルカーチが編みだした精神科学《ガイステスヴィッセンシャフト》というヘーゲル的な概念。[1] 古くは「模倣《ミメーシス》を真理の三位あとに位置づけようとする」[2] プラトンの『国家』へ遡ったかと思えば、「真の現実」として提出されたダンテの『神曲』へ進んだりして、喜劇的リアリズムの系譜という悪路をくぐり抜けてみせ、でこぼこの文学史を提示してみせたエーリヒ・アウエルバッハ。戦後、「古代か現代か」論争を「過去の重荷」としてアップデートしたウォルター・ジャクソン・ベイトと、今度はそれを、心理的・詩的な親子関係と文学的父殺しという挑戦的な「影響の不安」理論によって置き換えたハロルド・ブルーム。きわめて通時的な伝統的文学史に共時性を導入したミハイル・バフチンのクロノトポス。こうしたクロノトポスは、それぞれ「長期持続《ロング・デュレ》」「認識論的切断」「長い二十世紀」という概念を導入したフェルナン・ブローデル、ミシェル・フーコー、ジョヴァンニ・アリギらの影響に導かれて、周期性を計る時間的尺度として延長されていく。あるいはエリゼ・ルクリュに始まりデイヴィッド・ハーヴェイに至るまで、長距離間ナラティヴにおける空間的条件が歴史において重要視されるようになった経緯と、その結果促進された、線条的時間の流れに対抗する地図作製の文学史と文学的領地のマッピング。これらの地政学的モデルは、叙事詩的ジャンル（冒険小説《ル・ロマン・ダヴァンチュール》、民族的バラッド、旅行年代記、異国趣味の作品、戦争小説、植民地文学《ラ・リテラチュール・コロニアル》）への新たな関心を通して、文学史に帝国の征服と資本主義の隆盛を書き加えるよう力説している。あるいはサンドラ・ギルバートとスーザン・グーバーによる、女性作家と女性の登場人物に光をあてたフェミニズム文学史の発明。カノン矯正ということで言えば、アフリカ系アメリカ人の文学史を一から構築しようとしたヘンリー・ルイス・ゲイツの記念碑的プロジェクトも思い浮かぶ。そして最後に、グローバルな文学史記述に尽力した数々の批評家たち、すなわちラテンアメリカはヨーロッパの模倣に依拠していたという通説を揺るがすホベルト・シュワルツの「場違いの思想」理論や、フランコ・モレッティの世界システム論による世界文学へのアプローチ。

論争を呼んだモレッティの論考「世界文学への試論」は、文学史における「クレオリテ」の位置を定めるという問題に対して特に有効だ。その第一の理由は、ポール・ド・マンの語句を借りるならば、文学のモダニティと文学史の関係の問い直しを迫ることで現在を診断しているからであり、第二の理由は、メジャーとマイナー、あるいは大都市と周縁が受容決定において公平に遇されるような世界の地政学を文学領域において想像するという、大きな枠組みの思考をおこなっているからである(3)。モレッティは、文学史の記述を支配してきた「二種類の基本的な概念メタファー」において、いかに経済主義と進化論が競い合っているかを示す。その二つのメタファーとはすなわち、言語学的《フィロロジカル》な樹(「ダーウィン由来の系統樹」で、「比較言語学の道具」(4))、そしてマーケットの波(言語間に見られるある種の重なり合いを説明した、シュミットの「波紋説」を援用したもの)である。

樹は単一から多様性に至る経路を描く。一本の樹から、無数の枝がのびている。インド＝ヨーロッパ語族から、何十という異なる言語が枝わかれした。波はその逆だ。それは当初の多様性を吸いこむ均一性を観測する。ハリウッドの映画会社は次々とマーケットを制覇している(あるいは、英語は言語を次々に呑みこんでいる)。樹には地理的な不連続性が必要だ(互いに枝わかれするためだ。まさに動物の種のように、言語は空間によってまず隔てられる必要がある)。波は障壁とは反対に、地理的連続性の上に栄える(波の観点から見れば、理想的な世界は池だ)。樹と枝は国家がよってたつものである。波はマーケットがよってたつものである(5)。

いかに国家が樹の側に加担し、世界システムが波の側に加担するかをモレッティは強調している。樹のイメージが国の根源の神話を特徴づけるものであることを考えれば納得がいくことだ。ある文化がどれだけ起源に根差しているかは、伝統的にその力や粗野さ加減、そして帝国の健やかな展望に対する試金石となってきた。周知の通り領土内外で働くナショナリズムを繋ぎとめる学問上の錨であった文献学も、言語の系統樹に依拠することで「ラシーヌ」や「語源」から諸語族の家系図をつくりあげたのであり、今度はそれらが文化遺産、歴史財、国家史へと「枝わかれ」していく。対照的に波は、国際的な経済主義と結びつけられるものであり、うねるような外洋の動きとマーケットにおける財政的・象徴的資本のフローとのアナロジーに依拠している。各ジャンルは、超国家的な波の理論を組みたてる上で最適な美的通貨となり、ギリシアの寓意物語から国民叙事詩へ、復讐悲劇から抒情詩へ、社会主義リアリズムからメロドラマへ、ゴシックホラーから俳句へと、文学ジャンルのグローバルな市場取引は、流動する文化資本の地図を描くのである。

　こうした樹と波のパラダイムに対して、「クレオリテ」の小説はどのような関係性にあるのだろうか？　こう問うことはすなわち、より一般的にカリブ小説が文学的系図においてどのような位置を引き受けているかを考えることだ。カリブ小説は、その生態系資源の深みを測量することで樹のメタファーを拡張し、マングローブ、ラジエ（荒野《ヒース》や崖《クリフ》に対応するクレオールの言葉）、ハリケーン、サイクロンやモンスーンといった地形や神秘的気候の中に見いだされる、精霊に満たされた土地の風土《ゲニウス・ロキ》へと変化させてきた。文学史における「樹」あるいは進化論的モデルのおかげで、「クレオリテ」小説はラテン語文学の俗語化、ルネッサンスの雅俗混交体やラブレーの野卑な言語にまで遡る連続体の中に位置づけられる。パトリック・シャモワゾーの言う「支配された国で書くこと」が意味するものと深く結びつき、奴隷制の到来という大変動、およびプランテーション文化からツーリズムへの移行という歴史的な錨によって係留されている「クレオリテ」は、ジョイス、パウンド、セリーヌ（みな隠語・方言・土地の言葉を高尚文学に接ぎ木した作家たちだ）が普及させたアヴァンギャルドによる詩学革命にも広がる。[6]このような視点に立つと、樹は「クリオリテ」に奉仕し、その新奇な語彙と「新文法」への参画を、一八九〇年から一九四〇年のフランスで起こった文学の文法化における絶頂の瞬間という名誉として位置づけるのである。[7]

　一方、「波」は「クレオリテ」の文学史へのアクセスを妨げる条件を指しており、その条件とはとりわけ、文学のグローバルマーケットにおいて席を占めようとするカリブ海文学の苦闘にまつわるものだ。『世界文学空間』で、パスカル・カザノヴァが触れているのは、（カフカの「マイナー文学《クライネス・リテラトゥーアス》」から借用した）「小文学《レ・プティット・リテラチュール》」が直面する受容の問題だ。この「小文学」という用語が指すのは、小さなばら荷として届けられ、小国あるいは新興国家から呼び声をあげ、貧困や帝国下での逆境という条件のもとに生みだされ、まずい翻訳や売りこみの稚拙さに苦しむような文学のことだ。より広範な受容を可能にする翻訳を、カザノヴァはグローバルな文学の市場経済を支える「文学資本の聖別と蓄積」のしるしと見ている。[8] この図式では、マイナー文学の翻訳は、国際的流通へのアクセスを阻まれるか、あるいはひとたびメインストリームの市場に参入すれば売れていることで批判をくらうという、居心地の悪い制限の中に置かれている。

これらの障壁に、特定地域の言語ポリティクスに基づいた運動はグローバルな実用性をほぼ持たないという事実を付け加えてみれば、「クレオリテ」が文学史における独立したカテゴリーとなるためには、必然的に熾烈な格闘を繰り広げなければならないだろうとわかる。しかしそれでも、この用語を「ドクメンタXI」（二〇〇二年ドイツのカッセルで開催された国際ビエンナーレ）全体のコンセプトとして使ったキュレーターのオクウィ・エンヴェゾーの例から考えるに、「クレオリテ」が批評用語として自律的な発展を遂げている兆候も存在する。エンヴェゾーは『クレオール礼賛』から借用することで、クレオール性を定義する土台を「接触地帯において捏造される、自身の歴史的伝播の切断と膠着」に求めている。[9] しかし彼は同時に、この用語を世界文化の同義語として、「カリブ海地域を越えて地理的性格を」広げるような「クレオール言語、文学的形態、そして地域性を産出するモードについての批評理論」として一般化するのだ。[10] ここでのエンヴェゾーは、「クレオリテ」をほかの場所に移し「スイスのクレオール性（クレオリテ）」を論じる際のカザノヴァ（C・F・ラミュという、早くも一九一四年にヴォー方言による言語的民衆主義を要請していた人物を論じていた）、そして、現代カリブ文化の超国家的でメディア飽和的な性質を評価すべきだと主張したマリーズ・コンデの両者を反響させているように映る。[11]

コンデによる言語分離主義の拒否、文化横断的融合の肯定、小説創作における英語圏作家への接近は、言ってみれば、樹と波とを、あるいは自然とマーケットとを和解させるものだ。英語を経由することでコンデは、フランス語作家になる上でのしかかってくるフランス文学の伝統の重荷だけでなく、仲間である「クレオリテ」支持者の一部が信奉する土着主義的《ネイティヴィズム》ドグマの批判を、避けることができている。英語使用は同時に、コンデの作品においてイギリスの小説モデルが優位を占めていることを際だたせてもいる。先達であるセゼール、アルベール・メンミ、オクターヴ・マノーニ、フェルナンデス＝レタマル（全員が、シェイクスピアの『テンペスト』からポストコロニアルなキャリバン像をつくりあげた）とは異なり、コンデによる『嵐が丘』の書き換えは、政治的な転用《デトウルヌマン》や占有、それから新たな文学を相続することに深くつながっている。相続という言葉で私が意味しているのは、古典を真似ることでコンデが都合よく文学的家系図を獲得している、ということではない。かといって、コンデによる占有が、作者概念を抹殺するために企図されたアヴァンギャルド的・ポストモダン的模倣《パスティーシュ》やカットアップ、剽窃の技法（『大いなる遺産』の「作者となり」、『嵐が丘』からの借用をおこなったキャシー・アッカーがその典型例）と同じものだと示唆しているつもりもない。コンデによる物語形式のクレオール化は、ばらばらな伝統や構造をインターテクスチュアルに織り合わせることに力点を置く混淆モデルにはうまく当てはまらない。逆転の論理に供されるインターテクスト性とは、通常物語の組み換えにおいて発揮されるものだ。ジーン・リースの『サルガッソーの広い海』（一九六六）が、主要な登場人物と脇役の役割交代に依拠していたことを考えてみよう。ロチェスター氏の妻で、狂った不幸なクレオール女性であるバーサ・メイソンは、リースの手によって浮上させられているが、かつてリースはメイソンについて「あまりに儚い幻影に思え、生きている彼女の人生を描きたいと思った」と語っていた。一方のロチェスターは、目だたない、重要でない役割を与えられてバーサの位置と入れ替わる。コンデの小説は純粋にインターテクスチュアルというより、むしろ取りこみのモデルによる文学的転移を選びとることで、逆転の論理に重きを置かず、文学的な声の伝達の方に心を砕いている。この声の伝達は、ジェーン・オースティン、ブロンテ姉妹、ヴァージニア・ウルフを含む「天賦の才をもった女性作家」の系譜に入りこむための戦略となる。『風の巻く丘』の献辞を「敬意をこめて、エミリー・ブロンテに捧げる。彼女の傑作に対する私の読みが受け入れられることを願って」〔À Emily Brontë, qui, j'espère, agréera cette lecture de son chef-d'œuvre. Honneur et respect〕としたコンデは、まるでブロンテの魂と「交信する」かのようにして、死者たちのなかから彼女を甦らせているのだ[12]。それはあたかも、『嵐が丘』でキャサリンが発した、「わたしはヒースクリフよ」という（典型的には、独立した主体の自律性が崩壊した証拠として、あるいは病理としての過度な自己同一化の瞬間として読まれる）有名なセリフが、「わたしはブロンテよ」と述べるコンデとして読み替えられうるかのようだ。いわば作家対作家として、文化や言語、さらには生死までをも越えてエミリー・ブロンテに呼びかけるコンデは、ヴィクトリア朝時代の先駆者とのテレパシーによる同一化（フロイトとデリダによって「思想伝達」と位置づけられたもの）をほのめかしている。(13) ギリシアの神託やヨーロッパの霊媒がカリブのベイケ（タイノ族における医者・司祭）やババラウォ（サンテリーア信仰における祭司）と比較されることで、西洋とアフリカにおける忘我《トランス》文化についてのさまざまなアナロジーに思いが至る。いずれの場合においても、広大な時空の隔たりを越えたメッセージの交信を強調する亡霊の人類学は、十九世紀ヨークシャー出身の女性から二十世紀マルティニック人へと文学的天賦の才が伝達されたと解釈するための枠組みを提供している。

　ブロンテの霊がやってきてコンデの作品に住みついていると認めるのはこじつけに思えたとしても、少なくともマリーナ・ワーナーが指摘したような、イギリスゴシックの超常主義と、シャーマンや語り部たちによって受け継がれてきた「ヴードゥー」の民話に見る先祖崇拝の祭儀とのあいだにあるアナロジーは認められるのではないだろうか。ブロンテの声に対するコンデのオマージュは、「口承性《オラトゥール》」というアフリカの文学的伝統への敬意に連なっている。社会的身分の低いクレオールの語り手を導入したコンデは、ヒースクリフとキャサリン・アーンショウの悲恋の物語について、かなりの分量をアーンショウ家の家政婦ネリー・ディーンに語らせたエミリー・ブロンテの先例に倣っているが、同時にコンデの場合には物語る行為そのものをその大衆的起源へと引き戻してもいるのだ。ジャンル移転という観点から言えば、コンデの『風の巻く丘』は「カリビアンゴシック」の実践かつ批評として分類する価値があると議論可能だろう。マリーナ・ワーナーは「インペリアルゴシック」を、「帝国の存在によって近いもののうちに崩れ落ちてくる遠いもの」を体現するために亡霊を利用すること、と定義している。(14)

　外地の抑圧された者の亡霊に取り憑かれたイギリスの応接客間や広間といえば、サイードが『文化と帝国主義』でおこなったジェーン・オースティンの『マンスフィールド・パーク』分析が思いだされる。サイードの見解によれば、アンティグアにあるサー・トマスの砂糖プランテーションの遠隔地経済こそが、ヒロインの過保護な世界を、年季奉公の奴隷たちが服する苦役へと結びつけるものだ。『マンスフィールド・パーク』の日々の暮らしに、サー・トマスが整然とした生活規定――秩序ある風景、決められたスケジュール――を課すのは、遠い地で反乱が始まるのではとの不安を物語っているのだと、サイードは示唆している。彼の読みにおいて、イギリスの地所における社会統制のこまごまとした儀礼は、イギリス国内に存在する植民地主義を暴露するしるしとなる。表面上はカリブ海における初期イギリス帝国主義の一大絵巻とはほど遠いものではあるが、『マンスフィールド・パーク』はオースティンのモラル地理がいかに奴隷経済によって形成されているかを示しているのだ。不可分なものとしての遠くの世界というアイデアは、シャーロット・ブロンテの『ジェイン・エア』におけるバーサ・メイソンについてのサイードの評価を特徴づけるものでもある。ロチェスター氏の屋根裏部屋に出没するこの狂女は西インド諸島出身であり、イギリス内地の領域にカリブの亡霊が解き放たれていることになる。サイードはこう書いている。

言及の対象として、定義の支点として、旅行と富と奉仕が容易に合体する場所として、帝国は、十九世紀の大半において、ヨーロッパの小説のなかで、暗号化された存在――たとえほのかにかいま見える程度であっても――となって機能していた。帝国のこうしたありようは、豪邸の召使、あるいは小説に登場する召使のように、その存在は当然のこととされ、名づけられることもな〔い〕［…］これに関連してべつのアナロジーをひきあいにだすと、たとえば帝国領土は、出稼ぎ労働者や臨時雇いや流れ職人といった流動人口（これについてはガレス・ステッドマン・ジョーンズが分析している）のごとく、ただ便利にそこにいてくれるという、匿名の集団的なありようを誇るとでもいえようか。そこにいることは、いつも気にとめられてはいるが、その名前や身元はどうでもよく、そのくせ、そこにきちんといてくれないと困るという存在。(15)

『風の巻く丘』においては、植民地に取り憑かれた家という主題が、機能不全に陥ったファミリーロマンスというジャンルの添え物となっている。ブロンテの原作と同じく、家族内で遺伝的に繰り返される暴力のサイクルは、反乱と抑圧の政治サイクルを模倣する。ヒースクリフ的人物のラジエが、義理の兄弟であるエムリック・ド・ランスイユ（啓蒙された開拓者《コロン》）の地所に火をつけるとき、私たちはフランス革命の原理を故郷ハイチに持ち帰り根付かせたトゥサン・ルーヴェルチュールの姿をおぼろげに認めるが、同時に私たちが見ているのは、白と黒との明暗をめぐる痛ましい社会的分離と、レイプ、私生児、人種的亀裂の入った血縁関係という不名誉な隠し事を抱えたクレオールの家族たちが、いかに悪しき血の亡霊につきまとわれているかという点である。祖先による未来の世代への復讐（特に、キャシーとヒースクリフの報われない愛が後代に課した重荷）こそ、ブロンテのファミリーメロドラマがコンデによるクレオール化に力を貸した理由なのだ。フォークナーにその兆しが見てとれる「カリビアンゴシック」は、家族の内部において何世代にもわたって争われる人種戦争を軸に構築される。コンデのバージョンにおける人物の倫理観は、永遠の愛は混血化したアフリカの血の否定を超越するという考えに基づいている。『風の巻く丘』のカティは、「獣の脂のような肌色をした混血《ムラート》[16]」で、自身白人クレオールの息子であるユーベル・ガニェールの娘だ。金持ちのランスイユ一族と婚姻締結《アライアンス》を交わし自らを白人化することに耐え忍ぶ彼女だが、本当に愛するラジエ――黒人あるいは先住民との混血児として描かれるヒースクリフ役――を拒絶したことにより、自らの幸せと、最後には自らの命までをも犠牲にしてしまうことになる。ラジエはといえば、「血筋を明るくするのに十分なほど白い」女との結婚のみが保証しうる、ブルジョワ化《アンブルジョワズマン》という「あらかじめ彼のために描き出された」運命をなんとか逃れようとするしかない。「血筋を明るくするのに十分なほど白い」女との結婚以外にそのための手だてはない。息子のラジエ二世もまた一家の呪いを共有する運命にある。「二段に並べて刻まれたカティ・ド・ランスイユ－ラジエという文字[17]」のある墓石も立っている、風巻き丘《ラングルヴァン》の墓地が放つ奇妙な力に取り憑かれた二代目ラジエは、自分の娘が近親相姦的結合の果実なのではないかという恐れに苦しめられ、自ら荒廃への道を辿る。こうして、墓を越えて見いだされる遺伝の宿命は、ほとんどゲノムのごとくマッピングされるのである。

　名前の文字を読み辿ることによって未来を知る、という事態において注意すべきは、ブロンテの『嵐が丘』においてと同様『風の巻く丘』のプロットにおいても、読み書き能力とナレーションがどれだけ重要きわまりないかという点だ。コンデは、公認された語り部や市場のゴシップ好きによってその土地の知識が流通するようなアフリカの口承の伝統を、イギリスの僻地における噂話《コメラジュ》文化とうまく並べてみせている。『嵐が丘』の言語世界にとっての階級・ジェンダー・地域は、『風の巻く丘』にとっての階級・ジェンダー・人種と同様に、読み書き可能な言語への不安にみちた参入を示す座標なのである。同時代の読者層に対して才能ある女性の「怪物じみた」声として自作を提示することへ個人的不安を抱くエミリー・ブロンテは、フレンチクレオール語を国際文学の言語に昇格させる困難と格闘するコンデとパラレルな関係にある。こうした伝記的詳細は文字表記のドラマに内実をあたえるものであり、何語を、あるいはどんな文学的言語を選びとるのかという問題と、ナレーションの言葉内部で、読み書きの基盤が脆弱な地方という設定をどう遵守するかという問題とのあいだにある、主題上のつながりを補強している。

『嵐が丘』では、キャサリン・アーンショウの古い蔵書と、下手な字で書かれた日記風の書きこみをヒースクリフの不運な借家人が発見することにより、キャサリンの霊があの世から召喚される心霊的交信のシーンが生まれる。だがしかし、キャサリンはヒースクリフの恋人としてだけでなく、女性の読み書き能力という怪異を——代わりに書かせる《ゴーストライティング》というかたちで——導入するための、ブロンテにとっての物語上の口実としても見ることができるだろう。

> 私がろうそくを置いた窓の出張りの隅には、数冊のかびだらけになった本がつみ重ねられ、またその表面のニス塗りには、何かで引っかかいた文字が、あちこちに見えた。しかしその文字は、大小さまざまの字体のもので、ある一つの名を書きとめているばかりだった——キャサリン・アーンショウ、あちこちでは、キャサリン・ヒースクリフとなり、それからまたキャサリン・リントンになったりしている。
> 気抜けして、ぼんやりとなって、窓に頭をもたせかけながら、キャサリン・アーンショウ——ヒースクリフ——リントン、とつづってみたりしているうちに、私の目はとじて行った。しかし、ものの五分と憩いを

とらぬうちに、暗黒のなかから、文字が白くうかび、亡霊のようにまざまざと、光りをおびてきて——あたりの空気がキャサリンの文字で満たされた[18]。

ハロルド・ブルームにとって、上の一節に典型化されているブロンテの文学的文体の不滅性は、そのオカルト的性質、作者の「個人的な霊的知《グノーシス》」を伝える力にある[19]。ブルームは以下のように書いている。

牧師の娘だったが、エミリー・ブロンテにはキリスト教徒らしさは微塵もなく、幽霊を幻視することと自然な現実のあいだの溝は決して埋まることはない［…］どんなものであれ歴史上のグノーシスの教派には収まらないが、しかし彼女は知る者だったのである［…］。詩におけるエミリーは、「［彼女の］胸のうちの神」にキスをし［…］、「自らの魂の内なる英雄性を肯定する[20]」。

ブロンテの言葉に見られる天賦の才をブルームが宗教心と結びつけているからといって、ブロンテの非慣習的な書き方がいかに女性的エクリチュール《エクリチュール・フェミニン》を具現化しているかという点への畏敬に満ちた評価は妨げられるべきではない。女性の読み書き能力を作品に刻みこんだということが一体どれだけ異常な事態だったかは、妹の小説が死後再版されたときに付けたシャーロット・ブロンテの序文から探り当てることができる。先制攻撃にも等しいこの文章のなかで、シャーロットは洗練された読者にむけて、『嵐が丘』本文で出くわす破格な文章、不適切な綴り、びっくりするようなヨークシャー方言に対して注意を喚起している（そうした不適切な点を、どうやらシャーロットはエミリーが遺した詩の死後出版の準備段階においてためらいなく削除していたようであり、さらにはある伝記作家の見解によれば、不適切な部分が見られたため、シャーロットはエミリーの病状があまりに深刻で書き終えられないまま放置された小説の未完原稿を燃やしさえしたのではないかということだ[21]）。小説の舞台となるウェストライディングに馴染みのない読者にむけて、シャーロットはこう記す。

ここに男女があって、［…］ゆりかごの時から、この上なくしとやかな礼儀作法やつつましい言葉づかいをしこまれていたとすれば、その彼らが、この文字も知らぬ荒地の作男たちやごつごつと無骨な地主たち――彼ら同様に荒い人たちによるほかには、教えられたこともたしなめられたこともないものたちの、乱暴でかたくなな物言いや、はげしくむき出しな怒りや、ぶしつけな人嫌いの素振りや、手のつけられぬ偏屈さに出会った場合には、もはや、どう考えていいか分らないであろう。(22)

粗野な言葉遣いに対する事前警告は、ヒースクリフのような不道徳な怪物を描いたエミリーの怪しげな嗜好という、より論争を呼びそうな問題から読者の目を逸らす役割を果たしている。しかし目的がなんであれ、野蛮な書き方への弁明が浮き彫りにするのは、エミリー・ブロンテが操る英語に見られる境界性《リミナリティ》だ。彼女の文章の中で、そして彼女の文章を通じて、文学は幽霊があらわれるかのように「生起して」いる――つまり、どこからともなく湧き起こり、社会秩序を混乱させる、恐ろしく煽動的ななにかとしてある。どうやってエミリーのように孤立した地方にあり、人生経験も限られ、むらのある教育を受けた女性の作家が、これほどまでに英語という言語に熟達しえたのかという点を、皆が不思議に思ってきた。ヨークシャー地方のゴシック小説として彼女が編みだした作風はきわどい境界線――狂気のきわに浮かびながら許容しうる読み書き能力の範囲を押し広げる天才的言語――としてある。しかしそれは同時に、まだ名前をもたない《アヴァン・ラ・レットル》クレオールにも似ている。幼少期にきょうだいと一緒に書いていたお話や伝説の舞台ゴンダルの空想言語と、周囲を取り巻くヨークシャーのピジンとの混合物だ。シャーロットが書いているように、エミリーは田舎の労働階級からは遠いところにおり、彼らと「面と向かって言葉をかわすことは、まれであった」ものの、それでも「彼らを知っていた。その生活ぶり、その言葉、その家々の歴史を知っていた。彼らについての話を興味深く聞く気持があり、彼らについて、さまざまのことを、精密に、生彩をもって、鋭利にかたることができた(23)」。

だが、言語学的フォークロアとは程遠い『嵐が丘』では、文字を知らずに育つことや口の悪さに付与される社会的スティグマの根深さが探求されている。キャサリンの娘キャシーは、教育の欠如に直接起因するヒースクリフの退廃的性格を非難した母親とちょうど同じように、無情にもいとこのヘアトンを嘲ける。私たちが知るとおり、ヒースクリフは一度も本を読まず、あたかも社会規範に逆らうか、あるいは自らの階級コンプレックスを防御しようとするかのように、甥のヘアトンを召使の百姓一家の手を借りて養育する。結果ヘアトンは「本の虫」を馬鹿にするようになる。「ばかくさいことを書きやがって［…］おれは読めんのだ」とヘアトンが白状したとき、キャシーは「読めないの？［…］あたしは読めてよ。だって英語ですもの」と答え、お高くとまった別のいとこと一緒になってヘアトンを打ちのめす[24]。キャシーの敬意を勝ちとりたいと願って、ヘアトンは隠れて読み方を覚えようとするが、結局はつまずいてばかりの成果をコケにされるだけだ。読み書きの欠如は恥辱と報復と自己破壊のサイクルを起動させるが、第一世代においてそのサイクルは打破不可能である[25]。第二世代においても、ヘアトンは傷つけられた自尊心の星雲の中に引きこもってしまい、同じサイクルが繰り返されるかに見える。しかしキャシーはヘアトンに対し、自分の愛する本たちが「神聖なものなのだから、それがこのひとの口にかかって、いやしく汚される」ことに恐怖を抱きながらではあるものの、家政婦の叱責を受け止め（「この人は、あなたの教養をねたんでいるのでなく、あなたのようになりたいと思ったのですね[26]」と、ネリー・ディーンはキャシーに告げる）、ヘアトンの信頼を取り戻そうと心に決める。最初ヘアトンはキャシーの真意を疑い、貰った本を焼いてしまうというショッキングな場面を演じる。だが彼は少しずつ感情教育の魅力に屈し、二人は次第に一緒になって本を読み、ヘアトンの音読をキャシーが訂正するようになる。そのとき二人の髪の毛や特徴が混ざり合い、人相の類似性があらわれてくる――キャシーの母、ヘアトンの叔母であるキャサリン・アーンショウその人との忘れられた血のつながりが、亡霊のように甦ってくるのだ。

> 二人が、一時に目をあげると、ヒースクリフの目と出合いました。たぶん、あなたさまは、二人の目はまったく同じだと、お気づきではないと思いますが、それはどちらも、あのキャサリン・アーンショウの目なのです。いまのキャサリンは、このほかで母に似ているのは、ただ、額がひろいのと、彼女の気持はどうであろうと、どことなく高慢に見える鼻孔のふくらみの形とだけです。しかしヘアトンはといえば、ずっとよく

似ています。それは、いつもふしぎな思いをおこさせるのでしたが——あのときは、とりわけて強く心を打ってきました。それは、彼の感覚がするどく、彼の知能が、いままでになかったほど、いきいきとしていたからです。(27)

顔を読む行為、二つの別々の顔の記号群からひとつの肖像を合成することは、読むことを習うという行為そのものを模倣している——視覚的な手掛かりが突然ひとまとまりの意味上の認識と理解へと融合していくのである。おそらくこの理由のために、ヒースクリフにとっては互いに寄り添う二人の恋人というこの光景が、決してわがものにできなかった恋人の相貌という特定のオブセッションに収斂していき、煩悶をもたらしてしまうのだ。キャシーの亡霊じみた顔立ちの像をかたちづくる視覚的な特徴《キャラクター》=文字を読み解かずにはいられないヒースクリフは、恋人のイメージをいたるところに見いだすようになる。「何ものが彼女を思いおこさせないか」とヒースクリフは叫ぶ。

おれがこの床を見れば、敷石に彼女の顔があらわれずにはいない！　どの雲切れにも、どの一本の木にも——夜は空気のなかにみちみちて、昼はありとあらゆる物にちらとひらめいて、彼女の面影が、おれをとりかこんでしまっている！　そこいらのありふれた男や女の顔が——いや、おれのこの顔もが、彼女の顔に見えてきて、おれをなぶりものにする。世界全体が、かつて彼女が生存して、そしておれは彼女をうしなったという、おそろしい覚え書の集合体なのだ。(28)

なるほどパラノイア的な幻視ではあるが、私の論旨にとってより興味深いことに、読むことがもつテレパシーのような性質の間接的表象でもある。「覚え書の集合体」とはすなわち、ヒースクリフがキャサリン・アーンショウを内面化したものであり、亡霊の肖像が可視世界に反射するなか読みあげられることで、主観的意識を乗っとる書物さながらの性質を帯びる。(29) より安定した精神構造を持つキャサリンの娘キャシーは、宝物にしている本のコレクションを記憶にとどめていることにより自己形成できている――「たいていの本は、あたしの頭に書いたり、胸に印刷したりしてある」[30]。このように読み書きの能力は、霊的転移の担い手として、かつ、(たとえ変質した霊魂に味方することによって個人性を奪う危険があるとしても)アイデンティティの試金石としてあらわれてくる。

コンデの『風の巻く丘』では、カリブ文学が内包する「人種化した」言語史を主題化するために読み書き能力が利用されている。エムリック・ド・ランスイユと結婚したカティを訪ねてラジエが帰還し、カティの義妹が彼にのぼせあがってしまう場面で、カティは恋敵の関心をそらすため、ラジエが読み書きできないことに言及する。

でも、あの人の顔立ちやフランス人みたいなフランス語を信じちゃだめ。本当は、教養にも文化にも無縁の人なんだから。野蛮人《スバル》っていうか逃亡奴隷《ネグ゠マウオン》みたいな男よ。これまでの人生で、一冊の本も開いたことはないはず。金の勘定はできるかもしれないけど、自分の名前をサインすることもできるかどうか。[31]

このカティの疑念が裏付けられるのは、病弱な息子ジュスタン゠マリからの手紙を解読しようとするラジエの姿が明かされるときだ。「ラジエはその短い手紙を何度も、くり返し読んだ。それは彼の敗北を文書として刻み込んでいた」[32]。文盲のスティグマは父親から次男へ、受けた教育の「名残り」を事実上まったく留めていないと知れるラジエ二世へと受け継がれる。政治運動家としての自らの立場を強める改善策を打とうとして、ラジエ二世は父が深く愛した人の娘であり、熟練の女性教師であり、自身クレオール語を話すことにもはや居心地の悪さを感じているカティ二世の教室を訪れる。粗野ながら魅惑的なラジエに、なぜわざわざ学校にくるのかと尋ねるカティに答えて、彼は植民地教育の擁護者であるシェルシェールに皮肉っぽく言及する。「あんたの大事なムッシュー・シェルシェールを幸せにするためだ[…]『野蛮なアフリカ人たちよ、己を教育し、お前を中傷する者に恥をかかせてやれ』、あの人はそう言ったんじゃないのか?」[33]小説内での読み書き能力は、植民地の家父長制と「啓蒙された」人種抑圧の道具として暴露されるとともに、解放への導管としても認識され、両方の側からあつかわれているのだ。一方、クレオール語を話すことの拒絶は、黒人性を拒絶することと同義となり、ひいては潜在意識に潜むレイプと異種族混淆の植民地史を拒絶することと同義となる。

マリーズ・コンデが、先駆者ブロンテと同じく読み書きのテーマにこだわるのは、それが変則的な声の受容を左右する可読性《リーダビリティ》という論点を問題化するからである。そのことは、エリス・ベルという偽名（そのジェンダー的仮面が剝がれた時、十九世紀中葉のイギリス読書界に爆弾が落ちた）を用いた女性の、地方語を操る天賦の才であっても、コンデが二十世紀後半に試みた、どの派閥にも属さず、（ポール・ド・マンの言葉をパラフレーズすれば）「文学理論と文学実践とのつながりを回復させ」る一方で、「文学的モダニティ」を「歴史」化するようなクレオールの文学言語を定義しようとする努力であっても同じことだ。(34) ブロンテとコンデは、文学史に参入するための巨大な障壁を、ルカーチがウォルター・スコット卿への言及において「勝利しつつある散文」と呼んだものによって乗りこえている。イギリスの歴史小説がいかにして歴史小説とならなければならなかったかを説く中で、ルカーチは次のように書いている。

スコットの作品は、古代叙事詩に小器用に近代の生活の電気鍍金をほどこそうとする近代の試みとはなんの関係もなく、真の、純粋な小説である。かれはしばしばテーマを人類の幼年期である「英雄時代」に遡って取っているとはいえ、それを描く精神は、成人期の精神、つまり人間生活の散文化が勝利のうちに進行しつつある時代の精神なのである。(35)

散文、あるいは私がより具体的に示唆してきたように、『嵐が丘』と『風の巻く丘』を結びつける読み書き能力の新たな秩序、いわば識字革命こそが、両小説の歴史的設定にさざ波のように流れる革命の底流を増大させているのだ。エミリー・ブロンテの幼少期の風景を揺るがし、不安定な自然界と化して小説内にかたちをとった、ヨークシャーにおけるラッダイト蜂起と、（現在の世界での自給自足農業地域における反グローバリゼーションの抗議にも似た）反対経済と過激な地方主義を支持してラジエが率いる反プランテーションの暴動との類似性を見ることは、そこまで拡大解釈ではないように思われる。こうした文脈において「クレオリテ」という語が指し示すのは、反ヘゲモニー的な反抗のポリティクスに結びつけられた言語、文学史を転倒させるような土台への電気刺激だ。キャラクター、プロット、語り、ジャンル、マーケット、クロノトポス、地図作製法《カルトグラフィ》、地理学。もちろんこれらの用語はいずれも物語論と文学史の基礎的なカテゴリーとして場を占め続けるが、私はこれらの語彙に、通常歴史的に、あるいは小説に関連して使われることのなかった、「クレオリテ」という用語を追加するべきと主張したい。物語上の混淆性（問題なことに、この用語には小説内のアフリカとヨーロッパの要素が幸福に調和している、あるいは公正に配分されているという含意がある）と同義語として使用される「クレオリテ」ではなく、むしろいかにクレオール小説が、物語の出来事あるいはプロットの次元として「生起している」文学を露わにするかという点を、時代を超えて名指すものとして使用される「クレオリテ」である。登場人物の形成《ビルドゥング》をまとめる力としての読み書き能力、公共的もしくは周縁的な話法が可読性《リジビリテ》と文学性《リテラリテ》の領地を横切ること、言語ポリティクスを物語構造へと変換すること——小説がもつこれらの特質は、クレオール化によって世界史の転回が約束されるよう要求し続けているのだ。

注

（1）Georg Lukács, Preface of 1962 to his *The Theory of the Novel*, trans. Anna Bostock (Cambridge, Mass.: MIT Press, 1977), p. 16. を参照のこと。〔ジョルジュ・ルカーチ「序」大久保健治訳、『ルカーチ著作集2　小説の理論』大久保健治・藤本淳雄・高本研一訳、白水社、一九六八年。〕

（2）Erich Auerbach, *Mimesis: The Representation of Reality in Western Literature* (Princeton: Princeton University Press, 1953, 2003), p. 554.〔エーリッヒ・アウエルバッハ『ミメーシス——ヨーロッパ文学における現実描写　下』篠田一士・川村二郎訳、ちくま学芸文庫、一九九四年、四七七頁。〕

（3）Paul de Man, "Literary History and Literary Modernity," in *Blindness and Insight: Essays in the Rhetoric of Contemporary Criticism* (Minneapolis: University of Minnesota Press, 1983), pp. 142-143.〔ポール・ド・マン「文学史と文学のモダニティ」宮﨑裕助訳、『盲目と洞察——現

代批評の修辞学における試論』宮﨑裕助・木内久美子訳、月曜社、二〇一二年、二五〇頁。〕
（4）Franco Moretti, "Conjectures on World Literature," *New Left Review* (Jan. -Feb. 2000): 66.〔フランコ・モレッティ「世界文学への試論」秋草俊一郎訳『遠読』秋草俊一郎・今井亮一・落合一樹・高橋知之訳、みすず書房、二〇一六年、七九頁より一部改変を施して引用。〕
（5）Ibid., p. 67.〔同書、八〇頁。強調は原著者。〕
（6）Patrick Chamoiseau, *Ecrire en pays dominé* (Paris: Gallimard, 1997).
（7）Gilles Philippe, "1890-1940 Le moment grammatical de la littérature française?" *Le débat*, no. 120 (May-Aug. 2002): 109-118を参照のこと。
（8）Pascale Casanova, "Consécration et accumulation de capital littéraire," *Actes de la Recherche en Sciences sociales* 144 (September 2002): 7-20.
（9）Okwui Enwezor, "The Black Box," in *Documenta* 11, *Platform 5: Exhibition Catalogue* (Kassel: Hatje Publishers, 2002), p. 51.
（10）Ibid.
（11）Pascale Casanova, *La République mondiale des lettres* (Paris: Seuil, 1999), pp. 402-410.〔パスカル・カザノヴァ『世界文学空間——文学資本と文学革命』岩切正一郎訳、藤原書店、二〇〇二年、三六九—三七六頁。〕
（12）〔訳注〕マリーズ・コンデ『風の巻く丘』風呂本惇子・元木淳子・西井のぶ子訳、新水社、二〇〇八年、一頁。
（13）フロイトとデリダにおける思想伝達とテレパシーとの親和性については、マリーナ・ワーナーがリチャード・ラックハーストの著書への書評の中で論じている。Marina Warner, "*The Invention of Telepathy* (Oxford: Oxford University Press, 2002)," *London Review of Books*, vol. 24, no. 19 (October 2002): 16.
（14）Marina Warner, ibid.
（15）Edward Said, *Culture and Imperialism* (Cambridge, Mass.: Harvard University Press, 1993), pp. 63-64.〔E・W・サイード『文化と帝国主義1』大橋洋一訳、みすず書房、一九九八年、一三二—一三三頁。強調は原著者。〕
（16）〔訳注〕コンデ『風の巻く丘』二六頁。
（17）Maryse Condé, *Windward Heights*, trans. Richard Philcox (New York: Soho Press, 1998), p. 347.〔同書、四二〇頁。〕
（18）Emily Brontë, *Wuthering Heights* (London: Penguin Books, 1995), pp. 19-20.〔エミリ・ブロンテ『嵐が丘　上』阿部知二訳、岩波文庫、一九六〇年、四五頁より一部改変を施して引用。〕
（19）Harold Bloom, *Genius: A Mosaic of One Hundred Exemplary Creative Minds* (New York: Warner Books, 2002), p. 316.
（20）Ibid., pp. 321 and 324.
（21）Juliet Barker, *The Brontës*, (New York: St. Martin's Press, 1994), p. 534を参照のこと。〔ジュリエット・バーカー『ブロンテ家の人々下』中岡洋・内田能嗣監訳、彩流社、二〇〇六年、二〇七頁。〕

(22) Brontë, *Wuthering Heights*, p. xliii.〔ブロンテ『嵐が丘　上』一三―一四頁。〕

(23) Ibid., pp. xliv-xlv.〔同書、一五頁。〕

(24) Emily Brontë, *Wuthering Heights* (London: Penguin Books, 1995), p. 218.〔エミリ・ブロンテ『嵐が丘　下』阿部知二訳、岩波文庫、一九六一年、九一頁。〕

(25) パトリシア・クレインは著書のなかで、初期アメリカ文学におけるアルファベット表記周辺に群れを成す、複雑な連関の領域を論じている。ナサニエル・ホーソーンの『緋文字』に言及しつつクレインが提出するのは、アルファベット記号についての魅惑的な解釈だ。

　ホーソーンはアルファベットの中に人工物を見いだしたが、それは名付けて「世界の人工物システム」が、人の動きや自己形成に大きく影響しているという彼の意識と共鳴するものだ。ホーソーンの感覚によればアルファベットは、目に入って取れないゴミのように、いくぶんの痛みをともないながら知覚をつくりあげまた同時に歪めるものである。彼の緋文字をまとめればこんな風に映るだろう。開かれると物語を提示する。人間のかたちを取る。金持ちの清教徒もエリザベス朝の遺産も出てくる。ある女性の技術によって創造されるが、官僚社会の訓練ツールでもある。自然の中に見いだされる。多くの人々にとって多くのことを表象しうるが、同時に表象の対象でもある。悪魔的なものと聖なるもののあいだを自由にさまよう。子供を成すことと親密なる関係をもつ。

Patricia Crain, *The Story of A: The Alphabetization of America from* The New England Primer *to* The Scarlet Letter (Stanford: Stanford University Press, 2002), p. 11.

(26) Emily Brontë, *Wuthering Heights* (London: Penguin Books, 1995), p. 298.〔ブロンテ『嵐が丘　下』二一六―二一七頁。なお、実際にはこの発言は、ネリー・ディーンではなくロックウッドという人物によってなされている。〕

(27) Ibid., p. 319.〔同書、二四九―二五〇頁より一部改変を施して引用。〕

(28) Ibid., pp. 320-321.〔同書、二五二頁。〕

(29) 内面化のプロセスとしての読書についてパトリシア・クレインはこう記している。「読み書き能力が働いている途中では、アルファベットは要素ごとにばらばらにされ、再結合して意味を成す必要がある（「B」－「BA」－「BAT」のように）。だが最後のひとまとまりのアルファベットは、すでに暗記された祈禱文のようなもので、アルファベット化というものの実例を示している。すなわち、聴覚的にであれ視覚的にであれ、アルファベットと祈禱は内面化され、取りこまれるのである」。Crain, *The Story of A*, p. 23.

(30) Brontë, *Wuthering Heights*, p. 298.〔ブロンテ『嵐が丘　下』二一六頁。〕

(31) Maryse Condé, *La migration des coeurs* (Paris: Editions Laffont, 1995), p. 67. / Maryse Condé, *Windward Heights*, trans. Richard Philcox (New

York: Soho Press, 1998), p. 61.〔コンデ『風の巻く丘』八二頁。〕
（32）Maryse Condé, *Windward Heights*, p. 148.〔同書、一八七頁。〕
（33）Ibid., p. 234.〔同書、二八七頁。〕
（34）Paul de Man, "Literary History and Literary Modernity," in *Blindness and Insight: Essays in the Rhetoric of Contemporary Criticism* (Minneapolis: University of Minnesota Press, 1983), p. 143.〔ポール・ド・マン「文学史と文学のモダニティ」宮﨑裕助訳『盲目と洞察――現代批評の修辞学における試論』宮﨑裕助・木内久美子訳、月曜社、二〇一二年、二五〇頁より一部改変を施して引用。〕この論考のもっと後でド・マンは、ニーチェの「生に対する歴史の利害について」を引用しつつ、彼がもっとも心を寄せる問題、すなわち「モダニティに対する真の衝動が歴史学にもとづく歴史意識［…］と衝突するさいの紛糾した事態」（p. 145／二五四頁より一部改変を施して引用）へと接近している。焦点がずれてしまうという制限から、文学史の中に「クリオリテ」を書きこもうとする私の試みに対してこの問題が含み持つ意味を本書で詳細に取りあげることはできないが、ふたたび強調しておきたいのは、「クレオリテ」が歴史的地位を獲得することに対する障壁の起源を、歴史学とその文学的付帯物の内部に組みこまれた反現代的あるいは反モダン的な偏見に辿ることは、たしかにできるかもしれないということである。
（35）George Lukács, Introduction to *Rob Roy* (New York: Modern Library, 2002), p. xix.〔ジョルジュ・ルカーチ『ルカーチ著作集3　歴史小説論』伊藤成彦・菊盛英夫訳、白水社、一九六九年、五二―五三頁。〕

第四部　翻訳のテクノロジー

第十三章　自然からデータへ

ガヤトリ・C・スピヴァクはこう述べている――「田舎とは、もはや木々のことでも田畑のことでもない。データへと移行している途上なのだ[1]」。スピヴァクにならって、メディアと環境が相互に翻訳可能だと考えるならば、絶滅危惧種の限界生息地《クリティカル・ハビタット》というアイデアは、いわばその翻訳プロセスが生起する空間のうちに挿入された批評的周縁部として「位置づけられる」。この用語そのものは明らかに、フランクフルト学派の大陸理論が推し進めた知的な臨界《クリティカリティ》地帯に多くを負っているし、先行するパラダイムであるケネス・フランプトンの「批判的地域主義《クリティカル・リージョナリズム》」にもじゅうぶんな謝意を示さねばならない――それは、メガロポリスに異を唱え、「抵抗」としての建築形態（とりわけ、「自然との弁証法的な関係」を維持させる地方の「非感傷的」構造地質学）を主張するパラダイムだ[2]。「クリティカル・ハビタット」という表現は、絶滅危惧種の生命維持に必要な最低条件を指して環境保護主義者がもちいる語彙を、ただ移植してきたものではない。私はこの語を、領土的な生息地《ハビタット》と知的なハビトゥス、物理的な空間とイデオロギー的な力場、エコノミーとエコロジーを結びつける、翻訳的媒体と定義する。

南アフリカの美術家ウィリアム・ケントリッジは、一九八〇年代中旬以降、伝統的な風景画のジャンルを地政学的批評の媒体に変容させることに取り組んでいる。『戒厳令下の風景画』と題された一九八八年からの木炭画シリーズでは、風景――絵画にとってのBGM、あるいは小説にとっての、プロットと登場人物のあいだに充満するもの――が、特権的な室内空間を「乗っとる」様子が描かれる。土地を奪われた人々による領土返還要求の運動によく似ている。

およそ一年間、私は風景を描いてきた。別の絵を描いている最中、たまたま出てきたディティールとして始まったことだ。踊るカップルの後ろにあった窓、ポートレイトの背景の開けた空間。次第に風景が室内を乗っとって氾濫していった。そうしたなか、絵画中に居場所を保てた人物はごくわずかだった［…］。何枚かは特定の場所を描いているが、大半はヨハネスブルグ周辺の郊外の断片から構成されている。[3]

ケントリッジは、一九二〇年代から三〇年代のヤン・エルンスト・アブラハム・ヴォルシェンクやJ・H・ピアニーフの作品に代表されるような、南アフリカの風景画に対するパスティーシュをおこなっている。

ヴォルシェンクやピアニーフの作品に同族的なイメージはないが、無関係というわけではない。風景は、純粋な自然のヴィジョン、岩や空の荘重な原初的力のなかに配置されている。峡谷と断崖、樹木が祝福を受ける。個別的な事実が切り離され、過程や歴史といったあらゆる概念も放棄されている。恩寵を受けた風景を描くこれらの絵画は、思い出せないことの記録なのだ。[4]

ケントリッジは精読を通して、南アフリカの暴力まみれの過去という抑圧された歴史を、地理的な変容のうちから呼び込み、「ピクチャレスクの疫病」に対抗する。祝福された風景の単独性（峡谷、断崖、樹木）は、ランダムに選ばれた芝土の断片に取ってかわり、そこに工業的な衝突が描かれる。ケントリッジが興味を示すのは、「土木工学の断片、管線、排水溝、フェンス」だ。[5]

人間の風景への介在を示すさまざまな儚いものは、土地自体が与えてくれるいかなるものより、はるかに偉大だということがはっきりした。背の高いマスト灯、ガードレール、排水溝といった多様な物質。切断したものから、塀へ、道路へ、縁へ、原野への推移。それはどんな地理的な変化にも劣らず立派だ［…］。他にも痕跡はある。道路に刻まれたスリップ痕など、災害や災害未遂の終わりなき年代記である[6]。

切り刻まれた芝土やジグザグのタイヤ痕は、環境的暴力の縦糸と横糸を織りなす。ロザリンド・クラウスの卓越した解釈によれば、これらはケントリッジを、ポストメディア時代の描画・図画トレース・メディアへの再投資に向かわせている[7]。クラウスは、媒体に対するこの美的なコミットメントが、その媒体のなかで／によって反グローバル化の戦略になっているのだと述べる――「資本に奉仕するイメージのグローバル化との」共犯関係を拒んでいるというわけだ[8]。私自身の解釈では、グローバル市場に対抗する媒体というクラウスの整理は、ケントリッジの自然に対するアプローチのうちにある、エコ批評という自明な次元においてのみいっそう強化される。

『植民地の風景』（木炭画とパステル画によるシリーズ、一九九五―九六）は、別のかたちで南アフリカの田園詩を実践する習作である（図1）。土地の略奪と収奪が向かっていくのは、ケントリッジが呼ぶところの「捨てばちともいえる自然主義」であり、生息地に対する地理の教科書的アプローチのダークサイド版だ。「土地と人々」の比喩を、互いが自然に広がっていったものとして提示している。ケントリッジは人間と自然のあいだの牧歌的なハーモニーの神話を破壊する。エコシステムの相互依存が、強制労働と奴隷状態の視覚的な物語に取ってかわる。南アフリカの草原の「自然主義的描写」における、ケントリッジの日常の経験にもとづく陳腐さの企ては、

図1　ウィリアム・ケントリッジ『植民地の風景』1995-96年、個人蔵。

この土地が「内部に純粋な自然以外のものを抱えこんでいる」ことを証明している。[9]

J・M・クッツェーは、ケントリッジの映像を次のように観察する。

今回ばかりは、人間に対して脆いのは自然の側である。ケントリッジが映す風景は、具体的にはヨハネスブルグ南部の荒廃した地域だ。残土の山にどろどろのダム、鉄塔に電線、どこでもない場所からどこでもない場所へと続く、道路に線路。[10]

この作品がとりわけ魅力的なのは、間違い探し的なライトモチーフである。目を凝らすと、風景のなかに自然を偽装した痕跡があらわになるのだ。荒涼たる景色のなかに赤いポインターと円があらわれる――まるで環境汚染と不法投棄の現場を突き止めているかのように。ケントリッジとの対話のなかで、キャロライン・クリストフ゠バカルギエフはこう述べている。

黒い木炭画に描かれたパステルの赤い追跡マークが示しているのは、植民地支配のイメージがいかに土地に対する映像投射のようであるか、ということです。風景そのものを観察すると、ふだんは見落としてしまうような点に気づけるんです。たとえば、丘に見えるものが実際には採鉱に伴う廃棄物からできた人工的な土塁であることなんかに。[11]

言いかえれば、錯視が景観を構成しているが、よくよく見てみると、そこには環境が受けた損傷の証拠があるということだ。ダン・キャメロンは以下のように述べる。

ケントリッジが示唆しているのは、牧歌的なエデンの園が彼の祖先たちにとって文化的継承物であったのと同様、損なわれた景色が自らの継承物であるというだけにとどまらない。イデオロギー的な立場をいっさい自然に被せまいとすることで、生態環境と市民権のそもそもの結びつきを指摘しているのだ[12]。

ベルトルト・ブレヒトの『三文オペラ』に目配せをしながら、ケントリッジは定番キャラクター（金権政治家や資本家）を登場させ、遺灰から金への変換を劇的に表現している。一九九一年の映画『鉱山』の主人公は、資本家ソーホー・エクスタインだ（図2）。

いつもの家長然としたポーズでデスクに座って、ソーホーは計算器を叩き、レジを叩く。その間にも、金の延べ棒、疲弊する鉱山労働者、しなびた風景、均一化した家屋が並ぶブロックといったかたちで、彼の努力の成果はあふれ出していく[13]。

図2　ウィリアム・ケントリッジ『鉱山』1991年、国立アフリカ美術館。

クッツェーは、この映画において「絵画的方法で、地下にある思考と抑圧された記憶とが結びつけられている」と論じている[14]。人間の歴史と記憶のアーカイブとしての風景という考えはもちろん古くからあり、無意識と暗黒大陸とのフロイト的アナロジーとも相性が良い。けれど、ケントリッジの描写において、主観論は概して避けられている。田園詩は魂の内面世界《インスケープ》をそなえることなく、むしろ、脳内風景《ブレインスケープ》、ゴミ廃棄場のようなCATスキャン画像、精神的環境などを積み上げていく。ダン・キャメロンは『量ること……そして望むこと』（一九九七―九八）について、こう述べる――「『鉱山』で用いられた地理的メタファーから発展し、ここではスキャンされた脳が、穴だらけの岩のようなものに変容する［…］。岩に埋め込まれているのは［…］記憶の層だ。それが遥か昔に消滅した種の始原的記録のように化石化している[15]」。

種の「絶滅」ではなく「消滅」という言及の仕方は、現代オーストラリア語詩人ジョン・キンセラの「奪われた所有」という詩を思い起こさせる。キンセラの作品は、文学という媒体ではあれ、ケントリッジと似た主題を提示している。採掘企業と白人狩猟者《ホワイトハンター》に先祖代々の土地を追い払われたオーストラリア先住民の歴史というテーマの反復のなかで、「消滅」(感嘆符によって強調されている)という語が用いられるのだ。

保護
激化した
破壊
全能の神
建設
宣言
可能性
疾患
種
自治
結合する
質
相対す
中央集権体制
ネイティヴアートにおけるロンドンのディーラー
上陸
ソングラインから取り出したもののように
報道陣

委員会（たち）
伝統的
処罰
占有する
真正の
より糸
異端
統制する
白人狩猟者
アルコール
濫用
拘留
動機づける
座り込み
リーダーたち
採掘企業
によって
指名された
進歩主義的
衝撃
そして持続させる
消滅！

支援として
活動を修正する
存在
痕跡
地元民
そして保持される
議員たち
真正の
主張
立憲的な
戦略に向け
信仰
そして所有権
ライフル隊
修正主義的
複数の歴史――光が
差し込む空
足枷[16]

「消滅の持続」という発想が仄めかすのは、採掘による利益を追求してきた政府の政策が、保護主義というレトリックのもとにアボリジニの共同体の強制退去を隠蔽していることだ。環境保護的な理想主義（危機に瀕した部族の人間と、危機に瀕した動植物を同じく扱うこと）を無効化する撞着語法である。その一方でこの表現が心理的な用法において捉えるのは、オーストラリアの「盗まれた世代」が経験したトラウマである——福祉機構によって家族から引き剝がされ、しばしば貧困や薬物乱用にまみれた成人生活を送るはめになった世代だ。「消滅＝消化《エクスティングイッシュ》」は、所有剝奪の物語を生みだす炎に焼かれた風景（ケントリッジの環境的衝突の見取り図と補完的な関係にある）を示唆し、キンセラの「過激な田園詩」理論の例証となっている。「雑種性《ハイブリッド》を生みだすこと」で、「いわゆる田園詩の伝統を言語的に革新し［…］、田園詩の構築物に皮肉を効かせつつも、田舎の空間を通じた本物の運動を可能にする」理論である。(17)

キンセラはそのハイモダニスト的傾向によって「グローバル」作家に分類されがちだ。T・S・エリオットの『荒地』を現代的に書き直しているという理由から、オーストラリアの地方的特徴を搾取していると見なされているのである。だがその読解からは、彼の美的アジェンダを特徴づける「雑種性を生みだすこと」の言語ポリティクスが見落とされている。キンセラは、先住民ミューリ族の詩人ライオネル・フォガーティの、「失われた大地を再領土化する」ハイブリッドな英語による「詩中の「私」の共有化」（土地に根ざした反主観主義）を称賛する。(18) フォガーティの詩行においてハイブリッドな英語は、奴隷制の過去を記録し、同時に自らの方言による政治活動を浮かび上がらせるピジン語として確認できる（たとえば以下の行に——「そう、私のコミュニケーションときたら、いまだすっかり部族民の方言だ、若人に老人たち《ヤング・アンド・オールド》、売りもんじゃねえ《ノット・ソールド》」）。(19)「恨みっこなし」という詩では、田舎のラジオがハイブリッドな言語で語り返してくる。先住民の言葉が自ら英語の内部に根を下ろし、巧みな創意が、音のずれ（たとえば「人間《ヒューマン》」、「新しいやつ《ニュー・ワン》」、「先を行く男《アップ・マン》」といった言葉遊び）や「大量翻訳」というフレーズ（それは詩中に存在せずとも「大量輸送」というフレーズを予想させる）を通して、英語の異化に用いられている。

ぼくらの教育専門家は
クーリ・ラジオの同胞《ユバ》。
つんつん、人間《ヒューマン》、新しいやつ《ニュー・ワン》、先を行く男《アップ・マン・シップ》
運営するのも自分自身。

だけどコミュニティは喧嘩ばかり
でもよくよく擁護すべきは
めでたいワイヤレスから流れる
豪先住民《ブラックフェラ》メディア。非政治的に
フットボールみたく大声でしゃべる、不安げなやつではなく。
のんきなブロードキャスターは
部族主義にきらめくラジオの
ぼくらが批判しがちなディスクジョッキー。
百にものぼる心理的条件付け
ユバに大量翻訳させてくれ
口づてに伝えること
抑圧、ホットな返答[20]

キンセラ自身の言語ゲームは、明らかにフォガーティの地域的フォルマリズムに負うところが多いが、同時に田園詩の諸ジャンルを理論と交雑させてもいる。その手法がキンセラを、アメリカのL＝A＝N＝G＝U＝A＝G＝E詩人たちに近づけている――チャールズ・バーンスタイン、リン・ヒージニアン、ロン・シリマン、ジェド・ラスラなどがゆるやかに連帯し、一九八〇年代中旬まで、大陸の理論を実践的執筆へと翻訳していた集団だ。キンセラの作品集『訪問者たち』に収められた多くのテクストが、生態的現象学と変形文法の実験をおこなっている。たとえば「雑草の骨格《ツリー》／生成文法（ノーム・チョムスキーへ）」と題された詩では、言語遺伝学あるいは農–言語学が言語樹形図に作用している様子が示唆される。いくつかの詩篇には、エピグラフとしてラカン、ジャック＝アラン・ミレール、オーストラリアのラカン派フェミニストであるエリザベス・グローツからの引用があり、こうした枠となるテクストが、知的なキャプション以上の働きを果たしている。キンセラは、理論家たちによって深化した精神分析的概念（恐慌、不安、不気味なもの）を用いて、スピヴァクが「田舎の亡霊化」と指摘した状態を実演してみせる。「沈黙を守る――陰謀に抗して」という詩において、田舎は化学プラントという余所者の存在によって消去されてしまう。ナンガルーという土地は、「エリア－五一」と指定された固有名なき場所になり、「アソシエーテッド・ラボ」、「アライド」、「ジェニングス」といった企業名によって、地域が無効化され、オーストラリアの小麦生産地に工業的黙示録が到来することがあらわされている。

エリア－五一はナンガルーという地区、
ジェラルトンのすぐ北にある。巨大な
鉱物砂製造プラントを擁する
ジェニングス、アライドへと変異した、
農地の境界線。
中立帯のように、アソシエーテッド・ラボが
すぐそば、風上に鎮座した。
モナズ石、金紅石を分析中の
夜遅くに、嵐が
物語を襲い、X線撮影装置が
激怒し、銃は
隊列の外へX線を発射する、
テレックスは電子的空気を書き記す、
私の肉体は内なる地平線のごとく広がっていく、
化学発光法が生む影絵が
かたちの実験をしている、

臓器を光らせて、私が見たのは
おのれの恐怖の機構、
静寂たる生産物[21]。

放射性廃棄物が生みだす毒性の発光物は、「化学発光法」という新しい表現によって捉えられる。暗いスクリーンに映し出された電子テクストのように、被曝して玉虫色となった幽霊のごとき身体が、夜空で繰り広げられる光線とX線の壮大なる戦いのさなかに姿をあらわす。

キンセラは生態学的に不気味なものの発明に長けている。後期資本主義の天変地異説の比喩として、地球外からの訪問者を用いるのだ。『ロボティクス、スカイラブ、フォームの理論についての三つの法則』では、ソヴィエト連邦の宇宙ゴミ――記憶にある人もいるだろうが、実際、定期的にニュージーランドとオーストラリアの中間に落下している――というかたちをとった「訪問者」に、風景の所有権が奪われている。「現象学」と題された詩では（「しかし文明の進展とともに、この生態《バイオロジー》は問題となってきた」という興味深いエピグラフは、ダナ・ハラウェイからとられている）、ある子どもがつくった即席電話システムが、「ロズウェル事件の異星人のような、奇妙な手足をもった発光する生物たち[22]」に通じる導管となる。カオス理論・超能力・ロボット心理学が、奥地に「ワイヤーを巡らせ」、その空間をコミュニケーションシステムが衝突する力場へ変容させ、あからさまな不気味さでもって圧倒するのである。「鳥たちの残虐性」という詩では、「生きた」自然が、人工生命の亡霊に取り憑かれている。

街から煙が霧散すると
じっさい空は描かれた劇場の幕だと
わかる、そこに自然は
関係しない、周りを取り囲むのは

構造物ばかり――サイロ、
納屋、トラクター、トラック、
サイバネティックな動物たちは
流行りの遺伝子を身にまとい、機械じかけの
鳥たちが、重力と
コンピュータ予測の優美さでもって飛ぶ――
神話に属する
表情を浮かべながら、フランス・スナイデルスの
「枝の鳥たち」を
二十世紀の終わり、
南部《サウス》の奥深い場所に意味づけ、
そこで穀物食性の鳥たちは
ミューズリー味の生身の肉となる。[23]

この詩はラカンの有名な二枚の絵の例を思い起こさせる。ゼウクシスの葡萄の絵があまりに実物そっくりだったため、鳥たちも欺かれる。一方、パラシオスの幕の絵はあまりに見事だったため、ゼウクシスはその奥になにが描かれているのか見せよと要求するのだ。ラカンはそれを、「表象代理」として読み解いている。それは眼差しを誘い込むものであり、眼差しは目に対する勝利を収める。[24] キンセラにとっては、十六世紀フランドル地方の静物画の巨匠フランス・スナイデルスが、近代のゼウクシス役を務めているのである。しかし、キンセラの詩的なだまし絵《トロンプ・ルイユ》において、視覚を魅惑するのは鳥たち自身だ。「流行りの遺伝子を身にまと」った「サイバネティックな動物たち」であるその肉体が、ミューズリーへと変異していくさまが示されることで、鳥たちの姿は遺伝子組み換えで作られた自然のアレゴリーとほぼ同義になる――機械を生物に変質させたり、共通の遺伝子コードに

図3　アンドレアス・グルスキー『シーメンス、カールスルーエ』1991年、マシュー・マークス・ギャラリー。

よって動物を作物に変質させたりする自然である。

人工的自然とヴァーチャル環境の境界面でおこなわれるキンセラの文学的実験は、写真による仮想性《ヴァーチャリティ》を得意の主題とする美術家アンドレアス・グルスキーの作品との比較を誘う。グルスキーのもっとも有名な作品群は、職場環境や商業的中枢を壁画サイズの写真にしたものだ――トレーダーたちが出たり入ったりするハチの巣のような様子を描写する『東京証券取引所』、整然と並び複製されるワークステーションを捉えた『香港上海銀行』、「ワイヤー張り」の統制されたカオスが壮観を呈する『シーメンス』（図3）の工場フロア、サレルノの車売り場、商品としてカラフルに彩色された毛布。あるいは、『無題V』（一九九七）の形式文法においては、ベルトコンベヤー上の呪物のごとく、運動靴が陳列棚にびっしりと並ぶ。これらの画像は、ただ見事な光景として価値があるだけではなく、視覚的に困惑させるという企みをもたらしてもいる。グルスキーは、デジタル情報を空にしたり、他のデジタル情報を被せる手法を用いたりして、新即物主義《ノイエザッハリヒハイト》の迫真性を巧みに操ってきたことで知られているのだ。たとえば、『無題V』では――

> このアーティストは、二段の小さな棚を組み立てた。次に、六回撮影をおこなった――苦労を重ね、正しい角度を計算し、毎回違う靴を並べ直しながら。それから、ネガをつなぎ合わせ、デジタル処理によって、床に反射する一枚の堂々たる画像を作り出したのだ(25)。

デジタル・モンタージュと錯視的表現《イリュージョニズム》の技術を用いながら、グルスキーは湾曲したパノラマ画像をまっすぐにし、平らにして、直線的な形状へ変えた。それによって画像のすべての面が正面に揃う。こうした技術は、彩色されたピクセルによるスクリーンとしてのデジタル画像へ、見る者の関心を惹きつける。高い解像度のピクセルが一種の点描画法となり、目がそれを形《フォーム》に「修正する」のである。グルスキーはピクセル化と印刷の関係を探究している。正方画素はひとたび印刷されると、視覚的には滑らかになり、スムーズなグラデーションをつくる。「ディザリング」と呼ばれるプロセスだ。点描画法に対して目が成し遂げるものを、デジタル印刷がディザリングによって成し遂げている。そうして、グルスキーがおこなった集団の挿入とコラージュも、あたかもはじめからその人物集団がそこにいたのと同じになる。

　このイメージ操作の効果は、ロマン主義の風景画というドイツの伝統へ向かうとき、とりわけ不安を催す。『ジョグジャカルタ』（図4）の風景はヨーロッパの公園のように見えるものの、ピーター・ガラシいわく、実際には「インドネシアの油にまみれたスプーンに貼られた安っぽい写真(26)」であり、そこにはポストカードの風景へのからかいがある。複数のカメラアングルを繋ぎ合わせた『ルール川』（一九九三）のような画像は、「リアルだけど完全ではない」と感じさせる効果をつくりだす。アレックス・アルベロが述べているように、これらのイメージは「シミュラークル（写真の写真）」と「シミュレーション（その画像は現実における起源をもたない）」のあいだのどこかにはまり込んでいて、「それゆえ、純粋な仮想性《ヴァーチャリティ》のなかに完全に入ることがない。最終的な成果物が、写真ドキュメントの合成物であるためだ(27)」。『アウトバーン・メットマン』（図5）では、高速道路の休憩施設の窓から、牛や野原《フィールド》の眺めが、水平な横線によって遮られた視覚の領域《フィールド》に覗いている。横線は運転手が景色に気を取られないよう、ガラスの上に塗られたもののようだ。アルミニウムの縞模様は、眼差しを逸らし、かつ方向

図4　アンドレア・グルスキー『ジョグジャカルタ』1994年、マシュー・マークス・ギャラリー。

図5　アンドレア・グルスキー『アウトバーン・メットマン』1993年、マシュー・マークス・ギャラリー。

づけ、放牧地と牛からなるゲシュタルトに切れ込みを入れる。まるで、欧州連合内の農地（現状では、鬱積する動物の死骸の山という身の毛もよだつ光景——狂牛病の「風景」——に取り囲まれている）が、見る／見ないを管理するエコロジーの支配下にあると明かしているかのようである。

グルスキーは自身のレパートリーのなかでも特異な主題に（少なくとも最初は）思える不思議な作品において、言語の生息地《ハビタット》を存在論のハビトゥスに「翻訳」している。そこで提示されるのは、あたかもドイツ現象学の論文から引いてきたかのようなページを、拡大して縁どった図像だ。まるで見る者をその総合的な世界観へ、あるいは生の哲学《レーベンス・フィロゾフィー》へと引き込む風景か掛け軸のようである（図6）[28]。文章には魅力的なフレーズや表現が含まれている——「自己革新願望」、「自己欠乏」、「集団的な魂によって戦争神経症《シェル・ショック》を患った、存在の状態」（文中では以下のとおり。「こういう生存の改革欲を永久機関にするものは、霧のような本来の自我と、硬化して質の変わった殻になってしまった先行者たちの自我とのあいだに、偽の自我が、どうにか順応する集団の魂が、押し込められるという災難にほかならない」）。いったい誰にこうした文章が書けるだろうか。ヴァルター・ベンヤミンの要素も感じさせるし、マルティン・ハイデガーも混ざっているかもしれないが、いずれもぴったりというわけではなく、むしろ、固有名なきドイツ・モダニズムの文章のようである。答えをいうと、これは世紀転換期のオーストリア人についてのロベルト・ムージルの長編小説『特性のない男』を、コラージュしてつなぎあわせたものなのだ。テクスト上のデジタルサンプリングといえるようなパフォーマンスによって、グルスキーは文章を脱‐作家化し、語彙の船酔い状態を誘発している。重ね合わせ《オーバーレイ》のマスターたるグルスキーは、環境と生息地をデジタルに強化されたバージョンへ変容させる。デジタル修正はそれゆえ、いかにその「表象による批評」が微力に見えたとしても、グルスキーの生息地の扱いにおいて何が「批評的《クリティカル》」かを示す本質的要素となる。工場のフロア、スキー場のスロープ、スーパーマーケットの棚、ワークステーション、フットボールの球場、図書館の書棚の列——これらの場所は深くまでメディアの介在を受け、ロラン・バルトが「イメージの囲い込み」と呼んだ効果によって視覚的に変形した環境を表象するかぎり、互いに交換可能なのだ——「イメージの囲い込み」とは、外部を概念に「張りつけ」、さらに外面性の要素に身体や場所のイメージを張りつけて（場合によっては「引き剝がして」）、外面性を「食いも

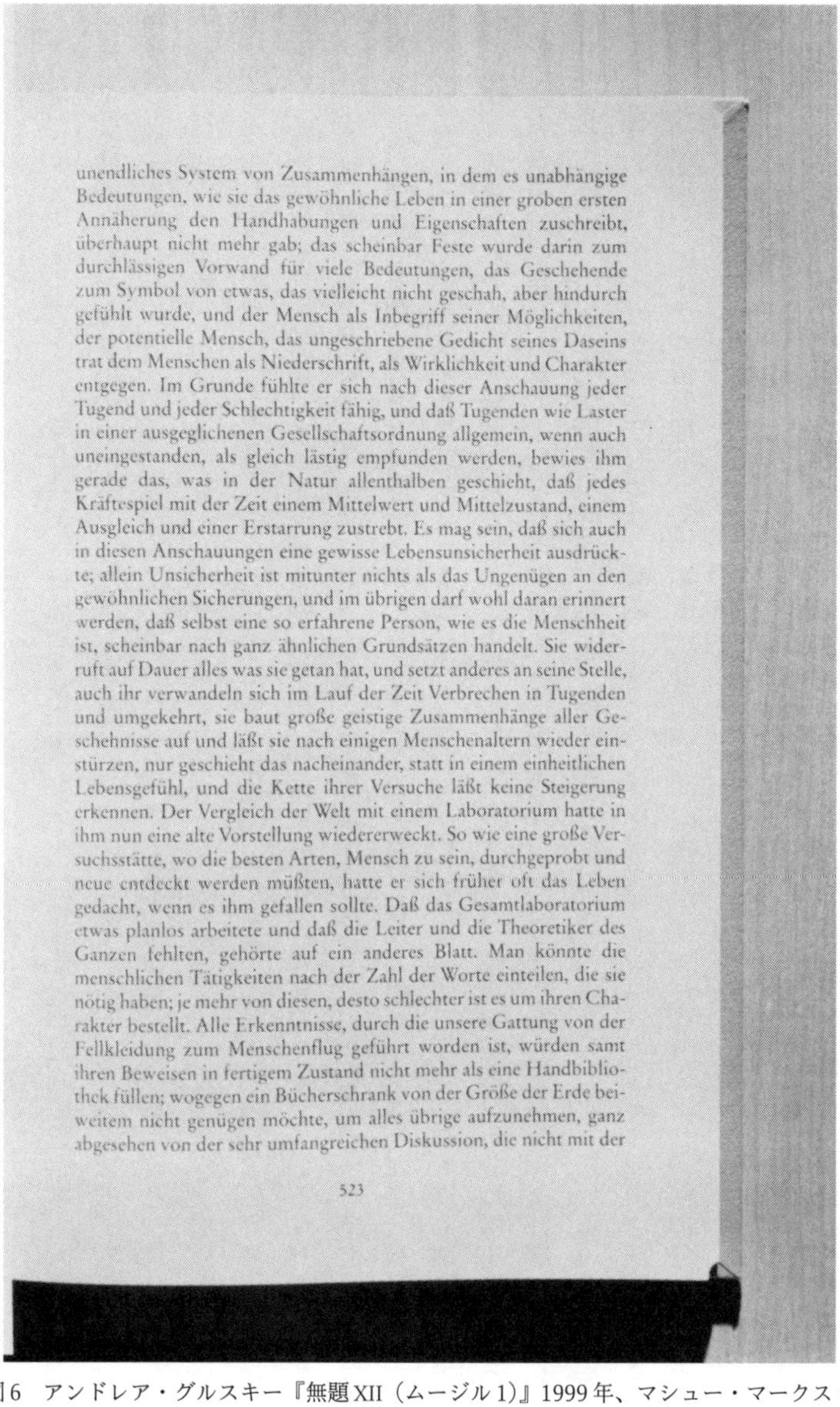
unendliches System von Zusammenhängen, in dem es unabhängige Bedeutungen, wie sie das gewöhnliche Leben in einer groben ersten Annäherung den Handhabungen und Eigenschaften zuschreibt, überhaupt nicht mehr gab; das scheinbar Feste wurde darin zum durchlässigen Vorwand für viele Bedeutungen, das Geschehende zum Symbol von etwas, das vielleicht nicht geschah, aber hindurch gefühlt wurde, und der Mensch als Inbegriff seiner Möglichkeiten, der potentielle Mensch, das ungeschriebene Gedicht seines Daseins trat dem Menschen als Niederschrift, als Wirklichkeit und Charakter entgegen. Im Grunde fühlte er sich nach dieser Anschauung jeder Tugend und jeder Schlechtigkeit fähig, und daß Tugenden wie Laster in einer ausgeglichenen Gesellschaftsordnung allgemein, wenn auch uneingestanden, als gleich lästig empfunden werden, bewies ihm gerade das, was in der Natur allenthalben geschieht, daß jedes Kräftespiel mit der Zeit einem Mittelwert und Mittelzustand, einem Ausgleich und einer Erstarrung zustrebt. Es mag sein, daß sich auch in diesen Anschauungen eine gewisse Lebensunsicherheit ausdrückte; allein Unsicherheit ist mitunter nichts als das Ungenügen an den gewöhnlichen Sicherungen, und im übrigen darf wohl daran erinnert werden, daß selbst eine so erfahrene Person, wie es die Menschheit ist, scheinbar nach ganz ähnlichen Grundsätzen handelt. Sie widerruft auf Dauer alles was sie getan hat, und setzt anderes an seine Stelle, auch ihr verwandeln sich im Lauf der Zeit Verbrechen in Tugenden und umgekehrt, sie baut große geistige Zusammenhänge aller Geschehnisse auf und läßt sie nach einigen Menschenaltern wieder einstürzen, nur geschieht das nacheinander, statt in einem einheitlichen Lebensgefühl, und die Kette ihrer Versuche läßt keine Steigerung erkennen. Der Vergleich der Welt mit einem Laboratorium hatte in ihm nun eine alte Vorstellung wiedererweckt. So wie eine große Versuchsstätte, wo die besten Arten, Mensch zu sein, durchgeprobt und neue entdeckt werden müßten, hatte er sich früher oft das Leben gedacht, wenn es ihm gefallen sollte. Daß das Gesamtlaboratorium etwas planlos arbeitete und daß die Leiter und die Theoretiker des Ganzen fehlten, gehörte auf ein anderes Blatt. Man könnte die menschlichen Tätigkeiten nach der Zahl der Worte einteilen, die sie nötig haben; je mehr von diesen, desto schlechter ist es um ihren Charakter bestellt. Alle Erkenntnisse, durch die unsere Gattung von der Fellkleidung zum Menschenflug geführt worden ist, würden samt ihren Beweisen in fertigem Zustand nicht mehr als eine Handbibliothek füllen; wogegen ein Bücherschrank von der Größe der Erde beiweitem nicht genügen möchte, um alles übrige aufzunehmen, ganz abgesehen von der sehr umfangreichen Diskussion, die nicht mit der

523

図6　アンドレア・グルスキー『無題XII（ムージル1）』1999年、マシュー・マークス・ギャラリー。

のにする」ことを指す。[29] スケールの利用、連続的な反復、彩色による変化（写真家ジェイムズ・ウェリングによれば、それは「新たな絵画性」をもたらしたとされる）といったすべてが、自然のイメージの強化に奉仕しており、かつその極端に技術的な強化の仕方は、視覚的イデオロギーというイメージを自然に与え返している。

アンドレアス・グルスキーが媒介性《メディアリティ》を、自然と文化、デジタルに強化された絵画主義《ピクトリアリズム》とアートの、穴だらけの境界を探る技術的環境として扱う一方で、カタルーニャのアーティストであるムンタダスは、翻訳を媒介性の限界事例と解釈する。それは、メディア理論家サミュエル・ウェーバーの仕事における定義と一致している。ウェーバーの理論は、矛盾しあうハイデガーとベンヤミンを結合させること（とりわけ、技術の存在論への共通した関心）から生まれたものだ。『マスメディアウラ――形態、技術、メディア』（一九九六）で、ウェーバーはベンヤミンの「複製技術時代の芸術」とハイデガーの「技術への問い」を巧妙に並べてみせている。[30] ベルナール・スティグネールは、ギリシア語のテクネがデムジュール *démesure*（過度、傲慢さ、芸術の高発現）と同じく「生産手段」を意味していることを思い出させてくれるが、ウェーバーもまた、技術がポエーシス・工芸・技能・応用科学・自然の後産を示していることを思い起こさせる。[31] 媒介性とは、いかなる特定の媒体からも切り離されたまま為されたもの・思考されたもの・経験されたもの・労働されたものを指し、技術がその批評的理解を補強するのだ。移転可能な量子、すなわちウェーバーが理解するところの媒介性は、多様な知的源泉から選び取られたノウハウや「性質《アリティ》」・「能力《アビリティ》」（たとえば翻訳可能性《トランスレータビリティ》、再現性《リプロデューシビリティ》、媒介性《メディアリティ》）の認識論を指し示している――脱構築、プラグマティズム、美学、サイバネティクス、映画、テレビ、テクノサイエンス、パフォーマンス研究、コミュニケーション、広報、システム情報理論、人工知能、言語学、記号論理学、プログラミング、精神分析といった知的源泉だ。媒介性の問題が焦点化するのは、それがより小さく濃密な、以下のようなトポスの周囲で構造化する解釈ユニットの下請けに出されたときである――ミメーシスと再現性、存在論と生物発生《バイオジェネシス》、アポリアと反復可能性、ゲシュテル（据付）とフェルボルゲンハイト（生みだすこと、明らかにすること）、愛情の衰え、生きられた経験を捉えようとすること。媒介性が産出するのは、テレビ向けの情報、すなわちメディア化された知識の形式が「資本化している」様子――（多数決主義的抵抗運動のように）資本主義に組みこまれるか、民主主義の工業化に徴用される様子——を暴く労働価値説である。
ムンタダスは、翻訳技術そのものを価値ある事柄として、あるいは媒体のフィルターとして扱うことで、媒介性をコンセプチュアルアートの実践へと変える。他のアーティストたちは、自然環境や社会環境の併合をアートが「翻訳する」過程を見せることに着目してきたが、ムンタダスはメディア環境を、他のメディアシステムへ二次転移するだけでなく、それ自体が翻訳に従属するものとみなしている。インスタレーションにおいて、画像・音・言語・テクストを記録し、その文脈のパラメーターを測定し、再設定してみせるのだ。一九七〇年代におこなわれた、テレビ的性質がテーマの初期プロジェクトでは、「放射」と「受信」の繰り返しが妨害や経路変更を受け、ときにテレビのスクリーンを飛び越えてしまう。それによって見る者は、テレビ的コミュニケーションの回路のなかにいる自らの状況を自覚するのである。一九九〇年代中頃から、ムンタダスはタイトルの頭に「翻訳について」と付けられた連作に取り組み、ビデオテープ・ウェブサイト・出版物・場所特有のインスタレーション・テクストを媒体として次々と利用した。一九九五年に完成した『翻訳について——パビリオン』では、一九七五年にヘルシンキで開かれた全欧安全保障協力会議で翻訳者たちが使ったガラスのパビリオンを再構築した。

図7　アントニ・ムンタダス『翻訳について——競技』1996年、画像提供はムンタダスによる。

一九九六年の作品である『翻訳について——競技』（図7）は、アトランタ・オリンピックの時期に制作されている。ブースのなかで鑑賞者が耳にするのは、ムンタダスがプロの同時通訳者に対してインタビューを実施し、録音した音声がベトナム語へと翻訳される過程だ（あえて超大国以外の言語が選ばれている）。流れる音声は通訳者たちの画像によって補完される。防音室に閉じ込められ、頭部を覆うヘッドフォンによってさらに世界から遮断され、通常は目に触れることのない言語労働者集団である翻訳者たちが、ここではバックオフィスから出てインスタレーションのなかで公の視覚性を与えられる。

図８　ジョン・クリマ『エコシステム』（ビットストリーム展）2001年、ホイットニー美術館。

冷戦期の国際会議の保存資料写真が再利用され、通訳者たちとケーブルで結ばれた外交官の姿も映し出される。その表情は疲労と怒りと狼狽と絶望に歪んでいる。『翻訳について——競技』は、外交失敗の仮面劇を伝えているだけでなく、いかに言語ポリティクスが歴史的にパワーポリティクスの内部に浸透し、暗黙裡に無数のメディアイベントをかたちづくっているかを示しているのだ。ムンタダスの一九九七年の『翻訳について——インターネット・プロジェクト』（ドイツのカッセルで開催された「ドクメンタX」の一部）は、媒体としての翻訳についての実験を、ソフトウェアとコンピュータ言語の領域にまで拡張したものだった。コイルないし螺旋状の線が、バベルの塔の３Ｄ図形を示唆しており、そこに二十二の言語に変換された同一のフレーズが収められている。見る者が螺旋状のどの場所をクリックしたかに応じて、それぞれの言語の音声を聴くことができる。そのようにして、（バベルフィッシュやアルタビスタのような）機械翻訳プログラムの翻訳エンジンが実際に「見える」——あるいは少なくとも、インターフェースとして視覚化されているのだ。以前の作品における、翻訳ブースのなかの人間の通訳者とそっくりだ。ローマ字以外は（エンジンが文字を認識しないために）翻訳プログラムに入力することができないが、多言語によるコラージュにはローマ字以外の文字も用いられている。言葉の断片を壁のグラフィティとして複数言語で配置することで、翻訳というメディアの視覚的な次元に注目させているのである。

　ムンタダスが止まった地点からスタートしているように思えるメディアアーティストのジョン・クリマは、やはりコンピュータ環境を「翻訳」している。焦点が合わせられるのは、現前しないはずのプロセスが偽の絵画的物語に変換される、変容の場としてのインターフェースだ。クリマは、Windowsのようなプログラムが不透明な層化《レイヤリング》を通して動作する虚構のインターフェースであり、デジタル情報処理を隠すマスクであることに意識を向けさせる。ホイットニー美術館の「ビットストリーム展」に出展されたクリマのインスタレーション作品『エコシステム』（図8）は、グローバル化とメディア環境のあいだにあるインターフェースのフラクタルを見せてくれる。この作品のコンセプトは、通貨変動を鳥の群れに翻訳することである。フリードリヒ・キットラーによる、ソフトウェアとハードウェアのコードの不可視な層化についての見方に沿って議論することもできるだろう――鳥たちは、それ自体が市場プロセスへの電子的応答であるようなデジタル構造の上に貼りつけられた、寓話的構造であると示されているのだ[32]。クリマはそれゆえ、最後には透明な視覚的イデオロギーに行きつくような情報の反復と供給をつくりだす。（通貨価値の変動への「リアルタイム」な反応を代行しているという点において、）飛行パターンは本当の現実に対応したものだが、その鳥たちが表象される環境である生息地《ハビタット》は、恣意的で虚構的なインターフェースとして現前している。理論上は、他のいかなるスクリーンセーバーも同じ役割を果たせるだろう。いや、本当にそうだろうか。実際のところは、たしかに理由があって鳥たちが選ばれているように思える。鳥たちの激しい餌の奪い合いや喧嘩は、企業の乗っ取りをシミュレートしているように見えるし、それゆえ離れた環境《エコロジー》間の長距離にわたる金銭取引のインパクトを視覚的に再現していることになるのだ。

図9　ジョン・クリマ『ゴー・フィッシュ』（ビットストリーム展）2001年、ホイットニー美術館。

情報の流れのなかに政治的責任を溶解させながら、グローバル化がローカルな生息地《ハビタット》に対しておこなっていることを、メディア環境はしばしば覆い隠してしまう。その様子を作中で示してみせるところにクリマ作品の独自性がある。多数の金融企業相手のコンサルタント経験とともに、プログラマーとして訓練を受けてきたクリマは、一貫して遠隔地責任《リモート・レスポンシビリティ》を主題として組み立ててきた。ポストマスターズ・ギャラリーでの展示についての宣伝記事が、そのことを伝えてくれている。

「ゴー・フィッシュ」［図9］という作品では、鑑賞者は本物の水槽につながった危険な水のなかを通り抜けなければならない。「ゴー・フィッシュ」は金魚鉢のミニ‐ワールドを検証しているのだ。訪問者がビデオゲームで遊ぶと、その結果が本物の金魚の運命に影響を与える［…］。ゲームのなかで［…］プレイヤーは危ない水中を泳ぐ魚になる。ゲームに負けると、鉢にいた金魚が、凶暴なアストロノータス〔南アメリカ原産の観賞魚〕がいる水槽へ投げ込まれる。その夜遅くに、アストロノータスは金魚を食べてしまう。ゲームに勝つと、金魚はより肉食を好まない仲間たちの方へ向かう。プレイヤーは犠牲になる金魚を気の毒に思うだろうが、金魚がときどき負けなければ、アストロノータスは飢えによって死んでしまう。「ペットを飼っている人なら誰もが、動物を食べさせるときにこの道徳的ジレンマに直面するんだ」と、キルマは語る。「それ以上に、ゼロ‐サム・システム最大の道徳的ジレンマといえるかもしれない。一匹の生物を救うことが、別の一匹を殺すことを意味し、ある人にとって穏やかな青い水が、別の人にとっては権力への道なんだから」。

クリマが暴きだしているのは、「あなたが損すれば私が得する」という法則に支配されたメディア環境と、長距離間における倫理が、グローバル化と環境的搾取の協力関係を強化してしまう過程だ。生態学的責任が溶解し、再度つなぎ合わされる様子を見せる翻訳的媒介物として、インターフェースはその姿を現している。鳥の群れは、データの転送や変形といった目に見えないデジタル処理を覆い隠す絵画的・視覚的イデオロギーとして機能する。だが、同時に市場取引をデジタルに捉え、それが生態系へ翻訳される様子をシンボル化してもいるのだ。その意味でクリマは、グローバル経済下の自然についてのスピヴァクの「すでにしてデータへと移行している途上」だという考えを文字通り具現化している。

クリマはメディア環境というものを、環境ダメージを引き起こそうとするデータを追跡する場所としてだけでなく、ダメージの原因を引き起こす情報転送の場としても利用しているのである。この点で、『ゴー・フィッシュ』のような作品は、たとえば以下のような作品とは明確に対照をなしている――ピーター・フェンドによる、無数の魚の命を脅かす藻類ブルームの衛星写真（『海なる地球――AVHRRによる北海の加工画像、一九八八年五月十五―十六日』）、アーラン・セクラの『フィッシュ・ストーリー』（漁業界を捉えた魅力的な写真によるドキュメント連作）、ケントリッジの『大氾濫』（巨大な両生動物が、毒を含む水泳プールの上空でのたうち回りながら、不吉な嵐とともに降ってくる瓦礫を巧みにかわす様子を描いた、木炭およびパステル画）。魚を主題化したこれらの作品は、各媒体を扱うなかに環境的な概念論を取り入れ、それぞれが社会的パニックの高まりを捉えている――食物連鎖に入り込んだＰＣＢ（ポリ塩化ビフェニル）の摂取と循環、漁業経済の危険性、アントニオ・ネグリとマイケル・ハートが「帝国」に関連づけた京都議定書と衝突する超国家的な海の怪獣。だがクリマのインスタレーションにおいては、コンピュータという媒体そのものが、環境ダメージを引き起こす道具であり、かつ批評の表象手段でもあるのだ。データ転送の自然への（あるいは逆方向の）視覚的変換は、自然な生息地《ハビタット》の延命が決定的な危機に瀕している場所を、見る者に対して的確に指ししめす。

　これまで見てきたように、ケントリッジ、キンセラ、グルスキー、ムンタダス、クリマはそれぞれ、生息地を徹底して翻訳的な媒体（自然と情報を横断し、言語と視覚イメージを横断し、複数のメディアを横断するもの）としてあつかうことによって、その地を「批評的《クリティカル》」にするための潜在的な方法を提供してきた。しかし、緊張はつづいている――「地に根ざし」、地域的《ローカル》な批評的表象がおこなわれる「本物」の生息地（現実の政治的な破壊とトラウマに苦しみ、いうなれば、しばしば政治的・社会的闘争の代理人に変えられてしまう生息地）と、よりグローバルに生みだされた生息地（仮想的《ヴァーチャル》な生息地とも呼びうる、コミュニケーション・ネットワークによって構成され、ウェブ上のフロントエンド・ソフトウェアによって表象された空間）とのあいだに。こうした緊張は、単に一般化した「グローバル性」という概念によって乗り越えられるものではない――「グローバル性」は脱神話化した形式においてさえも、環境的抵抗をまるでジョン・キンセラ作品のか弱い金魚のようにぺろりと平らげ、吸収してしまう不気味な能力をもつ。だがこの緊張はおそらく、近視眼的で自己完結的な地域主義と、自分勝手に媒介性の新たな技術を喜んで受け入れることの両方に抵抗するような、惑星的一体化の美学的戦略によって、生産的なものへと変えられるはずだ。

注

（1）Gayatri Chakravorty Spivak, “Megacity,” in *Grey Room*, no. 1 (Autumn 2000): 14.

（2）Kenneth Frampton, “Towards a Critical Regionalism: Six Points for an Architecture of Resistance,” in *The Anti-Aesthetic: Essays on Postmodern Culture*, ed. Hal Foster (Port Townsend, Wash.: Bay Press, 1983), pp. 21, 26, and 27 respectively.

（3）William Kentridge, in *William Kentridge* (London: Phaidon Press Limited, 1999), p. 108.

（4）Ibid., p. 109.

（5）Ibid., p. 110.

（6）Ibid.

（7）Rosalind Krauss, “‘The Rock’: William Kentridge’s Drawings for Projection,” in *October* 92 (Spring 2000): 3-35.

（8）Rosalind Krauss, *“A Voyage on Art in the Age of the North Sea”: Art in the Age of the Post-Medium Condition* (New York: Thames and Hudson, 1999), p. 56.

（9）Kentridge, *Kentridge*, p. 111.

（10）Ibid., p. 84.

（11）Ibid., p. 22.

（12）Ibid., p. 49. 強調はアプター。

（13）Ibid., p. 60.

（14）Ibid., p. 84.

（15）Ibid., p. 71.

（16）John Kinsella, “Dispossession,” in *Visitants* (Newcastle upon Tyne: Bloodaxe Books, 1999), pp. 36-37.

（17）John Kinsella in *Landbridge: Contemporary Australian Poetry*, ed. John Kinsella (North Fremantle: Fremantle Arts Centre Press, 1999), p. 193.

（18）大部分がライオネル・フォガーティに捧げられたエッセイのなかで、キンセラは以下のように記している。

私にとって、この世紀の終わり頃にあらわれたもっとも重要な声は、ミューリ族詩人ライオネル・フォガーティのものだ。フォガーティは英語を、それ自体が含みもつ植民化への可能性に抗う武器として巧みに用いてきた。中心的な言語であるという主張を無化し、口語的伝統の優位を印象づける、ポジティヴな雑種《ハイブリッド》性をつくりだしたのだ［…］。

「雑種化すること」の例として、私は自分とフォガーティがまったく異なる観点から書いている類の詩に言及してきた。雑種化ということによって、私は一揃いの特定の資源からつくった、第三者的な替わりの混成物や生産品を意味しているのではない。雑種性は、発達的な意味でありうる次段階でもないし、構成要素を集めた「希釈物」でもない！ 伝統同士の融合でもない。実際のところそれは、あらゆるテクストの読みの可能性を構成するコードの、自覚的な取り消しなのだ。それは、詩の語り手「私」の引き下げだ〔強調はアプター〕。［…］

John Kinsella, "The Hybridising of a Poetry: Notes on Modernism and Modernity—The Colonising Prospect of Modernism, and Hybridity as a Means to Closure," www.geocities.com/ SoHo/ Square/ 8574/ newessays.html

（19）Lionel Fogarty, "Jukambe Spirit—For the Lost" in *Landbridge*, p. 130.

（20）Lionel Fogarty, "No Grudge," in *The Penguin Book of Modern Australian Poetry*, eds. John Tranter and Philip Mead (Middlesex: Penguin Books, 1991), p. 452.

（21）Kinsella, *Visitants*, p. 15.

（22）Ibid., p. 11.

（23）Ibid., p. 40.

（24）Jacques Lacan, "The Line and the Light," and "What Is a Picture?" in *The Four Fundamental Concepts of Psychoanalysis*, trans. Alan Sheridan (New York: W.W. Norton and Co. 1973, 1978), pp. 110 and 103, respectively.〔ジャック・ラカン『精神分析の四基本概念』小出浩之・新宮一成・鈴木國文・小川豊昭訳、岩波書店、二〇〇〇年、一三五、一四五頁。〕

（25）Alex Alberro, "Blind Ambition," in *Artforum* (Jan. 2001): 109.

（26）Peter Galassi, *Andreas Gursky* (New York: Museum of Modern Art, 2001), p. 34.

（27）Alex Alberro, "Blind Ambition," p. 109.

（28）全文は以下のように読みとれる（翻訳は大まかなものである）。

水上の睡蓮が葉と花と白と緑によってのみ成り立っているのではなく、「そっとそこにあること」において成り立っているというのと同じだ。ふつう睡蓮は、きわめて平和にそこにあるため、人はその完全性にもはや気づかない。その感覚は平穏にちがいない。そうして、世界は秩序立って、思慮深い関係性だけがその中に広がっていく。それは全人類の、別次元への沈降か上昇であり、「高くへ沈み込むこと」であり、あらゆるものごとはそれと調和して変化する。みなそのままで留まり続けるのだと言う者もあろうが、やがて別の空間に自分自身を見つけることになるし、あるいはすべてが別の意味によって彩られるのだ。そのような瞬間に、誰もが知る世界の傍らで、じっくり調べることで精神によって摑み取れる世界の傍らで、人は気づくのだ、それでも第二の、動きまわる、単独の、空想的で、理性の欠けたものが、同じであるようにしか思えないことに。しかし私たちはただそれを、人々の信ずるように心か頭に抱くのでなく、むしろそれは私たちの外部に立っていて、まるであの別のものと同じくらい、本物かつ正当なのだ。それは不気味な神秘であり、かつあらゆる神秘的な物事と同様、誰かがそれについて喋ろうと試みると、容易にもっとも退屈な物事と混同されてしまうのである。彼はその物語を理解した。何百もの人間のルールが去来してきた。神から宝石飾りのなかの針まで、心理学から蓄音機まで、暗い統一性ごとに、暗い信念ごとに、それから数百年か数千年ごとに神秘的に崩壊し、瓦礫と建造物へと悪化の道を辿るというのに、これは虚無から登ること以外の何なのか、毎回もう片方の面を探ろうと誘惑される。（そしてそこに痕跡はなく、だから私たちはそれを周期に含められるのだ！）砂丘が風に吹き飛ばされてしばらくたしかな形をつくり、それから、また風にさらわれていくのとまったく同じように？　何者でもないことを神経質に恐れる以外に、何をやり尽くせば良いのだ？　もはや存在しない快楽から始まり、しかし代わりにそれは騒音となり、時間つぶしの刺激的なおしゃべりとなるのは、暗い確実性が私たちに、それが最終的に私たちを殺すと警告するからだ。こうした超越的なでっち上げの徹頭徹尾、それから魂を殺す無意味な大金のすべて、それによって生き延びていようが窒息させられていようが、恐ろしき、性急なる魂の、衣類のモード、それが絶えず変化するのだ。こういう生存の改革欲を永久機関にするものは、霧のような本来の自我と、硬化して質の変わった殻になってしまった先行者たちの自我とのあいだに、偽の自我が、どうにか順応する集団の魂が、押し込められるという災難にほかならない。それに、少し注意しさえすれば、到来したばかりの最新の未来の中に、やがて来る古き時代が常に見て取れるはずである。〔ドイツ語からの英訳はザイア・アレクサンダーによる〕〔一部、以下の翻訳を利用した。ローベルト・ムージル『ムージル著作集　第一巻　〔特性のない男I〕』加藤二郎訳、松籟社、一九九二年。〕

（29）Roland Barthes, "The Image," in *The Rustle of Language*, trans. Richard Howard (Berkeley: University of California Press, 1986), p. 352.

（30）Samuel Weber, *Mass Mediaurus: Form, Technics, Media* (Stanford: Stanford University Press, 1996).

（31）以下を参照のこと。Bernard Stiegler, *La Technique et le Temps: La faute d'Épiméthée* (Paris: Galilée, 1994), *La Technique et le Temps: La désorientation* (Paris: Galilée, 1996), and *Philosopher par accident: Entretriens avec Elie During* (Paris: Galilée, 2004).

（32）Friedrich Kittler, "There Is No Software," in *Friedrich Kittler: Literature, Media, Information Systems*, ed. John Johnston (Amsterdam: G + B Arts International, 1997), p. 158.〔フリードリヒ・キットラー「ソフトウェアなど存在しない」原克訳『ドラキュラの遺言――ソフトウェアなど存在しない』原克・大宮勘一郎・前田良三・神尾達之・副島博彦訳、産業図書、一九九八年、三一七頁。〕

第十四章　オリジナルなき翻訳——テクスト複製のスキャンダル

アメリカのウリポ作家ハリー・マシューズによる短編「部族の方言」で、語り手が思いをめぐらせるのは、一八九〇年代にアーネスト・ボザビーなるオーストラリアの人類学者によって書かれた一編の学術論文だ。論文が興味をそそるのは、「パゴラク語を話す部族が、自分の言葉を近隣の方言に訳す」摩訶不思議な技法の事例を提示しているからだ。「この手法が注目に値するのは、外国人の聞き手が理解し、許容できるよう訳す一方で、主張の元々の意味をいちいち隠してしまう点だ[1]」。語り手はすぐに惹きこまれてしまう——

上手に訳しつつ意図を伝えない——これ以上逆説的なことがあるだろうか？　これ以上的を射たことが？［…］本質を漏らさぬまま、よそ者に言葉を「理解」させてやる術よりもすごいものなんてあるだろうか？[2]

「ここだけの話」——語り手はいやらしいヨーロッパ中心主義を読者に打ち明ける——「つきつめれば、翻訳というものは、本質的な内容が存在するという幻想を祓ってしまうものなんだろう——だけど、僻地のニューギニアの部族がどうやってそんな発見をするに至ったんだろう？[3]」こういった皮肉な疑問が突くのは、翻訳の根本にある自明の理である。すなわち、翻訳ではかならずなにかが失われる。原語を知らないまま、失われるものの性質や本質そのものを確かめるのは絶対に不可能だ。原語にアクセスできる場合でも、翻訳不可能性の要素Xは残され、翻訳をみな、不可能世界——言いかえれば、意味と音声が等価の模造体制——に仕立ててしまう。マシューズの短編が機知に富んでいるのは——いわば、ホルヘ・ルイス・ボルヘスの短編「トレーン、ウクバール、オルビス・テルティウス」風のやり方で(4)——翻訳が常に隠蔽しようとしていることを暴露してしまうからだ。つまり、原文言語に忠実なんて不可能だという事実だ。マシューズの短編では、翻訳可能性の可能世界がたしかにあるという妄想のせいで、自分の言語からパゴラク語話者の世界に逃走したいという誘惑に語り手は駆られることになる。明らかになるのは、翻訳こそが「この世界の外《オール・ド・ス・モンド》」にある文学の例外事例だということだ（「この世界ではないどこかへ！」という、ボードレールの有名な一節を拝借するなら）。すなわち、一個の文学世界は、それ自体の言語の中、それ自体の言語で、並行宇宙を実現するかぎりにおいてありうるのであり、実際問題として十分おこりうるのだ。

翻訳可能性の可能世界に足を踏み入れる語り手の選択が惹起するのは、言語哲学者デイヴィッド・ルイスによる議論だ——言語規則が許容する場合、世界の複数性が存在するという仮定を認めねばならない。意味論におけるルイスの真理条件理論は、ある文が真であるという条件の決定にかかわる。ルイスが主張するように、言語は存在しないものについて話せねばならない。「一角獣《ユニコーン》を探している人がいる」という文が一例だ。私たちは、その生き物が存在しないことは知っているけれども、文章は理解できる。仮にpの意味が真であるなら、pが存在するような任意の世界では必然的に、Lpは真になる(5)。言語的・文学的可能世界を仮定する根拠を提示する、この必然性の文法は、ウンベルト・エーコが「虚偽の言語」として論じたものを生むだろう。エーコはこの言語による虚偽を、ロレーヌ生まれの作家ガブリエル・フワニの小説『既知の国アウストラル』（一六七六）における自己翻訳的「アウストラル」文法の発明までさかのぼる(6)。しかし、現代により近い時代にも、独特の文法・語彙を用いて「スキゾ分析」という自分だけの私的世界を創りだしたドゥルーズとフーコーが愛玩した作家たちに、多数の類例を見ることができる。ジャン＝ピエール・ブリッセ、レーモン・ルーセル、ルイス・ウルフソンといった作家たちが共有しているのは、標準語をへんてこにする能力である——同音置換・音節置換の法則と私的文法をとりいれた結果、元の言語はかろうじて解読できるものになってしまう。言うなれば、半翻訳の状態だ。近年におけるこの試みの例として、二〇〇二年にジョナサン・サフラン・フォアが著したベストセラーがあったはずだ。語り手であるロシア人通訳の若者の英語はたどたどしく、ことばの誤用《マラプロピズム》とアメリカ発ポップカルチャーの業界用語でちんぷんかんぷんだ。さあ、読者が足を踏み入れるのは、非ネイティヴスピーカーの言語的中間地帯《リンボ》とでも呼ぶべき可能世界だ。[7] そのような「虚偽の言語学」の事例の中で、見いだされる言語秩序とは、単なる支離滅裂な状態ではなく、独立した標準言語と翻訳のあいだのなにか、「翻訳状態言語」である。それが「可能」かどうかは、デイヴィッド・ルイスが可能性の状態を定義するのに用いた、様相実在論と反事実条件法の評価基準に照らしてのことになる。

　ここで私の興味は、すでに第七章で検討した議論――私的言語の自己翻訳分析に可能世界理論が役立つか（新規の可能世界それぞれに、新規の文法論理を生成しうる人工頭脳としての言語）――というよりは、翻訳がもとづく言語なりテクストなりの「原作《オリジナル》」が厳密に言ってないときに生じる倫理上の問題である。読者は、原作と翻訳のあいだをたゆたう「翻訳調」の冥府にいるのか、あるいは翻訳が原作を「置き忘れ」、現実とは異なるテクスト性の「別」世界――そこで原作は言い訳じみた作り物の地位に甘んじる――に行方をくらませるような事態に遭遇しているのか。双方のケースで、翻訳であるもののアイデンティティが試されている。というのも、翻訳がテクストの状態を指す述語のひとつ（元になったテクストを指示する）でないのなら、一体なんなのだろう？　起源を否定する文学の複製技術は、それでもなお翻訳と見なしうるのだろうか？　あるいは翻訳がみな、どこまで原作の信用ならない伝達者であり、度し難い虚偽の体制のいわば御用商人であるか、自ら明かしているとすれば、脱構築された存在論の見事な見本と翻訳を見なすべきなのか？

　翻訳研究にありがちなのは、テクストに忠実でないという倫理的な枠組みをあてがってしまうことだ。第一に、原作の訳としては不適切（精確さ、形式的・文法的相似、文学的見識・詩的感覚の欠如のせいで）という観点から。第二に、ターゲットテクストとソーステクストとの関係が怪しい（つまり擬似翻訳、偽装翻訳としての状態）という観点からだ。翻訳研究の批評的前提の見なおしという、一大プロジェクトの一端として、ここでは後者に傾注したい。原文なき翻訳と判明した有名なテクストを例にとって、その意味を考えてみよう。[8] 私の狙いは擬似翻訳のスキャンダルそれ自体を瞥見するものではなく、スキャンダルによって理論的関心が寄せられるようになった、テクスト複製をとりまく大きな倫理上の問題を考察することである。

　ダグラス・ロビンソンは（スロヴァキアの研究者アントン・ポポヴィッチによる例につづいて）擬似翻訳をこう定義している――「テクストのなりすまし、僭称、往々にして翻訳と受けとめられるものというだけではなく［…］、往々にしてオリジナル作品と見なされている翻訳もそうである」[9]。ロビンソンが見るところでは、「なにかしらの社会的、テクスト的理由のせいで、「原作」か「二次作品」か疑問である」作品はみな、擬似翻訳の名に値する。しかし、このような緩やかな定義は、多くの問題を解決する一方で、どの種のテクストが擬似翻訳の名に値するのかという論争を招き、同じくらい多くの問題を生んでしまうことも確かだ。ジェイムズ・マクファーソンによる「オシアンの」詩の「翻訳」――『ゲール語、あるいはエルス語から訳された古代詩の断片』（一七六〇）――は、擬似の名を着せられて当然だが、ほかの例、ロングフェローの『ハイアワサの歌』（フィンランドの学者がとりちがえたチペワの伝説に由来すると一般に見なされている）や、ローマ時代の文献の中世における再話などは、翻訳《トランスレーション》と転写《トランスクリプション》のあわいに棲み、擬似とは呼びづらい。

　ロビンソンの定義が示すように、擬似翻訳という言葉が光をあてるのは、研究者が多大な労力をはらって文学史上誤認された著者を修正し、偽装翻訳を暴いてきたことだったり、原作と模倣のあいだに分類上の線引きをしてきたことだったり、原作となる文学作品の地位および価値を担保する基準を洗いなおしてきたことだったりする。擬似翻訳の異議申し立てで幕を開ける文学スキャンダルと疑惑の追及は、立派な美術館や世界各地のプライヴェートコレクションがかかえこんだお高い傑作の作者見なおしをめぐっておこる「鑑定戦争」じみてはいる。発覚のドラマ（偽物やまがい物が白日の下に晒される！）こそ、テーマ的にも、この種の見方を駆りたてるものだ。反対に、オリジナルに忠実なテクストかどうかが、テクスト複製理論の用語で定義されるのなら、テクストの真贋鑑定から、原作《オリジナル》が複製可能な条件に争点は移る。そこで、贋作問題のかわりに、翻訳は「真」の原作《オリジナル》（任意の著者による真正なテクスト）から生まれるのではなく、シミュレートされたオリジナリティという「試験管」テクストから生まれるのではないかという疑問について考えてみよう。言うなれば、人工的な生をうけ、精巧に複製されたテクストだ。テクストのクローンをつくるというアイデア（この暗喩が浮き彫りにするのは、遺伝情報、遺伝子複製、遺伝子設計図との修辞的連関だ）が問うているのは、「遺伝子複製時代の芸術作品」という問題だ。それは、「複製技術時代の芸術作品」をめぐるヴァルター・ベンヤミンの有名なエッセイ（一九三六）を、ゲノムプロジェクト時代における「オリジナル」なアイデンティティとはなにかという論争へと読みかえることでもある。翻訳を「暗号《コード》の暗号《コード》」（ＨＴＭＬの一種か、機械翻訳で使われるマスターコード）と見なせば、翻訳は「アウラをまとった」原作から生まれた二次テクスト性が具体的なかたちをとったものというよりは、テクスト転移やテクスト複製をおこなうクローニング・メカニズムとして定義できるようになる。ベンヤミンの同じくらい有名なエッセイ「翻訳者の使命」（一九二三）もまた、別の様相を帯びてくる。死後の生を保証するかわりに、原作の地位を簒奪するものという翻訳の位置づけは、「複製能力を開発された」オリジナル（言うなれば、試験管内のＲＮＡ分子の複製のような）という概念や、病に冒されたり、長らく所在不明になったオリジナルの細胞から新たに生まれいでた翻訳と、テクスト複製を結びつけることに使えるかもしれない。このような条件下では、オリジナルとクローン胎児を区別するのは困難になってくる。実際、オリジナリティというカテゴリーはまるごと生命体の本質主義的な定義として議論の的になる。

　擬似翻訳vsテクスト複製《クローニング》——翻訳研究の分野で論争を呼ぶ、オリジナリティをめぐる二つのパラダイム。概念上は結びつきながら、まったく別々の疑問難問を浮かびあがらせる二つのパラダイム。ここで私の興味を特に惹くのは、テクスト複製《クローニング》という概念が、翻訳研究における原文への忠実さをめぐる由緒ある議論になにをもたらすのかということだ。言いかえれば、それがいかに翻訳研究のタームを「原作と翻訳」から、「クローンとコード」へとシフトさせるのかということでもある。

　一八九四年に刊行されたピエール・ルイスの『ビリティスの歌』ほど、悪名高い擬似翻訳のケースもそうはないだろう。この作品は、「ギリシア語からＰ・Ｌにより翻訳される」という副題をつけられ、ギリシア、トルコの血をひく六世紀の女流詩人の作品の翻訳として流通したものだ。伝記作家ジャン＝ポール・グージョンが記すところでは、ルイスは十九世紀の名だたる文献学者、歴史家——ミシュレ、キネー、ルナン、モムゼン、テーヌ、リトレ、ガストン・パリスなどなど――と同じ流儀で教育された。文献学のドグマは、翻訳という軍役に駆りだされることがしばしばだった。ルイスの助言役、詩人のルコント・ド・リールは一八六一年より、テオクリトスやホメロス、アイスキュロスやエウリピディスの翻訳に没頭していた。[10] 詩学のみならず考古学の重要さを説き、十九世紀後半に台頭した古代学に、ルイスもならうことになった。第一に、ルイスは自分のほうが過去をうまくよみがえらせることができると信じたからであり、第二に、学究肌の古典学者がエロティックな表現を検閲しているのではないかと疑っていたからであり、第三に、特権的な地位にあった五世紀のアテネ文学に対抗して、(野蛮で、猥褻と見なされていた) アレクサンドリアのギリシア文学を振興することで、ギリシアの退廃を再評価しようとしたからである。[11] ルイスの手によってルカヌス、メレアグロス、テオクリトス、サッフォーは、それぞれ極端にオリエンタリズム化され、同性愛化され、煽情的にされ、(グージョンによれば)「もうひとつのヘレニズム」の正典《カノン》を成した。この文脈では、ビリティス自身トルコとギリシアの血をひく作家と喧伝されたこと、ルイスのメレアグロスの仏訳が、「アテネ人の中でもクレオール化された人種」を代表し、「ヘレニズム化されたオリエント」、あるいはシリア化したギリシアを創造したと称賛されたこともたしかに偶然ではなくなる。[12]『ビリティスの歌』が出版された当初、レミー・ド・グールモンは度をこした賛辞をおくった。

自己流というか、古びた形式のギリシア詩を、アイデアとイメージに満ちたものとして感じる新しい見方だ。おかげで、今や公衆の所有物となって、詩に美がとり戻された。この美こそ、凡庸な教授が感受し、翻訳したときには、失われるか、もはやどこにもないものなのだ。[13]

しかし、まさにそんなしがない「凡庸な教授」こそ、ビリティスの元々の詩の原文を発見し、初の訳者の役目を果たしたとされていたのだ。『ビリティスの歌』を出版したさいにルイスは原文の出所についての説明を付けている。それによればこのエロティックな散文詩は、キプロス島の考古学発掘で、ドイツ人文献学者G・ハイムが発見したことにされている。ルイスが編集者のベイリーに原稿を渡して言ったのは、ギリシア語原典からハイムが独訳したものをさらに仏訳したという説明だった。先だって上梓したメレアグロスの詩集と、ルキアヌスの『遊女の対話』の翻訳では、誤訳の指摘があったにもかかわらず、古典学者としてのルイスの評価は衆目の一致するところであり、刊行当初『ビリティスの歌』は概して好評を博した。

当初、ルイスは詩の本当の著者が誰かを秘密にし、兄のジョルジュ・ルイスにだけ打ち明けていたが、ジッド、ヴァレリー、ドビュッシーら友人の多くはいんちきを看破した。ジッドは期せずして詐欺の片棒を担いでしまったのかもしれない。ジッドがルイスに紹介したアルジェリア人遊女のメリアム・ベント・アリが、作中人物のギリシア人娼婦の生きたモデルになったと考えられているからだ。最初のうち、数人の評者は、テクストの出所が架空のものなのではないかとしていたが、なかでもカミーユ・モークレールは、この本は翻訳というより「芸術の本《リーヴル・ダール》」だと絶賛した。アンリ・ド・レニエはこう書いた――「ビリティスが実在するかは知らないが、たしかに彼女は生き生きと息づいている――M・ルイスが編纂した、痛ましい、架空の墓室の壁に刻みこまれた詩の中で」[14]。しかし、ほかの読者はどうも罠に嵌ってしまったようだ。とくにルイスを非常におもしろがらせたのが、「訳詩のヴァリアント」を送りつけてきた古典学の「泰斗」、ギュスターヴ・フジェールだった。ルイスは『ビリティスの歌』とメレアグロスの翻訳を両方ともフジェールに送っておいたのだが、このような返事がきたのだ――「ビリティスとメレアグロスは知らないわけではない。二人とも、長らく個人的な友人づきあいをしてきたようなものだ」[15]。サッフォーのエピゴーネンたちの詩を細部にわたって分析し、（とりわけ、一連の詩歌のうちもっとも退嬰的な部分において）詩法の破格を認めることで文学探偵たちをまき、ルイスはこの古文書のでっちあげが、まちがいなく真正の翻訳だと受けとられるよう念入りに保険をかけておいた。当初、学術書の体裁を必要以上に模倣したいとも思ったが、自重しておびただしい注釈を削減し、縮小しつつももっともらしいビリティスの「生涯」を付し、「翻訳不能」なる詩を追加した。序文で、ルイスはこう書いた。

私としては、この話がビリティスにまつわるものだと思いたい。彼女の歌を訳しているうちに、いつしかムナシディカの友達だったこの女性を愛するようになっていたからである。きっと彼女の生涯もまた、その歌に劣らずすばらしいものだったに違いない。ただ惜しむらくは、これらの歌にある以上のことは、彼女の生涯について語られておらず、古代の著作家たちは、少なくとも今日までその作が伝わっている著作家たちは、彼女の人となりについて書き記しているところが、まことに乏しいのである。フィロデムスにしても、二度にわたって彼女から剽窃していながら、その名さえ挙げていないのである。[16]

ルイスのいんちき《シュペルシエリ》の成功（少なくとも、一八九八年に第二版の刊行とともに「表沙汰」になるまでは）の背後には、世紀末性愛文学におけるギリシア復古主義の波があった。この作品の人気を後押ししたのは、ボードレールによるレスボス詩や、高踏派による牧歌形式の恋愛詩に目がなかった読書大衆だった。この大衆の嗜好は、後の、ナタリー・クリフォード・バーネイ編訳『短いギリシアの対話五編』（一九〇二）や、ルネ・ビビアンによるサッフォーの自由訳（一九〇三）の人気も支えた。レミー・ド・グールモンとナタリー・クリフォード・バーネイによるアマゾン神話の再発掘、アンドレ・ジッドが『コリドン』でゲイ擁護のため精神的な対話を用いたのを先どりしたルイスは、ユートピア的性愛のポリティクスを中心的なテーマとし、ギリシア風の凝った言いまわしで、女性同性愛を謳った。兄あての手紙で、ルイスは、ファム・ファタール的ステレオタイプの枷から、レズビアン性愛表現を解放したいとのたまい、『ビリティスの歌』を「来たるべき社会の／若き娘たち」に「うやうやしく」捧げるとした。[17] ルイスが兄にうちあけたところによれば、レズビアンの愛は、愛というよりは、母性本能の「変形」なのだという。キリスト教道徳に邪魔されることなく女性性の本質を表現したレズビアニズムは、生物学的再生産ぬきの肥沃さという、理想的な性愛のパラダイムを与えてくれる。「アスタルテ讃歌」では、受胎なしの再生産というアイデアが、特異なる母の形象に結びつけられている。

尽きることなき、朽ちることなき、生命《いのち》の創り手なる
母神よ、原初に生まれ、汝自身によって孕まれ、
汝ひとりから生まれ出で、

みずからのうちに歓喜を覚えたもう、アスタルテ女神よ！
　おお、永劫無窮に豊饒なる女神、おお処女にして
　なべてのものの乳母。[18]

肥沃にして不妊というはっとする撞着語法《オキシモロン》は、ほかの多くの詩に見られ、レズビアンの愛の営みを描いた一連の記述の中で、何度となく浮かびあがってくる。たとえば「ムナシディカの乳房」では、子のかわりとしてビリティスに胸を捧げるムナシディカが描かれている。「「このふたつ、かわいがってね」とあの女《ひと》は言った。／「わたしがこんなに愛してるんですもの。愛しい小さな子供なの。[19]」」。ちいさな胸をいじっては、それをミルクで洗い、羊毛の毛布にくるんで寝台に寝かしつけることを誓うことで、ビリティスは母性的なものと、エロティックなものとの連想を混ぜ合わせる。ムナシディカは恋人に、乳房の乳母になるよう申しつける。「わたしの口は／遠すぎて届かないから、代わりに接吻してあげてね[20]」と、ビリティスに命じている。

　女性作家によるエロティックな詩の訳者のふりをしたという意味では、世紀末フランスにおけるルイスの役割を、戦後の米国ではレクスロスが果たしたと論じてみてもいいだろう。ビート詩人の原型と言うべきレクスロスは、自分の退廃的先祖にも似て、摩利支子なる名の女性作者の声を『続日本の詩百選』（一九七九）というタイトルのアンソロジーで紹介した。レクスロスは作家としてのキャリアのごく初期から晩年まで翻訳家として活動し、『中国詩百選』、『愛と転換の年――続中国詩百選』、『蘭の船――中国の女性詩人たち』（鍾玲と共訳）、『ギリシア詞華集より詩選』、『日本の詩百選』、『続日本の詩百選』、『愛と亡命のスペイン三十詩』、『ピエール・ルヴェルディ選詩集』のような訳詩集を出版している。レクスロスにはまずまずの中国語と日本語の知識があったようで、ネイティヴスピーカーと密接な共同作業をおこない、その厳密な直訳を下敷きにして、自身の作詩術で味つけをほどこしていた。

　共同制作による翻訳を自分の名前でだけ出版しても、レクスロスは気にしなかったようだ。一冊目の日本詩歌集の序文では、自分の単独訳かのように匂わせている――「私自身訳文では、日本語原文の簡明さを可能なかぎ

り損なわないようにした［…］。訳文のいくつかは、原文よりもかなり音節数を切り詰めている。他方で、ナンセンスや無用の装飾と見なす向きもある日本語の言葉のあやも削らなかった」[21]。アーサー・ウェイリー流に、レクスロスは自分の訳は逐語訳だと主張し、詩に敬意を払って、日本語原文の統一感をアメリカ英語でも保ったと読者に請けおっている。もちろん、当時とくに詩人‐訳者が、部分的にしかかかわっていない翻訳に自分ひとりの名前を冠するのは珍しくなかった。しかし後から考えたときに、このような訳者クレジットをふんだくる行為が目につくのは、著者に対するレクスロスの尊大な態度（倫理にもとるのではないかという人がいてもおかしくない）の序曲だったかのように映るからだ。結果として、まっとうな日本の詩のアンソロジーの中に、ひそかに擬似翻訳をさしはさみ、摩利支子 Marichiko なる幻の署名の下に、自分の翻訳を出版するという事態を招いてしまった。

レクスロスの伝記を執筆したリンダ・ハマリアンは、著者捏造のスキャンダルというよりは、職業柄の好奇心の産物として、摩利支子のいたずらを扱っている。

晩年、レクスロスは摩訶不思議な行為をした。「京都の摩利支天寺のそば在住の、若い女性のペンネーム」摩利支子による作品の翻訳として、自分の詩集を出版したのだ。摩利支天は芸者、娼婦、妊婦、恋人の守護女神である。なによりもまず、読者、出版社、友人たちに、作者が実在すると信じこませたかったのだろう。摩利支子の詩で、レクスロスが、想像の中で一人の女の魂魄となって、そのひだのすみずみまで探求したのは、女たちに愛を惜しみなく捧げてきたひとりの男として、いかに女の本性をくまなく理解できるのか、やってみようとしたからだ[22]。

自身詩人でもあるモーガン・ギブスンは著書『革命的レクスロス――東西の叡智の詩人』で、この自白なき「でっちあげ」の謎を瞥見している。そこでのギブスンの解釈によれば、摩利支子の詩は、与謝野晶子（一八七八―一九四二）にあてたレクスロスなりのトリビュートだという[23]。与謝野晶子は、最愛の恋人にあてた詩で有名な、

「近代日本最高の女性詩人」と見なされることもままある歌人である。一連の摩利支子の詩の語りは、「摩利支天が仏陀と交わるという、瞑想によるエクスタシーの密教的寓話」に似ているとギブスンは述べ、摩利支子の詩は、レクスロスによる女性の「性の啓蒙」[24]の試みとしては、最高にうまくいった例だと評価している。

　レクスロスのまことしやかな翻訳に対する「フェミニスト的」弁明が、説得力に富むのかどうかはわからない。女性による表現の声を搾取したことを隠すため、あるいは性的検閲の目から逃れるため、レクスロスがフェミニズムを都合よく使ったと見るむきもある。たしかに、異性の声を腹話術で語るレクスロスのパフォーマンスを、女子学生やファンを食っていたという風評を雪《そそ》ごうという手前勝手な試みだと批評家たちは見なしている。レクスロスの動機がなんであれ、目を惹くのは、ひどく質の悪い擬似翻訳として知れわたっているレクスロスとルイスが、なりすまし文学を実践するため、「女性によるエロティックな詩」というジャンルを用いたことだ。

　レクスロスの捏造を看破するのは、詩を多少なりとも検分してやれば難しくない。与謝野晶子と摩利支子の詩の、表面的な類似点はすぐわかる。たとえば髪のモチーフは、晶子（「とき髪に／室《むろ》むつまじの／百合のかをり／消えをあやぶむ／夜《よ》の淡紅色《ときいろ》よ」[25]）と、摩利支子（「わすられぬ／わが黒髪の屋根の／うちなる　暗がりの香り／ながき夜のまじわりののち／まじわりせむと　めざめたるとき」[26]）に共通している（レクスロスはしらじらしくも後者の詩の注に「与謝野晶子風の響きがある」[27]と記している）。しかしさらに検討を加えると、摩利支子の詩の性的リアリズムはよりどぎつく、オリエンタリズム的俗悪さをにじませていることがはっきりしてくる。摩利支子の三十二番の詩は、ジャポニズム（花、舟）の俗悪なイメージを、あからさまなセックスシーンに接ぎ木したものだ——「あなたの頭をきつく／股のあいだにはさみ　あなたの／口におしつけ　ふんわりと／どこまでも　蘭の舟で／天の河を行く」[28]。対照的に、晶子は控えめな暗喩を好んでいる——「乳ぶさおさへ／神秘のとばり／そとけりぬ／ここなる花の／紅《くれなゐ》ぞ濃き」[29]。晶子の詩は、詠む対象の物体の輪郭線をはっきりひく。打ち捨てられた小舟が、捨てられた女を象徴している、削ぎ落とされたイメージはその一例だ——「渚なる／廃れし船に／水みちて／白くうつれる／初秋《はつあき》の空」[30]。以下の詩に見られるレクスロスのパスティーシュは、詩の中の「わたし」の孤立主義を台無しにしてしまう。その原因となったジェンダーとアイデンティティをめぐる代名詞ゲームは、摩利支子の偽りの正体を知った今となっては、手がかりとして埋めこまれていたかのようにも読める。

だれ？　わたし
わたしってだれ？　わたしはわたし　あなたはあなた
あなたが「わたし」をとったので
ふたりはわれわれになる[31]

摩利支子の詩を精読していくと、それが日本人女性の文章をそっくり模倣したものとは言えなくなってくる。しかし、摩利支子のテクストがそれ自体芸術的価値をもつ創作物として自立しているとすれば、なんの支障があるのだろう。結局、同じことではないか——摩利支子のテクストが本物の翻訳として読まれようが、あるいは擬似翻訳として、文学的ジャポニズムの西洋文学への適用を首尾よく推し進めたものと読まれようが。その擬似翻訳のおかげで、レクスロスが連なることが許されるようになった作家の列には、マラルメ、アーサー・ウェイリー、ヴィクトル・セガレン、ラフカディオ・ハーン、アーネスト・フェノロサ、エズラ・パウンド、W・B・イェーツ、アンリ・ミショー、ウォレス・スティーヴンズといった錚々たるメンバーが並んでいる——みな、文学的オリエンタリズムをモダニズムへの踏み切り台《スプリングボード》にして、悪しき翻訳の魔手からジャポニズムを引き離した作家たちだ。（「現代アメリカ詩への古典日本詩の影響」という講演で、レクスロスは日本語詩の英訳が長年にわたってまずいままだったという非難の矛先を、詩人サダキチ・ハートマンに向けた——「ボヘミアン中のボヘミアン」で、「知恵がまわり、機知に富んだ男」だったかもしれないが、日本古典詩の英訳が長年にわたってお涙ちょうだいの卑俗なものになっていた、諸悪の根源であると[32]。）

信奉者たちはレクスロスのことを、二十世紀初頭のモダニストとビート詩人をつなぐ人物として、モダニズムの流れの中で高く評価している。摩利支子の詩は真贋テストに落ちるかもしれない。しかし、その言い分にしたがえば、レクスロスの偶像破壊的な翻訳哲学を遵守したがゆえに、詩は免責される。いわく、よき翻訳はオリジナルに忠実だという枷を負うべきではない。そうではなく、よき翻訳を動機づけるのはむしろ弁護なのだ。レクスロスはエッセイ「翻訳家としての詩人」で、こう書いている。

理想的な訳者とは、自身のことばと原文のことばをぴったり合わせようなどとはしないものだ。訳者は代理人どころか、むしろ全面的な弁護をひきうけるのだ。その仕事は特別訴答だ。成功する翻訳詩の第一条件とは、同化性だ。陪審員にわかってもらえるかどうか？(33)

法廷うけ狙いの翻訳という考え方にぴったり合うのが、翻訳の生命力という基準である。H・Dの詩「ヘリオドラ」が好例だ。翻訳で「ある」代わりに、むしろその詩は、翻訳「のもの」である。つまり、「あたかも自分自身の英語の中で生きているかのような、美しいギリシア語の魅力とそれを掌中にしているという生々しい感覚」を与えてくれる。(34) レクスロスにとって、テクストがいかに翻訳の生命とコミュニケーションをとるかは、メレアグロスがギリシア語原文から正確に訳されているかどうかよりも、はるかに重要なのだ。真実の価値は、表現の価値にのっとられる。このように翻訳の倫理的規範をずらすことで、レクスロスは期せずして、摩利支子の詩を生きた翻訳の例として公認する余地を残してしまっている。

もちろん、摩利支子の詩をレクスロスの言うままに読めば、訳者がネイティヴスピーカー面《づら》しているという、より大きな問題を看過することになってしまう。ジャポニズムを美的コード（ハイクっぽい簡潔さ、空白、省略法、控えめさ、イマジズム）としてひたすら崇拝する、読者がのめりこむ異文化憧憬を、レクスロスはひそかに茶化しているのではないか？　このいかさまテクストを口実にして、ちゃんと勉強しないでほかの言語をモノにしようという、読者の根っこの部分に巣喰う依存心をあばこうとしたのではないか？　しかし、こうした疑問にどう答えようが、この捏造が光をあてるのは、語学の授業に出席することなしに、言語の異質さにアクセスできるという幻想を、どこまで翻訳が与えてくれるのかという問題だ。

翻訳という贋金づくりの発覚が読者に気づかせるのは、すべての翻訳に、他者性のでっちあげや、読者を錯覚させるぺてん性が内在していることだ。翻訳業とは、本質的にこのぺてんから目をそむけるようにしむけるものだ——なぜなら、ある著者を翻訳で流通させるためには、この訳文こそ原作の代役として際立って有能だと、読者に信じてもらえなくてはならないからだ。つまり、まったく同じ言語の中で、外国文化との言語を超えた「真の出会い」を演出しなくてはならない。しかし、擬似翻訳の事例が暴くのは、別の言語でも原作とほぼほぼ同じものですよという翻訳の言い分がはなから信頼おけないことだ。

この見かたにしたがえば、レクスロスのケースがスキャンダラスなのは、外国文化の流用や過剰なオリエンタリズムのせいばかりではなく、程度の差はあれあらゆる翻訳が言語的改竄の一種だと暴いているからだということになる。翻訳に内在する倫理は、読者と訳者のあいだの契約を前提とするが、前者は、後者が原作の真正なコピーを届けるために最大限の努力をすると決めこんでいる。この契約を破棄することで、ルイスとレクスロスはあらゆる翻訳家がある程度はインチキ芸術家で、声と文体のぺてん師だと暴露したのだ。

一見、レクスロスのいんちきが浮かびあがらせるのは、翻訳による文化的捏造のようでもある。しかし、この著者鑑定問題とのアナロジーに成り立つ「捏造モデル」は、盗作・いんちき・複製といった概念の区別をめぐる複雑な議論を、作品が自筆《オートグラフィック》かどうかをめぐるありがちな話にしてしまう。ネルソン・グッドマンによれば、「ある芸術作品が「オートグラフィック」であると認められるのは、その作品のもっとも正確な複製であっても本物だと見なされないとき、またそのときにかぎる」(35)。無原作の著者による《オートグラフィック》複製というレクスロスのケースでは、「捏造モデル」は破綻している。その代わりになりうるものこそ、テクスト複製性の遺伝モデルである。遺伝モデルの定義によれば、翻訳とはクローンのクローン（あるいはコードのクローン）であり、これこそオリジナルな、個人的な性質とテクストとの根深いつながりをうまく断ちきってくれるのだ。目下論争中の問題は、科学者がレプリケーション・パラメータと呼んでいるもののせいで、オリジナリティという概念がなんなのかわからなくなってしまうことだ。たとえば、自ら子プログラムを複製するようなプログラムは生命の一形態と考えるべきかという問題や（コード85という「祖先」コンピュータから「生まれた」人工生命プログラム Tierra のケースもある）、あるいは「オリジナルライフ」という概念は、己のＤＮＡをクローンで複製する代謝細胞にのみ厳密に適用されるべきなのかといった問題を考えてみればわかりやすい。「翻訳における「日本らしさ」」のコードからテクストを製造することで、レクスロスはいわばコードから文学的等価物をクローニングする実験をしたわけだ。

起源《オリジン》なき遺伝子複製モデルとして摩利支子の詩を読んでやると、レクスロス自身のとらえる詩の創造の観念そのものが、終末論、処女懐胎、輪廻転生、霊魂再来といった理屈と密接に絡みあっていることがわかる。一九四〇年代初頭にレクスロスが熱中していたのは、マイスター・エックハルト、中世後期の英国の神秘主義者たち、十字架のヨハネ、ウスペンスキー、マダム・ブラヴァツキ、ヤコブ・ベーメの『万物の署名《シグナトゥーラ・レールム》』（レクスロス自身の詩集のタイトルにも流用された）だった。リンダ・ハマリアンによれば、「子供時代から、レクスロスが経験していたのは、「たびたび訪れる束の間のヴィジョンであり［…］、他者との交感が訪れる一瞬」であって、そこには時空は存在しなかった」[36]。西洋の神秘主義への傾倒が、禅に転じるのは自然なことだった。レクスロスが出会ったのは、アーサー・ウェイリーの『道とその力』［老子道徳経の英訳］、道教、密教、ハタ・ヨーガ、クンダリニー・ヨーガだった[37]。詩集の表題作にもなった詩「不死鳥と亀」（四〇年代における最高傑作）は、ハイブリッドな神秘主義の影響が色濃い。詩の主題が経路の役割を果たし、古代ギリシアからカリフォルニアの岸辺まで「滅亡した政体」の魂と「チャネリング」していく――そこには日本水兵の死体がうちあげられていて、パールハーバーの衝撃冷めやらぬカリフォルニアに建設された強制収容所でなにか起こるのではないかという募る不安はさらに高まる。死体は詩人に目配せをしているかのように、「見開いた／固い瞳」でこちらを見つめ、詩人は自己同一化を経験し、ショックをうける――「わたしを――この死の縁に立ち、／歴史の継続性と生殖質を、／叙事詩の抒情的絶対性を求めているわたしを[38]」。

テクスト複製の遺伝子モデルは、どうも牽強付会のようにも思えるだろうが、レクスロス自身による創作の記述を読むと、事実、さほど不自然でもなく相いれるのだ。『不死鳥と亀』の序文で、レクスロスは書いている。

詩において、私が体現しようとしてきた信念は以下のようなものである――唯一堅持すべき価値とは、無制限の信認を引き受けることであり、創作プロセスの悲劇的なまでの全一性と自己との超自然的な一体化を認識することである。意志の力で自分がこれを為すと信じないと確言する。自らの命を守るものは、それを失う。[39]

生命《ビオス》の自己永久保存力は、詩的再生産と字義通り同じものとして理解される。「無制限の信認」という、レクスロスの概念が喚起するのは、未来に対する責任の倫理だ。その場合、複製性を備えた芸術作品の代理人かつ保証人として詩は働くことになる。そして「自らの命を守るものは、それを失う」という句は、あきらかに道《タオ》の一種であって、クローニングの一面をひきだしている。つまり、起源を示す、署名入りアイデンティティを代価に、永久自己保存という見はてぬ夢をかなえるのだ。この観点からは、レクスロスの叙事詩「不死鳥と亀」の以下の抜粋は、人間を、完璧な代理というかたちをとって現れた、唯一無二なる状態だと定義していることになる――「唯一無二なることの成就／傷のない身元証明のうちに、／理想的な表象のうちに、／強奪する弁護士のごとく、／真実の有能な代理人のごとく」[40]。歴史をつうじて無限に反復されてきた神秘なる自己は、ここでは未来の自分のオリジナルのかたちとして定義される。その署名はコピーやクローンに保存されて、いわばオリジナルを保証する守護者、「強奪する弁護士」という法律上の役割を与えられる。この意味で、クローンとは、もともとの主題《オリジナル・サブジェクト》の改変、完全な具現というよりは、その貸借をなしとげるものだろう。

『不死鳥と亀』の序文で、レクスロスは、詩が「遺伝的、歴史的に前進する」[41]とも主張している。しかし、レクスロスの述べるテクスト遺伝学は、発展的進化や遺伝性伝達というよりは、デジタル時代の現在、サンプリングと呼ばれているものに似ている。古典のアーカイヴめぐりをするレクスロスは、ギリシア、ビザンティン、ラテン・ローマの参照元をパラフレーズしたり、パスティーシュしたりする。レクスロスはマルティアリスから直接引用することもあれば、堂々と、ひどく鷹揚な手つきで引用元をあつかって長詩の中に古代詩からのパラフレーズを挿入することもあり、言ってみれば、挿入された引用部分に新しい細胞全体をリプログラムさせるかのような手つきなのだ（サイエンスライターのジーナ・コラータがこう報告している――「クローニングで、科学者は卵細胞から遺伝物質をとりのぞいたあと、大人から採取した細胞をそっとすべりこませる。すると、卵細胞はその大人の細胞をリプログラムし、その結果をうけて、胚の発達の方向性が定まる。そして胎児、さらに新生児は、このプロセスを起動した細胞の持ち主の大人と、遺伝的に同一になる。卵細胞がどうやって大人の遺伝子をリプログラムするのかはわかっていない」)[42]。クローニングの倫理の立脚点次第で、このリプログラムされた作品は、剽窃した断片から培養した組織として非難されもし[43]、新しい翻訳のかたちとして称揚もされうる。後者は、ヴァルター・ベンヤミンのご宣託によるならば、原作の栄えある「死後の生」を保証するものとなる。

ベンヤミンの理論が示唆するのは、遺伝のパラダイムのおかげで、翻訳観が、文学的遺言や相続財産から一種の創作哲学まで拡がるということだ。それはつまり、テクスト複製メカニズムとして翻訳を定義することでもある。この枠組みのもとでは、起源《オリジン》とオリジナリティの意義など、不滅の芸術作品への信仰に取って代わられてしまう。この概念のほうが、レクスロスによる偽の日本語訳詩は理にかなうようだ。そのオリジナリティがにせものであるのも、ジャポニズムのひとつのかたちに払った代価と見なせば割に合う。このジャポニズムこそ、新しい生命をアメリカ詩にもたらしたのだ。この読みにしたがえば、ロバート・クリーリー、ゲイリー・スナイダー、フィリップ・ウォーレン、シド・コーマンはみな、レクスロスの仏教的な擬似翻訳を霊感の源として信をおき、カリフォルニア・ビート詩の地域的な／エコロジカルな／精神的な美を生みだしたことになる。

オリジナリティの格下げ（「人格なき著者」は、アヴァンギャルドのドクトリンやモダニスト的信念に長らくつきものであった）の極端な例は、擬似翻訳に見つけられる。そこで読者は、事実上、コードのクローンを原作の代替と見なすか、「ほんとうの原作《オリジナル》」という従来の本質主義的概念を手放すよう迫られる。翻訳の倫理から言えば、オリジナリティの格下げによって、訳者は不可知な、または想像上の情報源を捏造する資格を手に入れる。この線では、レクスロスが架空の詩人作の日本語詩の翻訳が倫理的に許されうると考えたことも、晩年のジェイムズ・メリルとそのパートナー、デイヴィッド・ジャクソンが、すでにこの世にない声（プラトン、プルースト、オーデン、マヤ・デレン、マリア・カラス、ランボー、イェーツなど）の「チャネリング」に没頭したことも同じになる。アリソン・ルーリー著『使い魔たち——ジェイムズ・メリルとデイヴィッド・ジャクソンの思い出』は、ウィジャ盤の心霊メッセージに奇妙にも生涯を捧げたメリルとジャクソンの記録である。[44] メリルの大作詩『サンドーヴァーの変化する光』（一九八〇）は、詩人自身の見たてによると、自らの霊感を元にしたイマジネーション豊かな詩ではなく、素っ頓狂な活喩法《プロソポピーア》であって、死者からの挨拶を直《アン・ディレクト》に書き写したものだ。ルーリーの記述によれば、詩はメリルとジャクソンのもとに、想像力にとんだ翻訳行為としてではなく、筆写を要求するコード化された指令書のように届けられる。ルーリーはこれを、詩学の劣化、月並みなコードへの屈服、メリルの詩才が犠牲になった悲劇として描いている。

『サンドーヴァーの変化する光』は、オリジナルなき翻訳の極端なケースだ——つまり、彼方より伝えられた言語コードとしての翻訳、理解不能なソースから速達で届けられた指令（マスターコード、プログラムとして書かれている）である。テクストは詩人による人工的な操作をへて伝えられる。今や詩人の役割は、遺伝子工学のエンジニアか専門技師であり、その喫緊の課題とは作品を「死後の生」へと運んでやることだ。（以下の詩では、ランボーが、T・S・エリオットの中で再生することになる——「しかしランボーは？ 彼の遺伝子にはV作品が入っていたが人生によって断たれた［…］ランボーが『荒地』をゴーストライトした？」[45]）もうひとつの詩人の仕事は、指令の混線を防ぐことだ。機械翻訳やデジタル音源のプロセスにも似て、テクストコードは記録され、スクランブルを解除され、再結合される。『サンドーヴァーの変化する光』の「ミラベルの数の書、第二書」からの抜粋を吟味してみよう。

> 741はいまDと僕の
> とてつもなく簡略化した基本定式を口述する
> JM：268/1: 1,000,000/5.5/741
> DJ：289/1: 650,000/5.9/741.1[46]

『サンドーヴァーの変化する光』の詩人は、この数秘術めいた式を律儀にも転写し、解読《デコード》している——

——前世の回数、それから人間の
密度に対する動物性の比率
［…］
5・1だから。　ルビンシュタインが5・2　エリナー・
ルーズヴェルトは5・3というぐあい。6の台は
リンドバーグ　プリセツカヤ　体力の優れたひとびと
&　伝説的な英雄たち
フィクション中の人物や全くの
抽象物がヴィクトル・ユゴーの座にはやってきた。[47]

ここでヴィクトル・ユゴーが文学DNAの一種としてコード変換されているととるのなら、「ミラベルの数の書」のほかのところにでてくるテクスト・クローニングの比喩はがぜん目を惹くものになる——「あの曲線をえがく分子、DNAは／あなたの版の神話では蛇なのか？[48]」、「私は単なる混合調整媒体　私の上位者との[49]」や、「ほんとかね？　僕らはクローンを予告するのか？[50]」といった箇所である。この場合、クローニングと同一視される翻訳テクノロジーがすることといえば、陳腐にも詩の声を（コミュニケーションのためのコードを繰り返し、スクランブルを解除しつつ）再生するだけだ——現代版、芸術の輪廻転生だ。

ベンヤミンはそのエッセイ「翻訳者の使命」で、翻訳可能性を「ある種の作品に本質的に内在する」ものと定義した。それをもつ原作——聖書、ハイネ、ボードレール——もあれば、もたないものもある。ベンヤミンの基準に従えば、メリルの『サンドーヴァーの変化する光』は、翻訳による「死後の生」を送るに値するテクストの水準をかなり下回るだろう。しかし、おそらく翻訳の倫理を考えるうえで大切なのは、ベンヤミンが原作を翻訳に格下げするそのやり口なのだ。ソーステクストはその万物の母たる特権的な地位を唆されて奪われ、翻訳は今

や産婆の地位に昇格して、翻訳可能性を生ませるのだ。

翻訳は、それがいかに優れたものであろうと、原作にとって何かを意味しうるわけでは決してないことは明らかである。にもかかわらず、翻訳は原作とその翻訳可能性によって密接な連関のうちにある。それどころかこの連関は、原作そのものにとってもはや何も意味しないだけに、よりいっそう密接なのだ。この連関は、自然的な連関、もっと厳密にいえば生の連関と呼んでもいい。生の顕われが生あるものにとって何も意味することなく、その生あるものときわめて密接に連関しているのとちょうど同じように、翻訳は原作に由来する。しかも、原作の生というより、その〈在《なが》える生（Überleben）〉に由来する。というのも、翻訳は原作よりも後からやってくるものであり、それが成立した時代には決して選り抜きの翻訳者を見出すことのない重要な作品においては、翻訳はその作品の〈死後の生（Fortleben）〉の段階を示すものだからである。[51]

いまやどうやら、翻訳はオリジナルテクストを複製するだけでなく、オリジナルの（失われた）生命からクローニングされた死後の生を複製するものである。（擬似翻訳の決定にとって重要な）信頼性や信用性の問題から離れ、テクスト複製性の条件の議論へと翻訳の倫理学をシフトさせながら、ベンヤミンは翻訳をもっともスキャンダラスなかたちで定義する準備をしてくれている。それぞ、文学複製のテクノロジーが、遺伝的な起源に遡らずに、テクストの「死後の生」を遺伝子工学で操作する事態なのだ。[52]

注

（1） Harry Mathews, "The Dialect of the Tribe," in *The Human Country: New and Collected Stories* (Chicago: Dalkey Archive Press, 2002), p. 8.

(2) Ibid., pp. 8-9.

(3) Ibid., p. 16.

(4) この中で「ウクバール」という地名はイラクの変名だと推測され、「書物にない国［…］、つまりは自分のことばを裏づけるために、その場ででっち上げたもの」だと疑われている。Jorge Luis Borges, "Tlön, Uqbar, Orbis Tertius," trans. Alastair Reid, in *Ficciones* (New York: Grove Press, 1962), p. 18.〔ホルヘ・ルイス・ボルヘス「トレーン、ウクバール、オルビス・テルティウス」『伝奇集』鼓直訳、岩波文庫、一九九三年、一四頁より一部改変を施して引用。〕

(5) David Lewis, *On the Plurality of Worlds* (Oxford: Blackwell, 1986).〔デイヴィッド・ルイス『世界の複数性について』出口康夫監訳、佐金武・小山虎・海田大輔・山口尚訳、名古屋大学出版会、二〇一六年。〕

(6) Umberto Eco, *Serendipities: Language and Lunacy*, trans. William Weaver (New York: Columbia University Press, 1998), pp. 80-81.〔ウンベルト・エコ『セレンディピティー——言語と愚行』谷口伊兵衛訳、而立書房、二〇〇八年、九〇頁。〕

(7) Jonathan Safran Foer, *Everything Is Illuminated* (New York: Houghton Mifflin, 2002).〔ジョナサン・サフラン・フォア『エブリシング・イズ・イルミネイテッド』近藤隆文訳、ソニー・マガジンズ、二〇〇四年。〕この小説は部分的に「翻訳調」で書かれていて、ヘンテコでおかしい。英語は、全体的にというより、一語一語辞書の言葉を丸暗記してできた言語のようになっている。語り手の言葉づかいは、健全な文法の悪しき違反ではない。まさに文法から外れているからこそ、言語的可能性の世界を開いている。

(8) もちろん、翻訳研究の用語を再考しようという動きは、目下精力的に進められている。ここで私が提起した倫理的問題は、ローレンス・ヴェヌティの著作に拠っている。とりわけ、以下の著作に負うところが大きい。Lawrence Venuti, *The Scandals of Translation: Towards an Ethics of Difference* (New York: Routledge, 1998). 翻訳詐欺については、以下の論文を参照のこと。Eric R. J. Hayot, "The Strange Case of Araki Yasusada: Author, Object," in *Publications of the Modern Language Association of America* 120, no. 1 (January 2005): 66-81.

(9) Douglas Robinson, *Routledge Encyclopedia of Translation Studies*, ed. Mona Baker (New York: Routledge, 1998), p. 183.〔抄訳としては以下のものがあるが、第二版にあたり、「擬似翻訳」の項目は別のものにさし替えられている。モナ・ベイカー、ガブリエラ・サルダーニャ編『翻訳研究のキーワード』藤濤文子監修・編訳、伊原紀子・田辺希久子訳、研究社、二〇一三年。〕

(10) Jean-Paul Goujon, *Pierre Louÿs: Une vie secrète (1870-1925)* (Paris: Éditions Seghers, 1988), p. 90.

(11) Ibid., p. 92.

(12) Ibid., p. 92.

(13) 一八九九年一月七日、ルイス宛ての手紙で、レミー・ド・グールモンが書いている。ジャン゠ポール・グージョンが自分の版の『ビリティスの歌』で引用している。Pierre Louÿs, *Les Chansons de Bilitis. Avec divers textes inédits* (Paris: Gallimard, 1990), p. 332.

(14) Ibid., p. 327.
(15) Ibid., p. 322.
(16) Ibid., p. 25.〔ピエール・ルイス『ビリティスの歌』沓掛良彦訳、水声社、二〇〇三年、一四頁。〕
(17) Ibid., p. 14.〔同書、七頁。〕
(18) Ibid., p. 137.〔同書、二二四頁。〕
(19) Ibid., p. 101.〔同書、一五四頁。〕
(20) Ibid., p. 101.〔同書、一五五頁。〕
(21) Kenneth Rexroth, *One Hundred Poems from the Japanese* (New York: New Directions, 1955), p. x.
(22) Linda Hamalian, *A Life of Kenneth Rexroth* (New York: W.W. Norton and Co., 1991), p. 252.
(23) Morgan Gibson, *Revolutionary Rexroth: Poet of East-West Wisdom* (Hamden, Conn.: Archon Books, 1986), p. 82.
(24) Ibid., p. 84.
(25) Kenneth Rexroth, *One Hundred More Poems from the Japanese* (New York: New Directions, 1974), p. 9.〔与謝野晶子『定本　与謝野晶子全集　第一巻　歌集一』講談社、一九七九年、六頁。〕
(26) Ibid., p. 124.〔摩利支子『摩利支子の愛の歌——片桐ユズルによる復元のこゝろみ』ケネス・レクスロス訳、片桐ユズル日本語訳、京都精華短大片桐研究室かわら版、一九七八年、ページ数なし。〕
(27) Kenneth Rexroth, *Flower Wreath Hill: Later Poems* (New York: New Directions Books, 1974), p. 143.
(28) Ibid., p. 123.〔同書。〕
(29) Rexroth, *One Hundred More Poems from the Japanese*, p. 16.〔与謝野『定本　与謝野晶子全集　第一巻』一二頁。〕
(30) Ibid., p. 11.〔与謝野晶子『定本　与謝野晶子全集　第二巻　歌集二』講談社、一九八〇年、二一八頁。〕
(31) Rexroth, *Flower Wreath Hill*, p. 116.〔摩利支子『摩利支子の愛の歌』。〕
(32) Kenneth Rexroth, "The Influence of Classical Japanese Poetry on Modern American Poetry" (1973), in *The World Outside the Window*, ed. Bradford Morrow (New York: New Directions Books, 1987), p. 268.「現代アメリカ詩への古典日本詩の影響」（一九七三）で、レクスロスは書いている。

ヨネ・ノグチとラフカディオ・ハーン、そしてE・ポウィス・メイザーズの翻訳と翻案はかなりよい。二十世紀初頭の最良の感傷的な詩ほどではないが。彼らは文学的想像力のもと、アメリカの反転像としての日本を創りあげた——その社会の価値システムは、四次元空間を移動し、左は右になり、上は下になる。暗喩的な意味で、日本は夢の国だ——極端なまでの繊細さ、仰々しいまでの礼儀正しさ、自己犠牲の愛、完全に非物質主義的な宗教の世界。だが、字義通りの意味で夢の世界でもある

――夜の生活では、アメリカ型生活の不能と不満が克服され、抑圧は解放され、歪みから恢復する。これが日本でないのは、物質主義、拝金主義のアメリカがアメリカでないのと同様だ。しかし、あらゆるステレオタイプに似て、いくばくかの真実も含まれている。

（33）Kenneth Rexroth, "The Poet as Translator," in *Essays* (New York: New Directions Books, 1961), p. 19.

（34）Ibid., pp. 22-26.

（35）Richard Wollheim, "Nelson Goodman's *Language of Art*," *On Art and the Mind* (Cambridge, Mass.: Harvard University Press, 1974), p. 291.〔ネルソン・グッドマン『芸術の言語』戸澤義夫・松永伸司訳、慶應義塾大学出版会、二〇一七年、一三四頁より一部改変を施して引用。〕

（36）Hamalian, *A Life of Kenneth Rexroth*, p. 125.

（37）Ibid., p. 125.

（38）Kenneth Rexroth, *The Phoenix and the Tortoise* (Norfolk, Conn.: New Directions, 1944), p. 14.〔ケネス・レクスロス「不死鳥と亀」北園克衛訳『詩学』四巻一号、一九四九年、四五頁より一部改変を施して引用。〕

（39）Ibid., p. 9.

（40）Ibid., p. 19.〔レクスロス「不死鳥と亀」四九頁より一部改変を施して引用。〕

（41）Ibid., p. 79.

（42）Gina Kolata, "Researchers Find Big Risk of Defect in Cloning Animals," *New York Times*, March 25, 2001, p.1.

（43）一九四八年のジェイムズ・ロフリン（ニューディレクションズの担当編集者）への書簡にはこうある。

中国と日本の詩集をやっている――ほかの本とは比べものにならないほどよい本ができるだろう。私は［ジュディット・］ゴーティエから訳すつもりだ（［スチュアート・］メリルをそのために使って）。そして、インド・中国詩の仏訳版から訳すつもりだ［…］。きみは東洋になんだか抵抗感があるんだろう。こういったテーマがいま大学でどんなに人気があるか知らないだろう。

ロフリンに対するレクスロスの意見が興味深いのは、文化的排外主義と、一九四八年にはアメリカ文壇で支配的だった非西洋文学への明らかな関心の欠如を示している点だけでなく、テクスト・クローニングと関連する、はっきりした証拠を与えてくれるという点だ。この手紙は、「ＫＲ最初の日本語・中国語翻訳のソースを発見した（彼にはお気の毒だが）」というロフリンの文章を引用した編者注が添えられていた。自身の説明によれば、ロフリンはレクスロスの中国語・日本語翻訳と一八九〇年代の仏訳詩集（ジュディット・ゴーティエの『硬玉の書』から、スチュアート・メリルの『散文によるパステル画』まで）とのあいだの著しい類似に気づいたという。Lee Bartlett ed., *Kenneth Rexroth and James Laughlin: Selected Letters* (New York: W.W. Norton, 1991), p. 121.

（44）Alison Lurie, *Familiar Spirits: A Memoir of James Merrill and David Jackson* (New York: Viking, 2001).

（45）James Merrill, *The Changing Light at Sandover* (New York: Alfred A. Knopf, 2000), p. 217.〔ジェイムズ・メリル『ミラベルの数の書』志村正雄訳、書肆山田、二〇〇五年、三一一頁。〕

（46）Ibid., p. 143.〔同書、一二九頁。〕

（47）Ibid., p. 143.〔同書、一二九―一三〇頁より一部改変を施して引用。〕

（48）Ibid., p. 119.〔同書、六九頁。〕

（49）Ibid., p. 155.〔同書、一五七頁より一部改変を施して引用。〕

（50）Ibid., p. 184.〔同書、二二八頁。〕

（51）Walter Benjamin, "The Task of the Translator," in *Illuminations*, trans. Harry Zohn (New York: Schocken, 1976), p. 71.〔ヴァルター・ベンヤミン「翻訳者の使命」内村博信訳『ベンヤミン・コレクション2　エッセイの思想』浅井健二郎編訳、三宅晶子・久保哲司・内村博信・西村龍一訳、ちくま学芸文庫、一九九六年、三九一頁。〕

（52）ジャック・デリダによるベンヤミンの翻訳理論「翻訳者の使命」の有名な解釈である「バベルの塔」は、死後の生の問題を「超－生 sur-vie」として扱っている。この問題に、デリダは、ブランショの短編「死の宣告」に捧げた「生きつづけること」というエッセイで回帰することになる。以下の文献を参照。Derrida, "Des Tours de Babel," in Joseph F. Graham, ed., *Difference in Translation* (Ithaca: Cornell University Press, 1985), pp. 209-48.〔ジャック・デリダ「バベルの塔」高橋允昭訳『他者の言語――デリダの日本講演 新装版』高橋允昭編訳、法政大学出版局、二〇一一年、一―五八頁。〕

第十五章　すべては翻訳可能である

インターネット上で世界言語の用法が爆発的に増加するにつれ、翻訳理論は新たな実用性を得ることとなった。翻訳できるものはなにもない（オリジナルは翻訳によってつねに不可避的に失われる）という想定に未練がましく固執するのをやめ、翻訳研究は、すべてが翻訳できるという可能性をいっそう探究するのである。ベンヤミンは一九一六年にこう記している――「高次の言語は（神の言語を除き）どれも他のすべての言語の翻訳とみなすことができる、と認識したときに、この翻訳の概念はその十全たる意味を獲得する」[1]。デジタルな翻訳可能性の時代、すなわちＤＮＡ配列を翻訳して新たな遺伝コードを暗号化する装置（図10）を科学者たちが開発するような時代に、その宣言がどれほどの含蓄をもつことになったか、ベンヤミンにはほとんど予見できなかったはずだ。

科学技術リテラシーの進展で、どうやらあらゆるものが翻訳できるように思えてくる。オンラインコミュニケーションが言語市場を生みだし、世界の諸言語同士を対話の場に呼び込んだ。このバベル的不協和音は、英語の優位を強化し、かつそれに挑みもする。一方で英語（そしてさらには、公用語に英語を指定する裕福な国々）がご都合主義的に「ほかの英語《アザー・イングリッシズ》」を通して陣地を拡大し、他方で一種のグローバルな言語運用によって実際上は陣地を縮小することで、この不協和音は「ほかの英語」をめぐる問題全体を政治的に複雑化させている。「第六言語」と呼ばれているインターネット言語も登場した。ネットスピークあるいはネットリッシュとも呼ばれるものだ（ルーツ言語は英語）[2]。「ほかの英語」にしても「ネットリッシュ」にしても、ネットが許容する非文法性とアウトサイダーの美学が、読み書き能力《リテラシー》・教養《リテレイトネス》・文学性《リテラリネス》に挑みかかっている。

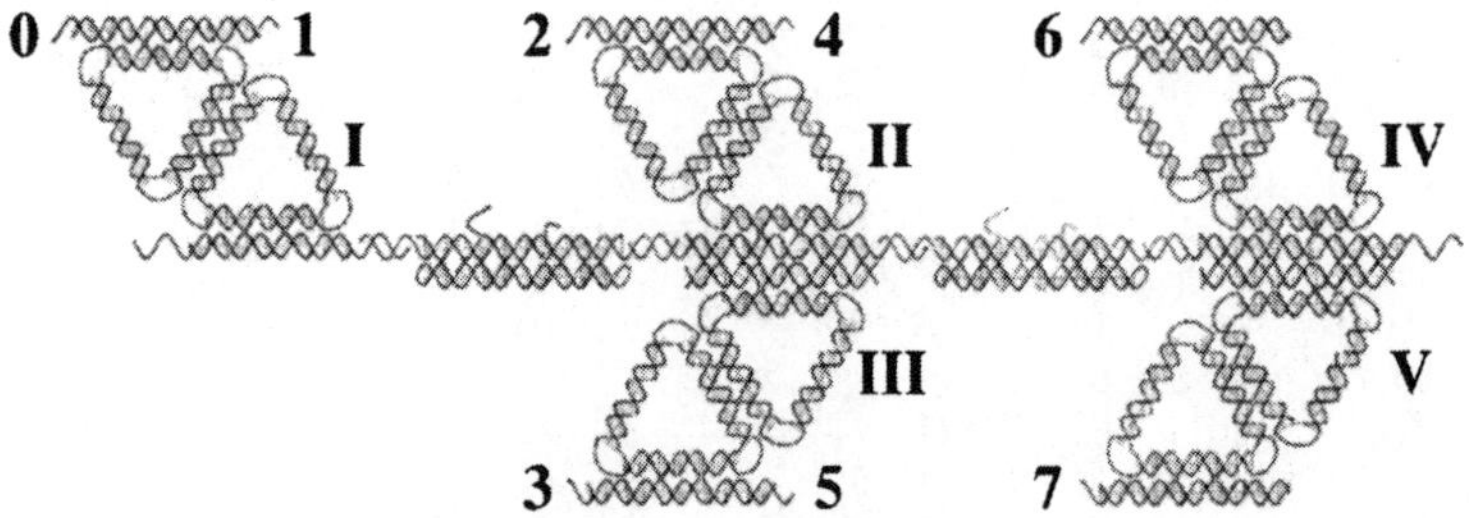

図10　「DNA翻訳デバイスのための制御信号図」2005年、ネイドリアン・C．シーマン。この図はDNAの翻訳デバイスを示している。五つのダイヤ型モチーフ（ローマ数字によって示されている）からなり、構成デバイスをプロダクトへと導く制御信号の翻訳がおこなわれる。最初のひとつ（I）と中央のダイヤのペア（IIとIII）は、相対配向を半回転させることが可能なDNAナノメカニカルデバイスによって結合されている。同様にして、右のダイヤのペア（IVとV）は同種の第二デバイスによって結合している。アラビア数字は一本鎖を表し、DNAハイブリダイゼーションによって、一緒に結合する構成要素をコードすることができる（ネイドリアン・C．シーマンとシーピン・リャオによる研究成果）。

電子コミュニケーションが人文学に与える衝撃を現時点で測定するのは困難だが、学問の輪郭はすでにかたちを変えはじめている。そう遠くない将来、各学部でこんな議論が起こるのは想像にかたくない——プログラミング言語は比較文学研究の正規の言語分野として認められるか。非標準言語を、媒介語の単なる派生物もしくはサブセット以上のものとしてあつかうべきか。翻訳研究は自然言語とコードの関係まで含めるように拡張すべきか。人文学の学際性は、情報科学との収束点に達しようとしているのか。

それは、少なくともデジタルコードには、あらゆるものを、あらゆる他のものへと翻訳できるという希望があることが明らかになってきたからだ。一種の普遍的な暗号・情報の既定言語として、デジタルコードは将来的には触媒コンバータのように機能し、言語間だけでなく、「生《ビオス》」と「属《ジエネス》」、液体と固体、音楽と建築、自然言語と人工知能、言語と遺伝子、自然とデータ、情報と資本の秩序間を翻訳するのだろう。「すべては翻訳可能」という考えの背後にあるのは、情報学的通約性という理想である——共通するコードを通じて可能となる、手あたり次第の交換もそれにともなう。コードによって「話す」言語と広くとることで、ここでのネットリッシュという語は、歴史的には機械翻訳の軍事利用（戦略的かつ心理戦的）と結びつけられる。機械翻訳は、人工知能・コンピュータによる音声認識・暗号化・サイバネティクスといった分野の一九五〇年代の実験的研究から発展したものだ。より最近では、マニュエル・カステルが「ネットワーク社会」に原因を求めた地政学的条件によって、ネットリッシュが形成されてきている――グローバル労働、情報資本のフロー、不明瞭なライフサイクル、インスタントな戦争。[3] ネットリッシュはグローバル資本主義下の表現主義である。多言語ブログや「ボット・スピーク」のコード形式に見つかるのと同様、ネットリッシュは以下のものにも頻繁に見いだされるだろう。空虚なコンテンツ、不可解な省略表現、アルファベットとアルゴリズムの変数の混淆、創造的な句読法、音声区分の発明、幼稚な内輪ネタ、ブラウザクラッシャーの美学（ティルマン・バウムゲーテルによる表現）[4]、取るに足らない内容のライブチャット（「言語間ブロギング」を専門とするサイトで、「人生は外国語――誰もが発音を間違うものだ」をモットーに掲げる「ブローガリゼーション・コミュニティ」が典型的）[5]。

ネットリッシュという用語は、もともとメディア理論家マッケンジー・ワークによって、より狭い文脈でつくりだされたものだ。一九九六年にインターネット・サイト「ネットタイム」で発表された、仲間のメディア活動家へアート・ロフィンク宛ての手紙のなかでワークは、「ネット上でこれほどバイラルに」英語が流通しはじめている今、英語になにが起きているのかを検証すべきであると宣言した。そうして、ワークがネットリッシュという言葉を採用して説明したのは、ネット風の英語の話し方であり、同時にインターネット上の諸英語の飛躍的な広まりである。アミタヴ・ゴーシュが「アングロフォン帝国」と名づけたものを、ネットリッシュが補強したのは明らかだ。だが一方でネットリッシュが、「単一の編集方針」を回避した「ほかの英語」を増殖させる導管であることも証明された。

国際ジャーナルや国際出版に携わる多くの人と同じく、私も悪名高き「ジャップリッシュ」に遭遇してきた。日本人の語法は、最初見たときにはものすごく奇妙だ。けれどしばらくすると、意味がわかる。そして、そこに独特の書法を認めるようになる。その言語独特の手段を用いた、すばらしいハイブリッドなのだ。サピア゠ウォーフ仮説の奇抜な例証になっている。その仮説は、それぞれの言語には特定の概念構造があり、別の特定の構造を阻むというアイデアだった。たとえば、古代ギリシア語は冠詞がきわめて豊かだったのであり、だからこそ、哲学的言説として発展した。「存在とは何か?」こうした問いはギリシア語(や英語)では簡単に表明されるが、言語によっては同じ問いが生じない。いうまでもなく、そうした言語はおそらく別種の思考が豊かなのである。[6]

ワークにとってネットリッシュは、単に文化的精神性の痕跡を浮き彫りにしているだけでない。それは、主観形成にとって不可欠だったもともとのクレオール性を英語に取り戻させるものなのだ。ドゥルーズを引用しながら、ワークは次のように議論する――

言語は、その効果のひとつとして、主観を生みだす機械である。ドゥルーズが述べたとおり、「「私」と発する習慣を除いて、何が自己だろうか?」ネットは、自己を記述する英語の習慣を、他の自己の習慣と接触させる。英語の習慣を別のものへ変化させるのである。そして、英語はネットを横断して増殖していき――ネットリッシュになる。もともと豊かだった言語に、新たに豊かさが加わる。それは、呪いである以上に恵みなのである。[7]

言語的に雑種となった表現がクレオール・駄洒落・外来語・スラングでしかないのなら、ネットリッシュはべつだん特殊なものではない。だがしかし、ワークが説得的に示してみせた通り、電子メディアにおける交換は、いかに言語が生成され、記録され、伝達されるかに、確実に影響を与えている。いまだ限られた層のツールであるにもかかわらず、インターネットは非英語話者の情報公共圏への参入を大いに促進している。二〇〇一年に、言語学者デイヴィッド・クリスタルがウェブ上の一千を超える言語を追跡した結果、ある「ワールド・ランゲージ・リソース」サイトには七百二十八もの言語によるテクストが並び、うち八十七はヨーロッパのマイノリティ言語だったと記している。[8] ある報告によると、二〇〇三年には、およそ四億七千万人の非英語話者のユーザーがいて、全ユーザーの三分の二にのぼっていたという。[9] 二十一世紀初頭の段階で、英語が商業的なリンガ・フラン力を保てているとしても、より多くの言語が出現し、より多くの非西洋諸国のユーザーがサイバースペースにアクセスするにつれて、その覇権は明らかに侵食を受けていく。

ワークが述べたように、多言語ネットは英語を内部からも変形し、非ネイティヴ話者の語法を取り入れ、「ほかの英語」で書かれた（主に大衆的な）文学のブームを生みだしている。スパングリッシュ、ジャップリッシュ、フラングレ、グリークリッシュ、汎スイス英語、ヒングリッシュ（ヒンドゥスターニー英語）、ピングリッシュ（パンジャブ英語）、ギングリッシュ（グジャラート英語）、シングリッシュ（シンガポール英語）。たとえば、シングリッシュで書かれたこの軽快な詩を見てみよう――

ほんとのほんと、汝に言うと
政府は法を定めたのだ
汝白人のごとく話せと
従うしかない伝令だ
イギリス人ももう話さない
女王様の英語だなんて
我が国の政治は匂わない？
まるで植民時代の掟
そんなに言うならシングリッシュを話そう！
大きな声で、誇りをもって
決して途絶えることのないよう
禁止されても抗って
Verily, verily I say unto thee
The government hath decreed
That thou should speak'st like an ang-mor kwee
'Tis a message that thou must heed
When Brits today no longer speak
The English of their Queen
Doesn't our country's campaign reek
Of preserving the Colonial scene?
So speak Singlish as and when you please!
Speak it loud and proud!
And never ever let it cease
Though they say it's not allowed.

シングリッシュは皆のものだよ
否定するならすればいい
どうぞお好きに歌っておくれよ
カン・ニ・ナ・ブー・チャオ・チー・バイ！[10]

For Singlish is something all our own
And if this they should deny,
Then please feel free to them intone:[11]
Kan ni na bu chao chee bye!

このテクストは、シンガポールの諷刺に富んだユーモアサイトTalkingCock.comの、「ポエッツ・コーナー」と題された特集記事に掲載されたものだ。このサイトに投稿された記事の多くが、メディア言語の重ね合わせを用いて、英語とシングリッシュのコードを切り替える典型例になっている。シングリッシュで書かれた詩が、元植民地や連邦国家の一部であるコミュニティの話者に共通するなんらかの問題を指示しているとすれば、それはglishあるいはishという接尾辞を呼称の内に温存しているすべての言語が、あるレベルで英語に負債をおい、言語的新帝国主義に加担しつづけているということだ。これらの言語の名前そのものに、文化的従属の歴史が保存されているのである。しかしワークにとって、グローバルな語法が民主化した結果（とりわけ、コード切り替えを用いたことで）、英語は潜在的にその内部から脱植民化されている。その用法が、ますます「ひとつの言語内のバイリンガリズム」[12]の平等主義的形式になっていくのかもしれない。

ネットリッシュの接尾辞lishは、英語に特権を与えてはいるが、テクノロジーや英語以外の言語とも絡み合っているゆえに、むしろ英語が置かれた混沌を示しているのだとも受けとれるだろう。ブラージ・カチルー『もう片方の言語――文化を越える英語』[13]、デイヴィッド・クリスタル『地球語としての英語』[14]、トム・マッカーサー『英語系諸言語』など、「ほかの英語」の跡を辿って一九八〇年代、九〇年代に書かれた本は、今では以下のような本に取って代わられている。クリスタル自身の『言語とインターネット』[15]、ロバート・ローガン『第六言語――インターネット世代の暮らしを学ぶ』、コンピュータとインターネット上の世界の諸言語を精査した三上吉彦のウェブサイト（媒介語・土地言葉・第二言語としての英語形式の上に覆いかぶさった、技術用語の奇妙な冥府を探求している）。この冥府において、言語の偏差と文法の誤りとの区別はますます困難になっている。「言語の破壊行為」だと嘆く批評家もいれば、（マイケル・スペクターのように）「言語の特異性」・「真に新しい媒体」の到来だと歓迎する批評家もいる。[16] このことに関連してくるのが、ＬＡに拠点を置くグループ「スランゲージ」や、アフロフューチャリズムのパフォーマンスアーティストのラメルジーといった、インターネット集団によって展開される階級闘争のゲリラ戦術である。

ネットリッシュのlishは、「ネットのような」という形容詞の意味としても同様に機能している。入出力信号や（非）伝達機能を真似てインターネットらしく振る舞う言語というわけだ。文学に例をとれば、この種のネットリッシュは「翻訳調」と似通ってくる。たとえば、ジョナサン・サフラン・フォアの小説『エブリシング・イズ・イルミネイテッド』の語り手である若いロシア人通訳者の言葉遣いは、教科書英語にコンピュータ用語とポップカルチャーのスラングをめちゃくちゃに混ぜ合わせたものだ。

> きみも知っているみたいに、ぼくの英語は一流ではありません。ロシア語なら思っていることを異常にうまく主張できるけれども、ぼくの第二公用語はそこまで上等ではない。きみが勧告してくれたことを取り入れようと企図しますたし、言葉が見たところ小さすぎたり、適当でなかったりしたときは、きみが差しあげた類語辞典を勧告どおり困憊させせました。ぼくのお手並みに満足できなかったら、戻し返すよう命じます。きみが飽き足りるまでしぶとく勤労しましょう。[17]

フロイト的な機知《ヴィッツ》を滑稽なまでに見せつけ、習慣的な話法と文法に入り込んだ文化的性格を無自覚に表出させることで、アレックスのとんちんかんな英語は、間違いだらけの機械英語に近くなる。

ネットリッシュは、ネットスピークの形式としてだけでなく、物語装置あるいは「有機的複合体」ともみなされるかもしれない。[18] 有機的複合体とは、あらゆるものを他のあらゆるものへとつなぐものである。ウィリアム・ギブスンの小説『パターン・レコグニション』では、パターンはただ単にリアルとヴァーチャルの世界の間の大きな跳躍を可能にするリンクシステムであるだけでない。それは書記素（書くことのできる最小ユニット）・象形文字（文字に選ばれた抽象的な図形）・「ディンバット」（装飾やシンボルを用いた書体）・アルファベットのスーパーサインとして、[19]かろうじて意味論的なまとまりを再－認識 re-cognition させる方法でもあるのだ。[20]パターンは普遍言語としてあらわれ、言語技術から企業ブランディングの実践にいたるまで、無数のメディアを横断していく。『パターン・レコグニション』の女性主人公はプロの流行仕掛人《トレンド・スポッター》であり、意匠追跡者《ロゴ・トラッカー》であり、暗号化のパルチザンと企業乗っとり屋との紛争の人質となる。乗っとり屋が奪おうとする電子透かしは、国際市場に密輸品として流通する「フッテージ」と呼ばれる断片的映像の内部に秘密のサインのように沈殿したものだ。それゆえこの隠れた「特許」は、画像と情報の違法コピーがまかり通る時代に、シニフィアンとして立ち現れる。『パターン・レコグニション』においてネットリッシュは、わかりやすいコードの断片と同義になる。物語に内包され、かつ物語の骨組み自体を包含するコードである。

　ネットリッシュがバベル的源泉となり複数の方言を生みだすのか、地球を支配する基本英語《ベーシック・イングリッシュ》の混乱に満ちた形式になるのか、（「バベルフィッシュ」のような）機械翻訳のソフトウェア・プログラムになるのか、インターネットの電子的脇道を切り抜けていく特徴的なスーパーサインとしての言語になるのか、結論はまだ出ていない。しかし、それにもかかわらず、マルチリンガルなネットという名のもとに縛りつけられるこの怪物は明らかに、チューリングマシンに収容されたリンガ・フランカの一形態であるように思える。そのマシンとは翻訳機械そのものにほかならない――現段階では、共通語アプローチと伝達アプローチという二つのアプローチに分かれている人工知能システムだ。言語間モデルでは、起点言語は人工的な言語間表象（エスペラント）を経由して、それから目標言語へ移動する。言語の普遍性こそが共通語アプローチの特質なのである。対照的に、伝達アプローチは起点と目標の段階で働いて、エスペラントの介在を迂回しようとする。これまでのところ最良の結果は、既存の翻訳データベースを利用したケンブリッジ大学のコア・ランゲージ・エンジンのように、二つのアプローチの組み合わせを通して生みだされている。情報記憶データベースと検索エンジンは、将来の汎－翻訳可能性の強力な組み合わせとして姿をあらわす。

エスペラントがデフォルトになることで、機械翻訳（あるいは少なくとも共通語翻訳）は、「ひとつの世界、ひとつの言語」という古い夢を蘇らせる。ライプニッツ、ポール＝ロワイヤル学派、一八八〇年代および九〇年代の社会主義運動に顕著に見られたように、歴史を通じて支持されてきた夢だ。一九二〇年代から三〇年代には、リンガ・フランカの流行は文献学モデル（さまざまな印欧語族の語源と文法をひとまとめにするもの）から、科学と論理が結合する技術系モデルへと変化した。一九五〇年代から六〇年代には、リディア・リウが示してみせたように、技術系モデルのさらなる応用が可能となった。そこではサイバネティクスが細胞生物学と手を組んで、「『生命《いのち》の書』のなかのＤＮＡという、物言わぬ言語を解読するための、文字、コドン（単語）、句読点の核酸」が探究されたのである。[21]

いつもながらの洞察力をもって、言語の「テクネ」がいかに人間科学を再形成するかを直観していたのは、ヴァルター・ベンヤミンであった。「翻訳者の使命」（一九二三）と、のちのエッセイ「複製技術時代の芸術」（一九三五）を合わせて考えてみると、「複製技術時代の翻訳者の使命」が思い浮かぶだろう。ベンヤミンが一九三五年に『社会研究誌』に発表したエッセイ「言語社会学の諸問題」（一九三四）で、間接的に取り上げられている問題だ。先史時代バージョンのネットリッシュが見つかるのは、オイゲン・ヴュスターの著書『科学技術、とりわけ電気工学における言語の国際的規格統一』（ベルリン、一九三一）に対する、ベンヤミンの魅力的な言及のなかである。そこでベンヤミンが検証するのは、「みずからが使用する語彙の一義性にとりわけ強い関心をもつ技術者たちによる、規格統一の努力」だ。[22]ベンヤミンは以下のように記している――「一九〇〇年ごろに、ドイツ技術者連盟は包括的な科学技術用語事典を作る仕事に着手した。三年間で三五〇万以上の語彙カードが集められた」[23]。連盟はすぐに、あまりに巨大な負荷がかかっていること、このプロジェクトを実現させる資金が十分でなかったことに気づいた。文献学と、この標準化した技術的言語をつくりだそうという新しい試みとのつながりに注目して、ベンヤミンはこう述べる――

ところで、科学技術の規格統一の試みに端を発して、ひとつの世界言語を得ようとするきわめて真剣な努力が始まっている。この世界言語という理念は、もちろん、何百年にもわたる系統樹をもっているのだが、他方またこの系統樹は、とくにその記号論理学の枝において、社会学者にとっても別個に考察する価値があるだろう対象を提示している。(24)

ベンヤミンにとってのこの世界言語とは、ルドルフ・カルナップの「言語を計算として扱う(25)」という論理的構文の考え方からヒントを得たものである。「純粋で記述的な統語論は、言語の数学にして物理学以外の何ものでもない」と、カルナップは記す。(26) カルナップはこの主張が適用される条件を限定していたものの、ベンヤミンは形式論理学を志向する世界言語について、より一般的な理想像を抽出した。そのスキーマに則れば、翻訳は数学的コードの構文への変換という、控えめながらも決定的な貢献を果たし、言語と思考を一体化させる。そこにおいてベンヤミンは、チョムスキー的アイデアを予測しているかのようである——脳は本質的に逆方向に出力をおこなうコンピュータであって、「言語を学ぶ習得回路」を内包しているという考えだ。(27)

一九五〇年代に、シカゴ学派のシステム理論家たちは「テクネ」の普遍言語というアイデアを更新し、学際的コミュニケーションのための言語としてエスペラントに望みをかけた。彼らは生物的・社会的複合体を解読する鍵としての情報理論を、トランスレーショナリズムという用語を使って構想したのである。一九五三年には、行動科学におけるモデリングについての一連の論文が発表された。そこに付されたイントロダクションで、ジェイムズ・ミラーはこう述べている。

［…］異なるディシプリン、異なる学派によって話される無数の言語という、バベルの問題。経済学者や政治科学学者がいつでも容易に理解しあえるわけではないし、歴史学者と生理学者であればなおのことである。私たちはこうした集団同士にコミュニケーションをとらせるために、いかなる単独の集団にも神聖視されていない中立な用語としての、ある種科学的なエスペラントを用いようとしてきたし、数学的かつ論理的な定式化にますます信頼を置くようになった。(28)

行動主義にもとづく数学モデリングの全盛期を呼び戻そうという考えや、タルコット・パーソンズによってアメリカにもたらされた「社会システム」分析（パーソンズの『社会体系論』が出版されたのは一九五一年）を仰ぐことには、身震いする人も多いかもしれない。しかしながら、五〇年代式の情報科学やシステム理論が、すべては翻訳可能であるという「オープンシステム」の名のもとに回帰してきたことは否定しようがない。狭義のオープンシステムがそもそも適用されていたのは、物質と環境との有機的交換や負のエントロピーに対してであったが、サイバネティクスはさらに、遺伝子や言語を見通すための開放システムを切り開いた。

将来の研究［この文章が書かれたのは一九六八年］はおそらく不可逆熱力学と、遺伝暗号における情報の蓄積と、そこでの「オーガニゼーションの法則」を考慮に入れなければならないであろう。現在のところ遺伝暗号は遺伝物質の**語彙**、すなわち生物体のタンパク質のアミノ酸を「綴りあげる」ヌクレオチド三連符を表わすものである。明らかに、暗号の**文法**もなければならない。文法は、精神医学の表現でいう言葉のサラダ、つまり無関係な語［…］をでたらめにつなげたものではありえない。そういう「文法」がなければ、暗号はせいぜいひと山のタンパク質を作りだすだけであり、オーガナイズされた生物体を生みだすことはできない。(29)

フィードバック・ループ、群集団、適応／ランダム応答モデル、情報拡散、アロメトリー、エントロピー、バイオモーフ的ホモロジー、パターン認識《レコグニション》、空間‐地上アルゴリズム、記号論的ファンクション――五〇年代に構想された、これらのフォーマル技術言語の単位は、グラフィックイメージ、言語記号、プログラミングコードに適用できる翻訳可能性の直接的な前身となって、その全体的条件を示している。ネットリッシュの使用はしたがって、おそらくカオス理論や複雑系理論の批評的フレームワークを用いた情報フローの実験へと拡張されるだろう。あるいは、言語学・記号論理学・プログラミングの境界を曖昧にするような言語の概念へと広がっていくだろう。

ガヤトリ・C・スピヴァクは、一見するといささか驚くべき転回に思えるような仕事のなかで、プログラムされた思考というアイデアに取り組んでいる。そこでは、メラニー・クラインの研究が参照され、翻訳は比喩となって案内役を果たす。

人間の幼児がなんらかのものをつかみ、それから他のさまざまなものをつかむ。内側と区別不能だった外側をこうしてつかむこと（begreifen）で、内側が構成され、進んだり戻ったりしながら、つかまれたもの（たち）による記号体系へとあらゆるものをコード化していく。この荒削りなコード化を「翻訳」と呼ぶこともできるだろう。この終わりなき編み込み作業のなかで、違反は判断に翻訳されるし、その逆もまたしかりである。生まれて死ぬまで、遺伝的指令が体をプログラムするのと同じように心をプログラムすることで（体と心の境目は果たしてどこにあるだろう?）、この「自然」機械は部分的には超心理学的となり、それゆえ心の理解の外側に位置する。したがって、違反の現場との往復のなかで、「自然」は「文化」に移行し、ふたたび移行し直す[30]。

ここにおいて、翻訳は大変な仕事を担うことになる。〇と一の交代で成り立つデジタルプログラムと同様に、イエス‐ノー、オン‐オフ、善‐悪の対象選択を示す名前となることで、翻訳は「コンピュータとしての心」を形成するのだ。スピヴァクは主体形成（彼女が呼ぶところの「倫理的記号過程」）とプログラムされた遺伝的指令とのつながりを強調することで、言語の伝統的概念を、プログラムされたコードという普遍的に適用可能な概念へと置き換えようと暗に訴えている。そして、「あらゆるものを記号体系へとコード化していく」と書き記すとき、スピヴァクが想像しているのは、心と体・遺伝的指令と言語的指令・思考と倫理のあいだの、穴だらけの境界を越えていけるようなコードである。おそらく、スピヴァクに遺伝子プログラムへの関心が生じたのは、ジャック・デリダの『グラマトロジーについて』の翻訳に取り組んでいた時期まで遡るだろう。より具体的には、以下のデリダのフレーズについての言及だ――「[発生論的エクリチュール」は、一つの現出であって、グランメー

〈書かれたもののしるし〉をそのものとして現れさせ、疑いもなく狭義のエクリチュールの諸体系の出現を可能にするものである」。[31] 翻訳者序文のなかで、スピヴァクは元の『クリティーク』版のテクストにはあったこのフレーズを手繰り寄せ、それが後になってもはや遺伝（発生論）に重きを置かないかたちで改訂されたと指摘している。しかし後知恵で言えるのは、この元のフレーズは、初期デリダが（クリックとワトソンの時代に）、形而上学に代わるコード言語としての遺伝子プログラムという発想に強い関心をもっていた証拠ではないかということだ。

デリダにとって、プログラム言語がことによると形而上学に置き換わるものだったとするならば、ラカンにとっては、論弁的で言語的な無意識の表現がことによるとＤＮＡ言語と調和するものだったかもしれない。（デリダと同様）こうした方向性に沿った思考をおこなうようになる前に、一九七二年のロマン・ヤコブソン（コレージュ・ド・フランスで連続講義を担当していた）に宛てられたセミネールで、ラカンは「誰もしないような問い」を投げかけていた。

その成功の電光石火のごとき速さゆえに、科学全体にそれが浸透しているとさえ言えるような、情報という概念の置かれた状況について。私たちは遺伝子の分子情報を知り、ＤＮＡ鎖の周囲にある核タンパク質の屈曲についても知るレベルにいる。それらは自ら互いの周囲に巻きつき、その存在はホルモンの結びつきによってつながっている――すなわち、送信されるメッセージ、記録されるメッセージなどと言い換えられる。私たちが注意すべきことは、この定式の成功が、内在的であるばかりでなく明確に定式化された言語学に、その議論の余地なき源泉をもつということだ。いずれにしても、このアクションは科学的思考の土台そのものにまで及び、負のエントロピーとつなげられる。[32]

一九六〇年代に始まった、ラカンの数学的トポロジーへの関心は有名だが（とりわけ、メビウスの輪、Ｕ字型グラフ、ジグザグのベクター、四点スキーム、ボロメオ結び、連玉状円筒形、三次元点、弦、曲がった円鎖への関心）、彼はメタ批評的で、純粋に形式的な精神分析の言語を求めていたのである。（一九五〇年代以来、ＭＩＴの同僚たちと、情報理論を生物遺伝学へと翻訳する可能性を探究した）ヤコブソンに捧げられた上記の文章からは、ラカンが核タンパク質とホルモンで位相ダイアグラムをコーティングする準備を整えていたことがうかがえる。それによって、主体の二重らせん、あるいは欲望の原因をあらわすゲノムのモデル化が可能になるわけだ。そこには知識の汎翻訳可能性の審級という夢が、共通の変換コードでつながれた遺伝学・精神分析・論理学・言語学とともに姿を見せている。

だが、たとえコードが言語と共通の性質をもち、ある瞬間には言語のように振る舞い、伝達機能を働かせ、美的表現が可能であることを見せつけているとしても、それは本質的に言語とは異なるとも考えられるだろう。コードは純粋に機能的であろうとし、目的に駆動され、発語内行為の範疇に強く限定されている。現段階でのコードの普遍言語といえばＨＴＭＬ（HyperText Markup Language）かもしれない。典型的な主言語もしくはデフォルト言語、あるいはコンピュータの「コードのなかのコード」であり、Unicode 標準（ＨＴＭＬコンテンツのための標準的な文字セット）とセットで頻繁に用いられているものだ。しかしそれでもなお、自然言語とコードの差異は乗り越えられつつあると主張することも等しく可能である。フリードリヒ・キットラーは、一九九七年に発表し、早くも古典となった論文「ソフトウェアなど存在しない」のなかでその論拠を述べている。

今や日常言語の太古からのそうした独占状態は崩壊し、プログラム言語というあたらしいハイアラーキーに場を譲ることになったのである。これはポストモダンのバベルの塔である。まずは簡単な命令コードから始まったが、このコードを言語学的に展開することはまだハードウェアのレベルの問題であった。次にアセンブラー言語が登場して、まさに命令コードそのものが展開できる段階にいたった。そして、ついにいわゆる高水準プログラム言語にいたり、インタープレーター、コンパイラー、リンカーなどいろいろ呼ばれたあげく、これまたアセンブラーという名称におちつくことになる。したがって書く行為とは、今日、ソフトウェアを発展させることであり、幾何学フラクタルで言うように、相似形のほとんど無限の連鎖である。ただし数学モデルとはちがい、こうした層にすべてタッチすることは物理的、生理的に不可能である。映画と蓄音機が登場して以来、現代のメディアテクノロジーは基本的に、感覚器官による知覚の裏をかくものである。今日われわれには、自分の書く行為がいったいどういうものなのか知りようがない[33]。

つまり、通常は不可視であり、従来的な言語かスクリーンセーバーの画像で隠されているコード言語が、純粋なアルゴリズムか伝統的正字法（コードと言語のあいだのインターフェース）に組み替えられたコードとして、視界にせり出してきているのだ。芸術や文学に内在する美学の限界が試されるのは、まさしく言語とコードの裂け目においてなのかもしれない。とりわけ、コードワークを媒体として扱った最近の美術インスタレーションをいくつか見てみると、そう思える。

マッケンジー・ワークは、コードワークをハイパーテキストと対立するものと定義している。「ハイパーテキストは、インターネット時代において書きものがどこに向かっているかという認識を支配しているため、リンクの存在が、電子的書きものにとってとりわけ興味深い戦略として受けとられている」。対照的に、ワークによるコードワークの位置づけは、「あらゆる種類のコミュニケーションとの対話であり、新たに出現した電子的書き物の生態系である[34]」。コードワークが育んでいるように思えるのは、著作権なしの普遍的署名、ナラティヴサービス、プログラミングをアクロバティックに用いるコンセプチュアルな作品だ。その行動の指針は、戦術的介入である――英語を脱線させること、機械英語や翻訳調によって過激な脱国家化をおこなう実験、変則的な綴りと文法の創出。ワークによると、「めちゃめちゃな機械英語」と「インターネット上のぼろぼろの文法やスペリングは、芸術的な表現の一種になっている」という。JODIのような集団の作品では、書き物でもヴィジュアルアートでもない「失敗寸前のプログラミング」を描写する、句読点を用いたアートが実演される。マーク・アメリカの作品「グラマトロン」では、新たな執筆テクノロジーであるナノスクリプトが導入され、別のプロジェクト「P-HON:E-ME」では、音色と音調と音素を隔てる法則をかき乱すことで、「アートとテクノロジーの音」の表現が追求される[35]。「インターネット・リレー・チャット」という集団が、参加者に気づかれないようにオンラインの会話の乗っとり《デトーナメント》をおこなっているように、コードワークによるテキストはしばしば、認識できるぎりぎりの領域を漂う。ワークはさらに、ステファン・バロンのプロジェクト「コンポスト・コンセプツ」にも言及している。そこではジョイス的なやり方で、テキストシステムがランダムに使いまわされる。フロリアン・クラマーはさらに明白にジョイスへオマージュを捧げ、ヴァーチャルなかばん語の世界を通じて、『フィネガンズ・ウェイク』の新たな配列を発明している。

　ホイットニー美術館のアートポート・ウェブサイトの依頼を受けた十二のソフトウェア・アート・プロジェクトでは、アーティストたちがコードワークの「バックエンド」（あるいは見えない側）――言語とアルゴリズムと美術作品の不明瞭な境界――をむき出しにした。プログラムによると、「CODeDOC」プロジェクトが目指したのは、コードの概念的な形式主義を明るみに出すことだ。アーティストたちは、JAVA、C、Visual Basic、Lingo、Perlでソースコードを書いて、「空間の三点を結び動かすこと」を指示される。そうしてそれとなく、マルセル・デュシャン、ジョン・ケージ、ソル・ルウィットの遺産を継いでいると自覚するように仕向けられていた――いずれも、タスク実行の積み重ねによる形式のヴァリエーションを利用したことで有名なコンセプチュアリストたちである。

　もっとも強力なプロジェクトのひとつが、ジョン・クリマによるものだった。「ストーリー・ショー」と題されたプロジェクトは、ゲーム理論を援用してコード記述の目的駆動的な性質を暴くものだ。コードの書き方は人によって違うため、一種の特徴的なスタイルがそこに埋め込まれるはずだというクリマの認識は、通常コードワークについて言われる「作者の死」という通念が誤りであることを示してみせる。クリマのコード記述のスタイルはエレガントで機知に富んでおり、童謡・ブーリアン型数学・ゲームの指示から要素を抽出している。

```
The_Story.Show
  While True
    If YourAttitude = CHAUVINIST Then
      If Fetch (pail, jack, jill) Then GoUpHill jack, jill
```

```
If FellDown (jack) And BrokeCrown (jack) Then TumblingAfter jill, jack
ElseIf YourAttitude = FEMINIST Then
If Fetch (pail, jill, jack) Then GoUpHill jill, jack
If FellDown (jill) And BrokeCrown (jill) Then TumblingAfter jack, jill
End if
    The_Story.Draw
```

[…] Function BrokeCrown (Leader as PERSON) as Boolean Static lastCrown As Boolean[36]

コードの一番下にある「実行」ボックスを押すと、ゲーム開始だ。ジャックとジルの人形が傾斜のあるベルトコンベヤーで運ばれてくるのが確認できる。二人は丘を登り降りし、互いに追いかけたり離れたり、選んだ変数によって水の入った桶に向かっていったりする。変数に含まれるのは以下のとおりである――「あなたの態度」（ショービニスト／フェミニスト）、ジャックとジルの「欲求」（最小／並／渇望）、「桶の魅力」（不快／並／絶頂）。クリマとくっきり対照を描く、カミラ・アッタバックのコード記述は、冗長でとっちらかっている。

みんなが私のコードを見てると思うと、ちょっと恥ずかしいしナーバスになった。それで、罵ったり、ストレスをぶちまけたり、思ったことを言い散らかしたり、試したこと・試さなかったことを記録したりしている自分のコメントを、いろいろ取り除いてしまった。今から考えると、たぶんこれは失敗だったと思う。もはやこのコードは、自分が作業していたファイルの見栄えとは、全然ちがう見た目をしているから。何か言えること？　自分は友人が訪ねて来てくれるとなったらトイレ掃除をするような人間だってこと。[37]

スコット・スニビーの「トリポーラー」プロジェクトは、ソースコードを「プログラムそのものの「メタ－カオス」を実演する」ために用いている。

基本変数一式が、シミュレーションのすべてのパラメータを規定している。どのパラメータを変更しても、図柄が大きく変化する。たいていの場合、非機能的になる。場合によっては、プログラムがハングアップし［私が試してみたときにもそうだった］、ほかの場合には、軌道が爆発的に増えるか、内破するか、振動する。

スニビーのプログラム命令は皮肉じみた詩学を見せつけている。

Thread kicker_ = **null;**
Indication that animation thread has halted **boolean** timeToDie_; or
Stop the applet. **Public void** stop ( ){ timeToDie_ = **true** or commands such as
 if, else logarithmically interpolate over last pixel
This allows one to explore values between pixels.(38)

翻訳研究のパラメータの拡張（特に理論と実践としての「ネットリッシュ」周辺）は、フェリックス・ガタリが著書『カオスモーズ』のなかで要求した、見えるものとヴァーチャルなものの新たな生態系に対応している。長年のドゥルーズとの共同作業ゆえに、自身の仕事が不当に埋もれたままとなっているガタリだが、非言語的な信号過程を支配する価値観のセクト化を解体しようと尽力していた。それによって、「哲学の伝統が精神と物質のあいだに設けていた「存在論上の鉄のカーテン」」を取り壊したのである。(39) ガタリは「機械的手続き性」を、新しい表現主義の鍵として信奉していた。それは、彼のカオスモーズという概念、すなわち誘発的で、あえて言うならば「プロト‐ネットリッシュ」的な、カオスと浸透《オスモーズ》の形態の核心であった。「フラクタルな存在論」という概念と、「情報科学とテレマティクスとオーディオ・ヴィジュアルの合流地点」で生まれた双方向性とが、自らが呼ぶところの「ポストメディア時代」へとガタリを向かわせたのだ。

　ネットリッシュは、表現主義のポストメディア形式であると定義できるかもしれない。一方ではメディアをまたぐ多言語的な実験形式に駆動され、他方では、認知プロセスの論理形式主義のための翻訳可能性もしくは普遍コードのリンガ・フランカへの欲望に駆動される表現主義である。こうした点において、ネットリッシュは本質的にスキゾフレニックな現象であり、言語のエントロピーと意味論の凝縮という、対立する力によって引き裂かれている。この対立は、ネットリッシュの元祖理論家であるマッケンジー・ワークとヘアート・ロフィンクの異なる立場のあいだに横たわるものだ。ワークは楽天家であり、多言語ユーザーのためのネットリッシュの利点に焦点をあわせ、実験的なコードワークを賞賛する。ロフィンクはより悲観的な態度をとり、ネットリッシュを欧州英語《ユーロ・イングリッシュ》による覇権への入口とみなしている――「おそらくユーロ‐イングリッシュは、「大陸」で話される、二十世紀のラテン語になるだろう」。ロフィンクが示唆する言語は、「あらゆる方言と明らかな誤りを超越したものであり、「総合言語芸術《ゲザムトシュプラヒヴェルク》」である」。均質化した標準英語もしくはテクニカル英語が、ヨーロッパの小さな言語を食いつぶしてしまう恐れがあるのとまったく同様に、ネットリッシュ（ロフィンクの見立てでは、パックス・アメリカーナ、ポップカルチャー、グローバル資本主義、六九年以降のヨーロッパ、インターネットの勃興に、その足跡を辿ることができる）が、「ほかの英語」を「マイナーで、サブカルチャー的な逸脱」という地位に貶める恐れがあるというのだ。

　ロフィンクの英語圏中心主義についての政治的関心はむろん、じゅうぶんな根拠に基づいている。インターネットに対するアメリカの覇権はこれまでのところ、Eメールのグローバル通信をおこなうルートサーバがヴァージニア州に存在する事実によって保証されている。情報の高速道路を誰が支配するかといえば、アメリカ合衆国対それ以外の全世界というのが現実的な状況なのである。しかしながら、ワークとロフィンクはその相違にかかわらず、ともに多対多の言語翻訳インターフェースを望んでいる。それはたとえば、最近完了した「欧州語翻訳のネズミ講」（十の新たなEU加盟国が互いに交信できるように――マルタ語からポルトガル語、もしくはエストニア語からキプロス・トルコ語など、特殊な翻訳の組み合わせによって――開発されたもの）を乗り越えるようなインターフェースだ。そしてまた、言語のパワーポリティクスにおける構造変化へと人を向かわせ、人口の多い国家の有力な言語のせいでマイナー言語に降りかかってくるリスクを取り除こうとするインターフェースでもある。望ましいのは、ネットリッシュが言語間・メディア間双方の「ほかの英語」による表現主義と一致することだろう。それは、自然言語とコードのあいだの存在論的差異を無効化する言語であり、あらゆるもの（データ、言語、物質、情報、美的表現）が相互に翻訳可能であるような汎‐翻訳可能性に関する、高度な代替性をそなえた民主主義秩序を開始させる言語である。より現実的には、「Hour is the moment for all good men to come the subsidy of them country 時間とはあらゆる善人が自身を国家の補助金にくる瞬間のことだ」[40]という、アラン・レオの翻訳ソフトを用いた悪ふざけがすっかり物語っているように、電子的デコードはいまだ不完全なアートである。方言・コード切り替え・非標準的言語・コンピュータ隠語・電子的省略表現の増殖が潮流となっている時代に、祖国のセキュリティのために働く翻訳者やＣＩＡがいかに個別の言語の範囲と形式を定義しているのか、私たちは考えこまずにいられない[41]。軍産学連携の複合体の影は、階級・宗教・民族紛争の影同様に、ネットリッシュの未来の定義に覆い被さったままだ。そしてそれが、多種多様な翻訳という夢想的な見通しを曇らせているのである。

注

（1）Walter Benjamin, "On Language as Such and on the Languages of Man," trans. Edmund Jephcott, in *Walter Benjamin: Selected Writings*, vol. 1, 1913-1926, ed. Michael W. Jennings (Cambridge, Mass: Harvard University Press, 1996), pp. 69-70.〔ヴァルター・ベンヤミン「言語一般および人間の言語について」浅井健二郎訳『ベンヤミン・コレクション1　近代の意味』浅井健二郎編訳、三宅晶子・久保哲司訳、ちくま学芸文庫、一九九五年、二六頁。〕

（2）以下を参照のこと。Robert K. Logan, *The Sixth Language: Learning a Living in the Internet Age* (Toronto: Stoddart Publishing Co., 2000). ローガンは、「発話・執筆・数学・科学・コンピュータ使用・インターネット」(p. 2) がコミュニケーションにおける六つの言語であると論じている。

（3）Manuel Castells, *The Rise of the Network Society* (Oxford: Blackwell Publishers), 1996.

（4）Tilman Baumgaertel, "The Aesthetics of Crashing Browsers," *Telepolis* www/factory.org/nettime/archive/1056html.

（5）http/www/blogalization.org/community/weblog.

（6）Wired UKに掲載された、改訂版のNetletter 1より。McKenzie Wark. www.dmc.mq.edu.au/mwark/warchive/Other/netlish.html. 以下の本のなかでワークは、「ベクトル階級」と名づけた階級を、情報を資本に換え、その商品化に「バイラル」な性質を与える人々と定義づけている。*A Hacker Manifesto* (Cambridge, Mass.: Harvard University Press, 2004).〔マッケンジー・ワーク『ハッカー宣言』金田智之訳、河出書房新社、二〇〇五年。〕

（7）Ibid.

（8）David Crystal, "Weaving a Web of Linguistic Diversity," in *The Guardian Weekly* Jan. 25, 2001 (Macmillan Publishers Ltd.). 以下のサイトで読むことができる。www.onestopenglish.com./Culture/gl

（9）Brenda Danet and Susan Herring, Introduction to a special issue on "The Multilingual Net," *The Journal of Computer-Mediated Communication* 9 (1) Nov. 2003. 以下の統計を利用している。CyberAtlas (June 6, 2003). www.asusc.org/jcmc/vol9/issue1/intro.html

（10）〔訳注〕"kan ni na bu chao chee bye"は侮蔑語のスラング。

（11）(c) http:// www.TalkingCock.com 2001-2003. All rights reserved.

（12）トム・マッカーサーは以下の本のなかで、「ひとつの言語内のバイリンガリズム」という概念を検証している。Tom McCarther, *The English Languages* (Cambridge: Cambridge University Press, 1998), p. 30.

（13）Braj Kachru, ed. *The Other Tongue: English across Cultures* (Urbana: University of Illinois Press, 1982). 有用な論集である。著者が到達するのは、一九八二年においてはきわめて大胆な議論だ。すなわち、「制度化された非ネイティヴ諸英語への態度の修正があってしかるべき」という議論である。

（14）David Crystal, *English as a Global Language* (Cambridge: Cambridge University Press, 1997).〔デイヴィッド・クリスタル『地球語としての英語』国弘正雄訳、みすず書房、一九九九年。〕「世界英語の未来は増加していく多方言主義に向かうだろう。だが、それが他言語主義になることはありえるだろうか？」と疑問を投げかけ、クリスタルは方言が（ラテン語の日常表現のように）標準言語になる可能性を検討している。したがってその言語は、世界的に認識されている公用標準語の数を急増させる。クリスタルはまた、呼称の接尾語にglishかishを含む言語が、方言から媒介語へと格上げされうるかという問題も検討している。

（15）David Crystal, *Language and the Internet* (Cambridge: Cambridge University Press, 2001).「ネットスピークというメディア」についての章で、クリスタルはこの伝達手段の特異性が、話し言葉（動的で、一時的で、時間的制約をもち、社交的あるいは「交感的」機能に適している）と書き言葉（静的で、空間的制約をもち、事実や暗記事項や学習の記録に適している）との従来的な差異を無視するところにあるとしている。クリスタルの見方によると、応答する時間の早さや、文字と数字を混ぜた省略表現への過度の依存（tmot = trust me on this／間違いないよ、ruok = are you OK?／大丈夫?、ta4n = that's all for now／とりあえずこのへんで、など）が、ネットスピークの重要な目印となる。

（16）Michael Specter, "World, Wide, Web: 3 English Words," *New York Times* 1996. As cited by David Crystal, "The Internet: A Linguistic Revolution," www.paricenter.com/library/papers/crystal01.php

（17）Jonathan Safran Foer, *Everything Is Illuminated* (New York: HarperCollins, 2003), p. 23.〔ジョナサン・サフラン・フォア『エブリシング・イズ・イルミネイテッド』近藤隆文訳、ソニー・マガジンズ、二〇〇四年、三七頁。〕

（18）ラインホルト・マルティンのパターン理論についての議論を参照のこと。パターンは人工的な有機的「パターン認識」（Gyorgy Kepes, in *The New Landscape in Art and Science*, 1956.）まで普遍的に拡張される。Reinhold Martin, *The Organizational Complex: Architecture, Media and Corporate Space* (Cambridge: MIT Press, 2003), pp. 67–79.

（19）「スーパー・サイン」という用語はリディア・リウの以下のエッセイから借用した。Lydia Liu, "How the English Alphabet Became Ideographical," in *Divided Loyalties*, ed. Louis Menand (New York: Routledge) forthcoming.

（20）William Gibson, *Pattern Recognition* (New York: Penguin 2003).〔ウィリアム・ギブスン『パターン・レコグニション』朝倉久志訳、角川書店、二〇〇四年。〕

（21）Lydia Liu, "How the English Language Became Ideographical."

（22）Walter Benjamin, "Problems in the Sociology of Language: An Overview," in *Walter Benjamin: Selected Writings*, vol. 3: 1935–1938, ed. and trans. Michael W. Jennings (Cambridge, Mass.: Harvard University Press, 2002), p. 76.〔ヴァルター・ベンヤミン「言語社会学の諸問題」岡本和子訳『ベンヤミン・コレクション5　思考のスペクトル』浅井健二郎編訳、土合文夫・久保哲司・岡本和子訳、ちくま学芸文庫、二〇一〇年、一八〇頁。〕

（23）Ibid.〔同書。〕

（24）Ibid., pp. 76-77.〔同書、一八一頁。〕

（25）Ibid., p. 77.〔同書、一八二頁。〕

（26）Ibid., p. 79.〔同書、一八四頁。〕

（27）Jon Agar, *Turing and the Universal Machine: The Making of the Modern Computer* (Cambridge: Icon Books Ltd., 2001), p. 135.

（28）一九五三年のアメリカ心理学会内のセッション「行動科学における恒常性モデルの有用性と諸問題」にて最初に発表された論文。James G. Miller, "Introduction," in *Chicago Behavioral Sciences Publications*, no. 1 (1953): 2.

（29）Ludwig von Bertalanffy, *General System Theory* (New York: Braziller, 1968), p. 153.〔L・フォン・ベルタランフィ『一般システム理論

——その基礎・発展・応用』長野敬・太田邦昌訳、みすず書房、一九七三年、一四八頁より一部改変を施して引用。〕

（30）Gayatri Chakravorty Spivak, "Translation as Culture," in *parallax* 14 (January-March 2000): 13.

（31）Jacques Derrida, *Critique*, Dec. 1965-Jan. 1966, II, p. 46. Cited by Gayatri Chakravorty Spivak in "Translator's Preface" to *Of Grammatology* (Baltimore: Johns Hopkins University Press, 1974), p. lxxx.〔ガヤトリ・C・スピヴァク『デリダ論——『グラマトロジーについて』英訳版序文』田尻芳樹訳、平凡社ライブラリー、二〇〇五年、一八六頁。〕

（32）Jacques Lacan, *The Seminar of Jacques Lacan Book XX* (Encore), ed. Jacques-Alain Miller, trans. Bruce Fink (New York: W.W. Norton and Co., 1999), p. 17.

（33）Friedrich Kittler, "There Is No Software," in *Literature, Media, Information Systems*, ed. John Johnston (Amsterdam: G + B Arts International, 1997), p. 148.〔フリードリヒ・キットラー「ソフトウェアなど存在しない」原克訳『ドラキュラの遺言——ソフトウェアなど存在しない』原克・大宮勘一郎・前田良三・神尾達之・副島博彦訳、産業図書、一九九八年、三一三頁。〕

（34）McKenzie Wark, "Hypermedia," in *Joyce Studies* 3.1 (2002).

（35）Ibid.

（36）John Klima, "The_Story.Show," http://artport.whitney.org/commissions/codedoc/ Klima/main.html 2003.

（37）Camille Utterback, http://artport.whitney.org/commissions/codedoc 2003.

（38）Scott Snibbe, http://artport.whitney.org/commissions/codedoc/Snibbe/Tripolar_java_wc.html.2003.

（39）Félix Guattari, *Chaosmosis: An Ethico-Aesthetic Paradigm*, trans. Paul Bains and Julian Pefanis (Sydney: Power Publications, 1992), pp. 107-108.〔フェリックス・ガタリ『カオスモーズ』宮林寛・小沢秋広訳、河出書房新社、二〇〇四年、一七三頁。〕

（40）〔訳注〕翻訳ソフトが生成したナンセンスな文章。評論家アラン・レオが、ソフトウェアによる自動翻訳の不完全さを示すために例に取り上げた。

（41）Alan Leo, "Hour is the Moment for all good men to come the subsidy of them country," in *Technology Review*, Sept. 21, 2001. 以下を参照のこと。www.technologyreview.com/articles.

結論

第十六章　新しい比較文学

9・11以降の人文学の批評パラダイムを再考するうえで、言語と戦争、クレオール化の問題と「翻訳－中 in-translation」の諸言語のマッピング、世界文学カノンと世界文学市場の移り変わり、情報翻訳技術の発展がもたらすインパクトといったトピックに軸足を置きながら、私が思い描こうとしたのは、翻訳を支点にした新しい比較文学のためのプログラムだ。まず手をつけたのは、一九三〇年代イスタンブールにおける比較文学というディシプリンの「発明」である――私が用いたのはレオ・シュピッツァーとエーリヒ・アウエルバッハの著作であって、この二人の名前こそ、亡命地でグローバル人文主義が先どりされていたことの証左に近いものだ。締めくくりとして、文学における比較精神を精錬するために文献学を用いると一体なにがおこるのか、少し考えてみたい――ここでの比較精神とは、いかな国家にも縛られないものであって、自分自身に「翻訳知《トランスラティオ》」という名前をひきうけながら、言語による自己認識行為、つまり言語を超えたところにあるもの（「神」、ユートピア、自然、DNA、哲学的表現主義の統一場理論）を把握可能にするというこころみに名前をつけるものである。

学術的指名行為からなる翻訳的プロセスに名前をつけながら、比較文学が壊していくのは国家名と言語名を結びつける同形異種のつなぎ目である。ジョルジョ・アガンベンは（ジプシーのことば《アルゴ》が言語と見なされないのは、ジプシーが、国家や決まった住居がないと見なされているせいだというアリス・ベッカー＝ホーの結論に触れて）、次のように洞察した。「われわれは事実、人民とは何か、言語とは何かについて、少しも考えをもっていない」[1]。アガンベンにとって、ジプシーの事例が明るみにだすのは、言語を名づける根拠の危うさだった。「人種にとってのジプシーは、言語にとってのアルゴだ」と主張するアガンベンは、標準的な言語名とは「あらゆる人民は徒党にして「コキーユ」であり、あらゆる言語は隠語にして「アルゴ」である」[2]という事実を隠蔽するためのおためごかしだと暴きたてる。アガンベンにとって、言語とは、国家体制や（カタルーニャ語、バスク語、ゲール語でそうであるように）、民衆の「血と土」という神話によって囲いこまれることを拒否するものであって、ことによると「言語活動の純粋な［倫理的］実存」を推奨しうる。[3]「何らかの点において、言語活動の実存－文法（言語）－人民－国家という連鎖を断ち切ってはじめて、思考と実践《プラクシス》とは時代の高みに至ることになる」[4]と、アガンベンは結論している。

サミュエル・ウェーバーは国民／名目言語の誤謬（翻訳とより直接に関連する）について同様の分析をおこない、以下のようにコメントしている。

> 翻訳が交わされる言語システムは、「自然」言語や「国民」言語という指定をうけている。しかし、これらの用語は、正確でもなければ十分でもない［…］。こうした用語は、システムが包摂しようとする言語的多様性が大きくなればなるほど不正確になる［…］。個々の言語が属する階層を、厳密に指しめす包括的な用語を見つけるのは困難である。そのことが示すのは、そういった言語のあいだに相対的な統一性や一貫性をあたえる原則をさだめなくてはならないという、さらに大きな問題である――そのような原則が実際に存在するとした場合だが。[5]

ばらばらな言語が所属可能な包括的な用語という、ウェーバーのもとめに、比較文学は応える。比較文学はそれ自体、広い抽象概念でありつつも、ヴィトゲンシュタインが呼ぶところの原初記号《ウアツアイヒエン》のような普遍記号としても機能する――それが生みだす音は、名づけの過程において「国家－主体」や「言語－主体」を「強制するもの《フォルサージュ》」だ。この「強制するもの《フォルサージュ》」が聞こえるのは、「アメリカ語からの翻訳《トラデュイ・ド・ラメリカン》 traduit de l'américain」のような表現からだ。こういった表現がとらえるのは、国家名や民族名に言語名を合わせることで存在するようになるありもしない言語である。もちろん「アメリカ語《アメリカン》」という、はっきりした文法とプロトコルをもった標準語はない。「アメリカ語《アメリカン》」は、おそらく（唯名論者の用語で言うところの）言語的可能世界をさす言語の名称だろう。しかし、これは、北アメリカの英語話者が自分の話し言葉を指して使うものでもなければ、法が定める国家に対応するものでもない。（最近、ジャン＝リュック・ゴダールはこう発言している――「「アメリカン」ではなくて別の言葉があればいいのにと強く思うよ。「アメリカン」という言葉は、ニューヨークとロサンゼルスのあいだに住んでいるひとを指すもので、モンテビデオとサンティアゴのあいだに住んでいるひとを指さないからね」。(6)）「アメリカ語《アメリカン》」を言語の名前として見た場合、その含みとは、スペイン語に、「異《フォーリン》」言語の地位を押しつけるものである（南北アメリカの半球に住む無数の個人が、スペイン語を母語としているにもかかわらずだ）。言語を戦場とする、この権力と敬意の争奪戦を新しい比較文学は明るみにだすだろう。新しい比較文学は、言語的多様性と実体がない国－際《インター・ネイションズ》が特徴であるような言語世界の名前であろうとする。

エドゥアール・グリッサンは著書『〈関係〉の詩学』で、言語的国際－主義《インター・ナショナリズム》にむけた運動を是認している。グリッサンは、旧式の中心－周辺モデルを、複数の言語的特異点や、それぞれが詩的不透明さの中心であるような小さな世界が結びつくことでできた世界システムでおきかえ、不安定な名づけよりも地詩学《ジオポエティクス》を優先している。グリッサンのパラダイム「全－世界《トゥーモンド》」は、非弁証法的、存在論的内在というドゥルーズ、ガタリの概念にもとづいた、ひとつのアポリア的な共同体モデルであって、そこでは、クレオールの絆と、負債への抵抗にもとづく共生のポリティクスによって、（おそらく、カリブ海地域を脱領域化したモデルの）小さな世界同士が横につながっている。「全－世界《トゥモンディスム》 toutmondisme」が「第三－世界《ティエルモンディスム》 tiermondisme」を凌駕する日――その日、国家のかたちは、内在する惑星規模のクレオールの全体性に、道をゆずることになる――のことを見こし、グリッサンはクレオールが「世界の言葉へと変貌した(7)」さまを思い描いている。グリッサンに拠りつつ、『クレオール礼賛』の著者たちは、クレオール性を以下のようにイメージしている――

《回折《ディフラクテ》したが、再構成された世界》、「全体性《トタリテ》」という唯一のシニフィアンの中に含まれた諸々のシニフィエが構成する大渦潮《メールストローム》である［…］。目下のところ、「クレオール性」の十全な認識が「芸術」に、絶対的に「芸術」に託されているように思われているのはそれゆえである[8]。

ピーター・ホルワードの見解によれば、「国家の損失は［…］クレオールの利得である[9]」。

クレオールが言語的ポストナショナリズム状態を先触れし、単一言語化を（それが言語の移動と交換の人工的な停止だと明かすことで）変性させるものであるのなら、クレオールは翻訳の上に立脚している新しい比較文学の象徴なのだと言えるかもしれない。しかしこの本で論じてきたように、「クレオール」とは、ハイブリッド性、交雑《メティサージュ》、異文化遭遇の場や、文学史の必須項目としての言語に、ゆるやかにあてはめることのできるカテゴリーでもある。そしてそれはまた、トラウマ的欠落の同義語でもある。中間航路《ミドルパッセージ》や、奴隷商人とプランテーション所有者から荒々しく浴びせられた命令の跡をその身に宿したクレオールの烙印の歴史は、十九世紀中国のピジン翻訳に比することもできる。ホーン・ソーシーの見解によれば、文法学者にとって中国のピジン翻訳は、「まさに不完全な状態［…］、ターゲット言語における通常発話と、［ピジン翻訳があらわす］ソース言語のつっかえたり、まちがえたりした、過剰な発話のあいだの不平等な関係」の見本である。ソーシーの解釈では、ヴァルター・ベンヤミンの神聖な行間翻訳の理想は、ピジンを再評価する手がかりにもなる。なぜなら、逐語的な行間翻訳は、欠陥翻訳を是認するからだ――「ピジンがあらわすのは――それが聞こえ、見えるものにするのは――言語の共約不可能性である。「文法なき」言語だと、中国語は言われてきたが、そのせいでピジンはいまだかつてないほど強い代表権をえることになった[10]」。「神聖なる翻訳」という姿でたちなおったクレオールは、ピジンのように、アポリアに全面的に「祝福された」言語として存在しうるかもしれない。

デリダにとって、そのアポリアとは、言語の身体に宿る死という、概念上の袋小路に名前をあたえることである。「そこにはある一定の歩が賭かっている／いいや、それはある一定の歩みでそこに行くIl y va d'un certain pas.[11]」というフレーズを出発点にして、デリダはpasということばを「動かぬ死体」と結びつけられた「歩《パ》」、あるいは言語と「言語自体にとって他者であるもの」との臨界点と結びつけられた「否《パ》」としてとらえている。

それ自体の内部の、そしてそれ自体からのバベルであって［…］、自己の家許にある異者、招かれた者、呼び求められた者である［…］。翻訳のこの境界は、諸言語《ラング》の間を通っているのではない。それは同じ一つの言語の内部で、翻訳をそれ自体から分離し、翻訳可能性を分離しているのだ。かくして、ある一定の語用性《プラグマティック》が、その境界を、いわゆるフ、ラ、ン、ス、語、の、内部、そ、の、もの、の、中、に、刻み込む。(12)

デリダによるアポリアの概念――他者性の「否 pas／no／not／nichit／kein」(13)の中で聞こえる――は、『他者の単一言語使用――あるいは起源の補綴《プロテーゼ》』(14)における単一言語主義のポリティクスに結びついている。(15)同書に掲げられた、グリッサンとアブデルケビール・ハティビの著作から引かれたエピグラフは、理論的土壌としてのフランコフォニーへの稀なとりくみを証だてるものになっている。デリダがハティビとふざけ半分に争っているのは、「フランス－マグレブ人」という主体のおかれた国家なき状態をさす称号だ。このハイフンが指すのは、独立後のアルジェリア人たちを襲った、国家・言語の後ろ盾がないという大問題であって、たとえばユダヤ人、アラブ人、フランス人が、フランス語によって隣りあいもし、隔てられもしたという事実がある。市民権を剝奪された経験から、言語とは話者のコミュニティに借しだされたものだという教訓をえたデリダは、「この言語は私のものではない」と、フランス語を指して言う。「「翻訳不可能なもの」は――それは残らねばならないのだ、と私の法が私に告げる――すなわち特有言語の詩的エコノミーとしてとどまる」(16)。デリダの著作の題名「他者の単一言語主義」にある補綴的「他者」は、予想されるような多言語主義ではなく、自己同一性内部のアポリアであって、言語それ自体にある異質さである。デリダにとって、翻訳不可能性とは、言語名の普遍的な属性である。

デリダのアポリアは、単一言語による言説内部において、先だって存在する他者の居場所をつきとめることで、言語名におけるナショナリスト的唯名論を脱構築するものだ。このアポリアは、言語名から国家という枷をふりほどき、国家名と言語名のあいだに主体のポリティクスの楔をいれるのだ。特定の言語の属性を、所与の国家の普遍集合に自動的に結びつけてしまわないようにするデリダのアポリアは、「任意のXにとって、Xが人間なら、それは死ぬ」という、近代における唯名論の命題の中にふくまれる論理学の術語「X」に近い。つまり、普遍的な評価因子「すべての人間は死ぬ」を無効にし、問題となる主体の人間のステータスを相対化してしまう。Xは人間かもしれないし、そうでないのかもしれない。それと同じように、フランス語話者Xはフランス人かもしれないし、そうでないかもしれない。ここで、主体を襲う不測の事態からわかるのは、フランス語話者がフランス国籍だというのは、多くのフランス語話者の可能世界のうちのひとつにすぎないということだ。ひとたび国家という属性が外されると、いかな話者も言語を占有しているとは主張できない。言語は、X人の大勢の借り主のものとされ、言語への権利は、より自由にいきわたるようになる。

「内／外」、「ゲスト／ホスト」、「オーナー／テナント」の別をとりはらうことで、「他者の単一言語主義」が名をあたえるのは、（話者の）言語・国家・文学・コミュニティととなりあわせの比較主義だ。「となりあわせ」というアイデアは比較文学者のケネス・ラインハード、とくにそのレヴィナス的解釈から借りたものである——

> 比較文学は比較以外のなにかであって［…］、類似性に先だって論理的かつ倫理的に読むモードである。その読みによって、テクストは、類似や差異で決定される「家族」にふりわけられるというよりは、偶然の接近、系譜上の孤立、倫理的遭遇によって決まる「近所」にわけられる。(17)

ラインハードによれば、

> 「テクスト同士を近所としてあつかえば」遠近法が定まった系譜と間テクスト性の結びつきからなるネットワークにおいて、必然的に歪像による攪乱をうむことになる。つまり、テクスト同士が比較可能になる以前に、あるテクストは別のテクストの不気味な隣人として分節されるべきなのだ。これは、影響や、時代精神《ツァイトガイスト》、文化的コンテクストとは関係のない批評における使命感、負い目、派生性を想定することなのだ。(18)

テクスト同士の関係を、共通の語源、文彩、美的嗜好、歴史的展開といった観点から論じる文献学の伝統からははずれるかわりに、ラインハードが提案するのは、「トラウマ的近接」の理論だ――

いかにして［こう、ラインハードは問うている］、比較とコンテクスト化の前に／をこえて、そのトラウマ的近接に再‐接近できるのか？　不釣りあいなテクストをもちだす前提になるのは、テクストを比較するうえで、独自の共通の基盤がないということで、あるのはただ本質的な関係のなさと、読みの理論と実践のあいだのギャップからくるトラウマであり、それは後から見えるようになるだけなのだ。(19)

「比較以外のなにか」というラインハードの考えによれば、問題の所在は言語を指定することからトラウマ的近接の倫理にずらされる。「となりあわせ」が描きだすのは、愛と暴力のトラウマ的近接であって、それは言語や翻訳のギャップで、爆発痕となって残っている。そのような非関係性のスペースは、冒瀆のきざしとして非難されうるが、神聖にして無比なるものの痕として尊ばれる余地もある。こうしたアポリアは、いかに言語が自分を名づけるかという問題とじかにかかわってくる。なぜなら、それらは属性叙述を――固有名や名詞において言葉の属性が癒着するプロセスを――かき乱すからだ。

脱属性叙述の困難な手つづきは、またの名を世俗批評というが、エドワード・サイードが最晩年の文章で思いをめぐらせているように、文献学の第一の課題である。『人文学と批評の使命』のうちの一章は「文献学への回帰」にあてられており、そこでサイードはこう述べている。

文献学《フィロロジー》という単語は、文字通りには言葉を愛するという意味だが、学問分野として、すべての主要な文化伝統のさまざまな時代において、なかば科学に近い知的・精神的な信望を獲得している。そういった文化の伝統には西欧の伝統も、またわたし自身の歩みを形作ってきたアラブ‐イスラムの伝統も含まれる。イスラムの伝統では、知は、言語への文献学的関心を前提としているのを思い出せば十分だろう。この関心は、コーランという神自らの言葉（コーランという単語自体は、実際には読むことを意味する）に始まり、カリール・イブン・アフマドとシーバワイヒの科学的文法の出現をへて、法学（フィクフ）や、それぞれ法解釈学と解読を意味するイジュティハードとタァウィールの勃興へと続いた[20]。

サイードが一望するのは、十二世紀にイベリア半島と北アフリカに設置されていたイスラムの学院、アンダルシア・北アフリカ・レヴァント地方・メソポタミアに伝えられたユダヤの伝統文化、さらにはヴィーコとニーチェにいたるまでの文献学にもとづいた人文学の教育システムである。サイードが称揚するのは、読みと解釈の人文主義だ——それは、「現実、つまり隠され、誤解され、抵抗する、困難な現実を伝える言葉という形態に基礎をおいている。言いかえれば、読みの科学は、人文科学の知にとって至高のものなのだ[21]」。

ちょうど『人文学と批評の使命』で、レオ・シュピッツァーの文献学の遺産が表だったテーマであるように（このときかぎりは、アウエルバッハよりシュピッツァー！）、二〇〇二年のサイードのエッセイ「アラビア語で生きる」もそうであって、シュピッツァーの「トルコ語を学ぶ」との併読を誘われる。サイードとシュピッツァーが競いあっているのは、ある言語を「生き」て「学ぶ」ことの感覚が生むモダリティである[22]。シュピッツァーはトルコ語で語順がもつ存在論的な意味に固執した。そのうえで力説したのは、行為を（「ひとつひとつ」）じっくりと解きほぐしていけば、経験というものの本質に迫れるということであり、それによって、語りは「人間的かつ主観的に」活性化するということだった。それに対して、サイードは、言葉をひとつひとつ分析することで生まれる関係のギャップから意味を拾いだしていく。シュピッツァーが惹かれたのは、注意喚起《スケア・クォート》のための括弧が巻きついたような表現のモードであって、物事が起きているさなかに「なにが起きているか」を、なんらかのかたちできわだたせるものだ。トルコ語における、「彼は私を見ていた、あるいは見ていなかった？」や「彼はドアを開けた、あるいは開けなかった？」のような、疑問を投げかけるような語調の文章は、シュピッツァーにとっては、自分自身から観た自分を他者化するきっかけとなる内省癖の典型だった。シュピッツァーが言うところによれば、gibiという単語は、動詞につけられようが、適当に挿入されようが、話者が自分の言葉に対していだく確信のなさの目安になるものだった――「言葉はもはや確定事項を指すものではなく、言葉同士の比較によって生まれるあいまいさを伝えるものである」。その意味で、gibiはこの文献学者のためにあつらえられたかのような品詞として解される。gibiという言葉が、いかにそれぞれの単語が比較可能性を内包しているか、注意を呼びさますからだ。同様に、「文献学への回帰」の結論で、サイードは比較することのアポリアとして「ことばの空間」を定める。サイードは人文主義について、こう主張する。

思うに、人文主義とは、わたしたち自身の沈黙や死すべき運命と闘いながら、テクストから流用や抵抗といった現実化された場へ、伝達へ、読むことと解釈へ、プライヴェートからパブリックへ、沈黙から解説や発言へ、またその逆へと移動するための、そして言葉の空間と、身体空間や社会空間におけるそのさまざまな起源や戦略的展開との間で、最終的に二律背反的で対抗的な分析をおこなうための手段であり、おそらくわたしたちがそのためにもつ自覚のことである――こうしたことは世界中で起こっている。日々の生活や歴史や希望を足場にして、そして知識と正義を、おそらくは解放をも求めることを足場にして。[23]

サイードは、実存的人文主義をまかなう亡命の語彙録の拡充に生涯をささげたが、そのことを予期するかのように、シュピッツァーが目を輝かせるのは、緩和の文法（トルコ語会話で、「いや」とか「しかし」を指すことばを気前よくばらまくこと）が、「困難な生の圧力を受けながら考えつづける人」にほっとひと息つかせるさまである。シュピッツァーは言う――

このひそめられた声に私が見るのは私たちの謙虚さだ。一瞬、人間の精神はペシミズムへと下降して、無力さをふりはらい、理性によって困難を打ち倒す。それゆえ、「だが」とか「いや」のようなちょっとした語が、否定を指す文法上の道具にすぎなくても、人生の重みがのった感情の表明になるのだ。こういったちょっとした語に、苦境と折り合いをつけていく人間らしさを見るのである。

シュピッツァーが重箱の隅をつついて不変化詞のひだを辿るのは、「死」の流れに抗して泳いでいく「生」を見すえるためだった。疑念や否定を意味する文法標識は弁《バルブ》の役目を果たすのであり、個人が懸命に生き、前にすすもうと意志を固めるなかで積み重なった圧力をゆるめてくれるものなのだ。サイードにとって、この手の単語は、共約不能というトラウマの統語法《シンタックス》からなっている。というのも、こうした単語は、戦闘的な愛という矛盾《アポリア》をかたどるものだからだ。サイードとシュピッツァーが交わしているかのようなスティコマイシア（会話劇）における共通の関心とは、「生と死」、あるいは「定住と故郷喪失」のような言葉同士の空間を調節する「プログラム」や文法にある。サイード的、シュピッツァー的文献学は、翻訳的《トランスレイショナル》人文主義の台頭のきざしと見なしうるものだ。それがひきうけたディシプリンの難局は、それぞれが当時の慣習的な亡命先の環境にあったトルコ語やアラビア語によってもたらされた。シュピッツァーとサイードのそれぞれにとって、トルコ語とアラビア語は、世俗主義の時代における神‐詩学の危機を名づけるものだ。

アラビア語の現況についての考察で（推測するかぎりでは、執筆中の著作のテーマだったもののようだが）、サイードがこころみているのは、文献学をもちいて、神聖さを別のかたちで再‐分節することだ。それはあたかもサイードが、ケネス・ラインハードの信念に気づいていたかのようでもある。その信念とは、無意識というものが（聖なる言語のように）もたらされるのは、「奇妙な欲望と残酷な定言命法のしるし」を身にうけて外からやってくる言語を、「ふたたび話し、それにふたたび句読点をふ」ろうという欲望においてだというものだ。[24] 聖なることばと隣り合わせになるべし、という命令にいかに対処するかという世俗言語の問題から逃げるどころか、サイードは「アラビア語で生きる」ことを、つまりは古典文語フスハーと民衆俗語アーンミーヤにわかたれた日常生活をおくるという複雑な課題をとりあげた。[25] このエッセイでのサイードの主張は、あきらかにアラビア語の改革であって、日常会話への古典表現のとりこみだったが、なお一番の関心事は、どうやらアラビア語の「原理主義的」特性を脱翻訳するために文献学をもちいることにあったようだ。この目的のため、「アルカーイダ al-qui'da」

という言葉に、サイードはその文献学上の機能をよびもどした（「文法」にとっての単語、あるいは言語の「基底」として）。それは、まさに『人文学と批評の使命』のなかで、サイードが「ジハード」という語を世俗的な用法にあわせて矯正し、「イスナード」や解釈共同体へのコミットメントとして文脈化したのと同様だ。[26]

イスラムにおいて、コーランは神の言葉であるので繰り返し読まれなければいけないが、完全に理解するのは不可能である。しかし真理が言葉のなかに存在するのは事実であり、読者には、先行する他人が同じ厄介な仕事をしてきたことを深く認識した上で、まずコーランの文字通りの意味を理解しようと努める義務がすでに課せられている。だから他者の存在は、証言者の共同体として存在しており、以前の証言が現代の読者に対してもつ有効性は、それぞれの証言がそれ以前の証言者にある程度依存するという連鎖によって保たれている。この相互依存的な読みのシステムは「イスナード」と呼ばれている。共通の目標は、ウスールと呼ばれる、テクストの根底、原理に近づくことである。もっともアラビア語でイジュティハードと呼ばれる、個人的な関与と並外れた努力の要素はつねになくてはならないのだが。（アラビア語の知識がなければ、「イジュティハード」が今では悪名高い「ジハード」と同じ語根から派生していることはわかりにくいだろう。ジハードという語は主として聖戦を意味するのではなく、むしろ真実のための、本来は精神的な尽力を意味するのだ）。十四世紀以来、イジュティハードが許されるべきかどうか、また許されるとしたらどの程度、どのような範囲内であるべきかについて、騒々しい闘争があったのは驚くべきことではない。[27]

この主張からもわかるように、サイードがうちこんだのは、アラビア語という言語名から「恐怖《テロ》」という属性をとりさることだった。しかし聖なる言語の世俗化に努めたサイードは、いかに言語に別の名前をつけるかという唯名論的ジレンマに迷いこんでしまっている。国家・民衆・神託にちなんで言語に名前をあたえるという深層構造に根ざした法則を破る必要があるが、それはサイードの懸念をはらすものでもあった――サイードが望んだのは、文献学的人文主義をもはや新帝国主義者の主戦論に足をひっぱられない場所におき、神権政治による言語行為の横暴に内気さから顔をそむけることのないものにするということだった。さらに翻訳不可能な特異点としての「生」の理念を人文主義がもはや否定することがないようにしなくてはならない——それこそが「天国の認識」として、バベルの塔の触れられさえする輪郭と翻訳の「死後の生」を担うのだ。[28] 言語的一神教（デリダの「他者の単一言語主義」に内在する）、サイードの「アラビア語で生きる」パラダイム（それ自体は含まない集合概念、つまり「フスハー」と「アーンミーヤ」という二種の言語からひとつの聖なる言語がなっているという論理）、そしてシュピッツァーの「トルコ語を学ぶ」パラダイム（無翻訳という在庫品を流通させることにつながる）はともに、いかに言語が自分自身を考えるのかという限界を押しひろげる——それによって、翻訳という問題のなかに、新しい比較文学のための展望をまた基礎づけるのだ。

注

（1）Giorgio Agamben, *Means without Ends: Notes on Politics*, trans. Vincenzo Binetti and Cesare Casarino (Minneapolis: University of Minnesota Press, 2000), p. 64.〔ジョルジョ・アガンベン『人権の彼方に——政治哲学ノート』高桑和巳訳、以文社、二〇〇〇年、七〇頁より一部改変を施して引用。〕

（2）Ibid., pp. 65, 66.〔同書、七一頁から一部改変を施して引用（強調原文）。〕

（3）Ibid., p. 68.〔同書、七三頁。〕

（4）Ibid., p. 69.〔同書、七四頁。〕

（5）Samuel Weber, "A Touch of Translation: On Walter Benjamin's 'Task of the Translator,'" in *The Ethics of Translation*, eds. Sandra Bermann and Michael Wood (Princeton: Princeton University Press, 2005), p. 66.

（6）Jean-Luc Godard in interview with Manohla Dargis, "Godard's Metaphysics of the Movies," *New York Times*, Nov. 21, 2004, Arts and Leisure, p. 22.

（7）Edouard Glissant, *Poétique de la Relation* (Paris: Gallimard, 1990), p. 88.〔エドゥアール・グリッサン『〈関係〉の詩学』菅啓次郎訳、河

出書房新社、二〇〇〇年、九九—一〇〇頁。〕

（8）Jean Bernabé, Patrick Chamoiseau, Raphaël Confiant, *Éloge de la créolité* Édition bilingue français/anglais, trans. M. B. Teleb-Khyar (Paris: Gallimard, 1989), pp. 88-90.〔ジャン・ベルナベ、パトリック・シャモワゾー、ラファエル・コンフィアン『クレオール礼賛』恒川邦夫訳、平凡社、一九九七年、四〇、四三頁。〕

（9）Peter Hallward, "Edouard Glissant between the Singular and the Specific," in *The Yale Journal of Criticism* 11.2 (1998): 455.

（10）Haun Saussy, *The Great Wall of Discourse and Other Adventures in Cultural China* (Cambridge, Mass.: Harvard East Asian Monographs/Harvard University Press, 2001), pp. 78 and 79.

（11）Jacques Derrida, *Aporias*, trans. Thomas Dutoit (Stanford: Stanford University Press, 1993), p.6.〔ジャック・デリダ『アポリア——死す「真理の諸限界」を［で／相］待-期する』港道隆訳、人文書院、二〇〇〇年、二三頁より一部改変を施して引用。〕

（12）Ibid., p. 6.〔同書、二三頁より一部改変を施して引用。〕

（13）Ibid., p. 10.〔同書、二八—二九頁より一部改変を施して引用。〕

（14）〔訳注〕同書の邦題は、『たった一つの、私のものではない言葉——他者の単一言語使用』。

（15）「ネグリチュード」という言葉は、「起源の補綴」の好例になっている。というのも、その言葉は、エメ・セゼールによって、マルティニックでつくられたからだ。そこでは、それを基礎づけるいかなるひとつのアフリカの言語もない。

（16）Jacques Derrida, *Monolingualism of the Other, Or, The Prosthesis of Origin*, trans. Patrick Mensah (Stanford: Stanford University Press, 1998), p. 56.〔ジャック・デリダ『たった一つの、私のものではない言葉——他者の単一言語使用』守中高明訳、岩波書店、二〇〇一年、一〇六頁より一部改変を施して引用。〕

（17）Kenneth Reinhard, "Kant with Sade, Lacan with Levinas," *Modern Language Notes* 110.4 (1995): 785.

（18）Ibid., p. 796.

（19）Ibid., p. 804.

（20）Edward Said, *Humanism and Democratic Criticism* (New York: Columbia University Press, 2003), p. 58.〔エドワード・W・サイード『人文学と批評の使命——デモクラシーのために』村山敏勝・三宅敦子訳、岩波現代文庫、二〇一三年、七八頁。〕

（21）Ibid., p. 58.〔同書、七九頁。〕

（22）Leo Spitzer, "Learning Turkish" in *Varlık* [Being], Nos. 19, 35, and 37, 1934. Translation by Tülay Atak.

（23）Said, *Humanism and Democratic Criticism*, p. 83.〔サイード『人文学と批評の使命』一一三—一一四頁。〕

（24）「無意識とは、見慣れた文字で、異国の言語で書かれた、句読点のないテクストのようなものだ。テクストが語るその言説が、外から、「他者」からくるもので、その奇妙な欲望と残酷な定言命法のしるしを身にうけているという意味では、聖なるテクスト、あるいは啓示のテクストである。それにたいする解釈の作品とは、テクストを翻訳するのではなく、テクストの要素を再発音すること、ふたたび話し、それにふたたび句読点をふることなのだ。こちらでは、二つの形態素や音素を隔てている句読点なり障害物が省かれたかと思えば、あちらでは、連結箇所が切断される。あるいはおそらく、無意識の流れの中で孤立した非妥協的シニフィエ、とりとめのない星座や「コンプレックス」の中の北極点が、意義深い動きのなかに投げこまれる。別のものは流通をやめ、語りえぬ重力の中心として、新たに固定される。」Kenneth Reinhard, "Lacan and Monotheism: Psychoanalysis and the Traversal of Cultural Fantasy," in *Jouvert*, vol. 3, no. 12 (1999), p. 7. http://social.chass.ncsu.edu/jouvert/v3i12/reinha.htm.

(25) 二種類のアラビア語の問題については、以下の文献を参照のこと。Iman Humaydan Younes, "Thinking *Fussha*, Feeling *'Amiya*: Between Classical and Colloquial Arabic," *Bidoun: Arts and Culture from the Middle East*, issue 02, vol. 01, Fall (2004): 66-67.

(26)「ここ数年間いだいていた思いとは、アラビア語の文献学と文法をやりなおす以外の選択肢がないということだ。（偶然にも、文法という意味の言葉は複数形でqawa'idだが、その単数形はいまはよく知られるようになったアルカーイダ al-qa'ida になる。これは軍事基地をも意味するばかりか、文法規則という意味もある。）」Edward Said, "Living in Arabic," *Raritan*, Spring 2002, vol. 21, no. 4: p. 229.

(27) Said, *Humanism and Democratic Criticism*, pp. 68-69.〔サイード『人文学と批評の使命』九三―九四頁。〕

(28)「天国の認識」というフレーズは、私がサイードの人文主義の章で展開した「天国のようにすること」という概念に近く、マーティン・ヴィアロンが、トラウゴット・フヒスのアルカディアを描いた絵画についての未刊行論文で使っているものだ。フヒスはシュピッツァーとアウエルバッハの指導の下で、イスタンブールでキャリアを築いたドイツ人亡命者だった。以下の文献を参照のこと。Martin Vialon, "The Scars of Exile: Paralipomena concerning the Relationship between History, Literature and Politics—Demonstrated in the Examples of Erich Auerbach, Traugott Fuchs and Their Circle in Istanbul," *Yeditepe University Philosophy Department: A Refereed Year-book* 1 no.2 (2003), pp. 191-246. そのアウエルバッハのイスタンブール亡命についての現在進行形の、大部の研究を、発表前にもかかわらずこころよく共有していただいたことを、マーティン・ヴィアロンに感謝する。

訳者解説

一

本書は、Emily Apter, *The Translation Zone: A New Comparative Literature.* Princeton University Press, 2006 の翻訳である。

著者のエミリー・アプターは、一九五四年生まれ。一九八三年にプリンストン大学比較文学科で博士号を取得。その後、ウィリアムズ大学、カリフォルニア大学デイヴィス校、カリフォルニア大学ロサンゼルス校、コーネル大学などをへて、二〇〇二年よりニューヨーク大学で教鞭をとっている。なお、日本でも著書が翻訳出版されている建築史家のアンソニー・ヴィドラーは夫。父親は政治社会学者としてやはりよく知られているデイヴィッド・アプター。弟は歴史学者のアンドルー・アプターという学者一族の出身である。

現時点（二〇一八年一月）におけるアプターの著作リストは以下のようなものになる。これを見てもわかるように、専門領域としてフランス文学にひとつの軸を置いている（ただし本稿を執筆した時点では *Unexceptional Politics* は未刊）。

André Gide and the Codes of Homotextuality. (Stanford French and Italian Studies, vol. 48). Saratoga, Calif.: Anma Libri, 1987.

Feminizing the Fetish: Psychoanalysis and Narrative Obsession in Turn-of-the-Century France. Ithaca: Cornell University Press, 1991.

Continental Drift: From National Characters to Virtual Subjects. Chicago: University of Chicago Press, 1999.

The Translation Zone: A New Comparative Literature. Princeton: Princeton University Press, 2006. 本書

Against World Literature. On the Politics of Untranslatability. New York: Verso, 2013.
Unexceptional Politics: On Obstruction, Impass, and the Impolitic. New York: Verso, 2018.

本書の原書はプリンストン大学出版会より、アプター自ら監修をつとめるシリーズ translation / transnation の一冊として刊行されている。ちなみに、デイヴィッド・ダムロッシュ『世界文学とは何か？』も同シリーズの一冊として刊行されたものだ。

ほかに日本語で読める著作として、『ニュー・レフト・レヴュー』二〇〇八年三九巻三号特集「グローバル時代の文学史」の抄訳である『世界文学史はいかにして可能か？』（木内徹・坂下史子・長畑明利・中地幸・西本あづさ・福島昇・細谷等・三石庸子・宮本敬子・森あおい・山本伸・横田由理訳、成美堂、二〇一一）に、アプターの論文「翻訳不可能なもの——世界システム」（中地幸訳）が収録されている。そちらは後述する二〇一三年の『世界文学に抗して』につながる内容になっている。

また、本書についても共訳者の山辺弦による書評が、二〇一六年の『文学』一七巻五号（「書評 エミリー・アプター『翻訳地帯——新たな比較文学』」）に掲載されている。本稿でも参考にしたことを断っておく。

二

ＩＳＩＳ——「イスラム国」の台頭や、過激派イスラム教徒によって、瞬く間に世界を覆うようになったテロリズム。二〇一六年末には、多くのメディアの予想を裏切る形で、ドナルド・トランプが過激な移民排斥政策を公約にかかげて米国大統領に当選した。解決に向かうどころか、ますます混迷を深める国際情勢のひとつの転換点として、二〇〇一年に発生した「9・11」同時多発テロと、その後の「大量破壊兵器捜索」を目的にしたイラク侵攻をあげるのは妥当だろう。

二〇〇二年にニューヨーク大学に赴任したアプターは、その喧騒のまっただなかで、テロとその後の米国のリアクションが生みだした事態に対する分析をおこなうことになる。具体的には「イントロダクション」と第一章「9・11

後の翻訳——戦争技法を誤訳する」に書かれているのでここでは繰り返さないが、肥大した単一言語（英語）主義が、世界各地で軋轢を生んでいるという認識を踏まえたうえで、アプターが案出するのは、クラウゼヴィッツの『戦争論』のなかの有名な定義「戦争とは他の手段をもってする政治の継続にほかならない」をなぞった、「戦争とは他の手段をもってする誤訳や食い違いの極端な継続にほかならない」という斬新な定義である。

このように、「ポスト9・11」の状況を人文学や比較文学のことばで語るという問題意識をかかげたアプターは、単一の国家や言語が支配するのではなく、言語と言語の境が曖昧な「翻訳中」の状況を指して「翻訳地帯」という場を想定し、そこにさまざまなトピックを投げこんでいく。イントロダクションと第一章以下、本書は大きく四つのパートにわけられている。以下に各部の内容をかいつまんで紹介する。

第一部「人文主義《ヒューマニズム》を翻訳する」では、本書の理論的な立ち位置を定めるべく、人文主義や人文学の意味が再考される。たとえば第三章「グローバル翻訳知《トランスラティオ》——比較文学の「発明」、イスタンブール、一九三三年」では、第二次世界大戦中にイスタンブールに逃れたレオ・シュピッツァーとエーリヒ・アウエルバッハの足跡を追うことで、北米の比較文学や人文学に刻印されたコスモポリタニズムのしるしをアプターは見いだそうとする。

第二部「翻訳不可能性のポリティクス」では、言語芸術の背後にある政治性に光があてられる。第五章「翻訳可能なものはなにもない」では、アラン・バディウの唱える翻訳不可能性という概念を起点にして、ワイ・チー・ディモック、ガヤトリ・スピヴァク、サイードの惑星的批評の妥当性が検討される。第七章「複言語ドグマ——縛りのある翻訳」では、ジョルジュ・ペレックやルイス・ウルフソンの実験文学にひそむ政治性があぶりだされる。

第三部「言語戦争」では、クレオール、バルカン半島の多言語状況、「訛り」のある英語といったさまざまな状況下において、言語と言語のあいだに生まれる軋轢がとりあげられる。第八章「バルカン・バベル——翻訳地帯、軍事地帯」では、イスマイル・カダレの小説『三つのアーチの橋』の分析を通じて、バルカン半島における複雑な言語状況をときほぐしつつ、よりグローバルなテーマである普遍言語や核英語批判へと議論は向かう。第十章「傷ついた体験の言語」では、アーヴィン・ウェルシュら「新スコトロジスト」と呼ばれる一群のスコットランド系の作家が駆使する訛りのある、「傷ついた」英語に光があてられる。

第四部「翻訳のテクノロジー」では、技術革新と翻訳の接点がさまざまな形でとりあげられている。第十三章「自然からデータへ」では、スピヴァクの「田舎とは、もはや木々のことでも田畑のことでもない。データへと移行している途上なのだ」ということばをきっかけにして、現代アートにおける自然のデータへの落とし込みや、翻訳をモチーフにしたインスタレーションが俎上にあげられる。第十四章「オリジナルなき翻訳――テクスト複製のスキャンダル」では、原典なき翻訳である擬似翻訳の分析から、遺伝子工学によるクローニングに話が及ぶ。

各部ごとに大まかに話題は区切られているとはいえ、それぞれの章がかなり独立した性格を持っている。そのため、読者は自分の関心にあった章から読みはじめてアプターの語り口に慣れ、そこから全体に挑むような読み方をしてもいいだろう。

三

アプターが本書で目指すのは、翻訳研究と比較文学の融合であることはまちがいない。前提として、北米における翻訳研究《トランスレーション・スタディーズ》が、それまでの言語学的なものから、八〇年代以降、スーザン・バスネット、ガヤトリ・スピヴァク、ホミ・バーバなどの論者によって、ポストコロニアリズムの文脈で論じられるようになっていったという事実がある（この点については、早川敦子『翻訳論とは何か――翻訳が拓く新たな世紀』（彩流社、二〇一三）などにもくわしい）。こういった論者は主に北米の大学の比較文学科に所属し、そのディシプリンを拡大する形で研究をおこなった。

アプターも比較文学者としてキャリアを積んできたが、上記にあげたようなポストコロニアリズムの思想家・研究者というよりは、むしろ人文学者としてのサイードや、サイードが著作に引用したアウエルバッハやシュピッツァーといったヨーロッパの文献学者の系譜を重視している。バディウのようなフランスの哲学者・現代思想家の理論を援用することも多い。アプターの文学的素養も、伝統的な西洋の文学（特にモダニズム以降の英仏の詩）に多くを負っていることは明らかだ。

本書の本来の副題である「新しい比較文学」と邦訳の副題である「新しい人文学」は、このような批評のことばによる、翻訳研究のとりこみという側面を指している。そのため、部分的にはかなり抽象的な議論もおこなわれている。たとえば、本書冒頭に置かれた「翻訳をめぐる二十の命題」には「翻訳可能なものはなにもない」と「すべては翻訳可能である」という二つの矛盾したテーゼがあるが（それぞれ五章と十五章のタイトルにもなっている）、それぞれ

「他者とは理解しえない（比較も不可能）」「すべてはコードである以上、翻訳しうる」という相反する立場を代表している。アプターはその両者の立場をふまえたうえで、中間で「翻訳中」のまま思考しつづけるのだ（ただし、アプター自身は本作以降、「翻訳不可能性」の探究に傾倒していくことになるのだが）。

そのような理論面のほかに、本書の特筆すべき点は、（もちろん西洋文学にかたよりはあるが）扱う作品の圧倒的な幅広さである。以下にざっと列挙するだけでも、エミール・ゾラ『壊滅』、マフムード・ダルウィーシュ『不幸にも、そこは天国であった』、ユージーン・ジョラス「バベル　一九四〇」、ミナ・ロイ『アングロ系雑種と薔薇』、ジョルジュ・ペレック『煙滅』、ファン・ゴイティソーロ『戦いの後の光景』、アーヴィン・ウェルシュ『トレインスポッティング』、ジェイムズ・ジョイス『フィネガンズ・ウェイク』、イスマイル・カダレ『三つのアーチの橋』、エミリー・ブロンテ『嵐が丘』、マリーズ・コンデ『風の巻く丘』、ジャッキー・ケイ「ウィルス＊＊＊」、ケン・サロ＝ウィワ『ソザボーイ』、アマドゥ・クルマ『アラーの神にもいわれはない』、ラファエル・コンフィアン『石化のサバンナ』『嵐の泉』、ピエール・ルイス『ビリティスの歌』、ケネス・レクスロス『摩利支子の愛の歌』……。さらには、現代美術のインスタレーション作品までが、「翻訳」の名のもとにつぎつぎと参照されていく様は圧巻である。

もちろん、本書の内容には、書評等においてすでに異議が唱えられている箇所も少なくない。たとえば、第三章では戦後アメリカの比較文学がディシプリンとして成立する過程が、参照点として特権化されすぎているのではないかという批判もあるだろう。同様にして、本書の中でベンヤミンやサイードなど、一部の批評家があまりにも重視されすぎているのではないかという懸念もある。またテクノロジーの取りこみは当時としても性急だという批判があったが、原書の刊行から十年を経てしまった現在、時代と合わなくなってしまった部分も見受けられる。たとえば、遺伝子クローニングが最先端の「翻訳」としてフィーチャーされるのだが、現在翻訳とテクノロジーの接点としては、急速に進歩、実用化されつつある機械翻訳を欠かすことはできないだろう。

さらに本書では、実質的な執筆時期（二十世紀末）を反映してか、随所に日本に対する言及が散りばめられていて、日本人にとっては親しみやすいのだが（おそらく今同じような本が書かれれば、中国がその役割を果たすだろう）、反面やや的外れであったり、文脈を外しているのではないかと思われる点も目につく。やはり一般的な西洋の知識人にとって、非西洋に言及するのは困難がつきまとうようだ。

ただしこのような批判は、そのまま議論を開いていけるポイントにもなっている。たとえば北米の比較文学ディシプリンのルーツを探った第三章で、アプターはフランスの比較文学者ルネ・エチアンブルの著書『比較文学の危機』(一九六六)をとりあげて、そこにあげられた未来の比較文学の研究テーマに「トランスナショナル、ポストコロニアル」なものを見いだす。その際のリストに「日本と西洋」という組み合わせのテーマが多くあげられているのは、(アプターは言及しないが)『比較文学の危機』がエチアンブルの来日に合わせて準備された講演原稿だったという事実がある。だから、『比較文学の危機』は仏語で書籍として刊行される三年前の一九六三年に、芳賀徹らによる邦訳が刊行されているのだ(ルネ・エチアンブル「比較文学の危機——比較は理ならず」芳賀徹・岩崎力・倉智恒夫訳『比較文化研究』四号、一九六三年)。こうしたことを考えれば、イスタンブール同様、東京にもコスモポリタンな比較文学の結節点があったと主張することも可能だろう。

また日本とのかかわりで言えば、第十四章で「スキャンダル」として紹介される詩人レクスロスによる擬似翻訳『摩利支子の愛の歌』が注目されるだろう。実はこの「でっちあげ」には、詩人・片桐ユズルによる日本語での「復元のこころみ」が存在している(摩利支子『摩利支子の愛の歌——片桐ユズルによる復元のこころみ』ケネス・レクスロス訳、片桐ユズル日本語訳、京都精華短大片桐研究室かわら版、一九七八年)。レクスロス自身も何度も訪日し、日本の詩人との交流もあったことを考えると、レクスロスの擬似翻訳は西洋人の「単独犯」ではなく、太平洋の両岸の詩壇を巻き込んだものだったのではないかという仮説もなりたつだろう。

翻訳研究や文学研究にさまざまな議論の可能性をひらいてくれる本書が、分野の古典であることは二〇一五年にフランス語版が出版されていることからもわかるが、他方で「世界文学研究」の文献として参照されているという一面ももっている。世界文学研究の重要な側面である「翻訳」の問題に正面から取り組んだ著作というだけでなく、二〇〇〇年に刊行されて物議をかもしたフランコ・モレッティによる論文「世界文学への試論」への応答・批判も、第三章や第十二章でおこなわれている(なお、モレッティはアプターの批判に対して二〇〇三年に論文「さらなる試論」を発表して応答している)。特に本書の第三章は、北米の比較文学科で教えられている世界文学コースのリーディングリストに必ずと言っていいほどはいってくる論文である。

第一次世界大戦後に、フランスを中心にしてディシプリンとしてのかたちを整えた比較文学は、そもそも文学の国際的な研究を通じて、ナショナリズムを排し、異なる文化の間に共通の基盤を見いだそうという理想を掲げていた。反面、モレッティに「西ヨーロッパにかぎられ、おおむねライン川をぐるぐるまわっている」（「世界文学への試論」）と批判されたように、ヨーロッパのかぎられた地域を対象にする傾向があったことは否めない。こうした流れの中で救世主として（ゲーテの時代から）カムバックしてきたのが世界文学という考え方だったわけだが、二十世紀後半に積み上げられてきた批評や理論を重視するアプターの世界文学観は、モレッティともダムロッシュとも異なる。既刊であるデイヴィッド・ダムロッシュ『世界文学とは何か？』（秋草俊一郎・奥彩子・桐山大介・小松真帆・平塚隼介・山辺弦訳、国書刊行会、二〇一一年）や、フランコ・モレッティ『遠読――〈世界文学システム〉への挑戦』（秋草俊一郎・今井亮一・落合一樹・高橋知之訳、みすず書房、二〇一六年）と合わせて、「世界文学」への理解を深める一助にしていただければ幸いである。

なお、アプターは本書執筆後、二〇一三年に単著『世界文学に抗して――翻訳不可能性のポリティクスをめぐって』を発表し、「翻訳不可能性」を根拠に「反世界文学」という立ち位置を明確にしていくことになる（個人的には、アプターは逐語的なレベルでの翻訳不可能性に拘泥しすぎな面があると思う）。だが、もちろんそのような批判も「世界文学研究」の重要な一部であることには変わりはない。

四

本書のタイトルについても一言触れておこう。翻訳研究の文脈ではすでに言いつくされた感があるが、英語の translation という言葉と、日本語の「翻訳」では意味が完全には重ならない。英語の translation はある言語で書かれた文章を別の言語に移しかえる狭義の「翻訳」だけでなく、広く一般に「移しかえること」を指す言葉である。位置や地位や場所の転換・変換・移動を意味するため、たとえばＩＴの分野で使われればデータを別の領域に移しかえたり、あるプログラミング言語で書かれたコードを別の言語に置きかえることにも使われる。さらに、生命科学の分野でＲＮＡの塩基配列をもとにタンパク質が作成されることも「翻訳《トランスレーション》」と言う。本書でも、アプターはこの語の多義性を十分意識して、古典的な翻訳研究から、コードスイッチングの領域へとディシプリンを開いていこうとする。

付帯して、本書ではしばしばラテン語の translatio という語が使われている。transfero の名詞形であるこの語は、

translation よりもさらに広く移動や転移をあらわすものだ。旧字の「飜譯」などいろいろ試してみた結果、意味がずれることを承知で「翻訳知」という造語をあてている。なにとぞご了承をいただきたい次第である。

翻訳の原本に使用したのはプリンストン大学出版会による版だが、論文として個別に発表された章は、必要に応じて初出論文も参照した。初出の論文にのみ収録された図版を、読者の便宜を考えて邦訳版で再録している箇所もある。

本文中の引用については、アプターが引用している文献に邦訳がある場合、（引用文献を読者がたどって理解を深められるよう）基本的に邦訳文献の該当箇所を訳文に引用するかたちでおこない、同時にアプターが自身が引用した文献の情報も注に残しておいた。その際、明らかなミスをのぞいて書誌情報の書式などは原則的には原書のままとした。ただし、アプターはしばしば出典元をことわらずに引用したり、ことわっていても注で文献情報が書かれていないこともあった。その場合、訳者で可能なかぎり出典元を探し、書誌情報を増補しておいた。なお、原書にある著者《アプター》による情報の補足を［　］でしめしたのに対し、訳者が補足した情報は〔　〕でしめしている。

実際の翻訳作業にあたっては、実質的な前作ダムロッシュ『世界文学とは何か？』、モレッティ『遠読――〈世界文学システム〉への挑戦』と同じ方式を採用した。すなわち各章の担当者が試訳を作成し事前に提出、定期的に翻訳読書会を開催し、訳者全員で検討するという方式である。翻訳読書会は二〇一七年一月から二〇一八年一月まで、月二回、毎回五時間ほどおこなわれた。長い時には午前十時から夕方六時過ぎまでおよぶこの読書会で、互いの訳文を徹底的に叩きあった。以下に各章の担当者をあげておく。

翻訳をめぐる二十の命題　秋草
イントロダクション　秋草
第一章　9・11後の翻訳――戦争技法を誤訳する　秋草
第二章　人文主義《ヒューマニズム》における人間《ヒューマン》　坪野
第三章　グローバル翻訳知《トランスラティオ》――比較文学の「発明」、イスタンブール、一九三三年　秋草
第四章　サイードの人文主義《ヒューマニズム》　今井
第五章　翻訳可能なものはなにもない　今井

第六章　「翻訳不可能」なアルジェリア――言語殺しの政治学　山辺
第七章　複言語ドグマ――縛りのある翻訳　今井
第八章　バルカン・バベル――翻訳地帯、軍事地帯　山辺
第九章　戦争と話法　坪野
第十章　傷ついた経験の言語　今井
第十一章　ＣＮＮクレオール――商標リテラシーとグローバル言語旅行　山辺
第十二章　文学史におけるコンデの「クレオリテ」　山辺
第十三章　自然からデータへ　坪野
第十四章　オリジナルなき翻訳――テクスト複製のスキャンダル　秋草
第十五章　すべては翻訳可能である　坪野
第十六章　新しい比較文学　秋草

なお、索引は編集者の村上文さんに作成を依頼し、秋草が監修した。

『遠読――〈世界文学システム〉への挑戦』の訳者あとがきで、私は共訳は「チームスポーツ」のようなものだと述べた。そのときあげた例は自転車ロードレースだったが、今回の共訳はそのたとえで言えばチームを組んでの山岳登山といった厳しさだった。章の後半にいくにしたがって議論の抽象性が高くなるアプターの文章は、翻訳の日本語をたえず振り落とそうとする。気を抜けば容易に滑落や遭難の危険があった。読書会で互いの体をロープで結びつけるかのように訳文を点検し、難所をどう攻めるかアイデアを出し合わなければ、一人では四倍の時間をかけても完訳（＝登頂）することはできなかっただろう。

＊＊＊

「翻訳」をテーマにした内容である本書は、あつかうトピックも多岐・多言語にわたるため、翻訳の過程で、固有名詞の表記をはじめとしてまさに世界各国、各言語のさまざまな専門家の助力・助言をあおいだ（場合によっては部分的に訳文を提供いただいた）。以下に特にお世話になった方の名前をあげさせていただく次第である。阿部賢一、天羽龍之介、鵜戸聡、大辻都、片山耕二郎、桐山大介、小林久子、小檜山明恵、中丸禎子、福田美雪、宮下遼の諸氏である（五十音順）。深く感謝したい。

末筆ながら、本書の担当編集者である村上文さんにお礼申しあげる。訳者陣の翻訳作業を随所で支援してくださっただけでなく、本書に頻出するフランス語のルビや訳文に関しても対応してくださった。本書のタイトル、サブタイトルも村上さんの提案によるものである。昨今の日本で人文書や学術書の翻訳は、文芸書の翻訳と比べても相当に危機的な状況にあると言ってよく、企画を出版社に持ち込んでも、ペイしないという理由で断られることが通例である。本書もいくつかの困難があったが、ぶじに慶應義塾大学出版会で刊行することができた。

人文書や学術書の翻訳もそれなりのクオリティを担保しようと思えば膨大な労力がかかるが、文芸書と比べても訳者に見返りがあることはまれである。著書や共著書のように出版を支援する制度も存在しなければ、顕彰するシステムもほぼなく、まれに論文や著作の脚注で触れられても、訳者はまったく書かれないか、「他訳」という言葉で存在さえ抹消されることがしばしばである。あたかもアプターも言及する十九世紀から二十世紀初頭の欧米の翻訳者のような扱いだ。

その一方で、翻訳研究の分野にも、世界文学の分野にも、米国のものだけでも（日本を巻き込むような）大きな議論をしているものや、その領域の古典とも言うべき著作がほとんど手つかずで未訳のまま残っている。たとえばローレンス・ヴェヌティや、イタマー・イヴン＝ゾウハーなど、国内の論文で名前をよく見かけるような著者の著作すら翻訳の声を聞かない。今後も、志のある翻訳が増加し、「翻訳地帯《トランスレーション・ゾーン》」がますます拡大することを祈るばかりである。

二〇一八年一月　訳者を代表して　秋草俊一郎

翻訳地帯
——新しい人文学の批評パラダイムにむけて

2018年4月20日　初版第1刷発行

著　者————エミリー・アプター
訳　者————秋草俊一郎・今井亮一・坪野圭介・山辺弦
発行者————古屋正博
発行所————慶應義塾大学出版会株式会社
〒108-8346　東京都港区三田2-19-30
TEL〔編集部〕03-3451-0931
〔営業部〕03-3451-3584〈ご注文〉
〔　〃　〕03-3451-6926
FAX〔営業部〕03-3451-3122
振替　00190-8-155497
http://www.keio-up.co.jp/
装　丁————岡部正裕（voids）
印刷・製本——中央精版印刷株式会社
カバー印刷——株式会社太平印刷社

Printed in Japan ISBN978-4-7664-2518-5

著者

エミリー・アプター（Emily Apter）

1954年生まれ。1983年プリンストン大学比較文学科で博士号を取得。ニューヨーク大学フランス文学・比較文学教授。おもな著作に、*Feminizing the Fetish: Psychoanalysis and Narrative Obsession in Turn-of-the-Century France*（1991）, *Continental Drift: From National Characters to Virtual Subjects*（1999）, *Against World Literature: On The Politics of Untranslatability*（2013）など。

訳者

秋草俊一郎（あきくさ・しゅんいちろう）

1979年生まれ。東京大学大学院人文社会系研究科修了。博士（文学）。現在、日本大学大学院総合社会情報研究科准教授。専門は比較文学、翻訳研究など。著書に、『ナボコフ　訳すのは「私」——自己翻訳がひらくテクスト』、『アメリカのナボコフ——塗りかえられた自画像』（近刊）。訳書に、バーキン『出身国』、ナボコフ『ナボコフの塊——エッセイ集1921–1975』（編訳）、ダムロッシュ『世界文学とは何か？』（共訳）など。

今井亮一（いまい・りょういち）

1987年生まれ。東京大学大学院人文社会系研究科博士課程在籍。2014-15年度サントリー文化財団鳥井フェロー。専門は比較文学など。論文に、「中上健次の「日本語」について——翻訳研究の視点から読む中期作品」（『れにくさ』第8号）など。共著書に、『スヌーピーのひみつ A to Z』。共訳書に、ハント『英文創作教室 Writing Your Own Stories』、モレッティ『遠読——〈世界文学システム〉への挑戦』など。

坪野圭介（つぼの・けいすけ）

1984年生まれ。東京大学大学院人文社会系研究科博士課程単位取得満期退学。現在、同大学院特任研究員。専門はアメリカを中心とした都市文学・文化。論文に、「形式は機能に従う——詩人カール・サンドバーグと建築家ルイス・サリヴァンの摩天楼」（『れにくさ』第8号）など。訳書に、キッド『判断のデザイン』、シールズ他『サリンジャー』（共訳）など。

山辺弦（やまべ・げん）

1980年生まれ。東京大学大学院総合文化研究科修了。博士（学術）。現在、東京経済大学経済学部専任講師。専門は現代スペイン語圏のラテンアメリカ文学。著書に、『抵抗と亡命のスペイン語作家たち』（共著）。訳書に、アレナス『襲撃』、ピニェーラ『圧力とダイヤモンド』、ダムロッシュ『世界文学とは何か？』（共訳）など。

索引

カ行

サ行

タ行

ナ行

ハ行

マ行

ヤ行

ラ行

ワ行